蒙古汗国
长篇历史小说

窝阔台大汗

马踏残金

第二部

汗储遭袭，生死茫茫，朝会风云突变
群雄无首，谁主汗廷
破解拖雷被迫饮鸩之谜

肖振勇 著

内蒙古出版集团
内蒙古人民出版社

图书在版编目(CIP)数据

窝阔台大汗.第2部,马踏残金/肖振勇著. -呼和浩特:内蒙古人民出版社,2013.9

ISBN 978-7-204-12420-6

Ⅰ.①窝… Ⅱ.①肖… Ⅲ.①长篇历史小说-中国-当代 Ⅳ.①I247.5

中国版本图书馆CIP数据核字(2013)第234716号

窝阔台大汗·马踏残金(第二部)

作　　者　肖振勇
责任编辑　波勒格太
责任校对　杜慧婧
封面设计　宋双成
出版发行　内蒙古出版集团　内蒙古人民出版社
地　　址　呼和浩特市新城区新华大街祥泰大厦
印　　刷　内蒙古爱信达教育印务有限责任公司
开　　本　710×1000　1/16
印　　张　32.5
字　　数　400千
版　　次　2013年9月第1版
印　　次　2013年12月第1次印刷
印　　数　1-4000册
书　　号　ISBN 978-7-204-12420-6/I·2468
定　　价　45.00元

如出现印装质量问题,请与我社联系。联系电话:(0471)4971562　4971659

目 录

第一回

和林城三公主闹驾
长夜宴西征帅封王

六月的一个清早，哈剌和林城上空弥漫着铅灰色的云团，被刚跃上天庭的太阳发出的炫目光芒照射得如浮在蓝天上的一朵朵晶莹剔透的雪莲花。和林城宽大的护城河内碧水绕城，新砌的城墙高耸，朱红色砖砌城门楼插满了五颜六色的彩旗，显得高大而壮观。南城门楼下人声吵嚷，诸王、诺颜大小官吏、高级僧侣列队迎候，石板路两侧围满欢迎的人群。城门楼顶，近百名乐师们正在大胡子乐师的吆喝下手捧各种乐器调音。城门楼顶，先行归来一身银甲的怯薛长也孙帖格一边安排人加强城门治安，一边向远方眺望。

一骑飞至，隔着护城河向城楼顶高喊："也孙帖格将军，二王爷令旨，大汗到了，马上奏乐！"

"快，奏乐！"

也孙帖格一声号令。一队鼓手擂起得胜鼓，一队号手吹起牛角号，百乐齐奏，声震九霄，城门外迎候的大小官吏一齐俯身跪倒。

南向大路上旗纛飞扬，万马奔腾如潮水般涌来，阳光下，骑兵们高举着闪着寒光密林一样的长矛大刀，马披铁甲、人着皮甲的重骑兵先行入城，过了好一阵儿，始见华盖张开九斿大纛，窝阔台大汗与察合台王爷并马而行。窝阔台骑着一匹大白马，一身金甲，精神抖擞，忽然勒住马，用金鞭指着城门楼，望着黑马上的察合台啧啧赞道："皇兄，朕这不是走错地方了吧，朕到此处仿佛西方的撒马尔干、南边的燕京城下……朕真不敢相信，这片困住速不台的荒野，几年工夫建起了蒙古人的都城！”

察合台一身银甲，头戴一顶系红珠的瓦楞帽，转头望着窝阔台大汗，眯缝着眼睛，哈哈大笑道：“大汗，一座城就显示了翻天覆地的变化，当年钦察那个王子，大汗召见他，就曾讥笑汗国没有自己的都城！”

“那小子叫巴赤蛮，起初狂妄得很，朕让人带来了他的主子秃儿罕才吓掉了裤子。朕当时就对他说：‘下次再来蒙古汗国，朕会让他看到城市，喝上金国皇太后酿制的马奶酒！’当时那小子一定以为朕在吹牛皮，其实朕现在就做到了！”

“没有大汗的雄韬伟略和气概，谁会想到有这座城，大汗三年未归，臣每至城下，都恍若隔世呀！”

“皇兄的北衙建得如何？”

“已经竣工了，本来建城的大总管要亲迎大汗的，忽然接到大汗旨意，贵由殿下马上带阔端去了汪吉营地。”察合台见大汗对哈剌和林城建设发感慨，连忙替贵由表功，说道：“建这座城贵由没少出力，数十万工匠没日没夜吃住在工地，不是贵由年轻身体壮，怕早就累趴下了。按大汗的设想，城内数十座高大的殿宇竹子拔节般立起来，基督徒建起哥特式的教堂，回回人建起了圆顶礼拜堂，还按大汗吩咐派人出钱为李真常道长修了一座气派非凡的漠云观，和尚们也建起了寺院。汗廷大内更是了不得，万安宫红墙碧瓦白玉栏杆，最令人羡慕的是宫门外那座帝国广场，庄严气派远过于花剌子模的王宫广场和燕京金故宫广场。城内诸王府建设进度不一，可都建得差不多了……”

窝阔台朗声大笑道：“没有二哥坐镇，贵由能做什么？一个脱猛，差点吓尿了裤裆……”

鼓乐声中，窝阔台大汗马到城门口，见须发皆白的李真常道长身穿紫色道氅夹在欢迎的人群中，忙对身边怯薛道：“快将老神仙搀扶过来！”

李真常被怯薛带过来，大老远拱手问讯道：“大汗远征三载，贫道翘首以盼，今日终于看到大汗凯旋啦。”

窝阔台马上还礼道：“听二皇兄说漠云观已经落成，朕本想过几日再到观内看望大师，没想到倒让老神仙相迎！”李真常脸上堆笑道：“大汗不忘敝观，待圣像开光，真常还想烦大汗到观内坐一坐呢？”窝阔台颔首道：“这事朕现在就与神仙做个约定，到时候不告诉朕，朕可要打进山门去！”

城门西侧一阵骚乱，孩子哭女人叫，一队士兵驱散拥挤人群，封锁了出事地点。怯薛卫队围住大汗，窝阔台抬头向骚乱处望去，见也孙帖格策马奔来，瞪着眼睛吼道："出了什么事？"

"启禀大汗，刚才巡城马队在城垛上，发现一份《揭帖》。"

"一件小事，慌张什么？"

也孙帖格有些犹豫地道："《揭帖》写的不是好话……"

"什么人贴的？"

"有兵士禀报说：飞刀一闪，《揭帖》就钉到城垛上！"

察合台目露凶光，盯着也孙帖格吼道："殿下将城防守卫交给你，要瞪大眼睛盯紧点，这两天大庆，城内不能出任何差错！"

也孙帖格身子有些发抖："奴才领二王爷令旨！"

察合台红着脸望着大汗，有些局促不安，道："出了这样的事，微臣也有责任。"

"皇兄，一个《揭帖》几句胡言乱语，不要多心，坏不了大局。走，咱们兄弟一道进城！"窝阔台怕察合台多心，大度地抚慰着。沿着郁郁葱葱的松柏路，马队流水般涌入城内。窝阔台兴奋地四下张望，忽然前方蹄声急促，石板路上出现几匹快马……

马到跟前，窝阔台认出是二驸马脱劣勒赤、五驸马泰出来迎，忙勒住马。脱劣勒赤脸上淌汗，喘着粗气，说话有些结巴地道："大汗，三公主，她……"窝阔台吃惊地用眼睛盯着二人，见脱劣勒赤着急得说不出话来，便对妹夫泰出道："你说，阿剌海……到底怎样？"泰出抹了把汗水小声地道："大汗，三公主在前面路口为镇国搭起灵棚，公主们劝不住她，阿剌海说若大汗阻止她祭祀镇国，就要自杀殉葬……"

窝阔台脑袋嗡的一声，他早就担心阿剌海会闹事，没想到刚进城，三妹就发难了……想到这，他脸色涨红，按在刀柄上的手有些发颤，可片刻间他眼中怒火息了，朝着两位驸马道："你们起来吧，三妹的脾气谁不知道，要祭奠就祭吧。"

察合台没言声，大汗身后身穿金锦袍子、头戴一顶金珠套环固姑冠的脱列哥娜，对大汗的宽容有些不满，愤愤地道："大汗，阿剌海这是胡闹！她男人想出那样龌龊的法子要危害大汗的生命，阿剌海不反省，倒想用死威胁大汗。臣妾看透了，你就是把心掏出来，她也不会领情。拦路祭奠这是在向大汗示威，让全城百姓看笑话，让她祭奠，大汗的威仪何在！"

察合台瞪着眼睛冲着泰出道："几位公主是何态度？"

"公主们劝不拢阿剌海，恳请大汗改路回万安宫！"

"改道算什么事，该派人捣了灵棚！"大哈敦脱列哥娜怒道。

窝阔台扭头望着脱列哥娜吼道："闭上你的乌鸦嘴！"察合台一脸大胡

子被风吹得有些凌乱，脸色有些发紫："为慎重计，臣建议大汗改道。"

"朕不改道，也不捣灵棚。"

"可灵堂堵路，对车驾不吉。"察合台本怕大汗会与阿剌海发生正面冲突，忧心忡忡地道。

"皇兄，朕能压住火，三妹摆一个灵堂吓不退朕，过些日子朕还要将她嫁到汪古去呢！"窝阔台知道察合台怕阿剌海吃亏，一边说一边扬着马鞭对怯薛长阿儿浑说道："照原路前进！"

大路上旗幡蔽日，鼓声咚咚，马蹄踏踏。哈剌和林城昨夜下了场小雨，石板路上一片湿润，路两边松树翠绿的枝杈上，水珠在阳光下泛着耀眼的光芒。

在通往万安宫的石板路正中，灵棚高耸，整整半条街白花花一片。原来三公主阿剌海得知丈夫镇国被处死，伤心欲绝……听说三哥今天归来，怎肯放过这个机会，寻机与三哥闹翻天。因此这天一大早，她就让管家带儿子不花去哈剌和林河边玩耍，接着命人将镇国的棺椁抬到路口，并架设灵堂，挑起灵幡，并请来了萨满在路上跳神。三公主祭镇国既用汪古风俗扎灵堂设灵幡，又用蒙俗萨满主祭，萨满们本不敢来，可顶不住三公主威逼，只得在路上燃起祭火，手敲神鼓又唱又跳，可心里却忐忑不安得七上八下……

阿剌海在灵前杀三牲，烧羊饭，将整条路拦个插不进针，打定主意让三哥窝阔台下不来台。她这种与大汗打擂台的架势，惊动了几位公主，长公主火臣、二公主扯必干、四公主秃马伦、五公主阿勒塔伦拼死相劝，可阿剌海偏是八匹马拉不回来的脾性，弄得公主们个个急红了脸。

长公主火臣，固姑冠下花白的头发被风吹乱，想以长姐的身份制止阿剌海胡闹，说道："三妹，你这是做什么呀？现在大汗刚回和林城，你当全城人让他丢脸，是要出大乱子的！"阿剌海阴沉着脸，披头散发地烧羊饭，头也不抬地反驳道："男人让大汗带出去打仗，说杀就杀了三妹顾忌什么，大不了一死，省得碍大汗的眼！"

"你疯了！闹完了，闹死啦，你没事了，小不花才五岁，你就不为孩子想想？孩子今后怎么办？"二公主扯必干扯脖子以利害相劝，并冲着正在跳神的萨满和忙着持茶注、杀牲的、捧酒盏、摆祭品的执事奴才们吼道："你家主母哀丧昏了头，你们不劝阻，还一起跟着闹，还不马上都给我撤摊子！"

萨满大神、执事奴才听着二公主的话，都抬头看着三公主。阿剌海辫发散乱，脸色苍白，一身黑色袍子，瞪着充血的眼睛，不管不顾坐地嚎啕道："这路我占定了，害怕的就离开，姐妹一场别弄个红脸……路就是不让，让三哥大汗从我的尸体上踏过去……死了更好，我与镇国一起去见父汗、额娘，向他们讨个公道去……”

长公主急得干搓着手，也泣道：“三妹，停手吧，大姐求你了！”

哀乐奏响，灵堂上的白花被风刮得哗哗作响，路上弥漫了烧羊饭的气息和篝火的烟气，路边围满看热闹的人群，随着大汗马队的临近，气氛更加紧张起来。鼓乐声喧，由于前路堵塞，一队鼓乐手组成的红色马队被阻。身穿紫袍，外套紫色的马甲，足蹬皮靴，头顶红缨帽的怯薛护卫，面对三驸马的灵棚和站在路中的几位公主，平日豪横惯了的皇家卫队无奈地勒住马。

前军受阻，窝阔台与察合台命人暂停，二人驱马前行，只见宽阔的石板路被灵棚挤占了，黑色灵棚顶上白绢黑字格外醒目，“汪古赵王镇国千岁千古”几个大字在风中作响，旁边竖着的杆子上挂满了白花花的灵旗。路中祭案上摆着宰杀的青牛、白马，香炉上蓝烟袅袅。一口大锅内煮着马背子，灶口飞出点点火星。陪祭的萨满和执事奴才见大汗过来，都急忙遛边跪下不敢抬头，几位公主围着三公主扯她起来，一身丧服的阿剌海哭天抢地，直着脖子杀猪般干嚎……

察合台紧张地跟着窝阔台赶到灵堂前，急得脸颊淌汗。大汗窝阔台当然明白，众人都在看自己如何化解危机，他长叹一声降旨道：“将鼓乐都停了，朕要亲自祭奠三驸马镇国。”他从容下马，理了下袍子，摘下金冠交给阿儿浑，缓步走到祭棚下，对着棚内的银棺施了一礼，歉疚地道：“镇国贤弟，魂兮不远，朕来祭你了——你有害朕的理，朕有杀你的由，是非曲直，天知地知。但愿贤弟能再生为人，与朕为友为敌……呜呼哀哉……”

说罢，弯腰鞠了三躬，然后回身对正拉三公主起来的四公主秃马伦、五公主阿勒塔伦道：“妹妹们放开你三姐，朕也不怪她！毕竟和林城建城时镇国立了功劳，他还随朕万里征战一载有余，三妹倚门倚闾等着丈夫凯旋……唉——虽说镇国犯不赦之罪，但祭祀丈夫，也是人之常情！”

窝阔台的话入情入理，几乎哭背气的阿剌海，终于缓过一口气，眼里含泪望着大汗道：“三哥，你好狠心呀，你杀了镇国，留下三妹子孤儿寡母可怎么活呀？”

窝阔台脸上一阵苍白，眼中流泪道：“三妹，朕杀了镇国你难活；可镇国在洛阳城串联金狗刺朕在先，又与道士联手用蛊术害朕于后。如果他的阴谋得逞，三哥怕回不了哈剌和林城了！镇国死了，妹妹心中难过，可朕死了，你就不难过吗？”说到这，窝阔台泪如雨下，掩面长叹道：“朕被父汗放在火上烤！为了汗位，几回生死，能活到如今，无非是上天不许朕死……杀镇国，朕心里的滋味，实在不比三妹心里好受多少。镇国罪犯不赦，他派人袭杀朕的使节田镇海未果，却杀了镇海的百余护卫，不是阿里黑、速不台二人保护，田镇海难逃一死，这样的大罪，朕都想放过他。可他依旧不觉悟，他借酒宴毒死阿里黑，还两次谋朕性命，让朕如何容他？镇国死后，朕已降旨让孛要合接三妹与孩子回汪古，为掌国公主，不日即有恩旨！”

“三妹哪儿也不去，镇国的家在这儿，要死要活，三妹就只在哈剌和林城了！”阿剌海披散头发站起，怒目金刚般拧鼻涕抛眼泪吼道。

察合台见大汗仪仗不动，惹得愈来愈多的人围观，凑上前对阿剌海道：“好妹妹，给二哥一个面子，把这灵棚撤了，这样多的人围着不好看呀。”

阿剌海怒道：“二哥，三妹现在人不是人、鬼不是鬼，就这张脸随他们看去！”一句话顶得察合台一个后仰，想发作又发作不得。

“皇兄走吧！”窝阔台拉了把察合台，苦笑着上了马，绕过灵棚，后面黑压压的仪仗队、吹吹打打的乐队也只能跟着绕行。一时乐队乱了调门，举着各色旗帜，各色伞、扇，手执长枪大刀的怯薛马队原本整齐的队列也乱了套。黄金家族自己闹家务，大汗不怒，谁敢惹祸，都闭着嘴板着脸默默前行。

窝阔台进和林城，阿剌海这一闹，虽说没有暴怒，可心中不觉感到几分凄凉，他回望了一眼沉默不语的二哥察合台，不觉眼里滴下泪来，正在想事，忽有怯薛飞马来报：“启禀大汗，四王府派的使者在路边跪迎！”

窝阔台心中一愣，四王妃没来接驾，说明她的火气未消。车驾前行百余步，路边一队四王府的人马跪候，窝阔台勒马，见王府总管宿敦跪前，禀道：“奴才奉四王妃之命，迎接大汗回和林城。本来王妃想来迎驾，忽然想起国俗，家中停尸的人不能迎驾，因此让奴才禀报大汗。”

窝阔台不经意地点了点头，道：“回去告诉四王妃，四弟立有大功，朕已派人去迎蒙哥，过几天朕会带诸王一起去祭奠四弟的！同时告诉她，朕这几天忙，有什么事让她直接去告诉昂辉哈敦。”

宿敦叩头道：“四王妃还有句话让奴才代奏，王妃说，她从心眼里格外感激大汗对四王府的关照。”

正午的太阳把万安宫照耀得金碧辉煌，宫殿坐落在高耸的石基上。殿宇的大屋檐为数十根巨大的花岗岩石柱承托着，屋顶极具东方“如鸟斯革，如翚斯飞”的轻盈美感。宫外宽敞的梯形广场，并用青铜奔马雕塑带动水池中的喷泉，喷泉射出水花时奏出音乐，广场是西方传教士根据罗马广场形制绘制建造的。大汗马队经过广场时，欢呼声震耳欲聋，万余怯薛列队迎接大汗归来，更让窝阔台意想不到的是，队伍前出现了一百辆勒勒车，上面满是从西方拉回的战利品，前面的一辆战车上站着一位身材魁梧、一身甲胄、面色黑红、威风凛凛的将军，细心一看竟是西征统帅绰儿马罕向自己致敬……

窝阔台勒住马，望着察合台，指着战车上的人道：“皇兄，那辆车上的好像绰儿马罕。”

察合台大笑道：“大汗好眼力，绰儿马罕将军奉旨献俘先归，臣也是想给大汗一个惊喜。”

窝阔台兴奋地对阔出道：“去让绰儿马罕过来。”

阔出过去传旨，绰儿马罕得旨跳下战车，风尘仆仆过来，跪下叩头道：“奴才叩见大汗！”

窝阔台喜笑颜开地道：“快抬起头来，我们的西征大元帅看来收获不小！”

绰儿马罕抬起头眼含热泪，道：“奴才在西域四年了，做梦常梦见大汗，托大汗的福，战利品拉回几千车。”

“快起来……随朕进宫，咱们细聊西征的事！”窝阔台跳下马，急不可耐地扯起绰儿马罕，拾级走向万安宫。太阳斜射在万安宫绿色的琉璃瓦上，大殿在日光映照下显得格外金碧辉煌，大殿坐落在白玉基石的台阶上，八十一级台阶将这座宫殿托在云中。丹陛下一面白色的大纛迎风猎猎招展，殿边怯薛个个挺胸抬头，手持刀剑，盔甲鲜明。窝阔台十分高兴，虽说这座宫殿的图纸他已看过多遍，可真的步入万安宫，还是让他新奇得很。进入大殿，窝阔台坐上高高的龙榻宝座，四望还是有一种神秘感在心。过去父汗住过的大斡儿朵自然无法与此相比，嵌满珠玉的龙榻，远比父汗的白虎皮宝座多了不少贵气。他坐在龙榻上，面对空旷的大殿，望着阶下的诸王、诺颜，距离拉得很远，他的头脑一片空白，一片茫然……摇了摇头道：“御座太高了，来人——将两位王叔与二皇兄和绰儿马罕的座位移到朕跟前。”

调整了座位，窝阔台面带微笑望着绰儿马罕道：“绰儿马罕，二王兄给朕打了个埋伏，朕真没想到你会这样快回来，你是在哪儿接到朕旨意的？”

绰儿马罕比过去老成，谦卑地道：“奴才征战谷儿只国①，该国的女王鲁速丹一直在藏猫儿，奴才追到大、小高加索之间的一座山城，山城叫第比利斯，城中有库拉河穿城而过。刚扎下大营，圣旨就到了，奴才让暂停攻城，自己就往回赶，就怕误了时间，赶不上大汗进城。”

“听说你剿灭了札兰丁，连下西域数十国，功劳不小呀！”

“奴才有多大能耐，主子还不清楚，奉命西征，不过是托大汗的福荫，将士用力，才取了呼罗珊②、平了阿塞拜疆，进讨了伊拉克，在底格里斯河右岸

① 谷儿只：今格鲁吉亚，国都第比利斯。

② 呼罗珊：西辽时包括今阿富汗的西北部的巴里黑、赫拉特、伊朗东部的内沙不尔、土库曼斯坦的马鲁等。

经大小战役十多场,全线击溃了札兰丁。臣在阿米德城外袭击了札兰丁的驻地,可惜没有捉到札兰丁,他被部将救走了。”

“他的家人怎么处置了?”

“札兰丁的两个儿子在阿米德城内被杀,新娶的王后被奴才俘获,已让人送到大汗后宫。”

“札兰丁真的死了?”窝阔台对札兰丁的下落表示关心,他的头脑中闪现出当年随父汗追踪札兰丁,在印度河畔札兰丁纵马跳入河中逃脱的事,有些沉吟着问道。

“都说他逃到迪牙别乞儿(今土耳其东部)山中,被库尔德部人杀死,可奴才并未见到尸首。”

窝阔台点了点头,站起身步下御阶,关切地道:“你寄的折子朕看到了,又到过忽罗珊了,成帖木儿的事如何解决的?”

绰儿马罕脸一红道:“奴才好久未去呼罗珊城,有人反映成帖木儿为人贪墨,你不沙儿发生叛乱,他向奴才求援,臣派部将平叛。臣听人说这次叛乱之所以如火蔓延,是成帖木儿重用札兰丁时的篾力克为辅翼造成,这些人仇视汗廷对我阳奉阴违,因此臣命人捕杀,可成帖木儿却一力庇护,臣也左右为难。”

窝阔台想想道:“这件事朕再想一想,你这次回来大车小辆给朕带来了些什么?”

绰儿马罕慌忙离座跪下,弯着腰双手将一份礼单举过头顶,说:“这是臣所献战利品细目,请大汗一览。”

“大元帅一路辛苦,不要说话就下跪,就坐在那儿回话。”窝阔台拉起绰儿马罕,转身将礼单交给阔出,道:“你来念,看看西征元帅带回了些什么。”

阔出高声宣读道:“纳石失[①]一万匹,金万锭,银五十万两千锭,马七万匹,各种珍宝玉器六千件……”

战利品清单读了很长时间,大殿内一片寂静……

阔出念罢,窝阔台笑对诸王道:“如此多的东西,加上这次征金缴获的战利品,是笔不小的财富呀。朕要增加诸王的岁赐,对立了功的诺颜与将士也要重赏。过去太祖子弟诸王,每人赐银一百锭,金锦三百匹,太祖斡儿朵银五十锭,金锦七十五匹,王叔铁木格银五十锭,金锦一百匹……回头朕让二皇兄、铁木格王叔、阔出牵头制一张新表,岁赐可以增加些!”

众王在察合台的带领下跪倒,山呼道:“臣等叩谢大汗,愿你的帝国横跨

① 纳石失:音译,波斯金锦。

世界五大洲，愿世界的王者都拜伏在你的脚下！”

窝阔台大汗望着诸王，笑着道：“都起来吧，朕也要谢谢绰儿马罕，他到西边近四个年头了，独当一面不易呀！”

绰儿马罕跪下叩头道：“都是奴才该做的。”

“做是该做的，嘉奖也是应该的——当年木华黎经营金国，朕的父汗封他为国王，朕也封你为国王，出行可建王纛。”诸王没想到窝阔台会加封绰儿马罕为王。

绰儿马罕扑通跪下，含泪叩头道：“奴才是何等人，敢和木华黎王爷相比！”

窝阔台没有理会绰儿马罕的话，只是向身边怯薛道：“来人，安排酒宴，朕要与诸王畅饮一番！”

酒宴摆上，窝阔台率先举起金杯，笑望诸王道：“有功者当赏，大家为绰儿马罕封王干一杯吧！”

察合台首先举起杯，所有的诸王都高声狂喊：“大汗论功行赏，恭贺绰儿马罕封王！”

绰儿马罕匍匐在地，顿首谢恩道：“奴才受大汗如此大恩，定当在西域给大汗争口气，将回回国都平定了！”

“好，这就对了嘛！”窝阔台笑着道，“为汗国立大功的人，朕是不能忘记的，朕还考虑对参加灭金之役的有功人员进行封赏，在汉人间，除过去分封的四万户外，可以再增加几个万户，像张荣、李璮等都可以考虑晋封万户。绰儿马罕……你也可以把西域随征的有功人名单报朕等待赏赐。”

绰儿马罕从怀中掏出一副名单，说道：“这是奴才推荐提拔任用官吏的奖励名单。”

“将名单交到察合台二爷那里，朕看看再说！”

话刚说完，阿儿浑走了进来，窝阔台望着他问道：“外面燃放烟火的事安排好啦？”

“奴才安排已毕，一入夜就燃放烟火！”

窝阔台笑着道：“再让人杀马百匹，肥羊两千只，再运一百车酒到广场上，叫随绰儿马罕来的人也去广场上参加集会，准备全城彻夜狂欢！”

“奴才马上安排！”

“好，内外一齐庆祝，朕与诸王、诺颜就在万安宫设宴，让不夜的灯火将天宇照亮，让帝国的宴饮声传遍大漠。阿儿浑，你同时安排一下警戒的事。”

“嗻！”阿儿浑答应着走了出去。

一会儿，值班怯薛长阿儿浑又回到窝阔台身边，弯下腰，悄悄地对窝阔台道："奴才刚走到宫外，孛要合郡王遣人来报，说他今天不能参加大汗举行的筵会，他在三公主阿剌海的大帐中，正与三公主一道饮酒。"

"有这事！太阳从西边升起来了……"窝阔台脸上露出惊异的神情。见阿儿浑未走，便问："还有什么事？"阿儿浑附耳说："大汗，河中行省①总督牙老瓦赤带阿姆河行省②使者在外等候，说有重要的事求见大汗。"窝阔台想想道："你去后殿安排一下，朕先见牙老瓦赤吧！"

---

① 河中行省：亦称别失八里等处"行尚书省"，其地在阿姆河以南，实际管理西辽故地。

② 河姆河行省：又称阿姆河等处"行尚书省"，其地在阿姆河以西，实际管理花剌子模故地。

第二回

老瓦赤雄辩谈行省 篾力克受宠上金殿

酒宴三巡过后，窝阔台悄悄离开了万安宫。天色渐晚，落日的余晖仿佛是一幅美妙的图画，火烧云烧红了半边天。他望了一会儿西天，沿着甬道进了东便殿。

“大汗，喝点醒酒汤吧！”窝阔台坐下，一个侍酒官送来一碗醒酒汤，他接过来，喝了一口，又闭了一会儿眼睛，觉得头脑清醒了很多，方从怀中掏出一份折子，摊在桌案上。由于要召见呼罗珊的使者，他把这份折子连看了两遍：

……成帖木儿自称为繁荣经济，一直在呼罗珊招降纳叛，收拢了一批札兰丁的篾力克，严重影响了该地的治安。他还以军政分家为名，阻挠将这些坏人逮捕归案，其中一些人反成了他的座上宾。因此，奴才倍感忧虑，呼罗珊乃札兰丁老巢，余党如得不到清理，叛乱之源就难消除。因此，奴才想请大汗派一位与奴才一心的总督管理呼罗珊以西地区……

绰儿马罕是自己的亲信，刚刚封为郡王，按说他的折子提出的问题不该有什么问题。在阿姆河以西设行省，是绰儿马罕平定了呼罗珊等地叛乱后，窝阔台为了保持汗国中央政府能够统御四方作出的决策。当时，窝阔台下诏由绰儿马罕的副帅成帖木儿出任该呼罗珊、玛拶答总督。然而绰儿马罕对成帖木儿并不满意，上折子参他；河中总督牙老瓦赤与成帖木儿特使匆忙求见，看来也是为这折子而来。

窝阔台低头沉思，他对河中行省总督牙老瓦赤参与阿姆河以西的事极不高兴，这种越俎代庖会有很坏的影响，如果牙老瓦赤不是他的信臣，他绝不会在这样敏感的时刻进行一次秘密会见。外面一阵脚步声传来，阿儿浑进来跪下道："大汗，牙老瓦赤总督与成帖木儿的使者已到宫外，是否允许他们一道进来。"

"不——叫牙老瓦赤进来吧！"

牙老瓦赤穿着深红色的袍子进来，人比上次见面时更苍老，脸色有些发黑，额上的皱纹更细密了，脚下的鹅顶靴沾满灰尘。牙老瓦赤进来后，小眼睛闪着狡狯的光，叩头道："奴才来晚了，没赶上大汗凯旋进城，现在又扰了大汗的宴会，请大汗恕罪！"

"给大总督搬把椅子，你就下去！"窝阔台对阿儿浑吩咐着，望着牙老瓦赤坐下，言道："这么晚单独见朕，有何大事想说？"

"奴才先前的折子，给大汗出了难题。"

"折子写得很有分量，看来是下了一番工夫的。"窝阔台的瞳仁在烛光下闪着晶莹的光，对于这位总揽一方的大总督，他总是显得很宽容，尽管他对牙老瓦赤与呼罗珊使者走得太近很是不满，可见面时，还是表现出友好的态度："河中的事不是小事，迟早是要解决的，不管是谁都不能违反《大札撒》，不能损害汗国的长远利益。可眼下，朕刚伐金归来，老四的尸体还停在帐中，再怎么急也得等，等所有的事消停了，朕再同皇兄理论。"

"河中是大汗的辖地，不许坐镇诸王干预河中事务，是先大汗的札撒。现在行省成立，河中建了驻军，城镇出现了富庶景象，说明大汗的决策是正确的。可河中繁荣，二王爷手下人看着眼热，常常滋事夺利，为此奴才没少与微即儿王傅交涉，还当面同合剌察儿对过质……"

"微即儿认账吗？"

"奴才有证据，只是还不到撕破脸皮的时候！"

"要从解决问题出发，不要撕破脸皮。"窝阔台用眼睛盯着牙老瓦赤，开导道，"目前半年内，你不能同皇兄的人发生大的争执，遇事当然不怕，但不要有大冲突。待过了这阵子朕直接同皇兄讲，不怕他不认罪！"

"大汗放心，河中的事奴才还处理得了，奴才这样晚求见，是想向大汗谈谈成帖木儿的事。"

窝阔台冷若冰霜地道："大总督是路遇呼罗珊的使节，还是受了成帖木儿委托？"牙老瓦赤小心翼翼地道："奴才从不接受别人委托，过去与成帖木儿也无深交，只是觉得使者阔里吉思说得言词恳切，觉得有义务站在汗廷的利益上，替成帖木儿总督说句话。如果单是为了个人利益，奴才绝不会深夜进宫的！”窝阔台知道牙老瓦赤不是个私心重的人，在大事上更不是糊涂人，想想道：“说吧，成帖木儿为何这时派使者见朕？”牙老瓦赤答道：“成帖木儿是怕绰儿马罕借觐见献俘之机，向大汗告状。”

窝阔台用眼瞟了牙老瓦赤一眼，问道：“阔里吉思是一个人来的？”

“不是……成帖木儿让他带来呼罗珊、玛拶答归顺的三个篾力克。”窝阔台有些不解，望着牙老瓦赤，又道：“这潭浑水，你既然淌了进来，朕就不瞒你，绰儿马罕要求更换成帖木儿总督，说他招降纳叛。你也是总督，河中离呼罗珊只隔着一条阿姆河，你对那里的情况比朕清楚，说说你的意见？”

牙老瓦赤抬起头，道：“成帖木儿作为阿姆河等处行尚书省总督，大汗设行省目的就是要安定呼罗珊，繁荣地方经济。绰儿马罕掌管着西征大帅府，他的职责是统兵替大汗讨平叛乱，征服不臣之地，为国开疆拓土。行省、帅府目标不同，职责不同，因此臣以为大汗不能只听西征元帅府一面之词，而应同时听听成帖木儿总督的话……”

窝阔台并没有被牙老瓦赤说服，道：“可阿姆河行省还是有其独特的地方，它毕竟处于平叛阶段，比不得西辽故地的河中行尚省，连燕京行省也比不了吗！成帖木儿本是绰儿马罕的部将，有关呼罗珊治安的事，朕曾暗示过西征元帅府该管还得管！”

“奴才不敢驳大汗，大汗方才问臣，‘你作为河中总督怎么管起成帖木儿的事了？’臣说：‘想替成总督说几句话。’臣觉得阿姆河行省与帅府间有分工不明的状况，分工不明，大汗交给总督的任务就做不好，繁荣城镇、增加赋税就是句空话。大汗建行省就是想将军政分开，如果大汗再给西征元帅府以特权，最后的结果只能是总督府将受制于西征帅府，行省将形同虚设。”

窝阔台点了点头，道：“古人说任人不可无择，所贵已择不疑。看来朕对成帖木儿了解少了些，阔里吉思说没说绰儿马罕和成帖木儿之间的矛盾是如何形成的？”

“臣听阔里吉思说，札兰丁余部进入呼罗珊后，曾一度造成局势动荡，平定叛乱后，绰儿马罕大帅与行省就是否对昔思田屠城一事发生争执。成总督提出：‘不能因几个人的罪恶，杀害成千上万的人。更不该为几个坏人，毁灭一座繁荣的城市！’后来帅府同意了行省的意见。后来，在用人上，大元帅府反对总督府起用札兰丁时期的篾力克，成总督认为，请原有呼罗珊、玛拶答而的篾力克出任汗国的地方长官，对平靖地方作用很大，同时还可以分化敌人。可因角度不同，帅府对这些篾力克被总督府任用有意见，为此元帅府下了《通缉令》，造成为行省工作的篾力克人人自危，因此成总督才让阔里吉思带几个篾力克见大汗，希望得到大汗的支持。”

窝阔台点头笑道：“你这个河中总督力保阿姆河总督，话说得倒像是置身事外，可却处处站在总督府的立场上。”

“臣只是陈述所听到的话，并根据理解给大汗提了醒。”

窝阔台转身对外喊道：“来人，宣使者觐见！”

过了一会儿，阿儿浑带使者进来。阔里吉思是个三十多岁的精壮汉子，他身后跟着三个穿麻衣系缠头修士打扮的人，他们进了大殿后，跪在阶下叩头道：“奴才叩见大汗！”

窝阔台见阶下跪着头戴一顶插有三根羽毛帽子、穿着金锦袍子的人，知道他是阔里吉思，便道：“阔里吉思，介绍一下你身后的人吧！”

阔里吉思直挺起腰板，冬瓜脸上一双眼睛有些外鼓，大声介绍道：“启禀大汗，奴才左边这位叫宝合丁，原是呼罗珊的篾力克；挨着他的是玛拶答而的剌惕丁；奴才右边的是呼罗珊总税务官，名叫巴哈丁。”

“他们为何穿着僧袍呢？”窝阔台对这三人的穿戴有些怀疑。

“回大汗，西征元帅府对他们下了通缉令，为防路上被抓，成总督特意安排他们扮成修士的。”

窝阔台眸子如利剑一般盯着阔里吉思，问道：“他们过去是札兰丁的死党吗？”

“不，大汗！他们过去有自己的封地，属花剌子模国苏丹的臣下，现在正为总督府办事，是汗国的官员。”

“有人说成帖木儿在呼罗珊、玛拶答而保护了一批札兰丁的余党，对汗国另搞一套，有这么回事吗？”

阔里吉思见大汗眼中闪着冷峻的光，惊诧地有些发抖，叩头道：“大汗任命成大人为阿姆河行省总督，成大人正是从安定地方着眼，请当地官绅出来为汗国服务。这些世侯与当地人同族同种，在当地素有威望，他们当官，居民就有了安全感，这对城镇繁荣是有利的。如果因为过去这些人是旧官僚，就不许任用，臣不能不替汗国用人的偏颇感到悲哀。”

窝阔台仔细听了阔里吉思的话，他略微沉思后，端起奶子呷了一口，望着他道：“他们都是札兰丁时的大篾力克吗？”

“是的。”

“你认为他们归降朕，不是暗藏阴谋，想颠覆汗国政权吗？”

“奴才以为利用旧官吏参与行省管理，是总督府做得极有眼光的一件事。札兰丁过去之所以很快复国，就是因为他依靠了地方上的篾力克。现在，地方上的篾力克都清楚札兰丁时代已经过去，跟着他没有希望，因此纷纷向总督府表达为汗国服务的愿望。奴才觉得大汗是不会拒绝这些人的忠心,是会下令保护他们的,大汗是世界大汗,多数篾力克的归顺,将会铺就阿姆河以西的和平之路。”

“说得好!”窝阔台被阔里吉思的话语打动,对这个年轻人很感兴趣,他已经放弃支持绰儿马罕严处成帖木儿的念头,和气地问道:“朕听说成帖木儿在呼罗珊出外办事,都是穿阿拉伯人的服装,可是真的?”

阔里吉思咚咚叩了三个响头,道:“成大人的确是这样做的,这是让呼罗珊人知道本地的总督与当地居民衣着一样,以藉此减少相互间的隔阂。”

窝阔台脸上云消雾散,低头指着穿着一身麻布袍子,足蹬一双骆驼皮黄皮靴,细腰宽肩膀高个子的宝合丁道:“你叫宝合丁,你真的愿替朕工作吗?”

宝合丁叩头如捣蒜,满脸淌汗,声音也有些发抖:“世界征服者——统御宇宙的万民君主,您的仆人——呼罗珊的篾力克宝合丁万里迢迢来到哈剌和林城就是向您表示敬意与臣服,并希望能得到您的宽恕。奴才今后的一切,包括生与死,都是属于大汗的!”

“抬起头来!”

宝合丁惊恐地抬起头,直到现在他才看清,大殿正中高高的御座上,身穿金锦龙袍的蒙古大汗身材高大,头戴白色栖鹰帽,帽顶缀着一串塔状的红宝石,方正脸上鼻子高耸,有一张向外突出的嘴和一双野狼一样褐色的眼睛,颈下靠近咽喉部位,留有一块铜钱大的明显箭疤。

窝阔台提高了声调,问道:“宝合丁,朕在你来前就听说过你的名字,还听说你带兵同朕的人作过战,做过一些坏事。你告诉朕,现在是真的想归降,还是口是心非?”

宝合丁脸色发紫,心提到了嗓子眼,他感到大脑一片空白,只要这位大汗对自己产生一丁点不满意,自己怕就再也离不开哈剌和林城了,他使劲地叩头,声音颤抖地道:“大汗,奴才本是个罪人,曾躲进城堡中对抗大军,成总督赦免了奴才的罪,并让奴才来朝见大汗。奴才起誓,如果奴才臣服大汗后,再去干坏事,就让奴才如射进草中的箭一样永远消失。”

“宝合丁,既然你来朝见朕,又表现出这样虔诚友好的态度,朕就把你视为朋友,命你作呼罗珊的总管,并赐你金虎牌,就留在呼罗珊与成帖木儿一起管理那里的人民吧!”

宝合丁没想到窝阔台会这样爽快地接纳自己,他眼睛闪着泪光,拼命地叩头,道:“谢谢伟大的世界征服者,你的宽容如阳光雨露,融化了奴才冰冷的心,奴才一定好好地干,绝不辜负大汗的天恩!”

窝阔台转身对矮胖的奴思剌惕丁道:“你就是玛拶答而的剌惕丁了?”

“正是奴才。”

“你愿意同宝合丁一样为朕服务吗?”

“大汗如果宽恕了奴才,奴才的命就是大汗赐的,奴才一定竭尽全力协助成总督治理好玛拶答而。”

窝阔台点头道:“玛拶答而是个很美的地方,朕就派你替朕管理它,赐你虎头金牌。你要善待那里的百姓,多宣扬汗国的好处,朕不会亏待你的。”

“奴才愿意听命大汗!”

窝阔台又用眼睛扫视着留着长胡子瘦削的中年人,道:“你叫巴哈丁,是个财经专家,朕对你很感兴趣?”

“奴才是巴哈丁。”巴哈丁望着蒙古大汗,心里激动地扑腾扑腾地跳,他看到同行的宝合丁、剌惕丁得到大汗的宽恕,自然抱着渴望得到重用的念头。

“听说你父亲苦思丁是花剌子模的财政大臣,看来你对呼罗珊的情况也很熟,并愿帮助总督府做事。”

“大汗,奴才被拔于死囚之中,并受到总督大人重用,不敢不尽绵薄之力。呼罗珊是个富庶之地,城镇密集,虽经战乱,人口锐减,但还有数百万人口,除了丁税、商税,每年的税赋很是可观。成总督讲过大汗准备在那里培植市场,发展经济,奴才当时说只要税赋合理,人就会越聚越多,城镇交易量就会逐步扩大,向汗国提供的税赋自然会逐年增多……”

“说得好……朕早就下过诏书,在西域建立赋税制度。花剌子模经过战乱,税收必须定得合理。要在城镇中培育市场,不能竭泽而渔,一方面要繁荣市场,一方面要征收赋税。你要多动脑筋,办好了这事,朕自然忘不了你!”

“奴才一定尽心尽力,尽职尽责!”

窝阔台面露喜色,他对这三个西域篾力克的表现很是满意,对阔里吉思道:“阔里吉思,成总督让你带这些人来见朕,朕很高兴。朕要下旨保护他们的家人、财富、信仰!你回去告诉成帖木儿,只要对稳定有利,对城镇繁荣昌盛有利,他尽管去做,绰儿马罕那里,朕会告诉他,不要再插手阿姆河行省的事了!”

“大汗,”阿儿浑进来向窝阔台禀报道,“诸王们等急了,察合台二王爷也询问大汗在哪里呢!”

窝阔台站起身微笑着望着牙老瓦赤、阔里吉思和三位篾力克,说道:“你们都是朕的客人,一起同朕到万安宫饮酒去。”

繁星满天,万安宫内烛光通明。女仆们陆续地端上各种菜肴,诸王、公主们正在吆五喝六地饮酒。绰儿马罕见席间大汗与大哈敦都不在，举杯走到铁木格、察合台诸王跟前，躬身赔笑道："奴才在西域常惦着诸位王爷，只是路途遥远回来一趟不容易，奴才借大汗一杯酒，祝诸位王爷福如东海、寿比南山！"

"征西大将军敬酒咱们都得喝！"铁木格端起酒杯说道。

察合台饮了酒，朝绰儿马罕笑道："大将军不能光喝酒，你可是咱蒙古人中的夜莺，这几年出征在外，不知长调是否有长进，为大家唱一曲助助兴如何？"

"察合台这话有理，绰儿马罕这黑小子刚封了郡王，在爷们面前先放放西征大将军的派头，给大家来一曲！"铁木格鼓掌笑道。

"奏乐吧，既然王叔和二爷有话，奴才就唱一首祝酒歌。"

乐队在弹奏祝酒歌，伴着乐曲，身材高大的绰儿马罕从容站起，在红毡上边跳边唱，他一身金锦长袍，一张黑红脸，两道剑眉，目光如电，更显几分勇武，唱起歌来嗓音粗犷有力，令人击节：

哈剌和林河酿的醇酒，
倒满了闪亮的金杯银盏。
在腾格里福荫降临之时，
万安宫诸汗、公主一起欢颜！

伟大的世界征服者，英明的大汗窝阔台带领蒙古人，
铁蹄踏处列酒宴！
鹰旗飘扬遍乾坤，
看，黄金家族福禄之水向大海一样无边无沿……

"唱得好，声如洪钟，威风凛凛，豪气冲天，不愧是朕的西征大将军！"歌声刚落，一阵笑声从外面响起，窝阔台笑着进了万安宫。

"奴才献丑，让主子见笑了。"绰儿马罕见大汗从后殿走出，身后跟着牙老瓦赤和阔里吉思，还有三个阿拉伯修士，脸上的笑容立刻敛了起来。

"来，快给大汗与新来的客人斟酒！"铁木格脸色通红，手举银杯，独眼闪着光道："来，为世界统治者——窝阔台大汗敬酒！"

诸王与在座的人向后退了两步，跪下高喊："臣等请大汗饮酒！"

窝阔台喝完酒后，见诸王饮了，笑着指着身后的牙老瓦赤道："河中总督牙老瓦赤大家都认得，不用朕介绍了，随意吧。"又指着后面的四位道："这位是呼罗珊总督成帖木儿的特使阔里吉思，其他三位也是朕的贵客，他们过去是花剌子模在呼罗珊一带的三大篾力克，现在是为朕效力——来人，安排他

们坐在绰儿马罕大元帅的下面。”

“小人给大帅请安!”阔里吉思望着绰儿马罕头上戴着一顶王冠,吃惊地忙向绰儿马罕致意。窝阔台看出了阔里吉思脸上的变化,笑着道:“阔里吉思,绰儿马罕已封了郡王,替朕经营西域,带你的人向他祝贺吧!”

“卑职祝贺大帅荣升!”阔里吉思和三个篾力克忙垂手向绰儿马罕表示祝贺。

绰儿马罕满脸狐疑,谨慎地对阔里吉思问道:“阔里吉思,这几位是……”

“回王爷,他们是小人奉总督之命,带来觐见大汗的三位篾力克。”阔里吉思的心怦怦直跳。

窝阔台见绰儿马罕脸色难堪,知道他为阔里吉思等人的到来有些不高兴,便道:“大元帅虽没见过这三位,可你的名字早吓得他们屁滚尿流,现在他们是朕的客人,今后你要好好善待他们呀!”

“大汗,他们是……”绰儿马罕吃惊地道。

窝阔台指着高个汉子道:“他就是朕封的呼罗珊总管宝合丁大人,过去是呼罗珊世袭的篾力克。”接着,又指着一个矮胖子道:“他是玛拶答而的篾力克奴思剌惕丁,朕刚任他为玛拶答而的地方长官。”最后他指着一个瘦高的年轻人道:“这个年轻人是呼罗珊的理财高手,父亲是花剌子模国的财经大臣,他的名字叫巴哈丁,朕已命他为阿姆河行省财经大臣。朕让这三个人协助成帖木儿治理阿姆河行省,大元帅今后要与他们好好地合作。”

绰儿马罕一愣,张大了嘴巴,木然地拱手道:“看来奴才先要做的工作,是废除西征帅府签发的《通缉令》……”

“对!”窝阔台眼睛闪着晶光,斩钉截铁地道,“当然元帅府过去通缉他们没有错。他们曾是有罪的,可现在朕免去了他们的罪,元帅府自然要收回《通缉令》。”

绰儿马罕此行是要扳倒成帖木儿,没想到被人家占了上风,心中虽别扭,可大汗已封自己为一方郡王,这在汗廷内是除木华黎、博尔术以外没有过的事,因此赔着小心道:“奴才遵旨,回去就办!”

窝阔台扫了宝合丁三人一眼,见他们愣愣地站在那里,笑道:“三位篾力克大人,朕的西征大元帅已恕了你们的罪,收回对你们的通缉,你们就在朕面前谢谢他吧!”

“主子身边,哪有奴才受人礼的道理。”绰儿马罕对这三个篾力克受到大汗礼遇感到吃惊,连忙阻止道。

三个篾力克忐忑不安地叩头道:“奴才们谢谢绰儿马罕郡王!”

绰儿马罕明白大汗在观望自己，弯腰扶起三人，笑道："快起来……过去的事一笔勾销了，本王绝不会再为难你们啦！"

窝阔台知道绰儿马罕心里不受用，可依然开导道："这次西征，你的仗打得不错……威震西域，朕很满意。成帖木儿在治理国家、笼络人心方面还是肯动脑筋的，这方面你也要学学他。要知道最优秀的统帅除了用武力征人之国外，还要征服人心，公道地说，在开疆拓土上，十个成帖木儿也比不上你，但在征服人心上，他比你就多了些城府。"

"奴才一定记住大汗的话。" 绰儿马罕对大汗的评语有些恐慌，忙跪下回话。

"快起来吧，朕无责备你的意思，在外统率三军，君命有所不受，今后朕也盼着你为朕送一批肯替汗国服务的篾力克，那样西域就安定了……"窝阔台笑着上前拉起他。

"奴才过去因那些篾力克都支持札兰丁复辟，对他们有成见，有了大汗的话，今后奴才一定学着做。"

"你过去的想法朕能够理解，朕也是被人上了一课后，才醒过来，" 窝阔台险上的肌肉不易察觉地跳了一下，他对绰儿马罕的忠心是放心的，微笑着道 "绰儿马罕，过去朕说过，让你帮朕监督着成帖木儿，随着形势发展，现在已不适用了。阿姆河的行政事务就由总督一个人管了，元帅府就不要插手了，当然军事上的事谁也代替不了你，这叫各司其职！"

"奴才遵旨！"绰儿马罕答应道。

"放爆竹，让烟花升起来！"窝阔台见天渐渐黑下来，成帖木儿的事情已得到圆满解决，便对阿儿浑下达命令。他走到察合台和铁木格身边，笑着道："王叔、兄长，走，同朕上御门观看美丽的夜景去！"

不夜的哈剌和林城，爆竹声震四野，烟火不时地冲天而起，五彩缤纷的花束散入星空，将城市的夜空装扮得格外绚丽多彩……

第三回

四王妃灵帐儆属下
汪古王冰河救孤儿

门楣上高悬着金匾的四王府，孤零零地远离哈剌和林城。虽说在城内的新府邸早已建设完毕，因为四王爷拖雷出事，王府搬迁只能延期了。城里庆祝伐金、西征的爆竹声，让城外的四王府感受到强烈的震颤。眼下四王爷灵寝未安，府内一片缟素，无数盏罩着白纱的宫灯发出惨白的光；两队身穿黑衣的侍卫，如木桩般手执长枪站在空落落的王府门边。

王府的一座金帐内，传出旭烈兀稚嫩的声音："父汗是被人用毒药害死的，得报仇雪恨呀！"

"是得报仇！"

"五弟，你别胡说！"拖雷长庶子共有十人，忽必烈排行老四，他见旭烈兀带头点火，阿里不哥、拨绰、末哥、岁哥台、雪别台等幼弟一齐起哄，忙放下书过来制止。

"我没胡说，连额娘都知道，只不过不说。有人要瞒天过海，其实这事是瞒不住人的！"

"五哥说得没错，到处在欢呼胜利，杀人者在弹冠相庆！"忽必烈的异母兄弟拨绰帮腔道。

"咱们手上也有刀剑，哪天大汗来咱家，一起拥上去宰了他，替父王报仇。"阿里不哥天真地说。

“你们头上长犄角了，再胡说，我叫额娘来。”忽必烈怕事情闹大，这些天额娘一直叮嘱他管束弟弟们，可弟弟们越闹越厉害，他不能不站出来制止。

唆鲁禾帖妮在灵堂内上香，她穿着白缎底窄袖银鼠皮袍子，头顶戴着白色匾姑冠，一双丹凤眼被愁云所笼罩，失去了昔日的光泽。她从灵堂出来，被帐篷内的吵闹声惊动了，一进门便厉声喝道：“都给我闭嘴！大汗圣旨额娘给你们念了多遍。圣旨说，‘四王拖雷仁孝、忠勇，是国之栋梁。自朕登基以来，与朕一心一德，伐金遵朕旨意，借道宋国，以悬军破强金，立有不世之大功勋。朕回漠南九十九泉害大病，几不能存，四弟以身代朕，朕实伤之……’你父王死得其所，你伯父何负于他，额娘不许你们轻信谣言，诽谤大汗，谁再敢说有悖圣旨的胡话，额娘就将他赶出四王府！”

“可有人说父王是被大国师毒死的！”旭烈兀不服气地说。

唆鲁禾帖妮怒视着旭烈兀，吼道：“你听谁说的？”

“听阿苏格千户说的。”

“阿苏格是吃错了药，还是黑了心，说出这种胡乱猜测的话。你父王出事时，诸王都在场，诏书何能错？至于阿苏格——他只是个奴才，根本进不了朝堂，只是凭想象乱说……你们也信？”唆鲁禾帖妮眼里喷着火，她对阿苏格在儿女间说这样的话很气愤。“可……”旭烈兀还想争辩，见额娘脸色发紫，气得手直哆嗦，就止住了话头。“忽必烈，你是兄长，带弟弟们读书去，有不听话的就叫侍卫绑起来，抽三十鞭子！”唆鲁禾帖妮对忽必烈命令道。

唆鲁禾帖妮重新回到灵堂，白纱随风颤动，火盆内吐着火蛇，烟雾中弥漫着羊饭及各种供品的香味……尽管府邸距城较远，可城内的鞭炮声依然不绝于耳，她不难揣想出城内人潮如流的热闹景象。出征三年了，多少老年人盼望着儿子回家，多少妇女盼着丈夫载誉凯旋。作为四王妃，她本该带着儿女们站在欢迎的人群中，可那天傍晚，一支狂奔的马队踏着教堂的晚钟进了王府，帐车上载着一具银棺，从那天起，她成了孀妇，她心底的期待被毁灭了……

夜，死一样寂静，她默默地为丈夫烧羊饭，旷野间断断续续的夜枭声使空荡荡的灵堂显得异常阴森。高高在上的棺椁内，装着一具冷冰冰的躯壳，眼前的火盆中跳舞的火星随着阴风忽明忽暗地闪烁……

门开了，王府新总管宿敦从帷幕外进来，火光映出这个年轻汉子刚毅的脸，他是来回事的，唆鲁禾帖妮望着他问道：“今天你去城里见大汗，可知三公主的事？”

“驸马的灵堂将整条街挤占了，三公主是拼了命。”

“大汗是如何处理这件事的？”

“实在想不到……大汗屈尊下马在灵前祭奠了镇国,整个欢迎队伍都乱了套,大汗走后,三公主也闹不起来,蔫不唧将灵棚撤了。”

唆鲁禾帖妮心里一震,昨天阿剌海还劝她一起闹事,被她拒绝,现在看大汗果真不一般,一顿祭拜,就让阿剌海败了阵,沉吟一会,道:“没听说城内还发生别的事吧?”宿敦小心地道:“回王妃,今天城里到处都是巡逻的马队,可街头巷尾,酒楼茶肆谣言很多,大汗进城门楼时,城门楼还出现了揭帖。”唆鲁禾帖妮一愣,说话时嗓音有些沙哑:“什么揭贴?”

“听说上面写满咒骂大汗的话——是关于四王爷的帖子。”

“不用再猜了,本王妃知道是谁了!”唆鲁禾帖妮头脑里蓦地闪过一个面孔,那是几天前,她独自坐在拖雷灵前,帐幕边出现了一个人影,她喝道:“谁在那里?”一个高大身影从帐幕后现身,跪在地上,那长满了疙瘩的方脸上,长着一个讨厌的鹰鼻,因饮了很多的酒,脸涨得通红,正是阿苏格。“你想见本王妃,可有事吗?”“四王妃,奴才心里憋着一句话,想当着王妃说出来。”由于酒的作用,阿苏格的舌头有些僵硬,话音含混,声嘶力竭地道,“王妃,大汗要回和林城了,奴才想在城门口宰了他,替四王爷报仇!”唆鲁禾帖妮摇摇头,她对阿苏格的忠诚并不怀疑,可她不希望他点燃仇火,毁掉整个四王府,便盯着他道:“本王妃对你的复仇计划不赞成,放弃你的想法吧,四王爷都没能做到的事,你也做不到的……”想起这件事,唆鲁禾贴妮对宿敦道:“你去吧,将阿苏格叫来,本王妃有话问他。”

身穿灰鼠皮长袍,腰束灰色锦带的阿苏格走进来跪下。唆鲁禾帖妮从他的神情中认定是这个壮汉违背了自己的意志,开门见山地道:“阿苏格,你到城门张贴揭帖去了,你为何要违背本王妃的命令?”

“奴才就是要让哈剌和林人知道,大汗是个卑鄙小人。他杀了四王爷,自己却戴上面具,瞒天过海欺骗哪个?如果不是王妃阻止奴才,窝阔台也许已横尸城门。”阿苏格脸上没有任何表情,牙齿间发出钢丝般的声音。

“你疯了,你敢违背本王妃的令旨?”

“王妃,奴才是王爷从死人堆里扒出来的人,奴才忘不了王爷的大恩呀……”

“有这样的事?”

“西征时,在马鲁城下,奴才受了重伤,被压在死人堆里。晚上集合时,四王爷忽然想起奴才,听人说奴才在城门外战死了,便命人燃起火把,亲自带人去找奴才。东门下乱尸如山,费了好大力气,四爷才从尸体堆中找到奴才。当时奴才被压在多具尸体下,仅存一口活气,是四王爷拣回了奴才这条命。”

唆鲁禾帖妮很受感动，叹了一口气道："你与四王爷感情很深！"

阿苏格满脸泪痕地继续说："在三峰山，奴才随四王爷闯金兵大营，奴才争功夺旗，右臂中箭，陷入敌阵。危险之际，还是四王爷杀入重围救出了奴才……四爷死了，奴才苟活至今，无非想替四王爷报仇！"

"你的话，令我感动，听着，阿苏格——"唆鲁禾帖妮眼中含泪提高了声音，以不容置疑的口吻说道，"你是个直肠子的人，忠于四王爷，本王妃从没怀疑过，可眼下如果你还念着四王爷对你的恩情，从今往后就不要再给王府添乱。"

"大汗以卑鄙手段害死了四王爷……这些日子，每天夜半我都能听见四王爷的阴魂在哭泣，在召唤亲人为他复仇呀！"

"你的心底充满仇恨，现在我要求你放弃仇恨，保持理智。你应该明白，四王爷在世时，都斗不过大汗。现在他死了，丢下一群孤儿，他的儿子们还没有长大，还要活下去，还要在大汗这块天下生存，这就是现实。你的揭帖，已给四王府带来危险，你还当着旭烈兀胡说八道，本王妃请求你停止一切行动……你去吧，不要让本王妃再为难了……"唆鲁禾帖妮不想让阿苏格心存一点杂念。"奴才遵命……"阿苏格脸色变得黢青，悲哀地应承着，低下头快快不快地离开了灵棚……

远处鞭炮炸响，烟火不时地升上天宇，美丽的色彩将哈剌和林城装扮成童话的世界。这样的夜晚，带给唆鲁禾帖妮的却是悲怆与无奈，是泪流簌簌，是不停地抽泣，迷惘中她的头脑中不时闪过两个身影，一个是拖雷，一个是窝阔台为了汗位，这一对吃着一个奶头长大的男人，一对冤家，非得倒下一个，才会庆祝胜利…… 她对着长夜用低得近于哀嚎的声音说道："窝阔台……你记好了，终有一天，我要除掉你！"

窝阔台正进万安宫之时，阿剌海忽然离开灵堂，她是听了儿子的贴身奴才急报："小主子不花不慎掉进哈剌和林河中！"她独自扯了匹马箭般向城门奔去……

从肯特山陡峭的山峦间淌出的哈剌和林河，进入哈剌和林谷地，水面骤然宽阔，时近五月，由于地近北极，河面依然结着冰块，冰面上有许多孩子在玩耍。

河心冰面塌陷，驯鹿雪橇浮在冰水中，小不花已被人救上岸。见三公主过来，出了岔子的管家吓得脸色发青，跪在地上簌簌发抖。

阿剌海脸苍白得几乎片刻被抽干了血，狠狠踢了管家一个趔趄，骂道："孩子交给你看管，只两个时辰，就惹出这么大乱子。"

"奴才该死。"管家磕头如捣蒜，大气不敢出。

“起来吧，这账回去再算。”

换了袍子的小不花缓过气来，瞪着黑溜溜的大眼睛，胆怯地对三公主道：“额娘……都是儿子不小心，不能全怪别人了。”

“额娘不是告诉你只在河边玩，怎么这样不听话，真的出了事，可叫额娘怎么活呀？”

“儿子看见父王骑着黑马站在河对岸，我一直叫喊，可他就是不答应，我一急就驾雪橇想过河细看。可刚到河心，就掉进了冰窟窿，多亏那位隔河的叔叔，跳进河中救了儿子……额娘，你看那位叔叔还没有被救上来，快想办法帮帮他呀！”

冰冷的河水中，浮着白亮亮的冰碴，被搅乱的河水泛着冷气。一个汉子刚把手搭在冰上，冰面忽地塌了下去，那汉子已无力自己挣扎上来，两个护卫急了，一齐跳进水中，费了好大劲才将他托上冰面。有人帮他穿上貂皮袍子，汉子浑身发抖，脸冻得发紫，还刮了几道口子，正喘息着。阿剌海过去，仔细地端详着这人，他比镇国年轻得多，看脸盘眉眼身材，确有些像镇国。镇国出征两年多了，竟在归来时被处死，这件事5岁的儿子不知道。可看着这人，却触动了阿剌海心头的创伤，她眼中涌满泪水，望着刚被人救上来浑身发抖的骑士哆嗦着说不出话，不禁心头一热，对护卫命令道：“将这位将军抬上帐车，带到驸马府暖暖身子！”

太阳偏西，骑士被架上了毡车，他就是孛要合，也认得三公主，知公主并不认识自己。他本想拒绝公主的好意，可想想没有吱声。三公主见他冻得发抖，脱下袍子盖在他的身上，抱着儿子不花上了车。不花撅着小嘴看着骑士，道：“你不是我的父王。”

“不花，叫他叔叔！”阿剌海见儿子天真的神情和刮破的小脸，制止说。

“你……为什么要救我呢？”

“你是个好孩子，遇到这样的情况，谁都会相助的！”躺在帐车内的孛要合身上盖着白天鹅绒面紫貂袍子，袍子上带着三公主的体温。

“他太像父王了！”小不花依然幼稚地说。镇国出征时，他刚3岁，在他的头脑里，父王长得威严，常喜欢骑着一匹黑马。两年过去了，孩子心目中额父的形象模糊了，可眼前这位汉子勾起了他的记忆。阿剌海毕竟是个少妇，儿子“父王、父王”的提话茬，眼前这个男人，的确长得太像镇国，从声音到外貌，都仿佛亲兄弟，只是比丈夫略瘦一些。

进了哈剌和林城内，穿过石板路，拐了个弯，就是驸马府。护卫将孛要合扶进大帐，帐内火撑燃着通红的火光，阿剌海找出几件衣袍，让孛要合换下湿了的袍子。孛要合趁三公主出去换袍子的时机，边更衣边对侍卫道：

"一会儿千万不能说破本王是谁，就说姓王，是塔思手下千户。还有你要抽空去万安宫一趟，向大汗禀明：就说本王在三公主府中，今晚无法朝见大汗了。"

阿刺海换了身袍子端碗姜汤，放在桌案上，不花也换上袍子跟在后面。孛要合见三公主进帐，挣扎着从榻上起来，想要跪下。可两条腿在冰水中冻得时间过长，犹如木棒一般，一阵剧痛，扑通一下摔倒在地。阿刺海见状大惊，上前托起孛要合的头，欲将他拖到榻上。孛要合的头无力地搭在三公主热乎乎的胸前，立时一种异样的感觉传遍全身，三公主的乳房那样柔和温暖，喘息中有股特殊的香味。阿刺海喘着气将他拖到榻上，说道："你这个人，那来那样多的礼节。"

孛要合叹着气道："末将给公主添麻烦了！"

"你救了我的儿子，这是应该做的，麻烦什么？"阿刺海抬起头。

孛要合吓了一跳，下意识地道："末将无用，三公主乃金枝玉叶，卑职让公主扶持，心里如何能安。"

阿刺海长出一口气，指着帐外道："将军，你听整座和林城鞭炮如雨，人们都在欢庆胜利，可本公主是待罪之人，无家可回，无国可投，今日小儿错把将军当成父王，实在令本公主有些过意不去！"说着，眼里淌出泪水来。孛要合心里一动，见她水蛇腰，一张瓜子脸、直鼻、柳叶眉、杏核眼、粉唇微微向下，粉红的脸颊上各有一个深陷的酒窝，梨花带雨，柔弱可人。他直愣愣地看着，心中道，大汗招自己来汗廷，就是为了这个女人。这女人杀伐决断不在大男人之下，得不到她的欢心，就是大汗硬把她送回汪古，自己也无法收拢这位公主，想到这躬身道："公主乃天人，小公子的伯父是大汗，末将能踏进府邸都感到一身荣耀，公主何必自寻烦恼。"

阿刺海因他救了儿子，又是请到家中的客人，望着他道："将军从哪里来哈剌和林城的，可否是参加庆典的？"

孛要合抬起头脸一红，小心地道："末将姓王，单字名平，从河北奉塔思王爷之命来朝见大汗。"

"启禀公主，酒宴准备妥啦。"管家过来回话。

"那还等什么！"

转眼间，餐桌上摆满了豪华的银器，大银盘中堆着烤肉，各种山珍佳肴，马奶酒，红葡萄酒，中原的白酒……

三公主心怀感激，眼含泪光，道："王将军救了小儿之命，大恩不言谢，请上座。"

"恭敬不如从命，末将谢公主！"孛要合在侍卫的搀扶下，坐在太师椅上，他脸色苍白中现出红润，接过三公主递的酒，道："小人有幸能见到三公主，实在是小王爷所赐，可否敬公主一杯?"

三公主举起银杯，火辣辣的酒，咽到喉咙中，脸一下红了，笑道："将军成家了吧，孩子多大了?"

"小人功名未立，还未成家。"

三公主叹道："如果那样为了我儿子，几乎搭上性命，那更令本公主过意不去了!"

孛要合红着脸摇头道："公主莫讲这话，当时小人骑马于河对岸，见一个驾鹿爬犁的孩子，冲卑职赶来，连喊着'父王'。末将极为纳闷，也为孩子的举动所感动。末将的童年很苦，父亲被仇人杀了，无奈跟着母亲一起亡命。失去父亲后，常在梦中寻觅父亲的影子，想着他带我打猎，教我读书。有时我在家门外玩耍，一个陌生男人出现家门前，心里就会动，也许是同样的经历，见公子跌入河中，末将岂能旁观。"

"唉，没想到勾起了将军悲伤的回忆……"阿剌海见这个年轻的将军提起往事，眼睫上挂着泪珠，也很感动。

天真的小不花举起酒杯道："我敬叔叔一杯，谢谢你救了我，你要是我的父王该多好，额娘就不会伤心了。"

"好孩子，如果末将能有力量解脱你的困苦，我也愿做你的大朋友!"孛要合望着孩子，怀着一种特殊的亲情说道。

饮了一会儿酒，不花乏了困了，奶娘将他抱走了。

三公主对眼前的年轻人有一种难以言表的复杂感情，镇国死了，大汗有意将她送回汪古，可她恨不得手刃孛要合，怎肯听大汗的话。眼前这个王将军，这样爱自己的儿子，使失意的她心里有一种冲动，觉得这个年轻人是可以依赖的人，如果能嫁他，哪怕是死也是值得。有了这种妄想，酒自然喝得很痛快。孛要合本意要讨好三公主，火辣辣的酒，一杯接一杯，菜没吃几口，说了好多关心的话。三公主一肚子苦水，无处倾吐，竟被孛要合引了出来，泣道："草原的女人命运是最贱的，我虽贵为公主，可当年父汗为了与汪古人联姻，就将我嫁给了镇国。现在镇国尸骨未寒，大汗就逼我嫁给汪古的孛要合，他是我的杀夫仇人，我岂肯从他。牛不饮水强按头，我是个苦命的人，明天什么样自己也掌握不了……儿子不花命更苦，五岁就没了父王……"

孛要合望着痛哭流涕的三公主，红着眼睛，说："三公主，你何不见见孛要合，我听塔思王爷说过，孛要合对他讲过，如果公主下嫁他，他就将王位传给不花公子……"

"王将军，你在嘲笑我，我与孛要合有不共戴天之仇，请你不要替他说话！”阿刺海抹着眼泪，怒道。“不，谁见了公主美貌，都会跪在裙下。”孛要合忽然跪倒在地下，喃喃地道：“卑职斗胆说句犯死的话，末将能拥有公主一日，明日死亦足矣！”一句话，说得阿刺海粉面通红，摇摇头，惋惜地道：“快起来……将军正是大好年华，不值得为我这样……”孛要合见三公主面如桃花，星眼发涩，知她对自己动了情，借了酒劲，猛地站起身，将三公主搂在怀中，把嘴贴在她的樱唇上，狂吻起来。三公主被这个年轻人的真情打动，也是酒火烧心，加上有意想违背大汗窝阔台的意愿，便将自己交给这个男人，任他抱上了床榻。

孛要合心肝宝贝地叫着，脱去了公主的袍子，二十岁刚过的男人，首次与女人接触。三公主被她脱了亵衣，也是多日饥渴难耐，被他如狼似虎压在身下，一番折腾过后，两人都累得气喘吁吁，孛要合更是昏昏睡去。

三公主喘息过后，见那将军睡得香甜，从榻上起身。无意间，三公主见孛要合袍内有一锦袋内装一个虎纽金印，不禁一愣。小心取过观看，不看还罢，一看大惊，上面镌刻：汪古赵王孛要合。

三公主再看正在昏睡的孛要合，骂道：“孛要合，你这冤家骗得本公主好苦呀，我说你为何长得与镇国这样相像，你既骗了我……就莫怨我无情，我要替丈夫报仇了！”说罢，从帐边取过宝刀，正想砍下，忽听孛要合大声呼叫：“公主，末将是从心眼喜欢你，可如果不是大汗有意将你嫁我，我就是有天大胆子也不敢有辱你的帐榻，末将说话算数，今世不再别娶，最后王位还给不花……”

阿刺海大惊，收了刀，以为孛要合已醒，再看时，见其鼾声如雷，苍白的脸上露出惊骇的神情，竟是做了噩梦，不禁叹道：“孛要合这个人，梦中不敢骗我，可见心地不坏，只是不敢将心里话说出。他救了我儿不花，我在梦中取他性命，也着实不公。”想罢，丢下刀，由于饮了太多的酒，不觉站立不住，栽倒在床榻上睡下。

次日，晨曦抹在帐篷顶的套脑边缘，孛要合从床榻上爬起，见自己光着身子，回头见公主已不在帐内，低头见自己的印信压在公主的宝刀下，不禁大吃一惊，道：“我太大意了……看来公主全知道啦，没有割下我这颗头……是她刀下留情了！”

想罢，孛要合悄悄起身，夜色还未褪尽，唤起护卫，也不说因由，命人牵了马来，带人匆匆离了公主府邸。

第四回

西域后汗廷受奇辱
醉殿下御帐杀木哥

万安宫内觥筹交错，大哈敦脱烈哥娜这几日身子弱，见大汗要彻夜欢饮，便请旨离了大殿。新建的和林城，主殿万安宫，前后左右四座大殿为辅殿。辅殿后就是后宫，后宫主殿是脱烈哥娜的长白宫，比长白宫略小的是昂辉哈敦的广秀宫，其他后宫殿宇多未建成，多数宫妃仍然住在金帐之中。

夕阳西下，脱烈哥娜回到长白宫，作为后宫之主，听说绰儿马罕西征归来，给大汗献了十位西域美女，其中更有一位貌若天仙的王后马利雅，回宫后马上命人去带西域王后。绰儿马罕夜袭阿米德城，札兰丁大醉未醒，部将冲进帐中，扶札兰丁上马逃走，王后马利雅在此役被俘。绰儿马罕掠了札兰丁的王后，不敢大意，让人小心侍候，这次带回送交大汗后宫。

"启禀大哈敦，马利雅王后带到！"侍女跪下禀道。

被带来的马利雅年方20岁，她一身苏丹宫内的装束，婷婷玉立进来。见宫内锦榻上坐着一位满身珠翠、头顶金色固姑冠中年女人，身边围着许多侍女，忙双手抱胸行了个鞠躬礼，以忧郁的声音道："臣妾马利雅参见大哈敦。"

脱烈哥娜抬头，不看还罢，一看眼前一亮。这位王后身材苗条，头上蒙着面纱，面纱散开，露出俊俏的面孔，弯如柳叶般的眉毛，长睫毛下一双会说话的蓝眼睛，樱桃嘴……脱烈哥娜见这异域的女人如此年轻，又长得仙子模样，连悲伤的样子也楚楚动人，知其曾贵为国母，这样的女人一旦受宠，怕是不可小视的对手。想到这不禁顿生醋意,冷着面孔道:“你这贱人,见了本哈敦为何不跪,难道是绰儿马汗这个狗奴才没有教会你蒙古人的礼节?”

马利雅听话听音,立时察觉对方的敌意,怒道:“臣妾被俘至此,该杀该剐不敢辞,大哈敦初见何必动怒?”

脱烈哥娜冷笑一声,揶揄道:“你个不要脸的女人,还敢争辩。花剌子模国王摩诃末亡国,听说就亡于母后秃儿罕专权。本哈敦看你一脸狐媚之态,一定是靠色相迷昏了札兰丁,使他不修国政,才致身败名裂,国破家亡!”

马利雅本是后宫之主,自来性情高傲,自从被俘,家人离散,如牲畜一般被押到蒙古高原,气候、饮食、语言都不习惯,早有一种生不如死的感觉。见脱烈哥娜一脸傲慢,出语讥讽,已知其不怀好意,傲然抬头道:“臣妾听说无不灭之国,无不毁之家。臣妾丈夫为一国苏丹,为强敌所迫,致国家败亡,我为国母,惟欠一死而已。大哈敦既怕我以狐媚之态惑尔大汗,何不将我推出斩首?”

对方针尖对麦芒,一句话顶了过来,让脱烈哥娜一愣,她并没想到这个王后如此倔强,不觉怒目道:“汗廷内宫,亡国之君的女人多如牛毛,你想死容易也不容易,惹怒了本哈敦叫你生不如死,一辈子没有出头之日。”

马利雅是个玲珑剔透之人,已知大哈敦将自己认作情敌,却不甘人前受辱,固执地道:“大汗的皇宫有何可恋,哈敦能杀我,臣妾感激涕零。”

“杀你,本哈敦眼下不会,可你要想死,本哈敦也不会留你。”脱烈哥娜本要捉弄她,打压她的锐气,见这女人高傲,对身边侍女们道:“来人,大汗最不喜亡国服饰,这波斯女人偏要触大汗霉头,你们过去几个,按蒙古人的模样,给这个异域的女人打扮打扮。”

大哈敦宫内这些侍女平日在宫内横行霸道,又知大哈敦睚眦必报,得了命令,如狼似虎上前将马利雅头上的纱巾扯下,绸衣剥下。这西域王后被一群仆妇当庭作弄,气得杏眼倒竖,粉面发紫,却无可奈何。一个侍女取过剪刀,将马利雅一头飘逸的长发,头顶剃光,剃成蒙古人的婆焦式。马利雅恨不得杀光眼前这些凶婆子,可又反抗不得,只得闭了双眼默默坠泪。侍女用牛角梳把她的头发梳成一条条辫子,挽在头顶,将一个嵌着珠玉的粉色固姑冠戴在头上。脱烈哥娜见这位西域王后被收拾得低下头,冷笑道:“进了汗廷的宫门,想作大汗的女人,先得收敛锋芒,才能得到本哈敦的尊重。”

马利雅气得发昏,听大哈敦数落自己,也不再言声。脱烈哥娜继续作践道:“好马配金鞍,来人——你们给新汗妃取一身合适的袍子来。”侍女应声,取来一套粉红色纳失石绣着孔雀与牡丹花蒙古长袍,一件墨绿锦缎云肩,一双红色长靴,给马利雅穿上,又抹了胭脂。打扮好了,脱烈哥娜故意从榻上站起来，站到马利雅面前赞道："马利雅，不要以为本哈敦对你刻薄，新来的女人都得经过我的调教。你穿上蒙古人的衣袍才做得了蒙古大汗的女人，刚才那身劳什子成何体统！"

脱烈哥娜出了气，见马利雅只是坠泪，对身边的侍女道："好啦，将她送回寝帐，再选派一些人贴身侍候，不许偷懒，出了事扒了你们的皮！"

"嗻！"侍女们答应着。

夕阳的余晖撒在金帐顶的套脑上，也投在马利雅挂着泪水的粉脸上。她站在寝帐中，想到自己曾贵为王后，现在竟成为任人戏弄的女俘，不觉极度伤心，流了一会泪，她将帐内侍女支了出去，取过一把餐刀正欲自裁。忽听帐外门边一片环佩之声，就听一个侍女高声喊道："三哈敦驾到！"马利雅一惊，忙丢了刀，整了整袍子站起身来。

随着话音，门帘掀起，三哈敦木哥穿着镶着银鼠沿边的金锦长袍，头上一顶嵌满珍珠的固姑冠进来，侍女们忙乱地跪了一地。马利雅一经遭蛇咬，也生怕蒙古大汗帐内所有哈敦都一样脾气，连忙跪地行礼。木哥低头见马利雅年龄与自己相仿，脸上还挂着泪水，身子簌簌发抖，忙上前拉起她，和颜悦色地道："妹妹，这可使不得，来到宫中都是大汗的女人，你这样岂不折煞姐姐了吗！"

马利雅有点不相信自己的耳朵，疑惑地抬起头，见此哈敦长得极美，面色和气，淌着泪道："马利雅不敢与三哈敦比。"

原来木哥听说了马利雅受辱之事，心想这个异域的女子处境艰难，因而动了怜悯之心，便带着几个侍女过来见见。木哥见马利雅眼中含泪，一副肝肠寸断的样子，劝慰道："妹妹刚来漠北就受了委屈，但凡事朝前看，听姐姐一句话，今后有什么委屈不要闷在心里，遇事也不要怕，有什么事就去找我，姐姐帮你出些主意。"

一句话说得马利雅泪流满面，痛哭流涕地道："三哈敦，我实在受不了……我想死！"

木哥眼尖，见案上一把餐刀，忙取过来，叹道："你也是见过世面的人，不能受点委屈就想着死，人生在世，哪能不受点挫折呢。"

"与其委屈地活着，不如死来得干脆。"

"唉，虽然大哈敦为难了你，但是大汗是个好人，他一定会为你做主的。"

"我活着大哈敦会不高兴的！"

木哥知道如果不是自己突然到来，这西域女人就会自杀，眼下必须救人救到底，便对马利雅说道："走，你的帐中有点闷，不如到我哪儿转转，你刚来漠北，不熟悉情况，姐姐先来几载，给妹妹作个向导如何？"马利雅虽懒懒的不想出门，见三哈敦一片诚心诚意，也不好违了人家的好意，欠身道："三哈敦的心意我明白，只是这样晚去你那里，打扰你让我感到过意不去。"

"咱们是姐妹，哪有那样多的想法，今后熟悉了，我还要介绍些朋友，人多了就不闷了，有话也有人听，做事也有人帮，你就不会感到孤独了。"

来到木哥宫帐，木哥屏去侍女，二人谈了许多汗宫内的事，又问了一些西域的事，又说了好些私房话。经过闲谈，马利雅发觉这个漂亮的三哈敦心地善良，对人真诚，谈到最后少了许多防范。在三哈敦的宫帐内，马利雅见到了挂在帐中的一幅古画，只是由于初识，她没有问起画中泉下洗浴的女子是谁，可她觉得画中女子同三哈敦有几分相像，细看又不太像，画上的女人眉宇间隐露杀机，令人不寒而栗……她没有同木哥谈起对画中人的印象，只是有了木哥的关心，她的心平静多了，也将求死的念头抛在一边……

天色向暮，中午被太阳晒得融化了的驿路，又结成硬硬的冻土。从汪吉①方向跑来一支马队，直奔哈剌和林城。骑在一匹鹿花青马上的贵由，由于在前方驿站多饮了几杯酒，经风一吹不觉头晕目眩醉意上涌。

贵由进入哈剌和林城南门，见城门上旗幡招展，城内鞭炮齐鸣，知父汗归来城内正在庆贺。小个子城门卫队长，殷勤地凑过来禀报道："大殿下，你回来得真巧，大汗刚回来，西征的绰儿马罕元帅也归来了。大汗一时高兴，降下旨意命人在广场同庆，还在宫内夜宴庆贺。"

贵由在城门边也不停留，快马直奔宫内，宫门外，他遣散从人，独自进万安宫觐见。来到宫外，听到殿内鼓乐喧天，殿外守卫怯薛金红一色衣格外喜庆，贵由猛地停住脚步，自忖道："我现在喝得歪歪斜斜，宫内人多也不好说话，父汗见了怕也不会高兴，莫不如避避风头再来朝见。"

人喝多了，风一吹，脚步就有些踉踉跄跄，怯薛们见大殿下步子不稳，欲上前相扶，被他推开。贵由转下台阶信步而行，径直向殿后走去，缓步间不觉来到一座粉红色殿帐外。贵由监督宫室建筑，自然知道宫内只有母后和二哈敦宫室建成，其他嫔妃包括木哥哈敦还住在殿帐内。正迷茫间，只见粉色大帐帐门掀开，一些人提着灯笼从帐内走出，大老远，听得出帐内女主人清脆的送客声："马利雅公主，好好休息吧，明天闲了……再过来说话。"

贵由从未听说父汗帐内有个叫马利雅的女人，可听得出送客的女人是木哥哈敦，不由心头一阵发热。他多次见过木哥，由于在忽里台这个女人与也遂皇太后一起支持过窝阔台一家，让他一直对木哥留有很好的印象。父汗出征后，由于忙也将其他心思掩了，此刻就着宫门外的灯光，见木哥穿一

① 汪吉：地名，今蒙古阿尔拜赫雷东南巴彦郭勒西北。

身桃红的袍子,头上固姑冠上插着花翎,人也比往日多了几分妖娆。都说酒后易误事,毫厘不爽。贵由在门外徘徊了一会,心中暗忖:“父汗夜宴怕要喝上一晚,这个妖媚女子,莫如我去会她一会,或可挑拨到手风流一夜。自己监国数载修起一座大城,论功行赏,父汗说不定会将木哥赏给自己。”

时近人定,蓝色的天宇上,星光满天,圆圆的一轮明月挂在中天,晶洁明丽。贵由拂了一下袍子上的尘土,吸了几口清凉的夜风,脑袋虽昏眩,可神志却很清朗,因见木哥送走客人,帐内灯光暗了,远近又无行人,便大步进了大帐。

木哥穿着一身桃红色绣花长裙,头上固姑冠刚摘下,露出乌黑的发辫,粉白的面颊露出一对深深的酒窝,俊秀眼睛闪着光彩。她知窝阔台正在夜宴,一饮酒就要饮上一晚,送走了马利雅,便放弃了等大汗的念头。回了宫帐,木哥命人落帘子准备安歇,哪知忽地殿帐门帘挑起,从外进来一个喝得东摇西晃的男人,细看竟是大殿下贵由,不由心中一阵惊慌。

贵由就着烛光,抬头见红木榻上坐在的木哥瓜子脸,眸子明亮柔和,睫毛长而黑,雪白而长的脖颈,高挑的身躯,波浪般的黑发。又见榻边帐壁上挂着西夏国王元昊所画《没藏氏沐浴图》,画上人穿着薄如蝉翼般的纱裙,在山泉边沐浴,头戴花冠,容貌妖艳,竟活脱一个木哥,不由心里一阵欢喜。

贵由脸色通红,眼里看画,又看木哥,竟觉得木哥比画上没藏氏美貌十分,烈火一样的欲望竟燃烧起来。此时他已忘记这是父汗的内宫,见木哥满面含羞脸泛桃花,便以为木哥对他有情,不管不顾上前搂抱木哥。木哥见殿下醉酒,有些不知所措,急忙躲闪,贵由欲火中烧,开口道:“美人,如此长夜,我父汗把你丢在一边,真是让人心疼。本殿下刚从汪吉回来,见你帐中灯火通明,就过来顺便看看美人,想与你一道说说话。”木哥见贵由喝醉了酒,闯进自己宫中,眼睛直勾勾盯着自己,连身边的侍女也不知回避,知道不好,一时忘记恐惧,星眼瞪圆,喝着:“大殿下,你喝醉了,我是你父汗的女人。大殿下,你走错了门,请你马上离开这里,再闹下去对你不好!”

贵由也是一时色胆包天,对木哥的威胁并不理会,狂笑着道:“父汗正在宴饮,这一宿怕是要与酒过了,美人不要吓我,我父汗绝不会来你这里了!”

“可大汗知道你来此胡作非为,这不敬之罪,是要受责罚的。”

贵由摇摇头道:“责罚什么,就因我喜欢一个女人!”贵由说着凑过来,帐内的侍女知是大殿下,都吓得躲避。贵由上前将榻上帘子掀开,木哥躲无躲处,被他从榻上拉起,搂在怀里。木哥一边挣扎一边大叫:“大殿下,你醉成这个样子,快松手,大汗就要来了……”

贵由素来对父汗有惧怕心理,可酒精的作用使他亢奋地不能自已,生死都不在他的眼中了,大叫道:"我的小乖乖,今夜你逃不了了,只要你顺了我,本殿下要向父汗索了你去!"木哥见劝阻不行,大喊道:"来人,快将大殿下拖走。"寺女们早已逃到帐外,大家都知道,大殿下的额娘是大哈敦,大殿下要做的事,奴婢们哪个敢管。木哥急得火上房,大喊:"快——去禀报大汗,贵由殿下要强暴本哈敦……"

"谁敢去禀报,本殿下杀他全家!"贵由怕人坏了他好事,从腰上拔出宝剑,怒吼着。

"快去叫大汗来——"

"让你喊!"贵由真怕她的喊声惊动了父汗,右手捂住木哥的嘴,木哥拼命掰他的手,贵由一阵心慌,竟用手去扼木哥的喉咙。一个如花女子,如何架得住虎狼一般的醉汉,被按在榻上,剥光了衣服。木哥两条白光光的大腿蹬着,头摇晃着,床榻传出吱吱的响声……

贵由大喘着气,强暴了木哥后,紧紧扼喉的手方才松开,这时才发现,木哥脸色铁青,眼睛睁得大大的,眸子一动不动。他用手试了试木哥的鼻息,不觉惊出了一身冷汗,脸也吓得发青,自己杀了父汗的爱妾,这下可闯了大祸。贵由不敢停留,慌忙起身系好袍子,蹑手蹑脚出了木哥寝宫。

贵由六神无主回到自己的府邸,进了寝宫依然浑身发抖,牙关打架。

海迷失王妃长得小巧玲珑,面白如玉,丹凤眼,长睫毛,又兼伶牙俐齿,遇事颇有主见,她见贵由一脸酒气,脸色苍白,情绪低落,身子有些发抖,忙道:"殿下,你这是怎么了……像丢了魂似的,出了什么事?"贵由惊骇地道:"海迷失……大祸临头了,我强暴了父汗的宠妾木哥。"海迷失王妃不安地安慰着他:"哪个猫儿不吃腥,再说你今天喝醉了酒,只要咬定她多次引诱你,拖你下水,父汗骂你一顿也没有什么大不了的。"贵由垂泪道:"不,那个女人不肯让我强暴,我一时性迷,忘了轻重,掐死了她……""什么?你将木哥哈敦掐死了!"海迷失惊愕地跳了起来。

贵由此时恐惧地道:"是的,父汗肯定不会饶过我的,我可怎么办?"海迷失知道事情严重,气昂昂地埋怨道:"你这是喝了什么迷魂汤……父汗刚回和林城,什么女子不能玩,非要去父汗宫中,还弄出了人命。你杀了父汗的宠妾,现在诸王都在朝中,你父汗面子何在!现在你就是说一千种理由,怕父汗也不会轻易放过你的!"

"你光埋怨,倒替我想个主意呀!"

"我想主意,管什么用……还不去找你母后。这样的事掩是掩不住的,求她先出面压住这件事,不让你父汗知道,再想别的法子挡一挡。"

夜深人静,长白宫内,脱烈哥娜为多日劳乏所扰,感到头晕目眩,呼吸不畅，还不时伴着咳嗽，刚派人去请郑大夫瞧病，就听侍女禀报：“大殿下在外求见。”

脱烈哥娜望着天色，知儿子这时来必有急事，就吩咐道：“叫大殿下进来吧。”

贵由脸色苍白，神魂不安地进来，晕头晕脑跪在寝殿内，脱烈哥娜见状屏去侍女，问道：“像丢了魂似的，说吧，出了什么大事？”

贵由连忙叩了三个响头，说：“母后，你要救救孩儿呀，孩儿闯下大祸了！”

“不要慌，出了什么事，吓成这样？”脱烈哥娜穿着月白色的长袍，杏仁一般的眼睛盯着贵由，她并没有被贵由的情绪所左右，平静地问道。

脱烈哥娜早就对木哥专宠恨之入骨，听贵由讲完了奸杀木哥的事，心中竟感到一阵快意。快意是快意，可必须帮助儿子脱离危险，绝不能让大汗知道真相，她的头脑飞速运转。脱烈哥娜对贵由常多一些偏爱，贵由虽不如阔出善于动脑子，可对她言听计从，不藏不匿，因而这个有些霸道的女人常希望有一天立贵由为大汗。眼下儿子闯了祸，这事一旦传开，大汗必定震怒，也许会对儿子下死手。她急促地在帐内来回踱步，跪在地上的贵由紧张得要死，脱烈哥娜忽然“扑哧”一笑，止停住脚步，笑道：“……额娘已有了一个法子。那个贱女人早该死了，长得太招男人爱，就是她这一生最大的罪孽。”

“母后，快说什么法子，恐怕有人会禀报父汗那里了，孩儿怕要没命了。”

“你还是个男子汉吗，既干了就不要怕。你父汗今夜在大殿饮酒，又没人禀报过我，他就不知道，哪个敢隔锅台上炕。”

“母后有何好主意，能保儿子无事？”

“木哥死了不会申冤，额娘将管事的人叫来，找个替死鬼，说他与木哥私通，失手杀了她。现在只要你父汗还没听到风声，你就会无事。”

贵由听了额娘的话，喜道：“这主意好，母后快叫人办吧。”

“你这个傻孩子，额娘还要仔细想一想，想个万全的法子，才让人家都信服。”脱烈哥娜忽然眼前一亮，想起一件事来。那是很久前，有人禀报，说木哥找过一位叫元明的乐师为她校过琴。当时脱烈哥娜以为木哥有外心，派人了解过琴师，后来发觉真的是校琴，也就没有深究。想到这，她心中打定了主意，说道：“你起来吧，这事由额娘安排！”

“儿臣谢谢母后！”

脱烈哥娜气昂昂地骂道：“女人哪里没有，倒弄到家里来。这次额娘帮你忙，下次再干这下三滥的事，你父汗不惩罚，额娘也饶不了你这蠢材！”

“儿子灌多了黄汤，知道错了，再也不敢了！”

“算了,你先在这候着,等着额娘摆布好了,明早再让人去禀报你父汗,当然还得看你的运气了。”

“儿臣谢谢母后!”

母子正说着,忽听殿外侍女来报:“报大哈敦,郑大夫来了。”

“让他等一会儿进来。”

脱烈哥娜将一个管事女官叫来,在耳边叮嘱了半天,方躺在榻上,叫人让郑景贤进来。郑景贤进了寝宫跪下,不敢抬头。脱烈哥娜道:“郑大夫你是老诚人,多次为本哈敦诊病,不用多礼,抬起头来。”郑景贤跪前为脱烈哥娜诊脉,见她脸色与往日大异,也不敢大意,伸手按在右手脉上,小心寻脉。脱烈哥娜嘴上道:“郑大夫,近几天我有些咳嗽,烧热,还彻夜难寐,身子懒惰,饮食也不好。不知得了什么病?”

郑景贤静静切脉,半日方道:“哈敦乃操劳太过,从脉象看脉息弦缓,系是气淤血热挟湿之症,以至烦倦不寐,发烧心悸时缓时盛。臣为哈敦开一个清肌降火汤的方子,先吃一副将火降了。”说罢开了一个方子:银柴胡一钱五分、鳖甲三钱、知母二钱、地骨皮三钱、大腹皮二钱、生地四钱、黄柏一钱、赤苓三钱、半夏二钱炒、炒栀一钱五分、青皮一钱五分、青蒿二钱。

郑景贤开了方子,退下,由两个侍女拿了方子,到御药房称了药回来,用银吊子在火上煎了不提。

第五回

公主无心误撞天婚
哈敦弄权移花接木

天色微明，万安宫内依然灯火通明，座中只剩下奉大汗之命留下的铁木格、察合台、按赤台和几位公主、驸马。众人都喝得脸通红，倦得想打盹，御榻上的窝阔台忽然站起举起金杯，笑着道："朕知你们困倦，一家人先干了杯中酒，朕有件大喜事要公布，听了朕的话可以解困！"

折腾了一夜的诸王、公主，本想饮了这杯酒要结束酣宴，听说有喜事，见大汗将杯中酒咕嘟嘟灌进喉咙，忙打起精神吆三喝四将酒喝干。察合台放下杯子，笑道："大汗未离酒席，不知何喜之有？"

窝阔台忍不住哈哈大笑，笑过之后，才道："你们还不知道，昨夜孛要合做成了一件大事！"

"大事！"铁木格惊奇地问道。

"对，阿剌海昨天拦朕的车驾寻死觅活，朕还担心她那个死牛脾气不肯回汪古。可谁也想不到老天牵线，昨晚阿剌海同孛要合睡在一个帐篷底下。你们说，这事是不是大喜事，三妹有了归属，朕也了了一份心事。"

窝阔台的话如晴空霹雳，众王、公主、驸马都呆愣愣望着他，无人言声，无人说话。事情太突然了。如果不是大汗一本正经地当众讲，谁能相信这是真事。长公主火臣本有些犯困，惊得困意全消，也斜着眼睛摇头道："大汗，不会吧，绝不会发生这样的事。这两天，姐姐当她的面，一提起孛要合三个字,三妹比吃了苍蝇都难受。昨天刚路祭镇国,不是吃了孛要合的蒙汗药,三妹绝不会与孛要合睡在一起。"

五公主睁大眼睛,叫道:"孛要合真给三姐吃药,除非三姐不醒,一旦知道……她那脾气,大汗怕要给孛要合收尸了。"

窝阔台没有反驳,反笑道:"你们有疑惑,朕也有疑虑,可三妹芳心不动,孛要合也绝不敢去捋虎须。三妹的大帐也不是人能轻易进得的。登门去给三妹吃蒙汗药,阿剌海那脾气还不先炸了庙。"

诸王、公主好奇地道:"大汗,快说吧,到底是怎么回事?"

"好吧,朕讲给你们听,"窝阔台望着诸王、公主大声道,"昨天阿剌海路祭时,镇国五岁的儿子不花到哈剌和林河上滑雪橇。孛要合骑马路过河边,孛要合与镇国长得相像,被不花错认为父王,在追赶过程中跌入冰窟窿内。孛要合见有孩子落水,忙跳入冰河救了人,自己差点丧命。事情听起来令人难以置信,阿剌海得到消息,赶到河边,孛要合还在水中挣扎,三妹很受感动,待人救起孛要合,三妹让人将他带回大帐,并设宴招待救命恩人。孛要合哪敢说出姓名,只说是王将军,因喝得投机,相见恨晚,阿剌海竟让孛要合留宿在她的寝宫内……"

"好,长生天牵的红绳,总比硬拧的瓜好!"察合台站起身大叫道,"按祖宗规矩,阿剌海既嫁给汪古人,一辈子就离不开汪古部。镇国犯法当死,她只能嫁给孛要合,昨晚我还和大汗说,不能依着三妹的性子,可大汗心软,说要一点点做工作。这下好了,干脆撮合他们成亲算了!"

火臣公主叹了口气,有些担心地道:"虽说是阴差阳错——两个冤家走到一起,可三妹那炮仗脾气,一旦知道王将军就是孛要合,不打饥荒才怪呢!"二公主扯必干也点头道:"大姐说得是,三妹一旦发现对方是孛要合,动起刀来,可就前功尽弃了。"

窝阔台低头道:"朕也担忧此事,所以想讨你们个想法。"四公主秃马伦扑哧一笑道:"如果孛要合合了三姐的心,假戏真做也是一大美谈。只不知孛要合这戏演得怎么样,干脆姐妹们一起去看看!"五公主笑着赞成道:"三姐是讲情谊的,孛要合这小子救了不花,又长得个人样子,镇国人没了,也许三姐想杀……倒舍不得呢!"窝阔台正要站起身,就听阿儿浑来禀:"大汗,孛要合郡王在外求见!"

"看,他到了,事一定砸了,哭鼻子来了!"二公主道。

窝阔台眨着眼睛道:"没有死人就好办,口急吃不了热豆腐!"

孛要合脸色通红,心惊胆战地进了大殿,跪在阶下,叩头道:"奴才惹祸了,请大汗治罪!"窝阔台板着脸问道:"让公主赶出家门了?"

孛要合垂头丧气地道："三公主并没有赶奴才走，奴才昨晚喝醉，睡在三公主宫中。今早醒时，见三公主将宝刀和奴才的印信丢在地上，离宫去了。奴才吓了一跳，看来三公主发现了奴才的身份，知道受骗了，因此不敢久待，忙打马向大汗禀报。"

窝阔台踱了几步，忽然眉头舒展，笑道："阿剌海没杀你，说明这事有门。孛儿只斤氏与汪古联姻是先父的决策，谁也改变不了，看来你是明白人。当然朕的三妹嫁你，也是全汪古人的大福气。"孛要合小心地道："不是先前大汗有命，奴才醉死也不敢在三公主家留宿。"窝阔台按着太阳穴，眯着眼睛说道："朕就是想要你将三公主带回汪古，现在已成功一半，就不能打退堂鼓。阿剌海既没有动手，你马上还回三公主大帐，要打不还手，骂不还口，朕再让公主们为你助阵，一定有办法让阿剌海就范。"

哈剌和林河边，阿剌海骑在马上向前飞奔着，心中如十五个吊桶七上八下。她五更天出来，一直在马背上想着她与孛要合这件事，要说恨，她恨过，可今天她实在又有些恨不起来。孛要合作为男人并不无情，救不花也不是讨好自己，而是侠义之举。自己将他留在宫中，他昨晚几次说漏了嘴，只是自己坠入爱河，没及时觉察罢了。黄金家族的女人下嫁后，依照草原人习俗，丈夫死了，就要下嫁给另一个掌印人，以保证公主享有监国的权利。尽管阿剌海对被蒙骗感到气不过，可冰冷的哈剌和林河中，孛要合被困水中的情景，在她的心里想抹也抹不掉……

跑累了，太阳从东天升上头顶，她想起孛要合醒后，一定会看到那把宝刀，明白他的处境，一定会知趣地离开自己家。因此决定驰马回城，刚到城外，忽听有人喊"三妹"，抬头一看，见二姐带着四妹、五妹正在桥头勒马喊自己，忙打马过去。

二姐脸上堆笑道："三妹，一大早你倒是自在，跑到城外遛马来了。"阿剌海诧异道："二姐，我心里憋闷，出来散散心。"四公主秃马伦嘻嘻笑道："搂了一宿王将军，早上兴奋过度了吧！"阿剌海一愣瞋目道："四妹，胡说啥呢？"秃马伦调笑道："妹妹怎么胡说，身子都给人家了，还硬撑着不认账。"

"你这话，是听谁说的……"

"三姐别嘴硬了，姐妹们到你的帐中看你，原想讨口酒吃。哪曾想，一个男人躺在你的红罗被中，羞得俺都替你脸红。""怎么，孛要合没有走？"阿剌海气呼呼地道。"什么？那个人是孛要合？"四公主秃马伦故意地嚷道。阿剌海吼道："这个孛要合可把我骗苦了，赖着不走，看我不宰了他！"五公主阿塔伦故作吃惊地道："三姐知道他是孛要合，还让他在你帐中睡，现在倒说要杀人家，这是怎么回事！"

阿剌海被套在圈内，气呼呼地道："昨天不花掉进哈剌和林河，你们是知道的。我赶到河边，哪知是孛要合救了不花，他见我就谎称姓王，三姐心里感激他，见他冻得发抖，便请他回驸马府。哪曾想竟被他哄得醉了……"

"他骗了你，为什么不宰了他，妹妹看见你的宝刀就丢在地上。"

阿剌海打了个唉声道："我念着他救了不花，给机会让他滚！""唉，你让他滚，他得了便宜，现在还赖在床上，还别说，人倒长得挺英俊的！"五公主取笑道。"不走……本公主就拿他的头祭镇国。"阿剌海遭姐妹们嘲讽，满脸通红，瞪着眼睛吼道。二公主叹了口气说道："这事已惊动了大汗和二皇兄了。"。

"大汗和二哥怎么会知道的？"

"大汗找孛要合有事，不见他人影，城门卫说昨晚他与三公主一起进城了，大汗和二哥都气得不得了。"阿剌海恨得咬牙，骂道："孛要合呀，你可害透了本公主，现在就是长十张嘴也说不清楚了。"二公主劝慰道："三妹，别多想了，也不是什么丑事。孛要合是汪古王，你嫁他是天经地义的事，咱们一起走回去，到了驸马府一切都清楚了。"

姐妹几个回到驸马府，果见孛要合正抱着不花，与火臣公主唠闲话。阿剌海不看孛要合还罢，见他坐在榻上早恨得牙根痒痒，忙在地上寻那宝刀，却早被人拿走，不禁手指孛要合骂道："孛要合——你这个狗奴才，哄得本公主好苦，放你一条生路为何不走？"不花被母亲凶巴巴的样子吓得大哭，道："额娘，你疯啦，为什么这样对待叔叔。"孛要合忙放开不花跪下道："三公主，你我缘分天注定，小王真心实意要娶公主。偷着逃走，不合卑职脾性，今天就是死，小王也不离公主宫内。"说着从腰中拔出宝刀，反递给阿剌海。

阿剌海左右为难地接过刀，要动手，公主们拦着，气得她蒙面嘤嘤而泣，骂道："你是铁了心，要本公主丢丑，你……"帐内阿剌海正不知如何了结，听得帐外鼓角齐鸣，管家进来禀道："大汗驾到！"

几位公主和孛要合忙打开帐门，见旗幡招展，无数怯薛簇拥着窝阔台大汗与皇兄察合台进了府邸，急忙一齐跪倒。窝阔台见帐内阿剌海如斗红眼的公鸡，气呼呼地坠泪，低声道："哭什么，朕也正想找你聊聊，没想到姐妹都在这里。"说罢，忽然怒视着孛要合骂道："孛要合，你进了哈剌和林城连朕都不见，倒跑到朕的三妹府里做什么来了？要知道这里不是赵王府，看你脸颊通红，是不是挨了朕三妹的巴掌了！"

孛要合叩头道："奴才不好，得罪了三公主，请大汗治罪。"

阿剌海抹了一把泪，满脸通红，恼火地说："三哥，你看怎么办吧，三妹被孛要合骗了，请三哥杀了他，给三妹出气。"不花听母亲说要杀他的救命恩人，上前扯住额娘道："额娘，叔叔是个好人，为了救儿子，差点被淹死，额娘你为什么要杀他？"孛要合把脸贴在孩子的脸上，泪珠一串串流下，说道："你额娘怨叔叔是有理由的，叔叔愿为你额娘去死。"说罢跪在地上，向窝阔台大汗道："大汗，奴才昨晚对公主无理，奴才死罪，奴才死后愿将王冠返还给不花贤侄！"小不花哭道："不花要叔叔，不要王冠！"

察合台望着阿剌海道："三妹，兄长看不能处死孛要合，他救了不花不说，还肯为三妹去死，这样的人……打灯笼怕也找不到呀！"

三公主不再说话，呜呜大哭，窝阔台望着她道："三妹，汪古这门亲事是父汗许下的，莫怨哥哥。孛要合是个好人，你以公主身份嫁给他，今后汪古的大事，还要听妹子的。"阿剌海想想道："妹妹有件事，如果大汗不答应，妹妹就死在这里也不嫁人。"窝阔台见阿剌海说得严重，正色道："三妹，哥哥杀了镇国，虽说是罪有应得，但欠着妹妹一条命。妹妹有什么话，只要不是让三哥抵命……都可办到！"

"妹妹也不说三哥欠不欠命的事，更不是让三哥抵命。三哥昨天说过'镇国也是伐金有功之人'，妹妹与他毕竟十多年夫妻，做事要有个始终，妹妹要把他带回汪古以王礼安葬，也算不辜负他对我的情分。"

"这事朕应了，就交给孛要合去办，办不好，朕治孛要合的罪。"

孛要合没想到三公主爽快地答应了亲事，跪下道："大汗，三公主不计前仇，留了小人一条命，公主说什么小王一定照办。"

阿剌海听孛要合说得诚恳，含泪道："既然大汗和孛要合答应了这件事，二哥与诸位姐妹又都在这儿，回汪古的事三妹也不反对了，三妹今天与哥哥姐妹在驸马府一聚，就在这帐中饮几杯酒，妹妹也不想在哈剌和林呆了，明天就与孛要合一起送镇国灵柩回汪古安葬。"

当天下午，太阳射到万安宫的绿瓦之上，发出刺目的白光，窝阔台从驸马府出来，拾级回到宫中。连轴转的宴饮，使喜欢豪饮的他也感到疲乏，躺在卧榻上，想阖上眼静一会儿缓缓乏，正欲睡着，忽听殿外有急促的脚步声，便问道："谁在外面行走？"

察剌惊慌失措地进来，跪在阶下，脸色发紫地道："奴才走路出了声，惊醒了大汗！"

窝阔台盯着察剌问道："说，是不是出了什么事？"

"大汗，奴才听说木哥哈敦死了！"

窝阔台猛然坐起，卧榻边几案上一堆折子落了满地，困意早跑到爪哇国去了，望着察剌吃惊地道："木哥哈敦昨天不是好好的嘛，一夜工夫，怎么会死呢？"察剌红着脸小心翼翼地道："听说木哥哈敦昨晚被人所杀，侍卫今早去禀报大哈敦，说是被人掐死了，杀人的歹徒也在宫内自杀了！”“听说是谁杀了木哥吗？”窝阔台听话头有些不是滋味，目光冷冷地盯着察剌。

“说是一个宫中的琴师，详情不知。”

一句话，说得窝阔台脑袋“嗡”的一声，木哥被杀还是惨死，他刚回漠北，竟出现这样的惨剧。他忘不了木哥为了保父汗的诏书被拖雷活埋；忘不了在罕山，木哥被脱烈哥娜逼得几乎投崖，这次还牵扯着一个乐师，让他难以置信……窝阔台愤然站起身，恰好郑景贤从外面进来，窝阔台记得脱烈哥娜没参加宴会，说身子不舒服，便望着郑景贤道：“郑先生，大哈敦说身子不适，去看过了吗？”

“昨晚，大哈敦招我去把了脉，哈敦确实在发烧咳嗽。”

“给他开了什么药方！”窝阔台依旧不放心。

“臣开一个清肌降火的方子。”

“木哥哈敦出事了，先生知道吗？”

“听说内宫一大早就戒了严，奴才无旨不敢造次！”

“走，随朕一道看看去！”

窝阔台出了宫门大步在前，郑景贤在后，在察剌护从下直奔木哥的寝宫。天上的白云缓缓地飘着，太阳正在西南方云层中踱步，时而投下灿烂金辉，时而躲在云中不见踪影。路不远，转瞬就望见木哥大帐，再行就听里面传出了脱烈哥娜尖利的叫骂声：“偷男人的贱人……与乐师私通多长时间了？”

“回哈敦的话，他与三哈敦相识有半年多时间了。”

“为什么不报？”

“三哈敦过去招他来就是校琴、弹琴，也没看出别的事，奴婢们不敢胡说！”

窝阔台对大哈敦并不信任，大步进入宫帐，脱烈哥娜见大汗进来，知大汗对自己办案有疑，忙跪下奏道：“大汗你过来了，臣妾就可以撒手了！”

“起来吧，审得怎么样了？”

脱烈哥娜脸上通红，眼中露出愤慨的神情，恨恨地道：“大汗，昨夜臣妾病了，今早有人来报，说木哥将奸夫弄到床上，还让人杀了，臣妾听了气得手冰凉，直冒虚汗。大汗有话，不让我管她的事，我打发人去禀报大汗，大汗去了阿剌海家。这事也不好张扬，就命人封锁了消息，因怕小人串了供，刚过来想把事弄个清楚。木哥辜负了大汗，出现这事，简直是无耻之极呀！”

窝阔台一直在观察脱烈哥娜，看出她两颊通红确在发烧，是有病了。可他对脱烈哥娜还是抱有怀疑，见帐内侍女跪了一地，个个脸色青白，先走到木哥榻边，见木哥衣袍不整躺在卧榻上，眼睛瞪得大大的，目光中闪着恐惧的神情，脖子上伤痕已经发青，很明显是死于窒息。在她的旁边，躺着一个衣冠不整长方脸的高个男子……是割脉身亡的。窝阔台望着榻上的男人，吼道："放到这里展览，还不给我拖走喂狗！"

几个怯薛上前将那个男尸拖出去，窝阔台忽然大吼："等一等——"怯薛吓得一怔，停下脚步。窝阔台来到榻面仔细观察木哥，竟发现她的手里面攥着个红红的东西，就小心地掰开她的手指，一个红刺[①]珠子落在榻上。窝阔台取过来细细地琢磨了一会儿，是一个袍珠，上边还有孔隙。他一愣，猛然想起儿子阔出袍后就有耀眼的红刺珠子，脸色大变。阔出与木哥年龄相仿，万一是他做的事……他有些不敢想下去。窝阔台在乐师袍子上看过，仿佛一下子明白，可实在没有勇气发作，只是狠狠地瞪了大哈敦一眼，方对正在等待的怯薛命令道："将乐师抬下去吧！"

窝阔台睡意全无，指着一个侍女，吼道："这个男人叫什么名字？"

"名字奴婢不知，只知是西夏国的乐师。"

"他真是木哥哈敦招来的，还是有人杀了顶杠，你给我讲实话。"

侍女浑身战栗道："他是三哈敦叫来校琴的……奴婢不敢撒谎。"

窝阔台恶狠狠地盯着侍女，吼道："校琴有校一宿的吗？你们是死人，出了这样的丑事，为什么不禀报？"

"木哥哈敦让奴才们休息，奴才在外听弹琴，宫内的事，木哥哈敦没话，也不敢乱说。今早哈敦未起，奴才们觉得奇怪，才进来见到吓了一跳，因此去呈报大哈敦。"

"过去此人有留宿的事吗？"

"没有……"

窝阔台见那女侍低着头，说话有些不自然，贼眉鼠眼直往大哈敦处瞧，顿生疑窦，吼道："撒谎，你睁开眼瞧着朕的眼睛，木哥哈敦绝不是那样的人，再撒谎……拉出去乱棍打死！"

怯薛上前扯住个胖侍女，侍女吓得嚎叫道："大汗饶命，奴婢说的……是实话。"

脱烈哥娜心跳得厉害，大汗从木哥手里发现了一个珠子，已是不祥之兆。她更怕侍女胡言乱语，便转身对窝阔台道："大汗……杀她比碾死一只蚂蚁容易，大汗留她一会儿，再听他人说说，一起对线索，看看说得是否一致？"

---

① 红刺：即"回回石头"，又称红宝石。

窝阔台指着一个高个子的侍女道："你来说！"

"胖姐说得不错，"高个侍女脸色发灰，颤抖着道："昨晚天刚傍黑，这乐师就来了，三哈敦命我等下去，奴婢们焉敢不从。原听见二人弹琴声、说话声，后来就听不到任何声音，没有旨意，也不敢进去。直到今早，奴婢们发现出了事……"

窝阔台对她的话有些不信实，一脚将她踢倒，吼道："这话都是哪个教的，怎么都一个腔调？"

"没人教……"侍女挣扎着跪起。

脱烈哥娜看出窝阔台心有疑惑，这时不站出来，更让大汗怀疑，故意生气地道："大汗，你是怀疑臣妾教她们说的，那就治臣妾的罪。木哥过去与臣妾是有过节，大汗出征大金国后，臣妾也懒得招惹她。这几年，她独掌自己殿帐，臣妾也没想到她这样贱。既然宫内出了事，臣妾作为后宫主持也不能不到场，现在大汗怀疑我，那臣妾只有告退，这事大汗看着审吧！"

脱烈哥娜转身向外就走，窝阔台大吼一声道："脱烈哥娜……你给朕站住！"

脱烈哥娜眼睛通红，扑通地跪下，委屈地道："大汗离开汗廷已三年，人都是在变的呀……"

"变……"窝阔台怔忡地瞅着脱烈哥娜，他一想到阔出腰间的那颗红刺，与木哥手中的红刺宝珠，仿佛被人打了一闷棍，无奈地转口道："审清了吗？"

"臣妾得到消息后不敢耽搁……乐师是西夏人，叫元明，过去曾教过木哥琴艺，也没发现有什么劣迹。"脱烈哥娜一边说，一边将一卷供词递给大汗。

窝阔台接过供词，也不细看，从现场看，想不出脱烈哥娜有杀木哥的理由，大哈敦是贵由、阔出的额娘，木哥出事事小，阔出出事就动了国本。眼下汗廷乱事如麻，也闹不起家务。三思过后，长吁一口气，道："你是后宫之主，这事这样了结了吧，叫人取来棺木，将木哥哈敦的尸体收敛了……要好好安葬，对外就说急病暴亡。当然主子出事，奴才们都有责任，再好好审一审，看背后有什么花样！"

"大汗放心，臣妾自然轻饶不了这些小蹄子。"

窝阔台心里也矛盾，木哥的案子交由脱烈哥娜审本是荒唐的事，可在脱烈哥娜与木哥两个女人间，他只能这样选择。对脱烈哥娜吩咐完了，又对跪在地上的侍女们骂道："木哥哈敦出了事，你们都涉嫌疑，本该让你们一起殉葬，可念上天有好生之德，暂且存下狗命。可朕的话都听清了，有敢将这里的事说出一句半句的，满门抄斩，决不宽恕……"

"奴才们听清了……"侍女们吓得脸色发青、牙齿打着战回道。

第六回

后宫乱怒责小阔出
安边陲骏马赐重臣

回到万安宫，窝阔台一直拿着那个珠子仔细端详，心中产生了许多疑问，木哥绝命时，拼命扯下的珠子，里面一定有文章。此珠为红刺，极为珍贵，只有诸王、驸马才能佩戴在身上，那个乐师根本得不到。大哈敦本与木哥有仇怨，她热衷办案，更说明里面有事，她是在保护什么人？按年龄，木哥与阔出年纪相仿，阔出出入宫闱无人敢挡，他身上就佩戴过相同的红珠。忽然想起阔出今天一直未露面，不觉更加疑心，对察剌道："你去叫三殿下见朕，然后守在外面，朕身边侍卫都撤到外面去！"察剌大惊，父子谈话，让带刀侍卫离开，这是过去没有的事，想来事件重大，也不敢迟疑。

阔出神情疲惫，脸色苍白，一身金锦袍子，脚上一双马靴进来，他见殿内只有父汗坐在御座上，连带刀侍卫都不见，心突突直跳忙跪于阶下道："父汗叫儿臣有事吗？"

"你脸色这样难看，在忙何事？"

阔出小心地道："儿臣拉肚子已有两天，肚子一直叫劲，因父汗忙，还未来得及告假。"

窝阔台用怀疑的目光逼视着阔出，冷冷地道："昨晚做了什么事，不是有了什么心病吧？""儿臣有心病？"跪在阶下的阔出吃惊地望着父汗，不解地嘀咕道。"木哥哈敦出了事，你知道了吧？"窝阔台望着阔出袍子上的红珠，脸色发青，眸子如剑，语气加重。阔出被父汗的态度惊得一怔，脸上微红，强作镇静地道："木哥哈敦的事，儿臣听人禀报了，说是哈敦约了个乐师去调琴，不知怎么竟被乐师勒喉而死。"窝阔台讥讽地试探道："大内出了这样的奇事，你管着怯薛军，乐师是你的部下，何以未见你到后宫去查这事？"

"后宫的事当由母后去管，儿臣已命人加强了防卫，配合调查。"

"按说乐师进宫深夜不归，怯薛该有记录，可朕在卷宗内没有看到有关记载。"

"后宫拿着牌子去接宫廷乐师，怯薛是有记录的，记载不详的事儿臣马上去追查。"

"出了事……就该查，大撒手不令人奇怪吗？"

"儿臣粗心大意，请父汗治罪。"

"木哥死前手里攥着一颗珠子，你怕也说不知道吧？"

阔出没想到父汗步步紧逼，叩头道："什么珠子，儿臣未听人说过。"窝阔台将手中的红刺放到案上，指着珠子对阔出道："你没有看过木哥恐惧的眼神，她在绝命前拼死地蹬踢着，并从仇人腰间扯下这颗大珠。她是个弱女子，身体那样单薄，遭到粗暴的虐待。这珠子，是木哥留给朕最后的遗物，它证明着什么，你也要说不知道吗？"阔出吃惊地望着父汗，父汗用这样的描述讲给自己听，说明父汗不仅仅对案子怀疑，还对自己产生了怀疑，他一时无语。

窝阔台见阔出不说话，吼道："你跪行过来，看看这珠子认识不认识，难道它是乐师的袍饰吗？"阔出跪行到御案边，案上那颗核桃大的红刺宝珠闪着异光，此珠似曾相识，忽记起这两天自己袍上就缀着这样的珠子，一下明白父汗今天话里的含义，不禁一阵心悸，可事到临头更该镇静，便道："父汗，此珠会不会是木哥哈敦的把玩之物？"

"胡说，人被害前，所攥的能是把玩之物吗？到了生死关头，她一定恨透那个置他于死地的人，方拼命挣脱，实在挣不脱，才拼命扯住对方的衣袍饰物，直至扯断……"阔出没想到父汗会考虑得如此细微，便道："儿臣愚昧，父汗说得在理！"

"这珠子价值连城，非你这样的贵公子莫能有。"

"父汗是说儿臣勒死了木哥……"

"你不敢承认，"窝阔台厉声道，"朕的内宫，有几人进得去，你怕算是一个特例，况朕记得你的袍子上也有相同的珠子。"

"儿臣冤枉！"

"木哥死了，就不冤枉？"

阔出努力辩道："木哥是很美貌，但她是父汗的人；尤其她欲为父汗投崖自尽之后，儿臣更加敬重她，怎能产生如此禽兽之念，请父汗明鉴！"

"不是你？你额娘在处理此案，为何那样紧张？而那个乐师身上朕看过，没有系珠的孔。"

"一个袍珠偶合，父汗就怀疑儿臣作案，给儿臣定罪，还牵扯额娘！"

"那你如何解释此案中诸多疑点？"

"疑点……"阔出无奈地哈哈笑起来，道："父汗怀疑儿臣……可儿臣昨晚片刻未离宫中，即便父汗有时未见到儿臣，伯父、姑姑、怯薛长们也是尽可为儿臣作证的。"窝阔台没想到儿子会突然发笑，以为儿子惊吓过度精神失常，抬头见阔出表情坦然，不禁更加愤怒，吼道："你这个孽子，亏你还笑得出来，是你做的就明说。朕当着你额娘就认出这珠子，可并未发作，知道为什么吗？就是留个机会给你，你毕竟年轻，无非一时冲动……"

"父汗想错了，儿臣是清白的……"

"你要父汗撕破面皮吗？"

"不，儿臣丝毫未做过对不起木哥哈敦的事，请父汗冷静彻查……"

"……真的不是你所为？"

阔出红着脸，痛苦地道："儿臣平素为人父汗该是知道的，如此事查出是儿臣做的，儿臣决不苟活，当自裁谢罪！"窝阔台被阔出的坚决态度惊住，疑虑重重地道："不是你——可这颗红刺是从谁身上扯下来的？"

"儿臣觉得光凭一颗珠子，不能急于下结论。这样的珠子在诸王、驸马的袍子上都有，会不会是诸王们高兴赏赐给乐师的……"

"你还相信木哥是被乐师杀害的？"

"儿臣听说母后已查清了案子，父汗为何一定要否认额娘办案的公正性呢？"

"这是你的想法？"

"当然是儿臣的想法，儿臣是清白的，也不怕调查。父汗以我没介入此案，存有疑问，可儿臣远离此案，实是另有隐情。内宫的事，特别涉及女人，儿臣身份不方便；况母后已参与，儿臣干吗去添乱！"

窝阔台愣愣地道："可涉及内廷怯薛执事，你有调查的权利……"

"可儿臣以为，内宫的事，只能由父汗、母后二人掌管；宿卫出了问题，父汗、母后一样可以查处。"

"这红刺的来历绝不会像你说得那样简单，直觉告诉朕！"

"会不会是木哥赠给乐师这颗红刺？"

"胡说！"窝阔台眼睛喷着火，吼道："乐师要这样的珠子，也不敢嵌在衣袍上。朕还看过他的袍子,并没有撕扯留下的痕迹!”阔出道:“父汗,红刺的事,儿臣说不清楚,可儿臣相信母后不会做出有悖父汗的事来!”窝阔台叹了口气,伤感地道:“木哥死得太可怜,她是你祖父的人,对朕很是忠心,又是对咱们一家有过大恩的人。朕不希望有人在她死后,往她身上泼脏水。朕归来还未来得及见她,她就不明不白地死了,朕心何安呀!”阔出也有些伤感,可怕引起父汗的猜疑,说道:“木哥哈敦出事,儿臣也很难过,她是儿臣的母后,听说死得很惨,儿臣心存避讳就没去内宫,请父汗理解。”

“可这珠子……会是谁的呢?”窝阔台望着珠子陷入了深思。

“父汗没有将怀疑告诉母后吗?”

“朕当时怕这事与你有关,就没有说!”

“父汗想对案子重新调查吗?”

“你是什么意见?”窝阔台警惕地望着阔出,不动声色地问。

“儿臣没有任何建议,也不会插手其中,儿臣认为内宫的事,父汗、母后有权作出任何决定。”

“你不介入也有道理的,朕尊重你的意见……”窝阔台沉思片刻,终于作出了艰难的决定,说道:“这珠子朕不想再提了,朕怕按倒葫芦起来瓢,不想因它闹到家里人仰马翻,这个案子你额娘结了也就算了。”阔出想说什么又未说,跪下道:“请父汗恩准儿臣休息几天,调养一下身体。”窝阔台望着阔出点了点头,恢复平静地说道:“既真有病,就休养些日子,再请郑大夫看看。”

“儿臣谢父汗!”

“怯薛的事得先安排好,揭贴的事有眉目了吗?”

“据也孙帖格反映,四叔卫队中有人在酒肆,喝酒时大放厥词,说的话与揭贴一样,可能揭贴出自四王府。”

“四王府经常有人进城吗?”

“儿臣问过,四婶与忽必烈等兄弟们都没有出过王府,连王府的诺颜们也很少进城。”

“你四叔的尸体还停在大帐内,蒙哥正往回赶,这个时候任何风吹草动都得多加小心。”

“儿臣明白。”

“去吧!朕刚才问你的话,要咽到肚子里,不要对其他人说了,对你额娘也不要提起!”

阔出离了万安宫,窝阔台望着儿子的背影,叹了一口气,他把珠子攥在手心,心里极端矛盾。他对儿子的怀疑并未完全消除,可目前的情况,只能两难相较取其轻,他站起身来,在阶上来回踱着步子……

窝阔台睡意全无，看看天还大早，想起进城后，还未同左手万户孛栾台单独会面，便叫人去叫孛栾台。等待之时，他走出宫门，并叫怯薛牵两匹御马过来。时近黄昏，一层透明的雾气遮蔽了夕阳，天空变成瓦灰色，西方出现铅灰色的云团。侍卫牵着两匹马过来，远看一样浑身雪白，可来到近前细看两匹马却大不相同，一匹两腿细长，除了四蹄和尾部有些黑毛外，浑身似雪，它是窝阔台的坐骑；另一匹鬃毛渗着些灰色，四蹄上有些灰色斑点，身上细看也有些隐的圆宝形的斑纹。

"奴才叩见主子！"孛栾台应诏过来，大老远叩头道。

窝阔台将目光从马身上移开，转过头来，面带笑容望着孛栾台道："快起来，陪朕一起遛遛马去，朕选了一匹马，准备送给你，不知大万户能不能看上眼？"说着窝阔台指着那匹马。孛栾台瞪大了眼睛，惊喜地道："奴才还未见过这么好的宝马，谢主子赏赐！"

"你看天上又起云了，汗国也像这天，有时树欲静而风不止，你也要有所准备。这匹马是朕骑过、调教过的良马，你今后就骑这匹马为朕镇守西方。"

孛栾台眼睛闪着泪光道："奴才也是大汗调教的，大汗对臣有天高地厚之恩。如果有人对不起主子，奴才就是磨脱了瓜子，粉身碎骨也要保护大汗！"

"有你这句话，朕就放心了。咱们君臣一起遛遛马去！"

君臣二人飞身上马，出了北门，窝阔台道："这几天，朕一直忙，还未与你说说话。"

"奴才知道大汗忙，也不敢打扰主子。"

"怎么样，独当一面的滋味怎样？"

孛栾台道："奴才驽笨，不敢忘主子的旨意，边练兵边屯田，为了大汗西征作准备。"

"朕现在交你一项任务，话不能说给第二人，你心里明白就行了。揭贴的事你也看到了，要防着有人借你四爷的事扇动叛乱。真的有人叛乱，朕要你保持阿尔泰山一带的稳定，并配合朝廷平叛。"

"大汗放心，在奴才的地盘，百姓对大汗非常拥护。阿尔泰山和火里秃麻森林百姓们说，大汗在大灾时帮助了他们，又重视牧业生产，现在的富足都是大汗所赐。依奴才看，真的有人闹乱子，百姓也会站在汗廷一边。真有人造反，奴才第一个起兵征讨他。"

窝阔台点头道："阿尔泰山是个很重要的地方，是汗国的中心，当年朕父汗考虑到西北重要，才让博尔术老王爷居此地镇守。老王爷是先大汗结交的第一位生死伴当，他的品德在汗国无人可比。黄金家族的人不管谁当了大汗，都不会忘记你父亲的大功，先大汗《大札撒》有话，西方由你家看守‘世世罔替’。这里面意深深呀，你要细体先帝之意和朕心，与朝廷一心，替朕守好这座门户，有什么事就先通报朕。你四爷去了，朕不想因他坏了黄金家族的团结，更想保护他的家人，这些你是知道的。可汗廷内出现《揭帖》，这说明树欲静而风不止呀，朕虽不怕，但不能不防……因此今天朕就算先给你透透风。”

“大汗对四王府仁至义尽，奴才都是亲历过的，四爷对不起大汗，奴才心里最清楚。”

“你能这样想，就说明朕没有看错你，朕最希望安定，汗国还有太多的事需要做。”

君臣遛了一通马，浑身出透了汗，回来一道在宫内吃了便饭，饮了些酒，窝阔台才让孛栾台去了。

天色大暗，窝阔台躺在榻上，望着烛光翻来覆去想木哥这件事，越想心中越发闷，正要犯困，忽听察剌进来禀道：“大哈敦在外求见？”窝阔台立目道：“不见……说朕睡下了。”察剌小声道：“大哈敦说了，为防夜长梦多，她想明天安葬了木哥哈敦，问大汗去不去？大哈敦还说木哥是西夏人，已让人挖了墓坑，问大汗同意不同意给她建个坟茔？”窝阔台沉思一会，道：“告诉她，说朕不参加下葬，建坟墓的事朕没意见，毕竟木哥是先大汗的人，又对朕家有大恩。”

察剌出来，见大哈敦带人提着灯笼立于廊下，忙过来回了大汗的话。原来脱烈哥娜因大汗当日取走了木哥手中的珠子，心里一直有些不安，听说阔出被大汗招进宫，更加觉得问题严重，便将阔出叫进宫，可脱烈哥娜并未套出一点实话，这让她更担心大汗会重审此案。大哈敦由于心上有事，便有些坐不安，左思右想才仗着胆子，借替木哥下葬的话头向大汗探探风声。虽说吃了闭门羹，可大汗同意安葬木哥，说明不会重审此案，也算达到目的了，才转过身踏着灯笼的微光悻悻回宫。

第七回

马利雅感恩怜古画　蒙古主忍怒见长子

次日，天时阴时晴，窝阔台上午开过朝会，本说不去参加送葬，到了中午还是决定到墓地送送木哥。傍晚就着星光回到万安宫，也不让脱烈哥娜相陪，由于心里难受，只命察剌陪酒，直喝到二更时分。窝阔台喝得微醺，又命倒酒，察剌是个聪明人，知道大汗心烦，赔着笑道："大汗刚从官山归来，诸哈敦、贵人都盼着你的大驾，何必在此枯坐喝寡酒。奴才听说，绰儿马罕送来的花剌子模王后进宫数日，大汗何不移驾见见这位异国的美人。"

窝阔台虽因木哥死得蹊跷心中不快，可也知不能起死回生。见察剌相劝，也记起绰儿马罕曾备赞此王后花容月貌，想想饮酒无益于事，便丢下酒杯，站起身道："就听你的吧，带朕去后宫。"从万安宫到马利雅寝宫只一箭之地，闷坐中的马利雅，忽闻婢女禀报："大汗驾到。"不禁惊惧万分，时间紧迫只略作修饰，就听到宫门外脚步沓沓，忙跪于门边迎驾。

窝阔台大步来到宫门口，低头借灯笼火把见这异域王后长跪相迎。细看这女子，相貌端庄，面如凝雪，眉如翠羽，一身纳石失袍子倒看得眼熟，想起是过去大哈敦穿过的旧物。又见她面带拘谨，身子略有些发抖，知她害怕，伸手将她拉起，望着那女人道："王后远道而来，你眼中似刚流过泪，是思念故乡，还是怕朕？"

马利雅低声下气地道："臣妾乃一女俘，不敢怨天尤人，只是刚才听说木哥哈敦死了，忽觉得人生苦短，不觉为她落泪。”窝阔台从这异域女子口中听得木哥的名字，不禁大惊，诧异地道：“你刚来漠北，谁向你提起木哥的事了？”马利雅怕大汗误解，忙道：“大汗不愿臣妾提起木哥？”窝阔台见马利雅脸上起了变化，摇头道：“这事本与你无关，朕是因木哥的死而不快，你这异域女子是怎么认识木哥的，本汗倒真想听听。”

“大汗不问，臣妾不敢乱说。前天臣妾被带到长白宫，大哈敦让奴婢逼臣妾换装束、剃头，还责骂侮辱了臣妾。臣妾回来心中苦闷正在悲泣，木哥哈敦好心过来先是安慰我，又请臣妾去她帐里说话。臣妾与她相识虽只有半天，可能感觉到她是难得的好人，次日听说了她死了，泪就止不住！”

窝阔台对马利雅的话颇感意外，木哥生时受了脱烈哥娜不少闲气，看来马利雅刚来，脱烈哥娜又犯了醋意。内宫的事最令他头痛，可想改变也难，无奈地道：“朕刚从官山归来，宫里的事还未来得及细问，木哥的事朕听了颇感尴尬。你初来乍到，今后有谁欺负你就对朕讲，朕给你做主。”

马利雅低声道：“大汗，你相信木哥哈敦会招野男人吗？”

“她过去是个极好的人，可朕离开汗廷出征大金国三年之久，是否变了，朕也说不准。”窝阔台对初识的马利雅有所保留，细心观察着对方。

“臣妾猜测木哥哈敦怕是遭人陷害的！”

窝阔台大汗惊诧地问道：“你这话可有根据，人命关天，可不能随便猜测？”

马利雅脾性有几分刚性，见面前这个身材高大的男人，勇武中有几分细腻，浓黑的剑眉下，黑黝黝的眸子闪着火花，虽神情有些疲惫，头上有星星白发，也听得出他对木哥的事充满同情，觉得自己有义务替木哥讲几句话。她与木哥虽只有半日交往，心底却感激木哥，动了替木哥打抱不平的念头，便大声说道：“臣妾听木哥说：‘大汗待她很好，她还对臣妾说自从肚里的孩子死了，现在只是为大汗活着。’”

窝阔台见马利雅盯着自己看，一个异域女子，刚到汗廷，不顾危险对自己大谈木哥，不觉心热，叹道：“木哥对朕有恩，朕从没想到负过她，可事发突然，朕虽怀疑，却苦于没有证据。你刚来到漠北，咱们不说木哥的事了，朕到宫中来，你可愿服侍朕吗？”

“大汗不嫌臣妾相貌丑陋，臣妾愿意。”

“朕来到你的宫帐，一直立于门外，可否让本大汗进宫！”

马利雅慌忙叩头，道：“大汗请进，臣妾因念着木哥的事，一时忘情，请大汗恕罪！”窝阔台边走边道：“过几天朕让人给你制几身新袍子，你是朕的哈敦了，身边的奴才有不听话的，就处罚她们！”“臣妾叩谢大汗！”马利雅面露喜色。

窝阔台见马利雅艳若桃花，一双眼睛含情脉脉地望着自己，不觉心动，趁势紧握住她的手，将她搂在怀中。“大汗……”马利雅满面娇羞地望着大汗。

“你长得真美。”窝阔台将她抱到卧榻上。

马利雅像一只被屠宰的羔羊，成了这个健壮男人胯下的俘虏。自古以来，只要是后宫，女人争宠都是一样的。马利雅是过来人，自然懂得被锁在深宫的女人要想生存，就要讨得后宫人主的欢心。云雨过后，窝阔台非常高兴，说道：“你刚从西域来，需要朕赐你点什么？”

马利雅躺在卧榻上，忽闪着大眼睛，望着微喘着的窝阔台，说：“臣妾有个念头，想求大汗将木哥帐中的那幅古画送给臣妾，不知可否？”窝阔台被这个女人的话说得心中一阵伤感，便道：“昨天木哥都同你说了些什么话？”马利雅眼中含着泪道：“木哥哈敦是很爱大汗的，她说她很想为大汗生个儿子，并说她怀过孕，可着了大哈敦的道……流了产。木哥哈敦那天很动情，与臣妾谈得投机，一直谈到入定之时。”

“你是说木哥与你一直谈到了二更鼓？”

“是的！”

窝阔台听说马利雅在木哥死的那天，二更鼓时分还在木哥宫中，不禁顿生疑窦，道：“你出来时，可看到什么人去了木哥哈敦的宫内？”

“臣妾出门时，未见到什么人，臣妾不敢撒谎。”

“奴才中哪个随马利雅去的三哈敦大帐的？”窝阔台厉声对帐内侍女们喝问道。一个高个粉衣侍女惊惶失措地从外面进来，跪在地下哆哆嗦嗦地叩头道：“大汗，奴才叫琐奴，当时由我侍候马利雅哈敦去三哈敦府的。”窝阔台缓了下口气，对侍女道：“不要怕，告诉朕你陪马利雅从木哥哈敦寝宫出来时，见到有人在三哈敦的帐外吗？”

女侍叩头道：“随马利雅哈敦出来时，并未见过有人过来……”

窝阔台的脑袋涨得老大，木哥同马利雅谈到了二更鼓，可这话脱烈哥娜的调查中并未提到此事，而马利雅是不会说谎的。脱烈哥娜与所有侍女为何隐瞒这样的事实，难道真是有人作扣，她们在隐瞒什么……他心中很乱，再次想起那个大珠，他询问过阔出，可除了阔出还有谁？这件事让他头痛，这样的丑闻如果牵扯到家人，自己声名会大受影响，想到这，叹了口气，对侍女道：“锁奴，你带几个人去木哥的寝宫，说朕叫你们将《没藏氏沐浴图》取来，朕要将画送人。”

一碗茶工夫，琐奴取过画来，窝阔台想打开画轴，但没有打，而是将画交给马利雅，动情地道："刚才说的话，不能再对任何人讲。这幅画就由你好好地保存吧，朕刚伐金归来，和林城发生了许多事，朕心乱极了！"

马利雅手拿着画轴，不解地问道："大汗，这画上的人像木哥哈敦，可画却是古画，臣妾在木哥哈敦帐内就有疑问，画中人是木哥哈敦吗？"

"不，这张画是当年西夏国的镇国之宝，作画人是西夏国主元昊。当年我随父汗攻打西夏时得到这张画，后来朕把它送给了木哥。木哥本是西夏公主，元昊画中的人是木哥的老祖母叫没藏氏，是西夏国的皇太后。"窝阔台用眼睛盯着那卷画，他沉浸在往事的回忆中，没有注意到马利雅内心的变化。接着又道："木哥命不好，长得很像这位老祖母，因此连你这个外人，也认定画中人是她。"

"大汗，臣妾会好好保存这幅画的。"

"这画，你就悬在你的宫中，留个念想吧。"

次日清早，万安宫内，窝阔台一直想着木哥这件事，眼睛里闪着愤怒的光焰。这个性格温顺的西夏公主，曾拼命保住了父汗的《遗诏》，她会是不清白的人吗，是谁造的孽，那珠子难道是自己的儿子的吗。如果真的事情发生在爱子身上，为一个女人诛杀爱子，是不明智的。正思忖之间，怯薛进来禀报："大汗，大殿下求见。"

窝阔台听说贵由回来了，眼睛再次掠过一丝疑惑，抬起头道："叫他进来吧。"

贵由走进宫内，脸色苍白，心怦怦地跳着，杀了父汗的爱妃木哥，虽说木哥已下了葬，可心里毕竟不安。这时他最怕见的就是父汗，可又不能不见，他仗着胆子跪在阶下，叩头道："儿臣叩见父汗，恭贺父汗伐金凯旋而归。"

窝阔台心里有些矛盾，望着阶下的儿子，不冷不热地道："贵由，朕在这座宫内见到你，朕还得感激你留守漠北建城之功呢！"

"功在父汗，儿子只是按照父汗绘制的城图督建的，时间仓促，一些殿宇还未建完，远未达到父汗设计的天下第一大城的规模。"贵由见父汗脸上铁青，从父汗模棱两可的问话中感到有些恐惧。

窝阔台不想过多猜忌，望着贵由极力压抑愤怒的情绪，道："在建城这件事上，你立了功；在安抚你四叔、处理脱猛一案上，做得没出大格。"

贵由小心慎重地道："二伯父在处理这两件事上，替儿臣出了不少主意，加上父汗的旨意，儿臣的事就好办多了。"

"进城那天，你二伯父还提出让朕替你述功！"

"二伯父偏向儿臣。"

窝阔台坐在御案前盯着贵由，语调平静地道："朕命你与阔端一起去迎蒙哥，人接到了吗？”

贵由抬起头，顶着压力，低声道：“接到了，只是蒙哥在汪吉受了贼人的暗箭，儿臣让阔端照料着，赶回来请旨。”

窝阔台听说蒙哥受伤，一愣道：“你什么时候回来的，蒙哥受伤严重吗？”

“儿臣回来那天，父汗正在宫内大宴诸王，儿臣怕当着诸王禀报蒙哥的事引起猜测，就没敢进宫打扰。”

窝阔台愣怔地望着贵由，他心下起疑，儿子贵由已回来三天，而那天正是木哥出事的那天，难道是长子淫乱内宫？想到这，他又否定了自己的想法，贵由一直监国，如果真的此意，绝不会等到自己回来，有了这个想法，便道：“蒙哥为何人所伤？”

贵由先是被父汗问得心惊肉跳，真怕父汗纠缠起来，见父汗转了话题，心里才略略安定，道：“儿臣与二弟遵旨在汪吉候着蒙哥，那日傍晚，儿子正与二弟饮酒，有人来报，‘蒙哥在古河驿杀了儿臣部将胡传，并将其所带人马缴械，押来汪吉。’儿臣与二弟均大惊失色。”窝阔台额上微汗，追问道：“蒙哥要造反？”贵由说道：“儿臣当时也是这样想，并负气相迎。”窝阔台对蒙哥并不放心，道：“简单点，蒙哥为何要杀胡传？”

“据蒙哥讲，他刚进古河驿站，就见一猎人驮有两张白虎皮逃到驿站，寻求保护。他刚问完情况，就见臣的部将胡传带人追来，要夺那猎人马上的白虎皮。因此蒙哥与胡传发生了口角，据蒙哥说，胡传喝了酒，对他很不礼貌，还说，‘四叔不是好人……用蛊术害大汗，被处死的……’蒙哥说，‘胡传的话有悖圣旨，为防谬论流传，他被迫杀了胡传。’”

窝阔台点头道：“胡传该死！蒙哥是个谨慎人，无事不会胡乱杀人，问过谣言出自何处吗？”

“儿子询问过，其弟胡圯承认是在和林城一家酒楼听人说的。”

“和林出现谣传，朕也知道了。”

“儿臣以为蒙哥杀胡传不止为两句谣言。”

“那他为什么？”

“四叔都干了些什么，蒙哥最心知肚明，他不过借胡传发泄对父汗的不满，同时也试试儿臣敢对他怎样，他甚至估计到父汗必不肯对他下手。”

“胡猜乱想，你治军不严，胡传敢逆旨胡说，是不是受你影响？蒙哥受伤，不是你下的命令吧？”

“儿臣不敢，这事二弟也可证明，儿臣听蒙哥说得有理，在胡传问题上并未同他计较，当晚儿臣与二弟请蒙哥饮酒，并请蒙哥与我们一道住下，但蒙哥不肯。我与二弟送他出来，人还未躺下，就有报事的人来禀说是蒙哥半路上遭了人的冷箭。”

“有危险吗?”

“没有。”

窝阔台眼中闪着幽幽的光,责怪道:“蒙哥归来,朕让你迎他,却出了事。现在就是有一千条理由,也难脱人们对你的怀疑。”

贵由不服气地道:“脱不掉又如何?”

“你四叔走了,他罪再大,也是与朕吃一个额娘的乳头长大的亲弟弟。朕要对得起你祖父,不能端了你祖父的灶,如果真那样做,黄金家族也将走大金国衰亡之路了。”

“父汗对四王府手太软,将来会留下祸患的。”

窝阔台鹰眉一扬,眼波一闪,叹了口气道:“朕绝不许黄金家族在朕手中四分五裂,血流成河……人说‘宰相肚里能行船’,朕这个大汗总该比宰相还胜一筹吧,你也不要借机劝朕去杀蒙哥,他的伤势如何?”

‘皮毛之伤,如果在平时,儿臣就带他回来,可考虑到父汗刚回和林,怕引发事端,才让他在汪吉养伤。”

‘这事你做得对,下去吧,父汗安排一下,明早咱们父子一道去汪吉!”

窝阔台有许多事要做,要梳理因四弟之死在汗廷引起的连带反应,其中蒙哥的极为关键。他在殿内来回地走动着,忽然想起了昂辉哈敦,便停住脚步,对当值的察剌命令道:“叫人布宴,你再去叫昂辉哈敦来万安宫见朕。”

“嗻!”察剌答应着,出了大殿。

窝阔台此时要见二哈敦昂辉,是有原因的。蒙哥出生后不久,唆鲁禾帖妮患了重病,在窝阔台的撺掇下,昂辉将蒙哥抱到身边抚养,一直养到八九岁。因此蒙哥的事,让昂辉二哈敦出马,比大汗本人更能化解矛盾。

昂辉哈敦进了万安宫,她穿着一身天鹅绒紫色长袍,头上盘髻插簪,耳垂翠环,固姑冠高二尺,用红锦围之,上饰以明珠。她年过四十,面色红润,高颧骨,一双大眼上眼皮略有松弛。她向窝阔台见过礼后,看侍女正排酒布宴,笑着道:“日头从西边出来了,早饭刚吃过,大汗要臣妾到大殿见驾,还如此招待?”

“广秀宫住得怎么样?这几日忙,我只在宫外看过。”

“好极了,臣妾像住进了天堂,难得那样宽敞。”

窝阔台望着昂辉长出了一口气,说道:“老四下葬的日子快到了,朕让你代朕到四王府探望四王妃去了吗?”

昂辉脸一红,眸子如水晶般一亮,她几次去过四王府,每次去都见唆鲁禾帖妮流泪,叹道:“大汗有话,臣妾焉敢偷懒。老四遗体运回来,眼中的泪就未干过。前两天去，她不知听谁说的，大汗常喝酒消愁，酒喝得甚，她还让臣妾劝大汗不要太伤心。她说大汗乃一国之君，天下共主，为天下人着想要少饮酒，莫伤了身子。”她还说，她知道四王爷罪大恶极，可大汗一直对四王府极为关照。她说，她只想把孩子们教养成人，让他们替大汗尽忠。

窝阔台没有想到四王妃会说出这样的话，哼了一声道：“四王妃能体会朕心最好，可事情并非她说得那样简单。有人在和林城散发揭帖，散布谣言，听说这些人可能是四王府的人。还有朕让蒙哥回来奔丧，现在已到汪吉了。”

“蒙哥要回来啦！”昂辉眼里闪着兴奋的神情，高兴地道：“那天臣妾去四王府，四王妃还问起蒙哥有无消息呢，这下可以通知四王妃一声了。”“这事还不能说，”窝阔台阴沉着脸道，“蒙哥在汪吉河有点麻烦！”“他死了！”昂辉从窝阔台的脸上觉得不好，惊恐地尖叫道。“你想到哪里去了，别像丢了魂似的。”窝阔台见昂辉脸色苍白，惊出一脸汗来，便道：“他在汪吉，受了箭伤，并不要紧。贵由刚回来报朕，朕想让你陪着去一趟汪吉……”昂辉眼中闪着泪花，道：“伤在什么部位，是哪个蠢货干的？”

“这事还未查清，朕此去也有查一查凶手的意思。”窝阔台道。昂辉眨着眼睛，轻声地道：“臣妾有种预感，这事怕是贵由指使人干的？”“你怎么想到他？是阔端给你来信啦？”窝阔台警觉地望着昂辉。“大汗想到哪里去了，阔端去汪吉一直未归，更没有信。大殿下平日最恨他四叔和蒙哥，臣妾只是有些直觉。”昂辉白净的脸上挂满泪珠。窝阔台笑道：“紧张什么，落哪份子眼泪，蒙哥的伤势不重。”

“小牛、小马身边待久了尚不能舍，况蒙哥是臣妾一手带大的，他受了伤，臣妾焉能不急。”

“你这个人就是菩萨心肠，怨不得蒙哥把你当额娘！”

昂辉摇头，撇着嘴笑道：“始作俑者还不是你，当年四王妃大病，不是你哄着叫臣妾抱回来哺养，还说这样做铁木真父汗高兴，否则臣妾才不接这差事呢。”

“当时赶上关口，朕带你去四王府，父汗也去看孙子，正愁没个人照看蒙哥，我就做了主。当时父汗还说你有爱心，赐你一柄如意呢！”

昂辉调皮地道：“我为他抚养了孙子，父汗当然说我好！”窝阔台笑道：“你的贤名在外，如果我让别人去抱，父汗还未必信得过呢！”昂辉故意道：“我哪有你说得那么好。”“父汗心中有数，二十多年前，我被王罕之子桑昆射伤之后，你见朕躺在河边，毅然冒着杀头的风险救了我，这件事就表明你的心地善良。”窝阔台动情地道。

昂辉满脸羞涩地记起当日的事，回忆道："现在想那事都后怕，当时我正到河边饮马。刚到河边，就见远处尘土飞扬，杀声四起。我当时本想骑马跑开，忽听河边一声呻吟声，向河边一看，见你浑身是血倒在河边。臣妾当时想没人救你，一定会被赶来的人杀死，就动了保护你的念头。臣妾有时性子很倔强，你的个子很大，我费了好大劲才将你拖到车上载到我家。当时我觉得你很坚强，怎样扯你，都不吭一声。"窝阔台叹道："当时我看出你在帮我，王罕军马就要赶来，没人搭救肯定得死。朕能活到如今，实乃爱卿所赐。"

昂辉笑道："当时也没想到后来铁木真大汗会特地找到我家，提出让你娶了我为妻。"

二人回忆起旧事，窝阔台见昂辉粉面羞红，目露娇嗔。也是见景生情，不由将这女人从榻上抱起，用嘴去亲她脸上的泪珠。昂辉见大汗不顾帐中有人，忙命怯薛退下。自己满面娇羞浑身无力，双眸含情，任其将自己抱在怀中。窝阔台一时欲火中烧，也是出征数载，新婚不如久别，将昂辉抱进内帐软语温存，亲身为她宽衣解带，云雨一番……

第八回

惧祸阶母子话家事
借缘由大汗鞭贵由

贵由脸色苍白从父汗宫门走出，站在大殿外阳光下，仿佛死里逃生一般，身上已汗透重衣，额头上挂满汗珠。贵由近三年留守漠北，负责建造哈剌和林城，功绩显著。前不久还十分企盼父汗归来，等着封赏。转瞬之间，一件蠢事弄得他心神俱灰，不是额娘出手相援把事情抹平，这项大罪不仅能葬送他的前程，甚至愤怒的父汗会要了他的命。

贵由两腿发软，喘息了好半天，细想父汗态度还算平和，也未提及木哥之事，今天看自己算是逃过一劫。但他也清楚父汗城府较深，心事向来不好猜，他消了消汗，没敢回府，直奔额娘的长白宫。长白宫是内宫第一宫，虽高大不如万安宫，华丽程度却有过之而无不及。整座大殿由石头、砖石、木材建筑起来，宫殿呈圆形，类似一座大蒙古包。包顶琉璃瓦屋顶，黄绿相间的花砖地面，朱红大门，琉璃屋脊上翘起一条昂首巨龙和一只展翅彩凤。

正午的阳光从打开的窗口射进大殿，脱烈哥娜坐在檀香木雕花宝座上，她的脸色比头两天略显憔悴。她右手端着唐代越窑青瓷茶托，用嘴吹着刚沏好的雨前碧螺春挂在盏口的浮沫，心里惦记着大儿子见大汗的事。她移花接木了结了这件事，做得也算严丝合缝，可大汗是个精细人，又攥了贵由的袍珠，她依然拿不准大汗的态度。从贵由去万安宫，她就悬着心焦急地等待，连端杯的手指都紧张得发颤。她最担心贵由说走了嘴，大汗一旦摊牌，愤怒就会像闪电雷鸣一样降落，如果真的出了事，她唯一的办法是求察合台替贵由说话了……

“大殿下回来了——”一个侍女匆匆进来禀报。听说儿子来到宫外，脱烈哥娜的心略微安稳了些，她将茶盏放在几案上，长出了一口气，命令道：“叫殿下进来吧！”

贵由进来，见额娘脸色苍白如纸，眼眶发青坐在榻上，愧疚地跪下请安，道：“儿臣犯了浑，让额娘操心了！”

脱烈哥娜没有理会儿子的话，她急于了解大汗的态度，关切地问道：“你父汗有没有提到木哥这件事？”

“父汗先是提到建城的事，后来就一直谈蒙哥的事，没责备儿臣什么，额娘可以放心了，”贵由含泪道。“没提这茬就好，木哥是你父汗的心肝，连额娘都碰不得……可你偏碰她。额娘因与她闹矛盾，你父汗连几十年的恩情都不顾了，动了诛杀的念头，你也不是不知道。真让你父汗了解了真相，咱们娘俩都没有好日子过了。”

“都是儿臣醉酒惹的祸，让额娘操心了！”

脱烈哥娜瞪了他一眼，愤愤地说：“你都当了王爷，还这样不晓事，今后酒要少喝，别再让额娘替你坐蜡了。”贵由叩头不止，声音发颤地道：“儿臣再也不敢了。”

“起来吧，别装个熊样给额娘看。”脱烈哥娜见贵由起来，又道，“这回额娘总算替你将丑事遮掩过去了，可事还不能说完，你父汗心里瓷实，他不提这事，不见得就不怀疑，尤其你袍子上的红刺就在你父汗手上，那是祸根。蒙哥的事也不能看轻了，去汪吉河也是一道关口，脾气上柔顺点，别在这当口儿与你父汗对上景。”

“父汗的心，儿臣也猜不透。他诛了四叔，本当斩草除根，借机灭了四王府，可父汗偏要演这样一出戏，弄得人心惶惶，举国不安。如果抄了四王府，儿臣也不用去汪吉河，哪能犯浑喝大酒，闹出木哥这件事！”

“你父汗受你祖父之托，并有感于大金国骨肉相残终至亡国的教训，因此很看重黄金家族的内部团结。在官山额娘问他如何处置老四，他说，‘四弟随我平金立了大功，处死他会有人说朕嫉妒功臣。’额娘说：‘老四动了杀心，违了誓言，何能轻饶。’他说，‘那就将他黜去王爵，圈禁些日子。’额娘据理力争，你父汗才勉强答应处死他，可坚持保护你四叔的名节。”

“父汗和四叔虽是兄弟，可一个心慈如菩萨，一个心狠若蛇蝎。”

“你父汗因仁厚而得大位，遇事考虑太多，其中将你四叔打扮成完人，怕是他一生最大的败笔。”

"听说父汗进城那天，城门口出现了攻击父汗的揭帖。"

脱烈哥娜呷了一口茶，瞪着杏眼，恨恨地道："揭帖来自谁家？不用说额娘就可以肯定，这是四王府的小人所为，可这话对你父汗说也没用，说了反惹他生气。"母子正在说话，有侍卫匆匆进来，跪下回事："启禀大哈敦，昂辉哈敦被大汗请进万安宫！"脱烈哥娜惊诧地问道："召她何意？"侍卫回道："听说是要昂辉哈敦一起去汪吉的事。"脱烈哥娜马上猜出了大汗之意，笑道："下去吧，这两天有情况要及时来报。"

侍卫下去，脱烈哥娜望了贵由一眼，眼睛一红道："额娘为你冒的是什么风险，你现在该清楚了吧？"贵由脸色通红，眼中含泪道："儿臣能平安无事，都是额娘所赐。""明白就好，起来吧！"脱烈哥娜眨了眨眼睛，深思片刻道："知道你父汗为啥叫昂辉额娘吗？"贵由一愣："儿臣愚昧。"

"昂辉这个婆娘，表面不显山不露水，其实是个极富心计的人，并深得你父汗信任。"脱烈哥娜又想起什么，继续说道："当年四王妃生下蒙哥后就得了病，你父汗让昂辉将出生不久的蒙哥接到身边照料，咱们恨蒙哥，昂辉却将他看做儿子。"贵由对这件事也很清楚，点头道："听说父汗当时是想讨好祖父和四叔。""不，你看的是表面，深层的事你并不知道！"脱烈哥娜用鼻子哼了一声，接着说："说这话你也不信，额娘却非瞎说。你父汗年轻时常到客烈王罕家，客烈王罕之弟阿绀孛一家也住在府内，他三个女儿当时很有名，人称'客烈三花'[①]，当时四王妃还是名花无主，你父汗常想法子接近她，只是你祖父后来灭了王罕，将唆鲁禾帖妮给了你四叔，这个'情'字怕还在你父汗心里埋藏。"

贵由倒吸了一口气，浑身打了个激灵，道："父汗处死了四叔，会不会将那婆娘娶过来？"

"你父汗这个人额娘知道，他是有那个心，可不会那样做。大伯子娶兄弟媳妇，是违了祖宗规矩[②]的。"

贵由松了口气恨恨地道："这个骚女人，儿子有一天要收继了她，断了父汗的念头！"脱烈哥娜骂道："浑说什么，现在你还是小心点吧，先度过这一关再说别的吧！"贵由想起在汪吉的闹端，有些焦心地道："二额娘会不会另有消息，禀报父汗？"

"这事要提防，你父汗带昂辉去汪吉，是想听听她的主意，好安抚蒙哥。

---

① 客烈三花：指客烈亦惕部阿绀孛之三女：长女失旭真、次女唆鲁禾帖妮，幼女亦巴合。

② 收继婚：蒙古人婚俗，弟可娶嫂，儿子可娶庶母，可"唯尊者不能下淫"，即伯伯不能娶弟媳妇。

阔端留在汪吉，不要以为他人老实，可内心里怕巴不得你出事，他好进一步。”

“阔端对我很恭顺，儿臣与昂辉额娘也无过节，无缘由与我结怨吧？”

脱烈哥娜银牙一咬，眼里闪着阴冷，道：“你是知人知面不知心，她与我多年有过节，对你一定心存芥蒂。你父汗即位后，你回霍博为王，他儿子啥也没得到，她能不嫉妒。眼下你父汗最关注四王府这件事，正是用着她时。”

“四王府的事，怎么会用着二额娘？”

“当然用得着，你父汗与四王府有隙，可昂辉与四王妃最要好，她与蒙哥关系也最特殊，要了解四王府的态度，你父汗离不了她。她敢与四王府保持特殊关系，并非是犯傻，是得到了你父汗支持的，你父汗是在通过她控制四王府。”

“父汗利用她控制四王府？”

“这没什么奇怪的，我中有你，你中有我。你父汗就常从她口中探听四王府的情况。”脱烈哥娜想想又道：“你小时候，父汗让你去二王府，额娘极力反对，你父汗也曾表示过这层意思。”

听额娘这样说，贵由才猛然醒悟。记得小时候一直住在二伯父家，还作过二王府的侍卫长。二伯父教他懂得不少知识，直到现在每遇大事，他还不忘向二伯父请教。他至今记得当年每次回家，父汗总要问这问那，连小事也刨根问底，想想自己曾充当父汗了解二王府的坐探，也不禁一阵脸红。

次日一早，窝阔台与昂辉、贵由带着卫队，日落前来到汪吉河畔。高耸的大金帐的红顶已被晚霞映得如一团火焰，窝阔台不让下人禀报，打马直奔大金帐。

大帐内已经燃起蜡烛，烛光下，蒙哥躺在榻上，那日在“古河驿站”他救了连杀二虎的阿兰答儿，却遭贵由手下千户胡传恶语相加，他忍无可忍，挥刀砍了胡传。当晚与贵由、阔出饮过酒后，准备回帐休息，途中遭人袭击，腰间中了一箭。虽经刘仲禄调治难免卧床，阔端正坐在太师椅子上审案。

窝阔台听帐内有问案声，命众人止住脚步，听得出是阔端的声音：“胡圯你说，领头参与刺杀蒙哥少王爷是你个人行为，还是另有指使？”贵由见父汗与二哈敦站在毡门外倾听，私下揣测道，阔端这样审案，如果胡圯信口开河岂不坏事，自己岂不跳进黄河也洗不清，想到这，向门边怯薛斥责道：“干什么吃的，大汗、二哈敦到了，还不让王子迎驾！”

贵由有意让帐内的阔端听到，声音自然很大，阔端听说父汗驾到，也顾不得审案，忙出帐相迎，跪下道：“儿臣不知父汗、母后驾到，迎接来迟，请治罪。”

窝阔台抬头见这座大帐内紫色帷幔，白色的土耳其地毯，西向放着一张桌案，后有一张太师椅，桌前跪着几个被审的军人 。

“起来吧！”窝阔台叫阔端起来，同时不满地白了贵由一眼。

贵由生怕阔端审案不公对己不利，问道：“二弟，挖出什么线索？”

阔端意识到贵由的不满，道：“胡圯百户的属下出来告发，弟弟刚刚接案。”

“这个胡圯是想为兄长报仇？”贵由望着阔端道。

靠北放着一张卧榻，蒙哥正躺在榻上，见大汗和二哈敦进来，忙从床上挣扎着起来跪倒在地，道：“侄儿蒙哥叩见大汗、二哈敦！”

窝阔台见蒙哥可以下床，关切地道：“昨天听说你受了伤，着实吓了一大跳，昂辉额娘听说了也急着赶来看你。贤侄无大事，朕就心安了。”蒙哥抬头望着大汗道：“本是点小伤，养几日就好了，可贵由哥哥怕大汗着急，非要赶回去禀报，倒让大汗、哈敦受惊了！”“快起来！”窝阔台亲自上前扶起蒙哥。昂辉哈敦见烛光下蒙哥的脸显得极苍白，关切地道：“我的儿，你受苦啦，伤口好些了吗？”蒙哥见昂辉眼中含泪，忙道：“哈敦别担心，这点小伤扳不倒儿我。”

“蒙哥有伤不用拘礼，先躺下吧。”窝阔台说完，直接坐在阔出坐的那张太师椅上。蓦然，他发现案前两米远跪着的犯人脸色发紫，两手按着心口，乱抓叫疼，转瞬间已有人栽倒。

这种情况发生在瞬间，不能不让窝阔台大惊失色，他转头怒视阔端问道：“阔端，这些犯人都怎么了？”

阔端也是转身间发现这一变化，忙跪下道：“父汗，儿臣审时还好好的，像是他们事先服了毒。”

地上的人开始抽搐，窝阔台想起郑景贤在门外，忙降旨道：“快唤郑大夫进来救治。”郑景贤进帐，过去细瞧见地上的人面皮绛紫，抱腹叫痛，有人开始呕吐。郑景贤看过，禀道：“大汗，臣无计可施了，这些人事先服了砒霜，已经发作了。”窝阔台见其中一个汉子无事，忙问道：“你也食了砒霜，怎么没事？”阔出插话道：“这个人叫吴延泽，弟弟叫吴延民，都参与刺杀蒙哥，吴延民被抓，胡圯怕他招供，设计夜里放火，趁乱杀死其弟，吴延泽怕被灭口出来报案。”窝阔台望着吴延泽道：“既然是报案，自然知道是谁指使行凶，你说，你们受谁指使，说出来朕免你一死！”吴延泽见大汗问话，心惊胆战地道：“奴才听胡圯百户说，是有位大人物让我们干的。”

窝阔台指着贵由，对他道：“胡圯说的大人物可是指他？”吴延泽认得贵由，惊恐地道：“不，胡百户并未明说大人物是谁！”窝阔台瞪着贵由道：“胡圯是你的手下，在这里除了朕，谁还能大过你?”贵由心知这事可能是八剌做的，见胡圯将死，摇头道:“胡圯怎么说儿臣不知，也无法反驳。”

“胡圯是你的人，怕你现在就问也许赶趟。”贵由被父汗所逼，走向正在地上乱滚的胡圯道:“胡圯，本殿下问你，说实话，你说的大人物是谁?”胡圯咬着牙关，叫道:“没人指使，蒙哥杀了奴才的哥哥，是我胡诌骗他们的出手……”

窝阔台怒视着胡圯道:“胡圯，你说实话，本大汗替你做主。”“痛死我啦……”胡圯大叫着，眼睛出血，到处乱抓，不再答言……不一会儿两脚不蹬了，直挺挺地不动了。郑景贤上前，翻开他的眼睛，知胡圯昏厥过去:“大汗，他不行了。”那四个人还在挣扎，呕吐，接着都出现了昏厥，嘴鼻流出了黑血……

“大汗……不能让他们污了大帐，往外抬吧?”郑景贤小声建议道。窝阔台见这些人弄得帐内空气污浊，也不愿这些人死在帐内，命令着:“来人，将他们抬出去吧!”

帐内被怯薛打扫干净，窝阔台稳了稳心神，想起刚才在门外，贵由行为有些反常，望着他厉声喝道:“贵由，刚才在门外，朕未说话，你倒像催命鬼似的大呼小叫做什么，不是你胡喊，这些人也许能招了供?”

贵由见父汗言语严厉，低头道:“这里的侍卫是儿臣的人，儿臣不能让父汗、额娘大老远来汪吉站在门外。况且父汗进来，大家一起审案，又有何不可。”

窝阔台对贵由的话很气愤，瞪着眼道:“推托……胡圯是你的部下，你在场不在场，审讯结果可能不一样。”

贵由对父汗态度有些不满，不服气地辩驳道:“父汗，他们是儿臣的人不假，可儿臣也不能钻到他们心里去，更不知他们服了毒药，也没想到问题严重。胡圯为报私仇袭击蒙哥此事已明，他死前的话，并非儿臣所逼，儿子又有何错!”

窝阔台没有理会贵由的回话，对跪在地上的吴延泽问道:“刺杀蒙哥前，谁见过胡圯?”吴延泽叩头有声地道:“奴才不知。”窝阔台眨着眼睛道:“除了这几个人，还有谁清楚袭击蒙哥王子这件事?”吴延泽无力地摇摇头。

“来人，将他也带下去吧!”窝阔台觉得审讯只能浪费时间，事情已难以查清，冷冷地对怯薛命令道。帐内静如止水，太师椅上，窝阔台冷冷地盯着跪在地上的贵由，忽然对护卫喝道:“来人，将大殿下拿下押回和林。”

怯薛上前将贵由绑了，贵由迷惑不解地道:“儿臣冤枉，不知所犯何罪!”窝阔台狠狠地盯着贵由，喝道:“治军不严，朕诏书告布天下，你的部下竟敢以传言威胁蒙哥，你对此事态度暧昧，举止失常，还敢称冤枉！”

蒙哥认为是贵由指挥了刺杀自己的案子，可知大汗是细心人，表面要关押贵由，实际也是在考察自己，忙挣扎起身跪下道：“大汗，侄儿有话陈奏。”

窝阔台望着蒙哥，点头道：“有话尽管说！”蒙哥叩头道：“胡圯为兄长报仇，拉大旗作虎皮是可能的。可伯父将责任全推到贵由哥哥身上，侄儿觉得证据不足，希望大汗不要只为侄儿解恨，冤枉了贵由哥哥！”

阔端也跪下道：“父汗，说贵由哥哥安排刺杀蒙哥兄弟，时间上没有证据，当时儿臣一直与他在一起，儿臣能够证实。”

昂辉哈敦也知没有证据表明贵由是幕后主使，大汗趁怒关押贵由，自己不能一言不发，忙从旁劝道：“大汗，蒙哥的话说得有理大殿下虽治军不严，但他与刺杀蒙哥一事并无牵连！况且大殿下在监国期间，在哈剌和林城建设上没少出力，仅为蒙哥汪吉出事加之于罪，会让人感觉大汗赏罚失常，望大汗三思。”

窝阔台见诸人都表了态，指着贵由怒斥道：“骨肉兄弟瞎折腾只能让外人看笑话，蒙哥做事比你明白，朕当国后一直希望黄金家族团结一心，可你对朕的心并不理解。胡传敢当蒙哥主子的面胡言乱语，怕也是你平日言语不慎的结果。朕常想大金国建国之初曾是猛将如云，家族内团结一心，打仗所向披靡。而从金熙宗即位开始，几代皇帝专向自家人下刀子，一家骨肉杀来砍去，终于闹到出兵无将，带兵无帅，最后只有亡国亡家了！”

贵由听父汗的话有了缓解，声音发颤地道：“儿臣治军不严，蒙哥遭人暗算在儿臣军中，儿臣不能脱其责，愿意受父汗责罚。”窝阔台虽见贵由认错，但并不掩饰对其不满，吼道：“来人，拉出去打五十鞭子，以示警戒……”

大汗一脸怒气，众人也不敢再劝。贵由脸色苍白，垂头丧气，低头耷拉脑地凭怯薛带了出去。一会儿，暮色中，大帐外传来贵由受刑的啪啪鞭笞声，众人一脸紧张地看着大汗，大汗的脸如泥胎石雕一般没有表情……

第九回

报父仇幼童戕国师
智阔出卧病惊大案

临近拖雷大丧之期，四王府沉浸在悲哀的气氛之中，拖雷长庶子共有十人，长子蒙哥未归，其余二子术里客、三子忽睹都、四子忽必烈、五子旭烈兀、六子阿里不哥、七子拨绰、八子末哥、九子岁哥台、十子雪别台都日夜衣不解带在灵堂守护。大汗归来，四王妃没有出现在迎接大汗归来的队伍中，让一些善于观望风向的人都感到一种令人胆寒的恐怖，特别是大汗和诸王一直未来四王府祭奠拖雷。因此，即便过去与四王府有密切关系的将帅们也都敬而远之，像躲避瘟疫一样不敢靠前。

这日，太阳刚刚落山，天边紫色的云霞正在变成铁灰色。四王府灵棚外，灯笼火把比过去红火，参加祭奠的人多了许多。通往灵堂的路两侧燃起的一堆堆篝火，噼啪声格外的响，火堆边路两侧竖着两根长矛，矛尖上挑着的绳索上系着许多布条。火堆旁，大国师兀图阿奉旨前来作法。他头戴鹰盔，盔顶探出七叉八叉弯曲的鹿角，兽皮法衣上嵌满大大小小的铜镜，腰围上系满各色飘带，摆动之间铜铃叮当作响。他一手击神鼓，一手拿着神杖，在弟子的簇拥下唱着安魂驱邪的神歌。萨满们不时扎呼扎呼地喊着，呼唤着，急骤的鼓点，飞溅的火星，为暮色中的四王府罩上一种神秘莫测的悲凉氛围。

从九十九泉回来，这是大国师兀图阿第一次进入四王府。此次来四王府跳神，四王妃并没有例常召见，不见自然就是不满和敌意。尽管有许多徒弟围着他，可一种恐惧如影随形，使他心神不安。黑暗本身是一种不祥的存在，加之拖雷诸子目光中都充满敌意，如果不是奉旨而来，他真想马上离开这个鬼地方，可抱怨归抱怨，兀图阿跳神还是很卖力：

生而吉利的成吉思汗，
生下了赫赫神威四子拖雷伊金；
啊 阿鲁，啊 阿鲁……
愿生而俱来的福星
将冥界的黑暗照亮……
山的神、地的神、水的神，
祖先们的神祇，
回到你们的驻地去吧，
为拖雷伊金祈福。
啊 阿鲁，啊 阿鲁……

“主人——”黑暗中有人急切地呼唤兀图阿，他借着篝火，认出见来人是家中的小厮，小厮禀告道：“ 主人快回府吧，夫人不知冲了哪路神灵，满嘴吐沫，昏迷不醒……”

兀图阿继承父亲兀孙大国师一职，按规定也继承了他的万户权力。他家中本是妻妾成群，可他对大夫人还是格外关心，吃惊地道：“不是吃错什么东西了吧？”

“大夫人正料理家务，忽地大叫一声就栽倒了。”

兀图阿对小厮的话毫不怀疑，迅速地做出了离开四王府的决定，他将做法事的事交给徒弟，急不可耐地翻身上马，不等小厮跟上就拨马向家中奔去……

山路曲曲弯弯，月亮踱到云海，白桦林被柔和的月光普照，虽然行进速度不快，可他依然为摆脱四王府感到一阵轻松。行了数里，兀图阿忽然觉得身后的小厮没有跟上，便勒住马，回头张望，口里骂道：“这个狗奴才，这会儿跑到哪去了？”

他让马慢了下来，后面一点动静也没有，他忽然一愣，自语道：“夫人有病，为何只派一个小厮来寻我，刚才说话的神情也不对劲儿，难道其中有诈？”

他有些魂不守舍，正驻马沉吟间，一张大网从树上落下，兀图阿一个不防被罩下马来，胯下白马惊慌而走。兀图阿正想爬起，树丛中跳起两个人来，其中一个身穿华贵的青鼠皮长袍，头戴皮帽，手握利刃铓明瓦亮，兀图阿抬头一看，带头的正是拖雷五子旭烈兀。

旭烈兀虽只有十三岁，可胆量过人，平日沉默少语，喜好骑马射箭，不喜读书，且性格十分暴躁。那日虽被额娘骂了，可报仇之心搅得他几天睡不好觉……当他了解到父王是喝了大国师兀图阿的涤水死的，就产生捉大国师报仇之念，只是四王妃管束得紧，让他一直没有机会。这位未来的伊利汗国[①]的大汗，明亮的眸子闪着少年特有的机智，手握利刃，愤怒地瞪着被吊在绳网内的大国师兀图阿，此时狼狈不堪的大国师，头上少了神帽，面对利刃身子在打战。

"狗东西，还认得小爷吗?"旭烈兀瞪着黑漆漆的眼睛，大吼道。

兀图阿心知这几个孩子是为拖雷的事寻麻烦的。害怕归害怕，事到临头，他定了定神，嬉皮笑脸地道："我当是谁在拿本国师开心，原来是四王府几位世子。本国师家中有急事，禀报过四王妃的，快放下我，有话好说?"

"你这条老狗，还敢耍滑头。"一柄锋利的牛耳尖刀，冰凉地贴在兀图阿的腮边。

"说，你给我父汗喝了什么毒药？是谁给你的?"

"不说就宰了你，丢到河中喂鱼!"拨绰帮腔道。

"快说!"两个孩子一齐大声喊着。被缚在网中的大国师汗透重衣，挣扎着想翻过身来，四王爷拖雷是怎样死的，这话是不能说出口的，哪怕是死。他转着眼珠寻找脱身的办法，可怜巴巴地对旭烈兀道："五世子，奴才一家两代人，对黄金家族都立下大功。当年阔阔出违了成吉思汗的旨意被处死后，就是我父亲接任大国师之职的。这些年，四王府有事没有奴才不到场的，那年五世子患病，奴才连跳了三天的大神，才从死神手里把你救回来。你父王请我吃饭，你还扯着我的胡子，叫我伯伯呢。这才过几年，五世子就不认得伯伯了。"

"哥哥，这家伙油腔滑调，不肯说真话!"拨绰照兀图阿的屁股上狠狠地踢了两脚，对旭烈兀道。

"快说，我手上刀子可不认人，说是不是大汗叫你下的毒?"

"伯伯一大把胡子，是堂堂正正的大国师，是你父王的朋友，怎么可能下毒害你父王。不信，我们一起去见你额娘，你们小，容易被坏人骗。"

"得给他点厉害尝尝，他皮肉不吃苦，不会说真话!"幼弟拨绰道。

"不是不说，是你们不拿我当朋友，不信我现在就说。"兀图阿故意在拖

---

① 伊利汗国：旭烈兀 1253 创建，以伊朗阿塞拜疆马腊格为首都，疆域以波斯小亚细亚为中心，东至阿姆河与印度河，西到地中海，北邻钦察汗国，南抵阿拉伯海。

延时间，便摆开了一副长谈的模样，说："奴才比四王爷年长六岁，我们从小就是好朋友。那时成吉思汗还叫铁木真，草原诸汗争雄，我的父亲兀孙是草原最有名的智者，他向草原牧民说，长生天让铁木真为大汗，果然，所有人都投奔你们的爷爷。你爷爷称大汗时，你父王当时16岁，奴才已22岁……"

"你要耍我们？"旭烈兀越听越没边，将利刀放在大国师兀图阿的眼前，锃亮的刀刃往脸上一划，一寸长口子翻开，鲜血顺着脸颊直流，疼得兀图阿嗷嗷直叫。

"五世子，奴才说的都是实话，没做的让奴才说个啥？"兀图阿像杀驴一样嚎叫着。

"你别想蒙混过关，说，你是怎么害死我父王的？"

"四王爷是为了救大汗喝下神水而死，这是诏书上写的……"兀图阿依然不肯放弃，他嘴巴说着，心里明白对这两个孩子不能硬顶，要争取拖延时间。今晚大汗会带诸王到四王妃家，一定会经过这里，他盼望着……

嗒嗒嗒嗒，远处已传来马蹄声，山冈上亮起了一串灯笼火把，像一条火龙在山路上盘旋。

"不好，山那边来人了，好像人还挺多！"拨绰急切地道。

"审不成了，不能便宜了这个害人精！"

"不能杀奴才，奴才是长生天的使者，你们看，天神来啦……"兀图阿听出旭烈兀要动手，一边挣扎着一边耍出最后的把戏。话音还未落地，嘴上就被拨绰塞进一把羊毛。

"让你喊，让你喊，你喊呀……"旭烈兀手上的短刀，对着大国师兀图阿的身上狠狠扎去。大国师兀图阿终于翻着白眼，满身淌血，昏死过去……

两个孩子怕被人撞上，慌忙将大国师兀图阿拖到不远的哈剌和林河边，丢进正在开化的冰河中。然后，悄悄地离开大路，等待马蹄声听不见了，才飞快地奔向拴马的地方，打马去了……

旭烈兀和拨绰看到的那队人马，在孩子们躲开后，没有停顿，直奔哈剌和林城。

这日，三殿下府。阔出吃过晚饭，正躺在榻上闭着眼睛想心事。宫中发生了木哥被杀事件，作为中军主事，阔出为了避嫌称病在家。昨天阔出去见额娘时，大哈敦脱烈哥娜不满地道："你是怯薛军总管，宫中的事没有你不知道的，你哥在汪吉被鞭这件事，额娘很纳闷儿。这里面一定有文章，是谁在暗中加害你哥，你知道些什么就告诉额娘……"额娘虽几次逼他讲出父汗与他那天的谈话，因他对父汗有过保证，只好望着额娘道："儿臣这些日子一直在家养病，额娘是知道的，父汗那天找儿臣谈话，只涉及宿卫与揭贴的事，儿臣上次就讲过,额娘还听到了什么?”额娘失望地道:“额娘大事靠不上前,你不说怕有难处,额娘不逼你。”

对额娘的态度,阔出颇感无奈,整整一天就懒懒地想心事。合答合赤沏好了茶放在几案边,见他心烦正要退出去。突然,侍卫进来禀报:“亦太师来了!”

阔出从榻上爬起,整了整身上袍子,方与合答合赤一道迎出府门。亦鲁格一脸酒气,下了马大步进来。

阔出道:“岳丈,您这是在哪里喝的酒呀?”亦鲁格笑道:“老夫在家里自斟自饮喝了两杯,想起点事,过来与殿下聊聊。”合答合赤见父亲嘴上酒气很大,关切地道:“父亲,你年纪大了,饮了酒,就不要骑马了。”

“骑了一辈子马,喝点酒不会误事,父亲还没到那样无用的年纪。”

亦鲁格随阔出穿廊过院,进到客厅,侍女献上热茶,亦鲁格端起盖碗,嗅了嗅茶香,道:“大殿下在汪吉被鞭之事,三殿下可听说了?”阔出靠在太师椅上,点头道:“昨晚我去大哥府里探过病,打得不轻,是坐帐车回来的。”亦鲁格眯缝着眼睛道:“大殿下没说因何事被鞭?”

“说是因他带兵不严,造成蒙哥被袭一事。”

“假话。”亦鲁格摇头道:“事情并非这样简单,大殿下在哈剌和林建城上立了大功,蒙哥被袭,可他的责任并不大。大汗恩怨分明,岂能无缘无故鞭打他。”阔出吃惊地道:“太师可知是什么原因?”亦鲁格哈哈大笑道:“三殿下,你管着怯薛军,该比我更清楚这件事,听说大殿下挨打与木哥哈敦的死有关。”

事涉机密,阔出惊诧地道:“太师如何知道的?”

亦鲁格望着阔出,道:“木哥哈敦的侍女中,有个与我家一个世仆有亲戚的。近日,大哈敦将木哥大帐内的人遣散了,有些人还死在刑讯之中,其中就包括这个孩子。那个老仆人请假,我逼问了几句,才向我说了原委。”阔出点头道:“这事我也清楚,可这事我连额娘也没敢透露,为怕落上嫌疑,就称病在家了。”

“三殿下原来知道这事。”

“我主管着怯薛,宫中安全,什么事不知。只是事关亲哥哥,躲还躲不及,只怕惹火烧身。”

“说说你知道的情况,究竟是怎么回事?”

“那日宫中夜宴,有人禀报说大殿下回来了,我赶忙迎出来。可出来后,听卫兵说:‘大殿下满脸酒气,听说宫里夜宴,转身一个人踉踉跄跄走了。’我怕他出事,便叫一个亲信尾随。后来听说他进了木哥哈敦的大帐,过了半个时辰就惊恐万状地逃离了。”

亦鲁格瞪大眼睛道：“果然是他奸杀了木哥哈敦，事后又与大哈敦一起瞒着大汗，用移花接木、嫁祸于人的手段，结了此案。”阔出点头道：“一边是父汗，一边是兄长、额娘，我夹在中间两头受气，正逢身体不适，便称病在家。”

合答合赤道：“父亲，殿下这个角色难当，怕受怀疑，昨天额娘还问他，‘是谁在背后，捅了大殿下一刀子？’”亦鲁格道：“听说大汗鞭打大殿下，罪名是治军不严？”阔出道：“这是公开的原因，怕幕后原因大汗也摆不上台面。”亦鲁格道：“还有什么让大哈敦起疑？”

阔出道：“据我的推断，大汗是在西域女人处得到的消息，我的人曾禀报说，那个马利雅王后刚从木哥哈敦大帐出来，大殿下就进到木哥大帐，这与后来宫中传出的木哥死因不一致。而且木哥下葬当夜，大汗曾命人在木哥哈敦大帐取走一幅画送给西域女人。加上贵由被鞭，几件事一联系，还有什么不明白的。”亦鲁格笑着道：“殿下英明，在这件事上，应该尽可能做到谁也不得罪，坐山观虎斗，形势方有利于殿下。”“做到不得罪人难呀，不弄一身屎就不错了。”阔出叹了一口气。

“不能那样看。老夫在家喝酒时想过，大汗本来对贵由寄予很大希望。他以年长封王，又在建城、监国方面拔了头彩，威望如日中天，三殿下论功无可望其项背。这回可好，他一着不慎砸了招牌，这一污点关系极大，靠洗是洗不净的，从此地位必一落千丈。现在大汗虽顾着情面没有明着发作，但在大事上已判定了，这无形中加重了三殿下在大汗心中的砝码。”

合答合赤的脸笑成了一朵花，道：“我也是这样对殿下说，可殿下说目前形势复杂，连大哈敦都对他不信任了。”亦鲁格笑道：“自己的儿子，怎么会不信任。你额娘顶多就是遇事起疑，时间长了自然就忘了。可三殿下在大汗心中的地位一准提升，只要不出大错，汗储这个位置总有一天会不招自来。”

阔出摇摇头道：“太师这话现在说还为时尚早，形势险恶，万事当慎之又慎。”

亦鲁格道：“慎之又慎没有错，可凡事当先作准备。当年你父汗夺得储君之位前，也觉得无望，形势险恶怕出头，怕成为众矢之的。当时老夫鼓励他说，关键要赢得大汗信任，想事力求公正，做事要有魄力，要实心为朝廷办事，有准备才有未来。”阔出叹道：“目前，我额娘对大哥偏爱明显，过去她以为我小，处处仰仗贵由。发生木哥这件事和贵由被责后，我觉得额娘对我的偏见加深，好像怀疑是我出卖了兄长。”

“大殿下出来办事比你早，又听她的话，还有察合台做靠山，自然讨得她喜欢。而且大哈敦过去对老夫有些意见,对你父汗要合答合赤嫁你有些不满意,这怕也是一层原因。因此合答合赤今后做事要多长些心眼,要像海迷失学着会来事,经常带失烈门看她,送她东西,讨得她的欢心,这样就会多一层胜算。”

“女儿一直这样做,大哈敦还是挺喜欢失烈门的。”

亦鲁格没有理会女儿的话,看着阔出,继续说道:“蒙哥回来了,大汗召集诸王今晚去四王府,看来四王爷要下葬了。殿下不能再猫在家中,得出来干事。否则,大汗会怀疑你要小聪明,不识大体。”

阔出被亦鲁格说得一激灵,这句话提醒得及时,如果真让父汗猜破心事,那就坏了大事。忙道:“太师你说,目前在四叔大葬期间,我该做点什么事?”

亦鲁格老谋深算地道:“你父汗在四王妃和蒙哥身上下了很大心力,就是想保住四王府,维系黄金家族内部的团结。你主动出面对四王府示好,这样大汗必定高兴。大殿下在这上面犯了错,你自然该吸取他的教训。有机会你可主动请旨去萨里川替你四叔选坟址,这事你先提出,大汗一定会认为你大事不糊涂。”

“谢太师指点迷津。”

“一家人嘛,我不替你想替谁想。”

亦鲁格还要说话,有侍卫进来禀报:“火儿忽黑千户回事来了。”

阔出道:“让他进来吧。”

亦鲁格站起身来道:“天也晚了,殿下还有事,老夫告辞了。”

月亮刚刚出升,亦鲁格走出王府,阔出亲自相送。府邸门边,立在门外的怯薛千户火儿忽黑见阔出亲送老太师出府,忙过来打招呼施礼。夜风很凉,亦鲁格从亲兵手中接过马缰上马,亲兵举着火把照亮远去。阔出正要带火儿忽黑回府,忽听有踏踏蹄声由远及近,便停住脚步,发现几匹快马急如星火奔来,几个满脸是汗的骑士跳下马来,恐慌地跪在阔出脚下,其中一留着小胡子汉子高叫:“三殿下,奴才有大事禀报!”

阔出惊诧地望着这些人,问道:“你们是什么人,何事到我府上禀报?”

小胡子惊恐地道:“三殿下,奴才是四王府阿苏格千户位下的库孟百户,出了天大的事,阿苏格要带兵劫杀大汗。”“劫杀大汗!”阔出一愣,阿苏格这个名字他很熟,此人是四王府护军千户,是四叔铁杆心腹。此刻,他的部下出首,事情自然不假,忙道:“快说,阿苏格真要劫杀大汗?”小胡子叩头道:“奴才请王爷赦了我等之罪,赦了奴才族人之罪,奴才才敢细说。”“本殿下赦尔等无罪,快说吧!”阔出急火一下蹿到脑门。

小胡子道："今早阿苏格称王府旨意，召集雪不塔、逊都思两部各出六百人参加狩猎。他把奴才们带到肯特山内后，召集百户长开会，诡称奉了四王妃之密旨，说四王爷的死是大汗害的，大汗今晚要去四王府，王妃命他率部劫杀大汗，为四王爷报仇。当时两部之人都有疑问，可阿苏格称有符令.'敢违背王命者杀'！阿苏格本人带着三百多杀人不眨眼的卫队，因此无人敢反对他。可奴才们听王府内的人说过，阿苏格在四王妃那里并不得宠，不久前王妃还责骂过他。到了山中，我等见军中并无四王府诸殿下，更觉得事情可疑。《大札撒》哪个不知，谋杀大汗灭族之罪，因与几个百户商量，借故溜出来向汗廷自首！"

四王府要叛乱，这乱子可就大了！阔出像挨了人一掌，脑袋嗡的一声，眸子闪着焦虑的光，急切地问道："阿苏格有多少人？要在哪里劫驾？"

"共有一千五百多人，由阿苏格亲自带领埋伏在哈剌和林河边。"

"火儿忽黑，大汗出城没有？"阔出转身对高个子千户问道。火儿忽黑刚从中军过来，正准备向三殿下回事，忙回答道："殿下，大汗与诸位王爷已经走了两刻钟了。""糟了！"阔出暗中叫苦，低头对小胡子道："你们进城前，看到大汗的军马了吗？"

"没有碰见，奴才们因怕被阿苏格的探马撞见，抄的是小路。"

阿苏格布下罗网要害父汗，得到这一消息，阔出知道必须马上带兵救援，晚了就要出大事。他低头对那几个自首的人道："你们也起来吧，一会儿前面带路。"他再也顾不得回府，对亲兵大吼道："快带我的马来！"亲兵将马牵来，马咴咴直叫，阔出飞身上马，对火儿忽黑命令道："火儿忽黑将军，马上随我去中军大帐，本殿下要点兵救驾！"

第十回

阿苏格矫命劫御驾　试蒙哥可汗待援兵

哈剌和林城内诸王府大都建成，因拖雷出事，四王府还在城外，越过哈剌和林河，还要翻过两座小山。

灰色的星空散着稀疏星斗，南风从和林河吹过，坚冰不时发出炸裂声，夜风少了些寒意，吹到脸上有些痒。潜伏的山坡上已经露出青青草芽，向阳的山坡上黄榆、白杨、松树上枝条冒出了尖尖的新叶。阿苏格一大早就以练兵为名，暗里将兵马调进山里，埋伏在大路两侧的山梁上。为了安抚士兵，他对士兵一直诡称：整个行动来自四王妃的旨意。由于不见大汗队伍出现，他的脸上显得很焦急，不时抬起头向远处张望。远处一阵马蹄声，一个报马过来跪在阿苏格脚下，道："阿苏格将军，大汗带诸王出城了，正快速向这里开来。"

阿苏格面色冷峻："随行有多少人马？"

"有二百多卫队。"

"好，再探。"阿苏格心中一阵狂喜，他一直担心大汗今晚不来，等到明日，一旦被人告发，多日的预谋就会付之流水。他略作思忖，对身边副将命令道："呼亚，你再到雪不塔人那里去，告诉士兵们，要打仗了，是骡子是马到了牵出来遛遛的时候了。打了胜仗，四王妃定会破格重赏大家的！"

呼亚是一个瘦高的汉子，是阿苏格的铁杆兄弟，向来以他的马首是瞻，答应一声去了。

本来阿苏格因揭帖的事挨了训斥，情绪十分低落，偏那天宿敦邀他去饮酒。酒过三巡，阿苏格想起四爷快要下葬，不觉大哭，道："阿苏格生不能报答四王爷知遇之恩，活着没有任何意义了，四爷马上下葬，我想殉葬追四王爷去。"宿敦惊得酒杯"嘭"的一声落地，望着阿苏格道："兄长，你不该轻生，四王妃也知道你的忠心，然四王府近在帝京，稍有不慎全局皆输，因此凡事皆须从长计议。"阿苏格摇头道："我是个粗人，不能替四爷报仇，生又何益。"宿敦因道："大汗已坐稳了位子，这仇已难报。"阿苏格扑通跪倒，眼里闪着阴森森的目光，说道："大汗这人虚伪透顶，过几日他定会带察合台、铁木格等诸王来王府祭奠，宣扬他与四王爷的亲情。那天，他绝不会多带人，如果有兵符，就可将大汗的亲信全都处死。"

宿敦道："四爷已去，即使得手又何能保证四王府受益。"阿苏格道："我想好了，这里一旦得手，我就杀进城内，然后请四王妃监国，立蒙哥为大汗。"

宿敦当日无语，前天入夜，忽然进了阿苏格大帐，对阿苏格道："兵符已经到手，可事情有变，四王妃命我去阿尔泰山！"阿苏格惊讶道："别急，怎么回事？"宿敦流着泪道："兄弟，我一直筹划这件事，想为四爷报仇，可这话又不能对王妃说。今天，王妃突然把我喊去，说阿勒泰山大营军心不稳，命我明早去阿勒泰山老营坐镇。我本推托不想去，又怕引起四王妃的怀疑，不敢坚持……我得走了，剩下你独木难支，这劫驾的事，依我看就算了吧。"阿苏格冷静地道："兵符带来了吗？""带来了。"宿敦从怀中取出兵符交给他，又道："兄弟，我是偷着拿到的，只能做到这一点，但王命不可违呀！"阿苏格紧紧地握着兵符，咬着嘴唇道："兄弟，此乃天意，拿到它，上天将就给我最后的一个机会……如果不能成功，异日就请兄弟在我的灵前洒些马奶酒，燃几炷清香吧。"

阿苏格一边想着这几日发生的事，一边向远处张望，袭击就要付诸实施，他对自己训练的卫队很有信心，可对雪不塔和逊都思人就不那么托底，特派副将呼亚前去督战。他要猎取的对象是大汗和诸王，因此神经格外紧张，他真怕时间拖得太久，会被突发的事坏了他的大事……

天阴沉沉的，已开化出的哈剌和林河像一条弯弯曲曲银蛇般地伸向前方，发出淙淙的流水声，河边卧着几座小山，路从山中穿过。夜色中，窝阔台大汗带着察合台、铁木格、别勒古台、按赤台、也苦、移相哥、蒙哥等诸王以及二百怯薛护卫出现在和林河桥上。

过了桥，正行两山之间，忽听鼓声大作，牛角号吹响，山两侧冲下几支人马。阔端勒马高呼："前方是何处军马，敢挡大汗御驾，赶快让开，否则犯灭门大罪!"

"为四王爷报仇,杀呀!"随着一声呐喊,箭镞如雨点般射了过来,遭遇迅雷般打击的前锋卫队纷纷落马,如被飓风掠过的庄稼地,人尸、马尸塞道。转眼工夫,鲜血浸透了狭长的山谷……

鹰纛落地,高个子掌旗官心口射入一枝箭镞,当死亡之光笼罩他的躯体时,大纛还紧握在他的手上。仓促间,窝阔台紧勒马嚼,五花骢嘴里喷着粗气,前蹄踏向空中。头脑一片空白的窝阔台足踏银镫,悲愤地对众王喊道:"不好,前面有埋伏!"

眼望两侧山头摇动的旗帜、擂动的鼙鼓和震耳欲聋地喊杀声,诸王惊恐万状地道:"大汗,四王府反了——"

山头的马队狂风般卷了过来,窝阔台与诸王此次出行并未提防有人劫驾,卫队人数少,诸王也未携带兵器。阿苏格想擒贼先擒王,带卫队催马轮刀直奔窝阔台大汗,刀来得极快,窝阔台诸王慌忙拔出腰间佩剑,只听"当"的一声,宝剑几乎被击飞。窝阔台大汗抬头,见是阿苏格,骂道:"阿苏格,你敢拦本大汗的御驾,难道不想活了!"

阿苏格眼睛蹿火,骂道:"窝阔台——你残害功臣,毒死四爷还想装好人,今天就是末日,你逃不掉了!"边说挥大刀砍来,好在察剌和阿儿浑冲了过来,拼死力挡住阿苏格。

窝阔台身前身后所带诸王都是猛将,可从驾而行,无应有兵器,一时都慌了手脚。护驾军马有限,劫驾军马蜂拥而上,窝阔台知身处险境,不能硬拼,一边命人抵抗,一边带诸王向后撤上一座小山。立马山冈,山下察剌、也孙帖格带怯薛拼死固守,窝阔台见此情景怒火中烧,也怪自己小瞧了四王妃,没想到会中她的阴谋,不觉对察合台道:"皇兄,是朕大意,让你们跟朕受惊了。"

"大汗,阿苏格是老四的爱将,来者不善,微臣以为不能停在这里,干脆留臣在此,大汗快突围回和林城。"

窝阔台因担心离了此山,桥边再有伏军,摇头道:"皇兄,外面情况不明,突围危险更大,莫如派阿儿浑带几人回去,命阔出带援兵来。"

阿儿浑受命,带数十护卫去了。此时山头上诸王都把目光投向蒙哥,没人不想杀他。只是大汗无话,谁都不敢动手。蒙哥此时最为尴尬,站在窝阔台身边远不得、近不得,心里埋怨额娘,父丧之期未了,自己未归,伯父大位已稳如泰山,叛乱只能是拿鸡蛋往石头上撞。他也观察对方阵地,寻找额娘、诸弟身影,可一直不见,自忖道:"额娘、诸弟欲反,绝不可能一直不露面,因而认定这次袭击是阿苏格矫命而行。"想到这,他跪前几步,对大汗道:"伯父，我额娘决不会起兵反叛，小侄敢以生命担保。阿苏格此人头有反骨，定是他背着我额娘行此悖乱之事，如果大汗信得过小侄，小侄愿上阵前生擒阿苏格交给大汗！”

察合台怒视蒙哥，用宝剑指着他，厉声喝道：“好哇，大围之中，你想跑！你父王几次要害大汗，大汗一直不忍加害四王府，可你额娘坏了良心，竟趁着大汗带诸王吊唁之机，要将黄金家族一起剿灭，你想走，看看本王手中剑答应不答应！”

铁木格也对身边侍卫喝道：“将蒙哥绑起来作为人质，逼四王府的人退兵，不退，就先宰了他！”

诸王一齐吼道：“对，拿他作人质，逼四王府的人退兵！”

蒙哥脸色苍白，腿有些战栗，怯薛因大汗没说话，也不敢下手拿人，窝阔台明白诸王之意，可他一直观察山下乱兵，对方人并不多，也未见其他王府大将，更不见四王妃及其诸子，更觉得乱兵并非四王妃所派，想想对诸王道：“大家都收回剑，依朕看叛军力量有限，就按蒙哥的意思办吧，朕相信四王妃并不知阿苏格带兵袭击朕……”

蒙哥听伯父如此自信，跪在窝阔台脚下，道：“伯父，谢谢你信任侄儿、信任我额娘，侄儿不会辜负你的。”

按赤台仗剑大吼道：“大汗，不能放蒙哥走，他走了，这里就只有等死的份儿了。”

窝阔台怒视按赤台道：“放下你的剑，让蒙哥下山迎敌！”

蒙哥从一个怯薛手中接过马缰绳，飞身上马直奔山口。山脚下，察剌与也孙帖格带着百余侍卫，凭险与率部攻山的阿苏格在以死相搏，蒙哥拨马横刀直到阵前，望着苏格吼道：“阿苏格——你奉了谁的旨意，敢在此劫驾？”

阿苏格正急于攻山，忽见对面一将催马过来，抬头见竟是蒙哥，不禁一惊，忙道：“小王爷还等什么，四王爷已是被窝阔台设计害死，阿苏格受王妃之命为王爷复仇，请小王爷回马助我攻山，剿灭了窝阔台，奴才扶小主子当大汗！”

蒙哥急于了解真相，吼道：“我额娘在哪里？请她来我有话说。”

阿苏格生怕乱了军心，想用话语稳住蒙哥道：“王妃带大兵正在赶来，小王爷还等什么，快与我一起冲上山吧！”

蒙哥吼道：“阿苏格，你不配跟我说话，叫我的弟弟过来说话。”

“世子没有在这里。”

“那叫宿敦、忙哥撒儿来见我！”

“宿敦去了阿尔泰山老营，忙哥撒儿与王妃在一起。”

蒙哥几次询问过后心中早已明白，劫驾乃阿苏格所为，不干额娘，因此瞋目道："额娘及诸弟都不在此，看来就是你——阿苏格矫命劫驾，说，这是不是都是你一个人的主意！"阿苏格没想到蒙哥识破他的阴谋，眼波一闪，叫道："小王爷，大汗杀了四王爷，难道你不想替王爷报仇雪恨吗！"

"带兵反叛，我看你这是疯啦！"蒙哥心里明白，挑起这次反叛的是阿苏格一个人，反叛结果却会牵连整个王府。此时自己不表明态度，就将祸延四王府 想罢，拍马横刀直取阿苏格。

阿苏格并不敢真与蒙哥对阵，勒马后撤，蒙哥举刀对他所带士兵大喊道："士兵们，我是四王府的大王子蒙哥，阿苏格矫旨叛逆，拦劫大汗是灭九族的罪，本王子命你们放下武器，停止助纣为孽！"

四王府的士兵们本以为劫驾是奉了四王妃之命，见蒙哥王子横刀杀来，又听了他的喊话，便知受了愚弄，说话间就有人将兵器丢在地上，有人向同伴喊道："阿苏格是个骗子，劫杀大汗是四王妃旨意靠不住，我们听大王子的！"

阿苏格见军心动摇，恨得咬牙根，望着蒙哥吼道："大王子，你不思为父报仇，却站在仇人一边，末将真不知你的心肝是不是黑的。"蒙哥抡刀与阿苏格战在一起。二马盘旋，你来我往之间，忽听身后喊声如潮水一般，阿苏格阵后一阵大乱，有人高喊："不好啦，大汗的怯薛军来了！"

山顶上，窝阔台见蒙哥与阿苏格斗阵，忽见叛军阵地大乱。灯笼火把中，一员白袍将军杀了过来，窝阔台细看是儿子阔出，不禁大喜，笑着对察合台道："皇兄，阔出带援兵赶来了，咱们平安了！"

阿苏格被蒙哥缠住，打马再撤，正想让呼亚拦截蒙哥，自己麾军冲上山去杀窝阔台大汗，哪曾想身后杀声大作，转头一看，吓得脊梁骨发凉。原来身后火把如星辰般繁多，数不清的怯薛军杀到，自己的人马已被包围。阿苏格正犹豫间，忽听怯薛军中有人高喊："雪不塔、逊都思的百姓——下马投降吧！我是库孟百户，是我请来了大兵，我们不能被阿苏格这个贼人当枪使。三殿下已有谕旨：只要放下兵器，一律免死……"

窗纸未捅破，许多人许多士兵还蒙在鼓里，不能不跟着阿苏格起事，现在，听到自己人的喊声，雪不塔人、逊都思人一齐将兵器丢了。投降的人跪了满山满谷，阿苏格所带人马中，铁心随他死战的只有当年训练的三百多侍卫，此时阿苏格眼见众叛亲离，军心涣散，已意识到只有杀死窝阔台才有转机。

阿苏格自恃勇力，带卫队拼死上山，阔出看得清楚，搭箭在弦上，一箭正射在阿苏格右臂，"当啷"一声宝刀落地。阿苏格提不了刀，自知大势已去，拔剑欲自刎，被察剌一脚踢落马下，呼亚带卫队要抢阿苏格，被蒙哥等杀退……

山头上，窝阔台一直就着星光，静观着山下的平叛情况，让蒙哥上阵，本是想看看蒙哥参与多深，蒙哥出战打乱了叛军的部署，才让他从内心里解除了对四王府的怀疑。士兵们在两山间开始打扫着战场，阔出跪在窝阔台马前，禀道："儿臣来迟，让父汗受惊了！"窝阔台笑道："告诉朕，你是怎么知道朕在山中出事了？"阔出小心翼翼地道："儿臣在家养病，雪不塔、逊都思两个百户不愿参与袭击大汗，向儿臣报案。"

"看来人心思治，叛逆不得人心。"窝阔台高兴地望着儿子道："你来得正是时候，否则父汗可要吃大亏了！"

"儿臣请示父汗，这些降兵该如何处置？"阔出问道。窝阔台沉吟片刻，道："让你的人将俘虏先押回和林关押，对雪不塔、逊都思的士兵进行甄别，但参加袭击的十户长以上审理后再行处理，对阿苏格卫队要严惩。"阔出一愣："父汗不回和林城？"窝阔台眸子闪着寒光，道："叛逆已除，朕还是要先看看你四叔！"

窝阔台刚说完，就见蒙哥、察剌等人押解阿苏格过来，阿苏格衣甲带血，满脸铁青抗命不跪，窝阔台望着阿苏格冷笑着道："阿苏格，你不想活了，说，你受何人指使劫驾？"阿苏格虎目圆睁，道："阿苏格受四王爷大恩，报仇乃分内之事，如果说有人指使——那就是死去的四王爷！"窝阔台怒道："大胆狂徒，四王爷乃朕四弟，朕欲保其家，而你托名报仇实际是逼朕对四王府下毒手！""窝阔台，莫要猫哭老鼠——假慈悲。你用毒酒毒死了四王爷，瞒了一时，瞒不了永久。"阿苏格挣扎着吼道。

蒙哥见阿苏格骂不绝口，斥责道："我父王当年派人袭击大汗就犯了死罪，大汗不忍杀他，这些事，你这个奴才本比本殿下还清楚。在官山的事，如果说是谁害死我父王，只能说是他耳根子软，经不住别人的挑唆，动了不臣之心……这次大汗下诏，本是四王府的幸事，你却假借我额娘之名劫驾，嘴说报恩——其实是恩将仇报！"阿苏格对蒙哥的出现极为愤慨，驳道："蒙哥，你一张嘴像抹了蜂蜜，四王爷一生英豪，怎会养了你这个没骨气的逆子！"

窝阔台知阿苏格恨透蒙哥，望着蒙哥劝慰道："贤侄，此人早就丧心病狂，和林城门贴揭帖、散布谣言的都是他，朕不动他，是不想在你父王葬礼前再生是非。"说罢，对身边怯薛命令道："来人将这条咬人的狗倒捆在马背上，前往四王府。"

铁木格与诸王们受了半宿惊吓，听说大汗还要去四王府，都有些担心，七嘴八舌地道："大汗，依微臣之意，今夜暂回和林城，明天天亮，再去老四家不迟。”

窝阔台是揣着另一种心思，自己去四王府，四王妃是知道的，府里有人劫驾，王府表现木讷，还是令他生疑。现在去四王府，可打四王妃个措手不及，想到这，他对皇兄察合台道：“皇兄，朕意开弓没有回头箭，朕说话怎能出尔反尔？”察合台听出窝阔台话中之意，点头笑道：“这一夜回去也睡不着觉，直接去四王府，比回宫坐在一起疑神疑鬼来得干脆。”“侄儿愿随伯父擎天保驾！”蒙哥冷静地道。

夜已深，青天之上河汉横流，星斗闪烁，月牙早升上头顶。窝阔台上了马，对阔出命令道：“朕到四王府也用不了这么多人护送，再留五百人足矣。你也不用随我去你四叔家，带大队回和林城，明天朕要听情况汇报。”“儿臣遵命！”阔出意外中立了大功，知道父汗打定主意，再劝多余，答应一声勒住马，候着父汗远去，才转回身带人押解叛军回城。

第十一回

临祸事王妃迎圣驾
排众议怀柔四王府

夜深了，灵堂内黑压压跪满了人，唆鲁禾帖妮身着黑衣，脸色苍白，板着脸对参加祭奠的人训话："四爷过几天就要离开王府了，大汗今晚要带诸王过来祭奠，因此要格外小心，上上下下不能出事。"她边说边扫视着众人，忽然想起什么，对忽必烈道："阿苏格怎么没有见到？"

四王妃话音未落，忙哥撒儿进来禀道："报王妃，出大事了！"

唆鲁禾帖妮一愣，道："什么事？"

忙哥撒儿小心地道："报马来报，大汗在和林山口遭到阿苏格兵马袭击，大汗已平定了叛乱，带人往四王府开来……"

"这事你们谁知道？"唆鲁禾帖妮盯着诸子，发现旭烈兀、拨绰不在，不禁惊惧地道："谁知道旭烈兀、拨绰干什么去了？"

忽必烈吃惊地摇着头道："天黑前我还见着他们呢……"

旭烈兀、拨绰不知从什么地方钻出来，道："额娘我们出恭了，你找我们吗？"。

"在这就好，你们老实待着。"唆鲁禾帖妮最怕儿子参与了阿苏格的叛乱，见他们都在才放下心来。

"大汗带人来到府门外了，请王妃速去迎接。"一个侍卫进来禀报。阖府的人，人人心里打鼓，唆鲁禾帖妮的心扑咚扑咚地直跳，事情发生也只能硬挺着脖子，她压抑着恐惧，对众人道："出门列队迎接大汗，是福不是祸，是祸躲不过。阿苏格这个狗奴才不将咱们送进地狱，是不会甘心的！"她一边吩咐，一边带撒鲁黑王妃、领昆王妃领头出来跪在灵堂外。

灵堂外火光忽明忽暗地蹿动着，萨满正就着篝火跳神，王纛呼啦啦地翻卷着。窝阔台在诸王簇拥下进了四王府，怯薛临时接管了王府防务。灯笼浑黄的暗光下跪着黑压压地迎驾人群，那斑驳的光线闪现着无数张恐惧的面颊上。跪在前面的唆鲁禾帖妮穿着黑色的绸袍，身子在发抖，脸苍白得很厉害，跟在她身后的人都面如死灰。刚刚经历过叛军袭击的怯薛们，紧张地把手按在刀把子上，只要大汗一声令下，他们就准备冲上前杀人捉人，血洗四王府。

窝阔台的心情也很复杂，可他在四王妃脸上并没有发现敌意，便决定打破这种僵局，说道："朕带诸王来看四弟，四王妃前面带路！"

"大汗与诸王深夜到府，臣妾未曾远迎，请大汗恕罪。"唆鲁禾帖妮提到嗓子眼的心复了位，叩了头，站起身声音颤抖地道："大汗请进吧！"

窝阔台带着诸王跟着唆鲁禾帖妮从跪着的人群中穿过，蒙哥默默地跟在大汗身后，一直没有与额娘搭话。灵堂正中，昏暗灯光下，黑幔下安放着用三道金圈箍定的楠木棺椁，棺后立着一柄是象征战神的苏鲁锭[1]。诸王站在拖雷灵寝前，因脑海依然沉浸在被袭的愤怒之中，因此一些诸王、诺颜眸子里燃着怒火，手按在刀柄上，此刻四王府有人胆敢动一动身子，就难免被乱刀砍死。

窝阔台也意识到整个灵堂气氛凝重，当他来到拖雷的灵柩前，蓦地跪在棺椁前，诸王也都跟随着跪下，这一行动化解了灵堂内敌意。窝阔台泪如泉涌，大声地喊道："四弟，我的好兄弟，父汗在世时，托付我照顾你……你死时兄长正在病中，现在朕来看你啦……本该我去的，却偏由你承担，这一辈子朕何能心安呐！"

大汗泪流满面，慌得众人一齐号哭起来。头发花白的察合台见府内到处灵幡飘动，望着灵柩，也禁不住老泪纵横，泣道："四弟，二哥来晚一步，咱们人鬼殊途，愿长生天护佑你，让你我来生还做兄弟。"唆鲁禾帖妮满脸泪痕，跪前几步，望着大汗道："大汗，请止哀吧，父汗生前叮嘱拖雷，要他辅佐大汗。他能替大汗而死，应含笑九泉，连臣妾也替他高兴。大汗切不可太过自责，兄长能亲来祭奠四王爷，已令拖雷在天之灵得以安息……"窝阔台泪流满面，道："四弟妹，老四的在天之灵得以安息是朕之所愿，可树欲静风不

---

① 苏鲁锭：指成吉思汗的旗徽。

止呀，你懂得朕话中的意义吗？"

大汗话虽说得含蓄，可众人无不大惊，目光一齐投向四王妃，唆鲁禾帖妮吓得头不敢抬，叩头道："臣妾刚才听说阿苏格带人去劫驾，臣妾死罪，请大汗治罪。"

"阿苏格带的兵是谁派的，王府内谁清楚这件事？"

"臣妾也很吃惊，对此事毫不知情，请大汗明鉴。"

"来人，将反贼阿苏格押进来。"窝阔台对侍卫大声命令道。阿苏格被几个怯薛扯进帐内跪下，窝阔台大汗指着他道："阿苏格，你这反贼，当着四王妃的面，你给朕如实道来，是谁让你劫杀朕的？"

阿苏格挣扎着，身上的绑绳系得太紧，他抬起头，眼里闪着凛然的神情，没有看灵堂前的唆鲁禾帖妮，只用眼睛盯着窝阔台，咬牙切齿地骂说："窝阔台，劫驾是奴才的主意，你害死了成吉思汗的守灶人四王爷，又假惺惺来祭，奴才不忿，想杀了你替四王爷报仇。只恨半路有人叛变，又有蒙哥小王爷出面保护你，否则你是难逃我手心的。"他说完，停顿片刻，哈哈大笑道："是不是这样——窝阔台……"

阿苏格这一笑，帐内的人纷纷把目光投向他。突然，阿里不哥猛地大叫道："额娘，我想起来了，当日在狩猎场，就是她杀了我的奶娘……"

唆鲁禾帖妮蓦地转过身，望着阴影下被绑着的阿苏格，愤怒地道："阿苏格——你这个狼心狗肺的东西，本王妃几天前还警告你，你为何要屡次三番加害于本王妃！你说？"

窝阔台也听到阿里不哥的话，方知当年就是阿苏格在汗山杀害阿里不哥的奶娘，几乎害死自己与四王妃。既是阿苏格做的，阴谋就瞒不过拖雷，不觉脸色大变。一直在灵前冷眼观察事态变化的蒙哥，心中复杂极了。他知道弟弟这句话揭开了一个大案。他虽在心里敬重阿苏格的为人，但知道唯有此人死了，四王府才能脱了刀光之灾，跪下道："额娘，阿苏格丧心病狂，不忠不义，早该宰了他。"

唆鲁禾帖妮泣道："额娘以为他是你父汗的人，逐步会听额娘的，谁知他吃了熊心豹子胆，一再作恶要害死咱们全家！"

阿苏格欲求速死，故意触怒四王妃，冷笑道："四王妃，你不要与大汗一起演双簧剧了，我早就看出，你心已不在四爷，你根本就不想替四王爷复仇！"

四王妃吼道："阿苏格这个奴才，你胡说什么！"

阿苏格冷笑着道："四王妃，你这个不忠的女人，当着四王爷的灵柩你该忏悔吧！"唆鲁禾帖妮气得脸色发紫，从押解阿苏格的怯薛身上抽出一把剑，猛然刺进他的胸口，大骂道："阿苏格，你死到临头，还往本王妃头上倒屎盔，我宰了你！"

阿苏格摇晃了几下，跌倒在地，黑黝黝的眸子闭上，嘴唇翕动着道："四王爷，奴才来了……"

察合台上前踢了阿苏格一脚，说："这样的人，早死早好！"窝阔台也没想到四王妃会一刀宰了阿苏格，按说阿苏格是汗廷罪人，私下解决，难免有杀人灭口之嫌。可方才阿苏格的话确实包藏祸心，见唆鲁禾帖妮跪在自己脚下，摇头道："四王妃，你太性急了，怎么这样快就将阿苏格杀了！"

唆鲁禾帖妮泣道："大汗归来那天，阿苏格就在城内散布揭帖，当时臣妾为此责骂了他。只是念他是四爷身边侍卫长，战功卓著，叮嘱他为了四王府安危再不许闹事。哪知他贼心不死，做出了如此大逆不道之事。此人不仅侮辱臣妾，更污蔑大汗，臣妾实在忍无可忍。臣妾想为四爷殉葬，可死前不能留下阿苏格这个祸害，再贻害我四王府。"

窝阔台见唆鲁禾帖妮一身白色丧服，脸白如玉，眸子闪着泪光，想想道："弟妹殉葬之事，朕不允。"

唆鲁禾帖妮大哭道："大汗如此关照臣妾，臣妾叩谢天恩！"

窝阔台脸色阴沉，冷若冰霜，目光直直地扫过众人，声音洪亮地道："朕恕了四王妃的罪，也恕了四王府的罪。这是为什么，是朕念四弟伐金之功。阿苏格编造谎言，说朕嫉妒老四，其实这是无中生有。老四曾犯过灭门之罪，朕想杀他，用不着等到今日。这次老四在伐金过程中屡建奇功，为了朕的病，老四抢先饮下涤水，因此朕下诏表彰了老四。过去小人不知内情，怀有疑心，朕不究了。可过了今天谁再敢疑神疑鬼，朕宰了他全家。"

"臣等叩谢大汗天恩。"众人一齐叩头……

"来人，将阿苏格的尸首拖出去喂狗！"侍卫们刚把阿苏格的尸体拖了出去，

忽听灵堂外响起一片哭嚷声，众人大惊，一起望着唆鲁禾帖妮，因没有窝阔台的命令，没人敢动。窝阔台回身对阿儿浑道："看看是什么人在哭，如果有人在为阿苏格哭丧，那就给我带进灵堂，让他们为四弟一道殉葬……"

阿儿浑带人出去，一会儿进来跪下禀道："大汗，兀图阿大国师的家人哭哭啼啼，兀图阿的儿子兀答捧着大国师的血衣，在门外求大汗替他做主！"

一波未平，一波又起，窝阔台脑袋嗡的一声，斜了唆鲁禾帖妮一眼，叹了口气对阿儿浑道："将兀答带来吧。"

身穿紫袍的兀答跪在地上，手上捧着的正是兀图阿的神衣和神帽，上面满是血迹，兀答哭着禀报道："大汗，今晚我父本在四王爷府内跳神，中途被

人骗走，杀死在哈剌和林河边。”

“有何证据说明你父出事了？”

兀答泪流满面叩头道：“大汗，今晚父亲的白马突然跑回家，在门外嘶哑地叫，奴才怕父亲出事，忙带家人寻找。走到哈剌和林河河边，奴才发现了一摊血迹，并在哈剌和林河拾到了父亲的血衣！”

大国师乃汗国重要职位，国家祭典、出征祭祀、生老病死、决策大事都离不了他。大国师被杀，又出在四王府，情况愈显复杂。窝阔台望着唆鲁禾帖妮足有半刻钟，愤怒、失望等表情在脸上变幻着，好半天才克制住了情绪，大声道：“四王妃，你都听清楚了，还是由你查一查是谁干的吧？”

大国师被杀事涉四王府，平息的暗火重新燃起，唆鲁禾帖妮刚舒展开的眉头皱紧，脑袋涨得老大，望着阶下诸人吼道：“怎么都哑巴啦，说，谁对大国师做了手脚，敢做不敢承认啦！”

灵堂内，你望着我，我望着你，所有人的心都紧张到了极点。唆鲁禾帖妮扫过灵堂中的每一个人，扫过旭烈兀，……旭烈兀低着头，拨绰躲在阴影下。其他人并不知此事，自然无人站出来应声。唆鲁禾帖妮的脸由白转青，眼睛中喷火，阿苏格的事一波未平，又一大案发生在四王府。灵棚内静得要死，唆鲁禾帖妮明白，大国师之死一定是府里人干的，四王爷人还没下葬，府内乱开了花，眼下，就让她百舌难辩。这些天，她的心口一直堵得满满的，强挺着支撑局面，现在一连串的大案黑云般笼罩着四王府，她该怎么办？一阵急火攻心，她如天旋地转一般，腿一软，眼前一黑，跌倒在灵堂地上……

次日清晨，窝阔台浓眉紧锁在宫内来回走动着。察合台、铁木格、按赤台脸色黢青，眼里蹿着火，嘴角紧绷着，别勒古台低着头沉思不语。脱烈哥娜身穿月白绸袍，头顶金色固姑冠，声音如点着的爆竹，道：“老四家里的人都疯了，他们究竟要做什么，已经很清楚了！阿苏格的上千兵马围了大汗和诸王，铁木真父汗建国后，还从未发生过这样的逆案。兀图阿是汗国的大国师，她们也敢下手，这是明摆着同汗廷唱对台戏。四王妃作为王府主人，口称不知道，其实她的话，连鬼都不信……这个反复无常的女人，当着大汗杀人灭口？如此叛逆行为，不抄家，不杀人，汗廷的威信何在！”

“你个女人家嚷嚷什么，给我闭嘴！”窝阔台停下脚步，狠狠地瞪了大哈敦一眼。他的心里很乱，四王妃晕倒后，他只在四王府待了一个时辰，就与诸王赶回万安宫。他本想听听诸王的想法，可赶来的大哈敦打破了平静，明显是在火上浇油。

察合台站在大汗身边，摇摇头道：“大哈敦的话不是没有道理。大汗一意成全老四家，欺来瞒去，人家并不领情，还借故闹翻天。本来大汗一片爱护之心,现在倒像大汗心中有鬼,老四家倒像受了委屈,如此下去,还会酿出更大的事来。”

铁木格也道:“察合台的话有道理,不是阔出人马赶到及时,我们都差点成了刀下之鬼,就这点看,四王府就够满门抄斩的。”

按赤台亦道:“王叔说得对,蔓草不除,汗廷今后就消停不了。”

别勒古台脸色铁青,他明白诸王的意见一致,四王府怕危在旦夕,他不想表态,只用眼睛瞟着窝阔台。

窝阔台心也火烧火燎,眼里蹿火,他几次想把手按在剑柄上,可还是不忍心。他一直在想,剑在匣中还好控制,一旦剑出匣,四王府横尸满地……父汗把千斤重担交给他……他却熄了父汗的灶火……况杀四王妃、杀蒙哥……也是让他很难做决定的事。他长出了口气,咂吧着嘴唇,抬起头,道:“这一刀砍下去,父汗的灶火就熄了,朕这一辈子心都难安。虽然王叔、王兄的意见是对的,可朕不想那样做,即使有一天朕为此受到惩罚,朕也不悔!阿苏格袭击朕……如果四王妃真的参加叛乱,咱们决不会那样走运,况蒙哥对平叛起了关键作用,朕怎能对无罪的人像对待叛乱者一样动刀子呢!”

听了大汗的话,别勒古台眼里闪着泪光,跪下道:“臣佩服大汗的胸襟,我兄长铁木真从你们四兄弟中挑选你为大汗,的确选对了,今天这一刀砍下去,割断的不只是家族的一根血脉,也砍散了人心!”

窝阔台望着别勒古台叹息道:“朕不是圣贤,可孰轻孰重还是分得清的,事关重大不得不慎呀!”

铁木格有些后悔,没想到自己说冒了嘴,倒让别勒古台猜中了大汗的心思,道:“老叔气糊涂了,臣也赞同大汗的决策。”

察合台愣愣地望着铁木格,又看了看别勒古台,怒吼道:“大汗以宽容待人,臣比不了。昨晚若不是阔出赶到,大家怕都挨了刀,今早也轮不到大汗与咱们在万安宫廷议了。四王府几次将刀架在大汗脖子上,我没大汗那份儿菩萨心肠,更没叔叔们顺杆爬的本领。臣只问大汗,如何处理四王府的逆案,总不能数千人劫驾,大汗连个说法也不给天下人。”

脱烈哥娜也有些恼火地道:“四王妃表面不动声色,其实暗中让阿苏格带人劫驾……四王妃不同意,阿苏格从哪弄的数千兵马?况大国师去她府中跳神,被人杀了,明显也是针对大汗的,大汗一味袒护,让臣妾弄不明白!”

窝阔台见察合台发了火,脱烈哥娜言词激烈,眼见别勒古台、铁木格被讥讽得面红耳赤,知道察合台话中怪自己软弱,脱烈哥娜责怪自己对四王妃有暧昧之意,额上青筋一跳,说道:“汗廷发生了这样的大事,没个结论是无法交代的。朕并不反对彻查,但只是不想草草结案。眼下关键是要看四王妃本人是否参与叛乱,她该负什么责任,她与阿苏格是何关系,阿苏格调动雪不塔、逊都思部近千人参与劫驾,她是不是主谋?这些都要在叛军审讯结束后,才能认定。至于大国师失踪的案子,朕也要查,如果在查办过程中,有新的证据证明是四王妃主使的,朕也决不作仁君!"

诸王走后,窝阔台命人倒了杯葡萄酒,喝了一口,就对怯薛长察剌道:"你去将镇海大人请来,朕要见他!"

和煦的晨光从打开的窗子射进来,照得书房内一片柔和。镇海正坐在太师椅上,在删改《成吉思汗实录》,他十岁的儿子要术木坐在窗下读书。要术木忽然抬起头,道:"父亲是如何获得大汗信任的?"

镇海道:"做人要讲有始有终,我投奔铁木真大汗只是个百户。成吉思汗与王罕激战之时,有人劝我转投王罕,我拒绝了,同铁木真汗饮巴勒渚纳水的人就有我。燕京刚拿下,铁木真大汗亲自登上大悲阁,向四方射箭,四箭之地悉为我家所有,这就是对我忠诚的报答。"要术木道:"父亲,这十几年来,你一直辅佐三殿下,直到他当上大汗。难道就没想过别人当了大汗,会对你不利吗?"田镇海摇头道:"生死在一念之间,有时只能凭感觉,朝秦暮楚谁肯与你共托生死。"

要术木道:"父亲写成吉思汗这些事,同大汗汇报过了吗?"田镇海摇摇头,道:"没有……可有一天大汗会想到这件事的,到那时拿出来,对汗国是贡献。"

侍卫进来禀报道:"大人,察剌将军宣旨请大人速去宫中!"

田镇海收起所写实录,整了整衣袍,对要术木道:"你看书吧,父亲去了。"察剌带着他进了万安宫,窝阔台正盘腿坐在榻上,眸子中闪着黝黝的光,说:"田大人,阿苏格昨夜带兵劫杀朕与诸王你听说了吗?"田镇海大惊,道:"臣不知。"

窝阔台道:"不是阔出带兵平叛,就要出大事了。阿苏格冒死劫驾,背后会不会是四王妃指使,朕对此一直拿不定主意。"

田镇海额头被晨光映得发亮,眸子闪着光,想了想,道:"阿苏格这个人是什么事都能干出来的,四王妃是个绝顶聪明的人,决不会将自己阖府人的性命,托给一个狂徒的。"

"朕对阿苏格有些失算,没想到他会在老四下葬前玩这一手。现在朕知道,他过去丧心病狂,是得到老四支持。现在,只不知劫驾的事,是不是四王府的人参与在里头,四王妃是不是主谋?"

"昨夜阿里不哥认出,汗山也是他割断的绳索,杀了阿里不哥奶娘,要害朕。"

"大汗为何不审讯他?"

"朕大意了,昨夜他辱骂四王妃,被四王妃一剑杀了。还有昨晚大国师兀图阿在四王府跳神时被人叫走,他被杀了,血衣在哈剌和林河边。二皇兄和王叔等都要朕严惩四王府,可朕不忍心灭父汗灶火。"

田镇海低头半天道:"大汗,四王爷这件事像层窗户纸一样一再被捅破,看来解铃还需系铃人,只有大汗公开四爷恶行,和林才能安宁。兀图阿的事小,报事的小厮可能被四王府的人收买,只要找到失踪的小厮,这个阴谋就会水落石出的。"

窝阔台忽然指着苍白的高天,道:"朕曾对天神说过不公开老四的罪,朕不想违背誓言。况且这件事关系蒙哥、四王妃,关系着黄金家族的明天,朕还想再等等看看,不能一下子把事做绝。朕叫你来,是要你先暗中去查大国师这件事,不可声张,可一定要查清……"

田镇海知道大汗并不想动四王府,想想道:"臣还有句话,大汗当重新考虑送四王爷去萨里川的事。"

"你怕再有人下套子害朕!"

"臣是有些担心……"

窝阔台当日诏书对外公布,他要亲送四弟归葬萨里川,马上面临送葬该如何做,他还未深入想,便叹了口气道:"这事容朕再想想!"

第十二回

审狂徒大汗萌杀心
剪羽翼广场诛逆党

丑时刚过，月牙依然挂在西天，北斗横陈，寒星满天，狱卒打开沉重的铁门，黑暗中出现一支提着灯笼、举着火把的队伍，窝阔台大汗骑在白马上出现在队列里，铁门吱的一声开启，马队没有停留，一阵风进入大牢。

监狱东南角儿关押着三百多名犯人，几乎是全部卫队，四王出殡在即，如何处理这些敢于拿刀对抗大汗的士兵，既关系着四王府的命运，甚至也关系着拖雷是归葬萨里川，还是被扔到荒郊野外！

“大汗驾到！”前面的承启官一声高喊，唤回了窝阔台的记忆。

“儿臣带属下叩见大汗！”阔出带着一群狱监跪在阶下相迎，他明显比过去瘦削了，黑黝黝的眸子闪着磷火样的光芒，他蓄起唇髭。多日的沉寂使他终于找到一个显露才能的机会，这让他格外高兴。父汗今夜的到来，表明他的差事快要结束了。

“起来吧，朕要看看阿苏格训练的卫队都是些什么人物。”窝阔台关切地望着阔出说道。

“父汗，那些人都是军中的亡命之徒，阿苏格把他们培养成四叔的铁杆护卫……”阔出深知对叛军处理事关重大，连四王府是否有罪，也在等待这里最后的审判结果。

“带朕先看看档案！”

一间临时搭建的大帐成为阔出的办案场所，阔出屏去书办，亲自搬出审讯的卷宗，站在一边默默地望着父汗一页页翻动簿册。一份供词来自一个侍卫，他这样写道：

阿苏格训练我们时，一再要求我们坚信，作为四王爷的卫士，头上只有一个主子，四王爷要我们做的事，不能有任何怀疑，哪怕是诛杀自己的父母，也决不能迟疑……我加入卫队后，一直这样想，这样做。

另一件供词写道：

没有人指使我，我是四王爷的侍卫，王爷死了，我的心告诉我要报仇。谁杀了四王爷，他就是我的敌人，我做了……不后悔！你问我是不是四王府的什么人指挥的，我不知道这些，作为护卫，我从不怀疑阿苏格将军对四王爷的忠心。他从未说过有关于四王妃的话，因此，我只承认是拖雷汗的英灵在呼唤我们，为了这个我们没有别的选择！

还有一份记录上说：

我是个百户，阿苏格千户以四王妃之命，招我率部参加一场袭击事件。出发前并未见过四王妃，军命下达只能出击，我们是四王爷的奴才……

另一分记录上说：

我是参加叛乱的萨满，阿苏格千户是四王爷的爱将，作为他的下属，我无法选择不走向死亡的路……

窝阔台一页页翻着，他的心仿佛被人撕着，这簿册上无数人说着同一个声调的话。半个多时辰，窝阔台没有言声，也未抬头，全神贯注地看着那些供词，阔出心情紧张地望着父汗。

终于，阔出见父汗合上簿册，方道："阿苏格训练的侍卫，都承认事先知道劫驾。儿臣用严刑逼他们说出隐情，可这些侍卫都是魔鬼，除了在战场上战死一百多人，剩下的人都拒绝评价四王妃在袭击案中是否知情。有的人就是打断手臂，打断腿也不讨饶。临时被阿苏格调集的雪不塔、逊都思的部众到肯供认，他们说，"进入伏击圈，他们看见阿不格一直与呼亚在密谋，唯一知情的副将呼亚打死也不招供。"

窝阔台目光如炬，轻声说："阿苏格的伎俩都是跟你四叔学的，他不怕死、不招供算什么，那就送他们与你四叔一道上西天。"

"父汗，你还去审讯室吗？"

"当然得去，朕要看看呼亚这个狗奴才。"

阔出陪着窝阔台进了拱形的审讯室，室内又闷又热，光线阴暗，一迈进门槛儿就嗅到一股血腥味。宽大的屋子内，摆放着几十张桌子，每张桌子前都有书办伏在桌边做着记录，行刑架上吊着正在受审的犯人。狱监们对叛乱头目实施昼夜刑讯，整个审讯室内，同时审讯着四十个犯人，鞭笞声与犯人凄惨的哀叫声令人发悚。

窝阔台紧锁眉头随着阔出走向正在受刑的呼亚身边。

在一个黑糊糊的刑讯柱上，绑着的人就是呼亚，他头耷拉着，皮鞭无情地打在他的身上、背上……一只眼睛被打瞎，皮肉被打烂，地面上淌着血水。狱卒见大汗过来，丢下鞭子，用冷水泼在呼亚脸上。呼亚一激灵，勉强抬了下头又马上垂下。

"他就是呼亚？"阔出指着受刑的犯人道："此人是阿苏格的铁杆亲信，是个死硬的家伙，怎么打也不讲一句有用的话。"

窝阔台看出，这个犯人依然紧咬着嘴唇，便摆了摆手，对刑讯的狱卒道："你们下去吧，朕要亲自问他几句话。"阔出摆了下手，整个室内静了下来，所有的刑讯都停止了。窝阔台向前几步，轻咳了一声，盯着呼亚问道："呼亚，只有朕能救你，可以告诉朕，为什么你要追随阿苏格搞叛乱？"呼亚低着头，闭着嘴，脸上没有任何表示。"你这个奴才，朕在问你，你为什么不说话，你是哑巴吗！"窝阔台指着他的鼻子吼道。

呼亚忽然扬起脸，将一口带血丝的唾沫吐到地上，独眼闪着怒火，硬邦邦的一句话顶了过来："窝阔台……你杀害了四王爷，就以为天下人都是哑巴了吗！"

窝阔台吼道："你会说话吗，那你回答朕，叛乱是否受了四王妃的命令？"

"你让我陷害四王妃吗？我可以告诉你，如果真有命令，这事就不会半途而废，你这位大汗能否活到今天，怕也就难说了……"

"朕不信没有命令，你与阿苏格两个奴才能做出这件捅破天的大案！"

"信不信由你，作为大汗——你杀害为汗国立下大功的四王爷，作为四爷属下我和阿苏格没有辜负主子，复仇不成而死，也是尽了奴才的本分！"呼亚说完话，哈哈大笑起来。

窝阔台被面前这个奴才的傲慢气得两眼冒火，骂道："为了你这句话，你和你的同伴都得死。朕要杀你，还要对你多费几句唇舌，本来你不配听。你们受拖雷蒙蔽太深，老四违背先父之旨要夺大位，朕没有杀他，无非是给朕的父汗留下一个守灶之人。伐金归来，老四又用蛊术害朕，朕处死了同案的镇国，却没有处死他，无非想给他的儿女留一条生路。朕的话长生天可鉴，如果你到地狱里能见到拖雷，就转告朕的这番话！"

"大汗……杀人何必要理由，我们的脖子都挺着，就等着你来砍呢！"

"你有家人吗？"窝阔台以为这句话就可让呼亚噤口。"你想杀光我的家人吗，可你晚了一步！"呼亚脸上露出一种冷笑。"那你就与你的同伙一道去死吧！”窝阔台被呼亚说得心里一阵发冷，深知此人非言语可以动摇，便不想白费时间。

重新回到院子外，东天已现晨曦，窝阔台长舒了一口气，上了白马，压抑着愤怒，眨着喷火的眼睛，对送出门外的阔出，道：“停止审讯吧，朕今天就下旨，在此处监押的参加叛乱的人一个也不能活，后天就在帝国广场行刑，命你四婶一家观刑，当着全和林人的面处死这些叛贼。”

“父汗要在帝国广场杀人？”阔出有些吃惊。

“是的，朕要杀人，要打骡子惊马，不要以为朕要维持黄金家族的团结，就睁着眼睛听任这起小人搞叛乱！”

窝阔台打马回到寝宫，天还未大亮，他喝了点奶子，又吃了几块马肉，喝了一小碗酒，将思绪梳拢过，望着渐亮的天，站起身，带着侍卫缓慢地从后门步入万安宫。诸王进宫参拜已毕，都抬头望着大汗。

窝阔台眼睛布满血丝，扫视了诸王一眼，缓和地道：“朕昨晚审了叛军头目，再次翻阅了阿苏格卫队的卷宗，发现这些人都被阿苏格洗了脑，他们的顽固给朕上了一课。朕考虑再三，四弟葬期临近，决定审结此案，明天就在帝国广场处死这些叛乱士兵，在京诸王、官员一律前去观斩。”

大汗在帝国广场杀人，诸王惊诧地望着大汗，不知大汗出于何心思。察合台早对大汗宽纵政策不满，听了大汗的话，站起身，高声道：“臣赞同大汗决定 对叛贼起用重典，不如此何能明国家典刑！”

铁木格又道：“臣等无异议，只是大汗想对四王府如何处置？”

察合台也道：“王叔的话也是臣的心里话。”

窝阔台点了点头，他早就考虑到诸王会有这样的态度，叹了口气道：“朕正要说这件事，从审讯的结果看，没有证据说明四王府的人参与了阿苏格的阴谋，蒙哥面对叛乱的表现也让朕刮目相看，老四马上要下葬了，就让他平平安安去地宫吧……从长远利益看，不向自家人开刀，有利黄金家族的团结。”

大汗态度明确，又提到拖雷下葬，诸王知道再说无益，都缄口不语。阿儿浑从殿外进来，跪下禀报：“四王妃在外奉诏求见！”

窝阔台点头道：“宣她进来吧！”

唆鲁禾帖妮从外面进了大殿，她一身黑色的长袍，脸色发暗，灰褐色的眼睛流露着愁苦不安的神情，脸庞有些浮肿，她是窝阔台大汗回到哈剌和林后，第一次进万安宫，由于清楚此次召见决定着四王府的命运，决定自己是否有罪，不禁心里阵阵发慌，她跪在地上，头低得几乎看不见眼睛，叩头道：“罪妇叩见大汗！”

“抬起头来吧。”窝阔台望着阶下的唆鲁禾帖妮，在他的头脑中也曾闪过诛杀四王妃的意念，可那只是短瞬间的想法，现在他已排除了诸王的干扰，可以公开自己的想法，因此平静地望着四王妃道：“四王妃，审讯结果排除你参与袭击朕的阴谋。‘以下犯上者诛’是《大札撒》上的律条。朕叫你来，是向你宣布，朕将对在押的参与叛乱的卫队骨干，及逊都思和雪不塔叛军中罪大恶极的人员进行处决。这些狗奴才明火执仗，拿刀对着朕与诸王，本是些无君无父之人，留下就是祸根，因此明天朕将在帝国广场处决他们！”窝阔台的话是从牙缝挤出来的，冷得令人发抖，大大出乎诸王的意料。跪在地上的唆鲁禾帖妮默默地听着，她仿佛被击倒，耳朵在隆隆地响，脑海内一片空白，脸苍白得像一张纸。

“四王妃，你听到朕的话了吗？”窝阔台见唆鲁禾帖妮没有反应，大声问道，殿内诸王一齐把目光投向唆鲁禾帖妮的脸上。

“臣妾有负大汗所托，罪孽深重，几乎害了大汗和诸位王爷，酿成了大祸，臣妾愿以死赎罪。听凭大汗处置！”唆鲁禾帖妮神情麻木地应道。

窝阔台注意到唆鲁禾帖妮并未听清自己的话，依旧等待对她的最后裁决，大声道：“四王妃，你的罪是未及时察觉、阻止叛乱，尽管四王府没人参与这场叛乱，但四王府还是有责任的。你要以死赎罪，就算了吧，老四就要下葬，你还要负起办丧事的责任。为了警示四王府，朕命你明天带着你的儿子们，一起到广场上观刑！”

唆鲁禾帖妮知道大汗恕了她的罪，可不会不怀疑她，叩头道：“臣妾罪不容诛，大汗虽恕了臣妾，臣妾深知责任是摆脱不掉的，请大汗免去臣妾掌管四王府之权。”

窝阔台用漆黑的眸子盯着跪在阶下的四王妃，将执掌四王府的印把子交给谁，他曾在唆鲁禾帖妮与蒙哥间衡量过，并认为将四王府交给一个女人还是容易控制的，便道：“蒙哥常在外出征，其他的孩子还小，掌管四王府大权的事，你也不必推辞。蒙哥、忽必烈、阔端就要从萨里川回来了，老四就要归葬了。朕想提醒你一句，掌着王府的大印就要多长几双眼睛，不能让四王府大权失控，才能保四王府平安无事。”

“臣妾叩谢大汗。”唆鲁禾帖妮眼中满含泪水，跪下磕头。

次日清早，哈剌和林城的各城门都增加了骑兵，到处张贴《诏书》，有书办站在《诏书》前，向路边围观的百姓宣读：

奉世界的征服者——海内大汗之旨，经过对阿苏格余党的审讯，现已审清：阿苏格因个人私怨，暗中串联旧部，制造谣言，利用四王爷拖雷之死发动叛乱。经过审讯，有一千余人参与叛乱，对绝大多数参与叛乱的士兵，大汗因其事先无知，后来反戈一击，因而无罪开释。对其中积极参与叛逆、罪大恶极者经过详细审查，拟处决以呼亚为首人犯三百零五十四名……

大汗以此告知天下臣民，拖雷为救朕而死，阿苏格等人却一直散布谣言，散发揭帖，借故在朕兄弟间倒脏水。对这些人不杀不足平民愤，因此朕决定：公开在帝国广场处决人犯，全城百姓均要前去观看。

窝阔台大汗

哈剌和林城本是个世界都市，各种肤色的商人都来这里做生意，同时为远方的利益集团探风报信，因此城内闲人较多。这是该城建城后第一次公开杀人，又是黄金家族的内乱，朝廷允许旁观，自然观者如潮水一般。

辰时，帝国广场上空太阳暖洋洋地照射着，天气晴好，蓝得透明的天宇飘着白得耀眼的云朵。宽阔的广场上，围观的人群黑压压坐满广场西南、西北角，新入场的人刚到，就有骑着马举着皮鞭维持秩序的怯薛指点入场的人坐下。

在广场中心有一个巨大的喷水池，水池中喷泉吐着晶亮的水花，随着水花，十四巨大的青铜骏马在水池中作着机械式的奔跑。广场壮观极了，没有人想到这里会成为杀人场，可以想象窝阔台大汗对这次叛乱分子的仇恨之深。

喷泉外北侧靠近皇城宫门，宫门城楼成为临时观斩台，窝阔台大汗亲自带大哈敦脱烈哥娜进场，诸王察合台、铁木格也出现在城楼顶。在众目睽睽下，四王妃也带诸子按时来观刑，唆鲁禾帖妮脸色极苍白，脸颊和下腭头上的酒靥显得更深，嘴唇紧闭着，头上的固姑冠是银质的，袍子是黑色的，靴子也是黑的，她没有坐下，那双黑亮的眸子黯淡得仿佛浸在雾里，失神地望着前方。她的身边站着术里客、忽睹都、旭烈兀、阿里不哥、拨绰、末哥、岁哥台、雪别台等诸子，这些孩子们都懂事地站在她身后，眼睛一眨不眨，咬着嘴唇，呆呆地望着人声嘈杂的广场……

巳时刚过，从广场东南角方向，一支盔明甲亮的骑兵押着一溜长长的囚犯队伍出现了。囚犯们走得很慢，许多人被打折胳膊，拖着断腿，被同伙拖着，依靠互相搀扶，才能维持向前行进……囚犯们的军服被鞭子撕成了碎条，头上用破布裹着，脚下依然在淌血……他们被押解着缓慢地进入广场，在广场中心的空地上停下，好像一群待宰杀的牲畜，一排排跪在地上。

行刑队的刽子手，冷酷得看不出脸上的表情，他们抱着鬼头大刀，雄赳赳地站在跪着的囚犯面前，大刀片寒光映着日光。

整个广场人山人海，来自世界各地的各种肤色的人们，许多人看过或经历过蒙古人屠城场面。城屠后大都纵火，多年以后废墟上见不到一丝一毫的生物。蒙古人在刚刚建成的哈剌和林城公开处决叛乱的军人，让人感到这个汗国的根基并不稳固。

接着断事官开始宣读《大札撒》，宣读叛乱者的罪状，当点犯人的姓名时，犯人的脸上看不出悲苦，看不出恐惧，只是呆呆地等待着最后死亡的来临。

窝阔台坐在一张虎皮椅子上，他用眼睛可以俯瞰整个广场，同时不自觉向站在城堞边的唆鲁禾帖妮脸上望一眼，这个女人形单影只地站着，年幼的孩子像一群幼兽围在她身边。

唆鲁禾帖妮当然想不到大汗在看她，她神情恍惚地站着，眼里充满泪水，怅然若失地望着广场的囚犯。她对四王爷的这支卫队被处极刑心情极端复杂，既有伤感也有无奈。丈夫训练这些人的目的就是为了对付大汗，这个目的足以令她胆寒。四爷的时代结束了，今后自己要带领儿女们挺起一片天，今后每走一步都会更艰难。她不知道面前还有多少风雨，想到这，内心产生了一阵焦虑与凄恻。

行刑官走到大汗身前跪下，窝阔台对身边的察合台大声地说道："皇兄，刚到马驹节①，再过几天草原会绿树成荫鲜花怒放，可有人却把我们推向血海，要踏着我们的尸体过节，因此咱们就不能不为这些人送行！"

察合台看了行刑官一眼，大声地喊道："大汗有旨，按照《大札撒》对这些造反的奴才行刑，麻利点！"

"嗻——"

行刑官得到了命令，干咳了一声，站在城堞边，对下面大声地命令道："鸣炮，行刑！"

炮声还未响，广场上突然有人站起，原来是一个犯人挣脱了看押的士兵，站起身对着正要被行刑的士兵大声地喊道："勇士们，求仁得仁，死得其所——我们是为四王爷报仇而殉难的，四爷正在天堂迎接我们——"

窝阔台看出这个瘦高的汉子就是呼亚，正要让人去捉，就看到有人已按倒了呼亚，头一声炮响，鬼头刀一闪，呼亚人头落地，一股鲜血从颈项喷出……

三声炮响过，广场上开始行刑，刽子手的大刀映着日光，一颗颗犯人头颅被砍下时，血如水注一样喷涌。随着被砍的人愈来愈多，血水染红了广场

① 马驹节：蒙语"珠拉格"夏历五月十五日，是蒙古族庆贺牧业丰收、祭祀天地的节日。

地上的方砖，一股血腥味随风在广场上弥漫……近处的围观者恐惧地闭上眼睛，有人开始作呕，胆小的孩子们哇地哭出声来。

窝阔台一直冷冷地盯着杀人现场，既没有表情，也没有言语，只是不时瞟着唆鲁禾帖妮。四王妃在城堞边站着，既没有回头，也没有任何表情，更看不出这些被杀的人与她有什么关系。而站在她身边的诸子中年长的几个，都低着头不愿看到广场上发生的一幕，几个幼小的孩子则眼中闪着恐惧不安的月光。

太阳爬上头顶时，刽子手们开始擦拭手中的大刀，地上被砍去头颅的尸体开始装到车上，运往城外。窝阔台带着诸王下了观斩台，唆鲁禾帖妮带着儿子们来见大汗，窝阔台冷冷地道："四王妃，你听到呼亚的话了吗？"

"这个人该点天灯！"

"应该说，他给人的印象像个英雄，可事实上只是个迷途的羔羊……"

第十三回

萨里川千里送幼弟
太祖墓黑熊惊祭火

万安宫内灯火通明，汗廷御前会议正在召开，主要议题就是拖雷灵车明晨离开哈剌和林城的相关事宜。窝阔台大汗坐在龙椅上，他的脸被烛光映得通红，抬头目视着阶下。脱烈哥娜坐在窝阔台身边，贵由挨着额娘的身边坐了。察合台、铁木格、别勒古台、唆鲁禾帖妮、按赤台等东西道诸王分列两厢。

蒙哥、阔端、忽必烈刚从萨里川归来，一齐跪在阶下。

窝阔台探着身子，大声道："你们三人一路辛苦，讲一讲萨里川的情况吧。"

"让蒙哥说吧！"阔端道。

蒙哥抬起头，禀报道："大汗，我父王在萨里川的地宫用石头筑起，上头搭起丈余高的祭台，四面布满了疑坑。沿路各大千户、万户先行搭建起帐幕，祭祀准备完毕。为了灵车安全进入萨里川，我们对驿路进行了重新加固，一切都办妥当，请大汗示下。"

窝阔台转身对按赤台道："司仪官由你介绍一下明日情况吧。"

按赤台简略地介绍了次日拖雷出城的安排情况，窝阔台望着唆鲁禾帖妮道："四王妃，情况就是这样，你还有何话说？"

唆鲁禾帖妮眼含热泪跪地叩头道："大汗对四王爷丧事安排如此周到，

实令臣妾一家感激涕零。自古从未见大汗为臣送葬,请大汗以国事为重,留在国都不要送葬。”

察合台点头,也道:“四王妃这个意见提得好,臣也以为大汗该留在哈剌和林处理国务,兄弟情谊不在送葬上面。”

铁木格亦道:“大汗派的送葬队伍够规模了,老四也够风光了,请大汗听臣下的劝阻就不要送葬了。”

在场诸王、诺颜以及蒙哥、忽必烈两兄弟都一齐跪下道:“萨里川路途遥远,送葬也只是个礼数,请大汗顺从民意。”

“都起来吧,你们爱朕之心,朕都明白。”窝阔台叹了口气,目光扫过众人道:“先帝将这万斤重担交给朕,四弟替朕死了,朕不亲自安排他归于地穴,并在父汗灵前谢罪,朕这一生一世从内心讲都难得安宁。”说完,他又指着别勒古台道:“别勒古台王叔身患重病,还千里迢迢来漠北送老四,朕正当鼎盛之年,去送送葬算得什么,而且也可顺便在父汗的墓前祭奠一下,算是一举两得。”

别勒古台面带病容,拱手道:“臣已老朽,为国出力日少,大汗待人以诚信,定能获得长生天护佑。”

次日清早,太阳金光刚照在和林城东城门楼的金顶,城门早已大开,由于大汗颁了圣旨,全城的百姓都要为四王爷送行,因而一早,沿路人山人海,等待拖雷的灵车经过城门。

中午时分,拖雷的灵车出了四王府蠕蠕行进。一个数丈高的络旌立在灵车上,白幡随风飘浮,上绣着“至亲至孝天大王归天”的金色大字。灵车前,萨满兀图吉骑在一匹枣骝马上,手上牵着一匹金灵马。他是兀图阿的胞弟,过去一直随同大汗在霍博军中,兀图阿出事后,被窝阔台召来主持送葬典礼。金灵马浑身火红,披着金锦马衣,黄金鞍辔闪闪发光,脖颈上几串镶金的铜铃每走一步都发出清脆的叮咚声,众多送葬宗王的帐车、勒勒车随在灵车后逶迤排起数里长。

窝阔台身穿白衣,头戴冲天冠,站在一辆用二十四西域高头大马拉的帐车上,巨大的车轮发出辚辚声,像一座黄色的山峦闪着金子的光彩,阿儿浑坐在车辕边,驭手轻声地吆喝着。在广场边,面对送葬人群,窝阔台一脸凝重,向着跪在地上的百姓拱手,并发表了暂短的悼词:

“万民们,今天朕将离开和林城,护送朕的四弟去萨里川安葬。朕的心里充满悲伤,我的人民也充满忧伤,怀念这位战神。在萨里川黄金家族的陵园,大地将以最宽仁的胸怀,接纳这位军中的骄子。在这万物有灵的世界中,这位王子将与朕的父汗、母后和先祖们一起组成一个大家族。他们是永生的，会永远保佑蒙古汗国强盛。让我们记住他——全草原人中最值得的骄傲的巨人——拖雷。作为兄长朕将亲自送葬，让他得到帝国的最高荣誉。现在，朕隆重宣布——车驾启动——向起辇谷进发！”

“拖雷王爷永生——”

“拖雷王爷千古——”

送葬的队伍用哭泣的声音喊着，那声音像雷霆在广场、街路城门上空回荡，送葬马匹、车队沿着大路撵过城门奔向远方。

六月的阳光格外充足，成群的大雁、野鸭、白鹭、灰鹭和各种鸟儿在灰白色的天宇间欢快地鸣叫着，空旷绵亘的原野上，送葬的队伍穿过沙弯、草滩、山梁、沙丘和丛林，车轮咿呀，马驼嘶鸣，赶车人的吆喝声，加之车轮辗起的烟尘，使这人烟稀少的旷野多了几分喧嚣。窝阔台躺在帐车榻上，阔出坐在一把椅子上。这一路，窝阔台命贵由先行开路，命诸王、驸马、诺颜沿途设祭，自己随灵车缓行。由于天气晴好，他不时掀开窗帘，观望着淡蓝色的苍穹以及远山和行进的车队。忽然，他转回头，眼中闪着疲惫的神情，说：“孩子，你能理解父汗为你四叔送葬这件事吗？”

“父汗是用天恩雨露感化四王府，让他们不再行悖乱之事。”

“不，朕此行是廓清天下人的疑惑，为你四叔留个好名声，让后代的史书上记上重重的一笔。你四叔虽负朕太甚，可也为汗国建立不世之功，朕为他送葬，天下的君主无人能够做到。你四叔为汗位弑母杀兄，朕不肖为，朕学天，天能覆盖众生，袖笼万物。你四叔做不到，因此你祖父抛弃了他，让我继承大位，你四叔至死都不知原因。朕与你的谈话，你四叔能于九泉下听到，当感到惭愧……”

“父汗胸襟无人能及，儿臣知道了。”

窝阔台又道：“朕这点想法，许多人都不理解，连你二伯父也不理解。说真的，这几年兄弟间的争斗朕也感到累了，也想通过送葬，给你四叔家一个平安的信号，通过退一步，换个太平盛世。这件事办完了，我想让你哥哥贵由去平定东夏国，你不要着急，主管中军的事你还不能放开手，朕的身边也不能没有个自己人。谁也不该躺倒在父祖的功劳簿上，你四叔在这方面是个榜样，他打了许多胜仗，是个当之无愧的战神。”

阔出点头道：“儿臣也羡慕四叔，也希望有机会上战场为国建功！”

“你有这个想法好，说明你成熟了。你四叔是你祖父的守灶人，你是朕的守灶人，都是黄金家族的斡惕赤斤。你四叔从十几岁就帮你祖父执掌中军，大小战役都跟随着，所立军功无数。这次随朕征金又以孤师悬军深入艰途，历无数险阻，为汗国灭金立下不朽功勋，你羡慕他是应该的。战场上你四叔善于动脑筋，敢于冲锋陷阵不顾生死，这一点无人可比，朕也很欣赏他！”窝阔台说着，眼里闪着泪光，又道：“人无完人，你四叔的致命伤就是傲气太重，不听人劝，这个短处他至死不悟。人不可无傲骨，但不能傲气太重，不能太自私。你祖父识人之明，是他缺少的，他以建功立身，却不能保全自身，这是为人不可不思的道理。”

“父汗至理名言，儿臣记下了。”

“为人要善于化解恩怨，有时要以德报怨，做大事要权衡利弊，以小制大，以弱制强，以轻制重。你祖父十几岁身边伴当不过数人，几次被仇人擒拿，多次战败，先降于札木合，后降于王罕。他何以成就天下，降伏草原诸雄，称霸于天下，就是能降伏人心，而不只心系恩怨。哲别射杀了他的宝马，伤了他的脖颈儿，归降他后，用为心腹。这就是你祖父高于别人的地方。按说论功，朕不及你四叔拖雷，论勇朕不及你二伯父，你祖父要将这天下托付给朕，就是看到朕用人上像他。”

“儿臣过去也一直糊涂，比如说，四叔屡次犯大罪，儿臣与大哥一样，都想劝父汗杀他，这种想法怕许多诸王大臣都有。儿臣怕蔓草不除，天下难安，听父汗今天这么一说，心中开了扇窗户，明白了许多道理。”

“这么长时间，朕一直观察你，你能对朕说出心里话，说明你肯动脑了。你祖父对我说过，他给我留下一批能征善战的将领和无比辽阔的土地，但支撑这个天下的不是那些将领，而是黄金家族的自己人。朕也常讲：大金国过去那样强盛，何以就衰落了，原因就是宗族内杀戮太重，杀光了太祖、太宗的子孙，新皇帝一当政，皇族内就有一批人被杀，皇族中能人被杀光，一个强盛的国家就衰败在这上面。朕即位后，一直不想开杀戮之门，留下一些对手虽有危险，却可激励朕把这个国家管好，朕把这些话说与你，就是让你今后做事要向远处看。立功有的是机会，对你们兄弟朕各有安排。朕想让你二哥阔端去西夏主兵，有朝一日，朕也许会派你去中原主管军事！”

“真的？”

“朕相信会有那一天，不过暂时你还不能动！”

临近萨里川，每隔数十里，便有先行搭起的祭棚络绎不绝，先是四大怯薛、木华黎、博尔术、博尔忽、赤老温四杰家设的祭棚，再往前是诸公主、驸马设的祭棚，接着是东路诸王，术赤、察合台等诸王设的祭棚。每个棚内都有萨满们在跳神，家家设有饮食，每到一处，都要在拖雷灵前设供，烧羊饭，祭山神、路神、天神，杀牲祭奠。萨里川距铁木真的出生地只有六天路程，据说铁木真几代先人包括他的父亲就葬于此。铁木真称大汗后，将这里定为封禁地，成吉思汗征西夏病死，他的儿子们遵遗命将其葬在这里。此处百里方圆没有人家,仅有数千兀良哈人奉命看守陵地。大汗带宗王的到来,使这片寂静的山林出现了少有的喧嚣,矮胖兀良哈千户兀答赤带着护卫等候在山林路边。

怯薛将兀答赤带到窝阔台帐车前跪下,他是个脸上长着许多麻子、薄嘴唇、小眼睛、五十岁出头的汉子。他抬头见大汗身穿石青色袍子,头戴凉帽,一脸倦容,一边叩头一边说:"老奴闻四主子去世,已遵旨带人开了墓穴,墓地奴才亲自丈量过,为防意外,方圆数十里,我的兵马也像篦头一样梳了一遍,唯恐有疏漏辜负圣望。"

窝阔台点了点头,望着兀答赤说:"你的年纪比朕大,看上去身体比朕结实,保卫陵墓责任最大,决不能出半点差错。无朕旨意,今后任何人不许踏近陵园半步,这里的一草一木都不许有人来破坏。今后生活上有困难,就写折子告诉朕,朕替你解决。"

兀答赤叩头道:"大汗,奴才们是孛儿只斤氏家的世奴,偌大的圣地山林交给我们看管,奴才心里高兴得都不知怎么好了,粉身碎骨也不敢有一点差错,没有大事,绝不敢打扰主子,请主子放心好了。"

窝阔台道:"记得主子的好,主子也会记住你们,谁要难为了你们,朕就不会让他有好日子过,因为你们是替成吉思汗及后世主子千秋万代办事的人!"

兀答赤叩头答应着躬身退下,帐车碾着墓道直接进入萨里川。

中午的太阳光火辣辣地直射头顶,天上的苍鹰在云间盘旋着,目光所及苍翠的青山顶,有用石头筑起巨大的敖包,上头搭起丈余高的祭台,百余怯薛将拖雷的棺椁抬上高台,周围点燃了八方之火。七七四十九个萨满围着敖包,身着神衣,头戴神帽,围着敖包转着圈。在雨点般咚咚的神鼓中,吟唱着古老的安魂曲:

汝为人杰,天之骄子,受长生天之遣,降临漠北。汝为成吉思汗守灶之人,汝欲抛弃忠实的百姓,汝欲抛弃美丽的妻妾和十个如松柏般长成的儿女……

呜呼!汝为国建立了万世功勋,假道万里所向披靡。汝为海内大汗万安宫的擎天柱,汝为草原人中的苍鹰,何飞此速兮。魂归兮此帝都,孛儿只斤氏先王所在。大汗垂泪,日月无光……

凄凉的招魂曲中,大萨满们穿着法衣,如一只只陀螺旋转着,蒙哥在内的拖雷十子都哭泣着跪在棺椁前。窝阔台的身后跟着察合台、铁木格、别勒古台、拔都、贵由等诸王。大汗亲自捧起马奶酒,他高举过头顶,洒向青山,嘴上高声说道:"朕挚爱的四弟,兄长亲自送你回归地母之怀抱,回到父母的身边。有青牛、白马为你拉车，有美妾、侍女做你伴侣，让你的神灵翱翔在草原的上空，千秋万代享受世间美酒、鲜奶的祭奠。”

在呜呜的牛角号声中，拖雷的灵柩重新抬下高台，安放在成吉思汗“八白室”前。这八座白色的殿帐，高大无比，殿前树立着两根高大的黑纛，黑纛间安着一尊塔形香炉，上面缀满铜铃，轻风吹过，铃声清脆悦耳，炉中飘着袅袅的青烟。窝阔台向成吉思汗陵寝敬酒，用金碗把凛冽甘甜的酒浆洒在陵前的石阶上。

宗王们按顺序向成吉思汗敬酒。巨大皮囊内纯白色的马奶酒随着和煦的暖风飘洒在长满杂草树木的大地上，作为祭品的八只白色的羯羊，咩咩叫着 献出了生命，皮张被重新填充高悬在树上，山林间响起了萨满们送葬的祭祀之歌……

随着祭典，拖雷的金棺缓缓落入深深的墓穴，窝阔台望着号啕大哭的蒙哥、忽必烈等子侄，禁不住眼睛湿润了，再一次跪倒在墓穴边。他的身后是数十株上百年的巨大松树，宗王们随着他一齐跪倒，所有的人都低着头流泪……风吹动着尺八高的蒿草，发出沙沙的响声，无人会料到在这片山林中，一只黑熊正蹲在一棵黑松的粗大树干中，它被萨满燃起的火光惊起，走出树洞，待众人发现，它已接近窝阔台大汗的身后。

“不好！”贵由距窝阔台最近，惊出一身冷汗，又无兵刃，只能呐喊一声，腾空飞脚，踢在黑熊耳台上。黑熊笨重的身子一晃，抛弃窝阔台，直奔贵由。贵由后退慢了半拍，左臂部已着了一掌。

危急时刻，不里搬起一块巨石向黑熊掷去，被砸的黑熊“噢”的一声。黑熊舍了贵由要奔不里，诸王此时纷纷掷石、呐喊，怯薛们闻讯赶来，黑熊惊慌失措方踩着积雪向山下逃去。萨里川黑熊伤了贵由，矮胖的兀答赤穿着青鼠皮长袍，吓得浑身发抖，帽子丢在雪地上，哭丧着脸，跪在窝阔大汗脚下，叩头如捣蒜，嘴哆嗦着，说：“奴才有罪，说嘴打嘴，还伤了殿下，奴才死罪！”

窝阔台见他吓得浑身发抖，并未发怒，劝解道：“算啦，你下去吧，山林这样大，这只是意外之事，朕也不究你的责任。但靠近圣祖安息之地，今后还是要多加防范，否则再真的死了人，你的罪可就大了！”

兀答赤脸色蜡黄，道：“奴才叩谢大汗。”

临时搭起的汗帐中，窝阔台大汗坐在御座上，察合台王兄，铁木格、别勒古台、按赤台等诸王列座两厢。受伤的贵由被抬进内帐榻上。御医郑景贤正为贵由疗伤，为贵由敷过药，郑景贤出来向窝阔台大汗道：“贵由殿下受了点皮肉伤，未伤筋骨，大汗放心，十天半月就可痊愈了。”

“朕正想在此多待上几日，那就待贵由病好了再回和林。”窝阔台随口对郑景贤说着话，由于在父汗墓地蹿出黑熊，如果不是贵由出脚，几乎伤了他，不能不让他感到内心有些不安，可他并不想让人看出内心的怯懦，无事般地说道。

察合台并未体会大汗之意，他本反对大汗来萨里川，觉得大汗继续留在这里无益，便劝谏道："依臣之见，大汗该带贵由先回哈剌和林城，何必在此耽搁时间。"

窝阔台摇摇头道："皇兄不急——既来之，则安之嘛。"说完，又对阿儿浑道："去将兀图吉叫来，朕有话交代他！"

不一会儿，兀图吉进来跪下，窝阔台望着他，说道："兀图吉，朕来到萨里川，你代朕安排一下，朕想在此祭祖……"

兀图吉小心地道："大汗想得周到，祖宗神灵都住在这里，在此祭奠神灵们一定高兴。这里的高树连着天宫，树根直扎地心，奴才马上就去准备大祭。"

是夜，山林中燃起九十九堆篝火，这些通天巫围着火又唱又跳。次日开始，窝阔台大汗带着诸王一起祭天，仪式十分庄严……十天后，阔出、蒙哥从皇家马场带来的数千匹骏马，进入这片山谷，涌潮般的马群在清脆的鞭声中奔走，墓穴及周边无数疑冢被夷为平野……

第十四回

征东夏贵由掌帅印　摔跤场蒙哥拔头筹

八月初，万安宫大殿外，青色大纛在秋风中呼呼作响，御阶前怯薛荷戈执矛，钉子般地站在宫外。大殿内站满了早朝的诸王、诺颜，这也是拖雷下葬后，汗国政权恢复正常运转的标志。大殿内人人面色沉稳，没有一丝喧哗声，站在大殿四脚的带刀怯薛，一个个虎目圆睁，稳如铁塔，为汗廷增添了几分威仪。

正北高高的御榻上，头戴嵌大红珠的栖鹰帽的窝阔台大汗与脱烈哥娜大哈敦并肩而坐，挨着坐的是昂辉哈敦、马利雅哈敦，其下为长子贵由、阔端、阔出三位殿下及庶子等。御榻右边诸王以察合台为首，铁木格、按赤台相继而坐，再往后为大诺颜。

窝阔台剑眉高挑，眼睛扫过整个大殿，脸上挂着不经意的笑意，对着殿廊下的怯薛执事阿儿浑道："今天要议东夏的事，听说辽东千户撒礼塔将军来了，快宣他上殿吧。"众人不知撒礼塔将军从辽东归来，目光随着阿儿浑向殿廊外看，整个廊外相继响起了："宣辽东千户撒礼塔将军入宫觐见——"的传唤声。

瘦小壮实的辽东千户撒礼塔一身尘土，黝黑的脸显得极为疲惫，他一直镇守辽东，几次征讨高丽，迫高丽王投降。这次因大汗决定出征东夏国，他奉命回和林城，由于时间紧，他不分昼夜往回赶，听到传唤，忙沿阶从萨满设的两堆火间走过，小心翼翼拾阶上殿，距御座十几步远双膝跪倒叩头，高呼道："奴才撒礼塔叩见大汗。"

窝阔台望着撒礼塔关切地道："平身吧，撒礼塔将军，听说你骑马跑了一夜，一路辛苦啦。"

"奴才身体壮实着呢，听说大汗要打东夏，急忙赶来。"撒礼塔声音不高，膛音很重。

窝阔台点头，面色庄重，高声道："朕自即位后，就有平定东夏国的想法，然而当时金国守着黄河，札兰丁未灭，山西、河北地面也不平静……朕只好等，现在金国已成了瓮中之鳖，东夏国却一直不识抬举。因此，朕想起了宋太祖的一句话，卧榻侧，岂容他人酣睡。因此朕叫你来，就是让你当着诸王、诺颜的面，讲一讲东夏国的恶行。"

"嗻——"撒礼塔答应一声，扬起头，八字眉下眼睛一亮，向前迈了两步，朗声道："先帝十年，东夏叛金立国，十一年东夏降附，蒲鲜万奴遣子帖哥为质。先帝西征花剌子模之时，帖哥逃归，东夏国蒲鲜万奴拒绝进贡，杀我使臣，挑拨我与高丽关系。后因我军西征取胜，他才被迫献表再次称臣。先帝去世，他趁机占据了曷懒路、恤品路、胡里改路、上京路，还几次夺我咸平、东京二路。他自称天王，改金上京会宁府为开元城，还在城子山设南京，由其子帖哥镇守。大汗伐金前，东夏表示臣服之意，愿出兵助大汗伐金，而在我伐金之时，他却拒绝派兵，近日他又派温迪罕哥不靄分兵两路，夺我韩州，并在铁岭袭杀我驻军数百人，可谓作恶多端……"

窝阔台听撒礼塔把话说完，才用眼睛扫过诸王，道："蒲鲜万奴屡屡兴兵犯境，朕没有动他，是想先降服了高丽，让他失去后方。现在高丽臣服，朕决定现在剿灭东夏国。诸位王爷、诺颜都想想，此次征东夏，谁可任东征元帅？"

身穿金蟒袍，笠帽顶系着血红东珠、满脸大胡子的察合台站起身，奏道："臣推荐贵由殿下为元帅，贵由坚毅果敢沉鸷有谋，大汗伐金，命他镇守漠北。他在三年间，筑起了一座哈剌和林城，不久前，在萨里川祭奠老四，树洞黑熊受惊，正是贵由殿下不顾个人安危，救了大汗。因此臣荐举大殿下为帅，出征东夏国，至于副帅，臣建议由按赤台与塔思督兵。"

铁木格早就对征东夏眼红，可察合台已荐贵由，铁木格知道察合台希望贵由立功，甚至希望贵由出任下一任大汗。可大汗立了北衙，诸王大会渐失作用，自己再想染指东征已成妄想，想想道："贵由建城立大功未赏，臣也同意察合台的意见，由贵由麾军取东夏。"

唆鲁禾帖妮见察合台、铁木格表态，知道四王府不能作壁上观，拱手说：

"臣妾也赞同贵由殿下出征东夏!"

一位皇兄、一位王叔、一位王妃出面支持,诸王齐道:"臣都赞成贵由以皇长子身份带兵征东夏。"

窝阔台面含微笑,站起身道:"大家推举贵由为帅,论资历他还欠些火候,可既然大家信任,又有按赤台兄弟从中襄赞,可以这样定了。近日艳阳高照风和日丽,汗国的黑纛将再次举起,十万蒙古勇士将直捣东夏国都。火不可忽,天不可欺,大军凯旋之日,定是东夏天王蒲鲜万奴授首之时!"

他边说边向前走了几步,道:"贵由、按赤台听旨!"

"臣等接旨!"精神抖擞身穿紫红蟒袍、头戴远行冠的贵由与按赤台大步来至御座前跪倒。

窝阔台黑黢黢的眸子扫过二人,说道:"贵由本年轻不更事,好在由你叔父按赤台在旁边提醒,朕先嘱你一句话,遇事多同叔父商量,这个元帅你就能当好。朕已命塔思在辽东发兵五万备你调遣,你再从老营带兵三万,准备三天后出发。为帅者不在勇而在谋,更在能听善言,既然大家荐你,就带着朕的铁骑横扫东夏国吧。"

贵由与按赤台一道叩头,道:"臣等接旨,绝不敢负大汗所托!"

"来人,设宴!"蒙古人有大朝会,必有大宴。东征大事既定,窝阔台十分高兴,命人为诸王、诺颜设宴欢庆。

片刻工夫,宴席摆上,窝阔台右手举起金杯,眼望众人道:"自朕当国以来,察合台皇兄、铁木格王叔全力相辅,南征、西征都初见成效。特别是三大行省建立,成为汗国的重要财政支柱,燕京、阿母河行省地方安定税赋增加,别失八里出现少有的繁荣景象。三天后贵由就要出征东夏国,为了早日平靖东夏国,让我们一起开怀畅饮不醉不归。"

察合台带领诸王、诺颜举杯轮番向大汗敬酒。轮到贵由敬酒,窝阔台关切地嘱咐道:"这次出师,你二伯父察合台、王叔铁木格都力荐你,说明你在和林城的建设上立了功,众人都很认可你。但带兵打仗对你是第一次,在指挥上多动脑筋,虚心向按赤台叔叔请教,真的打了败仗,朕可对你绝不留情。"

贵由诺诺道:"儿臣决不辜负伯父等诸王的信任,请父汗放心!"

察合台笑着道:"大汗,殿下长进很大,那天臣去见他,看他正在读兵书呢。"

窝阔台摇着头望着察合台道:"皇兄,你太惯着他,他那不过是做个样子给你看,他在军事上还没入门,朕希望他通过这次出征,能有所收获吧。东夏国也算个大国,蒲鲜万奴毕竟带兵多年,手下也不乏良将,因此朕最想告诫他的话是不可轻敌。”

察合台笑道：“大汗过虑了，蒲鲜万奴虽盘踞女真故地多年，可不过是些乌合之众，即使出点闪失，打仗哪有不付学费的。”

贵由知父汗有些担心，小心地道：“请父汗、二伯父放心，有按赤台叔叔坐镇，打败东夏国，献俘宫门绝不会有误。”

大汗、诸王饮酒，汗廷乐队奏乐，蒙古歌手唱起《出征歌》，歌声雄壮有力：

勇士们团团坐了七圈，
行殿内举行大汗摆下的盛宴
鲜肉堆成山，
美酒似涌泉
壮士放长歌，
美女舞翩跹，
十万将士将出征，
亚欧大陆，铁蹄踏踏
一面青纛刺苍天……

大哈敦脱烈哥娜满面喜色，儿子贵由挂帅，一扫她心头阴霾，素知大汗喜欢看角力，站起身为大汗斟酒，见大汗饮了，言道：“臣妾以为如此高兴的日子，何不让力士表演角力，为东征之师出征助兴！”

窝阔台几杯酒下肚，从宝座上站起，清了清嗓子，用狮子一样的眼神扫视众人，说道：“好，叫波斯力士来——给大家助兴！”

大汗有话，一队威风凛凛的波斯角力士进场。角力士开场节目是杂技，接着是互相较力。贵由躬身奏道：“父汗，何不设一擂台，让蒙古力士自由出台与波斯力士赛一场。”

“好！就依你的话！角力在蒙古人中与赛马、射箭一起称为‘男士三技’。今天与会诸王、诸颜有愿参加比赛的均可上场，角力胜者，朕有重赏。”窝阔台眼中闪着兴奋的光芒，大声地道。

贵由的建议受到父汗首肯，便望着身边大将撒不花，道：“大汗高兴，撒不花将军，你敢不敢挑战波斯力士？”身穿无袖皮褡裢的撒不花身子黑塔般结实，躬身站起道：“愿为殿下上场助兴，与波斯力士决个雌雄！”

贵由满面带笑，道：“好，教训教训那个波斯人，上场赢个满堂彩，一会本王敬你几杯酒！”

坐在大汗右侧穿着大红纳失石吉服的拔都一直冷着脸，额角青筋一掮，对蒙哥一撇嘴道：“看贵由那熊样，又忘了挨鞭子那阵，忘了萨里川差点被焦撵着跑,论用兵打仗,兄弟在中原时间最久,元帅该由你当。”

蒙哥悄声道:“贵由初次出军督师,最忌气焰太盛,如他不能抑制情绪,容易造成将帅不和,按赤台也不是吃醋的。”

拔都点头道:“兄弟说得不错,东夏国蒲鲜万奴也不都是草包,只怕贵由真的打了败仗,连大汗的脸都丢尽了。”

撒不花大步流星登上赛场,连败两位波斯力士,胜利使他晕了头,如一只大鹰在红毡上满场跳跃。窝阔台见看台上波斯角力组织者没有派出最强的力士,便在御座上发话道:“让波斯勇士帕剌汪菲剌会会我们的蒙古勇士撒不花吧!”大汗有话,才见一位瘦削的波斯力士从帐边进入场内。

帕剌汪菲剌出场时,作为角力士,他在蒙古汗国已声名远扬,因而受到窝阔台大汗的格外眷顾。他进场后先向大汗行了礼,又向在场诸王、诺颜施礼,之后才向撒不花表示敬意。由于大汗重视帕剌汪菲剌,红地毯角斗场顿时成为全场瞩目的焦点。

撒不花自恃自己是都元帅身份,哪里瞧得起穷角力士,司仪宣布比赛开始,他就像一头发威的狮子,恨不得将对手摔倒。帕剌汪菲剌从未与撒不花交过手,可看过刚才的比赛,深知对手力大,却有些笨拙,便决定先激怒他,再伺机制胜。他虽瘦削,却身子灵活,步法敏捷,撒不花几次抓空,深感有力使不上,不觉心急,一时脚跟不稳,倒让帕剌汪菲剌扯住皮褡裢,“啪叽”摔出一丈多远。撒不花再爬起来,犹不肯认输,再上场更想摔倒对方,可人越想赢,脚下越没根,接连两次被摔倒在地。

撒不花满面通红也不还礼退下,殿内喊声顿息,贵由也泄了气地对身边的人喊道:“别冷场,哪个敢上!”

随着喊声,又有两位出战者上场,均被帕剌汪菲剌摔倒在地。此后,竟无人应战,司仪望着台下反复高喊:“还有谁敢与帕剌汪菲剌再比一场,今天胜者,大汗赏一百巴里失!”

蒙哥见红毡上帕剌汪菲剌跳跃示威,便想上去应战,可自己出头,贵由一定会不高兴,想到这,欠了一半的身子又坐了下来。

蒙哥这一举动,被坐在御榻上的窝阔台看得清清楚楚,他知道蒙哥是摔跤好手,便朝他招了招手,说道:“蒙哥贤侄,角抵是蒙古人的本色,你敢不敢上擂台比试比试?”

“侄儿愿去挑战!”蒙哥站起身,朝御座上的窝阔台施礼。

“好,胜败不计,单就这种勇气,朕就从心里赞成你!”窝阔台鼓励道。

蒙哥后场更了衣,大汗亲自点将,诸王素知蒙哥是摔跤场好手,立时整个帐内气氛高涨起来。窝阔台笑着对坐在身边的唆鲁禾帖妮赞道:“四王妃,你的儿子好样的!”唆鲁禾帖妮知道儿子从小爱摔跤,常跌得鼻青脸肿,从不服输。可毕竟有些担心地道:“这孩子有股初生牛犊不怕虎的劲儿,大汗点将就敢上。可臣妾担心他身子单薄,根本不是人家的对手。”

“四王妃,不过是摔摔跤,输赢只是游戏,不用担心。”窝阔台一边劝慰,一边对司仪道:“给朕擂鼓助威!”

鼓声腾腾,锣声呛呛。摔跤场红毡上,蒙哥中等偏上身材,帕剌汪菲剌明显高他半头。贵由将酒杯放下,对蒙哥为讨父亲欢心硬上场很是不屑,撇了撇嘴对不里道:“这下可要丢人现眼了,就给鼻子登脸,蒙哥哪是波斯人的对手!”不里幸灾乐祸地将手放到嘴上,发出一阵长长的‘嘘——’声。

站在帕剌汪菲剌面前的蒙哥,个子矮一截,行动却异常迅速,浓黑的两道剑眉下,目光灵活,左腾右闪,他并不急于进攻,只是提防被对手抓实。刚一上场,面对猛如雄狮的波斯勇士,他给人明显弱于对方的印象,可帕剌汪菲剌多次凌厉的进攻竟也奈何不了他。两人场上相持一刻钟,被蒙哥抓住机会,屏住呼吸,一哈腰用右手从后面裆下抱住右腿,大喝一声,以迅雷不及掩耳之势,将帕剌汪菲剌摔倒在红地毯上……

所有人原以为蒙哥败局已定,却不想峰回路转,立时掌声雷动。

拔都第一个站起来呼喊:“把秃儿蒙哥,好样的!”

许多人也跟着高喊“把秃儿①蒙哥!”

整个赛场紧张极了,蒙哥知道要想胜波斯人决不可着急,要出其不意才能制胜。二人都加了小心,等对方出错。蒙哥故意用腿踢对方,那腿出动稍缓,帕剌汪菲剌以为对方露出破绽,想扯住蒙哥的右腿制服他,他猛地弯腰用手来扯蒙哥的腿,哪知对方灵巧得如一只豹子,顺势跳到他身后,将帕剌汪菲剌摔倒在地。

蒙哥胜了,窝阔台站起身来,哈哈大笑道:“蒙哥贤侄不负众望,让人大开了眼界。今日胜者都有赏赐,蒙哥一百金币,帕剌汪菲剌八十金币,撒不花赏五十金币,另外参赛者各赏十个金币。”

“大汗,蒙哥胜之不武,帕剌汪菲剌本连胜三场,听说大汗派了亲王,自然摔跤消极,不敢取胜,所以蒙哥不该得赏。”坐在贵由身边的不里不服气地大喊道。

窝阔台从御榻上站起,望着不里吼道:“嚷嚷什么?人家上场前,你们的本事都到哪里去了?朕点了将,比赛胜负已定,你们却跳出来品头论足,比比蒙哥,也不脸红!”大汗发怒,不里闭了嘴。鼓乐声中,窝阔台站起身来,亲

① 把秃儿:蒙语,勇士之意。

自为蒙哥等人颁奖。唆鲁禾帖妮见蒙哥取胜心里高兴，见大汗斥责不里，只冷眼旁观不着一言，得了彩头的蒙哥因引起麻烦只是低头不语，倒是拔都、别儿哥、忽必烈等人一脸喜色。

秋日日落得晚，参加朝会的人都喝得脸色微醺，脱烈哥娜心中高兴，便请告退，诸哈敦也一齐站起。铁木格本没了妄念，对坐在这里饮酒失了兴致，与几位诸王一齐起身，道："酒足饭饱，大汗也累了，臣等告退。"窝阔台点点头，又对察合台道："皇兄，从萨里川回来，王叔与诸王们都没休息好，朕也乏了，酒就饮到这里吧！"

诸王纷纷出宫，窝阔台刚从御榻边站起，就见田镇海从外边进来，向大汗附耳几句，人们见窝阔台眉宇间皱起一个疙瘩……

第十五回

兀图阿重现万安宫 罪王妃舍身救孤儿

夜已三更，人方散尽，窝阔台在万安宫内等待着田镇海。他随手翻阅御案上的折子，正思考之间，阿儿浑进来禀报："田镇海大人带大国师兀图阿在外求见！"

"让他们进来吧！"

田镇海带着兀图阿进了宫门。兀图阿胡茬上挂着霜花，穿着牧马人的袍子，干瘦的脸颊上结有疤痕，神情沮丧，伏在红毡上叩头不止，眼泪涔涔落下。

窝阔台吃惊地望着兀图阿，道："大国师，你到哪里去了，怎么变得如此狼狈？"

兀图阿直挺挺跪在阶下，可怜巴巴地道："大汗，是一个牧人救了我，让我捡回一条命，不然奴才就见不着大汗了！"

"简单说，是谁把你害成这个样子？"

"臣奉大汗旨意到四王府跳神，可旭烈兀、拨绰将我诓骗到哈剌和林河林边，用网抓住了我。"

"他们要做什么？"

"要奴才承认是奉了大汗之命，害死了四王爷，奴才依照圣旨解说，可他们说我撒谎。我一反驳，旭烈兀就用刀划奴才脸。后来，驿路上传来一阵马蹄声，奴才大喊，‘救命！’旭烈兀慌了，向奴才胸前刺了几刀……拖到河边，丢进开化的河中逃跑。多亏他的力气小，没刺中要害，一个放夜马的牧马人救了我。奴才伤很重，到现在才敢出来拜见大汗。”兀图阿伤心地嚎啕大哭。

窝阔台冷冷地坐在御座上，手按剑柄，他记得那天在四王府，的确见这两个孩子袍子上沾着泥沙躲在黑暗处，看来他们果真是凶手。见兀图阿住了口，方抬起头道：“朕去四王府时，就见那两个娃子神色慌张，袍子上沾着泥沙，原想娃子能做什么大事，没想到是朕低估了他们。”

田镇海眨着眼睛在旁道：“大汗，臣根据兀图阿提供的线索，已将那名躲藏在哈剌和林河畔的家奴抓获。一顿皮鞭，那个家伙已全部招认，是旭烈兀花钱买通了他，让他谎称兀图阿的夫人有病，骗大国师上了圈套。”

“大汗要为奴才做主。”兀图阿想挑起窝阔台对四王府的仇恨，带着哭腔道。

“是否抓捕旭烈兀与拨绰问清案情？”田镇海道。

窝阔台望着沉沉的夜色，没有理会大国师的挑动和田镇海的询问，指着宫外沉沉的夜空，对田镇海道：“现在都三星横陈了，也不是火烧眉毛的军国大事，用不着半夜拿人。你先送兀图阿大国师回家睡觉，有些事朕还要再想想。”

“大汗，奴才告退！”兀图阿叩过头后，随田镇海出了大殿。

窝阔台独自在宫内踱步，这是件棘手的案子，他对旭烈兀、拨绰做出的事很气恼，谋杀大国师，这是一个深刻的潜在的危险信号。可如何处理这个案子，一旦抓人，如何审判，怎样处理四王妃，如何处理四王府都让他感到为难。可苦主报了案，明天所有人都会知道，瞒是瞒不住的。他想了想，对阿儿浑道：“你去告诉昂辉哈敦一声，说朕不到她宫里去了，再告诉她田镇海带兀图阿来见朕，旭烈兀案子犯了……”

“大汗要去哪座后宫安歇？”

“去马利雅哈敦那里去！”

窝阔台每次去行宫，都有怯薛送牌子，命各宫女人准备。由于临时决定，当窝阔台顶着满天繁星，来到马利雅宫外时，已经听到三更梆响，听怯薛敲门，侍女们才知大汗到来，忙打开门，惊惶失措地跪了一地。一个侍女抬头禀道：“大汗，马利雅哈敦躺下有一阵子了，奴才是否将哈敦叫来。”

“你们都下去吧！”窝阔台命众人下去，独自进了里间。马利雅因宴会上饮了不少酒，脸色绯红，躺在宫内，一双大而明亮的眼睛发茶地眯着。她脑中一直有个疑惑，总觉得角力士帕剌汪菲剌仿佛在哪里见过，是不是在札兰丁苏丹的宫内她已记不清了。她十分关注这个角力士，当他被蒙哥摔倒时，竟不自觉地“啊”了一声。好在当时场面混乱，没人注意她，可回到宫内躺在塌上心犹咚咚直跳。她似睡非睡间，觉得有人站在自己榻边，用嘴在她脸上吹酒气。

马利雅一惊，睁开眼睛正要发怒，猛见大汗立在塌边，先羞得脸若桃花，忙翻身要起来，嘴上含混其词地道：“臣妾酒喝多了，没想到大汗会来，一倒下竟腾云驾雾般地睡着了！”

“不要动，”窝阔台把手放在她的绸袍上，一把按住她，“陪了一天酒，也辛苦你了，眼睛都睁不开了，睡觉连袍子都不解，朕怪你作啥！”

“臣妾第一次参加汗廷的酒宴，本不想喝，可大哈敦提酒、大汗提酒不喝也过不了关。喝着喝着就多了，头一直在旋转。”

“喝酒人嘛，谁不这样，”窝阔台抬头见帐内挂着那幅《没藏氏沐浴图》，忽地记起了木哥哈敦，心中咯噔一下，有些不自然地道：“这幅画还挂在这里？”

“自从大汗送给臣妾，臣妾就让人挂在这里，一直没有动。木哥哈敦是多么好的人，如果没有她，臣妾几乎没有勇气活到今天。”大汗来了，马利雅起来帮窝阔台更衣，自己也脱了袍子，见大汗提起那幅画，不禁眼内涌出泪来。

窝阔台为这个女人的善良所感动，关切地道：“想木哥了？”

“大汗提起这幅画，也勾起了臣妾的一些回忆。”

窝阔台知道马利雅对木哥的死有疑惑，疲倦地叹了口气，说：“不多说了，这酒喝得太多，朕的头也沉了！”马利雅见大汗脸色苍白，眼睛乜斜，知他酒喝得太多，扶他躺下，头一挨枕头窝阔台就打起了鼾声。

咚！咚！咚！三更刚过，一阵敲门声，将睡梦中的蒙哥、忽秃灰惊醒。蒙哥怔了怔神，一骨碌从床上爬了起来。

“哥哥，快开门！”蒙哥听出是忽必烈的声音，忙开了门。黑黝黝的院落内，忽必烈一脸惊慌地站在门外，焦急地道：“刚才昂辉哈敦遣人过来，额娘叫你马上过去！”

“出大事了？”

“别问了。”

王府正厅灯火通明，旭烈兀与拨绰五花大绑跪在地中间，唆鲁禾帖妮满面怒容，一家人都被叫到大厅内。

蒙哥见额娘一脸愁容呆呆不语，忙跪下道：“额娘，出了什么事？”

唆鲁禾帖妮望着蒙哥，放声哭泣道：“阿苏格劫驾那日，兀图阿大国师突然失踪，额娘问是谁干的，问了几回，这两个畜生硬是不吱声，额娘就放了心。哪知还是旭烈兀他俩干下这事，现在大国师兀图阿出现了，已经见过大汗。大汗明日就会来府里抓人，不是昂辉哈敦，咱们至今还蒙在鼓里。”

“昂辉哈敦是如何得到消息的？”

“哪谁知道！小厮送来条子，凶手就是他俩个，他们也承认了。天大的灾祸冷丁落下来，可叫额娘怎么办呀……”唆鲁禾帖妮不能自控地嚎啕大哭起来，这是拖雷死后，她第一次放声痛哭。

额娘一哭，幼弟们便一齐哭号起来，蒙哥仿佛跌入冰窟窿，打了个冷战，冷静了半天，方道：“额娘不要太伤心，弟弟们不知世事凶险，事情出了，就得想个辙弥补一下。”

“什么辙，有辙额娘早去想了……”唆鲁禾帖妮本是个聪明透顶的人，对这些儿子，她心里有许多话都不能说。听了蒙哥的话，气恼地道：“大汗的圣旨他们不听，额娘的话他们不听，偏要听阿苏格的话，背着额娘去谋杀大国师……他俩不想活了……现在出了事，让额娘怎么办呀？”

“额娘，都是儿子的主意，现在事发了，额娘就将我交送大汗，饶了拨绰，要杀要剐我一个人顶着。”旭烈兀见额娘伤心流泪，昂起头咬着牙关道。

“事……是我俩一道做的，要死就死在一块！”拨绰跪前一步，大声哭道。

唆鲁禾帖妮见拨绰的额娘领昆王妃木然地跪在地上，泣道：“你们不怕死？可你们这样做，是要牵扯全家人的，是会让全家人替你们殉葬的。”

蒙哥知道事情危急，趁额娘停顿之机，叩头道：“额娘莫要着急，据儿子猜测，昂辉哈敦是秉承大汗旨意派人送的信。大汗这时送信，说明他还不忍对两个弟弟下手。眼下责骂弟弟为时已晚，额娘当及早向大汗请罪，争取谅解至为关键。”

忽必烈也道：“额娘，你连夜带弟弟们先行认罪，伯父也许会放过两个弟弟的。”

唆鲁禾帖妮满眼是泪，望着面前的儿子们，叹了口气道：“你父王锋芒外露，一旦认准的事绝不回头，镇国与他结为死党，镇国以谋逆罪被处以极刑的，你父王不用说，是大汗不想以逆罪杀他。大汗宽恕了你父汗，就是不想血洗四王府，想给你们留条生路，可你们却不知凶险，逼大汗对四王府下刀子。今天这事，额娘担着——从今而后，你们还要如此糊涂，哪个再去惹事，额娘绝不客气，让他离开这个家！”

“额娘，不能将旭烈兀交给大汗，交了会被处死的！”阿里不哥含泪来到额娘身边。

“滚开！”唆鲁禾帖妮一脚将阿里不哥踢倒，朝着跪在地上的旭烈兀、拨绰骂道：“你们这些逆子，四王府迟早要毁在你们的手中，你们是想要额娘的命呀!”

蒙哥眸子上闪着泪光,低头道:“额娘先送弟弟见大汗,儿子明天再去给兀图阿家多送些银两,他们不闹,伯父也许再看额娘面子,一定会饶恕旭烈兀和拨绰的。”

唆鲁禾帖妮气得满脸通红,怒道:“额娘还有什么面子……一回又一回,你们总是将额娘往死路上逼!”

五更未到,马利雅睡得正香,窝阔台便悄悄起身,他素有早起的习惯,看看外头依然满天星斗,就出了门。尽管门外有肩舆,可他还是叫人牵来白马,骑马带着人进了万安宫。刚进宫门,就有怯薛跪前禀报:“大汗,四王妃四更天就捆着旭烈兀、拨绰两位小王子候着大汗,在外已跪了一个多时辰了。”

“这两个孽子,活该!”窝阔台心里想,额上的肌肉不易察觉地跳了一下。拖雷这个遗孀的到来,是他料定的事。拖雷死后,有人提出将她殉葬,四王妃自己也提出去死,可他没有答应。他欣赏四王妃的美丽,羡慕她的智慧,如果不是出于蒙古汗国有不纳弟妻的婚俗,他也许会把她纳入内宫。可眼下这个女人被逼上绝路,只有自己能保护她,可其中的难处也很大,他叹了口气,定了定情绪,对阿儿浑道:“……叫四王妃入殿觐见吧。”

唆鲁禾帖妮自缚进宫,跪在阶下,重重地叩头,低声道:“臣妾带着两个逆子,向大汗请罪来了!”

窝阔台坐在御榻上没有动,板着脸,用深褐色的眼睛望着唆鲁禾帖妮,长吁了一口气道:“他们谋杀大国师,可是你指使的?”

“若不是大汗叫昂辉哈敦通知臣妾,臣妾至今还蒙在鼓里;昨晚,臣妾审了旭烈兀、拨绰这两个畜生,他们说听信了阿苏格的谣言才绑架大国师的……”

“兀图阿被旭烈兀捅了许多刀,满身满脸伤痕,侥幸活下来,朕能不为他做主吗!”

“臣妾悔恨自己处事不明,管教不严,因此自缚请罪。臣妾不敢求生,只求大汗恕了两个不懂事的孩子……”

殿帐顶部天窗透下点点星光,射在金子镶嵌的巨大胡床上,窝阔台脸上一直很平静。他望着跪在丹陛下的女人,这个与他一起在山洞度过危机时光的女人,常出现在他的梦中,他叹了口气,冷冷地道:“四王妃,旭烈兀、拨绰做的事,让朕也感到害怕……”

“孩子是被阿苏格挑衅的,他们有过,臣妾是额娘、是监护人,也难辞其咎,请大汗处死臣妾……”

“处死你如果能保证四王府不惹灭门之祸，朕可以答应你，可不能呀，老四之死，阿苏格之叛，四王府能安如泰山，包括诸王都有人不解，你其实最该知道朕对四王府的保全之意……”

唆鲁禾帖妮心里很复杂，大汗是她无法回避的人，拖雷争汗位，让亲兄弟早成仇敌。四王府屡劫犹存，大汗还千里送葬，这个大权在握的男人所做的一切有时真让人难猜。一种别样的情绪，让她的眼圈发红，她泣道：“大汗的情意，臣妾下辈子当结草衔环以图报答，逆子做错了事，还请大汗关照。”

窝阔台被唆鲁禾帖妮的话说得心旌摇曳，叹了口气道：“朕过去曾为你食不甘味，卧不安席，爱屋及乌，总不想对四王府下手。同时朕也不相信与我同时落难、差一点骨头埋在一块的小妹妹，会悖朕旨，指挥人谋杀大国师……你听了消息能来，朕的心思就没有白费……”

唆鲁禾帖妮望着蒙古的最高统治者，这个比拖雷高大健壮且精力充沛的汉子，叹了口气，那湖水般清澈的眸子中，两颗晶莹的泪珠顺着脸颊滑落，她痛苦地道：“大汗的深仁慈爱，惠及臣妾及我的孩子，臣妾愿洗耳恭听大汗的判决。”

“你跪得时间够长了！”窝阔台走下丹陛，替她解开绑绳，又用手帕拭去她脸颊上的泪水，弯下腰，黑亮的眸子注视着她的眼睛，动情地道，“你不知道的事很多？阿苏格部下已经交代，拖雷让阿苏格从逊都思和雪不塔三千户中挑选健儿，组成卫队，还用自己的宝马试过卫队士兵的忠心，就是想有机会杀朕。为了汗位，长子他舍得，王妃他舍得。在钧州我让蒙哥劝他同镇国分开，可他不肯。伐金归来他与镇国勾结到一处，想用道人的妖术害朕，这事诸王们都知道。可朕还要保全他的名节，这是为什么呢？其中不仅是为了朕的父汗和母后，还有一部分是系在你身上，系在曾经救过朕的蒙哥身上。可为了这……朕承担了太多的风险！”

“大汗的大恩，臣妾感同身受，蒙哥是臣妾的儿子，也是大汗的养子，是大汗、昂辉哈敦养育了蒙哥……”唆鲁禾帖妮一时被蒙古最高统治者的这番话打动了心灵，嘴唇颤抖着，眼里滚出了泪花。

“唉，起来吧！”窝阔台拉起她，见她长长的睫毛下，一双大眼睛仿佛浸在水中的葡萄，这是一个中年女人成熟丰满的美，一股冲动从他心底涌起。待她刚刚站起身，大汗已将她搂在怀中，唆鲁禾帖妮没有反抗，她的脸上浮现出一种凄婉的痛苦。她耳边响起拖雷在阿尔泰山大帐中说过的话：“如果用王妃的身体换老三的汗位，老三也一定会同意的。”

窝阔台将她抱到后帐，嘴中叫道：“可怜的美人，朕爱你，如果朕不是大汗，不是肩负着蒙古汗国的兴亡，朕会下诏改变传统法[1]，让你当朕的哈敦！”

唆鲁禾帖妮摇头道：“大汗后宫美女如云，我是一个四个孩子的额娘，不值得大汗为我这样。比我美的女人很多，臣妾也不想当哈敦，如果大汗还念着臣妾，就请大汗饶恕我可怜儿子的小命吧！”

“我可怜的帖妮……你的儿子也是我的侄子，蒙哥是个懂事的孩子，朕没有错待他。忽必烈朕看也是个好苗，旭烈兀、拨绰胆子不小，可这次祸也闯得不小，只有朕能救他……”他一边说，一边将她放到内帐的榻上，很快将这个女人的衣服脱光。这是他想要得到的女人，他就要占有她；可作为大汗，在这样的时候做这样的事，又让他觉得有些不安。可一股强烈的占有欲占了上风……

窝阔台抱着唆鲁禾帖妮，吻着她的红唇，抚摸着她丰满的乳房，雪白的胴体……

“大汗，臣妾得到了你的宠幸，可我的孩子还焦急地跪在帐外……”

“让他们为自己的过失，再等一会儿吧……”窝阔台说着，像怕失去了宝贝似的，再次将她压在身下……

唆鲁禾帖妮如一个木偶承受着一个男人的爱抚，这个男人那样强壮，令她有些难以承受，可她一声不吭地忍受着。她的脸那样苍白，她是这个男人的俘虏，只有这样才能保全自己的儿女。他还知道这个男人与拖雷不一样，拖雷对女人只是要求服从，而这个男人表现爱时，却像个大男孩一样缺少理智……

额娘进去一个时辰，跪在外面的旭烈兀和拨绰急躁地等待着，由于绑绳很紧，他们感到浑身麻木。殿内的灯火亮着，时间一分一秒地过去了，旭烈兀悄悄地向门边怯薛询问道：“大汗为什么还不召见我们？”

“小王爷，这不是奴才们知道的事。”怯薛悄声道。

见窝阔台依然不肯放开她，唆鲁禾帖妮望着大汗，眼中含泪道：“大汗，不要让孩子们看出形迹才好，快起身处理正事吧！”

窝阔台心犹不舍地望着她，道：“帖妮……你会怨朕吗？”

唆鲁禾帖妮眼中含泪，道：“臣妾不敢，只要大汗宽恕了臣妾两个可怜的孩子，臣妾会再侍候大汗的……”

“好吧……”窝阔台松开唆鲁禾帖妮，看她穿上袍子，自己也拾掇利索，

---

① 蒙古与突厥婚俗相同：实行收继婚，父、兄、叔、伯死，子、弟、侄可妻其后母、寡嫂、伯母、叔母；但“唯尊长不能下淫”即父、兄、叔、伯不能妻其晚辈。窝阔台作为大伯子，妻其弟媳，不合传统法度。

方道："……好在他们是未懂事的孩子，否则按照《大札撒》是不能宽恕的，况且他们的动机是针对朕的……但现在朕为了你，也只能做一次对不起大国师的事了。"

窝阔台回到御座上，饮了一口奶茶，待恢复常态，方摇了摇铜铃，侍卫进来 他降旨道："去，将旭烈兀、拨绰带上来吧。"

旭烈兀、拨绰僵硬的腿迈着步子进了大殿，重新跪在红毡上，他们看见额娘坐在一边，由于奇怪大汗这样长时间才召见，他们都抬着头。

窝阔台看着这两个孩子，旭烈兀黑亮的眸子一动不动，令他有些反感，拨绰目光有些恍惚，态度较和善。窝阔台没有发怒，平和地道："你们犯了不可饶恕的罪过，你额娘反复陈说，朕念着你们年幼，看在你们死去的父王面上，决定赦免你们两个的死罪。"

两个孩子对大汗的话反应迟钝，愣愣地跪着不语，唆鲁禾帖妮着急地骂道："你们这两个逆种，还不快谢过大汗不杀之恩！"

旭烈兀、拨绰连忙叩头道："侄儿谢大汗不杀之恩！"

"来人，将他们先押解下去吧。"窝阔台对这件事早就考虑成熟，可目前不是审案之时，他的目光在孩子脸上扫过，又对怯薛命令道。

旭烈兀、拨绰被带了下去，窝阔台的目光这才回到唆鲁禾帖妮的脸上，说道："孩子犯罪，实际是监护人的责任。大国师所受精神和肉体的伤害，就由四王府拿出百两黄金作赔偿。四王妃还要当面向大国师兀图阿赔罪，以换取诸王诺颜的同情。"

"臣妾愿意接受任何处罚。"唆鲁禾帖妮跪下叩头。

窝阔台还要说话，阿儿浑进来，禀道："二王爷在外求见！"

窝阔台望着唆鲁禾帖妮，道："四王妃，朕几乎忘了今天要去校场阅兵，明天贵由就要出征！"

唆鲁禾帖妮跪在地上叩头泣道："臣妾叩谢大汗。"

"案子出了，朕虽能保你两个孩子不死，但入狱和责罚总是免不了的。"说着，窝阔台叫过阿儿浑道："旭烈兀、拨绰的事你要亲自安排，出了事朕找你算帐！"

"嗻！"

第十六回

国师案禁苑议定谳　两顽童被鞭进监牢

晨光在东天弥漫开来，大雾像一层无色无味的轻纱，在太阳还未亮出油彩前，将夜的色彩变为苍茫一片。在晨光中，察合台穿着紫红蟒袍，腰间束着革带，头戴进贤冠，正踏着薄雾进宫。在宫门边，察合台忽见唆鲁禾帖尼从宫内走出，四目相对，他发现一向衣冠整洁、仪表大方的唆鲁禾帖尼固姑冠下鬓发零乱，袍子褶皱，神色也有些不自然，不禁一阵诧异。

唆鲁禾帖尼见察合台过来，目光霍然一闪，知道大汗最看重察合台的意见，出于救子心切，上前一揖，道："二哥，弟媳这厢有礼了。"

这样早见到四王妃，出乎察合台的意料，他心头一震，道："四弟妹，这么早就来万安宫了，有事吗？"

唆鲁禾帖尼知不能掩盖眼中流泪，叹了口气，说道："二哥……你还不知道，旭烈兀、拔绰这两个崽子让我不省心，他俩买通大国师家的小厮，把国师骗到和林河边，逼问是谁害死了老四……后来，听见远方马蹄声……就用乱刀扎伤大国师，丢入河中逃了。大国师昨天露了面，弟媳知道了这事，狠狠地打了孩子一顿，半夜押着两个逆子来求见大汗。二哥乃诸王之首，弟媳临时抱佛脚，请二哥念着一家人的面子，替两个孩子向大汗求求情，不求免罪，只求免死，弟妹就感激不尽了！"

察合台听罢，愣了一会儿，黑漆漆的眼睛望着唆鲁禾帖尼，说道："四弟妹，大汗如何答应的？”

唆鲁禾帖妮道：“大汗答应免了旭烈兀、拨绰的死罪，可大汗最重二皇兄，请皇兄再为弟妹说些好话。”

察合台点头道：“放心吧，一会儿大汗问起，哥哥一定替他们说话！”

唆鲁禾帖妮得了察合台的保证，含泪躬身道：“弟媳就先谢谢二哥了。”

察合台对旭烈兀、拨绰这两个孩子敢于私下动手杀害大国师很是气愤，见唆鲁禾帖妮已经走远，就丢下杂念缓步进了大殿。

大殿内，御案上燃着蜡烛，窝阔台大汗坐在御座上，身后站着几个带刀怯薛。见察合台进来跪下，窝阔台从御榻站起，笑道：“皇兄，进来时，碰见四王妃了吧！”

察合台一边站起身，一边望着大汗道：“臣听说兀图阿大国师没死，可是真的吗？”

“是呀，昨晚田镇海带兀图阿来见朕，”窝阔台淡淡一笑，目光炯炯地道，“朕还未来及与皇兄沟通，这一大早，四王妃不知哪儿得了信，绑了孩子请罪，闹得朕好一阵心烦。”

“兀图阿伤势如何？”察合台抬起头，平静地问道。

“他命大，伤了七八刀，竟然没死……”

察合台眸子光亮一闪，垂下眼睑，低声道：“谋杀大国师，其实是针对大汗的！”

“皇兄之意是？”

“微臣担心这件事现在不加追究，多年后，会祸发肘腋呀！”

窝阔台大汗为察合台说的这番话打动了，他叹了一口气，声音有些沙哑地道：“老四用蛊术害朕，没了一点兄弟之情，朕真该明诏杀他，可现在他的死成了朕的一块心病，这两个孩子对其父的死有疑心，朕本想保护四王府，可眼下还是遭人误解，如今朕也无法将这事说清楚了。”

“大汗想怎么办？”见大汗这样说，察合台问道。

“打一顿鞭子，先惩戒一下算啦！”

察合台愕然：“臣以为可以不对孩子处极刑，但不能不清算老四。”

窝阔台摇头道：“皇兄，朕在位期间绝不想在黄金家族内部动刀子。这是有前车之鉴的，大金国太祖、太宗的子孙在开国时，人才辈出，可兄弟间一次次自相残杀今剩几人。拣近的说，章宗之后，卫绍王之子孙被禁锢二十余年；镐厉王诸子禁锢四十年；完颜守绪只有一个兄弟，也防之又防，几不能免。”窝阔台说完，忽然指着身边的一个侍卫道：“完颜讹可你说，朕对金国的分析，对不对，听说金主对你父完颜守纯几次要下手，有这样的事吗？”

察合台这才发现殿前侍卫中一人正是金国太子完颜讹可，完颜讹可没想到蒙古大汗相问，连忙跪倒，道："大汗所言不虚，奴才感触最深，我父能苟活到今天全靠明惠太后所赐，否则早已被杀。奴才如果不是作为人质离了燕京，在家里行动也是受到监视，大金国亡与其说天亡，其实亡在自残太过。"

"讹可，你起来吧！"窝阔台一边说，一边踱了几步对察合台道："咱们亲兄弟四人，老大、老四去了。虽知存有隐患，但希望时间能改变一切，朕实在不忍在家族内动刀子，自剪枝杈。"

察合台被大汗的话说得有些动心，叹了口气道："大汗想得远，微臣自愧不如，但总怕宽纵令人轻视，恐日久留下隐患。"

君臣正在说话，宫外一阵喧哗声传进大殿……

窝阔台抬头，见天已大亮，便对阿儿浑道："看看怎么回事，何人在外喧哗！"

阿儿浑应了一声出去，转身回来禀报道："阶下早朝的人格外的多，大国师兀图阿也带着儿子兀答来啦，许多人一看见大国师来了，都围上前去了解情况！由于人多嘴杂，弄得外面乱哄哄的！"

"人都到齐了？"

"是的，是否宣他们进来？"

窝阔台没有回答阿儿浑的话，只是用黑漆漆的眸子望着殿外，半天才对察合台道："看来这个兀图阿是有意将事情弄大，然后逼迫朝廷处死凶手！"

察合台摇了摇头，担心地道："可太放纵四王府的人，会使他们更有恃无恐，今后替大汗办事的人将心怀恐惧了！"

"那皇兄说如何办？"

察合台虽反对轻描淡写了结此案，可见大汗执意如此，料大汗已与四王妃商量好，自己再说，无非去作恶人，想想道："臣以为当众人面施以鞭刑，再关押上半年，命四王府交出黄金百两作为赔偿，这样处置或可差强人意。"

"就听皇兄的，也不用诸王大臣进殿来议，兀图阿的事，朕想就在殿外办。议过事还要上教场，就去校场看贵由阅兵！"窝阔台整理下袍子，怯薛帮他系上披风，正了正栖鹰冠，就同察合台一前一后出来。

万安宫外，宫灯方息，天色灰蒙蒙的，宫阶之下，站着诸王、官员百余人，人们把目光都集中在兀图阿身上。兀图阿未穿大国师礼服，只穿了件白衣夹袍，脸灰白消瘦，眼里含泪，在儿子兀答的搀扶下来到石阶边坐了，他身边立时围了密密麻麻的一圈人。看热闹的人，自然有人喜欢恶作剧，一位诺颜挑头挤进人群，指着兀图阿笑道："大国师，你被刺了那么些刀，还没死，我听着有点悬乎，干脆脱下袍子给大家亮亮相！”

没人注意身后大汗和察合台从宫内出来，说话的人是野里只吉带，不里又道：“国师真的被扎了刀子，脱了袍子怕啥！”

“脱就脱，本国师死过一回的人，有什么不敢！”大国师兀图阿见有不里王子加杠，干脆脱掉袍子，白白的胸前，腋下，脖子处被刀扎过的地方，疤痕累累惨不忍睹。

“你们看吧，这一身伤，”兀图阿眼泪顺眼脸睑往下滑，满腹委屈地道，“今天拼了颜面不要，也要让你们看一看，有假话没有！不是长生天护着，和林河冰窟内，我就喂了鱼……”

“旭烈兀与拨绰还是孩子，没有大人跟着，就能整治了你这么个大人。”野里只吉带瞪大眼睛问道。

“他们让我的小厮将我骗出四王府，在树上设了网，天色太黑，我和马经过树下，被他们网住。我手中没有刀，而旭烈兀、拨绰刀就握在手上，一动就来狠的，人大有何用。”

“大国师，他们要做什么？”

“旭烈兀不知中了什么邪，让我交代四王爷被毒死的事，我说诏书写得清楚，没什么可说的，可我一反驳，旭烈兀就是一刀。后来，有马队过来，我大喊‘救命！’他们着急连扎了几刀，将我丢到河中，好在被一个牧人路过救了！”兀图阿说罢嚎啕大哭，泪如滚珠般流下来。诸王、诺颜围着看，人群中蒙哥和忽必烈最为难堪，又不好吭声，脸一阵红一阵白，便站在一边看热闹。

窝阔台已答应了唆鲁禾帖妮，便站在一边想等恰当时机说话。察合台明白大汗之意，上前吼道：“兀图阿，你身为大国师，怎么当众脱了衣袍，有话可以在朝会上说，为何到处乱讲。”

兀图阿正哭得晕头晕脑，未看是谁，吼道：“不脱袍子，谁知我冤出大天来。大国师又如何，这一身刀痕，也不是自己砍的。拿刀砍我，实际是拿刀砍大汗，明眼人哪个不知道！”

察合台被顶……可大国师的话说得在理，本想发火又无法驳回，不得不缓了一口气，道：“有理也不能光着身子，大汗来了，不穿上袍子，成何体统！”

诸王、诺颜听出是察合台说话，一回头，见大汗板着脸站在众人身后，十几个带刀怯薛跟着，方一齐跪下叩头道：“臣等叩见大汗！”

窝阔台虚抬了抬手，道：“起来吧，这里好热闹，连朕都被引出来了。”

兀图阿抬头见是大汗，身边站着二王爷察合台，方知刚才的话出自二王爷之口，忙站起身尴尬地道：“刚才奴才说话冒失不知是二爷，请王爷恕罪！”

“你受了那样大的伤害发泄一下，二王爷不会怪你的，穿好袍子吧！”窝阔台上前几步，帮着兀图阿穿上袍子。

兀图阿见大汗亲自帮自己披上袍子，用手抹了把泪，泣道："谢谢大汗！"

窝阔台眼睛离开了兀图阿，踱上台阶，扫了一下阶下的诸王大臣，沉默了一会儿，方轻咳一声，道："大国师的事，不待朕说，大家都知道了。昨晚朕知道后吃了一惊，两个孩子暗算了大国师，连他们的额娘也不知道。朕本来今天还想调查一番，可没想到天还未明，四王妃就将旭烈兀、拨绰绑了来交朕处理，朕非常生气，已将这两个孩子押入牢内。既然大家都知道了，可以发表一下意见，说说对这个案子的处理办法。"

拔都一直替四王府担心，虽不敢出头，但事关两个弟弟的小命，不能不站出来说话，便跪于阶下叩头，说道："大汗，侄儿有几句话，不知当说不当说？"

窝阔台望着拔都道："朕刚说了请大家表态，有话就说！"

拔都叩头道："旭烈兀、拨绰刺杀大国师，依法当死。但蒙古人素来对车轴以下的孩子，有法外施恩的条款。这两个孩子年纪加一起还不到二十岁，应该法外施恩。当然死罪免了，活罪得遭，往死打一顿，让他们长点记性。至于大国师受到了伤害，微臣以为可让四王府多多出钱，赔偿大国师。"

拔都说完，窝阔台将目光扫过诸王道："大家觉得拔都说的话，在不在理？"

移相哥、也苦、口温不花、别儿哥等一齐跪奏道："臣等赞成拔都的话，觉得此议可行。"

几位诸王一开口，其他王爷、诺颜再不好提议反对。

"你们都先起来。"窝阔台道。

兀图阿的儿子兀答嘶哑着嗓子嚷道："杀人者偿命，请大汗为我父亲做主。"

窝阔台对兀答的话不好表态，望着众人道："大家有谁赞成兀答之议的！"

众人中虽有希望严惩旭烈兀、拨绰的人，可当着四王府两位王子的面，提出诛杀其弟，谁也不肯站出来出这个头。窝阔台见无人赞同兀答的提议，望着兀图阿着："大国师，兀答的话你听见了，朕想听听你的意见。"

兀图阿抬头四下瞧瞧，知道此时再重复儿子的话，不仅诸王不赞成，怕还会得罪四王府。毕竟旭烈兀和拨绰是黄金家族的人，虽说自己占着理，但种下仇恨，吃亏的难免是自己，想想跪下道："上天有好生之德，但求大汗对两位小王子给以严惩，使其今后不再敢为恶！"

兀图阿认可对旭烈兀和拨绰严惩，窝阔台大汗便达到了对四王妃的承诸之意。他扫视广场上的诸王、诺颜一眼，板着脸道："大国师虽受了伤害，但他是识大体的人，四王府来人了没有？"

蒙哥跪倒道："微臣听旨！"

窝阔台微睨了一下蒙哥，大声道："你额娘将旭烈兀、拨绰送来，按罪来说，两个都该处以极刑。可他俩毕竟是孩子，大国师的话你们都听到了，就恕了旭烈兀、拨绰的死罪。然而他们听信阿苏格鼓动，私下害人不能不追究，来人——将旭烈兀和拨绰带来，当众各鞭四十，并罚四王府取黄金百两，作为抚恤赔偿大国师！"

蒙哥没想到大汗这样快结案，忙叩头道："臣代额娘谢过大汗，愿接受处罚，臣也非常感谢大国师，愿再送千两白银作为补偿！"

蒙哥表态，窝阔台又望着诸王、诺颜道："大家对朕的话有何意见？"

"臣妾有些异议！"寂静中，一个高音足令所有人心里一震。循声望去，竟是头顶金色固姑冠、身穿黄袍的大哈敦。脱烈哥娜何时到来众人都未看见，她面色喷红，黛眉如剑，明眸冷若霜雪，朝大汗走了几步。她已听到了兀图阿叙述被暗算经过，见大汗将一命案轻轻结了，不觉有些替兀图阿抱屈，立在阶前，说道："大汗，臣妾以为如此处理有草率之嫌，旭烈兀、拨绰两个孩子虽然小，但杀人意图明显，对大汗诏书大不敬。虽说可以免去死罪，可只打鞭子，罚银两，对孩子本身，对四王府都不具惩恶罚罪之意。"

窝阔台一愣，转头目视着脱烈哥娜道："依你的意思，该如何处理这件事？"

"这两个崽子犯了死罪，打鞭子显然过轻，臣妾认为该将他们关进大牢，以示严惩。"

窝阔台明白众人都有同感，四王府一直成为汗廷内引爆的导火线，处理太轻难免有人感到不平，想想便道："刚才朕问话，大家多不语，这回大哈敦的话，你们都听到了，你们觉得大哈敦的话是否有道理？"

诸王、诺颜多数人早觉得如此处理太轻，只是当着蒙哥的面，无人愿意出头，见大汗相问，一齐大喊："臣等赞成大哈敦之议！"

众人有话，窝阔台方定了定神，道："既然大家都认为对四王府惩罚过轻，那就依大家的意见增加一条，对两个孩子再判以半年监禁以示惩戒！"

窝阔台见众人无语，降旨道："来人——将旭烈兀、拨绰押来——行刑！"

太阳已冲出云雾，鲜亮地挂在天边，云雾已不见踪影，强光开始射在万安宫的金顶之上。此时侍卫已将旭烈兀和拨绰押来，两个孩子此时才知道害怕，哭丧着脸，跪在阶下，被人扒光袍子，露出后背，只听行刑官高喊一声："行刑！"

鞭子如雨点般抽下，蒙哥和忽必烈都扭过身闭上眼睛，两个孩子痛得大叫，行刑人也不敢过分施暴，一阵鞭笞过后，两个孩子打得皮开肉绽，被押到大汗脚下跪倒。

窝阔台望着两个痛得龇牙咧嘴的浑身是血的孩子，叹了口气道："这顿打是你二人自找的，胆敢暗算大国师，不是朕看在你额娘和你父汗的颜面，你们都得死。怀疑圣旨，都是死罪，这次念尔等年幼暂饶尔不死，监禁半年，以示严惩！"

"侄儿知罪了。"两个孩子面带惶恐，跪地叩头。

"带下去！"两个孩子被带了下去，窝阔台这才望着兀图阿道："这段日子国师受苦啦，让郑大夫好好给你调治一下。"

"臣谢过大汗和大哈敦！"兀图阿虽然觉得大汗有偏袒四王府之意，但对处理结果还算满意。

窝阔台大汗望着蒙哥道："朕要结案，你马上将去取金银来，朕要当面查验。"

兀图阿跪下，望着大汗奏道："奴才伤已渐愈，怎好收四王府这样多的金银？"

蒙哥道："金银臣已命人运到宫外，可否许他们进宫；我的两个弟弟让大国师受到这么大的伤害，金银用来补养身子，请国师莫辞！"

窝阔台点了点头，望着兀图阿道："蒙哥说得很对，四王府拿这点钱买回两条命，够便宜他们的了。"顿了一下，对跪着的蒙哥和忽必烈板着脸说道："你兄弟俩回去对你额娘说，大国师的事，朕替你家结了，你家欠了大国师的情，今后决不可再发生类似事件。如果再发生别的事，朕也不好再替四王府说话了！"

"臣谢大汗、大哈敦隆恩，保证不会再发生类似事件。"蒙哥、忽必烈叩头不迭。

大雁鸣叫着向南飞去，秋风乍起，宫墙外远远地传来咚咚的击鼓声，有怯薛跪前来禀报："贵由殿下在校场誓师准备完毕，请大汗前去阅兵！"

窝阔台抬头见众王、诺颜，大声笑着道："这件事就算完了。别愣着，走！随朕一起到校场看阅兵去！"

第十七回

道观开光大汗受窘 孔元措奉诏掌太常

《募民入粟诏书》由快马送抵燕京，诏旨一发，大受商人欢迎。不出一个月，胡土虎上折子报喜，说不少商人主动请缨，担当起向和林运粮的任务。紧接着有运粮车进入和林城。为了加速向漠北运粮，窝阔台命沿途诸部加紧整理驿路，并派员沿路督察。到十月中，粮车就抵达和林城，安储仓也因此热闹起来。

十月十五日，是水官大帝的万寿之辰，又称下元节。一大早，东边天空混沌一片，不见一点太阳出山的迹象。窝阔台大汗因答应李真常道长去漠云观看神像开光，见满天雪兆，不觉有些担心。可答应过的事自然要践约，传过膳后，便命人摆驾出宫。

漠云观在万安宫以南数箭之地，刚到辰时，观内已人声鼎沸。一些身穿貂裘的诸王、诺颜因得知大汗要驾临漠云寺，一早就来凑趣，加之四方的信众来得极多，东一堆西一堆地聚在观外。

“大汗驾到——”

随着一声喊，五光十色的旗帜、扇盖的仪仗马队过来，队伍中窝阔台大汗头顶黄盖，胯白马徐徐而行，身边跟着阔出、阔端两位殿下。观内中门大开，棂星门外，笙管箫笛袅袅奏响，身穿着紫袍的李真常带着近百个道人，与参加庆典的诸王、诺颜和无数信教之人一阵喧嚣，黑压压地跪倒一片。窝阔台穿一身貂氅，头顶一暖帽，在马上望见鹤发童颜的李真常跪迎出现在门内，忙下了马，快行几步弯腰扶起李道长，笑说："恭喜李道长，朕来漠云观，是忘不了全真教救驾之功，也忘不了栖霞观你我相处的那段日子。朕是个蒙古人，相信长生天之神力，从先父起对道教的神仙们就很敬重，也希望贵教能更加兴旺。"

李真常道冠道履，紫色锦鹤道氅，银髯舒垂，面带喜色道："大汗驾临我观，按邱真人的话说，'是大光明罩紫金莲'，全真教之兴，乃是先帝与大汗大光明所照。原观内殉难的道友知道大汗记着他们的微劳，一定会在天界含笑，为大汗乞长生的。"

"道友们也都起来吧！"窝阔台见李真常身后道人不敢起来，虚抬了一下手，也不停步，与李真常并肩向前面大殿走去。他对道教的认知程度并不高，因患难之交，而对李真常道长格外尊敬，边走边问道："道教讲究修行，修行就可以得道成仙吗？"

李真常忙道："当然，修行人降心近道，专以志向为主，每在动静处，一切境界里，行住坐卧念念在道。逢魔不变，遇害不迁，安稳处亦如此，上可以通神明，对越天地。"

窝阔台对李真常的这些话并不太明白，只是对道教科仪印象深刻，笑道："当年邱道长在西域曾为汗国做普天大醮，满殿灯烛，朕至今感到仪式恢弘，至今难忘。漠云观三官大帝神像开光后，朕正想出资请大师为汗国做普天大醮为国祈福。"

李真常面露喜色拱手道："贫道领旨！"

天阴成河，雪零星飘落。窝阔台一边看天，一边担心地道："道长，天要下雪了，会不会影响观内神像开光。"

李真常心中焦急，可面上沉稳，嘴上道："不妨事，一会尹道长就到，尹师兄道德高深，自有天光相助。"

说话间，进了三清殿西客房，房内燃着火撑，有道童献茶，窝阔台手端茶盏，望着李真常道："今天是水官大帝的生日，水官大帝是个什么样的神仙？"

李真常道："古书上说，元始天尊有三子，长子封天官，居紫微宫，为紫微大帝；次子为地官，居清虚宫，为清虚大帝；三子就是这水官大帝，居长乐宫，称水官洞阴大帝。该大帝主九江四渎，三河五海，十二溪真君，掌死魂鬼神之籍，录众生之过。水官大帝又称解厄水官，漠云观新建，乃栖云观重生，贫道选此日，有脱厄之意，因请大汗到本观观礼。"

二人正说话，有观中执事急匆匆来到李真常身边，附耳说："李道长，辰时三刻快到了，迎尹道长人还未回报？"

“你先下去吧，大师不会不到的……”李真常心急如火，可依然神情自若地道。

执事去了，窝阔台大汗也看出李真常心底有事，便道：“尹道长不来，不会误事吧？”

李真常躬身禀道：“大汗无忧，祖庭的尹师长向来准时，贫道想他就要到了！”李真常所说的祖庭乃全真教在燕京所建的长春宫，邱处机生前最看重弟子二人，一位是大弟子尹志平，另一位就是李真常。邱处机仙逝，尹志平道长任监院，留李真常在漠北。李真常因大汗来观，特意请师兄为三官大帝开光，已经允诺的尹道长此时不来，李真常嘴上不说，心里已料定有不测事件发生。

漠云观山门外，几个道士在焦急等待着尹道长。雪色苍茫中，忽见一队人马过来，其中一匹马上道士蓬头垢面地跳下马来，由于长时间骑马，栽到地上，无力爬起。观内道人跑上前，来人脸色苍白，喘息道：“我走不动了，快背我面见李道长。”一年轻道人背起冻僵的道人，发了疯似地直奔斋堂，山门外顿时一片骚动。

李真常听见脚步，迎出门来。那道人青着脸，挣扎着喘着粗气断断续续地道：“尹志平道长出事了，不能来哈剌和林城了！”

李真常见道人脸色灰白，袍子沾满冰雪，忙道：“师弟别急，慢慢说，到底发生了什么事？”

“胡土虎将军在燕京抓了尹志平道长，还捉了数十位师傅，小道奉师命前来禀报道长，请师傅自行主持大典。”

李真常脸色发紫，尹师兄不来，原来是被燕京行省长官胡土虎捉了，这事必须对大汗说，否则明知大汗来，尹道长不来也是大不敬之事。想罢，重回西客房，跪倒叩头，道：“贫道请大汗救救全真教，燕京长春观出事，尹师长及道众被胡土虎大人派兵拿了！”

李真常惊恐万状跪倒在地，窝阔台气得脸色发青，他亲自来漠云观的事早已传开，本是为还李道长一番旧情。哪曾想胡土虎竟敢给自己当头一棒，脸上早挂不住劲，火撞顶门，恨不得碎尸了胡土虎，恨恨地道：“李道长莫急，这事朕一定会还你们个公道，胡土虎若敢动尹道长一根毫毛，朕就要他抵命。朕这就传旨释放尹道长及所有教众，只是远水难解近渴，尹道长没来，不知开光是否要延期？”

李真常摇头道：“时辰一定就不能拖延，贫道请大汗稍待，尹师兄不来，贫道当去作法，苍天定能赐光辉于本寺。”

“请道长自便！”窝阔台面对此景，也有些无可奈何。

天上雪云时散时聚，由于大汗亲临道观，观内黑压压站满了道众，时间一分一秒过去，辰时三刻就要到了，人们都为李道长捏了一把汗。围观的人群相互默默私语道：“天阴成河，马上就要下雪了，燕京尹道长出事，漠云观开光怕要推迟了。”

李真常也心急如焚，本来这漠云寺七月已完工，只那时四王爷正办丧事，八月无好日，九月燕京有道场，祖庭尹道长有法事来不了，这样只剩下水官生日这个好日子了，偏偏这天尹道长又出了事，想想不禁心里叹气。但这时再多的心思也只得丢下，转身步入三清殿。

这三官殿内，新塑的三尊神像已揭开遮蔽的红布，主座上赐福紫微高大帝，金面黑须，戴清灵明冠，外披青玉锦氅，束七宝带，执如意，坐莲台上，是为天官；座中东位，乃赦罪清虚大帝；座中西位，为解厄洞阴大帝。有高功师在三位天尊像上各系红线，红线直连在殿外两根旗杆上。李真常先行敬了香，出殿登坛。数十经班道士，执笙、管、笛、箫、琵琶、二胡、大阮等乐器奏响《玉皇诰》，一时仙乐悠扬。

高坛数丈高，坛顶冷风嗖嗖，辰时已到，李真常身穿貂氅眼望满天雪云，感到有些寒冷，他步着道乐登上高坛，跪在高坛上，叩过头后，眼见阴云四合的高天，心中更添寒意，脸色苍白的李真常高声向苍天诵读《迎鸾接驾疏》：

> 四明功曹，通真使者，传言玉童，侍靖玉女，为我通达，上闻三官大帝御前。今有漠云观住持，洗心涤虑，秉烛焚香，迎玉驾以遥监，迓金辇而下迈。臣等出于供奉上帝之诚、赍信投词，万望有帝国降鉴寰区，登坛就位，轸恤四民，抚怜万类。更请上天诸功曹念我等道人心诚谋建漠云观之劳，赐辰时三刻之日光。李真常因此甘冒神灵虔备醮筵，乞降神威，俯赐歆纳，臣及弟子，不任仰望之至。

你道何为开光，就是要把自然界的日、月、星辰之灵光引至庙堂中来，使神像承接天地灵气。此时雪云密布，所有的信道人众跪在地上，众人的心提到嗓子眼，观礼的人更觉得新奇，无人能信这位道长这样的天气里能求得日光。

“辰时二刻已到！”有人大喊。

李真常叩齿瞑目默念金光神咒，心中道：“小道人祈请天神给漠云观一刻日光，若无日光贫道愿用身躯为炬，为寺观诸天神像开光。”原来开光前他已作了安排，如果良辰已到，天不放光，他要学习古人，用自己的身躯，为漠云寺的三官像开光。坛下几个小道士心急如焚，干柴已经备好，眼含着泪正准备点燃火把，掷向祭坛。

窝阔台站在坛边看着眼前情景，已明李道长心意，不禁记起栖霞观李道长救驾之事，不觉热泪盈眶，命阿儿浑道："你去，天不开光，也不能让李道长自焚，就说是朕的旨意，如果他违旨，朕就命胡土虎诛杀尹志平及所有道众。"

话刚说完，雪霰沉沉中天开一线，被雪云罩住的太阳，露出满天耀眼金光，阳光在雪地上闪烁，金子般地光照耀整个漠云观顶，一时彩雾盘旋，万缕祥光直照进打开门的三清大殿、四御殿，有高功师用神镜将日光折在三官大帝脸上，道众逢此奇观一齐跪在地高呼：

"天神，显圣了——"

"显圣了！""显圣了！"观礼的人群一齐发出欢呼声。

有高功道人用毛巾抚去神像上的尘埃，依科律为三位大帝开光不提。却说窝阔台见李真常下了高台，一脸喜色迎上前，说道：李道长真神仙也！真神仙也！

李真常稽首道："天赐和光，臣托大汗之福！"

窝阔台眼中含泪道："道长快起来，刚才登坛，可把朕吓坏了！"

李真常再拜道："大汗，小道虽与尹道长同出师门，但尹道长乃我道掌门，论法术道德远胜于贫道。大汗今天能参加漠云观神像开光大典，贫道感激涕零，只是尹道长不来，贫道登坛让大汗悬心了。本不该再麻烦大汗，但非大汗不能救本教于水火，请大汗恕了尹长老之罪！"

"道长请起，区区小事，何足挂齿，朕马上派人去燕京放人！"

窝阔台心中有事，只在观中略坐，便起身告辞，李真常送出山门外。出了山门，雪就丝丝络络纷纷扬扬漫天飞舞起来。

窝阔台憋了一肚子气回到万安宫，登上御座，命人去叫中书令耶律楚材觐见。

耶律楚材进殿跪下，禀道："臣方接到胡土虎送来的急折！"

窝阔台怒冲冲地吼道："胡土虎要干什么？朕去漠云观观礼，他倒来了个釜底抽薪，囚禁了尹道长，让朕在李道长面前闹了个没颜面！"

"大汗息怒，胡大人素来行事稳妥，里面有些原因。"

阔出上前从耶律楚材手上接过折子，窝阔台愤怒地撕开折子，一目十行看过，缓了下口气道："先生，看过折子内容了吧？"

耶律楚材拱手道："尹长老在长春观处顺堂绘《老子八十一化图》，又请佛教主持参观，完全是蓄意抬高全真教的地位，趁机贬低污辱佛教。胡大人命其铲除画像，他又暗中怂恿信众砸毁佛寺，引发佛、道之间争端。臣以为大汗虽顾及李道长之情，想放尹道长，可全真恃宠胡闹亦当加以惩治。况先大汗请邱处机到西域传教，图中却称是邱道长点化了大汗，因此胡土虎将尹长老收监，处置并无不当之处。”

阔出此时也想帮胡土虎，也道：“父汗，虽说全真教有功于朝，可也不能任其胡为，是该让道人们醒醒腔了。”

窝阔台白了阔出一眼，吼道：“僧、道两家的纠纷自古有之，胡土虎糊涂，你们也糊涂，我蒙古汗国养育各种宗教，先大汗让邱长老统领释教，佛教自然要听他管束。况尹长老已定下来为漠云观主持开光，胡土虎不去化解矛盾，却捉了尹长老，几误了神像开光大事。今天漠云观开光不成，朕要问胡土虎的死罪，你们还敢说他处事得当。”

耶律楚材与阔出一齐跪下道：“臣等考虑不周，请大汗明示。”

窝阔台道：“耶律先生听旨！”

“臣接旨。”

“朕命你马上去燕京，先放出尹道长，不许拖延；放出后要细心查证此案，如果胡土虎在办案中收受了和尚的钱，就把他抓来见朕。”

“对全真教毁坏佛寺，当如何处理？”

“如果全真教恃宠胡闹，查清后可令尹长老根据破坏程度加倍赔偿，至于《老子八十一化图》，可发明诏铲除！”

“嗻，臣领旨！”耶律楚材叩头道。

窝阔台望着殿外，忽然说：“耶律先生，上次你提到孔元措要回曲阜祭祖之事，叫他来，朕想同他见见面，如果他想走就随先生一起去燕京吧！”

过了晡时，五十四岁的孔元措披一身雪花随耶律楚材一起走进宫门。孔元措个子不高，圆圆的一张白净脸，小眼睛，高鼻阔口，黑黑的掩口唇胡，穿一身深蓝色的织锦蟒袍，头戴一顶平金七梁冠。当年他从汴京随曹王来到蒙古军中，并被带到漠北，虽常见耶律楚材，并写过几份折子，可一直未见过大汗。因第一次觐见大汗，进大殿后，紧张得有些发抖，不敢抬头，叩头在地道：“臣孔元措叩见大汗。”

“孔先生，平身吧！”听见声音平和，孔元措方敢抬起头。只见大殿内铜鼎内燃着炭火，正北方虎皮御座上坐着一位威猛的汉子，知是蒙古大汗，不觉脸有些变色。

窝阔台笑道：“孔先生，听说今天你也去了漠云观，不知有什么感受？”

孔元措忙叩头禀道：“臣今天奉旨到漠云观观礼，觉得竟如同在燕京长春宫[1]一般情景，大汗亲临漠云观，此乃道家之幸事。”

“先生来漠北数月，朕看过你的折子，不要拘束，坐下谈吧。”

孔元措来前曾思前想后，他对蒙古大汗召见并不感意外。孔子后人从汉高祖开始被封为“奉祀君”，此后，历朝历代都对孔子后人有封爵。唐玄宗时，封爵改为“文宣公”，宋代封为“衍圣公”，新兴的蒙古汗国大汗召见自己，他明知道是照葫芦画瓢，然而大汗毕竟是草原人性情，一旦言语不投机，极易被砍头，因此心中负担极重。此时听大汗态度和蔼相问，悬着的心方有些落地，见怯薛搬来凳子，觉得不当坐，忙道：“在大汗面前，哪有微臣的座位。”

“孔先生，朕赐你座，就不用客气。”窝阔台又道：“朕本该早见先生，因朕刚回漠北，急事大事多得很；可这段时间，朕并没有忘记先生，已命人帮孔先生办了几件大事，怕先生还不知道。”说着转身对耶律楚材说：“耶律先生，朕的旨意传下去了吗，下面情况怎么样？”

耶律楚材跪下叩头道：“大汗，旨意早已发出，下面呈上的折子说，孔府住进的兵马已迁出，抄走的东西如数追回，目前孔府平静如初！”

孔元措吃惊地望着坐在御榻上的窝阔台，见此人正值壮年，身材魁伟，头戴一顶栖鹰帽，帽上嵌着一只金鹰，身上是金锦袍子，脚穿蒙古战靴，浓重的眉毛下是一双深褐色的长眼睛，目光炯炯，墨黑的胡须在唇两侧翘着。见耶律楚材说完，急忙跪下，叩头道：“臣孔元措叩谢天恩，臣一直惦记家事，可没有想到大汗万机之中惦记着臣家的琐事，降旨复臣家业，令臣感激得五体投地。臣在哈剌和林目睹新朝气象，十分兴奋，今日幸睹天颜，真乃微臣一生幸事。”

窝阔台见孔元措很会说话，笑道：“孔子是中原的大圣人，朕虽生在草原，但对孔子的学问还是十分敬仰的。唐太宗说，马上取天下，不能马上治之。先父汗铁木真是让人创蒙古字的第一人，朕虽不敏，亦有意要成为草原尊孔的第一人。因此请你来漠北，就是要借孔家声名，让人知朕重视读书人。先生有何教朕的言语，也说一说。”

孔元措眼中含泪叩头，道：“臣曾上疏大汗，今经战乱，中原太常之乐散亡殆尽，然乐器及乐户多存，臣请大汗降旨，于燕京等地加以保护收录。新朝建立，大汗统一天下，纲常不能废，礼乐不可缺。如大汗不嫌臣驽劣，臣愿去燕京收亡金太常故臣及礼册，以备大汗今后汗廷宴乐朝会时用。”

窝阔台转脸目视耶律楚材，他对孔元措此话的重要性并不十分了解。

---

① 长春宫：白云观称谓始于尹志平执政后，邱处机时为长春宫，再早为长天观，始建于唐玄宗开元二十九年。

耶律楚材会意，急忙跪下道："大汗，孔圣人留下三纲五常垂宪万世，自古皇上听政、宴席、祭祀都有一整套礼法，并配有相应的音乐。有了礼乐，才能使臣下感到皇上至高无上，使远国知大汗威仪。"

"这件事朕确实未想到，孔先生提醒了朕。那就由耶律先生草道诏书，让燕京行省知道，乐户由各地送至燕京，由孔先生负责收录，乐工及其家属由本路课税所供衣领食。礼册、乐器等先由孔先生管理，以备朕用。"

耶律楚材趁机道："臣还有一事，先朝孔庙多被道人占据，臣近日接到一些州县请修孔庙的折子，但欲修孔庙，有司常以擅兴之罪罪之。因此臣想请大汗允许各路修复孔庙，以示大汗尊孔之意，以安天下儒者之心。"

"孔庙乃圣人之所，着各路将强占夫子庙退回来，交给儒生。"

耶律楚材又道："自古曲阜孔府子孙一十五家、颜子后八家、邹国公孟子后裔二家都享有免除赋税和军役差发的权利，我朝是否也为免除。"

"都免了，"窝阔台又道，"另加封孔元措为衍圣公，赐金虎牌。"

"臣并无尺寸之功，大汗隆恩令臣感激涕零。臣并代先祖及孟、颜两家谢过大汗！"孔元措叩头谢恩道。

窝阔台站起身道："孔先生起来吧，朕本要留你在哈剌和林多住些日子，可念先生离家日久，家人也会惦念你，就不留你啦。朕已为先生备了些礼物，一会差人送到驿馆，明日孔先生就可与耶律中书一道去燕京。"

孔元措本认为今生怕难回中原，没想到这样快就可回中原了，眼中含泪道："臣刚见大汗就要分别，臣深感君恩如山，回中原后决不负大汗所托，一定尽力把差事办好。"

"那就有劳孔先生了。"窝阔台一边说，一边向耶律楚材交代道："耶律先生，孔先生的事，该对行省交代的，替朕叮嘱一声，各路课税使也要先打招呼。你和孔先生明天就要走，风雪又大，要多备些御寒衣物，朕二皇兄有事见朕，就不留你们了！"

"臣等告退！"耶律楚材与孔元措叩过头下去。

窝阔台这才回头对阿儿浑道："朕的皇兄要回虎牙司，让博儿赤快准备酒宴，熊掌早早炖上。"

第十八回

察合台惧谗设陷阱 君臣宴观舞话刚柔

雪下着，二王爷府内，地上的大铜火撑炭火通红，熔熔欲滴，厅内宫灯高照，一片通明。也速蒙哥、长孙不里、王傅微即儿和大将合刺察儿披着雪花从外面进来，因临时被召，事先没有迹象，大家的心情很紧张。行过礼，见察合台坐在议事厅虎皮椅上，一张脸绷得紧紧的，眼睛内射出冷冷的光芒，众人更加紧张。见众人进来，察合台从案上取过一封信，对也速蒙哥道："老王，将这封信读一下，大家都听听。"

也速蒙哥接过信，因不知发生了什么事，读得结结巴巴：

二王爷，布花拉近日有异常现象出现。街市上出现一位大神，据称他使两位盲人重见光明，得到民众盲目信赖。臣得到禀报，了解到此人依靠宗教组织搞秘密集会，倡导暴乱。我已通过收买坐探了解到这个组织的首领就是大神塔拉比。他正在拉拢布哈拉的答失蛮[1]谢木斯丁·马赫布。这个答失蛮因对布哈拉的伊玛目[2]不满，成为大神的争取对象。臣经请示也速仑王妃后，暗中对河中包括忽毡、布哈拉、可失哈儿等地增派了军队，调动了部分军事长官……

---

① 答失蛮：波斯语"明哲的人"，一般伊斯兰教学者，在回教中有一定地位，执掌词讼、婚户、钱粮、刑名等。

② 伊玛目：清真寺的教长，伊斯兰教学者和政教领袖。

信读完，察合台方抬着头，扫视着众人，道："大汗已同意本王回虎牙司，过两天就动身。现在忽然接到阔儿捌思这样一封急信，他在河中调换军事长官，增兵于布哈拉，这事大汗一旦知道怕要出事。本王思虑再三，叫诸位过来谈谈对这件事的看法。"

察合台的目光停留在王傅微即儿的脸上，微即儿额头皱纹很深，眼睛深陷，沉思片刻，说道："牙老瓦赤一直跟我们做对头，他的折子怕已到了大汗手中，王爷不能不加以警惕！"

察合台低着的头猛地抬起，眼睛闪着光芒，道："王傅说得不错，牙老瓦赤没少在大汗面前下蛆，此次本王回河中，大汗一定将借机摊开一些问题。"

微即儿舔着嘴唇，眨着眼睛道："牙老瓦赤以总督身份坐镇河中行省，俨然封君，当然他不希望二王爷染指其地。大汗从维护汗廷利益出发一定会支持牙老瓦赤，因此这个问题敏感，王爷想如何汇报此事。"

"汇报……"察合台摇摇头，没有直接表态。

也速蒙哥怒冲冲地道："牙老瓦赤算个屁，哪天叫人打他个满地找牙！"

察合台白了也速蒙哥一眼，吼道："胡闹，河中设行省是大汗的决定，牙老瓦赤是大汗的一条狗。可打狗看主人，你打他，那是打大汗的脸，闭上你的臭嘴，不长脑袋的东西！"

也速蒙哥不甘心地道："牙老瓦赤是奸臣，他绕过父王一直与大汗走得很近，不惩治他将使河中难安。"

不里也道："要整垮他，就得抓个大把柄，让他有嘴说不清，大汗也挑不出毛病来。"

察合台没有理会他俩的话，望着微即儿道："阔儿捌思先斩后奏，虽说是在维护汗廷利益，但恐怕大汗会因此怀疑本王在河中谋私利。"

也速蒙哥道："父王处处为大汗考虑，大汗还会怀疑父王？"

"也许此时大汗正在读牙老瓦赤的折子，想如何对二爷表明态度。"微即儿神秘地道。

察合台点头道："说得不错，本王也这样猜想……"

微即儿长出一口气，道："凭王爷与大汗的私交，大汗即便怀疑也不会深责王爷。因此奴才想，王爷干脆就说还未接到河中信函，回去即查。"

"你这是唱的哪出戏？"

微即儿脸上神采飞扬起来，胸有成竹地道："刚才不里公子的话有道理，如果牙老瓦赤真上折子参王爷，咱们就摆个窟窿桥让他走。回去先撤人马，若那些人真设谋为乱，就让他们闹起来。他们一反，王爷正可借机平叛，将牙老瓦赤捉了与犯人同审。如查出牙老瓦赤有怂恿叛乱之嫌疑，那他的生死就得听王爷的了！”

“对，这个主意好！”诺颜合剌察儿大声叫好。

察合台沉着脸，略显为难地道：“只是这样做，不符合本王行事原则，阴谋为体，有些不光明正大。”

“父王，那也是牙老瓦赤不识抬举所致，对小人就要以小人之道治之。记得大汗刚上任时，牙老瓦赤见您像狗见了主人。现在找到了靠山，反过来找父王的茬了！”也速蒙哥添油加醋地道。

不里道：“这着好，整不死牙老瓦赤，也让他滚蛋。”

微即儿望着察合台，眨着眼睛说：“王爷下决心吧，只是要在大汗面前受点委屈了。”

察合台咬了咬牙，笑道：“本王与大汗的交情不是他能撼动的，只是本王不想给大汗增添麻烦。牙老瓦赤貌似忠臣屡屡上折子挑事，不赶走他，河中就不安稳，他想整垮我，本王也只能对不起他了！”

众人正议事，中军官满身是雪，从外进来，跪下禀报：“二王爷，大汗派人来宣旨，催王爷去万安宫赴宴！”

“议事就此结束吧。”察合台站起身道，“该发生的谁也挡不住……我这就去万安宫。微即儿、也速蒙哥、合剌察儿诺颜都回去整顿人马，准备回虎牙司。”

窝阔台在殿内活动了一下腿脚，重新坐在御榻上。察合台是他在汗廷的左膀右臂，涉及他的事就不能不慎之又慎。当年父汗分封诸王，将西辽草原部分赐给宗王察合台，又将河中部分城镇作为汗产保留下来。因而河中行省建立后，行省总督控告坐镇宗王察合台的折子不断，窝阔台一直压着不提，不是又有新的事态出现，他也决不想这样快向皇兄摊牌。

外面风雪很大，察合台还未赶到，窝阔台趁机伏案，借着烛光下，再次拿出牙老瓦赤的那份折子，细心揣摩：

兹闻圣驾回銮，遥叩北阙，特具折恭请圣安。臣荷大汗深恩，不知天高地厚，授命守河中地，不敢稍有懈怠。近日，河中布花拉、可失哈儿等州郡札鲁忽赤忽然接到二王府令旨调防，还有新的兵源加入。臣得报后，心中不安，与阔儿捌思商谈。阔儿捌思道：“王爷乃出镇西域宗王，调整河中军力部署不须大惊小怪。”

过去二王府从未如此出格，臣内心恐惧，恳请大汗下严旨给察合台王爷。如任此例一开，河中行省将难自存。臣微末之人，荷大汗格外信任，不敢挑拨大汗与二王爷的关系，但事关国体，因破胆言之，稍尽区区犬马之忱也，虽获罪而不敢辞……

合上折子，一股无名火撞在窝阔台眼中闪了几闪就熄了。大殿外黑黝黝的夜，雪下着，他叹了一口气。挑战汗权的行为不能放纵，可皇兄非同一般人，处理不好，和谐稳定的局面就要受损。当然，牙老瓦赤在河中的地位也不能削弱，得让察合台在河中的势力有所收敛。想到这，他摇了一下铃，一个怯薛进来跪下，窝阔台问道："二王爷还未请到？"

"报，二王爷刚到。"

"那还不快请二王爷进来！"窝阔台大声道。

察合台身穿紫色那失石绵袍，外罩黑貂裘，足蹬毡靴，脸上大胡茬上挂满霜花，走进大殿。他抬头见窝阔台已站在丹陛起身相迎，急忙行跪礼。就在他半跪之时，窝阔台上前搀住察合台的手臂，笑着道："二哥，不必拘礼。礼节是做给外人看的，无人时，你是朕的兄长，一切浮礼免了！"

察合台起身，谦卑地笑道："大汗的话严重了，臣与大汗是兄弟，更是君臣，大礼是不能少的。"

"二哥就在朕对面坐吧。"窝阔台指着对面一榻，请察合台坐下。这才轻轻击掌，大殿角门洞开，司膳官弯腰走了进来。

窝阔台面带微笑道："外面雪大，朕要与二哥痛饮几杯，上菜，熊掌扒得怎么样了？"

"大汗，已经扒好了，"司膳官拱身回答，转身向里喊道："进熊掌……传膳喽——"

"传膳喽——"

不一会儿工夫，桌案摆满了各种菜肴，有烧鹅、川炒猪肉、羊膊、生烧野鸡以及醍醐、野驼蹄等。

窝阔台亲为察合台斟酒，举杯道："朕与兄长多日未曾大醉一番，四弟归葬萨里川，四人惟朕与汝存，想想真是人生若梦呀。近日我常回忆过去，父汗让诸弟各居一隅，让儿子各守一方，父汗之深不可测量。朕不及父汗远矣，但即位后，也想做件大事，为子孙后代留个大一统的天下。大金国已经不足为患，目标在欧洲，朕期望能尽快与二哥一道征讨西方，平定世界。"

"臣愿追随大汗，上马杀敌，扫平天下。"察合台一口将酒喝干，大声应道。

"伐金之役打了三年，二哥一直未回虎牙司，这次想回去就回去吧。北府暂由阔列坚弟弟管一下。二哥虽说回去，但不能歇，回去后要多为西征谋划一番。"

"大汗的用心臣明白，臣会派商人、游僧去西方搜集各国情报，以备大汗西征之用。"

窝阔台举起杯，脸放红光，深沉地说："先父在世，二哥就鼎立推朕，父汗去世，老四起了歹意，兄长又力排众议，使老四阴谋不能得逞。朕能在登极后做了些事，二哥多出相辅之力。"

察合台心有防范地道："大汗即位后，建言、建制、文治武功可追先父。臣与大汗是骨肉至亲，心相通，辅而助之以尽绵薄罢了。"

"喝酒！"三杯过后，窝阔台再次举杯，绵里藏针地道："二哥，朕有一事犹豫再三，想想又不能不说。河中总督几次上折子，说二哥属下干扰了行省工作，朕也很犯难，因此请二哥回去约束一下你的属下，支持牙老瓦赤在河中工作。"

察合台故作一惊，惶恐地撩袍跪倒，叩头道："愚兄非完人，一直在哈剌和林，牙老瓦赤所言何事，请大汗直言。如臣的属下及臣有做错的事，臣当改错，如涉大罪，请大汗现在即发落！"

"皇兄请起，"窝阔台见察合台离席跪下，忙扶起他道："皇兄，有些事你可能不知，也谈不上治罪。"

"请大汗明言！"

窝阔台不想让察合台为难，叹了一口气道："牙老瓦赤是心里有国家的人，他几次上折子，朕没有对皇兄说。朕知二皇兄是大事不糊涂的人，有些事憋在心里不如说出来共同解决。"

察合台躬身道："臣不敢不知牙老瓦赤的折子都参了臣什么？"

窝阔台从御案密匣之中取过几份折子，递给了察合台，说道："折子皇兄都看一下，有则改之，没有可作为借鉴！"

察合台手有些发抖地接过厚厚一沓黄缎面折子，翻了一下，奏折题目历历在目：《为察合台酒后将伊什替罕镇送与他人折》、《为察合台部下扰乱城镇治安事》、《二王府令旨在河中增兵，行省局面失控》。

虽说察合台来前有准备，可望着折子还是有些吃惊，不觉额头沁汗。一封折子上谈到他与人赌博，赌注是伊什替罕城，这城被他输了。他与大汗是兄弟，可该城是汗国产业，自己输了该城，小了说也有对大汗不敬之意，忙跪下道："折子上的事，臣有知的有不知的，伊什替罕确系臣酒醉时所为，折子属实。臣长期坐镇西域，属下有扰乱河中州郡的情况，至于属下在布哈拉增兵与更换札鲁忽赤的事，臣还不清楚。但大总督既然提出，臣回去了解一下情况，再做处理！"

窝阔台见头发已白的兄长察合台坦诚认罪，也不想使他难堪，上前搀起察合台道："皇兄之功，按说赏几座城镇也不为过，但私取则不妥，先帝写在《大札撒》青册上的，朕不能改。伊什替罕既皇兄送了人，朕就发特旨赏给皇兄。可牙老瓦赤折子上所言调兵的事，皇兄回去后就不能疏忽，处理后报朕知道，此外皇兄应对属下严肃纪律，不可再生是非。”

窝阔台忽然觉得将所有折子交给察合台有些失策，怕牙老瓦赤因此遭受报复，想想又道：“牙老瓦赤是敢于任事之人，忠于职守是人臣最宝贵的品质，兄长非小肚鸡肠之人，朕开诚布公告之皇兄，还望皇兄多关照于他。”

“大汗放心，牙老瓦赤敢指出臣的过错，就是臣的良师诤友，本王这点风度都没有，岂不有负大汗之心！”察合台手捋了下胡须，神情也显得紧张。

“皇兄这样的态度，就不枉朕的一片苦心了。皇兄要回虎牙司，一半年未必能再见面，你我兄弟雪夜饮酒，不能无美人助兴。”窝阔台见察合台认账，态度诚恳，因此对外轻轻击掌。东侧殿门大开，一阵丝竹鼓乐齐鸣声中，一队绿妆舞女缓缓出场，脸上看个个貌若仙子，舞裙一荡漾起一湖绿水，足蹴红毡，头戴莲冠，若凌风踏波而至的丛丛莲花……正舞间，一红衣倩女头戴金冠，弯眉如月，鼻梁高隆起通于额际，口若红杏，出现在绿水之上。众绿丛中，红练飘飞，翩如月中嫦娥，巧目粉面，更露千媚百态之美，时而舒缓柔情似水，时而狂放激越如旋风……

察合台从未见过这样的歌舞，不禁呆愣愣地看着那红衣美女，窝阔台举起酒杯示意干杯，他竟未觉。

窝阔台笑道：“皇兄看得好投入呀！”

察合台一愣，拱手道：“臣觉得这舞蹈有些似曾相识，却想不起在哪里见过……”

窝阔台点头道：“皇兄说得对，这大唐乐蹈，本有些西域味道。”

察合台问道：“此为何舞？”

窝阔台道：“听说此舞为唐玄宗李隆基所创，是唐时有名的《凌波舞》。据说李隆基在洛阳凌波池醉卧，做了一个奇怪的梦。梦中一个貌若天仙的女子从云端而降，翩翩起舞于绿水之中，惊动了正在吹洞箫的玄宗李隆基。他细观那女子舞似游龙，步若惊鸿，不禁放下箫，对绿衣仙女施礼道：‘天仙从何而来？’那女子浅笑道：‘妾乃凌波池中龙女，闻陛下洞晓钧天之音，乞赐一曲以光族类。’李隆基笑道：‘仙女来求，请仙姑坐听。’李隆基凝思片刻 制成一曲，并亲取洞箫吹奏，那仙女依律率众仙姑齐舞。玄宗醒后，记得梦中之曲，并带宫中人习成此舞。”

“我说嘛，这舞有胡旋之美，细看却又非西域的舞蹈。”

窝阔台点头道：“我听说唐太宗喜听燕乐，制十部乐，有燕乐、清商乐 西凉乐、天竺乐、高丽乐、龟兹乐、安国乐、疏勒乐、康国乐、高昌乐，反映了国家强盛。玄宗皇帝早年英武有为，为大唐江山立下大功，可后来沉溺于歌舞之乡，终至大乱，乐舞亦见品格。”

察合台心中雪亮，故意装作不懂地道：“大汗，以臣观舞，就没有这样多的想头，只要她们跳得让我高兴舒心，管那么多干什么！”

窝阔台本怕伤王兄的心，笑着道：“朕听说皇兄要回虎牙司，惦着送皇兄点什么，这些中原教坊女子是金主孝敬的，就送与皇兄，带回虎牙司闲暇时赏玩。”

察合台没想到大汗会将这队乐舞伎赏赐给他，正要推辞几句，见阔出匆匆进殿，看其神色不似寻常，便将话咽了回去……

第十九回

话吐蕃阔端谋开府
接密函雪夜招蒙哥

耶律楚材与孔元措离了万安宫，孔元措要回驿馆整理行李，耶律楚材就与他约好次日起程的时间，出了宫门便分道扬镳。天刚擦黑，漫天雪花飘落，冷风割面，耶律楚材本欲去中书省取些文书，正走到太医院廊下，见穿着银鼠袍的郑景贤向他招手，忙走过去拱手道："龙岗兄，那天兄弟到太医院邀你饮酒，见你忙着为大哈敦开方子，又急着给二王爷送药，话到嘴边也没敢说。"

郑景贤点头笑道："当差不自由，听说你明天去燕京，想邀你到家中一聚！"

耶律楚材爽快笑道："好哇，这酒不喝，这趟苦差去了，怕得数月再聚。"

"我们聚总是有机会的，可有位客人不见，你怕得后悔几年了！"离了太医院，踏着地面绒绒的积雪，郑景贤一边走一边道。耶律楚材瞪着眼睛，吃惊地道："有客人？"郑景贤点头道："一会你见了，自然知道！"耶律楚材见郑景贤卖关子，猛然想起半年前，绰儿马罕从西域送来一些美女，大汗想着郑景贤妻子故去，送了一个金发碧眼的女人给他，便调侃道："听说龙岗兄得了玉泉琴，不会是让兄弟见你的'虞美人'吧？"郑景贤笑道："胡说什么，朋友女人如何能相提并论。"

"不，我正要为龙岗兄贺喜。"

“送我些银两!”

“钱沾铜臭,我有诗贺你。”耶律楚材装模作样,从怀中取出一张信笺来,递给郑景贤。郑景贤接过一看竟不着一字,笑道:“没有诗,看今天酒桌上得灌你几杯。”耶律楚材笑道:“诗写在纸上岂不俗了。”

“写在肚皮上,脱下袍子让我瞧瞧。”

耶律楚材边走边吟道:“君有蛮儿我已知,晋卿踏雪赋新诗。翠眉已惹禅心动,玉颊休教獭髓医……”

郑景贤知耶律楚材借打油诗嘲笑自己,不在意地“哈哈”大笑道:“还有一首呢?”

耶律楚材与他平日言语不避,故作沉吟,道:“老兄得了美妾,定然夜里不再寂寞,行雨行云一夜飞,襄王从此莫含悲,蛮儿侍寝龙岗老,恰似柔稊生柳枝……”

二人一边谈笑,离太医院大约有两箭地,见一座小院落,门楼内,黑漆两扇大院门,内有影壁。耶律楚材走到院门边调笑道:“好一座龙岗山庄,往日荒凉地,今日龙凤庄,你说的贵人一定在里面……”

话没说完,门里传出一阵悠扬的琴声,耶律楚材忙拉郑景贤站住,先缄了口。但听琴音如丝如缕,如漫步无垠瀚海,仰望天边飘浮孤云,风沙起处,古寺残垣,一条涓涓小溪为残阳染红,忽然万马狂奔,山崩地陷,声调凄凉悲愤,耶律楚材正思索间,琴声中断……

一声大笑,一个人从厅堂中奔出,这人五十多岁,穿一身左衽银色貂裘长袍,圆领窄袖,足蹬皮靴,头戴暖帽,髡发,白净脸膛,一把抓不透的大胡子,这人早望见耶律楚材,上前几步双臂抱住,声如洪钟地叫道:“晋卿老弟,哥哥可想死你了。河中一别,本道今生再难相见,谁知一纸诏书,让我今天赶到哈剌和林城。本想到你家中,龙岗兄说你忙,晚上再约你一起来,没想到真能相逢!”

耶律楚材拥着那人,泪湿眼角,喜道:“刚才龙岗兄说有贵客,弟问是谁,他却打了埋伏。这可真像梦呀,没想到是世昌兄,河中一别十几年了……”

此人是耶律大石的后人,与耶律楚材同祖同宗,西辽郡王李世昌。1217年耶律楚材应铁木真之召到西域,入见时,铁木真特地将李世昌介绍给耶律楚材道:“辽金世仇,朕介绍一位朋友给你,你们同为辽太祖后人,都是诗书满腹的人,今后在这里有什么困难就由他照顾你。”后来,耶律楚材在西域生活不便处,多得李世昌的帮助,耶律楚材随大汗东归,别了近十载,老友重逢,自然十分喜悦。

郑景贤听李世昌的琴曲未了,心犹沉在琴曲中,遗憾地道:“听世昌兄所弹之曲乃辽国有名的'臻蓬蓬歌',可听来又不像,定是有所发挥,听来比原曲更增了许多隔世苍凉的境界。"

耶律楚材赞道:"当年跟老兄所学《醉义歌》时,老兄琴艺还未达到如此,今非昔比,我等都不敢望老兄项背了。"

"晋卿弟客气,你做的是宰相事业,愚兄怎能及之。听龙岗说你已经把《醉义歌》重新谱了曲子,那可是做了件大好事,是千秋事业,闲时给我奏一曲听听。"

"可惜弟明早要去燕京,只能等闲了再缮一份谱子给你,兄长这次来哈剌和林城有何公干?"

"奉二殿下的钧旨,二殿下邀我来入幕府,昨晚到的。"

耶律楚材道:"阔端殿下出镇的事我也听说了,大汗除了从自己的斡儿朵拨了一千户,还将四王爷府逊都思和雪不塔三千户一齐赐给了阔端殿下。出镇西凉的事我知道,也听说过二殿下邀世昌兄入幕这事,可想着这事还远,没想到这样快就相见了。""有话进屋说,"郑景贤边催促边插话道,"世昌兄胸罗百万兵,这次终于有用武之地了。"

三人正要进院落,却听身后一阵马嘶声。回头一看,风雪中,一人穿镶貂边金锦长袍,头顶皂白暖帽,帽盔顶一颗鸡卵大的红宝石,足蹬马靴,年龄二十四五岁,白净脸上,一双眸子闪着聪颖的光,胯下一匹白马。三人慌忙躬身相迎,来人正是二殿下阔端。

阔端下马拱手道:"我是个不速之客,打扰三位大人的好时光。"

耶律楚材笑道:"臣等刚才还提起二殿下出镇西凉的事,没有二殿下相邀,世昌兄也很难来到哈剌和林城。二殿下能来,我等求之不得,更令龙岗兄家蓬荜增辉!"

阔端哈哈大笑道:"我现在是瞎忙活,坐镇西凉时间未定,我父汗提出让我先立个山头。听说世昌先生到郑大夫家,正好雪中无事,过来讨一杯酒喝。"

四人进了一间宽敞的客厅内,屋内摆设极简单,显眼的唯有满架书籍。靠窗处,绣墩前,置一雕刻精细的琴台,台上放着一张古琴,那琴历年已久,漆光褪尽,黯如乌木,正是李世昌刚才弹琴处。

众人进来,女仆将备好的食物摆满桌子,众人落座。郑景贤方命红发碧眼的波斯公主为众人斟满葡萄酒,因阔端来家,他执意不肯先提酒。阔端推脱不掉率先举杯,用指头挑起酒,分别向空中、地上和火撑弹了一点,然后方道:"三位大人,借花献佛,大家一齐干了这一杯酒。三位先生都是汗国的栋梁之材,也是我父汗的左膀右臂。我蒙古汗国自从祖父成吉思汗开创基业,父汗即位，两代大汗都怀着臣服四海吞吐宇宙的志向。我年轻，自幼跟随世昌先生学习王者之道，深知王朝之兴，除了弓马之威，还要靠天下智能之士。因此常羡慕西夏国国主元昊能得张元，这次父汗有意让我出镇西凉后，更感到身边乏人，因此急着请世昌先生过来为我谋划，省得临时抱佛脚。”

李世昌拱手道：“殿下，臣比不了耶律先生当得良相，但人生在世知恩图报，臣愿竭驽诚以报效殿下。”

耶律楚材知道窝阔台早有派兵驻西夏，从陕西进四川的想法，只是刚命贵由出征东夏，并未将此事提到日程上。想到这，捋了下黑如锦缎的长髯，望着阔端说：“二殿下出镇之事是大汗早有的战略意图，要经营中原就要控制西川，出镇西凉目的是防着金帝西逃。同时也为灭金后，南图宋国做准备。”

阔端望着耶律楚材点头道：“父汗让我出镇的事，最早听额娘说过。前些日子父汗问我功课，忽然问起西夏地在何处，周围山川、居民情况，多亏我事先有些准备，事后惊出一身冷汗来。也就是那天父汗说，西夏自灭后，国家一直未派诸王镇抚，那里地接宋国，又靠近吐蕃，自古是用兵之地。让我多读些西夏方面书，查一查吐蕃方面的资料，并提出让成立幕府，为去西凉做些准备，当时我第一个想起世昌先生。”

耶律楚材忙道：“臣那里有从西夏府库中得到的西夏山川地图，一直存放家中，殿下需要，臣让人送过去。”

“好，这顿酒没白喝，地图就先交给世昌先生，就先谢过耶律先生啦！”

阔端又道：“先生可知哪有记载吐蕃地理方面的图书。”

耶律楚材抬头道：“吐蕃与中原王朝关系密切无过于唐朝，文成公主当年下嫁吐蕃王被传为佳话。据说唐代二百年间中原与吐蕃双方交往达二百多次，进藏道路也多有记载。僧人道宣在《释迦方志遗迹篇》上说，自汉至唐往吐蕃者，其道众多，未可尽言……且依大唐往年使者，则有三道，其东道者，从河州西北渡大河，上曼天岭，减四百里至鄯州……唐朝使者吕温与刘元鼎去吐蕃都是走清水经河州（甘肃临夏）至青海到鄯州的。这方面史料零碎，地理志也多有记载，专门之书没见过，地图更失载。殿下若真想深入了解吐蕃，可查有关图籍作参考，真实情况，可招募吐蕃商人或僧侣，重绘一些地图，他们常年在外经商或行走传教，对沿途山川地势很清楚，求教他们比旧日书上记载更准确些。”

李世昌道：“耶律大人的话很重要，臣先翻阅古书，再参考耶律中书家藏地图，必要时臣可先去西凉找人绘图，为殿下坐镇西夏做些准备。”

阔端微笑着道：“明年春上父汗才有可能让我去西凉，可打前站的事不能等，等塔海、按竺迩到了，你们就先去西凉走一趟，筹备建幕府的事。”

三人正高谈阔论，忽听门外骏马长嘶，有人在帐外高喊：“大汗有旨，宣阔端殿下、郑景贤大夫速入宫议事！”

四人酒兴被突来旨意冲散，又不知出了什么事，忙抛了酒杯，出了门外，见灯笼火把照彻夜空，雪花如星星飞虫一般在光亮下飞舞。

阿儿浑马上抱拳道：“阔端王爷，大汗有旨招你与郑大夫进宫，奴才还要去叫蒙哥主子，就失礼不下马了。”

万安宫内灯火通明，窝阔台坐在大殿御座上，察合台坐在一旁，一个铜鼎燃着通红的炭火，二人正听着歌舞、饮着美酒之时，阔出带进一位征东夏帅府所遣急使进来，使者一身泥雪，冻得脸色发青，他带来一份前线急折。

窝阔台打开一看是贵由的告罪折子，看过之后，脸色大变，一句话未说，将折子递给察合台。

察合台接过折子，细看了一遍，上面说：

> 儿臣自出师以来，东夏人望风迎降，攻陷敌城数十座。在黄龙府儿臣与按赤台、塔思分兵，由按赤台、塔思兵取南都，臣军直取东夏国都城开元。臣一路行进顺利，过金河直逼开元时，在松峰山中遇伏，撒不花将军战死，儿臣坠马伤了腿骨……近日得按赤台、塔思信息，他们正在南京石城下鏖战。儿臣陷伏受伤，五内俱焚，深感辜负圣恩，特上折请罪。
>
> 儿臣：贵由

看过折子，察合台道：“大汗，这酒就喝到这吧。贵由陷伏请罪，看来伤势不轻，前敌没有好医生，还是派郑景贤去一趟吧。”

“来人——撤宴！”窝阔台一边说一边命女乐退下。

万安宫一时极静，窝阔台低头沉思，只有铜鼎内的炭火时而发出一二声噼啪爆响。察合台见大汗想心事一直不语，舔了舔嘴唇道：“是否派位亲王在贵由受伤后助他一把？”

窝阔台皱着眉头，褐色的鹰眼灼灼放光，道：“贵由甚负朕望，皇兄想让谁去金河。”

“让三殿下去，打仗还是亲兄弟嘛。”

窝阔台摇着头道：“中军这里，阔出也丢不下，派别人去吧！”“大汗想派谁去？”“蒙哥从中原回来，就让他去协助贵由。”察合台有些疑虑地道：“贵由与蒙哥平素不合，大汗就不怕再出现战场将帅离心之事。”

“朕写封信给贵由，这也是考验他的能力之时，将帅间要经常磨合，不能驭众，今后如何能带兵打仗。”

“大汗高瞻远瞩，就让蒙哥去吧。”察合台拱手同意。

阿儿浑离了郑景贤的家，直奔四王府……

葬礼过后，四王府已迁进哈剌和林新建的王府内。这日，天降大雪，四王府设家宴。宴罢，唆鲁禾帖妮命忽必烈带年幼的弟弟去读书，独留下心事重重的长子蒙哥，等屋内只剩下二人，她关切地对儿子道：“你近几天一直闷闷不乐，心里藏着什么想法？”

蒙哥低着头红着脸道：“贵由刚东征挂帅，听说阔端要去西夏筹备开府。可现在我也看透了，伯父是要把汗国都分给儿子，诸侄不管如何努力，也只配坐冷板凳呀！”

唆鲁禾帖妮察觉儿子情绪不对，反问道：“你还年轻，坐几年冷板凳有什么关系！”

“儿子发闷，真有些在家中待不住了！”

“要学会待得住，额娘最不希望的就是你们兄弟上战场，更不希望你再去带兵。现在旭烈兀和拨绰还在狱中，额娘不希望你出事。四王府能够平安无事，你是有功劳的。有些事是争不了的，比如说封民被夺的事，这样的事也不是从咱家开始的。你祖父封给大弟哈撒儿四千户，现在仅余一千四百户，那二千六百户都被夺了——不是你太祖母求情，哈撒儿差点被处死。后来听说是被人诬陷了，可你祖父并未还给他被夺百姓。你父王犯了什么样的罪，你我心中都明镜般的。阿苏格又带人袭击大汗与诸王，罪连着王府。大汗没有治我等的罪，已格外宽大了。因此，现在这情况，我们还能求什么？！”

“只是今后大汗只想着他的家人，忘记了我……”蒙哥灰心丧气地道。

“忘记更好！如果你们兄弟一生都不去打仗，额娘给长生天叩一万个响头。可话说回来，大汗也绝不会让四王府的人逍遥于战争之外，除非汗国不再打仗。你是家中长子，现在所有人都希望四王府从此一蹶不振。你现在要做的事，是要在大汗心中建立信任，只有这样四王府才会有希望！”

“什么信任……希望……都没有了……”蒙哥红着眼睛，流着泪道。

“额娘看得比你清楚，你伯父很快就会起用你的。”

“真的？”

“额娘希望你任何时候都不要灰心，一直往前走。”唆鲁禾帖妮从壁上摘下刚刚挂上去的一把宝刀，递给蒙哥道：“这把七星刀是你父汗在死前带在身上的，今天这把刀额娘交给你。你的弟弟们都小，忽必烈虽大了，可赶的时候不好，因此四王府振兴只能系在你的身上。过去你做的事，大汗都没忘，机会总是有的。”

蒙哥跪下从额娘手中接过刀，含泪说："额娘，你放心吧，儿子今后一定会比过去做得更好。"

唆鲁禾帖妮拉起蒙哥，说道："你能这样想，额娘就放心了，这刀带在你身上，也是将阖府人的性命交给你，说话做事更要格外小心。"

蒙哥刚站起身，就听见外面有脚步声，忙哥撒儿进来禀报："启禀四王妃，大汗派阿儿浑求见王妃与大世子！"

"请他进来吧！"唆鲁禾帖妮道。

阿儿浑从外面进来，身上披着雪花，跪下道："禀四王妃，大汗叫奴才宣蒙哥王子进宫觐见。"

"起来吧。"唆鲁禾帖妮望着脸冻得通红的阿儿浑，和蔼地道，"这么晚了会有什么事，可以透露一点消息吗？"

"王妃，贵由殿下在松峰山受了伤，大汗决定派蒙哥小王爷去松峰山入援。"

"真的？"唆鲁禾帖妮望着阿儿浑有些疑惑地道。

"大汗和二王爷都在宫内等着蒙哥王爷呢。"

大殿内静悄悄的，空气显得格外紧张。蒙哥随阿儿浑走进宫门，见大汗和二伯父察合台坐在高处，阔端、阔出和郑景贤立于两侧，忙于阶前跪倒请安："臣蒙哥叩见大汗和二伯父！"

窝阔台抬起了头，望着蒙哥，说道："蒙哥，贵由在松峰山受了重伤，讨伐东夏的大军在上京受挫。朕与你二皇伯商议了，决定派你带五千兵马护送郑景贤大夫去松峰山替贵由治病，同时，你就留在那里协助贵由破敌。只是军情紧急，得明早就走，不知侄儿能否脱开身？"蒙哥见大汗用眼睛望着自己，忙跪下道："只要有仗可打，臣愿负弩前行！"窝阔台见蒙哥答应爽快，但从他略微迟疑的神色中，猜到他的心事，开导道："你贵由哥哥处，朕会有旨意，由郑先生宣谕于他。他打仗犯了冒进毛病，他已检讨了，兄弟间以和睦相处为要，如果他不能与你搞好关系，朕是要重责他的。朕知你打仗是怎样的，因此让你前去东夏建功吧！"

"侄儿会尽力辅佐哥哥的，请大汗放心！"

"有这话，朕就放心了。战争吗！一胜一负，打的是锐气，打的是头脑。为将者最忌讳冲动，急功好利。饭要一口一口吃，仗要一仗一仗打，东夏一个弹丸小国，朕早就说他挡不住朕的大军。"窝阔台交代完蒙哥，又对郑景贤说道："郑大夫，天气不好，可你要辛苦一趟。行医上别人也代替不了你，朕已让人从御马中选两匹好马送你骑乘。当然一路上你还是坐帐车，有了军情再乘马，替贵由医好病就回来！"

郑景贤跪下叩头，眸子闪着光芒道："臣遵旨，谢谢大汗关心！"

"快起来。"窝阔台望着头发已经花白的郑景贤，又道："郑先生还有什么事要做？明早与蒙哥一起出发有困难吗？"

"没有困难，臣这就写个单子，让人备药品，带到前线去！"

窝阔台点头道："郑先生只管写，所需药品、车辆，让阔端全权帮你置办。"

"儿臣遵旨！"阔端在旁答道。

窝阔台又看了阔出一眼，说道："阔出，今晚你也别睡了，帮助蒙哥筹办粮草、军需、调集人马。"

"儿臣遵旨！"阔出答道。

"郑先生你先回去，五更天我们到小校场集合。"蒙哥向郑景贤交待道。

郑景贤退下，窝阔台大汗望着蒙哥叮嘱道："蒙哥，你先与额娘、媳妇道个别；朕已降旨放了旭烈兀和拨绰，告诉你额娘明早就可接人了。"

蒙哥眼中含泪，跪下叩头道："臣替额娘和两个弟弟叩谢大汗，军情紧迫，侄儿一早就走，怕来不及告辞了。"

窝阔台望着蒙哥，笑着道："起来吧，朕等着你战场上的好消息……"

第二十回

追穷寇贵由陷火阵
毁大庙天王赔上京

十一月中旬，在距离东夏国国都上京城数十里外，豹皮帅帐中，一只大火撑内燃着炭火，烤得大帐内暖烘烘的。贵由一脸憔悴地躺在榻上，身上盖着狐皮被，眼睛直勾勾地望着火撑内一闪一闪的火苗。因一直不能下地，他的心情很坏。他本不想惊动远在哈剌和林城的父汗，可这样的大事自己不报，被父汗知道反倒不好，因此才上了折子。躺在榻上，当日激战的情景闪现在他的脑海中……

月前，他带领一万人马顶着呼呼的北风，越过按出虎河。此河发源于张广才岭西麓的帽儿山，是松花江的一条支流。阿骨达在河畔起兵，因此河产金，建都会宁城后，称其国为大金国。金宣宗南迁，金将蒲鲜万奴据此建东夏国，自号天王。贵由过了金河，命人扎营安锅造饭，正坐在帐中，与将领们议事，有探马来报："东夏国的元帅哥不霭率兵在帐外叫骂挑战！"

撒不花出列道："殿下，汗国大军在东夏不到两月，拔隆州、屠黄龙，攻城数十余座。东夏国已到穷途末路，温迪罕哥不霭不识天命，竟敢夸口挑战，末将愿领本部人马踏平东夏大营，擒拿温迪罕哥不霭！"

石抹查剌拱手道："殿下，末将听说哥不蔼足智多谋，我军刚出按出虎河，地形不熟，应多派探马打探路径。况且札剌亦儿将军未到，我军势孤，不如待我军聚集后再行出战。"

贵由正觉得石抹查剌的话有些不顺耳，大将八剌也谏道：“殿下，石抹查剌将军言之有理，我军扎营未稳，敌情不熟，不可贸然出战。”

撒不花哈哈大笑道：“八剌将军，大汗日夜盼我等班师，臣下当为国分忧。临敌而惧，岂不让东夏人耻笑蒙古军懦弱。”

八剌还欲争辩，贵由笑着摆手道：“东夏军挑战，本殿下岂能不应，石抹查剌将军留下固守，八剌、撒不花等将军随我出战，本殿下倒要看看哥不霭是何等人物！”

贵由身披银甲，头戴银盔，胯下鹿花青马，带着诸将率五千骑兵出了寨门。旷野上寒风萧瑟，有数千骑东夏兵列于前方，贵由勒马四望，见对面一将身高七尺，红脸膛大眼睛，两道扫帚眉，胯下白马，便高声厉喝：“温迪罕哥不霭元帅，天兵到此，东夏国灭亡在即。尔可速速下马投降，本殿下可照原官录用，不失富贵。如若负隅顽抗，岂不白白替东夏国殉葬！”

温迪罕哥不霭虎目圆睁，大吼道：“东夏国主愿与汗国结好，请贵由殿下放弃武力争讨。”

贵由把手中长剑一挥，笑道：“哥不霭将军，蒲鲜万奴忘恩负义，乃无耻小人，我受父汗之命来取他首级。天兵至此，将军如肯归顺于我，我可保尔富贵，否则今日便是你的死期。”

哥不霭须髯俱张，咬牙切齿骂道：“本帅非贪生怕死之辈，既要厮杀，本帅就奉陪到底！”说罢，自己提枪杀来。

贵由见东夏军杀来，令先锋撒不花先举大斧迎战温迪罕哥不霭。撒不花斧重力沉，哥不霭一杆铁枪也不示弱。

“给我冲，灭此朝食，回来庆功！”贵由大喊，举刀带头向对方阵中杀去，殿下向前，蒙古军威大振。交战中，蒙古军势猛，温迪罕哥不霭也不恋战，率军东逃，贵由麾师追逐，眼见残兵逃进了一片山林。

八剌勒马，望着山林，阻道：“殿下收兵吧，前面荒山，恐有埋伏！”

贵由勒马四望，有些犹豫，撒不花见此，手举长斧，怒道：“八剌将军，哥不霭慌不择路，正是我辈擒他之时，焉可放他逃生！”

贵由抬头远望，兵器、甲仗、旗帜丢弃一路，沿路许多士兵跪地投降，边对八剌道：“八剌将军，如果哥不霭设伏诱我，必当进退有度，现在他一路慌不择路，说明前边并无伏兵！”

此山为松峰山，乃张广才岭余脉，山路荒草离离，苍岩峭石壁立，沿路树木森森。金军退进松峰山，贵由一心要活捉哥不霭，早取东夏，如何肯听相劝。可大军进山半个时辰，再抬头，不见东夏兵踪影。观望间，忽见山南石洞壁上扯出一幅白布，上书“贵由插翅难逃”，贵由望见惊得一身冷汗。再回头，来路已塞满乱木柴草，山头乱箭如蟥虫一般，也不知山顶有多少人，满山旗帜飘动。

“有人要放火啦，殿下快上山吧！”八剌见远处火起，勒马喊道。

贵由咬着牙吼道：“咱们夺下前方山头，将东夏人赶进火海！”

贵由开始带着蒙古骑兵夺路上山，一阵风已将大火卷向大路，刹那间，没有离开大路的蒙古骑兵慌忙避火，战马互相拥挤践踏乱成一团。

贵由驱马带兵直奔南侧高山，马长嘶不已，他挥刀砍向东夏兵，八剌、撒不花等大将紧跟其后。山高路险，烧焦的气味顺风飘上山去，一阵乱箭从山林射下，贵由胯下青马中箭，马失前蹄，贵由坠下马滚下山去。

撒不花见贵由跌下山，跳下马连滚带爬相救，昏迷不醒的贵由倒在一棵树下，烈火已快舔到裤腿，撒不花急忙抱起贵由要上山。忽听不远一声马嘶，他抬头见一匹马被绊在树上，烈火就要烧到马匹。撒不花大喜，忙解开缰绳，他将贵由放在马背牵着马上了山。刚刚占领山头的八剌寻不见贵由，眼睛急得通红，正带诸将寻找呼喊。忽见撒不花从山下用马驮回受伤的贵由，不仅大喜过望。此时山下已成一片火海，没有来得及上山的蒙古骑兵都陷身火海，焦尸味顺风刮上山，令人难以喘息……

温迪罕哥不霭见蒙古人夺了南侧的一座山，带人马过来抢攻，喊杀声连成一片，东夏兵高喊着：“贵由殿下——你跑不了了，快投降吧！”

撒不花含泪对八剌道：“八剌将军，东夏兵攻势很猛，你速带人护送殿下出山，末将带人拦住追兵！”

八剌见贵由昏迷不醒，望望山下熊熊烈火，耳听四面喊声，含泪叮嘱道：“古语道，留得青山在，不怕没柴烧，将军要尽可能保全自己，决不可恋战轻生。”八剌说罢与撒不花洒泪相别，带着数百卫队护着贵由夺路下山。

撒不花挡住山口，率百余亲兵立马不退，手上一柄大斧将蜂拥而至的东夏兵挡在南山口。

八剌率军护送贵由逃出松峰山，喊杀声渐渐听不见了，回头四望殿后的撒不花早没有了踪影，八剌看看天色已暗，也不敢大意。月色朦胧，树影婆娑，一只乌鸦从树上惊起，飞过这支迷路的队伍头顶，八剌不觉吓了一跳。再抬头发现不远处有一点火光，八剌不觉一阵狂喜，忙带人奔此处而来。赶到近前，见一间破旧茅屋内，露出昏暗灯光。

八剌打马屋边，隔窗问道：“屋内有人吗？”

“有人，你有什么事？”

屋内有人答话，声音震着八剌耳鼓作响，他不禁大惊，抬头见一个胖大和尚身背戒刀走了出来。八剌见僧人神清气爽，气度不凡，不敢无理，忙施一礼道："叩问大师，不知从哪条路能到按出虎河？"

"看你们好像蒙古汗国的兵马，这是刚从松峰山逃出来的？"

八剌点头，又道："听大师口气，不是本地人？"

僧人拱手道："我乃燕京仰山栖隐寺住持万松，因要去上京，忽见松峰山起火，知道前面交兵，就准备在这废弃的茅屋歇息一晚。"

八剌大惊："大师可是耶律中书的老师？"

僧人抬头，就着火把，见八剌一身蒙古人军服，点头道："耶律楚材正是贫僧过去的弟子，那马上驮着何人，看来他伤得很重。"

八剌跪下道："我军在松峰山遇伏，贵由殿下身负重伤，可否请大师援手救救殿下。"

"既然撞上，也是前生缘分，先将殿下抬进屋来吧。"

八剌命人在屋外扎营，派了哨马巡逻，这才带人将贵由抬进屋内，有人点着蜡烛，照着被烟火熏黑的墙壁，兵将贵由放到狭窄炕上。就着烛光，万松和尚低头仔细看过，见贵由脸色无光，气息微弱，道："大殿下是跌得重了，好像腿骨错位，我给他调理一下，只是贫僧无药，还是要请大夫调治一下。"

万松让八剌将贵由扶起，用手捋着贵由的伤腿，只听骨节"嘎巴"一声，断骨归位。万松又用双手抵住贵由的后心，一股真气进入贵由体内，半个时辰后贵由脸色红润、气息平稳起来。

见贵由殿下无事，八剌趁闲问道："不知大师至此寻访何人？"

万松答道："贫僧从燕京来此是寻访师弟的。当年我与师弟行藏分手，他来长春州做了光化寺主持，虽远隔千里，却时常音讯相通。可近日没了书信，我惦记师弟，云游来长春州光化寺。哪知那天到了寺外，山门倾斜，上面匾额字已剥落，进了大雄宝殿，正中五尊金身如来塑像，佛前伽叶、阿南面貌全非，两侧二十诸天神金身剥落。西侧普贤寺更遭严重破坏，殿内结满尘土。后来打听路人，才知数月前来了一队人马，闯进庙内劫了庙产，杀了寺内僧人，使庙内绝了香火……贫僧惦记师弟，欲去上京找条线索，所以途经于此……"

八剌赔笑道："此刻汗国与东夏交兵，大师如何去得上京，莫不如随末将智回大营，待平了东夏，大师再打探师弟的下落不迟。"

万松摇头道："大殿下已无大碍，休息片刻，进点肉汤，就可醒来。此处非安全之地，为防不测，将军须早带殿下离开，贫僧就此告辞了，我要趁夜去上京！"

万松执意要走，八剌也不好强留，待万松走后，命人杀了匹战马，在山洞口架锅煮了马肉充饥。后半夜贵由苏醒过来，见自己躺在茅屋中，摸摸自己头上的绷带,想翻身又动弹不得,方想起自己从马上跌入山谷的事……八剌见贵由醒来,亲自端来马肉道:“大殿下,你已昏迷了几个时辰,可吓死奴才了,快吃点马肉,你一定饿了。”

“我们现在何处,撒不花将军呢?”贵由环视茅屋不安地问道。

“殿下,此处已远离松峰山,离按出虎河与我军大营不远。撒不花将军掩护我等出了三峰山后,没了消息,因殿下昏迷不醒,我等到此茅屋外,恰逢万松大师在此,是他为殿下接骨,并用气功为王爷疗了伤。”

贵由将盛着马肉的碗推开,惊道:“可是燕京栖隐寺的行满大师?”

八剌道:“正是他,他走前说等王爷醒来,速回大营,此处非久留之地。”

贵由长嘘了一口气,望着八剌叹道:“悔不听将军的话,致使数千将士葬身火海,温迪罕哥不霭该死,本王伤好后,决不会轻饶他!”贵由勉强喝了几口汤,嚼了几块马肉,对八剌道:“万松大师是高人,他让我们尽快离开,为防万一,我们不能等了……”

次日丑时,八剌才带队辗转回到大营,石抹查剌与札剌亦儿出来相迎,贵由面带愧色望着石抹查剌道:“石抹查剌将军,本殿下悔之无及,愧不听你与八剌劝阻,造成如此惨重伤亡,昨夜东夏兵没来劫营?”

石抹查剌道:“殿下所料不错,东夏兵半夜劫营之时,多亏札剌亦儿带兵赶到,保住了大营。”

贵由惦记撒不花,当日命八剌、札剌亦儿、石抹查剌派兵到松峰山下,安葬战死的士兵。八剌在山梁上发现撒不花的遗体,胸前射满箭镞,仰头倒在山冈之上,身边散落着百余亲兵的尸体。八剌眼含热泪,将撒不花的遗体安葬在松峰山上,同时将战死在他身边的将士遗体葬在他的身边,又让萨满跳神替他们招魂……

这日,阳光灿烂,瓦蓝瓦蓝的晴空下,一条进入镇子的大道边,响起一串急如骤雨的马蹄声,接着旗纛翻飞,这支队伍中一匹白马上坐着的蒙古王爷正是蒙哥,他身边的一匹红马上坐着郑景贤……正行间,路边有人高叫道:“龙岗贤弟别来无恙?”

郑景贤勒马望去,见一棵杨树下站着一位身穿紫袍的胖大僧人,仔细一看,慌忙拨马过来施礼,说道:“万松大师,天下真小,怎会在这儿遇到您!”

蒙哥也拨马过来见礼,万松笑道:“小王爷,贫僧正有事欲寻大殿下贵由,见了你也省得贫僧再瞎跑路了。”

蒙哥吃惊地问道:“不知大师何事?”

万松笑道:“这可是一桩大买卖,不知小王爷敢不敢做。”

蒙哥瞪大眼睛愣愣地道:“大师说笑,不知是何等买卖?”

万松道:“我想将东夏国都开元城白送给小王爷!”

见蒙哥摇头不语,知他不信,方讲述了他如何来东夏国,又如何告别八剌去了开元城(既金国上京城)①,他在东夏国的宰相府见到王浍,这个王浍当年进燕京科考落榜,盘缠用尽,在栖隐寺外一棵古槐树下寻短见,被他救下留他在禅院读书,后来王浍考上进士,并成为蒲鲜万奴重要幕僚。在王浍府内,万松询问师弟行藏的事,王浍叹道:“行藏大师死了。”原来东夏连年打仗军费紧张,有人献策说光化寺是粘罕资银所建,建时曾将一批从宋国运来的财宝藏在普贤殿下。天王听了马上派人去拆普贤殿,行藏大师带弟子反抗被杀。万松听后大怒,骂王浍助纣为孽,王浍泣道,说他早就不想替昏聩的东夏天王卖命,如大师帮忙,他愿献城投降。

蒙哥听罢大喜,当夜扎营住下,次日命人护送郑景贤去松峰山为贵由治病,蒙哥自带兵与万松一起赶赴东京开元府。

上京城天王府寝宫内,一阵咣啷啷摔东西声,吓得门外宫女跪了一地,无人知晓正在传膳的天王因何事发怒。

一脸怒气的东夏国天王蒲鲜万奴站在晚餐桌前,他矮胖的身材,头也较常人大,秃顶,大嘴片大下巴,发起怒来,两腿叉立着,嘴唇抖着,深褐色的眼睛瞪着,高丽王之女王瑛浑身发抖地跪在他的脚下。

原来天王本想在高丽妃子寝宫过夜,饮酒时,王妃关心地问及战场情况,一句话未落地,触动了蒲鲜万奴心头的不快,他猛地将酒杯摔在地上,骂道:“你父王投降蒙古人,派兵助蒙古人攻我南京,你难道不知道,还来羞辱孤家!?”

高丽妃脸吓得煞白叩头不迭,泣道:“天王息怒,臣妾自服侍天王后,从未与家人联系过。”

“我早就该将高丽国灭了,现在本王倒霉了,你父王竟背地里使黑手,他在同蒙古人一起与我为敌,”蒲鲜万奴一脚将王妃踹倒,嘴上骂道,“给我滚……现在不想见你!”

江山不稳,战事不利,也难怪蒲鲜万奴会发脾气。就在昨天,他还接到长子帖哥的告急折子,折子日期已经是半月前的,折子写道:

> 父王,蒙古宗王按赤台与塔思控制了曷懒路,儿臣退守南京。近日蒙古人从高丽借船从水路逼进南京。南京城小兵弱,虽凭险踞守,但蒙古人运用抛石机,日夜攻城,怕不日南京将陷。现在儿臣每日望眼欲穿,盼望援兵,明知父王也难,可每日再以援兵快到

---

① 东夏国都:据屠寄的《蒙兀儿史》和柯劭忞的《新元史》记载,东夏国都在金上京会宁府。

鼓劲士兵。

儿臣不怕死，但觉得此乃东夏国危亡之秋，父王应该早与蒙古人求和，如果晚了，国事去矣！

儿臣帖哥再拜

蒲鲜万奴并非不爱长子，可蒙古人拒绝议和，打到如今，数十余万精兵所剩无几，眼看东京不守，如何能不闹心。这时他才真正感到蒙古人不好惹，世上没处买后悔药，儿子想救不能救。由于东夏国倾全国兵马调往松峰山，东京开元城自身的防守也很空虚。

时已入夜，蒲鲜万奴依然在饮酒，忽地见御林军总管完颜子渊面色焦急地推门进来，便道："有什么事吗？"

完颜子渊跪下道："天王，南门有军队进城了！"

蒲鲜万奴大惊抛了酒杯，猛地站起道："什么队伍？"

"是王浍大人亲自安排的，小人以为是天王安排的，没有问。"

"走，带孤家看看去。"蒲鲜万奴顾不得头沉，穿上袍子，同御林军总管完颜子渊带着御林军上了皇城。傍晚的上京城宁静而冷清，寒风凛冽，头上蓝天明月，城内积雪在夜间结起一层薄冰。上京城分南城北城，城下是护城河，全城共分九门，皇城在南城西北角，为金世宗时建筑。蒲鲜万奴在原城基础上略作修整，皇城格局也未改动，只是对乾元殿重新装修后改为天王府。

蒲鲜万奴打马来到南城，远远望去，南城城门大开，一支队伍正在进城，蒲鲜万奴就着进城火把仔细一看，不禁吓了一跳，带队的马上将领竟是一个蒙古人，迎其进城的正是丞相王浍。

"蒙古人进城了！"蒲鲜万奴大吃一惊，可敌情不明，他也不敢大意，急忙带领御林军赶回宫城。蒲鲜万奴也顾不得召集臣下，匆忙带着家人如漏网之鱼从北城门逃走……

是夜月光皎洁，蒲鲜万奴直奔松峰山，欲与温迪罕哥不霭会合，正行进间，对面有一队蒙古骑兵迎面而来。

月亮很大，月光从密林缝隙间洒下柔和的光辉。阿蓝答儿手提大斧腰佩宝剑骑马在山路上飞奔。原来他将郑景贤送到贵由大营，贵由吃了郑景贤的丹药已能起身活动，贵由听说蒙哥在万松帮助下去取开元城，非常高兴，对阿蓝答儿道："你马上回开元，看你家主子取了开元没有，如果得了开元，就请他来参加松峰山会战。如遇到困难，就请先来大营，待取了松峰山后，本帅与他一道去取东京。"

阿蓝答儿正行间，有哨马回来报告："报将军，前面一队打着东夏旗帜的队五，正从开元方向奔来！”

阿蓝答儿不敢怠慢，忙将所带五百骑兵分成三路，两路隐蔽大路两侧，自己带着二百骑兵顺着大路接近目标……

蒲鲜万奴趁月色急速赶路，身后共带着千余禁军，还有十几辆大车。车上载着蒲鲜万奴的家眷，还有宫中带出的金银财宝及贵重物品。正行间，猛然听见山路上一阵战马嘶鸣，一抬头见一队蒙古骑兵迎头杀来。蒲鲜万奴大惊，禁军副将李本道：“天王，敌人人数不多，末将前去杀散他！”

李本迎战阿蓝答儿，哪知阿蓝答儿斧大力沉，一斧砍下震得李本两臂发麻，刀应声落地。阿蓝答儿回头一斧，将正要拨马的李本砍于马下。李本一死，东夏兵更加混乱。蒲鲜万奴护住车辆打马前行，山路乱箭如蝗，东夏兵纷纷中箭。完颜子渊道：“天王，不如主公弃了车辆，保住王后、太子先去松峰山。我在此挡住蒙古人，如能取胜，我自护住车辆，请主上快走吧！”

蒲鲜万奴初时还对家人有难舍之意，思来想去也只此一条路，便从车上抱下十岁的儿子，让会骑马的温迪罕王后下车换乘马匹。其他后妃见蒲鲜万奴要逃，顿时哭成一团……高丽公主王瑛扯住蒲鲜万奴的袍襟不肯放手，蒲鲜万奴挣脱不开，举宝剑向她手臂砍去，高丽王妃惨叫一声跌倒在地……蒲鲜万奴顾不得看其他嫔妃死活，带着禁军护着幼子、王后，夺路向松峰山逃去……

阿蓝答儿被完颜子渊缠住大战，战有一个时辰，完颜子渊自度天王已走远，也顾不得车辆，率残部退向松峰山。阿蓝答儿也不追赶，来到车边，见几十辆大车内妇人们缩成一团，一个女子倒在血泊之中……阿蓝答儿一问，方知刚才逃跑的是蒲鲜万奴。

第二十一回

妻死儿存万奴就死
卧病燕京晋卿惊梦

东夏国元帅温迪罕哥不霭将连营扎在松峰山下，距蒙古大营一里许，每日派兵挑战。蒙古兵自贵由受伤，或挂免战牌，或派人出战几个回合就击鼓退兵。温迪罕哥不霭欲战不能，偷袭又不得手，心下万分郁闷。

这日白彦挑战未果归来，见大帐内满眼烛光，酒宴丰盛，不仅有些诧异。温迪罕哥不霭待白彦坐下，替他斟了一杯酒，苦笑道："白彦兄弟我们尽力啦，月又圆啦，你我出征两个月余，又到了十五，虽破敌之期遥遥，但喝杯酒庆祝总应当。国势飘摇如落日，有消息说南京已陷落，如果消息是实蒙古大军一旦合兵，我等的日子就不多了。你我受天王之托尽了全力杀敌，成败利钝只能听天命了。"说着双手一击掌，就听见帐内帘幕拉开，胡笳、琵琶等乐声响起，几个随军的歌伎随着音乐翩翩起舞，边跳边唱："袅袅腰疑折，褰褰袖欲飞……"

白彦举杯道："元帅，我军松峰山一战歼灭贵由数千骑兵，贵由伤后一直未曾露面，蒙古人如此示弱，怕是另有诡计呀！"

温迪罕哥不霭点点头，道："主上对我等有天高地厚之恩，虽知大厦将倾，独木难支，但也不能不尽心力。从种种迹象来看，贵由的伤快好了，蒙古大军还在集结，怕很快就会与我军决一死战。"

二人正伤感间，忽然门外中军来报："元帅，天王已进大营！"

二人慌忙喝退帐中歌伎，迎出大帐，再抬头看天王蒲鲜万奴衣冠不整，身后跟着温迪罕王后和幼小的皇子，后边只有百余禁军相随。二人跪下请罪道："臣等不知天王到此，有失远迎。"

蒲鲜万奴上前搀起二人道："两位元帅平身，东夏国完了，开元城已失，本天王已成无家之人。"

温迪罕哥不霭大惊道："天王，出了什么事？开元城怎么丢的？"

蒲鲜万奴叹道："本王用人不当，没想到王浍贼子勾结蒙古人偷偷献城，待本王知道蒙古人已经进城！"说着泪如雨下，又从腰上拔剑就要自刎，温迪罕哥不霭与白彦忙上前抱住。温迪罕哥不霭泣道："主公差矣！一死容易，只是便宜了蒙古人。天王莫急，如天不佑我，重整旗鼓，再造河山依然未晚。如天王轻生，将王后、太子托付何人！"

蒲鲜万奴长叹一声，放下宝剑，扫了一眼哥不霭和白彦。见温迪罕王后和太子已哭成泪人，同行的将士都跪于阶下。王后是温迪罕哥不霭的亲妹子，当年蒲鲜万奴为辽东宣抚使，温迪罕哥不霭为辽东行省平章。二人见大金国大势已去，合兵建东夏国，蒲鲜万奴立温迪罕为王后，温迪罕哥不霭为太师大元帅。

温迪罕哥不霭道："俗话说留得青山在，何怕没柴烧。天王、王子、王后能脱离险境，乃不幸中的万幸，我与白将军今日先为主公接风。"

酒刚摆上，有人来报完颜子渊回来，蒲鲜万奴大喜。这夜蒲鲜万奴等喝得大醉，次日刚升帐，就有报马来报："南京城数日前被蒙古人攻破，帖哥等殉国……"

接着又有探马来报："我军山寨周围树起许多敌营，同时发现涧上游蒙古人正截断水流。"坏消息接连不断，蒲鲜万奴也不敢大意。

巳时刚过，蒲鲜万奴就召集军事会议，商议如何迎敌，会议方开始，就有探马来禀："蒙古大帅贵由帐外挑战，请天王定夺。"

蒲鲜万奴望着哥不霭道："看来贵由伤已好，他出面带兵是个信号，看来蒙古大军要发起主攻了！"

温迪罕哥不霭瞪圆眼睛道："天王，贵由是个毛头小子，当上元帅不过仗着是窝阔台之子，他与诸酋不和，我军该利用他的弱点，击败贵由。"

蒲鲜万奴点头道："不闲谈了，我们一起阵前会会贵由，如果有机会活捉他，迫蒙古人退兵就大有希望。"

蒲鲜万奴说完话，起身亲自带着孛术鲁、韩铎哥不蔼、白彦、完颜子渊等军中大将引兵出了山寨。来到阵前，蒲鲜万奴抬头一看，眼见对面山下蒙古大军黑压压一片。左边一将正是从东京连夜赶来的蒙哥，往右侧看，两匹黑马上乃是从南都赶来的按赤台和塔思。一面帅纛下，贵由立于两山之间一高冈处，胯下一匹鹿花青，头戴暖帽，四方脸宽额黑眉，大眼睛，唇上留有小胡子。

贵由摇着手上金鞭，指着蒲鲜万奴大笑道："蒲鲜万奴见本殿下还不下马，你丢了开元，连嫔妃都保不住，还敢与我对阵。现在投降，本帅可劝说父汗对你宽大处理，或许还有寸土之封。"说罢一挥手，阵中闪出一条空隙，吱嘎嘎从中推出九辆囚车来，正是被蒲鲜万奴遗弃的九位王妃，王浍勒马立于囚车旁。

温迪罕哥不靄骂道："贵由你别做梦了，几个女人算得什么，忘了你在松峰山被我烧得半死，这次待我家天王活捉了你，再与你父谈和，你看如何！"

贵由冷笑一声大声说道："东夏国大势已去，东都已失，南京已陷，你们还不醒悟。哥不靄你抬起头，看看高杆之上挂着的人头是谁，那就是私逃回国的汗国侍卫帖哥，若尔再执迷不悟，会悬在高杆之上的人头就是尔等！"

蒲鲜万奴远望高杆上儿子的头颅不禁热泪盈眶，又见蒙古骑兵人数众多，心生恐惧忙命弓箭手压住阵脚。温迪罕哥不靄怒目圆瞪，纵马直奔贵由，贵由也不迎敌，手中宝剑一举，身后数员蒙古大将狂飙般卷来，将温迪罕哥不靄围在当中。白彦为救温迪罕哥不蔼，拍马挥大斧朝蒙哥砍来，蒙哥回马便走，白彦以为他怯阵催马赶来，蒙哥从腰间取弓搭箭，一箭正中白彦面门，"哎呀"一声，白彦翻身落马，被拨马赶回的蒙哥一刀砍了首级……东夏国元帅温迪罕哥不靄见白颜被杀，怪叫一声，拍马提枪来战蒙哥。蒲鲜万奴见蒙哥杀了白彦，怕温迪罕哥不靄再吃亏，忙麾兵上前助战，两军一直战到傍晚方才收兵。

次日，贵由再命蒙哥出营挑战，蒲鲜万奴与温迪罕哥不靄顶盔披甲出战，双方拼死相搏。战有一个时辰，山后一声炮响，按赤台、札剌亦儿二支人马从两侧杀来，将蒲鲜万奴与温迪罕哥不靄团团围住……这一仗杀得东夏兵死伤无数，蒲鲜万奴多得众将拼死相救脱得性命回营。

当夜，蒲鲜万奴卧于中军，听见营外到处吹奏胡笳之声，营外东夏降兵呼兄唤弟之声彻夜不绝声响。蒲鲜万奴忧心如焚，召集温迪罕哥不靄、完颜子渊等人商议后事，温迪罕哥不靄道："蒙古人用离间之计乱我军心，用疑兵之计扰我大营，眼看军粮已罄，敌军又断我供水，唯有趁夜突围或有一线生机。"

完颜子渊也道："天王，不能在此等死，下决心吧。"

"让孤家再想一想，再做决定！"蒲鲜万奴犹豫着叹了口气，转身回到后帐。温迪罕王后替他更衣，又送来参汤。见他眼含泪光，便知战事不好，也不敢多问，小王子扑到他身上道："父王，我们什么时候离开松峰山，这地方闷死个人，孩儿好怕呀！"温迪罕王后见蒲鲜万奴脸色不好，忙对儿子道："孩子，额娘与父王有事，你自去读书吧！"

温迪罕王后见儿子下去，道："事情真的那样坏了，连天王也没办法了？"

蒲鲜万奴道："你哥哥劝我突围，可吾儿太小，你又是个女流，一旦突围，乱军中谁能保护王后和吾儿，因此正在犹豫！"

温迪罕王后银牙紧咬，杏眼圆睁道："天王之言差矣，虞姬垓下以死别项王，难道我女真女子就不如虞姬。吾儿命大，自然有救，如天绝东夏，吾儿与你我同归九泉也有个伴，有何怕的！"王后一句话，说得东夏国主蒲鲜万奴泪流满面，叹道："有王后这句话，我意已决，全军今夜突围。突围成功自不必说，如不成你与吾儿化装成百姓，我让温迪罕哥不霭保护你。本王愿与蒙古人决一死战，望尔善养吾儿！"

二人正说着，忽听远处隆隆几声炮响，外面有人大喊："不好啦！蒙古军攻进了东寨，快跑呀！"原来东大寨守军将领暗中献寨，进入东夏东大寨的正是王浍率领的东夏降兵。紧接着温迪罕哥不霭、完颜子渊率众将闯进蒲鲜万奴后帐。温迪罕哥不霭道："主公，蒙古人攻进东寨，眼下唯有突围一条路了，我等愿护着天王、王后、太子从西山脚突围。"蒲鲜万奴忙命人去唤太子，有人将太子抱来，却寻不见王后，正找寻间，有人来报："温迪罕王后已自刎身亡！"

蒲鲜万奴含泪来到后帐，见王后已经气绝，命人掘坑葬了，也顾不得悲伤，出外上马，让人将哭泣的小太子缚在背上，在众将簇拥下直奔西山而去……

不知跑出多远，天已放亮，众人又饥又渴，见前面有个村子，蒲鲜万奴忙奔了过去。快到村口，见路边山冈下，一对老年夫妇正伏在一座新坟前嘤嘤哭泣，蒲鲜万奴心有所感带着小王子走了过去。老夫妇见一牵着战马、身穿铠袍的老将军携一少年过来，都低头不敢言。

"老丈，这坟是何人的？"蒲鲜万奴问道。

老头有些耳聋，老妇人说道："军爷，我儿在南京跟随蒲鲜帖哥太子当兵，听说蒙古军攻克东京，老头子一下急聋了耳朵。这里离南京遥远，儿子已经战死，这是我们为儿子立的一个衣冠冢，希望他死后能有个归宿。"

听了老妇人的话，蒲鲜万奴不禁眼中浸满泪水，这些日子他常常想起战死在南京石城的儿子帖哥。听了老妇人的话，这位东夏天王一阵心酸，双腿有些发软，不由自主地跪在衣冠冢前失声痛哭！

蒲鲜万奴的举动，谁也没有料到，他立国二十八年，头一次为一个普通士兵而哭。两位老夫妇吃惊地望着他,半天方道:“您是天王,您的儿子恼哥怕死得更惨呀!”

蒲鲜万奴站起,抹去眼泪,望着老人道:“老人家,我对不起你们的儿子,我的儿子也战死了,本王很快要去找寻他们了。只是我还有一个小儿子,如果老人家不嫌弃,就把他认做您的儿子吧!”说着将小王子按倒,跪在老夫妇的面前。

老夫妇惊慌地道:“天王这怎么能成,您的儿子是金枝玉叶,我们怎配……”

“不,你们才是最好的父母,本王走后,只要你们吃饭能给他一碗饭,让他做一个普通人,我愿足矣……”

远处传来了战马嘶鸣声,蒲鲜万奴从怀中取出一包东西放在老丈手上,头也不回翻身上马,带残兵远去。秋风中,蒿草摇曳,只剩两位老人与小王子呆若木鸡地站在坟边……

贵由兵进上京城,驻帐东夏宫中。一个月后,除了温迪罕哥不霭战死,蒲鲜万奴与完颜子渊等数十人被押回城内。贵由命人一起牵到城外,随着监斩官一声令下,东夏国的最后精英全部身首异处……

九月一日是南斗下降之辰,九月九日为北斗降世,民间称之“九皇会”。全真教祖庭出事就在“九皇会”这一天。

燕京九月,白云观新观落成,此观前身为唐代长天观,金时改为太极宫,当年邱处机道长谒见蒙古大汗于大雪山行宫(今阿富汗巴达克山),由此全真教得到了蒙古上层的保护,并有旨掌管天下道门。邱处机西觐归来,见太极宫殿宇破败,便加以修葺,由成吉思汗降旨改“太极宫”为“长春宫”。邱处机仙逝于长春宫处顺堂,尹志平即长老位后,在长春宫东侧建白云观。因新观落成,这年“九皇会”最为隆重,各地来祖庭观礼的道人自不用说,当地官员、信众,观坛的、看灯的、看戏的、兜揽生意的纷纷涌进白云观。一时间,将个数十里方圆的白云观挤个满满腾腾,人头攒动,人山人海入夜不息……

为庆圣诞,观内高高的幡杆儿挑起丈八长绸幡,幡儿上书星君名号:太阳贪狼星君、太阴巨门星君、木星禄存星君、火星文曲星君、土星廉贞星君、金星武曲星君、水星破门星君、罗睺星君、计都星君……观内又悬挂无数灯笼,引得好事的对着夜空星座指指点点,熙熙攘攘中更增添几分神秘气氛。

白云观元辰殿内:巨大的供案上,设祭星灯盏,各星灯以北斗为中心,围绕九星,再以二十八宿星灯布成星阵。殿外设立祭坛,高功法师率众拈香礼斗,默诵七星宝号,上表于天庭,燃灯醮祭。

全真长老尹志平个子不高,长得瘦削,眼睛晶亮,给人一种精明强悍之感。他为夸耀全真教势力，除立坛礼斗，诵《北斗经》燃灯醮祭，还邀请燕京一些寺庙的住持前来观礼。古语说，僧道不同炉。燕京各寺院包括庆寿寺主持海云、胜因寺主持李雪庵以及广济寺、天宁寺、普安寺等长老们也被邀进观。僧道被拘到一起本可无事，只是尹志平的心思用在贬低佛教、抬高道教上，这就难免不闹出事端。

夜半礼星方毕，尹志平下坛邀观礼的僧人参观处顺堂，堂内藏有邱处机肉身，还有新塑邱处机铜像，为宣扬道教独尊，又命人绘制的壁画。老子化胡本是晋人的故事，为了渲染气氛，尹志平命人增加了邱处机去西域见蒙古大汗的情景。诸僧人进了处顺堂，有道人讲解老子化胡的故事，僧人噘嘴暗骂，隐着气不言声。

出了堂后，尹志平请僧人观看悦神剧，这些长老个个脸皮发紫，眉头紧锁，晕头晕脑随他出来。星空下，到处人山人海，僧人被带到距戏台不远的正下方坐下，高高的戏台正演一出悦神剧。

高大的戏台悬一幅横联，上书："太上老君三教圣师"，两侧各挂一道长联，左边："骑青牛菩提树下度佛祖"右联："道法天八十一化乾坤人"。台上钟鼓齐鸣，撞金击革，裂丝鸣竹之声中，忽闻空中有诵经声。道教音乐声中，大幕打开，台下有观戏人高喊："上皇太上无上大道君来了！"

"你看，还骑着青牛呢！"

果然台上一老者光着头，长寿眉如雪，慈眉善目，耳大有轮，隆准高耸，唇上两绺长须，胖大的下颏长长的胡须，身上穿着红色袍子，骑青牛，唱道：

"我乃太上老君是也，当年三皇时，化身入世，人号万法天师。中三皇时，为盘古天师，历五帝，至商周，武丁庚辰二月十五日卯时，降诞于楚之苦县濑乡曲仁里。因李树而为李姓，至今已历尽数万劫数，时下周昭王二十三年，远观流沙外，有八十一国。乌弋、身毒不尊法度，因驾青牛出函谷关，往化西域诸国，吾来也"

老君刚刚下场，就见数十面旗幡招展，随出随逝，各写西域诸国之名。

最后台上仅剩一黑旗，上用白字写着竺乾舍卫国，菩提树下，一妇人身穿绿袍，头顶花冠，长眉如黛，面如满月，星眼半垂，体态娇柔，卧在树下。

远来一声牛叫，老子满脸尘土下了青牛，指着那夫人道："此乃摩耶夫人，竺乾舍卫国中母后，我要度此国人，需借她身子诞一王子，后当代我度化此邦人众！"

说罢，从怀中取出一物，望空一抛，化做一只青果，坠入摩耶夫人口中，老君点头道："一只青果，化得一方人，妇人醒来。"

老君骑牛而去，那妇人从菩提树下起身，见说："我乃竺乾舍卫国国母摩耶，丈夫去世数载，刚才做了一梦，梦一骑青牛老者将一日精投入我口中，哎呀，我腹痛也，痛煞我也！”

仙乐盈耳，妇人看着菩提树道：“菩提，菩提，回宫不及，只得在这树下生产了吧！”

旁边一些道士笑道：“好妇人，生吧，生下的一定是佛祖释迦牟尼那个小秃头。”

果真那妇人身边站起，怀中抱着一个孩儿，拜过天地后，小儿越长越大，声如狮吼，跪下拜母道：“母后，我已长大，听说东土有燃灯法师，我要听他讲道去也，后当兴一教主，法号叫释迦牟尼。”

道众高喊：“和尚的祖师爷释迦牟尼，原来竟是我们祖师爷的后代。”

道众胡闹，身披鹤氅，脚踏朱履，头戴冲和巾的尹志平道长听到这话 也不制止，反倒一脸淡笑。庆寿寺主持海云和燕京城诸寺众长老们听此污秽不堪的言词，如何不怒。海云对尹长老说：“尹长老，僧道各理各政，为何如此羞辱我佛？”

尹志平淡然一笑，说：“小长老也是学富五车的高僧，《老子化胡经》非尹某创造，乃古代经典，长老乃出家修行之人，何因小事动怒。”

“胡说！”海云大怒道，“自古僧、道、儒三教并立，并无谁化谁之说。《化胡经》已被古人称为伪经，请道长念着僧道长久利益，停唱此种闹剧。”

“对，尹道长该从大局着想，停演这出坏我佛教声誉的悦神戏！”胜医寺住持李雪庵与普安寺住持亦喊道。

尹志平却不信邪，摇晃着脑袋，小眼睛眨动，不愠不火地道：“戏在我家道观演出，尹某也无意反对尔等信奉释迦牟尼，尔等也无权干涉道观祭典活动，你等要求取消悦神戏实在是过分了！”

“既然尹道长不听劝告，恕我等不能奉陪了，告辞！”海云与数十僧人愤然离开了白云观。尹志平脸呈不悦，同行道人见僧人愤愤而去，反而讥讽道：“众位大师还是赶快回去读读佛经，了解一下佛爷诞生的故事！”

海云等僧人也不还口，大步流星出了白云观，也不回寺院，踏着月色，直奔燕京行省胡土虎府衙。

胡土虎还未歇息，众僧进来，海云长老讲了长春宫发生的事后，胡土虎摇头大笑道：“先帝《大札撒》说，‘让全真教长老管着天下僧人，特旨蠲免道门差税。’此旨写得清楚，因此全真教与僧人的事，本断事官不能管。”

海云拱手道：“胡宰相，尹志平到处夺取佛寺，侵占儒家孔庙，实际是与汗廷夺取民心。全真教还借先皇让其教掌管天下僧人之机，在寺中收罗亡金士人及逃避税赋民众，实在是与汗国争利。全真教还绘制八十一化胡图，内中绘有邱处机去西域化成吉思汗的图像,实际是抬高全真教,贬低成吉思汗为胡人。”

“真有这样严重?”胡土虎听说全真教贬低蒙古大汗,瞪着眼怒道。

“怕比这还严重。”

当夜,胡土虎亲到长春观,见图中果有邱处机去西域的内容,不禁大怒,当即命尹志平铲下处顺堂壁画,停唱悦神戏。尹志平不敢不从,可次日五更时分,近万道众听说僧人将长春观告了,一齐大呼:“僧人诬告我白云观……走呀,砸佛寺去呀!”

胡土虎次日听到海云法师来报,道人闯进庆寿寺、胜因寺、广济寺、天宁寺、普安寺,捣毁十余所佛寺,砸烂部分佛像,打死打伤了无数僧人,大惊骂道:“道人竟如此胆大,反了! 反了!”

由于道人闹事,胡土虎亲自带兵进了白云观,抓了造乱道人,逮捕了主持尹志平。这件事在燕京反响极大,全真教本就炙手可热,是敕封天下僧道的统领,一时住持下狱,本来十月十五下元水官圣会,也因住持被抓而自行放弃。

农历十一月中旬,燕京城下过一场冬雪,天气格外阴冷,骤然降温,使街头更显冷清。耶律楚材与孔元措骑着马,带着一队骑兵经过通玄门进入燕京城。进城后,耶律楚材为了查清事实,一连几天走访海云法师、陈时可、赵昉等人,还到监中探望了长春观长老尹志平。

尹长老被押在牢中一月余,自然有些气馁。耶律楚材在狱中见他,小眼睛眨着因急于出狱,说道:“全真教老律堂所绘化胡图是根据古书所绘,绘图者增添了邱长老去西域见蒙古大汗的内容,无非是反映了邱长老西觐对全真教的护教作用,绝没有不敬蒙古大汗的意图。现在此图已奉命铲了,至于道众砸了佛寺的事,本长老事前并不知晓,既然知道了,本住持愿负责包赔寺院损失。”

耶律楚材调查清楚后,方带人到燕京行省府衙,府衙外灯笼高悬,衙内传出丝竹之声,胡土虎听说钦差大臣到来,急忙出衙相迎。胡土虎拱手道:“听说耶律大人正奉旨调查长春观尹道长被抓之事,因此胡某并不敢打搅,只不知大汗有何旨意,调查结果如何?”

耶律楚材笑道:“胡大人捉了尹道长,差点坏了漠云寺开光仪式,大汗当时对此极为愤怒。是阔出殿下反复为你解说,大汗才命我来燕京查办此案。现在尹志平道长已服罪,并答应给被砸佛寺以赔偿,还同意退回抢占的孔庙,因此根据大汗的话,胡大人可以将尹长老放出了。”

“奴才遵旨,马上放人!”

耶律楚材又指着孔元措，对胡土虎道："大汗已晋封孔元措为衍圣公，我此行还有一目的，就是要在燕京召开祭孔大典，到时还得请胡大人这个父母官参加祭祀。"

胡土虎道："既然钦差大人有话，本官一定到场！"

耶律楚材在燕京主持了祭孔大典，由于有大汗圣旨，大典仪式隆重燕京读书人无不欣喜若狂。祭孔结束，孔元措提出回曲阜探家，送走孔元措，耶律楚材感到头有些发胀，身子发冷，高烧不退大病一场。多亏陈时可赵昉等多方寻医诊治，竟病了半个多月。转眼到了十二月中旬，这天，耶律楚材躺在榻上养病，依然感到有些昏迷，忽然梦见一人，正是哥哥耶律善材。只见他浑身湿漉漉的，眼中流泪，泣说："兄弟，汴京全城百姓的生命在你手里，你何在此高卧……"耶律楚材一怔，正想拉住哥哥。忽然想起当年善材哥哥投下汴河，睁开眼睛，却是一场梦。梦醒之后隐约听得驿馆外传来一阵嘤嘤的啼哭声，挣扎着起身步履蹒跚出了驿馆，寻声一看，馆外站一个白袍小将，认得是东平人王玉汝，又见他的身边还有两个孩子在哭，不觉有些惊诧。

王玉汝抬头见耶律楚材出来，忙跪地叩头道："中书大人，汴京被围，严大人、史天泽将军、张柔将军命我前来燕京求中书大人救救汴京。几位大人说一旦屠城，汴京将化为一片焦土，数百万人都将死于非命呀！"

耶律楚材见那两个孩子愣愣地瞅着自己，一阵心疑道："这两个孩子是何人？"

王玉汝道："这两个孩子是耶律善材大人的一对儿女，末将奉命来燕京，路上遇见他们沿街乞讨，忙将带来交还大人。"

耶律楚材没想到眼前两个孩子竟是自己的侄儿、侄女，知道哥哥定然出事，将两个孩子搂在怀中，眼中坠泪道："你父出了汴京流落在哪里，你俩怎么到了沿街乞讨的地步？"

两个孩子嚎啕大哭道："叔叔报仇呀，我父亲死了，一家人都在封丘太白楼被那个叫石抹咸得卜的军官杀害了！"

"什么？"耶律楚材眼中蹿火，嘴里喷出一口血，他含泪大叫一声。

第二十二回

风雨夜哀宗弃汴京 诛大臣崔立逼宫闱

十二月初光景，战乱中的中州大地一片萧瑟，汴京城外到处是裸露的田埂，离离的荒草，大堤边一株杨树干枯的枝杈在寒风中刺向蓝天，绛紫色的乌云在空旷的天宇中缓缓飘浮，苍白的太阳不时踱出云层，投下的金光刺得人眼发花，不久竟飘下零星的冻雨来。

大庆殿内，完颜守绪身穿盘龙云水绛纱袍，头上戴着通天冠，脸色显得格外憔悴，空洞无神的眼睛望着殿外，若有所思地在丹墀上踱着步。自从七月蒙古使臣唐庆在馆驿被杀，金、蒙和议遂绝，速不台率大军复围汴京已近半载。汴京被围，城内无粮，令他惶惶不可终日。他突然停下脚步，望着站在奉御完颜承麟道："承麟将军，眼下时局危殆，内无粮秣，外无援军，依将军看朕是否该离开汴京呢？"

完颜承麟一脸英气，他虽然只有十九岁，但长得高大，见皇上转头望他，忙跪下奏道："皇上，以微臣愚见，皇上当率精兵出征，既可鼓舞士气，又可摆脱困境。"

完颜守绪对完颜承麟颇有好感，脸上露出一丝笑意，苍白的脸上多了些红润，点头道："白华也是这样劝朕，爱卿说说，朕如果出了汴京该往何处？"完颜承麟眨着晶亮的眼睛道："去归德、卫州均可，圣上离京，蒙古人也会放弃对汴京的包围，对汴京百姓亦有好处。皇上暂时离京，定会有各路精兵前来护驾，手上兵多也为重回汴京创造条件。”

完颜承麟的话犹如一支强心剂，完颜守绪苍白的脸上露出少有的喜悦，笑着道：“如真能去而复返，必是重振乾坤之时，此朕之所愿也。”

完颜承麟道：“事在人为，臣听说当年王莽百万大军围昆阳，光武帝只身离开昆阳，再返昆阳而霸天下。”

完颜守绪被完颜承麟的话说得眼睛湿润，太息道：“你小小年纪，能讲出这样的话，朕甚欣慰！朕即位后，国是危殆，天天怕担个荒淫无度误国的骂名，因此时时提醒自己，要忧心国事，当一个有作为的皇帝。可惜朕时运不济，天不佑我，先帝交给我的江山即将不保，朕实在愧对祖宗，愧对大金的臣民呀！”

完颜承麟有些慌乱地叩头，道：“圣上不要这样悲观，臣常在皇上身边，深知皇上这十余载，崇尚节俭，宵旰图治，焦劳天下，黜左右之奸佞，近忠良之士。虽国事日艰，但尚未到不可为之境地！”

完颜守绪叹息三声，叮嘱他道：“算了，不说了。今天咱们君臣的谈话，暂不要对他人讲，以免引起人心浮动。”

“微臣不敢！”

完颜守绪虽对完颜承麟未明讲，可离汴之心从此坚定，此后每日暗中与诸大臣相商，并秘密调兵遣将安排出行。

十二月十六日，是金主决定出征之日。因时近春节，蒙古大军在城外也准备过节，因而攻城趋缓。这日早朝，完颜守绪脱去赭黄龙袍，身披黄金甲，一身戎装，头戴金盔，显得比往日格外英武。他坐在御座上，双眸灼灼，环视两厢众官员良久，大声言道：“今天朕有件大事告诉尔等，朕在汴京一日，大围不解一日。为打破僵局，拯救百姓，朕决定离开汴京。朕走之后，速不台必舍汴京而追朕，朕将招天下勤王兵马与速不台决战，如能击溃速不台，朕很快会再返汴京。朕想过不离汴京，主动权在敌人，离了汴京，主动权在我，朕希望通过此举动，改变我军的不利局面。”

完颜守绪脸色红润，心里格外复杂，离开汴京意味着失去宫阙，一向以深宫为家的他，这次出征本是一步险棋。为了表示自己的勇气，他决定将家人留在城内，向命运挑战。他说完自己的决定，就命丞相赛不宣旨，公布从行诸相、大臣名单，以及留守官吏将帅明细。中午，完颜守绪戎装骑马去了太庙，杀青牛白马祭祖，紧接着冒冻雨检阅三军，听凭汴京父老僧道献食，并以牛酒犒军。

死水般的汴京城，为皇上亲征的举动而振奋，亲征毕竟是一步活棋，诸大臣虽担心皇上命运，但无人不因此感到一种前所未有的兴奋。

子夜时分，城门打开，完颜守绪戎装外罩油衣骑马出城，左边丞相赛不、右边右丞完颜斡出，身后参政李蹊等文武百官骑马相随，仪卫森然。皇太后、徒单后只知皇上亲征即回，率诸后宫嫔妃立于宫门边相送，留守的文武官员心事沉重，都怀不测的心思冒雨相送。

五万骑兵马衔环，偃旗息鼓，悄悄离了汴京，直奔蒙古军大营而去。也是天助金兵，金军主攻方面乃是蒙古军副元帅石抹咸得卜的大营，这天天降冻雨，恰巧石抹咸得卜不在营中，其他将官都乐得轻闲，早早安睡。哨兵们轮流出外放哨，哗哗的雨声，掩住金兵的马蹄声，直到金兵前军马踏大营，哨兵才鸣金示警，可为时已晚。金国南边元帅完颜猪儿、西面元帅刘益、上当公张开，指挥大军如飓风扫残云一般，将睡梦中的蒙古兵杀得晕头转向，狼奔豕突。金兵杀开一条血路，也不恋战，如脱了笼子的鸟儿，护着金主向东南驰去……

第二天清晨，雨雾茫茫，副元帅石抹咸得卜才浑身泥水、神色疲惫地回到大营。你道他何以不在营中，原来他得到密报说耶律善材一家并未渡过黄河，而是迁徙封丘，咸得卜想起耶律楚材杀死外甥，害得自己丢了燕京留守之职，左思右想动了报仇的心思。见汴京阴雨，只道城中无事，亲带卫队赶奔封丘。杀了住在太白楼的耶律善材一家，自以为报了一箭之仇。哪知回来之后，自己的营帐倒于泥中，死尸横野，方知金兵闯营金主逃走。他自知闯了大祸，脊梁骨倒出了冷汗，瘫坐在帐中转着小眼睛想主意。想了半天，躲是躲不了，只好自缚到帅府请罪。

青城中军大帐，半夜听说围中跑了金主，头戴貂帽的速不台气得脸色铁青，众将列立两厢。为了抓住金主，他命大将侪盏、忒不歹、史天泽等率兵追剿，又布置兵马防守汴京怕再出纰漏。忙到辰时，石抹咸得卜却一直未曾露面，速不台正待命人前去抓人。旗牌官进帐跪禀："大帅，石抹将军在外自缚请罪。"

速不台长出了一口气，对旗牌官道："他身上可有伤，甲胄上可带血！"

"回大帅，无伤……也无血。"

速不台疯子一般吼叫道："狗娘养的，将他押进来！"

大帐内静如止水，众诸将无不捏着一把汗，石抹咸得卜低着长脸，跌跌撞撞进帐，伏地叩头大哭道："元帅，末将该死，昨夜在铁牛村喝醉了酒，原以为雨天误不了事，谁知让金主完颜守绪这条老狗蹿出汴京……"

"喝多了，"速不台眉心皱起一团疙瘩，胡子气得乱颤，眼中蹿火，拍案大骂道："你小子嫖女人误了战事，让金主逃出了汴京，还血洗了你的营地。当时金军闯营，军中将士找不到你，不能组织有效的反击，连营被踏，连本帅都替你害羞,还敢进帐大言请罪,你这个该杀的浑蛋!”

元帅震怒,公主坐在一边板着脸,石抹咸得卜心底害怕,浑身战栗地哀恳道:“大帅,末将愿立军令状,带本部人马捉回金主赎罪!”

速不台愤愤地道:“……人家早逃个无影无踪,你哪里去捉?”

石抹咸得卜泣道:“金主就是跑到天涯海角,末将也要将他捉拿归案!”

脱灭干抬起头,冷冷地道:“败者抵罪,失利者免官,军官擅离部众作战失利连同妻子、儿女一并定罪。大汗《大札撒》难道是可以随便更改的吗?你已犯了死罪,不杀你军法不容!”

公主有话,石抹咸得卜立时魂飞魄散,叩头不迭地道:“大帅、公主……饶命呀!”

公主有话,速不台望着石抹咸得卜这个倒霉蛋,想着前不久铁木格王爷还来信,请求多关照他。可目前他不能保护他,处罚轻了,人心不服,他用眼睛扫了一眼众将,咬了咬牙关,吼道:“石抹咸得卜身为大将,擅离大营,放跑了金国的皇帝,本帅不杀你,何以向大汗交代?来人,将他推出去砍了!”

帅令一下,刀斧手架起脸色灰白、浑身打战的石抹咸得卜往外就走。帐中数十将领兔死狐悲,其中有些人与石抹咸得卜交好,一起跪倒。大将董俊叩头道:“元帅、公主殿下,臣等请刀下留人!石将军虽犯军规,但念其并非惧敌,打仗也不是孬种,又是功臣之后,望留其性命给他改过机会。”

严实也道:“金主完颜守绪出逃的事并无半点迹象,他抛下后妃仓皇出逃,乃孤注一掷之举。即便石帅在军营,也难抵挡出逃之敌。末将请大帅念石抹将军父子为汗国多立大功,许其戴罪立功,如大汗怪罪,末将等愿以身家性命担保。”

“臣等愿保!”地下诸将跪得黑压压一片,元帅速不台与脱灭干公主对了个眼神,速不台对公主道:“公主,既然众位将军一齐求情,就赦免其死罪吧!”

见公主点头,速不台方望着浑身发抖的石抹咸得卜,吼道:“看在众位将军替你求情面子,就免去死刑。来人,拉下去重打七十军棍,要狠狠地打!”

行刑声从帐外传来,一顿棍子打过,石抹咸得卜被重新带回大帐叩过头,速不台也不想继续难为他,命人送回帐中养伤不提。

汴京城内……金主临走时,命完颜奴申为参政知事、兼枢密使;以完颜习捏阿不为枢密副使、开封知府;以翰林学士乌古孙卜吉提控王府兼都点检。城中设四面元帅,罢东面元帅李辛,命撒合为东面元帅;术甲咬住为南面元帅,孛术鲁奴为北面元帅,崔立为西面元帅。完颜奴申本是贵族子弟,长得相貌堂堂,以策论进士及第,历任要职,只是他秉性懦弱。他见皇上走了。蒙古大军并未放弃围攻汴京城，因怕守城军帅通敌，因择亲信监视诸帅，为怕饥民谋反，命乌古孙卜吉为都点检，对敢触犯法律的饥民当街处死。东面元帅李辛素有民望，完颜奴申因他曾带士兵作乱，借故处死，悬其头于东门以儆效尤。

西面元帅崔立长得肥头大耳，胖得走路长喘大气，素与李辛相善，见李辛被杀，兔死狐悲，他白日守城，夜里就担心自己受到李辛牵连。因此自忖道：与其等候被完颜奴申砍头，何如砍完颜奴申脑袋。他知开封府有一死囚名叫药安国，原为山中巨盗，彪悍骁勇，曾任岚州招抚使，以罪等候秋决，便借故来狱中探望。药安国人长得高大，一脸麻子，却是个聪明人，当即道："崔元帅，小人乃待死之人，如大人能助我脱此牢狱之灾，小人愿粉身碎骨追随元帅……"崔立得了这话，只说前敌用人，向参政知事完颜奴申提出赦免药安国建议。药安国出狱前一日，崔立又送来一桌酒席，药安国那天喝得大醉，嘴上胡噙，牢头前来制止，药安国竟借酒殴打牢头。

崔立私下营救药安国举动，被牢头将详情禀报给开封府签事聂天骥。聂天骥大惊，连夜禀报完颜奴申，指出崔立处事可疑，完颜奴申捋着须髯笑道："元吉大人，目前国家正用人之际，药安国是员猛将，崔立元帅让他协助守城，是我答应的，我们不能仅听牢头一句话，自乱阵营。"聂天骥还要说话，参政知事奴申已端杯送客。这事竟传入崔立耳中，吓得腿打哆嗦。正月二十日晚，崔立在家设宴，并暗设李辛灵牌，招其党羽孛术鲁、韩铎、药安国及营中诸将饮酒。饮到三更时分，崔立掷杯号啕大哭，众将不解，惊问："元帅为何事如此伤心？"

崔立胖脸挂泪，号哭不止道："我为汴京百姓而哭，百姓危困已极，丞相却坐视百姓饿死，稍有怨言则加杀戮。近又诛杀大将李辛，还欲诛杀本帅。我死则死矣，只怕还要株连尔等这些无辜之人！"

众将立目道："元帅有何想法？"

崔立猛然止泣，腰中掣出宝剑，四望道："我欲杀二执政，救全城百姓，不知诸君可愿追随本帅起事乎！"

众人大惊，座中一校尉起身拔剑扑向崔立，只听扑通一声，校尉尸体栽倒，血溅了一地。药安国手执滴血宝剑，望着众人喝道："还有谁欲效此人，本人一并送他上西天！"

孛术鲁、韩铎也拔剑道："大家不要忘记当日崔、李二帅为民请愿之事。李辛元帅被杀，我等岂能看着崔帅遭难！从元帅者生，不从则死！"

众将这才知道宴非好宴，席中多为崔立党羽，少数人虽不愿从乱，可生死关头，谁甘冒杀身之险，一齐跪下，道："卑职等愿追随元帅，哪怕赴汤蹈火。”

崔立收伏众人，和颜悦色地道：“本帅并无私心，大金国完了，皇上逃出汴京，城内完颜奴申软弱无能只知杀人固宠。我等不反，别人也会反；箭在弦上，与其等死，不如站出来同蒙古人谈判。当然既要起事，就要有人站出来，本帅是你们的大哥，今天要与诸位将军盟誓，今后但得富贵，本帅与尔等共享！”

孛术鲁、韩铎等道：“大帅，你出个章程，大家一起去做！”

崔立对侍卫命令道：“来人——先将尸体抬走埋了。”

看着校尉被抬走，侍卫擦干血迹，崔立方推开幕布，露出里面摆的灵堂，灵堂上供着李辛牌位，牌位边香炉上香烟缭绕。

崔立带众人跪在牌位前，率先燃了一炷香，带头盟誓道：“苍天厚土，今天我们十位兄弟在此盟誓，为了汴京全城百姓寻条生路，也为了替李辛大哥报仇，我等决心反了。今后就是刀放在脖子上也不违誓言，谁要变心，天诛地灭！”

有人端过酒来，崔立用刀刺破手指，滴血于酒肉，药安国、孛术鲁、韩铎依次效仿，饮了血酒，方坐在一起商议，谋划大事。

天空乱云飞渡，一道电光直掣天际，远处传来隆隆的沉雷，雨点稀疏地落在大内的殿宇之上。皇上一去不归，整个后宫笼罩着一种失望的情绪，这日，徒单皇后来到仁圣皇太后宫内请安，忽然跪地，眼中流泪道：“太后，你可知道，朝官中有人正议立新帝？”

仁圣皇太后大惊而起，瞪着眼睛望着徒单后道：“……不会吧，哀家听说要立一位亲王监国。”

徒单后道：“太后，臣妾听说可不是这样简单。”

仁圣皇太后道：“皇后起来吧，哀家会过问此事的。”

“那就麻烦母后了。”

徒单皇后忧心忡忡退下，仁圣皇太后觉得此事非同小可，不能不问个明白，就命摆驾乘龙舆来到尚书省。早有人报与两位枢密使奴申、阿不，二人听说太后驾到，急忙跪迎于尚书省门外。

御道间，导引之后，数十宫人服四盘团雕花红锦袄，金花幞头，金银束带，拥簇着一驾龙舆缓缓而行，及到近前。奴申、阿不二人望龙舆叩头，山呼道：“御驾来临，臣等有失远迎，请太后恕罪！”

“都进来说话吧。”仁圣太后头戴花株冠，穿青罗、青绢衬金红罗托里九龙四凤朝服，命人将龙舆一直抬入尚书省内。仁圣太后进大堂坐下，奴申、阿不紧随进来，重新跪下。

太后脸色冷峻，怒气冲冲地道："皇帝远狩，听说朝中上下私议拥立之事 二位执政可否知晓？"

完颜奴申大惊，头冒虚汗，一边叩头一边呐呐地道："太后明鉴，微臣不敢瞒太后，并无拥立之事，不知太后从何而知。"

仁圣太后对二位执政的回答并不满意，怒目道："奴申，哀家告诉你们，汴京乃国家根本，十万精兵皇上托付给二位卿家，二卿当以守城为根本，不可滋生二心，坏了国家根本。"

奴申红着脸，惊慌地说："臣等世受国恩，不敢有负朝廷，更不敢负皇上之托。"

仁圣太后目光如箭，大声道："话说得不错，当此非常之时，凡有大事，尔等须先禀报于哀家。如尔等敢有越轨行为，当心哀家取尔性命。"

奴申低着头道："奴才不敢！"

送走了太后，二人都打了个冷战。原来徒单皇后对仁圣太后所言并非空穴来风。近几天来，两位执政连续召集百官臣僚议事，留京诸大臣只知垂泪，无人献策，阿不道："国家至此，无可奈何，凡有可行，当共议。"唯尚书令使许安国道："外围不解，城内无粮，应推立荆王监国以降，庶可救全城人性命！"奉御忙哥却道："安国此言可存完颜氏之祀，亦春秋纪侯大去其国，纪季入齐之义[①]。"有人赞同，亦有人闻言大哭，二相怕此事传入禁中，严令保密。哪知所议之事，传入禁中，为太后知晓。

是夜阴云密布，雷电交加，风雨大作。奴申、阿不二相心中有事，也不回家就留在尚书省值夜。二人对坐，边饮茶边闲谈。快近三更，忽听衙门外风雨中人喊马嘶不绝，不禁大惊，忙穿戴整齐出来过问。雷鸣闪电中，人影憧憧，尚书省衙大门被撞开，崔立大步进来，身后跟着提刀的药安国，后面是黑压压的乱兵。

乱兵闯堂而入，二相大惊。

完颜奴申见崔立拥兵而入，强抑恐惧，斥责道："崔元帅，半夜闯堂这是何意？国家待尔不薄，何事如此！"

崔立拔剑，指着奴申与阿不骂道："吾正要诛尔二人，以安社稷。"

完颜奴申见其不善，吼道："崔立，尔欲当国贼乎！"

崔立哈哈大笑道："二执政无谋，全城百姓已无活路，尔等却为固权势，滥杀无辜，虚倡空言，早已天怒人怨。"说毕，一剑刺进奴申腹部。药安国见

① 《春秋左传正义·卷八》纪侯无力抗齐，让其弟季以酅献齐，自己脱身外寓。季降为附庸，得自立庙社。

崔立动手，举刀向阿不砍去，一边砍一边大喊："快动手，一个不留，杀尽府中狗官！"

众兵将纷纷入府内寻人就杀，当夜值日的御使大夫裴满阿忽带、谏议大夫乌古孙、左副点检完颜阿散、奉御忙哥等都死于刀剑之下。

解决了执政的大臣，崔立带兵直闯仁寿宫。仁圣太后方睡下，听寝宫外，哭声喊声一片，靴声、履声杂沓，似觉得有人仗剑立于窗下，便隔窗打着颤音问道："尔等欲杀哀家吗！"

"太后莫惊！"崔立拱手于窗下，大声道："末将是西面元帅崔立，奴申等欲行谋反已被臣诛杀。今国家大势已去，百姓食尽，无以为生，死者相望。太后当草诏，以救一城百姓。"

仁圣太后知崔立反了，见宫外嚣嚣，推窗见士兵横眉怒目，刀头滴血，自思无计，道："你想让本太后怎么下谕旨？"

崔立大声道："太后明鉴，皇上离京不归，国不可一日无主，再无人监国，汴京必将大乱。臣请太后召卫绍王之子从恪监国，其妹公主现为成吉思汗哈敦，让他执政有利于与蒙古人议和。不如此，臣无以约束乱兵！"

崔立话中软硬兼施，太后不得不从，含泪泣道："谕旨可写，元帅先得保证宫内安全。"

"太后宽心，臣下决不食言！"

仁圣太后手打着战提笔写了《谕旨》，谕旨以完颜从恪为监国，赐崔立为左丞相、军马都元帅、寿国公。当日，崔立控制了汴京，挟监国而除拜官吏，不附己者滥杀滥捕，百官皆震悚听命。崔立又遣使持奴申、阿不人头诣速不台军前纳降，同时销毁守城楼橹，撤去守备……

第二十三回

金宗室泪洒金宫阙
衔圣命楚材止杀戮

二月底，天公不作美，乌云密布，雷声隆隆，白色降旗在雨前的风中低垂，燕子在汴京城头上空盘旋不止。比风雨更沉重的是蒙古大军要进城的消息，因为无人知晓蒙古人会用什么手段对待这个用血与火拼死抵抗了一年多的汴京城。

城门口，崔立身穿油衣，骑着高头大马，头戴一顶蒙古大帅速不台送给他的镶着宝石带有帽缨的瓦楞帽，他肥头大耳，脸略有些长，喜欢斜睨着眼睛，无唇须，正带着亲军视察城防。整个京城早已换上了他的亲信，按说已经控制了汴京城内局势，可他心里依然在打鼓，因为一旦打开城门，他并不清楚蒙古人是否遵守协议。他查封了国库，成立了收拷局，强迫那些富甲一方的官绅交出珍宝。几天来被拷打致死的人达数百人，搜刮金银珠宝无数，为了满足蒙古人对女人的需求，他在民间搜求数百名处女准备献给蒙古人。按条约在投降之日，崔立还要将金廷皇室亲族全部送抵青城，由蒙古派军队接收皇宫内府。为了不出意外，崔立提前聚皇族人等入宫，还是有少数不甘受辱的王爷、王妃先行自戕。为了顺利将完颜一族交给蒙古人，他命其弟崔倚与药安国去大内押解人质，并亲自在城内巡查。

辰时刚过，金廷大内，号哭声一片，从宫内被押解出来的金朝皇室宗亲五百余人，衣冠不整地站在大庆殿前的广场上。这里面有仁圣太后、徒单皇后、嫔妃，监国梁王完颜从恪、荆王完颜守纯和其他亲王、郡王及各府王妃眷属……长者皇室贵族面色苍白，表情麻木，虽内心充满恐惧，犹能把持得住，而一些年轻的王子、公主、妃嫔早已是泪水洗面，大放悲声。尽管还没有见到蒙古人，可他们已意识到生死离别就在眼前。

犯人集合的速度太慢，令药安国极为气愤。他曾坐过金国大牢被判了死刑，因而对大金国的皇族充满仇恨，火冒三丈地骂道："都不许哭，给我站好了，按册点名。你们完颜氏一族享了太多的福，也造过太多的孽。当年你们的先人曾将大辽、大宋皇族带到上京，从来也没有想到今天会轮到完颜一族倒霉。这叫冤冤相报，一会儿我们就把你们送给蒙古人，速不台驸马说了要把你们送到漠北，献给蒙古大汗。"

药安国的话在大内上空回响着，广场上站立着的皇室宗亲如被抽干了血的死人，都处于一种麻木状态，男人、女人都失了魂魄，只有那些幼小的男孩、女孩还在嘤嘤地哭泣。

点名的速度很快，崔倚收起名册，药安国马上大喊道："一会儿出宫，崔立大人格外开恩，允许太后、皇后与嫔妃坐宫车出宫，其他诸王、王妃人等坐大车出城，现在可以上车啦！"

没有选择，面对手举鬼头刀的解差，仁圣太后、徒单皇后与妃嫔、诸王们眼望宫阙，再来不及道别，便匆匆登车。作为过去的统治者，汴京城有他们的府邸、这座大内曾带给他们许多自豪，不远处有祭祀祖先的太庙，这座大殿是他们的家。可眼下他们将作为战俘被押解出宫，再也无缘回到这里了，面对最后离别，许多男人跪地向宫殿叩别，许多孩子号啕大哭……这令药安国极端愤怒，他拔出刀来大吼着："来人，对跪拜的……剁掉双手！"

仁圣太后低着头向凤辇走了几步，忽然眼睛一黑，大叫一声跌倒在地。药安国无奈命人将仁圣太后架上车，接着人们逐渐地上了车。

一辆辆的凤辇、革辂、重翟车、金根车鱼贯而出，而后则是几十辆带黑幕布的马车……没有森然的羽葆伞盖仪仗，没有出行的喝呼清道之声，这支特殊的车队沿着御道向城门方向移动，一路行进，一路哭声……

"轰隆隆——"一声炸雷惊天动地，豆大的雨点落了下来，金国宗室的车辇在雨中来到城门边。在大雨中崔立亲自查点了重要人犯，接着才命人打开城门，亲自打马押解犯人去青城。连日来，与蒙古元帅速不台的交涉从未间断，崔立提出要做豫王，与蒙古分治黄河南北，被速不台一口回绝。速不台命他将金宗室押解到青城，作为交换将汴京送给他，许其做郑王。

崔立打马正行之间，几支人马从青城飞奔而来，将崔立军马团团围住。崔立惊得魂飞魄散张口结舌，正惊慌间，见远处一匹通身火红的高头骏马驰来，马上坐着威风凛凛的蒙古大帅速不台，崔立下马跪倒在地，说道：“大帅何以冒雨前来，莫非不信任崔立！”

速不台哈哈大笑道：“吾儿，请起。本帅亲迎也是好意，目前黄河以南，盗贼横行，如人质被劫，岂不前功尽弃！”

你道速不台何以称崔立为儿，原来崔立曾去青城签约议降，速不台大喜，命人摆酒设宴。席间，速不台举杯道：“我大蒙古汗国如日中天，待降者最厚，你与我儿兀良合台一般大小，能杀金国执政出降，只要按本帅之意办事，本帅决不负你。”速不台说话无心，崔立听话有意，立刻跪倒在地，流泪道：“崔立自幼丧父，如大帅不嫌弃，收小人为义子，一切听凭大帅所命！”

速不台因攻金汴京半载未下，又让金主从眼皮下溜走，有人献城自然喜欢，亲自上前扶起崔立，说：“我已年过半百，将军既认我为父，我定保将军今后前途无量。”速不台当即命人取吉服并笠靴，看他换上，又亲赐他金虎牌。

本速不台并不相信崔立，此时见他守信，车内押来金国皇室族人，方才大喜，拨转马头与崔立并马回青城。青城离汴京仅三里余，当年大金国粘罕元帅就在此收押了北宋的徽、钦二帝，宋宫皇室宗亲、后妃也是从此城北去。蒙古征金元帅府就安在城内的一座山坡上，速不台命人摆宴受降，被押解到山下的金朝太后、皇后、亲王、嫔妃等男女老幼五百余人，被命冒雨跪在山岭下。这些锦衣玉食的王公显贵，后妃美人，雨浸寒衣，失去往日的威风，凄惨情景自不待言。

速不台痛饮了三杯酒，方命人将金宫内女眷带走，暂寄城内一座大庙的禅房之中，依旧命诸王公跪于风雨中。速不台望着跪在风雨中的金国皇室人等，高举酒杯对席间诸将道：“完颜氏当其兴时，就是这样对待辽国、宋国皇室的，当年蒙古先祖俺巴孩汗就是被钉在木驴之上处死的。害人者必害己，完颜氏一族今天的惨剧就是例证，现在，我们终于在青城报了这一箭之仇。”

直喝到天近傍晚，速不台方命人将梁王、荆王等冻得发抖、浑身打战的宗室男人押入大营。速不台对崔立道：“崔将军，你为蒙古汗国立了大功，只是金主完颜守绪还在归德府，不知你有何良谋收降于他！”

崔立面露笑容，说道：“眼下仁圣太后已成臣虏，他虽非完颜守绪亲娘，却是宣宗皇后，也是其母的亲妹妹。让她修书一封招降金主不是难事，况完颜守绪已成丧家之犬，只要许他些利益怕就归降了。”

速不台哈哈大笑道：“大汗日夜望平金之日，你现在就去劝说仁圣太后，如能劝降金主，崔将军就算又立了头功一件。”

夜雨一直下着，雷轰隆打着，天阴得锅底一般，在一间摩诃院的禅房中，仁圣皇太后正与徒单皇后相对而泣。仁圣太后脸上挂满泪水，叹了口气道："孩子，额娘母仪天下数十年，原以为能得到寿终，看来命实不济。记得当年守绪方为帝时，我就做了一个奇怪的梦，梦见在一个古庙忽遇行刺，我大声喊叫，'守绪救我！'哪知事情应到今日，你我真做了庙中人。你我现在还能相对而泣，只不知到漠北后如何度日了！"

徒单皇后脸上的胭脂被冲出一道道泪痕，泣道："母后，人都说皇家无穷富贵，但历朝历代，没有不散的宴席。当年南唐李后主满腹锦绣文章，率先降宋，可终不免长缨系颈惨死。我朝灭亡北宋，徽宗、钦宗北去上京时，就是乘五牛车，可怜今日轮到我大金国亡国了。"说罢大哭……

二人正哭着，忽听门外有人高喊："郑王驾到！"

两个妇人抬头，见门外站着身着蒙古衣袍，头戴笠帽、喝得醉醺醺的崔立。崔立也不行礼，只是唱个诺道："皇上只顾仓皇逃命，将太后、皇后丢下，非我愿意降附蒙古，正是盛衰有时，满城百姓早已背金。大金国败了，南有世仇宋朝，北有强敌压境，早降尚可为王为侯，迟了宗庙社稷难保。"

仁圣皇太后与徒单皇后止住哭泣，星眼倒立，恨不得扑上去掐死这个国贼。

崔立见二人怒目不语，从腰中拔出长剑，厉声喝道："听说皇上已到归德，但漏网之鱼，终难逃出网罟，这也是皇上不识天意所致。当年金蒙约好，蒙古遣使唐庆议和，虽说大蒙古汗国提的要求苛刻些，但也无非让皇上去帝号，为河南王。皇上如肯许诺，何至今日全族人口被俘。唯今之计，请太后降谕旨，让皇帝早降，还不失为归命侯。再丧机会，怕归德一破，无人能救得皇上！"

仁圣太后积蓄的愤怒从眼睛喷出，骂道："崔立你这个贼子，坏了我朝大事，今日你要杀我，就快快动手吧！"

崔立被骂得满脸通红，长剑反倒插入匣中，吼道："来人——将荆王、梁王带到这里来！"

侍卫答应一声去了，片刻工夫有人将荆王、梁王押到堂下。崔立用剑指着跪在地下的二王，吼道："你们两个听着，蒙古大帅命太后降谕旨，令皇上投降，今天太后不肯草旨，本帅无奈，只有先杀你们一人，你们谁想先走？"

荆王、梁王见崔立一脸凶相，吓得浑身发抖，用头点地，泪流满面道："太后救我……太后救我！"

崔立瞪着眼睛，向仁圣太后吼道："太后让我为难，我只有先取了荆王的首级，再砍了梁王的项上人头！"

荆王、梁王满面泪痕，声音打战道："太后，还是写吧！"

仁圣太后望着荆、梁二王，叹道："无能儿孙……今日之际同为阶下囚，哪还有太后，就是写了谕旨又能怎样！"

"你写还是不写？"

仁圣太后见荆王闭上眼等死，也不愿二王死在自己眼前，想了想对崔立道："放下你的剑，取纸笔来，哀家便写一纸家书交你去领功。"

崔立也知强迫不得，命人捧来纸笔，由仁圣太后将家书写毕，仁圣太后取来印鉴钤了，崔立让徒单皇后也画了押。崔立见大功告成，露出笑容，命人将二王带走，又指着仁圣太后骂道："早写了，何必如此费事。"话还未说完，忽听隔壁有人大喊："不好了，宝符御侍李妃上吊自杀了……"

崔立将太后家书揣在怀中，直奔出事现场。在一间佛堂内，自缢而死的宝符御侍李妃的尸体，被人平放在地上。李妃只有二十左右年龄，长得面白如玉，入宫前人称是汴京第一美人。其父李君美曾为参政，后出镇平阳，城破自杀而死。李妃是个烈性女子，被押到青城，心想："这佛堂当是我归命之所，妾父为国而死，今国破家亡之时，我再留此性命，定受辱于仇人……"

就在崔立押解金国宗室王公离开汴京前往青城之际，一队蒙古骑兵奉速不台之命开进汴京城。这队人马由按札儿、石抹咸得卜、汉军将领张柔等带领直奔大内，打开封存库府，按札儿负责将大内库存金银珠宝一股脑装车起运，张柔负责将金朝各朝实录及图书装车。

石抹咸得卜让人在宫内收缴金银，自己则带着侍卫出了大内。也是凑巧，出了大内，就见一座高大的府第中人来人往，兵卫森严，细看府门匾额上书"郑王府"三字。石抹咸得卜吃惊地对侍卫道："郑王何人，竟富比大内，走，本将军进去耍耍。"

这个府邸本为荆王府，崔立政变后夺为己有，他取内宫珍玩藏于家中，命人将随驾官宦之家径行查抄，陈国夫人、白撒夫人、右丞李蹊、内侍高祐均死于崔立杖下，家中财宝尽入其家。崔立成为郑王，其家人也鸡犬升天，其弟崔倚被他封为殿前都点检，其党羽均握大权。

石抹咸得卜带人闯入郑王府，郑府兵丁将士哪里敢管，石抹咸得卜本人直写进了内宫。崔立妻子王花儿听说蒙古人进府，吓得浑身发抖正想躲藏，被石抹咸得卜堵个正着。石抹咸得卜见这女子红色罗裙，粉色窄袖圆领衣，浓黑头发高高盘在头顶，星眸皓齿，一张美如桃花的脸上挂着泪珠……石抹咸得卜本好色之徒，如何肯放过机会，命侍卫守住大门，自己将王花儿抱定，边亲嘴，边把王花儿衣袍往下扒，一边叫道："美人，崔立那厮好艳福，娶了你这样好的婆娘。他刚认了速不台驸马为干爹，何妨本将军给他戴顶绿帽子……"王花儿原以为崔立投降蒙古人，有了靠山，这回可以凤冠霞帔作威作福,没曾想石抹咸得卜闯进来,又不敢反抗。只是闭着眼睛,任石抹咸得卜将她抱到牙床上,一番折腾后,犹嫌不够,尽取崔立所藏珍宝全部装车……

次日清晨,细雨稀稀落落,十余万蒙古兵开进汴京。同时进城的崔立受命带领人马从城南到城北,将手无寸铁的百姓驱赶牛马般押出城外。本来城里人以为归顺蒙古汗国,就可以逃得杀戮,哪曾料到速不台根据《大札撒》,决定对抵抗数载的汴京城实行屠城报复。崔立大梦方醒,又不敢争。好在速不台答应许他的人可以不死。

在军人的驱赶下,汴京人扶老携幼,被赶离老屋,踏上了出城路,哭号声压过了汴河的呜咽声。队伍中一位面色青癯,头戴幞头,身穿青罗大袖盘领长袍四十多岁的男子正是金国尚书令元好问,与他同行的是他的弟子兼好友翰林文字王鹗,元好问的夫人毛氏手牵着两个男孩夹在人群中。

"裕之,汴京已破,金国已亡,还是听我的话,跟姐夫走吧!"喊话的是蒙古汉军元帅张柔,他正横刀立马站在城门口。他的夫人毛氏与元好问的夫人是亲姊妹。

元好问鄙夷地望了张柔一眼,擦着马头而过,冷冰冰地道:"是张大将军,用不着为我操心,汴京百万生灵涂炭,你如真想救人,何不救救全城百姓!"

张柔叹息摇头道:"裕之,你不替自己打算,也该为孩子、夫人做些打算。听我话,你不是想修史嘛,我已将历朝实录全部接管了,还是跟我走吧!"

元好问摇头道:"国破家亡,独生何益。"

张柔无奈地道:"你如此任性,我也没办法了!"

元好问义无反顾出了城门,王鹗敬佩地望着他,紧跟了几步,叹道:"裕之先生,孟子云,富贵不能淫,贫贱不能移,威武不能屈,说的就是先生这样的人。"

元好问叹息道:"你是新科状元,本前程无量,可惜我也无力保护你!"

王鹗敬慕地道:"我那点学问不过是敲门砖,哪比得了先生。"

元好问指着前方雾雨笼罩的青城山,无比悲愤地说:"这座青城,百年两次浩劫。当年北宋徽、钦二帝就由此踏上五国城的坎坷之路,现在大金朝太后、皇后、诸王又在上演同一场惨剧!"

王鹗道:"青城承载着太多的苦难,再次陆沉,令人慨叹。"

元好问悲愤难耐,愤怒化作诗句,吟道:"塞外初捐宴赐金,当时南牧已骎骎。只知灞上真儿戏,谁谓神州遂陆沉。华表鹤来应有语,铜盘人去亦何心?兴亡谁识天公意,留得青城阅古今。"

时近中午,汴京城外黑压压的人群,哭声不断,骂声不断……在城门口,人们被分成工匠、医生、儒释道三教等。元好问和王鹗等人被赶到城北，城南空地哭成一片，愈来愈多的妇女、儿童、老人被手执大刀的蒙古军团团包围，被赶到这片空地上的竟有数十万人。

屠杀前是那样恐怖，没有人不知道蒙古人杀人如麻，生离死别就在今天。每个人都显得无奈，面对手握大刀的蒙古兵，这些手无寸铁的人们唯有泪眼茫茫，眼望着脚下的汴河挟带着大量浑浊的雨水，哗哗地在城墙边带着呜咽向南流去……

蒙古兵里三层外三层，弓箭手箭上弦，刀斧手鬼头大刀擦得铮亮，战马紧张得长嘶。空气凝固了，天阴得发黑，犹如棉絮般的云团，低得几乎碰到汴京城头，可大雨却迟迟不肯落下来。

速不台骑在黑色战马上，脸色因饮过酒显得通红，银盔戴在头上，眼睛闪着光辉。杀人屠城在他几十年的军旅生涯中，几乎每年都会遇到，其中最残酷的无疑是西夏皇城。成吉思汗因西夏不克病死于军中，逝世前，窝阔台、察合台、拖雷都在大汗脚下，速不台与大将博尔术、赤老温、忽必来、者勒蔑也被叫到大帐。当时大汗面色苍白，用蜡黄的手掰着指头对儿子们道："博尔术、博尔忽、木华黎、赤老温、忽必来、者勒蔑、哲别、速不台这八个人从我征伐，功劳最大。凡教去处，在夜间做雄狼，日间做黑老鸦。博尔忽、木华黎、哲别都先我去了，现在我也要去了，我死后不要发丧，西夏人知道我死了，就会拒绝投降。等他们降后，杀尽城内最后一个人！"不发丧被坚决执行，果真西夏国主李晛自缚出降，遵照遗诏西夏主李晛以及中兴府城内居民全部被杀戮。

汴京人口远比西夏中兴府更多，杀戮可以清除潜在的反抗，眼望城头那面蒙古大纛，此时的速不台眼里闪过一阵兴奋的神采。他是个没有读过书的牧民，可长期的战场经验，使他相信杀戮敌人，也是一种对自己人的保护。他看见士兵们手握鬼头大刀，列队在等待行刑令。他决定不再等待，因此眼中闪着怒火，从腰中抽出宝剑举刺向天空。他的"行刑"命令到了嘴边却没有喊出，因为目光所及，一支马队在不远的前方狂风暴雨般席卷过来。

马队在雾中飞奔而来，速度异常地快，只有宣差才会这样策动战马。为首的人骑着一匹青花马，马好像在飞，四蹄腾开的样子就像一条青龙，马上汉子不断用鞭子猛击胯下的马匹，后面跟着数百骑兵。这只马队吸引了所有汴京受难人的眼球，速不台的嘴张了张，没有言声，一直等到青花马跑到近前，他才看清，马上端坐的正是汗国的中书令耶律楚材，他的脸上满是汗渍和雨水，衣袍尽湿。

速不台望着耶律楚材吃惊地道："耶律大人出了什么事，为何来汴京？"

“大汗有命，停止屠城——”耶律楚材喘着粗气，气喘吁吁，声音颤抖地道。他见速不台一愣，向四周一看，士兵们都举起大刀，他立刻明白如果再晚来一步的结果，因此迅速从怀中取出黄缎诏书，向着速不台喊道：“驸马听宣！”

速不台跳下马跪在泥地上，整个广场一片死寂，数百万双眼睛望着青花马上留着长胡子的宣差，倾听着从他口中传出的大汗旨意：

长生天气力里，大汗圣旨：

知悉汴京归降，朕心甚慰。按《大札撒》，以城抵抗者屠城，然朕再三考虑，汴京乃六朝古都，金国人才尽荟萃于此城，一旦杀戮，玉石俱焚。因此应耶律先生之请，许其城降后，不再屠杀。着耶律楚材速到前敌传旨，速不台接旨后，不得擅开杀戒。只将完颜家车轴高的男人斩决……

汴京旧金官吏可由耶律先生选择去留，汴京所获金银珠宝及金人后妃宫人，着速不台驸马押解回哈剌和林……

钦此　大汗窝阔台

第二十四回

咸得卜出逃避大祸 耶律公访贤保群儒

耶律楚材读完诏书,望着广场上数十万汴京人,高声喊道:"世界大汗——窝阔台,恕汴京人不死,汴京人为大汗的好生之德,欢呼吧!"

广场上死一般寂静,一阵闪电划过,雷声轰隆,豆大的雨点从天而降。随着雷声雨声,人们终于从死亡的阴影中挣脱出来,许多人拥抱在一起,哭声和着雨声交织在广场上空。

"臣速不台领旨!"速不台叩过头,接过诏书。

耶律楚材下了马,浑身有些瘫软,冒雨向速不台拱手道:"臣贺喜驸马,听说公主怀孕了,大汗与昂辉哈敦让臣叮嘱驸马要带公主一同回漠北!"速不台极力摆脱了心中的不快,抹了把脸上的水珠,说道:"请大人放心,本帅处理完汴京事宜,即与公主一起成行。"耶律楚材松了口气又问:"公主是否在青城?"速不台摇头道:"不,公主怀有身孕,已归郑州城了!"

速不台因大汗有旨意诛杀金国宗室,转身对传令官下令道:"传大汗旨意,杀光金宗室男人,为先大汗俺巴孩报仇!"

此令一下,被押解的金宗室男子无不面如土色,有的竟然跪不直,有的瘫倒在泥水里。梁王、荆王早吓得魂飞魄散,到了这时只有硬挺直脖子。蒙古行刑队个个膀大腰圆,手举大刀,如砍瓜一般,数百余头颅顷刻落地,血水顺着雨水流进汴河,河水都被染红了。

耶律楚材见满地血水，打了个冷战，自忖道，如果自己路上误了一日 河内流的就不只是水，而是近百万人的鲜血了！

原来耶律楚材从燕京赶回哈剌和林城，正值窝阔台狩猎归来，忙跪迎于城门外，窝阔台勒马道："先生病在燕京，朕正想派人去看看，怎么这样快就赶回来了？"

耶律楚材叩头，眼睛流泪道："臣为大事归来见大汗，请求颁旨止杀。"

"为何止杀？"

耶律楚材泣道："汴京乃六朝古都，金主出逃，城内还有一百余万百姓，此城与我军对抗一载有余，金主已逃离汴京，不日该城就要陷落，听说驸马军中已有屠城之议。臣在病中许多军将派人见臣，希望臣恳请大汗颁旨'止杀'。汴京繁华数百年，一旦屠城数十年难以恢复。臣不敢因自己病而误大事，特归来叩求大汗，放弃汴京屠城，为陛下在中原开文治之路打下基础。大汗曾命臣荐才，汴京乃人才聚集之地，学者梁陟、元好问等一大批人才都在城中，臣请大汗降旨！"

窝阔台皱了皱眉头道："汴京不屠，今后金国城池尚多，不降之城必多，何以威慑惩戒？"

耶律楚材叩首道："臣夜晚观天象，太白、岁星、荧惑俱会于轸、翼，金国灭亡不出明年。金国城池至今死战，多是惧怕屠城，许以不杀，民无固心，其他城池降者必多。因此臣觉得中原归我者十之七八，眼下不杀让人知大汗威德，人心思治，更会加速金国灭亡！"耶律楚材于天文地理之学无所不精，蒙古人素信占卜之术，因以他用星相之说动大汗之心。

窝阔台被他说动，面呈喜色，点头道："诚如先生所言，那就由先生草诏，宣布朕意：取了汴京，让速不台不要屠城！"

耶律楚材泪如泉涌，叩头不迭："臣替汴京百万民众叩谢大汗！"

窝阔台道："先生快起来吧！"

耶律楚材抬头望着大汗，又道："大汗，臣刚说的是公事，还有件私事，也请大汗替我做主。"

窝阔台一愣道："又是何事？"

耶律楚材道："大汗，石抹咸得卜为报复臣，杀了我兄善材一家数十口人，请大汗替臣报仇呀！"

窝阔台吃惊地望着耶律楚材，不解地道："听说善材不愿来漠北，留在河南居住，石抹咸得卜一直在军前效力，怎么会有时间去杀人？"耶律楚材抹着眼中泪花，泣道："大汗，十二月二十五日石抹咸得卜擅离大营，到封丘县将臣兄善材一家数十人杀死，幸而两个侄儿被我兄长藏在夹壁墙内，才逃得性命。两个侄儿流落街头,被严实的部将发现,送到燕京臣才知其详。”

窝阔台知道人命关天,不能不慎,对站在耶律楚材身边的男孩子问道:“你叫什么名字,你叔叔说你藏在夹壁墙内,怎么会知道是石抹咸得卜去封丘杀人的?”

耶律楚材身后男孩十三四岁,从容答道:“大汗,臣叫耶律钧,耶律善材是我的父亲。我家离了汴京,暂寄封丘太白楼。那天睡到半夜,我父善材叫醒我们,风雨声中外面有战马嘶鸣声,我父警觉将我与妹妹藏于夹壁内。外面人砸门进来,一人对我父骂道,‘耶律善材,我是石抹咸得卜,今天让你死个明白,耶律楚材杀了我外甥,害得我在燕京不得安生。你兄弟不仁,别怪我也不义,但将话说明白了,你到阴间就不是屈死鬼啦!’接着砍杀声起,我们遵父命躲在夹壁内不敢动,直到天明才逃出太白楼。”耶律楚材又补充道:“臣在燕京听严实部将王玉汝说,石抹咸得卜去封丘县杀人,恰巧当夜金主踏了他的营帐逃出汴京,当时公主、驸马本欲处死他,因众将求情方重打了一顿棍棒……”

窝阔台听得明白,鹰眉蹙着骂道:“石抹咸得卜丧心病狂,先生莫急,真如所言,朕定然将他捉拿归案。”

两天后,由于担心汴京屠城,耶律楚材便带着圣旨离和林城……

当晚,速不台为耶律楚材摆酒,耶律楚材方将大汗擒拿石咸得卜密旨交给速不台,速不台阅过方知石抹咸得卜当日是去封丘杀人,忙命人去宣石抹咸得卜来帅府,不时得到回报:“石抹咸得卜已带亲信出逃。”次日,崔立也来青城见速不台,哭道:“石抹咸得卜趁我押送犯人去青城之机,在汴京抄了我家,还将我妻王花儿劫走。”

速不台听说石抹咸得卜私劫大量珠宝,又劫人妻,不禁大怒,一边安抚崔立,一边命人绘了图形,发往河北州县按图捕拿不提。

汴京接连下了几天的雨,惊天动地的响雷炸开云幔,闪电如剑像要划破了苍天。城内发生了这样多的事情,多数人家不到戌时已家家关门,户户上扃。只有郑王府朱红的大门敞开,数盏高悬的灯笼把王府高大的门楼映得通亮,数十名禁军侍卫身背弓箭,手握兵刃,凶神恶魔般地站在门楼两厢。王府内,崔立连日设宴,他身穿蟒袍端坐在太师椅上。厅堂内,他的心腹党羽孛术鲁、韩铎、药安国、翟奕等党羽三十多人,坐在两侧的矮几前,面对满桌的酒菜,个个满脸堆笑。

崔立略有醉意,将斟满杏花村酒的银杯举起,高声道:“昨晚速不台大帅请我到青城,元帅说,他要请示大汗下诏封我为郑王,并将汴京交与我等,还说让我长期镇守此城。元帅还对我府被抄表示同情,已下令搜捕石抹咸得卜。现在本王与诸公上了一条船，崔某封王守，诸位自有好官来做。”

干瘦的孛术鲁眨着小眼睛，举起酒杯，说：“王爷首倡义举，救了汴京百万生灵。按说郑王爷对汴京百姓的功德，可有一比，就如当年禹王爷治水一般，没有禹王爷治水，世上的人就都成了鱼鳖虾蟹。汴京不解围，百万百姓都得困死、饿死，我们这些人也要替大金国殉葬，即使有好日子，也轮不到我们这些下级军官。所以，咱们共敬郑王爷一杯酒，王爷先喝！”

韩铎对孛术鲁不满，忙站起身来，举杯望着众人，道：“我举这杯酒是效忠酒，是代表大家敬郑王爷的，今后愿一心一意跟着郑王爷打江山的就一齐跪下喝，不想跟的不强求，来，大家一齐举酒向郑王盟誓。”

韩铎先跪了，众人乱吵吵跪下，韩铎道：“臣等举酒盟誓，今后谁对郑爷三心二意，天诛地灭！”

崔立见众人跪下，心里高兴，饮下那杯酒，笑着道：“都起来，蒙诸位大人不弃，本王就先谢谢诸位，你等愿辅助于我，本王也决不负尔等！”

孛术鲁起身道：“郑王爷，按照你的命令，我已将那些不肯归顺的人，按名单关进大牢，不知王爷对这些人想怎么办？”

崔立叹了口气道：“这些金朝的官员当面恭维本王，暗地里骂我们是卖国贼，他们不敢去惹蒙古人，偏要自称大金遗民与本王相抗。”

药安国扬着脸道：“王爷，这些文人何须多虑，交给我算了，看我怎么用鞭子抽他们。”

崔立对药安国摇摇头道：“药将军，对文人不能光用硬的，没听人说杀人有两种刀，硬刀子可以杀人，软刀子才可以诛心，因此做大事不可太过鲁莽。”

“那王爷说该怎么办？”

崔立拍了拍脑门道：“今后大家都要学会动脑子办事。”

翟奕抬着尖下巴，扬着小胡子道：“郑王爷说得是，今天一早太学生刘祁投书一封，说要为大王建一功德碑，小人看这小子主意不错。文人的嘴巴封不住，让他们自己画圈自己钻，那样他们有嘴就张不开了。”

崔立对师爷出身的翟奕印象并不好，双眉紧蹙，催促道：“有屁快放，你有何想法。”

翟奕小心地禀道：“本朝文人当属王若虚、元好问二人，现被关入牢中，他们的妻儿老小也都在我们手中。我的主意，让他们二人撰写碑文，这座功德碑在汴京城门前一竖，他们的荣辱就与王爷的荣辱连在一起，走到天涯海角，他们也不敢再胡言乱语了。”

“对！这是个好主意！”孛术鲁、韩铎一起击掌称妙。

“好！此话正合本王之意，这事由你去办，要软硬兼施，——这样吧，你唱白脸，让药安国帮你唱个黑脸。”崔立非常兴奋，将杯中的残酒一口饮下，大声吩咐道。

阴森森的御史台天牢，自从崔立投降蒙古人后，牢中犯人都被大赦，天牢空空。崔立回汴京后又将不愿附己的数十名朝官抓进天牢，由于外面暴雨绵绵，天牢内阴冷阴冷，又不许带被褥，众人都挤在一处取暖。

天刚放明，天牢内，尚书令王若虚与元好问等同室众官就耐不住寒冷，开始起身活动。有个人提议道：“大家如此坐着，不如各讲一个故事凑个趣，也可打发时光，抵消此间寂寞。”王若虚道：“我来先讲，北史上，记载着一个故事，说北周的一位姓崔的拾遗出使突厥国，被安排到驿站依然摆谱，嫌驿馆饭菜不可口，突厥可汗听说此事很生气，接见时，见他长得肥头大耳，走路胖得三摇，便起意戏弄他。问道：‘崔大使，你在北周任何官？’使者低头答道：‘右拾遗。’可汗立目道：‘拾遗在我汗国是吃屎的官，北周如何遣你为使臣，来人端盆屎给他来吃。’果有人用木盘盛着粪，这崔拾遗见突厥可汗怒视而不见着他，怕惹怒可汗，苦着脸皱着眉吃完粪便。突厥可汗方大笑，“真个好拾遗，竟一点不剩。”此人后来放回北周，时人讽刺他道，“崔拾遗能食突厥之遗。”

众人哈哈大笑，穿着澜衫、头戴蹼头的元好问知道王若虚在讽刺崔立卖国，亦笑道：“我也在书中看过一个故事：“说是南梁时，有一个姓崔的小吏娶了个女人，结婚三天就想巴结上司。他听说上司喜欢美女，就买了一个歌伎，并设家宴，准备席间将歌女送给上司。偏这个上司看中了他的新婚妻子，席间上司道，‘本大人听说你的夫人很美，何不请出来，陪我饮杯酒吧！’小官无奈，只得叫新娘出来佐酒，并说，‘拙荆没见过世面，不入大人法眼。’上司道，‘难道你怕我抢你的女人不成？’小官害怕受责，说笑道，“大人说笑话，如果大人喜欢，就送给大人何妨！”那上司拱手道，“谢君美意！酒后，果然叫人将那妇人抬上轿子”。

众人都知蒙古人抢了崔立的女人，不觉大笑，笑声未止，就听见门响，药安国带一队禁军闯了进来，凶神恶煞地叫道：“王若虚、元好问，你二人快快出来！”

王若虚、元好问走出昏暗的大牢，明亮的晨光刺得二人眼睛发疼，随着禁军沿着宣德门进了尚书省，进了礼门，抬头一看，平时有数十个官员办公的尚书省，空荡荡的院落，寂静得一点声音都没有，连往日庭院中高大的梧桐树上叽叽喳喳的麻雀叫声也听不见。二人走进悬着“尚书省”牌匾的正堂，抬头一望，太师椅上坐着的是郑王府帮闲师爷翟奕。翟奕满脸堆笑，清了清嗓子干咳了两声，道："两位大人，郑王很器重你们，特意降旨，请你们回尚书省，希望二位与我合作愉快。"

王若虚怒道："我等被押在牢中，也算是郑王的关照。"

翟奕立目道："都是下人不会办事，难为了二位先生，郑王解救汴京百万生灵免遭杀戮。两位先生乃当世大儒又亲历此事，何不写几句话让人刻块碑感谢郑王？"

元好问道："自古除了人死，哪有为活人刻碑的。"

翟奕道："胡说，郑王救活汴京百万人，天人共见，难道如此功德，不足使你们替汴京百姓给郑王树一块功德碑吗！"

王若虚正色道："郑王以城降，朝官皆出其门，自古无小吏替上官叙功德的，即使写了又有谁会相信，请翟奕大人仔细想想！"

"俗话说，受人滴水之恩当涌泉相报，郑王爷救尔性命，你二人却推三阻四，这是不是不识抬举了！"

元好问亦道："翟奕大人此言差矣，自古树功德碑都是民间父老所为，大人何不求之汴京父老。"

药安国在旁早忍不住，骂道："翟奕大人，这两个狼心狗肺的家伙，算什么狗屁大儒。他们不写，就找人替你们写，只是名字照挂不误！"说着拍了一下手，外面推门进来两个人。

王若虚、元好问认得二人都是太学生，哥哥叫刘祁，弟弟叫刘郁。刘祁道："翟大人，我二人在大相国寺寻到一块好石，原为宋徽宗所立甘露杯，石高丈余，可让人磨平，制成新碑。"

翟奕知王若虚、元好问定不肯草碑，干笑道："此碑事由王若虚、无好问二位大人主持，就按你二人的想法去草一份碑文，郑王不会亏待你们的。"

"谢翟大人。"刘祁、刘郁答应着下去。

药安国指着王若虚与元好问骂道："你们两个别不识抬举，刘祁、刘郁写完就由你们看，不好好看小心尔等狗命！"

翟奕看着王若虚与元好问笑道："二位大人，其实郑王很看重你们的才学，如果你们肯写最好，如不肯写只能借你二人的名字了。"

王若虚与元好问怒道："名字岂能随意借用。"

"不识抬举的东西，来人给我拿下先打五十大板，看他们还嘴硬不嘴硬！"药安国大吼一声，几个虎狼般的打手冲过来便要行刑。猛见一队蒙古马队来到殿外，有人喝道："耶律大人来了，为何还不迎接！"

翟奕与药安国抬头，见大步走进来的正是蒙古使者耶律楚材，身后跟着蒙古汉军万户张柔，立时吓得不敢言声。

尚书省内，翟奕和药安国见蒙古中书令来到，不敢拿大，忙一齐跪下，翟奕讨好地道："耶律大人，来此可有事吩咐？"

耶律楚材望着翟奕平静地道："翟奕大人，王若虚、元好问二位先生是当代大儒，蒙古大汗曾有旨意，不许伤害两位大人，因此现在我们就要将他们带走！"

翟奕一愣道："中书大人，这二人顽固不化，自称大金国遗民，不肯与郑王合作。"

张柔瞪了翟奕一眼，喝道："少废话，中书大人是传达大汗的旨意，你敢反驳！"

翟奕被张柔将了一军，忙道："耶律大人有话，我们放人就是。"

耶律楚材带王若虚、元好问出了尚书省，耶律楚材望着二人道："王若虚大人、裕之大人都是楚材仰慕之人，连蒙古大汗都格外敬重，不知两位大人可否愿去和林？"

王若虚捋着白花花的长胡子，摇着头道："耶律中书，从之[①]老矣，不堪为人驱使，只想回藁城老家，度此余生而已。"

元好问道："我与若虚大人乃贵国阶下囚，不敢望耶律中书大驾相救。"

张柔正色道："裕之，耶律大人很重视你与王若虚大人，说你们是大金国文坛泰斗。听说你我为姻亲，就特意到朱雀门看望你，还在你的桌子看过你编的《中州集》，听弟妹说你昨晚已被郑王府的人押走，就径直来此救你，耶律大人还说要把汴京文武官员带离汴京，以免受崔立杀害。"

"张将军，"耶律楚材止住张柔，望着王若虚和元好问道，"元裕之、王若虚两先生不愿为官，楚材绝无相强之意。可中原坂荡，人民凋零，中原文化颠覆，大金国亡在旦夕，此是大势所趋，无人能阻挡。大蒙古汗国草创，本中书受大汗所托欲招揽天下贤才，两位先生久在中州，如不愿天下贤才蒙尘蒿莱，何不荐贤于国家。"

王若虚躬身一礼，道："耶律中书也是好意，实为中州士人福音。蒙古汗国攻城略地，使中州人民百不存一，此次汴京不屠，乃大人所赐。蒙古汗国能用中书，也算是中原读书人不幸中的万幸啦！"

元好问亦有所感动，说道："耶律大人，裕之的心与从之一样，不想做官，但古诗中有'青青子衿'之诗，古书又说，'十年之计，莫如树木；终生之计，莫如树人。'中书如愿拯救中原儒生，明日我当写一书信与中书，请大人酌情度之。"

---

① 王若虚：（1174～1243），字从之，号慵夫，藁城人，金亡不仕，号滹南遗老，有文集存世。

数日后,风歇雨住,艳阳高照。元好问等汴京官员及家属被押离汴京,留有小胡子圆脸的赵锡侯骑在一匹铁青马上,他是奉耶律楚材之命带着这些特殊的犯人回聊城的。崔立失望地站在城门边,城门下已树起了一块高高的功德碑,可他发现出城的人没有人看碑上的文字,倒是碑石上满是滴淌的唾液……

第二十五回

亦巴合进京告御状 速不台报捷归漠北

四月底的哈剌和林河刚刚开化，一块块豁牙露齿的残冰还在河上飘浮。河岸边，枯草丛中泛出嫩黄色的草芽；长空间，秃鹫展翅翱翔；树梢间，燕子呢喃。这日清早，哈剌和林城门大开，守门的士卫发现南面腾起一阵烟尘，烟尘中闪出一支车队，就惊讶地大喊："好多的车辆，一定是公主和驸马从汴京回来啦！"

数不清的车辆出现在路上，铜铃声、马嘶声，驼鸣声，旗幡抖动声，赶车人的吆喝声，大车咿咿哑哑响着，如一支欢快的河流向城内流来。车辆多得望不到边，每辆车上都插着小黄旗，装满从汴京府库运回的各种物件。一匹黑马上一身银铠的速不台略显疲惫，他眼睛半睁着，举头望着眼前的陌生的城垣……从太宗二年征金，他已近四年未回漠北，和林城的壮观让他感到一阵眼花缭乱。他敲了下身边帐车的门扉，脱灭干公主探出头，速不台望着她道："公主到和林城了，像汴京一样的大城，真让人惊奇！"

脱灭干兴奋地打开帐车门，笑道："这样快就到家了！"

城门内，一匹高头大马奔出，马上穿银袍留唇须的郡王，抬头一眼望见速不台，打马奔来，大声喊道："速不台驸马，终于盼到你们回来啦！"

速不台于黑马上拱手道："阔端殿下，末将有礼。"

阔端笑道："驸马为国立了大功，父汗高兴得不得了。"

脱灭干公主从帐车上跳下，眼中闪着喜悦的神色，刚进城就看见哥哥阔端，自然非常高兴，连珠炮地问道："哥哥，听说父汗已经命你去西凉带兵了，什么时候回来的？"

"哥哥是回来汇报西凉情形的，额娘正忙着叫人做吃的，父汗本要亲自出城迎接你和驸马，可又被政事缠住了身子。"

速不台面露喜色道："我与公主回来也不是大事，父汗日理万机，怎敢劳大汗出迎。"

脱灭干望着哥哥做了个鬼脸，故意撇着嘴，说道："哥哥撒谎，什么事能缠住父汗？"

阔端笑道："听说你与驸马回来，一大早，父汗就焚香拜了祖宗的灵位，还说要出城相迎。可一上朝，四王妃带亦巴合王妃进了宫，说是术赤台郡王暴死了；又怕冷淡了你们，命我相迎，还说献俘的事留在明天办，让额娘设家宴呢！"

速不台与术赤台多年一起征战，这次伐金二人还结伴随四王拖雷一同作战，想起术赤台中计被俘，三峰山被完颜合达劓鼻，现在又突然暴死，不能不产生惺惺惜惺惺之意，眼中流泪道："术赤台郡王身体强健，怎么会说没就没了？"

阔端叹了口气道："详情我也不清楚。"

速不台长吁一声，望着脱灭干和阔端道："术赤台将军勇冠三军，功劳远过于我。他随先主开创基业经历了多少惊涛骇浪，随大汗伐金，在三峰山被俘被金人劓鼻令人扼腕长叹。大功臣暴亡，父汗的心情我理解！"

脱灭干没看过速不台落泪，望着丈夫道："看你眼里都是泪了，别急，进了宫就知道详情了。"

阔端知道驸马与术赤台情深，自己说走了嘴，引起速不台怀旧之心，为了转移视线，指着长长的车队，对脱灭干道："妹妹，这样多的车辆，遮天蔽日没个尽头，看来汴京皇宫的珍宝可真多，怕连个数也没法统计吧？"

"大数倒有，驸马为此费了很大的劲。"

速不台觉得不能扫了阔端的兴，转过头，一扫脸上的愁绪，言道："二殿下，这回国家发了大财，光是拉回的金朝国库藏金就达二十万两，银四百万两，绢一百多万匹，大缎子五万匹，各种奇珍异宝数都数不清，估不出价来。宫内许多大件不好装车，也只能整体放弃了。"

"驸马这次回来，父汗有意让你去北府办差。"阔端眼里闪着羡慕的神情。

速不台摇头道："我这个人闲不住，还是想上前敌去。"

阔端笑道:“驸马是战神,父汗还说在打仗方面,要我向驸马请教呢。”

“殿下年轻学问比我大,这次去凉州,立功机会多的是!”速不台安慰阔端道。

“我那点学问简直不值得一提。”

一串如椽爆竹从城垣上垂下来,被守城卫士点燃,噼噼啪啪地山响,一串烟尘腾起,声音震得大地发颤。哈剌和林城路两侧看热闹的人都捂起耳朵,进城的车队载满的战利品着实令人大开眼界。守城门的卫队钉子般立在城门边,经过他们身边的车辆上打着封条、插着令旗,几乎撵来了一座城……

万安宫内,高高的金龙宝座之上坐着头戴栖鹰冠的窝阔台,他的眼里闪着复杂的情感,目视着阶下。唆鲁禾帖妮一身黑色袍子,固姑冠上摘掉珠花,眼中闪着泪花,与妹妹亦巴合一起跪在丹陛下。这些日子唆鲁禾帖妮一直称病,除奉诏外很少来宫内,其中除怕大汗纠缠,更防着大哈敦的猜忌。亦巴合王妃身材颀长,白净的瓜子脸,高直的鼻梁,樱桃小嘴,穿着一身紫色贴身绸袍,固姑冠上缀着一圈晶亮的宝石。她虽是术赤台郡王妃,因与成吉思汗有一夜之缘,而名声在外。这次她是替丈夫告御状的,脸上显得冷峻,泪眼透着娇媚。

“给两位王妃赐座!”窝阔台对怯薛命令道:“亦巴合王妃,说术赤台老郡王怎么出事的?”

亦巴合脸上挂着泪珠,泣道:“老郡王是被人射死的。”

“什么?”窝阔台瞪大眼睛,术赤台乃汗国重臣,又随自己伐金立了大功,被人射杀,使他感到头脑一片空白,耳朵一阵嗡嗡作响,半日方道:“王妃你说,何人敢射杀老郡王?”

亦巴合低着头,哽咽着一时没有搭话。唆鲁禾帖妮自从被大汗占了身子,见大汗时不禁脸上火烧火燎,见妹妹话语迟缓,便不能作壁上观,答言道:“大汗,臣妾听妹妹说,术赤台郡王是暴死的,怯台本想发丧前先禀报大汗,可怕万一案子一时不决,郡王身体暴露过久,反倒不好。因此未敢声张,办了丧事,才许我妹子来汗廷告御状的。”

窝阔台点头道:“老郡王为汗国纵横万里,每战必为先锋,多次单骑陷阵,先父说过,‘朕之望汝(术赤台),如高山前日影也。’怯台不敢报朕,难道案子涉及什么人,让他心有余悸……”

亦巴合捂面泣道:“正是,案子涉及到铁木格王爷!”

窝阔台大惊,如果真是铁木格无意间伤了术赤台,这事确实难办,想想道:“铁木格王叔因何事误杀老郡王?”

亦巴合知大汗理会错了，忙道："臣妾没有说明白，老郡王是被石抹咸得卜射死的，射杀郡王后，凶手逃到铁木格王爷家。怯台因咸得卜的妹妹是铁木格王爷的王妃，所以一时不敢造次。"

窝阔台望着泪水涟涟的亦巴合不解地道："亦巴合，你能肯定是石抹咸得卜射死了术赤台郡王，据本大汗所知他二人并无过节，为何会下此毒手？"

亦巴合抹了一把眼泪，抽咽道："大汗，臣妾有物证。"

"亦巴合王妃，那你细细说来，石抹咸得卜怎么会出现在大宁路，又何以射杀了术赤台郡王？"

亦巴合咬着嘴唇道："大汗说得不错，郡王平素与石抹咸得卜大人虽无深交，可关系还算融洽，并无仇隙。臣妾也不敢说石抹咸得卜是有意而为，很可能是误杀……"

"王妃莫哭，详细说说，朕才好替你做主。"

亦巴合拭去泪痕，止住啼声，抬头望着大汗，说道："术赤台郡王伐金归来奉旨养伤，外伤易好，心伤难愈，臣妾也劝说不开。老郡王常想起同铁木真大汗一道出征的日子，回忆过去，因此常抛开家人外出狩猎。两个月前，太阳刚刚落山，晚霞弥天，郡王发现了一只红狐狸，便带着数十侍卫，擎着鹰，带着猎犬穷追不舍。狐狸蹿进一片树林中，郡王打马追了过去，发现一队人马在旷野间宿营。按说数十里内有驿站，不去驿站也可到大宁府休息。可这些人没有这样做，这事引起了老郡王的怀疑。"

天色黑下去，月亮如一把银梳升上了夜空，这些人偷偷摸摸在树丛扎营，郡王不是怕事的人，因担心是坏人，便纵马追了过去。林子里很暗，马蹄踏着芦苇青草发出沙沙声，郡王接近前方营地，正要询问：他们是什么人，谁知对面张弩放箭，雨点般的箭镞射向老郡王，一支箭射中了咽喉。当郡王的侍卫赶来，老郡王已倒在树下，眼睛睁着，连句遗言也没留下就咽了气……

"抓住人了吗？"

"侍卫们赶来急于救人，那队人马抛弃了帐车，没命地消失在夜雾中。"

"人跑了，那你怎么肯定这些人中就有石抹咸得卜呢？"

"侍卫从那些逃走的营地中，发现抛弃的帐车上有几个大木箱，箱子上留有大金国荆王印鉴，里面装有锦缎。当时臣妾还以为是荆王逃进大宁路，后来才听从汴京来的人说，石抹咸得卜在汴京劫掠了原荆王府的珠宝逃走了……因此怯台认定是石抹咸得卜所为……"

"亦巴合王妃，不要着急，"窝阔台见亦巴合泪流满面，点了点头，眼中闪着幽幽地光，拈须沉吟说道："石抹咸得卜去大宁路是想逃避惩罚，本来朕命耶律楚材去汴京调查他罪行，看来耶律楚材没有抓住他，让他带着抢劫的财物逃走了……”

亦巴合道：“臣妾也听说，燕京行台已布了《告示》捉他，怯台还说他一定不敢回和林，也不敢去燕京，只有投奔铁木格王爷……”

窝阔台用手翻弄着案头的几份折子，取出一份折子，低头一语不发，细看折子。

长生天庇护的海内大汗：

臣再叩首，禀报我大汗，臣闻古语说，逃避鹰爪而藏身于丛林的雀鸟，不遭受鹰的暴行。石抹咸得卜近日逃到臣舍下，每日泪水洗面，转求臣替其求情。臣念其父抚定蓟州时救过臣命，咸得卜虽愚蠢与我有姻亲。其父与先大汗交谊也很深，是在野狐岭带兵归顺的契丹人，并在我军攻取燕京时发挥了无人替代的作用。此次犯罪虽可恨，但系他与耶律楚材间的个人恩怨，非敢背叛大汗，背叛国家。

窝阔台脸色十分难看，他长吁了一口气，脸色更加阴沉，对亦巴合道：“石抹咸得卜正如怯台所言，他已逃到巴彦乌拉城了……”

“他有折子给大汗了？”唆鲁禾帖妮眸子里闪着光，窥视了大汗一眼。

“不，折子是铁木格上的，要替石抹咸得卜求情。”

唆鲁禾帖妮眼含泪光，焦急地道：“大汗，你可要替亦巴合做主呀，术赤台郡王不能白死呀！”

“四王妃，你不要着急，只要咸得卜不是逃到天上去，朕就能将他绳之以法！”窝阔台将这份黄绢折子拿在手上，靠着龙椅，手伏御案略作深思，眼中闪着凶光，仿佛是一只被惊醒的狮子在寻找猎物，猛地转过身，对当值的怯薛长察剌道：“去，马上叫撒吉思来宫内见朕！”

片刻，王傅撒吉思迈着碎步被带入万安宫，小心翼翼地跪在红地毡上。几个月前他因和林粮市的事弄个没脸，回去铁木格与他发了顿火，不久就命他撤了粮铺底垫，回到巴彦乌拉城。他正在驿馆饮酒，察剌找到他，他赶到万安宫，小心翼翼地跪下叩头，道：“微臣叩见大汗！”

问安完毕，按常规他抬起头，以为大汗会命他起来，然而他发觉，大汗阴森森的目光让他感到胆寒，跪着的双膝也微微发颤。

“撒吉思，你家王爷好大的胆子，竟敢包庇石抹咸得卜，他可是汗廷的罪犯！”

撒吉思耳边听到大汗的暴怒声，折子在大汗手中抖动，他心惊胆战地用眼睛扫了一下殿内。殿内除了大汗，还有四王妃和术赤台的王妃亦巴合，他嘴张了张话没出口就闭了嘴……

窝阔台望着脸色发紫的撒吉思，紧着道："《大札撒》明确规定，'任何人只能住在他的封地，不管是百户、千户，都不可随意迁徙，更不许收容背叛首领的人。'铁木格王叔是熟悉《大札撒》的，他应该知道收留罪犯是最严重的事。"

"大汗，王爷并不敢私自隐瞒什么，他叫奴才来，就告知石抹咸得卜的下落，并请旨定夺……"撒吉思趁着大汗说话间歇出言解释道。

"石抹咸得卜何时去的巴彦乌拉城，带了多少人马，劫了多少金银财宝给了王叔……他身上血债累累，难道王叔一句话就想保他不死？"窝阔台鹰眼盯着撒吉思，话语内充满火药味。

撒吉思惊魂未定，手有些颤抖，眼睛眨着找辙，小声辩解："石抹咸得卜是上月十三日到的，是带了一些珍宝，但臣不清楚有多少。王爷并非贪图他的珠宝，不过是念着他父亲战场上对王爷有恩，妹子又是王爷的王妃，不忍看他被处死罢了。"

"燕京行省在通缉，前敌元帅府在寻找，难道你家王爷就那样麻木，什么也不清楚吗？"

撒吉思感到大汗声调降了下来，可以答话了，便道："正因为王爷知道事情的严重，才写了折子，命奴才昼夜兼程赶赴汗廷请示大汗。王爷说，'石抹咸得卜在汴京是犯了罪，私自逃跑也是该死的罪，但念其父石抹明安系最早投效国家的大功臣，不忍心见他的儿子被杀，希望大汗看在他的薄面饶咸得卜不死。"

"胡说，汗廷不是集市，难道可以随便交易吗？"

"奴才不敢。"

"你不敢，可你家王爷敢！"窝阔台把手上的信掷到地下，大吼道："国家重犯，你家王爷敢窝藏，还引经据典地说'逃避鹰爪而藏身于丛林的雀鸟，不遭受鹰的暴行。'什么鹰？谁是鹰？你家王爷说的'暴行'，又指什么？他将国家《大札撒》视为儿戏，石抹咸得卜私自离开军营前杀害耶律先生兄长一家数十口人，放跑金国皇帝不说，还在大宁路射死术赤台郡王。接连杀人，让朕没有面子能给你家王爷，给了汗国就没有了大札撒，也对不起术赤台郡王！"

"术赤台郡王死在石抹咸得卜手中了？"撒吉思吃惊地瞪着金鱼眼，绝望地望着大汗。

"是的，他射杀术赤台老将军。"

撒吉思的头大得很，抬头看了唆鲁禾帖妮和亦巴合一眼，见亦巴合眼中闪着泪光，他知道大汗说的不是假话，脸上闪着一丝惊惧，叩头如鸡啄米一般答道:“这事铁木格王爷并不知晓,天知道石抹咸得卜会在大宁路干出这样的傻事,奴才马上回去禀报王爷,将石抹咸得卜送到汗廷治罪!”

失魂落魄的撒吉思耷拉着脑袋出了宫门,被进宫见驾的阔端、速不台、脱灭干撞见。速不台与撒吉思极熟,见他丢了魂神不守舍地出来,几乎撞到身上,踢了一脚骂道:“龟儿子的撒吉思胡撞什么,像倒了阳运……见了老哥也不放个屁!”

撒吉思被踢见是速不台,本想回骂几句,见因阔端殿下、脱灭干公主在侧,忙抱拳施礼,道:“原来是殿下迎接驸马、公主回来,刚才被大汗臭骂一顿,现在头涨得贼大。本来听说驸马立功回来,想敬驸马一杯酒,可有旨得往回赶,只能待来日了!”

“是石抹咸得卜去巴彦乌拉城避难的事?”

“正是。”

速不台道:“石抹咸得卜这小子浑过了头,王爷嘱咐我关照他,可他在两军阵前只想着报私仇,百余里地去杀了耶律善才一家,终于惹下了大祸。”

撒吉思摇了摇头,道:“他的事,还不止这一重罪。”

“还有何事?”速不台瞪着眼,故作不知。

“他在大宁路,用箭射死了术赤台郡王,四王妃和亦巴合王妃都进宫了!”

速不台因与撒吉思关系不错,怀着善意地道:“射死了术赤台郡王,石抹咸得卜就非死不可,你回去将事情原本一说,还犯什么愁。”

“如果老王爷能狠下心,这事就好办了!”

速不台安慰道:“铁木格王爷是当过大断事官的,什么理不知。你传个话,说速不台说了,石抹咸得卜擅离军营,杀害耶律楚材一家,导致金主马踏他的连营出逃是一重罪。私劫珠宝,违旨出逃,是他的第二重罪;这两重罪犹可恕,经大宁路时射杀了术赤台郡王之罪绝无可生路。杀人偿命,请老王爷对石抹咸得卜说明白,石抹咸得卜也不是不明事理的。”

“谢驸马指点!”撒吉思点头道。

速不台正与撒吉思说话,忽见万安宫中门吱呀呀大开,雅乐高奏,旨宣官察剌高喊:“大汗宣速不台驸马、脱灭干公主由中门进殿觐见——”

速不台大惊,万安宫中门乃大汗所进之门,平日诸王百官不得出入,大汗开中门,命自己与公主觐见,乃天大的恩宠。速不台历来不喜张扬,深恐遭人非议,整理了衣冠,还是让公主走在前面,自己跟着一前一后从仪门进宫。

此时大殿红毡铺地,阶两边站满了诸王、王妃以及诸诺颜。速不台与脱灭干跪于红毡之上三跪九叩，山呼："儿臣托大汗之福、众将之力取下汴京，献俘阙下，大汗万岁、万岁、万万岁！"

窝阔台坐于御案前，见速不台内穿银甲，外披紫袍，头戴银胄，胄顶扎着一块红缨。脱灭干公主则身穿软甲，外披红色斗篷，脸白如玉，显得英姿飒爽。满脸带笑道："都起来吧！今天早上喜鹊噪于柳树之上，太阳也格外明亮，听说你们还朝，朕本想去迎，偏赶上件急事，就让阔端去了！"

速不台叩头道："儿臣何不敢劳大汗亲迎，这次昼夜兼程，就是想早些向父汗报捷。"

"好哇，你不负朕望，取下汴京是件天大的功劳。"

"都是大汗的天威，三军将士的忠勇，臣只不过忝列其职！"

窝阔台向两厢问道："速不台乃先帝时大将，大家说该如何奖赏？"

四王妃唆鲁禾帖妮出列道："速不台驸马乃当世帅才，勇谋古来少有，臣妾以为当赐王爵。"

阔列坚、不里、口温不花等诸王和察罕等诸诺颜也一齐道："四王妃所言极是，臣等也赞成加封速不台为郡王。"

速不台叩头禀道："臣何德何能敢为王，请大汗三思。"

窝阔台道："速不台将军不用客气，朕也觉得就是你不娶朕的女儿，也该晋封个王爵了。"

窝阔台望着脱灭干道："驸马封王，朕的女儿，你高兴不？"

"速不台封不封王，非女儿所能插嘴，只不知父汗封女儿个什么官衔？"

窝阔台笑道："朕可没官给你做，还是当你的王妃吧！"

脱灭干撒娇道："父汗不公、偏心！"

窝阔台笑对诸王道："我这女儿一嫁出去连家都不回，额娘都忘记了，见了父汗就要官，看来早是个官迷！"

脱灭干笑道："父汗小瞧女儿了，女儿陪驸马在外征战，上马杀敌，父汗不给我加官晋爵还说风凉话。"

四王妃笑道："大汗，脱灭干的话说得也不假，她从小同蒙哥他们一起骑马、摔跤、练武，没想到真的与他人不同。"

窝阔台点点头笑道："她天生不安分，只差不是男孩。"

速不台道："儿臣从汴京归来，除了战利品，还有金宫女眷，现都在宫外，请大汗诏旨。"

窝阔台哈哈大笑道："此事不急，就依四王妃之议，封速不台为郡王，赐银印。"

速不台跪下叩头："臣叩谢大汗天恩！"

“起来吧。”窝阔台站起来，对两厢群臣道：“朕在此宣布一下，明日朕在宫外广场举行献俘仪式，检阅从汴京缴获的战利品，事后安排庆功宴，今天在座的务必都来，有不来者朕要治他的罪……”

第二十六回

八珍宴宫内起风波
献俘仪郡王拒建衙

月明在天，繁星点点。万安宫后宫西侧内一座木结构重檐歇山顶大殿，就是二哈敦广秀宫，宫外燃着几堆篝火。昂辉哈敦为了庆祝女儿、女婿凯旋，特地请了兀图仁带人跳神，用来感谢长生天的庇护之恩。熊熊的火光中，兀图仁萨满带着徒弟们随着狂热的鼓点咚咚地跳着，头上鹰状的帽子，法裙抖动，身上大大小小的铜镜、铜铃叮当作响，仿佛无数神灵踏火踏烟，使人产生一种神秘莫测的恐怖。

宫内大宴会厅，窝阔台坐在一把虎皮靠椅上，面前对着一个镶金的红木长桌，脱烈哥娜坐左，昂辉居右。左下坐着阔出、合答合赤及其子失烈门；贵由妻海迷失带着忽察、脑忽、海都等；右下坐着脱灭干公主、速不台驸马；阔端及王妃迭臣，阔端子灭里吉歹、蒙哥都、只必帖木尔。

二哈敦昂辉哈敦穿着银色纳石失长袍，满脸笑开了花。女儿回来，大汗赏光，一直低调做人的她感到非常幸福。为了制作丰盛的八珍宴，她进行了多日的筹备，叫来最好的厨子。蒙古八珍即野驼蹄、鹿唇、天鹅炙、驼乳糜、醍醐、麆沆、紫玉浆、玄玉浆。其实按汉人习俗八珍中称得美味的菜肴只有四珍，驼蹄、犴唇、驼乳糜、烧天鹅，其他四种均为奶制品及奶制饮料。除八珍外，昂辉哈敦还命人制作了各种菜肴。

跳跃的烛光下，面对满桌菜肴，窝阔台喜气洋洋地道："朕很少摆家宴，这次是为脱灭干与速不台将军凯旋归来所设。朕当国以来，朕的儿女纷纷掌兵，贵由击东夏不日凯旋，阔端方到河西之地，阔出替朕掌控中军，这个差事别人干朕也不放心。”

脱烈哥娜对大汗在昂辉宫内设宴，心里就不高兴。阔出至今未有封地，昂辉的儿子阔端倒拥有了全部河西之地，女婿速不台也封了郡王，这些她嘴上不好反对，心上却觉得不是滋味。眼见昂辉打扮得新娘子一般，压抑着心里的不满，脸上堆笑，举杯道：“昂辉妹妹是个有福之人，这回该满意了，驸马封了郡王，儿子封了西夏王。”昂辉听出脱烈哥娜话中有话，笑着道：“姐姐，阔出虽未封王，但在大汗身边掌管禁军，日后发展岂是它人所能比拟！”

“姐姐不替阔出操心，是因阔端和脱灭干有出息，替妹妹高兴！”

“一家人怎么总像说两家话！”窝阔台手砸在桌案上，浓眉倒立，怒目圆睁，大吼一声。

速不台笑对两位哈敦道：“贵由、阔端、阔出都是父汗的心尖，大汗心里早有安排，两位额娘也不用替他们操心。”

窝阔台望着速不台点头道：“你刚进朕家门自然不知道，你的这两位额娘，每坐到一起就爱东猜西疑，各扯各调！”

脱烈哥娜和昂辉不敢再胡说，都怕激怒大汗，笑道：“我们这两台破车，到一起就乱吱嘎，大汗也不是不知道。”

窝阔台正色道：“一家人很难聚到一起吃顿团圆饭，今天虽说贵由不在，可增加了速不台，谁也不许再提分外的话。”

昂辉笑道：“大汗，女儿嫁出去头一次回家，速不台驸马又为国建了功，臣妾高兴先敬大汗一杯酒。”

脱烈哥娜见昂辉以主人派头先敬大汗，心生醋意，思忖道，这个昂辉不知天高地厚，今天靠姑娘、儿子可以撑腰了，竟要骑到我的头上，先我提酒，岂可让她太得意了，调笑道：“昂辉妹妹，今天一打扮，同脱灭干一比，不像额娘倒像姐姐，怨不得大汗紧往妹妹身边靠！”

昂辉被脱烈哥娜说得红了脸，拿着酒壶过来，边给她注酒，边瞟了她一眼，笑道：“在儿孙面前，也没大没小，说出话来也不怕让孩子们笑话。”

脱烈哥娜举起杯，笑道：“妹妹笑话行，别人哪个敢笑话我！”

几杯酒下肚，昂辉又给脱烈哥娜倒了酒，脱烈哥娜笑着扬起头，将杯中酒一饮而尽。忽然竟捂着肚子，“哎呀”一声，颜色声音大变，弯腰直叫肚子疼，接着竟栽倒在地。

“母后，你这是怎么的了——”阔出、合答合赤及儿子失烈门；海迷失及儿子忽察、脑忽、海都等都大吃一惊，阔端和脱灭干、速不台一时也有些不知所措，众人一团混乱。

窝阔台见脱烈哥娜刚饮了酒，竟然叫痛，怒视着昂辉，骂着："昂辉，你这酒有问题？"

昂辉哈敦愣愣地站着道："酒怎么会有问题，大汗、臣妾都饮了这酒，并无不适之处，怎么会有问题！"

"快去叫御医来。"

一会儿，御医进来，给昏厥地脱烈哥娜针了灸，等了有一会儿，才转过神来。脱烈哥娜睁开眼睛，见失烈门、忽察、脑忽、海都几个孩子在哭，望着众人，故作吃惊地道："你们围着我哭什么，这是怎么的了？"

阔出惊魂未定地道："刚才额娘一口酒喝下去，叫肚子疼，脸色煞白，眼睛一翻竟昏厥过去，吓死儿臣等了。"脱烈哥娜忽地瞪着昂辉骂道："昂辉，你这宴无好宴，酒无好酒，你这是想药死我呀？"

昂辉生气地对外面喝道："来人，这酒是谁上的？"

一个女仆跪倒，低声道："这酒是奴才刚端来的。"

"拉出去打死！"窝阔台大声吼道。

"二哈敦，奴才冤枉呀！"女仆大声叫着，昂辉愣愣地没敢吱声，那女仆被拉了出去。

脱烈哥娜脸色灰白，做痛苦状道："大汗，这酒臣妾不能喝啦。"窝阔台看看昂辉，又看着脱烈哥娜，猛地将酒杯一摔，瞪着眼睛，愤怒地吼道："你们这两个女人，真不知要做什么，一顿饭都吃不到一起，阔端、阔出，先将大额娘送回府去吧！"

次日一早，窝阔台被一阵马嘶惊醒，喝了太多的酒，醉得太沉。忽地记得今天是献俘之日，便站起身，忽觉得身边没人扶持，才记起昨晚自己生了气，骂走了昂辉独自睡了。听见大汗起来，昂辉哈敦云鬓蓬松，一副慵倦之态过来，一边侍奉大汗更衣，一边道："大汗，时间尚早，还是再睡一会吧！"

窝阔台怒目道："都是你们干得好事，弄得一家人不快乐，今天速不台献俘，朕还得准备一下！"

昂辉哈敦一宿没睡好，脸色有些苍白，杏眼中流出泪来，红着眼睛，委屈地道："大汗不该让臣妾办这次家宴，我早就该想到一办家宴就生烦事，脱烈哥娜真病还是做戏我也拿不准。本来我满心欢喜，倒闹得一家人怀疑，现在就是跳进和林河也洗不清了！"

窝阔台也叹了口气，道："算了，朕也不信你会有意做出那样的事来。"昂辉一边给大汗系袍带，忽然想起件事来道："大金国的后宫近千人都押回来啦，大汗想如何处理她们？"窝阔台道："你有话说？"昂辉一边给大汗戴上金冠，一边道："公主哈敦过去从未向大汗请求过什么事，近日遣人来，说她想有两个亲人在身边唠嗑，听说金国的皇太后、皇后押到漠北来了，想让臣妾向大汗讨个人情，将这两个人安置到她身边。并说这二人曾为国母，金国皇帝还未归顺，这样也有利招降他。"

昂辉所说公主哈敦，是成吉思汗的四大斡儿朵掌印哈敦。1214 年春，成吉思汗攻打金国燕京抵达北郊，金宣宗遣使献公主求和。公主哈敦为卫绍王之女，是梁王的姐姐，出嫁时宣宗以五百童男童女、三千匹马、万匹金帛作陪家。公主哈敦当时年仅十六岁，现在已过三十六岁，一直住在黑林子老营，平日吃斋念佛、不问世事。窝阔台对这位公主并无印象，想想对昂辉道："你的意思呢？"

昂辉哈敦道："臣妾觉得就把温敦太后和徒单氏赏赐给她，不用朝廷浪费一两银子，也算体谅公主哈敦了。"

窝阔台没有说话只是点了点头，盥洗完毕，吃了点肉和奶食，东边天上方抹上一层艳丽的朝霞，窝阔台出门看看天色还早，便坐与昂辉在几边喝茶，忽有侍女来禀："今天是速不台献俘的日子，大哈敦请示大汗何时起驾去宫内，用不用她来迎接？"

窝阔台望着来人道："告诉大哈敦不用来迎，让她先进宫候朕！"

来人去了，昂辉哈敦气呼呼地道："臣妾看脱烈哥娜那病是装出来给大汗看的，是有意扰宴，如果不是装的，如何昨晚那样病重，方过一夜，她就能起来参加献俘典礼了！"

"不要胡乱猜测了，脱烈哥娜这叫大事不糊涂。献俘乃国之大事，作为大哈敦不能不露面。"窝阔台瞪了昂辉一眼，他固然也对大哈敦有疑，但大哈敦此时肯出面也是他需要的事。

昂辉撅着嘴不高兴地嚷道："人家是大哈敦，关乎国家颜面，我比不了人家能上台面，那我今天就不去了。"

话正说着，脱灭干公主从外进来，她换了一身苹果绿的缎袍，头上的固姑冠顶上插着几朵大红绸花，望来竟像换了个人。脱灭干请安后，窝阔台道："驸马为何没来？"

脱灭干道："驸马说，今天献俘，他想将部分战利品摆出让父汗观赏一下，又怕别人心粗，弄乱了，因此天未亮就去办差了。驸马还说，他不能护送父汗、母后去万安门了，请父汗谅解！"

随着一声鞭响，丹陛两侧钟磬铎鼓，雅乐齐奏，踏着乐鼓，大汗与大哈敦一起从万安宫内走出站立在宫外的丹陛之上。诸王、诸颜立刻一齐在阶下跪倒，山呼万岁。窝阔台从丹陛四望，胭脂色的早霞衬托一轮朝阳已升起三杆子高,微风不兴,空气清新。广场四周怯薛马队分红白青黄,旗分五色,甲胄鲜明,广场中间一队萨满正在跳神,西边路口处,几堆篝火点燃,火是神圣的,可以驱逐邪恶,清除不洁之念,对于清除来自远方俘虏带来的秽气是不可或缺的。

乐声方息,速不台身穿银色软甲,头戴银盔,盔顶一块红宝石闪着红光,走到大汗脚下跪倒。窝阔台笑着对速不台道:“速不台将军,听说你已将完颜氏一族男人在汴京处决了,女人都带到和林城来了!”

速不台大声奏道:“臣速不台,依旨将完颜家族的女眷悉数押解进京,向大汗献俘。”

窝阔台点头道:“都带上来吧”

速不台起身传令道:“带战俘——”

传令官依次高喊:“带战俘——”

“大汗万岁、万岁、万万岁!”身边诸王、文武百官、阶下万余怯薛齐声高呼,声震如雷。

从汴京被带来的完颜家族的女眷和不足车轴高的孩子,在怯薛军的押解下,有秩序地通过篝火之间,她们的手臂都被绑在一根长绳上,列着队被押到殿前广场上。她们衣着褴褛,过去的华贵的绸缎袍服已不成样子,许多人双脚磨出血泡。这些金国的太后、皇后、王妃、贵人们惊恐地从篝火间走过,进入广场中间,并被责令向丹陛上的蒙古大汗下跪。跪在地上的女人浑身都在发抖,俘虏中一些孩子见四处蒙古怯薛持刀环立,恐惧地嘤嘤啼哭,那些年长的、中年的、年轻的女人则将头低得很低,用长发盖脸。这些女人大都是美人胚子,只是一路没有更衣,很少洗漱、化妆,衣着肮脏不堪,尽管如此,囚犯面庞上的污垢,依然掩不住天生丽质,因此还是引来阶上诸王、诸颜们贪婪的目光。

“谁在哭?哭者砍头。”速不台见俘虏中有人在哭,板起面孔吼道:“蒙古大汗是世界上最仁慈的大汗,他对于归顺的人,向来以宽大为怀,都给我向大汗叩头,不叩头者杀头!”

“大汗万岁万岁万万岁!”

满院中的妇女、孩子都被迫叩头,女人多声音还是清亮的,可山呼声却显得有些参差不齐。叩过头,胆大的女人将头向丹陛上望去,见羽扇之下站着权倾海内身穿金锦,头戴栖鹰帽的蒙古大汗,在他身边站着一位身穿红色金锦、头戴一顶一尺高固姑冠的女人。她们明白这就是蒙古大汗和大哈敦。

站在万安宫的高台阶上,望着黑压压的女俘,自幼受草原文化滋养的窝阔台,此时心中非常高兴。他记得少年时,父汗常将他们兄弟叫到一起说古论令，父汗说大金国有座皇宫，里面有很多美丽的女人，谁能取得那座城池，那些美丽的女人就归谁了。现在他征服了金国的都城，金国太后、皇后、嫔妃、贵人都落在自己手上。献俘只是一种征服的象征，他扫视着阶下跪着的女人和孩子一眼，轻咳一声，板着面孔，说道："你们都是完颜家的女人，现在是朕的俘虏，安分就可以活着。当年大金国兴盛时，大辽国、大宋国皇族颜色好的女人都被完颜家族弄到上京去了。我们蒙古人每年要献上贡品、女人、马匹，可完颜家族还要每隔几年到草地上来减丁。完颜家族干尽了坏事，现在他们被长生天抛弃了，金国的皇上抛下你们，像抛弃穿坏的鞋子。本大汗以宽恕为怀，你们中有人会留在朕的宫中做侍女，有的会服侍朕，做朕的女人。有的要分到诸王、诺颜府里，当然也有人是例外的，你们中谁是大金国的皇太后和徒单皇后？"

大汗的话说得突然，所有的人都将目光投向皇太后、徒单皇后。而温敦太后和徒单皇后则心里一惊，腿一打战，惊慌失措地跪在地上。

有怯薛过来，指着二人道："你们两个出来，大汗有旨给你们！"

整个广场一片安静，所有女俘的心都提到了嗓子眼，温敦太后、徒单皇后都穿着黑色绸袍，被带到台阶前跪下。

窝阔台望着头发花白的温敦太后道："你是大金国的太后？"

太后抬着头，眼中闪着愤恨的神情道："大汗，本宫既已被俘，到此没有多余的话，愿求一死，任杀任剐，随大汗的便吧！"窝阔台摇摇头，目视温敦氏道："朕听说你还算是个好太后，做过一些好事，因此，朕已答应送你到一位贵人身边去。"

温敦氏茫然不知所措地望着蒙古大汗，窝阔台从对方的目光中看出疑心和敌意，说道："蒙古汗国的公主哈敦，向朕说起二十多年前，你作为皇后，曾替她系过袍带，说要当她的姐姐，因此公主哈敦希望朕允许你去陪伴她。"逗不台见太后愣愣地跪在阶下不言声，喝道："温敦氏，还不谢恩！"

"臣妾叩谢大汗！"

窝阔台又走向徒单皇后，这位女真皇后早听蒙古大汗喜淫降君妻后，见大汗走向她，心里一阵战栗。窝阔台望着她道："徒单皇后不要害怕，你也同太后一起去黑林子老营，侍候公主哈敦吧！"

穿着撒金袍的脱烈哥娜见大汗放过温敦太后和徒单皇后，冷眼扫了她们一眼，用鼻子哼了一声道："让你们去侍候公主哈敦，这是自古没有过的天大恩典，是你们的造化。"

"大汗与哈敦体恤亡国之人，令臣妾等感激涕零。"温敦太后和徒单皇后再次跪下叩头。

“起来吧。”脱烈哥娜望着太后和徒单皇后道，见二人起身，方走到阶下指着众多的女人，笑着对正盯上了满广场如花似玉的美女的窝阔台道：“大汗，美女如云，臣妾想亲为大汗挑选些侍寝的嫔妃？”

“内宫的事，由着你吧！”窝阔台见大哈敦知趣点了点头。

脱烈哥娜对身边怯薛命令道：“随本哈敦来，我指点过的女人，都登记后带到大汗宫中侍选。”

窝阔台没有参与挑女人，转回身对速不台道：“待大哈敦挑选过后，剩下的登记造册，按例赐人。”

窝阔台话声刚落，身边一个怯薛突然扭转头，作为怯薛改变自己方位，是违反札撒的。他这意外举动，负责保护大汗安全的阔出瞟见，拔剑护住大汗，早有几个怯薛呼啸一声，将那个违纪怯薛按倒在地。这个怯薛中等身材，清秀的面庞，单眼皮，没有留唇须，惊恐地被制服在地。

这一反常事件，在女俘间引起一片骚动，人人瞩目，温敦太后、徒单皇后认出正是以太子出质的完颜讹可。最吃惊的当然是荆王妃，她瞪大眼睛望着完颜讹可，“啊”的一声身子晃了几晃，眼睛闭上，如果不是围拢其身边的王府女眷上去扶持，她定栽倒在地……

“都不许动，不许乱看，违命者斩！”速赤台大声命令道。

窝阔台心内一惊，低头一看，按倒在地的人，正是入质的金国太子完颜讹可，便对怯薛们命令道：“放开他，他一个人翻不了天。”

完颜讹可脸颊挂泪从地上爬起，叩头不已，泣道：“大汗，奴才并无他意。奴才见大汗开恩赦了太后和皇后，想向大汗有所请求！”

“说，要请何事？”

完颜讹可抬起苍白的脸，望着阶下的荆王妃，泣道：“大汗对奴才有天高地厚之恩，奴才决无谋逆之心，只是在这些从汴京押来的皇族中，有奴才的亲额娘。奴才额娘一辈子替奴才操心，头发尽白，奴才见到额娘，因想请大汗格外开恩，放了奴才的额娘，奴才这辈子做牛做马，不敢忘大汗的恩德！”

完颜讹可的话说得情真意切，叩头出血。窝阔台望着他，点了点头叹道：“完颜讹可①你起来吧，朕会成全你这片孝心，待献俘仪式后，许你领回额娘奉养。”

窝阔台并未追究完颜讹可的狂妄举动，是所有人没有想到的。女俘都羡慕地望着白发的荆王妃，而老王妃呆若木鸡神情恍惚地望着儿子，好像什么话也未听见。

---

① 完颜讹可：作为人质，后在中原分封中有五户丝，说明他是作为蒙古人的功臣对待。

广场上的小插曲平静下去，脱烈哥娜所挑选的美女也被带走，窝阔台这才对速不台降旨道：“将女人带下去，等诸王们挑选吧。”

献俘结束，驸马速不台跪下叩头请示道：“父汗、额娘，汴京皇宫中缴获战利品都已列入清单，为了喜庆，臣选择了数种，请大汗、额娘赏玩。”

窝阔台笑道：“谢谢我儿孝心！”

丹墀上，红毡上，早陈列着各色珍宝，其中排在最前的是历代藏玺，竟有数百方之多。印玺上刻真草隶篆字体不同字迹，其中最前面的有：“皇帝奉天之宝”、“皇帝之宝”、“制诰之宝”等等。其次是数十方金国皇帝、皇太后、皇后及王公大臣的金印。那些采自不同玉山，纹理、色泽各不相同，印纽被雕琢成各种形状。窝阔台上前拿起其中一块玉玺，一边观赏，一边对脱烈哥娜说道：“这是大金国的皇太后之宝。”

置于下方的是块皇后之宝，它玉色纯白微青，并且有龟纽朱绶，周广尺余，文为篆字“皇后之宝”。脱烈哥娜见之不觉爱不释手，速不台、脱灭干也想化解大哈敦与额娘间敌意，打了个眼光，一齐跪下请道：“儿臣请大汗将此玺赐母后大哈敦。”

窝阔台笑对二人道：“你们识大体，有此等孝心，朕非常高兴，这件皇后宝玺，就由你们奉献大哈敦吧。”

接着是诸王之印二十余方，金印做工精细，放在匣中金光闪闪。

再往后是古青铜器，中有九鼎，这些鼎锈迹斑斑，形体巨大，上刻篆书。接着是一些钟、鬲等器物。

速不台指着九只大鼎道：“父汗，这九只鼎乃大金国的镇国之宝，原本是宋宫之物，看样子有数百年历史，下面年款乃晋时所造。”

窝阔台笑道：“朕听说九鼎乃夏禹王化九州铜水所铸，九鼎象征豫、徐、扬、青、兖、幽、梁、雍、冀九州，乃镇国神器。国家兴替，称为鼎移，此鼎今归我汗国，看来汗国入主中原，消灭金、宋已经为期不远了！”

速不台与众王一齐跪下，欢呼道：“海洋大汗，世界的征服者万岁！”

在旁的脱烈哥娜一时高兴，笑着指着一身戎装的速不台对窝阔台道：“速不台驸马功劳卓著，取汴京又立了大功，臣妾以为可在哈剌和林城为其修建一座驸马府，请大汗应允？”

窝阔台对脱烈哥娜的提议非常满意，道：“还是大哈敦想得周到，朕同意。”

驸马速不台没想到大哈敦提到为自己建府邸的事，他心里一激灵，对于大哈敦和二哈敦间的明争暗斗他早有所闻，脱灭干宁可与自己在外，不愿留京他是清楚的。可大哈敦提议，当然不能说不要，忙跪地叩头道：“父汗、额娘要为儿臣建府邸，儿臣十分高兴。只是臣刚封郡王，再建府邸，恐有人说大汗、哈敦偏向儿臣，因此儿臣想缓建府邸。儿臣很快还要去前敌，待捉了大金皇帝后，再请大汗、额娘赐府邸，既可消儿臣顾虑，也可息人们对儿臣的非议。”

窝阔台望着脱烈哥娜，点头笑道：“大哈敦，驸马既有此想法，咱们就依了他吧。”

脱烈哥娜没有料到自己的好意被婉拒，心里不高兴，见大汗征求意见，只是用鼻子哼了一声。接着是参观了各种铜镜、玉璧、夜明珠、红刺等宫中器物，脱烈哥娜已感觉到索然无味，再行了一段路，忽然脸色大变，悄声对大汗道：“大汗，臣妾头有些晕，不知是中了什么邪气，陪不了大汗了。”

窝阔台心里诧异，抬起头，见脱烈哥娜神色果然较差，不像来时精气十足，便嘱咐道：“既身体不好，就不要勉强，回去再叫人看看，朕再带诸王观赏下从汴京运回的车轿、金辂和编钟等物，事办完了朕就看你去！”

第二十七回

兀图阿借势除政敌　萧墙乱大汗思远狩

大哈敦的长白宫内，弥漫着汤药的香味。脱烈哥娜从献俘仪式中归来，就招来兀图阿为她作法驱邪。当晚，萨满们在宫外点燃几堆篝火，供桌上摆放的银盘放着祭祀的马、牛、羊肉，桌上还放着酒、奶，上面点着灯盏。兀图阿手执神鼓，咚咚地边击鼓边跳动，嘴里咿咿呀呀地唱着神辞：

金帐没有过失，
生命不会有灾难，
银帐没有损坏……

天色昏黄，天幕上闪出亮如银钉般的星星，远处一阵马嘶传来，窝阔台带侍卫在府门外下马，因惦记中途有病的脱烈哥娜，就带着怯薛过来探视。

大汗进了宫门，兀图阿忙带诸萨满一齐跪下，道："奴才等给大汗请安！"

窝阔台望着兀图阿道："奉大哈敦之命来驱邪的？"

兀图阿低声答道："回大汗，大哈敦说梦见有人用刀杀她，让奴才来驱驱邪气。"

窝阔台眼中闪着疑惑的眼神，望着兀图阿道："据你看来，可有什么人想害大哈敦，是什么邪气冲撞了她？"

"依臣看像似有人与大哈敦过不去。"

窝阔台试探地道："是昂辉哈敦与大哈敦过不去？"

大国师兀图阿近日在汗廷已受冷落，深知大汗是试探自己，此时一句话说错，就会被加以挑唆黄金家族矛盾之罪受到严惩，惊恐地道："二哈敦是贵人，当然不会行此下策。"

"那你说那人是谁？"

"大哈敦是在二哈敦帐内发病的，看病状像是被人用邪神魇镇了……"

"谁施的魇镇术？"

"臣听说那天兀图仁在昂浑哈敦那里作法……"

"你怀疑兀图仁……"窝阔台本来不信昂辉会酒内下毒，从脱烈哥娜那天病状看又不像装的，他也记得那天昂辉哈敦，确是请了兀图仁在帐外跳神，想到这，他望着兀图阿，道："兀图仁不是你的哥哥吗？难道他会……"

"他是奴才的哥哥，可臣查出正是他做了对不起大哈敦的事……"

"这话你对大哈敦说了？"

"奴才没有讲，大汗问了，奴才不得不说。"

"这话，先不要对任何人讲。"

"是。"兀图阿赶紧跪下叩了头，偷觑了大汗一眼，见大汗神情复杂，并无马上抓兀图仁的意思，忙道，"大汗有事，臣办差去了。"

窝阔台直接进了宫门，几个侍女慌忙跪拜请安，窝阔台也不答话，直接进了脱烈哥娜寝宫。

脱烈哥娜躺在软榻上，脸色苍白，她早就得到侍女的禀报，故作挣扎不起，见大汗进来，含泪道："臣妾遭人疾恨，本来早上还好好的，可陪大汗一起检阅，不到半天就支撑不下来了，让大汗操心了。"

"有病就看，不要总往邪道上想！"

"别人不用邪术害我，臣妾何能想，像我这样的人死了也好，省得碍人眼。"

"两句话没说完，就赌气，"窝阔台不满意地望着脱烈哥娜，又道："刚才兀图阿提到兀图仁，朕倒有些怀疑。"

"兀图仁怎么的啦？"

"兀图阿怀疑他做了手脚。"

大哈敦脱烈哥娜大声吼道："兀孙的那个大儿子，好像昨晚在昂辉哈敦门外鬼鬼祟祟地跳神……"

"这两兄弟是有恩怨的，真真假假……朕也说不明白。"

"大汗，兀图仁当年跟在拖雷身边没干什么好事，大汗杭爱山被袭，他可日夜围着老四想争大国师之位。臣妾帐中陈着尸，他都懒得来看一趟，兀图阿成了大国师，他蔫巴了好一阵。兀图阿出事后，他贼心不死跳出来，还几次捎话让臣妾帮他，臣妾没搭理他。我说吗，在昂辉那里喝了一杯酒，怎么就像被人抓了魂魄一样，一定是昂辉买通了他要害臣妾命的。”

窝阔台气呼呼白了她一眼，吼道：“昂辉与你相处数十年，在霍博你们一直处得很好吗？倒是你当上大哈敦后，总疑神疑鬼的，将好人往坏处想。”脱烈哥娜道：“大汗宠着昂辉，就算她是好人，兀图仁也绝不是好人，得惩治他，大汗总不能连他也护着吧！”

窝阔台对兀图仁印象也很坏，想想脱烈哥娜的话没错，便对怯薛命令道：“来人，将兀图仁抓起来，先押进大牢，待朕闲了再审！”

脱烈哥娜眸子一闪，转换了话题道：“大汗，海迷失问过臣妾，贵由在东夏取得大胜，怎么还不回来？”窝阔台略微沉吟，道：“昨天当着朕面她为何没说？”脱烈哥娜粲然一笑，道：“她那是矜持，年轻的媳妇当着公公问丈夫何时回来，怕大汗说她拖男人的后腿吗！她看速不台、脱灭干成双成对得到汗廷嘉奖，就问起贵由的事了。”

窝阔台点头笑道：“前几天贵由上折子，说东夏国虽然被灭，但其残部不时闹事，想镇抚一阵子，朕就同意了。”

“别人立功的立功，受赏的受赏，阔出的事大汗也该替他想想。”窝阔台一愣，眼中闪着复杂的光，道：“这话是阔出的意思？”脱烈哥娜叹了口气，眼中波光闪闪地埋怨道：“当娘和当父汗就是不一样，阔出倒没说，可我能感受得到，他见人立功眼睛都放光。几次上我这儿来，提阔端去掌管河西的事，他心里的小九九，不说也瞒不过我。”

窝阔台对于阔出早有安排，可心里的话，也不想过早同脱烈哥娜讲，笑着道：“他的事还要等一等，朕身边不能没有体己的人，什么事都得讲究个水到渠成，要做大事，就要先学会忍耐。”

脱烈哥娜觉得大汗对她有所隐瞒，也不追问，换了个话题道：“海迷失说脑忽他们在太学里一直没有教摔跤的好老师。海迷失想请大汗跟太学催一下。”

窝阔台点了点头道：“这是个正事，角力是草原人力量体现，得有人教授摔跤，朕觉得有个人很适合做这件事。”

“大汗说的是谁？”

“角力士帕剌汪菲剌，他在蒙古已经多年，语言不成问题……是个摔跤好手。”

脱烈哥娜有些吃惊地道：“是摔倒撒吉思不花的波斯人，人可靠吗？”

“朕让呼罗珊总督成帖木儿调查过他的背景，没有几个人认识他，只知道他家很穷，有个老母亲早就死了，后在一家角力学校当教师，没查出有什么问题。他为人勇毅刚强，表达能力很强，是个当教师的好材料。”

“那这件事，大汗可别忘了。”

二人正在说话，有侍女进来跪下，禀报：“昂辉哈敦气昂昂地来到门外，求见大汗。”

“让她进来吧。”窝阔台对侍女道。

随着一阵裙裾的环珮之声，昂辉带两个侍女急匆匆进来，说道：“大汗与姐姐好！”“探姐姐的病来了？”窝阔台见昂辉一脸怒气，故意问道。“是的，臣妾给大汗、姐姐请安。”昂辉对大汗打了个千，转过头望着榻上的脱烈哥娜问道：“姐姐的病可好些了。”

一脸冰霜的脱烈哥娜说道：“只要妹妹不想法子做手脚，我就感谢不尽了！”

昂辉落下脸子，冷冷地道：“姐姐好像不欢迎我来，那我就明说，我是找大汗来的……”

“你有什么事？”

“大汗，刚才有人到臣妾宫中，说奉大汗之命抓兀图仁。臣妾没有阻拦，可心里不明白，兀图仁犯了什么罪，难道是因臣妾请他到家里跳神就犯了人的忌讳？”

“我说吗，你是无事不登三宝殿，说是探病的，实际是来讨伐我的？”脱烈哥娜大声地冷笑着，斗鸡似地盯着昂辉。昂辉粉面通红冲着脱烈哥娜吼道：“脱烈哥娜，兀图仁到我那里做法事是正大光明的，没碍着谁，一定是你在大汗面前挑拨是非……才被抓的。”

不待脱烈哥娜反驳，窝阔台脸上早挂不住劲，忿忿地吼道：“昂辉，你给我闭嘴，一个兀图仁就让你颠颠地跑来，当朕面胡闹！”

“大汗，臣妾怎么胡闹，到我的宫里抓兀图仁，臣妾还怎么躲得住清闲-”

窝阔台一愣，一时语塞。脱烈哥娜冲着窝阔台冷笑道：“大汗，这事你可要替臣妾撇清了，抓人的事与本哈敦无关，人家恃宠打上门来，本人可惹不起人家！”

“都给我闭嘴——”窝阔台瞪着眼睛冲着脱烈哥娜吼道：“见面就吵吵闹闹，人是朕让抓的，在哪抓都得抓！”

昂辉气呼呼地道：“无人挑唆，大汗怎么会对一个替人消灾求福的大神下手。”

窝阔台瞪了她一眼道：“抓他是朕的主意，难道没有你的批准，朕就抓不得他？”

昂辉一愣，可话也不得不说，道：“大汗想抓谁就抓谁，当然不用臣妾批准,但……”“但什么……你的话朕不想听……马上给我回自己宫中去!”窝阔台发狠逐客,昂辉无可奈何红着眼圈告退。脱烈哥娜幸灾乐祸地道:“都是大汗宠的,与大汗犟嘴,这不是反了天吗?”

“你也给我闭嘴!”

内宫不平静,尽管嫔妃增加了,可窝阔台被脱烈哥娜与昂辉的事弄得心灰意懒,对女人也没了兴趣。

月明中天,大牢中,年近五十的兀图仁,脸色青黄,穿着白色绸袍,光着头,坐在牢中,望着狱窗外的月色。他中等个子,小眼睛,薄嘴唇,眼皮儿总是耷拉着,比兀图阿长得略高一些。兀图阿失踪后,他曾一度抱着被大汗重新起用的想法,可突然兀图阿回来,又使刚出现的机会烟消云散,也使他与弟弟兀图阿关系更加紧张,终至进监入狱。

他耳中听到橐橐走路的脚步声,那脚步声很耳熟,他厌恶地坐回地上,闭上眼睛,他实在不想见到这个人。

脚步声停下,来人道:“哥哥,看来你是不想见我了。”

兀图仁哭丧着脸,摇摇头道:“我知道害我的人就是你,你别玩猫哭老鼠的游戏了。”

“如果那样,你就死定了。”

“我知道你一直想要我死,你恨我……派你去给三王妃牵金灵马,可如果不是我让你去,你怎么会有今天吗?!”

兀图阿道:“哥哥,你想错了,我怎么会恩将仇报呢?可我听说自从我出事后,兄长高兴得走路都扬尘带沙的,好像大国师之位非你莫属了。长生天只不过开了个小玩笑,你命里是当不了大国师的。可我们毕竟是兄弟,只要你肯说是昂辉让你害大哈敦的话,我保证你死不了……”

“你保我不死,我却不敢保证你在背后不下刀子呢!”

“咱们是亲兄弟,你对我误会太深了。”

“误会……你以为有人会相信你吗?”

兀图阿忽然大笑起来,道:“你不信我,你也不相信大哈敦吗?”

兀图仁抬起头,他不给兀图阿面子,可大哈敦这人他是知道的,不觉心里一颤,长叹了一口气,道“大哈敦说什么?”

‘大哈敦让兄弟告诉你,死时在奈何桥上等一会儿,你的儿子,你的一家人,都会与你在桥头相会的!”

兀图仁被完全击垮了。成者王侯败者贼,如果当年拖雷当上大汗,绝不会有今天这样的结果。当年跪在地下求自己不去牵三王爷家金灵马的弟弟,今日成为了王者,自己主掌自己命运的人。尽管他不怕死,可家人没罪,他的眼里闪着浑浊的光,叹了口气道:“大哈敦叫我怎么办?”

“来人!”几个跟班将一坛酒和一个提菜的匣子,放在兀图仁脚下,将酒菜摆好。

“这是大哈敦送给你的,放心食用。”

“人不怕死,还怕什么?”兀图仁将一块羊腿操起来,倒了一杯酒,也不相让,仿佛身边无人一样,坐在那里大嚼起来……

一个时辰后,长白宫内,大国师兀图阿弓着身子进来跪下,坐在宝榻上的脱烈哥娜道:“起来吧,来人——给国师搬把椅子来!”

脱烈哥娜望着喜上眉梢兀图阿,说道:“看你的神色,兀图仁答应替我办事了吧。”

兀图阿点了点头,脸上堆笑道:“他没有第二种选择,喝了酒,就写了供词!”

脱烈哥娜目露凶光,恶狠狠地道:“肯写就说明他是个明白人,你把我的意思说给他了!”

“开始奴才没说,可不说他信不着奴才,奴才说是大哈敦的意思,他才答应了。”

脱烈哥娜的眼睛划过兀图阿的脸上,问道:“他有什么要求?”

兀图阿满脸堆笑,幸灾乐祸地道:“他说死而无憾,只求大哈敦不要加害他的家人。”

“好吧,他肯照我的话去做就行了。”脱烈哥娜两眼闪着恐怖的光,兀图阿不禁打了个寒战。

万安宫内,窝阔台刚接见过从中原归来述职的耶律楚材,脱烈哥娜就急如星火地进来。跪下泣道:“大汗,你废了我吧,这个大哈敦让昂辉来当,只要给我留一条命就行了?”

“胡闹,你又听到了什么,想达到什么目的?”窝阔台冷笑着拍着桌子。

“昂辉在家中算计我,她表面温柔敦厚,其实是想让我死,大汗得替臣妾做主呀!”

“你审讯了兀图仁。”察阔台没有抬眼皮,立着眼睛道:“你不用说朕也知道,他被收监后,一定说是昂辉在指使他用跳神加害你。”

“这话不是臣妾说的,是兀图仁交代的!”窝阔台闪开眼睛,从脱烈哥娜手接过供词,看也未看,就放到烛火上点燃了。

脱烈哥娜望着熊熊的火光,大惊道:“这是证据,大汗怎么随意将它烧了?”

窝阔台看纸在火中化为灰烬,丢在地上,整理了一下袍子,将那柄宝剑俪在腰上，望着脱烈哥娜说道："你不要吃惊，朕从命人抓兀图仁那天，就为他设置过两种前途。为昂辉哈敦辩解，为自己辩解，朕会让他马上回家。他选择了污辱朕的家人，那他就不能活了，走吧，与朕一同去见他！"

脱烈哥娜吃惊地猜测道："大汗要杀死兀图仁！"窝阔台用眼睛盯着她，冷冷地道："你说这种害群之马，不该杀吗？"脱烈哥娜摇摇头，不解地道："大汗，你烧了兀图仁的认罪书，是不是对臣妾有怀疑？"

"如果朕不烧这信，朕怕你担不起陷害昂辉的大罪！"

"大汗，你在说什么，臣妾不懂。"脱烈哥娜道。"你不懂，可朕懂。这两天你让兀图阿三天两头往狱中跑，逼兀图仁讲口供。可你并不知道，朕早就防着这一手，而且朕早有他的一纸供词，是朕抓他当晚派人问的口供。我的大哈敦，你是不是想读一读……"

脱烈哥娜脸一阵青一阵红，惶恐地跪下道："兀图阿做了手脚，臣妾根本就不知道！""你看看吧，"窝阔台将一份供词丢在脱烈哥娜脚下，吼道："别一天天疑神疑鬼，让兀图阿编造昂辉的故事了，这套把戏朕早看透了！"脱烈哥娜拿过供词，吃惊地看着，果与自己的不一样，知道大汗对自己早有疑心，却不甘失败，道："兀图仁的事臣妾说不清，但昂辉请他到府上去跳神，臣妾得了病，臣妾疑他总不能说是错吧。"

"正因为这样，兀图仁不管愿意还是被逼，他胆敢在朕的家人中下蛆、害人，朕决不饶他。至于兀图阿，朕希望你这位大哈敦今后也少接近他，如果他再敢上蹿下跳，兀图仁的今天就是他的明天！"窝阔台一字一板，冷若冰霜地道。脱烈哥娜被大汗当面驳斥，也不敢再往前赶，低声辩解道："臣妾……"

"算啦，你先回宫去吧，将你的脾气收敛着点，还要逼朕说出更难听的话吗！"

看着脱烈哥娜去了，窝阔台才对阿儿浑命令道："走，随朕一起去大牢。"牢中，兀图仁低着头，跪在地上，窝阔台坐在一把虎皮椅子上，问道："你写了份证词说昂辉哈敦指使你去害大哈敦，真有这样的事吗？"兀图仁不知就里，还以为大汗是调查昂辉的事，忙道："是有这样的事。""那朕开始派人问你时，你为何说是有人陷害你，并不存在昂辉哈敦招你害人之事，两次供词，为何不一样？"

兀图仁不知大汗本意，觉得眼下大哈敦可靠，说道："奴才开始不敢讲，后来想明白了才承认了，请大汗明鉴！"窝阔台吼道："你去了昂辉哈敦的大殿，她在哪见的你？殿内如何布置，有何摆设，是哪个奴才带你进去的？"兀图仁本未被召见进宫内，大汗问得仔细，他却未仔细考虑过，脸立刻灰白，迟疑地道:“是侍女萨仁带奴才进去的,殿内挂着壁毯,昂辉哈敦坐在……”

窝阔台对他早有疑惑,吼道:“在什么……说?”

兀图仁答不出来,想想道:“奴才因害怕……一切都记不起来了。”

“记不起来……是你根本就没进过宫……敢挑拨朕的家事,你是想死了……”窝阔台猛地拔出剑来,一剑将兀图仁刺倒在地。

大汗处死兀图仁的事,大哈敦没有露头,兀图阿也连续几日不敢来朝。倒是二哈敦府昂辉听说兀图仁被处死,懊恼不已,将儿子阔端叫来,一脸忧郁地道:“兀图仁死了,都是这场宴会搞的。”

“父汗既说此事与您无关,额娘何必自寻烦恼。”

“你想我不寻烦恼能行吗,有人要将额娘踩在脚下呀!”昂辉怒气冲冲地道,“大哈敦是看你们都出息了,才想出这个馊点子让额娘难堪。这些日子表面上她对速不台与脱灭干归来高兴,可她一对谁笑,谁就要小心,越对你好,就表明她要下死手了……”

阔端点头道:“可额娘越较真儿,这仇越深,中间夹着父汗,谁闹谁就理亏!”

“退、忍、让……额娘都做过了,可她不买账,兀图仁不过是替咱们祈个平安吉利,她就装病,说额娘让兀图仁咒她……”

“大额娘闹了这些年,父汗不还一样对额娘好。倒是兀图仁,额娘不该请他来家。当年他可是抱着四叔那棵大树反对父汗的,父汗对他印象不好,额娘请他来家,才给了大额娘整治娘的机会。”

“兀图仁也没做什么恶事,怎么倒是额娘的错?”

“儿子是说……额娘也要揣摩父汗之心,这次父汗处死兀图仁,大额娘倒消停了,也不再闹了,就说明父汗拿住了她的把柄,否则大额娘会蔫退吗!”

“我说这两天兀图仁死后,脱烈哥娜也很少出门了。”

不说阔端与额娘讲话,单说脱灭干,她对两宫间矛盾加剧感到心灰意冷,暗中想,不是自己回来,母后也不会请客,也就不至于惹出两宫相拼的事来。夜里与速不台说道:“这宫中的事,我实在看不下去,也不想参与,又看不得额娘伤心,不如我们走得远远的,上前方打仗去。”

速不台替她抹去泪花,说道:“公主刚回来就走,父汗、额娘会伤心的。”

脱灭干摇头道:“在此也帮不上什么忙,只能替额娘招忌恨、惹闲气。”

速不台劝解道:“大汗是明白人……杀了兀图仁,事情倒像摆平了。”

“这样的环境下,待久了会生病……”

“得,过两天咱们去见父汗,专门说要回汴京的事。”

这日，早朝后，速不台和脱灭干借故留下，窝阔台命人给他们搬了椅子，方道：“你们有话要对朕说……说吧，什么事？”

速不台道：“父汗，儿臣回和林多日，完颜守绪逃到归德，微臣想去中原追捕他归案。”

脱灭干红着眼睛跪下道：“父汗，女儿不孝，想和驸马一道回中原。”

“为什么这样急，你母后可不希望你们离开她呀！”

速不台道：“父汗，臣打过仗的日子过惯了，金主完颜守绪还未抓住，此人不除，灭金还是句空话。”

窝阔台望着二人叹了口气道：“其实你们心里想的朕明白，你们不愿者留在汗廷，看两位额娘钩心斗角，想躲清静。其实，有朕在中间，近日两宫不是很平静吗？当然，你大额娘拔尖惯了，可父汗也不糊涂。当然你们要走，朕也不阻拦……这样吧，朕过几天想东巡，脱灭干与驸马都随朕去，适当之时朕让你们走。”

到大宁路加封怯台为郡王的使者回来了，铁木格依然没有折子到来。这日唆鲁禾帖妮又带着亦巴合见大汗，唆鲁禾帖妮跪禀道：“撒吉思回去有一阵子了，王叔却无无丝毫信息，大汗不觉得奇怪吗？”

窝阔台长出一口气道：“这事不急，再等等吧。”

亦巴合红着眼圈，泣道：“大汗，铁木格对石抹咸得卜不肯动手，又不上奏，臣妾以为这是轻视大汗旨意呀！”

“王妃莫急，王叔不至于敢对朕动歪点子。”窝阔台话说得轻松，可对铁木格藐视汗廷的做法极为气愤。

几日后，窝阔台在汗廷朝会正式宣布了大汗东巡的决定。

第二十八回

窥王叔御驾陆局河[①]
识大节孝孙诛逆臣

五月初的漠北，皇家大纛出了哈剌和林城。数万骑兵在绿草茵茵的草原上奔驰，队伍中随行车辆极多，一些商队加入这支队伍，还有一队角力士坐在车上……

中午时分，窝阔台满面红光，兴冲冲地骑在一匹白马上，身边是应大汗之邀伴行，骑在一匹红马上的唆鲁禾帖妮。二人并马而行，四王妃望着大汗淡淡一笑道："此次出行，大汗不带大哈敦，岂不是件憾事？"

"大军出行带她做什么，朕不带她就想耳根清净些。"

"大汗不怕大哈敦会起疑？"

"疑这疑那，朕不疑她，就是她的福分！"窝阔台瞟了四王妃一眼，他说的是实话，自从木哥死后，他很少到大哈敦帐中去。他最恨的是这个女人胆子太大，玩得花哨太多，这次又搞到昂辉头上，如果不是自己看透这一层，后果非常可怕。

"大哈敦可是天下第一美女，大汗何以吃着自己锅里的，又看着别人碗里的。"唆鲁禾帖妮听窝阔台话中有话，故意激他一句道。"爱卿这样想朕？"窝阔台当然明白四王妃说话之意，笑道。"难道大汗连想都不许别人想。"唆

① 陆局何：又名驴驹河，《元史》"怯鲁连河"即今克鲁伦河。

鲁禾帖妮脸也一红。“当然可以想，朕是个男人，好色也不是大过。但朕宫内的女人还不及先帝的十分之三四，为什么呢，说明朕对女人是有选择的。比如朕与卿就有很深的渊源，又曾少年时在一起，所以朕格外珍惜你！”

唆鲁禾帖妮被窝阔台说得低下了头，她的内心极其矛盾，大汗同丈夫在汗位争夺是夙敌，可大汗对自己的感情没有半点虚假。轻风吹拂着窝阔台身后的大纛，白云在头上飘着，暖风吹得人很舒适，二人边闲谈边策马，亦巴合本在帐车内轻闲，看见大汗同唆鲁禾帖妮并马而行，也叫人牵来坐马，一阵风赶了上来。

她骑的是一匹栗色马，穿着一身黑色的带牡丹花的绸衣，在草原上行进，使她渐渐忘却了哀伤，心底燃烧起一种逐马草原的热望。她因大汗经常命姐姐同他一起同行，似乎察觉出其中的什么奥妙，便时时躲开，留出空间让姐姐和大汗在一起，可她每看到大汗就不免想起一个人，那就是铁木真大汗。

论美丽亦巴合不亚于大姐和二姐，甚至俏丽过之。当年铁木真击败伯父王罕时，只有十三岁的她与两个姐姐一起躲在草丛中避难。不幸的是她们被搜索队发现了，并被押解到汗帐，汗帐内除了大汗铁木真，还有术赤和拖雷，她当时长得亭亭玉立，被大汗留在自己大帐内。大姐和二姐被送给术赤和拖雷两兄弟。当时天近傍晚，豹皮大帐内燃着通红的蜡烛，宽大的御案上摞着厚厚的奏折，御榻帐幕低垂。没有姐姐在身边的她害怕极了，站在大帐角落里。大汗一直在看折子，他的年龄比她的父亲还要年长，身材像个巨人，留有唇须目光炯炯。不知等了多长时间，大汗才放下折子，抬起有些苍老的面容，用沙哑疲惫的声音道：“你叫什么名字？”

听见问话，她当时慌忙跪伏在地，道：“亦巴合叩见大汗。”

“你很美，朕喜欢你。”大汗说话时，已踱到她身边，眼睛望着她，接着她被抱到榻上。她是那样的害怕，她想挣扎可又不敢，任他剥去身上的衣裙。大汗用男人的强悍占有了她，剧烈的疼痛，使她感到劈开双腿间被一下子撕裂，禁不住“啊——”地惨叫一声。为了继续忍住疼痛，她咬伤了自己的舌头，咸涩的血进入嗓子，一阵恶心，她再也忍不住，血喷了大汗一脸。她极其惶恐，大汗并没有发怒，事后大汗紧紧抱着她，使她品尝到一次完整的征服。然而次日黎明，她被大汗莫名其妙地送给了当值的术赤台……

“亦巴合，你在想什么？”唆鲁禾帖妮见妹妹在马上有些神不守舍，问道。

亦巴合为了免于尴尬，指着克鲁伦河上空的盘旋的飞鸟，道：“姐姐你看，河上那样多的鸟……好壮观呀。”

窝阔台转过头，他的眼睛与亦巴合的眼光一碰，发觉这女人的眼光有些奇特,心里一动,望着她问道:“王妃,没有来过这里吗?”

“是的,河水太美啦。”

窝阔台像大哥哥一样,用鞭子指着远处白亮亮的地方,讲道:“克鲁伦河是一条美丽的河,它的终点是腾汲思湖(呼伦湖)。据老人们说,当年咱们蒙古人最早就居住在额尔古纳山中,后来人口增加为了解决居住狭窄的情况,蒙古人的祖先用七十张牛皮制成风箱熔化了大山,来到了腾汲思湖。腾汲思像海一样辽阔,可祖先们没有在湖边停留,而是穿越扯克扯仑草原,向西到了不儿罕山……”

“大汗走的地方真多,懂得也多,臣妾这辈子没走过几个地方!”亦巴合啧啧赞道。

窝阔台笑道:“三十多年前,我就曾跟父汗路过这里,当时是去征讨在达兰·捏木儿格思扎营的塔塔儿部。这一仗打得很顺利,彻底打败了塔塔儿人。就是在这次战役后,我父汗将俘获的扯连之女也速干和也遂纳为皇妃的。”唆鲁禾帖妮道:“听说大汗要杀光塔塔儿人,哈撒儿叔叔因隐藏了许多塔塔儿人,还受到大汗的惩罚。”窝阔台摇摇头道:“其实这话说得不确切,当时俘虏的塔塔儿人太多,在如何处理战俘我父汗确有杀光塔塔儿人之议。但事实上,众将都希望收留塔塔儿人俘虏以弥补战场人员的损失。因此许多人被分给将帅,只有参与反叛的人才被杀掉了。”

亦巴合指着前方,对大汗道:“大汗,你看这里好美呀,何不就在河畔扎营呢?”

“好吧,听你的。”窝阔台望着眼前的克鲁伦河碧绿如蓝的流水,勒住马,向阿儿浑道:“全军就地扎营,你去叫拔都过来,朕有差事吩咐他。”

一会儿,拔都打马过来跪于马下,道:“大汗叫侄儿有事?”

窝阔台望着拔都道:“贤侄,撒吉思回巴彦乌拉城怕有半个月了,铁木格王爷一直没信。此处离城不远了,朕带大军狩猎,铁木格为什么还未来迎,朕让你马上见他,就说朕在此候着他!”

“臣这就去!”拔都拱手,转身策马而去。

天刚过申时,时间尚早,营帐也要有一阵子才能扎好。窝阔台望着河岸,一片高高的芦苇丛在风中摇晃,大雁、天鹅、野鸭、丹顶鹤等候鸟在河面上自由自在的飞翔……转身对唆鲁禾帖妮和亦巴合道:“走,一起去河畔射些野味,回来烤了尝尝鲜!”

大清早,辉河畔一块山地围场,头戴笠帽的铁木格正顶着晨风进入围场,他骑在一匹枣红马上,臂上蹲着那只心爱的海青,头顶王纛随风招展。身边跟着儿子撒答吉、哈失歹、察只剌、脱里出、斡鲁台,嫡孙塔察儿、脱脱等。

铁木格立马山冈，俯身四望，围场四周都站满了手持刀枪、盾牌的士兵，崖底草丛中，成百上千的野兽在惊惶失措地乱窜，真正的狩猎刚刚开始。天略有些阴沉，从天西北角缓缓飘过如棉絮般巨大的云团，挟着湿漉漉的风，这天气正好迎合了铁木格此时的心情。石抹咸得卜忽然投奔，使他仿佛手捧个刺猬，丢不是，不丢也不是。石抹咸得卜毕竟是自己的大舅子，又有多年的交情，加上王妃的哭声使他决定宁受惩罚也要收留他，因此他派王傅撒吉思前往哈剌和林城，并带亲笔书信为石抹咸得卜求情，为了摆脱烦恼，特地安排了这场狩猎。

铁木格用金鞭指着围场，眼望着诸子、诸孙大声道："今日大猎，我的子孙中，谁猎得最多，本王将赏他金如意一个，前三名各赏银百两，战袍一袭，现在可以开始了！"

铁木格话音一落，数十余匹战马撒欢似冲进围场，周围的兵丁一齐大喊，无数猎犬猎鹰随着主人一齐向猎场冲去。

十八岁的塔察儿第一个冲进狩猎场，他是铁木格的长孙，父亲叫只不干，西征时战死，当时他只有五岁。失去父亲的他一直生活在祖父身边，他长得壮实，胯下一匹枣遛马。他接连射杀五只獐子、三只恶狼，正纵马去猎一只梅花鹿，忽然山谷中蹿起一只猛虎来，枣遛马倒退了几步。他忙从箭囊中抽出一枝箭，搭弦射去，正中老虎右眼，老虎受伤向他扑来，身边数十手执长枪亲兵护住塔察儿，老虎伏地咆哮，塔察儿搭箭在弓，又一箭射中了老虎颈部，众亲兵冲上去合力将伤虎杀死。

天近中午，一阵铜锣声响起，诸王子带着猎物返回山头，列于帐下。大帐内必暗赤在蜡烛下对各位王子猎物进行统计。王孙塔察儿猎一虎三狼七獐六只梅花鹿，为第一；哈失歹猎四狼二野猪三獐两狐四鹿，脱里出猎一熊五獐七鹿，其他诸王子各有所获。铁木格见长孙夺得第一，心中高兴，站起来抚摸着孙儿的头，笑道："塔察儿金如意是你的了，不愧本王的好孙子，再加赐一袭金锦长袍！"

下午，诸诺颜继续狩猎，一天下来猎物堆积如山，天近傍晚，铁木格方命撤围，让残余野兽才脱得性命。

当夜下起暴雨，铁木格住在山上，次日出了大帐，雨霁日出，辽阔山野挂满露珠，一片青翠。铁木格命人收拾车帐，用车装了猎物，自己骑马着铁青马，与诸子孙、诺颜慢腾腾回巴彦乌拉城。

正行进中，一队骑兵飞马而来，马上一将见到铁木格，慌忙下马跪在路上，奏道："老王爷，出大事了，贵由兵进泰州之地，在宴会上扣押古出诺颜，说是大汗有命,清查诸王强占金国故地事件!"

"古出千户如何解说的?"

"大人说王爷是奉了先帝之命,出兵越过兴安岭的。"

"贵由说什么?"

"他说先帝对老王爷封地有明文札撒,让古出将军拿出先帝圣旨,大人拿不出就被扣押了,末将因此前来禀报王爷!"

铁木格怒火上撞,独眼闪着晶光,骂道:"贵由小儿欺我太甚,将军先请起,此事待我去大汗处评理。"

又行数里,撒吉思纵马追来,跪于泥水中,道:"王爷,奴才路上得了寒泄症,耽搁了日子,事情搞砸了!"

"怎么回事,大汗不答应本王的请求?"

"是的,奴才去的很不是时候,赶上四王妃带着亦巴合王妃向大汗告状,说石抹咸得卜将军在大宁路上射杀了术赤台郡王,大汗很是生气。不仅将大王折子驳了,还说不喜欢王爷告诉他如何做,有旨叫王爷送石抹将军归案!"

铁木格长叹一声,道:"大汗真是这样说的?"

"奴才岂敢胡说,因奴才病在途中,还听到了消息,大汗已经开始东巡"

大汗要来东巡,这突如其来的消息,一下将铁木格狩猎时的欢悦情绪赶到爪哇国去了。大汗羽翼丰满,再不将自己视为尊敬的长辈,这次大汗明着狩猎,实际是暗藏杀机,弄不好,非但石抹咸得卜性命难保,自己也有可能成为下一个倒下去的拖雷。想到这里,铁木格汗透重衣。他也是六十多岁的老人,那禁得住这么大的打击,眼前一黑,"哎呀!"一声,从马上坠下。

"爷爷!"塔察儿大哭着跳下马,与哈失歹一起将晕倒在地的铁木格抱起,撒吉思吓得满头是汗,急着去寻大夫。

铁木格躺在帐车上,被叫来的大夫用银针替他通经络,又将丹药给他服了。二子撒答吉见铁木格双目紧闭,嘴唇发紫,冲着大萨满命令道:"你们都看看,是不是我父汗狩猎时冲了什么神灵?"一个大萨满跪在帐车前,说:"王爷狩猎前未祭玛尼罕神①,怕是众野兽灵魂拦路作祟!"

"那还等什么,还不为王爷献祭!"

帐车外,塔察儿亲自燃起篝火,祭桌上摆上猪、羊、弓箭……大萨满头戴神帽,身穿法衣,手舞神刀,咚咚地神鼓如爆豆不停,叮叮的铃声摇得天旋星转,围在周遭的人们齐起呼唤着"呼瑞、呼瑞——"并一齐高喊:"阿利古思,

① 玛尼罕神:是蒙古族信奉的狩猎之神。

阿利古恩[1]!”

铁木格本是急火攻心,加上劳累,开始时头晕感到天旋地转,歇了一夜方醒了过来。铁木格见众子侄围在一边,挣扎着坐起来,对诸子道:“大汗疑我 派贵由寻隙击我,又亲自带人马来克鲁伦河,本王料定大汗已派人进了王府!”

撒答吉瞪大了眼睛,气鼓鼓地吼道:“大汗既不拿我们当亲戚,一定要置我们于死地,莫不如反了,拼个鱼死网破!”

“啪!”铁木格一个巴掌打在撒答吉脸上,气呼呼地骂道:“你这不长头脑的人,竟然说出如此大逆不道的话,再出此言本王就先宰了你!”

撒答吉本为父王气不公,话说得没了轻重,撞了满脸灰,再不敢言。铁木格见众人不言语,捋着须髯,冲着车窗望着远方的山峦,他心知大汗已有了防范,真要动手怕只能取祸。因此嘴上道:“大汗乃我亲侄儿,成吉思汗命我为顾命大臣,我的话他还是能听的,大汗不过一时生气,等回王府后听听情况再作处理。”

巴彦乌拉城建在辉河畔,城分内城外城,全城周长近两千米,四周是宽阔的护城河。城四面各有一座城门,城内从南到北中轴线分布着几座宫殿,其中平安宫为斡赤斤王府大殿。在蒙古诸汗中,铁木格尤其喜好宫室苑囿,平安宫大殿台基高三米,殿顶为黄色琉璃瓦镶绿边,十六道五彩琉璃脊,中为宝瓶火焰珠攒尖顶,正门雕双龙蟠玉柱。

铁木格回城进了平安宫大殿,便听有人来报:“大汗使者拔都小王爷候了三天了,等候求见王爷!”

铁木格点头道:“叫拔都进来吧。”

拔都进了殿跪下道:“老王爷,孙儿奉大汗之命,送来书信一封。”

铁木格命人接过信,却不读,望着拔都问道:“拔都,记得当年你父王去世,是我奉大汗之命前去吊唁的,你能即你父王位,离不了我的相助。眼下我只想听你说句实话,本王真的保不了一个石抹咸得卜了?”

“老王爷,孙儿不敢瞒你,大汗信中如何写的,我并不知,可凭直觉石抹咸得卜只有死路一条了。”

“大汗到克鲁伦河,其他诸王也都到了?”

“诸王正在赶来路上……”

问完话,铁木格才打开信,这封信看似一封普通家书,敦请王叔一起狩猎,其中确有一些深意令铁木格胆寒。信中道:

---

[1] 阿利古恩:蒙语驱邪之意。

叔父：

人之一念分善恶。石抹咸得卜屡犯大罪，朕不杀他，只因王叔情面。此次非往日，作为大将不顾军法，私下放弃围城，去到封丘杀耶律善材一家数十口，让金主完颜守绪踏其大营逃走。此后，他又携珍宝私自逃离汴京，并在大宁路杀害术赤台郡王……犯下如此大罪，偏又不肯到哈剌和林自首投案，却私投王叔，陷王叔与汗廷纠纷中，其罪大恶极，决难饶恕，王叔当体朕心，因此所求不允。

望王叔阅信之后，莫再犹豫，速将其扭送汗廷，如叔父执意保他，坏我国家《大札撒》，即使先父在世，也不能容忍，愿王叔察之。

窝阔台

看完信，铁木格叹道："拔都，难道石抹咸得卜就一点活路也没有了吗？"

拔都道："依孙儿看，这事不该问我，而该问石抹咸得卜将军，是他自己闯下塌天大祸，到了此时，还不主动请罪，他的心一定是让狗吃了！"

阶下王子、诺颜无不目视石抹咸得卜，石抹咸得卜面色铁青，知已祸犯不测，声音打着战道："王爷，事由末将起，就将我交给大汗处置吧，不该为我之罪而使大汗迁怒老王爷呀！"

铁木格依然有些犹豫，叹息道："你父与我为挚友，我焉能见死不救，容我再思量一下！"

拔都道："王爷，不能怀妇人之仁，该断不断，反受其乱呀。"

铁木格眼发红望着拔都道："拔都……你先下去吧，容本王再作商量。"

拔都去了，铁木格望着阶下众王子、诺颜们道："这事大家还有何主意？"

阶下众人面面相觑，无人敢答言，正相视间，有探马进殿来报：贵由带数万大兵出东夏经泰州向克鲁伦河方向迂回，正向巴彦乌拉城方向开来。铁木格怒目圆瞪，大吼道："难道真要逼本王走上绝路，如果那样，我当提兵五万与他决战！"

石抹咸得卜见铁木格一时气愤，也为自救，添油加醋地道："窝阔台父子欺人太甚！对王爷尚且如此，不如反了，王爷起兵，末将愿为先锋！"

此言一出，殿内出现各种意见，王子撒答吉道："打吧，在这里我们得天时地利，可以一战！"察只剌摇头道："此时出兵，一旦战败，我一家就走上不归路，成了黄金家族的千古罪人。"众人你一言我一语，谈到日落也无结果，铁木格愁肠欲断失了主意……

塔察儿早就对祖父收留石抹咸得卜不满，见天色已晚，众人久议不绝，又见石抹咸得卜到处煽风点火，不由怒火中烧。自忖道：内战一起如何了得，因一无耻小人，将坏我一家数百口性命。我作为长孙儿，当杀此贼救我祖父。想到这，他站起身，拱手道："祖父，此议不妥，收留罪臣，既是对大汗不忠，又违反了大札撒，再起兵对抗，就是自寻死路，如此下去，吾家将不血食矣！"

铁木格道："孙儿，你看该怎么办？"

塔察儿厉声道："孙儿已有办法。"话未毕，健步上前，将正与人交头接耳的石抹咸得卜一脚踢倒在地，嗖的一声，从腰中拔出宝刀，手起刀落，将人头砍下，手提人头面朝祖父跪下。

众人正议论间，忽见塔察儿于瞬间杀了石抹咸得卜，无不大惊失色。

塔察儿脸不变色，从容道："祖父，石抹咸得卜离了自己的万人队，犯了大逆之罪，早就当死。依照《大札撒》祖父收留这样的人亦当死。现在大汗追究此事，石抹咸得卜罪犯不赦犹不肯死，还妄图利用亲情，诱使祖父为乱，此等人不诛，吾家将灭族矣。当年成吉思汗《大札撒》指出，引诱诸王乱，构祸黄金家族者诛。当此之时，祖父糊涂，还与石抹咸得卜相商为乱之谋，孙儿为祖父计，诛此逆贼，请祖父速将此头交给大汗，以免祸患！"

这一变故，发生得突然，谁也没料到十几岁的塔察儿会干得如此干净利索，铁木格身边的六王妃见哥哥被杀，如刀捅了心肝，骂道："塔察儿，你这小兔崽子，你祖父尚未发言，你竟敢动手杀人。你这没心肝的东西，要杀你连我也杀了，好保你这条小命！"

"别嚷了……烦死人了，将死尸抬走。"铁木格冷森森的目光，看了塔察儿、六王妃一眼，他虽对孙儿塔察儿自作主张不满，可心里明白，石抹咸得卜活不得，如果他活着，大汗那里难以交代。可在大殿上擅杀之罪不能不追究，他看着站在阶下的孙子叹了口气，看侍卫擦净血迹，在一阵难耐的沉默后，铁木格两眼喷火指着塔察儿骂道："有话可以当面说，这大殿岂是逞凶之所，来人——将他绑了，推出去砍了！"

诸王、撒吉思及诸将一齐跪倒，撒吉思出面，道："王爷息怒，臣等肯请留塔察儿一命。塔察儿虽擅杀，但其心是为了王爷。石抹大人已留不得，他犯了不赦大罪，不杀他，王爷也要面临难堪之时，战火很可能顷刻就要烧到巴彦乌拉城。眼下城内住着大汗使者，城外随时会有大汗骑兵围城。臣等心里早有劝王爷杀掉石抹咸得卜之意，只是不好意思当着六王妃的面说出，塔察儿所行是救了王爷，救了全城、全兀鲁斯①的人呀！"

铁木格本是雷大雨小，见众人求情，大声吼道："塔察儿有罪无罪，本王

---

① 兀鲁斯：兀鲁斯是蒙语'人众'、'国家'之义，受封诸王对所封百姓和领地，拥有相当大支配权，酷似独立的封国。

岂不知道，但他太鲁莽，该受些惩罚，既众人求情，就先下入大牢！”

这一夜，铁木格也没睡好，他虽咽不下大汗要与他兵戎相见的这口气，可他也不能不记得这样两句歌词：“小山压大山，大山全无力。”这是辽太祖阿保机长子耶律倍，被弟弟耶律德光夺了大位后，无可奈何地吟唱的一首诗。耶律倍的诗被后人谱成长调，铁木格自然也会唱。他清楚自己必须去见大汗承认错处，不认错大汗会骑虎难下，真的兵戎相见，他这个亲叔叔……铁木真的亲弟弟也无法保证，他的军队不被大汗消灭……因此，他也不敢再迟疑，次日一大早，就让人将石抹咸得卜的尸体装敛起来，用车拉着，同拔都一道骑马离开了巴彦乌拉城……

第二十九回

哀扰民大汗杀宿将
避天威王叔自负荆

一大早，浓雾还未消散，克鲁伦河边一望无际碧绿的大草原上，东一片西一片搭满蘑菇云似的白色军帐。军帐套脑上，飘散着乳白色饮烟，靠河边散放着无数战马在悠闲地啃青。河边大金帐内，窝阔台斜靠在御座上，目光盯着帐门。奉旨去铁木格府上的拔都走了七八天，还无音讯，让他不禁有些担心。望着案上那份打开，依然粘着三枝羽毛的折子，他的眉头蹙成一个疙瘩，一阵脚步声从外传来，他抬起头，见阔出陪着步履蹒跚的亦鲁格进了大帐。

“臣叩见大汗。”亦鲁格颤巍巍地叩了头。

窝阔台指着身边一张红木椅子让他坐下，问道：“这样早叫太师来，是有件事想咨询下你的意见。”

“臣听说，贵由的兵马已离开辽西，离此不远了。”

“是呀，贵由平定了东夏，叫他来此准备与朕一道归漠北。”

窝阔台把那封急折取过递给亦鲁格，亦鲁格接过折子，打开看了一遍：

儿子平定了东夏，军出泰州，发现该地铁木格已派古出千户驻扎于此。古出说，铁木格王爷是奉祖父之命经营该地的。臣命人扣了古出。

铁木格一直对辽西之地心怀叵测，多次以“皇太弟”名义攻城略地。据古出称，铁木格越过兴安岭，先祖父有过谕旨札撒，可并无实据。儿臣亦未敢扩大势态，只带本部兵马出了辽西，带兵向克鲁伦河靠拢。请父汗进一步示下。

儿臣贵由

见亦鲁格看过信后低头不语，窝阔台道："太师，昔日朕父汗分封诸王，铁木格为皇太弟分封最厚，但欲壑难填，他越过兴安岭，能拿出手的是老四监国时的谕旨，说先父的旨意其实无处稽考。当然，这些朕尚能容他，可收留石抹咸得卜，不理会朕的旨意，他究竟想做什么？"

亦鲁格拈着白胡须，眨着眼睛道："铁木格真的扣押了拔都，就是要同汗廷开战了！"

"朕也担心，撒吉思回去近一个月，拔都也去了多日，铁木格该明白朕意，怎会毫无反应。"

亦鲁格转着眼睛，道："铁木格在东方诸王中势力最大，朝会上常同进退，得防着铁木格联络诸王一道叛乱。"

"朕来克鲁伦草原，也是想看看铁木格这潭水有多深，看看东方诸王有谁与他一条心。"

"是否趁此机会罢黜铁木格，换个听话的人？"

"这事朕也想过，不过还是要看铁木格的态度。"窝阔台望着阔出，突然想起一件事，问道："阔出，昨夜大营中有怯薛千户未回大营，你可否知道？"

阔出脸一红，道："父汗说的是多豁勒忽大诺颜吧。"

"听说还酒后闹事，不听招呼？"

"他恃醉打了值夜侍卫，儿臣念他是老臣，就没有对父汗说起。"

"他是者台之弟，在你四叔监国之时，跳踉最凶。拖雷在九十九泉，买通雪不塔带妖符潜入宫内，他也是帮手。朕几次放过他，可他至今不悔，这样的人不能再让他待在宫中了！"

"儿臣这就将他叫来，查问他夜里去了哪里？"

"这事你去办，朕想与太师一道遛遛马……"窝阔台望着阔出，一边起身披了件夹袍。

"嗻！"阔出答道。

窝阔台骑在菊花青高头大马上，亦鲁格太师上了一匹枣红马，沿着克鲁伦河向前飞奔。

早晨的太阳从东方露出红红的半个脸来，阳光射进了密林，树林迷茫的雾气正在消失，林间鸟儿叽叽喳喳叫个不停。正奔驰间，亦鲁格忽地惊叫一声："大汗前面起火了！"窝阔台顺着亦鲁格手指的方向一看，山腰里腾起一团火焰,隐约听见火光中夹杂着哭喊声。

亦鲁格警觉地道:“大汗,铁木格冒险出兵了,要与汗廷拼个鱼死网破。”

窝阔台望着火光,摇摇头道:“不会,除了他真的疯了,才会那样,否则,他没有那么大的胆量!”窝阔台将两个指头放在嘴里,又尖又利的哨声响过,跟在后面的阿儿浑和数百卫队奔来,窝阔台对阿儿浑命令道:“走,奔火光方向看看去!”

窝阔台纵马扬鞭,亦鲁格紧紧跟随,阿儿浑带着卫队呼啸前行,转眼间越过两道山梁。

山腰下,一个有十几顶毡帐小小的浩特,火还在燃烧,烟雾腾腾中,一匹沙花马上坐着一个大胡子将军,他高声詈骂:“给我往死里打,烧了马棚,我要他为我的马赔命!”

阿儿浑见一个牧民被绑在一棵白杨树上,数十个牧民在围观,一些胆小的妇女、孩子吓得抹眼泪,不待大汗发话,纵马树下吼道:“都给我放下鞭子!”

打人的兵士抬头,手中皮鞭坠地,满脸酒气的将军正待发火,回头一看,一双喷火的目光正盯着他,他一愣,跌下马跪在地上。

“朕当是何人,一大早就杀人放火——”

多豁勒忽脸色大变,一边叩头,一边辩解道:“奴才的战马随奴才征战多年 却被他的逆子烧死,奴才咽不下这口气,才打他……”

“夜不归营,在你的眼里还有没有《大札撒》!”窝阔台怒形于色,对阿儿浑吼道:“——还等待什么,把多豁勒忽诺颜架到树上绑了,他抽够了人,也让他尝尝皮鞭的滋味。”

多豁勒忽酒已吓醒,也不敢反抗被绑到树上,他身边数十个亲兵都吓得跪在地上,不敢抬头。

多豁勒忽诺颜被绑,牧民才扭头注视来人,一匹菊花青马上,坐着头戴垂着九条狼尾的栖鹰帽的大汗,忙齐刷刷跪倒。那个被从树上放下满脸是血的老牧民,跪下,泣道:“大汗,奴才是南岗十户长阿扎台,这位大诺颜昨夜强宿我家,强奸了我的儿媳妇,我儿子气愤不过烧了他的马厩,他没抓着我儿子,就烧毁了我家的毡帐,还要将奴才打死,祭他的马匹,请大汗替奴才做主。”

窝阔台逼视着多豁勒忽诺颜道:“他说得对吗?”

多豁勒忽诺颜心里明白,雪不塔、镇国、拖雷一死,他侥幸逃过一劫,今天怕凶多吉少,好汉不吃眼前亏,忙叩头道:“奴才该死,马是先帝赐的,为国家立过大功。我昨晚喝多了酒,早上听说战马烧死,一时气愤,便责打了他。”

“你是朕的怯薛千户，在军营有人动了你的战马，朕替你行军法。可你私自夜宿营外，奸人子女，杀人放火，还有脸讲先皇赐马之事。你这是在污辱我父皇的圣德！”窝阔台瞪着冒火的眼睛，对侍卫吼道：“对这样的人，给我往死里抽！”

有大汗之命，侍卫可不管多豁勒忽死活，鞭子雨点般落在他的身上，转眼皮开肉绽。

亦鲁格见大汗脸色发青，怕多豁勒忽会死在此处，小声劝道：“大汗息怒，多豁勒忽毕竟是员宿将，即使犯了罪，也该朝会上明正典刑。”

“阿儿浑，取一百两银子，作为多豁勒忽烧毁牧民帐篷的赔偿！”窝阔台又向老人道：“老人家，朕治军不严骚扰了你们，你们放心，不会再有人找你们的麻烦了！”

“大汗万岁！”阿扎台带牧民一齐跪地叩头山呼。

太阳跃上三竿子高，窝阔台回到斡儿朵，汗帐正门朝南敞开，帐衬是豹皮衬帐。坐北朝南高台上安放着御坐，窝阔台大汗正襟危坐，目光冷峻。唆鲁禾帖妮、阔端、阔出、亦鲁格、速不台侍立一边。有值日怯薛官进来禀报：“别勒古台等几位王爷在外求见。”

窝阔台扫了众人一眼。“快请进来。”

帐外，诸王野苦、移相哥，按赤台之弟察忽剌，别勒古台带着长子罕突忽、次子口温不花等早等在那里。各路封王听说大汗来克鲁伦河狩猎，传言是为铁木格收容石抹咸得卜的事而来，都心怀鬼胎，想看看大汗所来之意。

阿儿浑出来，对诸王宣旨：“大汗有旨，命诸位王爷进帐！”

诸王进殿，伏地跪倒，山呼“大汗万岁！”

窝阔台含笑起身，笑道：“诸叔、诸弟一路辛苦，起来说话吧。”

诸王站起后，窝阔台笑道：“大家的消息很灵通呀，朕来克鲁伦河是为了散心，就没特意通知你们。原只想与铁木格王叔见面，没想到你们还是听说了，来了也好，一家人就见见面。”他停顿了一下，骤然收敛了笑容，严厉起来，“铁木格身为亲王，竟敢无视《大札撒》，包庇逃犯石抹咸得卜，朕在和林就让撒吉思捎信，来此后就让拔都去见他，可时过多日，他却迟迟未到！咸得卜私离营帐，妄杀耶律善才一家数十口，其夜让金主踏其大营逃走。犯事后，他不知改过，在汴京劫掠大批珍宝逃走，在大宁路上又杀害了术赤台郡王。石抹咸得卜犯了不赦之罪，铁木格却要朕放了他，朕不同意，他就让朕干等着不来。”

诸王见大汗矛头直指铁木格，个个面色惊慌，不敢出声，都怕大汗说多了惹祸。窝阔台正侃侃而谈，外面一阵脚步声传来，值日怯薛官进殿叩头道："多豁勒忽押到，请大汗示下。"

众王大惊，多豁勒忽乃成吉思汗时的功臣，是怯薛千户，不知何事遭此重责，众王心中都抱着个不解的疑团。

"将他带进来！"

窝阔台冷笑一声，说道："今日王叔与众兄弟来临，本该设酒庆贺，可这件事不能不让大家知道。多豁勒忽诺颜自朕出师，几次无视《大札撒》，来前他自恃醉酒殴伤侍卫，朕原谅了他。可昨夜他私离军营，强宿百姓家，强暴妇女，还放火烧毁牧民毡帐，鞭打受害者。不是被朕撞上，整个南岗浩特不知被他糟蹋成什么样子了！圣祖有言，诺颜犯罪，由诸王共议。多豁勒忽桀骜不驯，朕要新账老账一齐算，请诸王一道给他定罪！"

窝阔台两眼冒火，手按在刀上，此种阵势，众王谁敢贸然插嘴。

唆鲁禾帖妮脸色一变，她本以为此行是向铁木格施压，哪知大汗首先向多豁勒忽下手。多豁勒忽是者台之弟，与拖雷王爷关系密切，张了张嘴没有吱声，脸上红得喷火。

多豁勒忽被押进汗帐，见汗帐内各路王爷都在，酒早吓醒，跪在地上叩头道："奴才错了，请主子念着奴才过去的微功，恕了奴才死罪。"

窝阔台鹰目喷火，一副不屑的神气道："恕你，朕对你宽纵已无边了，你却以为朕好欺。先前的事朕不想说，就说在九十九泉，镇国伙同雪不塔用蛊符害朕，当时就有证据说你参与了此事。在座诸王中参与审案的人也都知道，可朕思考再三，为你的功宽恕了你，可你并不悔过。"

多豁勒忽知道这回难逃一死，瞪着眼睛道："大汗，你说我参与雪不塔、镇国阴谋害大汗，奴才以为这是有人陷害臣，请大汗明鉴。"

窝阔台怒拍几案，桌上的杯子和其他物件震起老高，他两只眸子喷着火光，逼视着多豁勒忽道："多豁勒忽，你这个贼子，做了事还要要赖，阔出——当年雪不塔的案卷何在？"

"臣已让人取来。"

"将卷宗让多豁勒忽看一看，除了他自己无人陷害他！"

阔出将雪不塔供词放在多豁勒忽面前，多豁勒忽直起腰，瞪大着眼睛，读了几页，掷于地上道："大汗想杀奴才，杀就是了……"

窝阔台用鼻子哼了一声，吼道："多豁勒忽，你负朕太甚！朕几次不忍杀你，无非念你有功。者台带兵袭朕，你内外充当联络员，朕没有动你。为了颠覆中军怯薛，你上蹿下跳，图谋当上中军万户。朕当政后，本以为你会老实些，你却吃里爬外，朕无奈把你调离机密核心。在九十九泉，你再犯逆罪，朕依旧等你醒悟。可你依旧不知醒悟，几次大闹中军。今天又擅离职守，强暴妇女、还要杀人行凶。朕再不办你，国家哪还有王法！”窝阔台转脸向诸王扫了一眼，冷冷地说：“多豁勒忽诺颜屡犯下逆罪，怎么处置，大家都表表态！”

“多豁勒忽屡犯逆罪，至今不肯悔改，自然该杀！”别勒古台见大汗列其罪状，项项都不可恕，跪下道。

“臣等赞同王叔提议！”诸王见别勒古台率先发言，一齐叩头道。

唆鲁禾帖妮本想替多豁勒忽诺颜求情，见诸王诺颜异口同声，也怕惹火烧身，低头附和道：“臣妾亦无异议！”

窝阔台脸一直沉着没有开晴，这时用眼睛扫过殿内诸王诺颜，见无人提出异议，对怯薛命令道：“来人——将多豁勒忽推出去斩首！”

“大汗，奴才走了。”多豁勒忽叩头起身。

多豁勒忽被推了出去，汗帐内气氛紧张到极点，大汗翻了旧账，人人神经绷紧如拉满的弓弦，心跳急促如怀揣着兔子。

“启禀大汗，拔都与铁木格王爷外面求见——”怯薛官再进禀报。

窝阔台余怒未息，冷笑一声道：“让铁木格候着，宣拔都进殿吧！”

众王一起抬头望大汗，无不替铁木格捏了一把汗。大汗东巡，矛头指向铁木格，这个霉头来了，谁也猜不透大汗会如何发落他。

拔都进帐，他在驿馆喝了三天的酒，铁木格才召见他，答应第二天一道见大汗。他是个有心人，已将王宫内的情况了解个大概，进了帐，叩头禀道：“臣拔都宣旨归来，叩见大汗。”

窝阔台望着拔都问道：“铁木格将石抹咸得卜带来了？”

拔都眨了眨眼睛，抬头答道：“臣去宣旨，老王爷让臣在驿馆暂歇。后来铁木格同意与臣一道见大汗，据臣了解，议事时石抹咸得卜挑动是非，激怒了塔察儿，殿上砍了咸得卜的人头。”

窝阔台挪了挪身子，蹙着眉头道：“这么长时间铁木格做什么去了，难道撒吉思没有带话给他？”

“臣去时铁木格还未从辉河狩猎回来，应该是得到消息晚了。”

“起来吧。”窝阔台对拔都的回答很满意，对怯薛官命令道：“宣铁木格进殿吧！”

拔都被宣入殿，铁木格独立于辕门外。他将枣红马交给侍卫，就见高大的多豁勒忽脸上带血，被怯薛押着出宫来，便上前几步，对多豁勒忽道：“多豁勒忽将军，你所犯何罪，难道一点也不能通融了！”

多豁勒忽眼中流泪道：“老王爷不要替奴才悬心了，王爷也须加点小心。

老奴死不足惜，先行一步啦！”说着多豁勒忽大咧咧也不停留，向辕门外刑场走去。

铁木格眼睁睁见多豁勒忽被砍了头，头悬于高杆之上，不觉心中一阵恐惧。他记得当年多豁勒忽与其兄者台是在兄长铁木真第一次称汗前，离开札木合投奔铁木真的，至今已有四十多载，现在终因得罪窝阔台大汗被处死。联想到大汗今天羽毛丰满，来克鲁伦河明是巡狩，实际是准备讨伐自己，杀石抹咸得卜不过是大汗对自己算总账的一个借口。想到这更不敢大意，叫人取出绳索将自己绑了，听见宣他，随怯薛低头进了大帐，匍匐于地，低着头向大汗说道：“罪臣铁木格，拜见大汗！”

铁木格这个平日扬着脸，嘴角下吊不可一世的王叔，竟弯腰低头进了大帐，大大出乎窝阔台所料。他这种恭顺态度，也是所有宗王、大臣没有想到的。顿时，帐内议论一片。

窝阔台眼睛盯着铁木格，他也未料到骄横的王叔，这样快低头。可他心头的怒火并未平息，不冷不热地道：“王叔何罪，宗王们还未领略，请王叔自己道来。”

铁木格对窝阔台指责的话早有准备，不认错是不行的，忙道：“臣收留罪臣石抹咸得卜，想为他开脱罪责，折子上语出不驯，是臣之罪一。大汗派使臣谕我，我念着石抹明安曾经救我，依然犹豫不决，此臣之罪二。”

窝阔台用眼睛盯着铁木格，道：“王叔知罪就好，可朕还是要说你，朕有明确态度，何犹豫不决？听说是你的孙子塔察儿，诛杀石抹咸得卜替你解了围，否则你叫朕在此等你到何时？”

铁木格脸变得黢青，叩头时满脸汗水，说道：“大汗批评得对，臣因石抹明安救过臣命，实不忍杀咸得卜，但不敢有别的念头！”

窝阔台打了个唉声道：“朕非不知石抹咸得卜是你姻亲，石抹明安救过你命。当年石抹咸得卜制造反信，诬陷汉军三大帅，朕就看在王叔面子没有处罚他。此次石抹咸得卜罪不可赦，可你依然将钦差大臣丢到驿馆，在王府与石抹咸得卜等一起议事，难道你想造反吗？”

“老臣不敢”。大汗话说得直接，铁木格一怔，这话也真不好回，当时议事中的确有人提出调兵造反之议，可这话一点也不能露，忙叩头辩白道：“臣的确不忍杀了石抹咸得卜，与人计议是希望想个办法保他一条命。至于反叛汗廷，臣与属下绝对没有此心，请大汗明鉴！”

窝阔台用鼻子哼了一声：“杀人偿命，欠债还钱，《大札撒》有明确规定，石抹咸得卜犯了大罪。你竟然上折子同朕讲，‘逃避鹰爪而藏身于丛林的雀鸟，不遭受鹰的暴行。’什么鹰，谁是鹰？朕要执行《大札撒》，你竟认为这是

‘暴行’，朕真不知你的心里是如何看朕的！”

“臣昏聩，折子上的话言不及义，请大汗治臣失言之罪！”

“你是朕的叔叔，应该爱护你的声誉，可你得陇望蜀，无视《大札撒》，朕不能不闻不问！”窝阔台并没有点透，但话说出口，诸王都是明白人，什么得陇望蜀，这话大汗不是轻易说的。铁木格更是身子打战，见诸王在两边看着自己，大汗依旧不许自己起来，慌得额头沁满汗珠，更不知大汗还会说出什么更难听的话……

阶下诸王都知大汗生气，也不敢贸然求情，帐内静得连针落地的音响都能听得见。偏帐外一个侍卫昨夜没有休息好，正在打盹，手中长矛脱手，“咣当”一声，落在地上。

窝阔台大怒，厉声喝道：“谁在帐外闹事！”

“报，有侍卫打盹。”

“拉出去打四十鞭子，教训教训他！”不一会儿，外面传来了鞭笞声。

大帐内众人噤若寒蝉，窝阔台终于有了一丝缓和的意味，打了个唉声道：“朕本欲追究铁木格无视国法之罪，可念他为国多有勋劳，又袒身认罪，姑且算了，石抹咸得卜你带来了吗？”

“臣将他的死尸用车载来了。”

窝阔台用眼睛扫了他一眼，冷冷地道：“王叔的军队能够与汗廷军马亢衡几日，王叔可曾掂量过？”

“臣断无此念！”大汗说得尖锐，铁木格吓得叩头如捣蒜一般。

窝阔台长出了一口气，不依不饶地道：“有无此念只有你心底明白，朕这几日一直担心你会扣押了拔都，带兵打朕个措手不及！”

“大汗言重了，臣不敢存此心思。”

窝阔台干咳了一声，一脸冰霜地道：“没有此心，当然更好；真兵戎相见，朕岂怕你。朕即位六年来，虽无先帝德能，却不敢对国事有丝毫懈怠。朕对人宽容，如果石抹咸得卜不是杀了那样多的人，又射杀术赤台郡王，朕也不会得罪王叔，执意要他死。国家不能无法纪，如果每位王爷都可以无视法律，《大札撒》还有何用？”

众宗王都攥一把汗，铁木格已吓得魂魄出窍。窝阔台见他额头撞出血，方将话语拉了回来，说道：“算了，朕的话都说完了。来人，给王叔去了绑绳，既认错，朕也就不深究了。”

铁木格涨红了脸，额上汗珠顺脸滑下，早汗透重衣，叩头道：“大汗，臣还有一事，请大汗开恩。”

“说吧，什么事？”窝阔台望着铁木格涨红的脸道。

“大殿下在泰州囚禁了臣的属下千户古出，求大汗看在臣的薄面上放了他。”

窝阔台微微颔首，眸子一闪，虽说他依然不满意铁木格兵出兴安岭、占领泰州的事。然这些事并非出于自己当政之后，既然打掉了铁木格的气焰，又警告了他，就没有必要再旧事重提，想到这，便说道：“朕会让贵由放了古出，王叔既然来了，就不用急于回去，就与诸王一起随朕在此玩耍几日……”

“谢大汗不罪之恩！”铁木格眨巴着眼睛，紧张的心才略微松弛下来，跪下答道。

第三十回

四王妃献妹求平安　赛马场可汗获新宠

天已向暮，一座蓝色天鹅绒大帐竖立在克鲁伦河畔，东向的大门敞开，门上悬着绣花门帘。帐内悬有壁毡，毡上绘有百鸟朝凤图。地上铺金红地毯。天窗打开着，帐中放置着金质长桌两张，桌长五尺宽三尺，桌上陈列金酒壶二把，酒杯十二只。大帐两侧有门廊与寝宫相通，女仆们正在帐外草地上制作马乳。

唆鲁禾帖妮刚从汗廷归来，脸色非常难看，她坐在一张太师椅上，一只手托腮倚案沉思。大汗这几天几次强留陪寝，让她感到难堪，今天她宣称家内有事，才回到自己大帐。她对大汗的要求很是气愤，可也想不出摆脱大汗的好办法。一阵脚步声由远及近，她抬起头，见王府总管的宿敦急匆匆从外面进来，疲惫地问道："宿敦大人，有事吗?"

宿敦身材魁梧，脸孔紫红，是四王妃带来东巡的大诺颜，负责保卫帐内安全。他进了帐内，悄声地道："王妃，奴才有些机密话要禀报。"

唆鲁禾帖妮抬起头，望着他，问道："什么事情?"

"奴才发现一支西域商队行动诡秘，他们可能要在东狩中做不利汗国的事。"

唆鲁禾帖妮不以为然地道："商人除了赚钱，能做什么事?"

宿敦凑近一步，轻声道："王妃，这些人有近二十人，不是普通商人，而是经过特殊训练、武艺高强的匪徒。”

唆鲁禾帖妮眼中闪着阴森森的光，望着宿敦，道：“他们的目的是什么？”

宿敦眼中闪着寒光，低声道：“像似冲着大汗来的。”

“有证据吗？”唆鲁禾帖妮心怦怦直跳。

“他们的帐车内藏有兵器，那个与蒙哥王子摔过跤的帕剌汪菲剌也是他们同伙，他们在寻机接近大汗，奴才不会看错的。”

“要刺杀大汗？”

宿敦点点头，道：“奴才也是这样想。”

“那你有什么打算？”

“想请王妃示下的是，我们是否保持中立，还是借他们的复仇之剑对付大汗。”

唆鲁禾帖妮半天未言声，低头沉思后方抬起头，道：“只能坐观成败，决不能露出马脚被裹进去。”

“奴才明白，”宿敦又道，“奴才以为王妃应尽可能少接触大汗，避免刺杀大汗时，王妃受到伤害，或因而成为怀疑对象。”

唆鲁禾帖妮眨着眼睛，她感到头有些痛，这是一个艰难的决定，她很快有了主意，望着宿敦叮嘱道：“这事只能你、我二人知道，能借他们之手刺杀大汗最好，在不会惊动他们的情况下给予帮助，但不能让人对四王府产生怀疑。”

“王妃放心，奴才会小心的！”

外面一阵清脆的马铃声，夹杂着女人清亮的笑声，唆鲁禾帖妮阴沉地着脸忽然开晴，眸子一闪，向宿敦道：“你下去吧，有情况随时向我禀报。”

“遵命！”

晚霞铺满了她身后西方的天宇，白色裙带飘逸，银色的固姑冠上缀满晶亮的宝石，骑马归来的亦巴合，从一匹配着金鞍，颈上系着一串金铃的白色安琪马上下来，将马丢给一个侍卫。唆鲁禾帖妮迎出大帐，笑道：“妹妹看过庆童了？”

亦巴合开朗地笑道：“晚饭同庆童一起吃的。”

姐妹二人穿过前厅，进了内室，庆童是亦巴合与术赤台的幼子，在大汗府中任博儿赤，唆鲁禾帖妮望着妹子问道：“见到大汗没有？”

亦巴合望着姐姐笑道：“见到了，大汗还同我谈到了二姐，说你人美，处事得体，四王府不能没有你。”

唆鲁禾帖妮望妹妹高挑的身材，雪白的皮肤，秀美的脸盘，一个念头在胸中涌起，笑着道：“姐姐老了，大汗的话是开玩笑。”

亦巴合摇摇头，道："妹妹看得出，逼铁木格王叔杀了石抹咸得卜，大汗也是为了姐姐。那天多豁勒忽被砍了头，大汗也几次用眼睛看姐姐，当时如果姐姐说话，大汗也许就不会砍了多豁勒忽的头呢？"

"你认为姐姐该替多豁勒忽求情？"

"我看出了大汗很在意姐姐的意见。"

唆鲁禾帖妮脸色惨白，摇摇头，眼里闪着痛苦的火花，苦笑着道："姐姐没有你想的那样神，大汗也没有你想象的那样好。多豁勒忽与者台兄弟俩都是四王爷的铁杆亲信，者台几乎要了大汗的命，大汗虽宽容了多豁勒忽，可那不过是形势需要。四爷死了，多豁勒忽依然强硬得像头公牛，常与大汗顶牛，他被处死是我早预料到的事。如果你真以为姐姐一句话就能救了他的命，那就太天真啦。大汗眼中充满着杀气之时，谁想夺走他摆上祭坛的祭品，只会勾起他心中的怒火！"

亦巴合吃惊地望着姐姐，说道："你是说大汗在观察、试探姐姐？"

唆鲁禾帖妮眼中含泪，道："姐姐是最想救多豁勒忽诺颜的，对大汗来说，姐姐是个弱者，做事也只能顺应他，而无力反抗他！"

亦巴合眨巴着眼睛，羡慕地道："可大汗对姐姐很是关心。"

"好妹妹，四王爷死了，留下太多的难题，不要以为窝阔台大汗来克鲁伦河，仅仅为术赤台额驸的死。其实没有那样简单，他是利用额驸的死在草原上立威。他杀了倒运的多豁勒忽诺颜，是要抹掉四王爷笼罩在他心头的阴影，现在他达到了目的，地位稳固了。"

亦巴合亲眼见过姐姐被大汗留在宫内，低声道："大汗爱姐姐，妹妹从他眼神中看出，他被姐姐迷住了！"

"胡说，姐姐的心只属于一个人，那就是四王爷！"唆鲁禾帖妮咬着银牙道："草原还有一条札撒，大伯不能迎娶弟妹的。"

亦巴合看出姐姐的眼中闪着泪光，并无无奈的神情出现在脸上，叹了口气道："只要大汗愿意，没有法律可限制他的，如果他执拗，姐姐还是难以逃脱的……"

唆鲁禾帖妮有些沉重地望着妹妹，断断续续地道："好妹妹，术赤台死了……你没了牵挂，这几天你……肯帮助我吗？"

"妹妹帮你？"亦巴合吃惊地望着唆鲁禾帖妮。

唆鲁禾帖妮忽地流着泪，泣道："你没了额驸，儿子又在汗廷，姐姐看得出大汗开始注视到你了，如果让大汗爱上你，就会忘记姐姐的。"

"让妹妹代替你吗？"亦巴合不解地望着唆鲁禾帖妮。

唆鲁禾帖妮皱着眉头，痛苦地道："大汗常讲'客烈三花'实际是沉湎过去咱们姐妹的美貌。我希望妹妹助我渡此难关。从四王府角度,我不能陷得太深,一旦被人发现,我在四王府的地位就完了。眼下只有你能帮助我摆脱大汗……”

“让我代替你,这是多么荒唐的决定!”亦巴合大声地笑着,可她也腾起一种善良的情感,姐姐身上担着四王府的命运,她也许该保护姐姐。

唆鲁禾帖妮含着泪泣道:“为了保护我的儿女,我不能频繁接触大汗,要避嫌。”

“可我能做什么呢……”亦巴合心里很慌乱,她没有料到姐姐会提出这样一个难堪的话题。

“眼下妹妹什么也不要做,姐姐都会安排好的。”

亦巴合诧异地望着唆鲁禾帖妮,她依然美丽,让大汗神魂颠倒,心里却深藏着一种令人感到莫测的神秘,她低头说:“姐姐的话,让妹妹感到害怕。”

唆鲁禾帖妮叹了口气,说道:“女人是祸水,因为你会无意中被人爱上,并一辈子得不到安宁,尤其是被大汗爱上,他想得到你,祸事也就与此相连了。”

“姐姐还担心大哈敦和诸殿下?”

“不,姐姐并不怕大哈敦这个醋坛子,如果我真想嫁给大汗的话,我会打碎她这个坛子。可姐姐不能这样做,它违反了我的意志……”

“如果需要,妹子听你的!”这句回答显得很无奈,此后姐妹再也没说话。妹妹闭着眼睛躺在榻上想心思,一会就进入了梦乡。

唆鲁禾帖妮却睡不着觉,听着亦巴合均匀的鼾声 ,看着她宛若牙雕的面颊,心里也格外矛盾。阿苏格刺杀大汗,是她让宿敦给予支持的;当时她也希望阿苏格刺驾能成功,可那次劫驾非常失败。尽管大汗没有怀疑到她,然而三千封户被褫夺,阿苏格等一批人被杀,已令四王府元气大伤。现在有人要刺杀大汗,而且是一批西域人,她没有必要去阻止他人的行刺。她虽一再反对儿子们反叛大汗的行为,那是因为他们还太弱小,还须积蓄力量,可当听说有人要刺杀大汗,她还是一阵兴奋。但如果大汗被刺,也许有人会怀疑妹妹,那样她就害了妹妹的一生。想到这,她叹了一口气,实在想不出万全的办法。大汗虽然可恶,可他爱屋及乌,一直保护四王府,他一死,四王府也许更雪上加霜。但也有好处,贵由毕竟是个娃子,没有窝阔台有城府,四王府有拔都的支持,自己的儿子正在长大,以后应该有更多的机会。复仇的事搅得她的脑袋发胀,她终于在极度的疲乏下睡着了。

次日清早,晨光洒进黄金大帐,帐内火撑火光熊熊,窝阔台高居在御座之上,诸王们恭顺地坐在他的身旁,他的心情很好,正命人布宴。宴会上,在唆鲁禾帖妮的安排下，亦巴合被推荐为大司仪，她站在窝阔台的身边，一边向诸王们劝酒，一边弯腰向窝阔台进酒。她的话既热烈又亲切，语音那样甜美，口内喷着香气，说道：“伟大的海洋大汗，妾身是一个微贱的女人，也是你最忠实的仆人。此次东巡你替术赤台郡王报了大仇，请允许我向您敬杯酒。愿长生天永远庇护大汗，愿您长寿，愿世界臣服在您的脚下！”

亦巴合穿着合体的雪白缎袍，头顶银色固姑冠，雪白的脸颊上泛着红晕，线条分明的面容，修长的身材，显得美极了。

“妹妹的酒，我一定要喝。”窝阔台俯身用手扶起了她，接过酒时，他看到了一双迷人的眼睛，嗅到了女人清香的气息。他用手接过那杯酒，向亦巴合还了个媚眼，并用手指轻轻在她的手上点了几下，作为向她的回报。然后才转回身，看着帐中诸王们，举杯道：“大家都举杯吧，长生天将美好的世界交给我们，来，为了黄金家族的荣光一起干一杯！”

酒过三巡，大国师兀图阿进帐，请大汗参加那达慕大会前的祭天仪式。窝阔台起身领着诸王、王妃一起来到克鲁伦河边的祭坛边，唆鲁禾帖妮与亦巴合故意落在后边，她对亦巴合的表现很满意，说道：“妹妹，真是太美啦，你现在离成功只差一步之遥。你应该参加赛马，我知道你的马术是最精湛的……”

亦巴合脸上一红，点了点头道：“好吧，妹妹答应你！”

正午的太阳晒干草叶上的露水，在碧绿的克鲁伦河边，萨满们在河边树林中燃起篝火，唱着神歌，跳着迎神的舞蹈，大国师兀图阿已摆好祭坛，上面放着香烛、马奶子酒、羊背子。窝阔台率领诸王、王妃跪下，向太阳神和克鲁伦河河神献祭。

献祭结束，随着万民的欢呼声，那达慕开始剪彩。窝阔台带领宗王铁木格、别勒古台等来到观礼台上。台下就是赛马场，窝阔台低下头，意外发现，亦巴合穿着白色的长裙，头顶银色的固姑冠，英姿飒爽骑着一匹安琪马，出现在赛马场上。她那身穿戴在男女骑手中显得格外英姿飒爽。随着一声鞭响，在成千上万人的欢呼声中，百余匹赛马长嘶着，马脖子的铜铃在风中清脆地响着，整个赛场沸腾了起来。亦巴合矫健的身姿俯在安琪马上，胯下马显得很是兴奋，开始她并不是冲在最前面的人，随着时间推移，她的马开始加速，终于她的马开始独占鳌头。接着马匹跃出人们的视线，草原上腾起一条条长长的尘埃。

窝阔台站在赛马场观礼台上，听着人们的欢呼，眼睛一直跟随着安琪马上的亦巴合，直到倩影消失在天地间。他此次东巡，本来是想同唆鲁禾帖妮有更多幽会，可唆鲁禾帖妮却一直若即若离，以各种理由躲避他，令他极其失望。亦巴合是四王妃的妹妹，这个女人比四王妃更漂亮，更易接触，想着宴会上扶起这个女人时，那一股奇香，和她那双会说话的大眼睛，他开始有一种要得到这个女人的渴望。他发现四王妃没有在跟前，又见诸王在吆三喝四地饮酒，便悄然离开正在饮酒高歌的宗王，下了观礼台，让人牵过一匹栗色三河马，并飞身上马。

路边许多商人在兜售货物，有卖绸缎的、瓷器的、针头线脑的，围着的买物件的人很多。窝阔台正骑马徐行，忽见几个商人跪在他的马前。其中一个大胡子商人举起一个红木匣子，并打开了匣盖，里面满是五光十色的珍宝。商人道："伟大的宗教保护者，海洋大汗，如果你不嫌这些珍宝价值菲薄，请收下这些珠宝。我们是来自呼罗珊的商人，是成帖木儿大人批准来到汗国国都的。我们的货物已售完，如果大汗允许的话，我们想早些回到家乡，准备带更多的货物来和林城。"

窝阔台勒缰驻马，低着头望着大胡子商人，皱着眉道："朕不需要你们的珍宝，有什么需要朕的帮忙的吗？"

"请大汗让人发给奴才们回乡的路引，我们想早些离开这里！"

"你们离开家乡多长时间了？"

"启禀大汗，我们离开家乡一年多了。"

窝阔台望着这几个商人，没有发现异常，便转身对速浑察说："这些做生意的商人也不容易，可以发给路引，让他们随时离开归国。"

商人叩头离开。再往前是摔跤比赛现场，窝阔台一眼看见帕剌汪菲剌正站在摔跤场中，就勒住马。他喜欢看这个汉子摔跤，沉着冷静，来前他还招见过帕剌汪菲剌，提出让他到太学去教习摔跤。当时这个大个子一愣，接着提出东巡的要求。窝阔台知道他有表演活动，就点头同意了。此时帕剌汪菲剌正在与一个胖大的蒙古汉子弯腰瞪眼出现在摔跤场子上。

窝阔台只在摔跤场扫了几眼，由于心中有事，停顿了一会就拨马去寻找亦巴合。

亦巴合衣着很显眼，转眼间在归来人群中被窝阔台发现了，他迎上前道："王妃的马术精湛，是否赢得了比赛？"

亦巴合见大汗过来，她脸色有些紧张，红着脸跪倒道："臣妾只是喜欢玩耍，赢得了第十名。"

"有名次已经不错吗，连朕看着也有些技痒，王妃可否赏脸陪朕一起遛遛马。"

"臣妾是什么身份，怎配陪大汗遛马！"

"你是唆鲁禾帖妮的妹妹，就如同朕的妹妹，难道怕朕吃掉你吗！"窝阔台弯腰从草地上拉起她，用烈火般的目光盯着亦巴合，并亲自将她扶上马。

亦巴合回身受宠若惊望着大汗，笑道："大汗，快上马吧！"

窝阔台上了三河马，那柄嵌满珍珠的金鞭风中一扬，三河马长嘶一声，尥开四蹄，向离弦的箭向绿毯子般草地奔去。亦巴合没想到姐姐完全猜透了大汗，自己竟然赢得大汗的心。她是不甘示弱的人，她胯下那匹安琪马身形虽小，却是久负盛名的突厥马。唐太宗李世民的昭陵六骏中的"特勒骠"就是安琪马，亦巴合用金鞭将马头上一扫，那马又快又稳撒开四蹄，紧随大汗的三河马向远处奔去。

窝阔台使劲地扬鞭催马，身后马蹄声相随，跑了一会儿，回身一看，亦巴合如花朵般的脸正望着他。亦巴合的漂亮，不忸怩作态，令他大喜过望，便决定把这个女人弄到手。见她骑马赶了上来，转头笑道："好个'客烈三花'，马术果真不同凡响，朕见识了。"

亦巴合那张兴奋的脸在阳光下，红得赛过樱桃，眼睛闪着炽热的光，笑容可掬地撅了撅嘴，调皮地哈哈大笑起来，道："大汗说的'客烈三花'，可是老黄历了。臣妾满脸皱纹，快老得掉渣了，大汗还想在我脸上寻个什么。"

窝阔台被这女人的笑弄得心旌摇荡，望着亦巴合那一身极薄的白绸长袍，心里直痒，恨不马上把她搂在怀中。可他还是克制住了欲望，说道："亦，你的美貌与你姐姐一样，永远是那样有魅力。"

亦巴合嬉皮笑脸地送了一个秋波，亲昵地道："大汗宫中美女如云，听说这次速不台驸马一次就押来数百大金国嫔妃，大汗寝宫怕都塞满了。臣妾算什么，早已人老珠黄，没人爱了！"她声音是伤感的，脸上闪过一种令人爱怜的羞涩。

"那些女人，怎能与你相比，见了朕就像老鼠见猫，朕怎么会对她们有兴趣。"窝阔台一边说，一边勒马，他已被这个女人，挑逗得心里发热。他四下觑觑，见怯薛知趣地遛了边，一股冲动使他翻身跳下马来。见亦巴合正在马上望他笑，便不管不顾双手搂定，抱下马来，趁势吻了红唇。

亦巴合眼睛内含情脉脉，她用手搂住了窝阔台肩膀，大声地笑道："大汗，你这是干什么，我这样的女人，还值得这样发狂吗？"

窝阔台早已把持不住自己，他忘记了远处的怯薛，大声地道："为什么不狂呢！"

"大汗，快放下我！"

窝阔台抱着她，仰望着头顶的蓝天，白云如絮，阳光明媚。低头见亦巴合红晕飞腮，挑逗地抚摸着她的脸颊，忘情地道："美丽的亦巴合，你骑在马上的姿态是那样有活力，朕被你的美和勇敢征服了，朕爱上了你，朕要用金壮征服你这个小美人!”

亦巴合惊异地望着大汗,故意摇着头道:“不,大汗,我不是你的宫妃,你不能打我的主意,请大汗放下我。”

窝阔台发疯似的抱着她,雨点一样地狂吻在亦巴合的唇上,大声地道:“不,没有人能够阻止我。你是朕心目中的女神,我必须得到你,并占有你。朕是大汗,要一万个女人也不难,可朕一定要得到你们客烈家的女人……”

“大汗,你为什么想要客烈家的女人。”

“朕告诉你吧,当年朕随父汗去客烈王府,常想见到被称为‘客烈三花’的你们姐妹三人,当时,我多么希望采到你们中的一朵,遗憾的是,朕只是一个远处的看客……”

“就为这个原因,你在追求我姐姐,又追臣妾……”亦巴合眼中闪着惊奇的光,她想姐姐说得不错。

“是的,有这方面的原因!当然,朕与你姐姐的感情,又不是只有这一种原因。就说在汗山,朕见你姐姐挂在树上,不顾万乘之躯去救她,就非只有这一种原因。那次,如果不是长生天的庇护,朕与你姐早就跌进山崖下……”窝阔台心中很激动,眼中几乎闪着泪水,边说边把亦巴合抱进了一片小树林……

摔跤场边,唆鲁禾帖妮带着几个侍卫,观看帕剌汪菲剌与一个胖大的蒙古汉子在摔跤,帕剌汪菲剌比过去更强壮,身手也更加凌厉。唆鲁禾帖妮心不在焉地看着摔跤场上的角力,心里却在想窝阔台可能已对亦巴合发起了进攻,自己利用妹妹的单纯,将她献给大汗,她感到有些对不起妹妹。同时她更希望,那些异域人今天就动手,并希望他们成功!

午后的太阳火辣辣的,窝阔台与亦巴合沿着克鲁伦河并马归来,他们在骑射赛场,碰见了唆鲁禾帖妮。便一起在观台上看了一会儿骑射表演。这一天什么都没有发生,唆鲁禾帖妮心中有些遗憾,见天色将晚,对大汗道:“天晚了,大家回去休息吧。”

“不,”窝阔台兴致勃勃地喊道:“一起回大帐,叫人布宴,朕要大宴诸王,一醉方休!”

第三十一回

贪酒色大汗坠陷阱
忘形骸贵由欲弄权

一片淡淡的月光洒在克鲁伦河上，河水泛着昏暗的波光，离河畔不远的汗帐内，司仪唆鲁禾帖妮焦急地向帐外张望着。这天夜宴，她负责监酒，眼见宗王们都喝得较沉，年龄大的诸王起身告退，窝阔台这才答应夜宴结束。宗王开始告辞，帐中没有了吆三喝四的劝酒声……亦巴合中途退出，一直没有露面。窝阔台见唆鲁禾帖妮起身，醉醺醺地拉住唆鲁禾帖妮的手，挽留道："爱卿，就留下陪陪朕吧？"

唆鲁禾帖妮脸变苍白，眼里闪着固执的光，悄声地道："快松手，让别人看见，会误解臣妾的！"

"你骗朕，亦巴合在骗朕……"窝阔台抛下酒杯，望着帐外，他喝了太多的酒，头脑有些不大灵活，说话也有些含混不清。

"亦巴合骗你？"唆鲁禾帖妮装做不懂地望着大汗。

"她说晚上陪我。"窝阔台脸一阵红，他有意刺激一下面前这个女人。

"亦巴合说回去换衣服就要来了，我更不能留在这里，请大汗放开手……"唆鲁禾帖妮急于摆脱尴尬局面，站起了身。"这事是你安排的……"窝阔台冷不丁冒出了一句话，他尽管有些醉，可并不糊涂，眼前这个美丽的女人正在设法回避自己。

唆鲁禾帖妮见大汗望着自己，不免有些胆寒，此时大汗真的强行留下自己，怕她也只能默默忍受。为了摆脱尴尬，她抬起头踌躇地道："臣妾是四个孩子的母亲，四王府离不开臣妾，大汗是知道的……"

"亦巴合为何不来……你一定知道……"窝阔台用探询的目光望着她。

"她一定累了，更过衣睡过了头，干脆由臣妾回去叫她来。"

"你……朕用不起，还是朕亲自去接亦巴合吧！"窝阔台对唆鲁禾帖妮的拒绝感到有些失望，他需要一个女人的爱抚，慰藉他饥渴的心灵，便不顾一切地站起身，跌跌撞撞地走出大帐，吼道：

"来人，备马！"

怯薛牵来马，大汗跳上了马背。暗夜中，怯薛卫队听到大汗马嘶，知道要出行，纷纷起身解马。

窝阔台尽管有些醉，可心有犹豫，不想弄得满城风雨，便勒住马望着卫队，大声命令道："阿儿浑，少带几个人随朕就行了，其他的人都回去睡觉，在这十里营盘中，哪里不是朕的人，不会有事的！"怯薛长阿儿浑不敢违旨，只得带了七个怯薛紧跟其后……

夜色很黑，克鲁伦河在远处泛着闪闪地粼粼的波光，草原宁静而安谧，窝阔台飞马在前，阿儿浑带着人跟随着其后。

"大汗，没事吧？"阿儿浑发现大汗身子有些摇晃，担心大汗会从马上摔下来。

"放心吧，朕没有事。"窝阔台大声地回答着。

天上月亮掩进云层，四王妃的大帐离汗帐相隔数箭地远，中间隔着一片绿色的草地，草长了一拃高，虫鸣蛙唱间不时传来夜牧的马嘶声和牧民的吆喝声。

猛然间，窝阔台胯下的三河马长嘶一声，马失前蹄，将他从马上跌下去。

"大汗，怎么回事？"阿儿浑大惊失色，急忙勒马。可马的前冲力使他从马头栽落。窝阔台落地酒醒了大半，他下意识地想到可能有人下了绊马索，便一个骨碌爬起来。由于饮了太多的酒，手脚略感发颤，正待他爬起时，猛然草丛中跃起两个汉子，豹子般地将他压在身下。

不好，窝阔台拼死力想挣脱身上的汉子，可两个汉子死死地压住他，接着又有人冲上来，将拼命挣扎的他牢牢地捆绑起来。

同样被按在地上的阿儿浑拼命的高喊："不好，有刺客！"

同行的怯薛遭到的命运更加悲惨，他们先后触在绊马索上，人一触地就被跃起的刺客手起刀落砍死，其中有人爬起要救大汗，尽管他们本身是大内高手，可没人想到对方个个是手段高超的杀手。

"你们是谁，为什么要绑架朕？"窝阔台见草地上逐渐站起了十四五个人，这些人都戴着面具，他对正面朝他的人问道。

“不许问，不老实就宰了你！”那人抡起巴掌，窝阔台感觉到一颗牙被打碎，可还想摸摸这些人的底细，道：“你们偷偷摸摸要做什么？”

“……不要想逃跑，这刀可不认人！”一个人恶狠狠地将一把刀架在窝阔台的脖颈上，拉上一辆帐车。

窝阔台嘲讽地哼了一声，道：“不要装凶，说，要把我带到哪里去？”

一个大胡子瞪了窝阔台一眼，恶狠狠地道：“带到你不希望去的地方。”

“你们是铁木格的人？还是谁的人？”

“哈哈……窝阔台，有这么多人想杀死你，众叛亲离了，可你永远猜不出现在落入谁的手中了！”

草地上传来阿儿浑的呻吟声，一个刺客问道：“阿儿浑被我扎伤了，留不留他这条命。”

“带上他，万一急时，用得上……”

几辆车向远处飞奔，草丛中瞬间又恢复了平静……

亦巴合一觉醒来，发现月牙划向中天，吃惊地道：“哎呀，我忘了答应大汗的话，竟然睡得这样死？”

她匆匆忙忙起身，在烛光下就着镜子化了妆，换上了一身金锦缎子长袍，把披散的头发梳理过，在铜镜前照了照，才站起身。从昨天起，她一闭眼睛，总有两个人的影子浮现在心头，一个是姐姐，一个是大汗。姐姐极力躲避大汗，而她与大汗在一起，却让她有一种强烈的冲动。想着窝阔台与自己在树丛中做爱的情景，想着这个男人的坦荡，她的心有些发热。她觉得大汗同她做爱，既兴奋又有激情，而过去与术赤台在一起，老郡王只是把她当做发泄情欲的工具。她走出了帐篷，天色已黑，随手牵过自己的安琪马，上了马，打马朝汗帐奔去。

跑出一箭地，夜色中广阔的河滩阒无人声，黝暗的草地上一片朦胧，只有远处闪烁的粼粼水光，空气中飘荡着马、牛粪的气味，偶然，有一两声夜鸟的扑翅、鸣噪声。忽然，一阵风在草间发出簌簌声，夹杂着蹄音，两匹骏马从黑暗中闪过，那咴儿咴儿悲愤地叫声，让纵马的亦巴合一阵战栗。

宁静的夜，马的悲鸣呈现出不祥之兆，亦巴合感觉浑身战栗。黑暗中，她勒住马，两匹马中一匹是备着金鞍栗色三河马，的的确确是大汗的马，那马摆动耳朵，翕动着鼻孔，喘着粗气，以一种恐惧的神情站住，另一匹是大汗的从马。她的惊悸是可想而知的，如果不是望见远处的军营和值夜巡逻马队举着的火把，她简直不知该怎么办，她紧勒缰绳，诧异地叫道：

“哎呀，大汗的马……怎么跑到这里来啦！”

亦巴合的心提到了嗓子眼，大汗的马匹在靠近姐姐营地出现，极有可能说明大汗出事了。她将两匹惊马圈拢，系在自己的马后，急忙挥鞭奔向汗廷。又行了不远的距离，朦胧的月光下，她吃惊地发现前面草丛中躺着几具尸体，她下了马，在草丛中寻找，一支嵌着宝石的鞭子绊了她一下……一片蒿草偃伏处，一个物件上将她的脚硌了一下，低下头，她吃惊地拿到手中的是一寸见方的大汗印鉴……夜色茫茫，望着无边无际的草原，呼呼的风声，听着远处传来狼叫声，她感到一种无名的恐惧……她翻身上马，狠狠地朝坐骑抽了一鞭……

汗帐到了，亦巴合不顾一切地朝着大帐内喊道："谁在大帐中，快来人，大汗出事啦！"

亦巴合的喊声惊动了汗帐内的唆鲁禾帖妮，也惊动了阔出、阔端等人，他们一齐冲出大帐。唆鲁禾帖惊骇地望着亦巴合，她看到亦巴合的脸色苍白得没有一丝血色，故作不解地道："吓人捣怪的……你发疯了？"

"大汗……被人劫走了。"

"你喝醉了，胡说什么？"跑出大帐的阔出也望着亦巴合吼道。

"我没有胡说……我在来汗帐的路上，发现了大汗的坐马，在一块踩平的草丛，我拾到大汗的金鞭和金印，还看到有几个侍卫被杀死在草丛中，大汗一定是出事了！"

阔出脑袋轰的一声，他看见亦巴合的马后果然拴着父汗的坐骑，她手上的金鞭、印鉴更证明她的话是真的。

亦巴合的喊声惊动了其他大帐内的宗王铁木格、别勒古台等也赶来了，当众人听明白了亦巴合的话，无不惊骇万分。

阔出用疑惑的神情望着亦巴合，又瞅了瞅四王妃，父汗去寻亦巴合，是他巡营后归来听说的。作为中军主将，他自然对这几天发生的事清楚得很，因此心情更复杂。他虽然没有证据说明四王妃和亦巴合与父汗失踪有关，可他明白父汗已被这两个女人迷得神魂颠倒，可他又没有证据证明这对姐妹对父汗失踪做了什么手脚……

唆鲁禾帖妮见阔出愣愣地不说话，知道他对自己和亦巴合有怀疑，忙掩饰地道："三殿下你还在想什么，这事不能等了，要即刻派人去搜寻大汗，同时要命人封锁所有营地出口，必要时搜索整个营地，不能再等待了……"

铁木格心情十分复杂，大汗出事了，他说不清该高兴还是不高兴，可理智战胜了胡思乱想，他对唆鲁禾帖妮的话很赞成，对阔出道："四王妃说得对，必须马上采取措施营救大汗！"

"快，点燃火把，集合怯薛军，分路搜寻大汗。"阔出一边对身边的怯薛长察剌命令道，又向赶来的速浑察喊道："快，传谕各营地封锁路口，决不能放走一人。"

由宗王和怯薛千户带领的一支支搜索队，燃着松明，策马奔向出事地点，人们穿过蒿草，沿着草地搜寻着，一些附近的营帐被惊动了，到处是狗叫声。阔出与唆鲁禾帖妮跟着亦巴合一起沿着她的来路，找到了那块草地，草被踩倒了一大片，很明显留有窝阔台大汗和侍卫们与歹徒搏斗过的痕迹，她们沿着痕迹向西搜索着，还发现了帐车的轮迹……

"大汗……"

"大汗……"

人们高喊着，除了风声夜鸟的叫声听不到半点回音，克鲁伦河在星光下静静地流淌着，时光在众人搜索中一分一秒中逝去，直到晨曦染红了东边天上的云彩，宗王、诺颜们才感知到这次搜寻是徒劳了……

太阳上了三竿，阔出带着宗王怯薛首领赶回汗帐时。大殿下贵由的鹿花青马已系在汗帐外，他是在平定东夏后，得到父汗旨意赶到这里与父汗会合的。他来到辕门处，见大帐内外极冷清，只有父汗的大纛在风中飘荡。贵由四处巡视，发现一身军装的不里跑了过来，不待不里站稳，忙问道："不旦，出了什么事情？"

不里呆愣着望着贵由，流着泪道："叔叔，你可回来了，出大事了，大汗被人劫持了！"

"什么，我父汗出事了？"

"是的。"

"什么时候？"

"昨晚上半夜。"

贵由望着阴云弥布的天空，头脑乱成一团，眼睫上挂着泪水，低下头望着小个子的不里叹了口气，道："出事前没有什么疑点？"

不里悄声道："……先进大帐，侄儿有话对你说。"

汗帐内空荡荡的，御座上少了父汗的身影，少了帐四脚的带刀怯薛，少了往日的几分尊严。贵由拣了把椅子上，盯着不里的紧张地道："……这汗帐内有些阴森森的，说，究竟发生了什么事，我父汗怎么会遭人劫持，在这大营内，谁又有这样大的胆子敢劫持大汗？"

不里眼圈发红，道："谁劫持大汗，侄儿也说不清楚。只是事情发生很蹊跷，昨晚大汗夜宴，诸王都离开了，帐内只剩下四王妃。大汗忽然要找亦巴合那女人，临走前只带七八个侍卫。过了半个时辰，亦巴合骑马狂奔回来，马后带回大汗的坐骑、还有大汗的马鞭和印鉴，叫着说有人杀了侍卫，大汗被人劫走了……”

“亦巴合？是那个替术赤台告状的王妃吧，大汗看上她了？”

“是的，这两天四王妃让她当了司仪，亦巴合好像有意接触大汗……昨晚夜宴，这个女人偏没有出席夜宴，大汗倒在寻她的路上失踪了。”

“会不会四王妃同亦巴合串联起来，要加害大汗？”

“侄儿觉得有这个可能，阿苏格就打过四王妃的旗号劫过驾，四王妃表面玉人一样安静。这次大汗去寻亦巴合，她却寸步未离汗帐，也许是有意闪开身子，安排人作案了！”

“这话背后有人议论吗？”

“刚刚发生的这样的事，众人脑袋瓜子一团糨糊——都去寻大汗去了，哪有闲聊的时间，况且说话要有证据。”

“谢谢贤侄的提醒。”

“目前形势复杂，得动动脑，如果大汗真的出事，叔叔得出头稳定局面，别让他人钻了空子。”

不里的话说得贵由一阵心乱，他会意地点了点头，道：“这事，容我再想一想。”

“侄儿巡营去了，这时出不得事。”

“去吧！”

不里脚步声远了，贵由抱着膝，瞪着充血的眼睛，凝视着天空，天上云如奔马在聚合着，让人感到一场暴风雨就要来临了。贵由心乱极了，他率出征东夏将士直奔克鲁伦河兵逼铁木格，可他并未料到，刚回到大营，天却几乎塌陷了。如果父汗真的死了，他有可能将要承担起这个国家的一切，可他并未准备好，现在他该怎么办呢？

他的心里像长了草，帐外有怯薛进来，禀报：“大殿下，三殿下回来了。”

“快，请他们进来吧。”

阔出、阔端带着宗王拔都、唆鲁禾帖妮、铁木格、别勒古台等进了大帐，贵由起身相迎。

“找到父汗了吗？”贵由忘记了寒暄，望着满脸是汗的阔出，大声地问道。

阔出吃惊地望着哥哥，失望地摇摇头，道：“……搜遍了，该找的都找了。”

贵由脸色苍白，望着阔出吼道：“你这个大中军怎么当的家？父汗在营中被劫，你就事先没有察觉到一点风声！”

阔出有口难言，叹了一口气，红着脸道：“谁也没想到会出事，事先也没有迹象……可突然出事了，没有一丝线索，弟弟也着实想不通呀。”

贵由不满意阔出的回话，有意将其一军，继续问道："凶手在暗处笑，光搜有何用，汗廷内一定有内奸，只不过瞒着你一人罢了！"

贵由的话，让诸王无不大惊，阔出更是惊诧地道："哥哥你说有内奸，谁是内奸？"

贵由扫了一眼诸王，瞪得冒火的眼睛，落在四王妃身后的亦巴合脸上，大声地叫道："亦巴合这几天你卖弄色相勾引我父汗，你这个臊狐狸精，我父汗是找你落入陷阱的，说吧，你把大汗骗到哪里去了？"

贵由忽然将矛头直指向亦巴合，亦巴合见众目睽睽望着她，脸色大变，泣道："大殿下，你这样胡说……有何证据？"

"要什么证据，你既接近我父汗，为何不参加夜宴，明显作扣让我父汗寻你，这阴谋，现在看即使不是你参与策划，也是有人将你当做钓饵，设陷阱害我父汗？"

"你这是信口开河，胡乱猜测。"

"猜测不假，可这猜测决非捕风捉影，你这个骚货出事，皮鞭打不到身上，你当然不会说的！"

亦巴合被贵由几句话，说得脸色惨白，悲戚地吼道："大殿下下车伊始，凭什么张嘴辱骂本王妃，还血口喷人！"

"本殿下不听她狡辩，来人——把亦巴合给我拿下，待闲了，我扒她的皮，掏出她的狼心狗肺。"

唆鲁禾帖妮没料到贵由刚回来就要抓亦巴合，而且话语中明显是冲着自己来的，因此不能不向前几步，道："大殿下刚回大营，并未掌握情况，胡乱猜忌谩骂我妹妹是狐狸精，是对大汗的不恭敬。"

贵由一脚蹬在凳子上，一只手放在刀把上，怒目四王妃道："四王妃，听说是你将亦巴合推向司仪一职的，亦巴合乱我父汗之心，造成我父汗出事，就没有你的责任？我父汗被人所劫，不用细猜，就能想出背后一定有一张网，要查出这张网，不对嫌犯审查，何能查出真凶？"

"无稽之谈——大汗离开大帐时，众怯薛都在帐外，亦巴合怎能知情，大汗出了事，赖在亦巴合身上简直是可笑之至！"

"四王妃，你的话早在本殿下心中打了折扣，我忘不了阿苏格劫驾时，说是奉了四王妃的命令。"

"他是打着我的旗号，大汗并不相信他的胡说。"

"我父汗不信，我可信，阿苏格没有你的命令兵马从何而来，这一点你骗不了我，也骗不了在场的诸王！"贵由恶狠狠地盯着唆鲁禾帖妮，像看着一条毒蛇。

唆鲁禾帖妮浑身有些打战，吼道：“你也想将我抓起来吗？”

“还……本殿下要抓你还没到时间，”贵由早就怀疑唆鲁禾帖妮，正欲借父汗出事之机弹压她，因此吼道：“来人——先将亦巴合带下去！”

“大殿下，你没有任何证据就诬陷我妹妹，本王妃请你马上放人。”

不里不知何时进来，见唆鲁禾帖妮指责贵由，笑道：“四王妃，目前是国家紧急状态，大殿下有权从维护汗国角度抓捕与案情相关之人，并充任临时监国。”

“放你娘的屁……大汗刚刚出事，殿下应与诸王一起查找大汗……至于监国不监国，也不是你能加封的！”唆鲁禾帖妮横了不里一眼，骂道。

阔出也觉得哥哥刚刚归来，处事有些鲁莽，劝阻道：“哥哥方归，查找父汗要紧，追究责任尚早。”

不里气呼呼地道：“还早，大汗都出事了，找也找了，不是没有线索吗？大殿下抓亦巴合就是查找线索，除了查找线索，可以说没有别的法子。”

亦鲁格见不里和贵由站在一处指责阔出，不高兴地道：“搜寻是搜了，可这刚刚是开始，当务之急还是全力搜查，至于谁监国，眼下还未发展那一步，请不里小王子慎言！”

阔端也觉得贵由回来行事浮躁，对亦鲁格的话表示赞同，说道：“大哥，得考虑太师的话，父汗正在危险之中，应集中精力搜救父汗。”

贵由笑道：“你们也不必夸大其词，不里的话不是一点道理也没有，大汗一日不在朝中，总得有执事之人。搜救的事本殿下并未反对，我之所以抓亦巴合，是因她对大汗失踪有关，现在不抓，一旦串供案情会更复杂！”

唆鲁禾帖妮怒道：“没有证据抓人，简直是胡闹！”

贵由冷笑道：“不对嫌疑人进行审讯，怎么会掌握证据。”

“现在该做的事是撒下人马严密盘查，而抓人是错误的，因为任何行动，只要对搜救不利，都是在耽搁搜寻大汗的时间的嫌疑。”

亦鲁格觉得争议下去不会有结果，折中地道：“四王妃提出寻找大汗的建议我赞同，对亦巴合的事老臣觉得抓可以抓，但审讯要暂缓！”

拔都对近期发生的事，了解不多，点头道：“亦太师的话说得有理！”

阔出、阔端也道：“大哥，就听亦太师的话吧。”

唆鲁禾帖妮对看管亦巴合的怯薛命令道：“亦巴合又跑不了，放开她——”

贵由瞪了四王妃一眼，吼道：“不能放——亦太师只是说审讯可以暂缓，并未说不该抓她。”

亦巴合流着泪大声哭喊道：“我没犯罪，为什么抓我？”

唆鲁禾帖妮心知是她害了亦巴合，将她牵扯进是非圈中，如果大汗真的被杀，亦巴合就是有多少张嘴也难说清。眼下贵由坚持监押亦巴合，自己也无法替她辩驳，叹了口气道："大殿下，关押亦巴合的决定是错误的，如果一定关押，必须保证审讯公正，参加审讯要由诸王一起审。"

贵由瞪着眼睛望着四王妃点头道，"好吧，如果我父汗真的出了事，我会用马靴踩烂她的脊梁骨！"

唆鲁禾帖妮与贵由顶起牛，阔出、阔端各怀心思，亦鲁格担心贵由架空阔出。殿下间的矛盾，铁木格与别勒古台等宗王看得明白，铁木格面对从泰州赶来的贵由，想到贵由刚捉了自己的千户古出，不知放了没有，自是一阵难堪，也不好劝，只愣愣地瞅着。别勒古台与其他诸王见铁木格不言声，谁也不愿出头。

正在这时，速浑察满头是汗地踏进大帐，跪下道："大殿下，查出一些线索！"。

贵由看了速浑察一眼道："快说，查出了什么？"

速浑察道："据一处当值百户呈报，昨夜有一支阿拉伯商队拿着大汗签发的路引出了大营。因为有大汗路引无人敢拦，此外还查出三个随行的角力士，昨夜也神秘地失踪了？"

"速浑察，路引的事，你知道吗？"贵由怒发冲冠站起身，吼道。

"奴才知道，当时是奉大汗旨意办理的。"

贵由用拳头敲着桌子，眯缝着眼睛，心事重重地对众人道："商队，角力士……加上一个亦巴合……看来这些人已逃出营地。他们有内线有外线，蓄谋已久，好阴险毒辣的一群人。"

唆鲁禾帖妮吼道："大殿下，这是胡乱联系，依本王妃之意，凶手已经非常明显，抓亦巴合没有道理，应该全力追查那支商队。"

贵由愤怒地大声道："我支持追捕商队，支持调集人马，扩大收寻范围，可放人……暂时还不能放！"

第三十二回

莽殿下初萌登龙志 老牧民感恩报大案

接连几天贵由与诸王带着数万大军，几乎把克鲁伦河沿岸翻了个底朝天，然而并未查到大汗的去向，贵由对搜索行动极为失望。这天搜寻回来，他让人在帐内设了便宴，招来不里，侍卫端上酒肉后退下，帐内只剩他们二人，月光从套脑射进餐桌之上，手臂粗的红烛映得杯内的酒通红。贵由心情复杂地举起杯，看着一身紫缎长袍的侄儿不里说道："这帐内只有你、我叔侄二人，大汗怕真的遇害了，天要塌下来了，我担心有人窥视大位。"

"天塌不下来。只是小侄担心大殿下准备不足！"不里眯着小眼睛，煞有介事地道。

"眼下诸王各揣心眼，这些人都不是省油的灯，谁知他们心里想什么，现在也该准备后事。"

"所以侄儿说叔叔该掌握中军，占据主动，先下手为强。"

"阔出是我弟弟，夺中军之权，会让人生疑？"

"但机会易失，亦鲁格也正在拉拢人力挺阔出，此时谁抢了先，谁先树了旗，诸王就会倒向谁，一旦大局已定，想翻身可就难了。"

"可万一父汗归来，一追究可就罪涉篡逆呀。"

"又不是称汗，只是非常之时从权处置，焉能按部就班，即使大汗一时生气，过后也不会深究。可一旦大汗死了，这可就是叔叔登上汗位的本钱。"不里摆出一副老谋深算的样子，用着眼睛望着贵由。

“你的话有些道理。”贵由饮了一杯酒，舔着嘴唇。

“现在叔叔手上握有征东夏的兵尚未遣散，正用得着，你说句话，哪个敢不服。必要时公布四王妃与亦巴合合谋之罪，杀一儆百，哪人敢出来反对。”

“如果叔叔有一天能当上大汗，一定封你为王。”

不里扑咚一下跪下，说：“臣谢谢大汗。”

“快起来，让人看见，对你、我叔侄都不好！”

“帐内都是你的人，怕什么？”

“调军队吧。”

“好，让八剌办这件事，将我带的兵向这周边靠拢，控制外出的通道。”

不里满脸堆笑，举起杯，对着贵由道：“叔叔，干吧。大汗真的死了，任谁也比不过你，在我爷爷那里你的威信最高，大哈敦那里你也是第一份。你该给大哈敦去个信，我回虎牙思，让我爷爷来哈剌和林为你坐镇，叔叔不能犹豫了！”

不里的几句话，如春风化雨，说得贵由心花怒放。如果父汗真的遇难，得到二王爷察合台的支持就有一半胜算，而不里是最能影响察合台的人，想想道：“好，吾意已决，争一下，待我办好一件事，就亲自送你回虎牙思去。”

次日一早，曙光从套脑射进克鲁伦河边一个白色大帐内，贵由坐在一张虎皮椅子上，阔端、阔出、脱灭干、速不台、亦鲁格、八剌、耶律楚材和速浑察等几位怯薛长分坐两边。贵由看了众人一眼道：“今天，我没有叫其他诸王来，在座的都是自家兄弟和汗廷老臣。大汗失踪数日，生的希望越来越小，搜寻还得继续搜寻，可严峻的现实逼迫我们要多想一想，得坐下来研究窝阔台家族的前途问题了。我作为长子，从目前掌握的情况看，四王妃和亦巴合无疑是造成这一局面的罪魁祸首，我觉得现在不能再等了，得将她们绳之于法。为确保窝阔台家族的利益，防着有人觊觎汗位，应该敦促二伯父前来哈剌和林主持筹备忽里台大会，这事目前已到了想装聋作哑而不能的地步。因此，想请弟弟、妹妹、妹夫及诸位大人一起商谈一下，看看究竟怎么办好？”

阔出用眼睛望着套脑顶青蒙蒙的天宇，摇着头道：“兄长，抓四王妃这事太敏感，因此我不能赞同。依弟弟之见还是得加大搜寻父汗的力度，所有的道路，驿站都得布置人，那些阿拉伯商人和角力士不管藏在哪里，也要挖出来。同时要多贴告示，对提供线索的人给予重奖，争取一线机会。”

“阿拉伯商人和角力士不过是表象，或是有人制造假象在混淆视听。如果我们被假象束缚了手脚，大海捞针地抓捕并不存在的疑犯，可能父汗早被人杀了，我们还蒙在鼓里。眼下我们是灯下黑，大汗失踪，嫌疑最大的四王妃和亦巴合,下手早,抄了她的大帐,大汗还有生还的希望;晚了,大汗怕再难见面了。”八剌粗门大嗓地站起来发言。

速不台望着八剌一眼,说:“你这话,一听就像没长脑袋的人说的话。如果抓了四王妃就能找到大汗,我也赞同抓人;可抓了人,又找不到大汗,如何向世人交代?”

“都说搜寻,这些天哪个不在全力搜寻,可找到一条线索了吗? 没有!为什么呢,缺少目标,搜索就如同没头苍蝇一样乱撞。现在,本殿下以为必须下狠心捉拿四王妃,冒险搜她的大帐,也许会找出些线索!”贵由皱着眉头大声吼道。

脱灭干不待丈夫答话,站起反驳道:“劫持父汗,四王妃和亦巴合即使有这个心,也不能这样傻,这是灭门之祸。”

亦鲁格捋着长须,眸子闪着光,对贵由咄咄逼人的架势,他感到事情复杂了。他对四王妃不信任,却不愿让贵由趁机掌了大权,因而说道:“抓四王妃当慎之又慎,这是一步险棋,抓人容易,放人难,大汗费心培养的安定局面不能这样就打破了,况且大汗一旦归来,大殿下怕当不起这个罪。”

贵由狠狠地瞪了阔出一眼,道:“三弟,你主管中军,掌握数万怯薛军,在你眼皮底下让人绑走了父汗。出了这样大的事,你难道一点也不反思反思。一次未遂的劫驾加上今天的绑架,之所以无法防范,就是因为父汗一直维护那个根本不存在的团结,四王府屡屡成为窝阔台家族悲剧的制造者,你却一直不肯承认这一点!”

阔出意识到贵由在借机打击他的威信,心中腾起一团火,嘴唇气得发颤,吼道:“大哥,你怎么能这样指责弟弟呢? 父汗出事有很大的偶然性,中军当然有责任,可目前不是追究责任、相互推诿之时。我不同意目前就抓四王妃这件事,因为这样做的结果,可能造成汗廷内部分裂。同时如此剧烈的变动,也将影响对父汗的搜寻,因此就目前情况看,维护团结加大对父汗的搜救还是不能放弃!”

“搜救,没人反对,可效果并不理想,让我不能不怀疑,这种作法有些蠢,四王妃曾让阿苏格劫过驾,这次亦巴合突然接近父汗,父汗又是在接近四王妃住地,出事的。那些商队,角力士……很可能都与四王府有关联。我要审讯亦巴合、审讯四王妃,你们都不赞成,我真不知道你们究竟中了什么邪?”贵由越说越激动,眸子迸着火花,血涌上了脸,吼叫着。

“你们都是亲兄弟,说话要冷静吗?”亦鲁格自恃年长,安抚道。

阔出看了一眼岳父,站了起来,冷静了一下,说:“父汗在为四叔送葬路上,对我亲口讲,最简单的是杀人,父汗几次不想杀四叔,罪证确凿也不杀,就是怕引起黄金家族的内乱。因此，我赞同速不台驸马的意见，全力查找线索，力争找回父汗。要防着破坏家族团结的过激举动，也不向外扩散父汗失踪的消息，而要全力维护父汗的声誉。"

"难道你们都不觉得目前的搜索有些希望渺茫吗？不改变方式寻找大汗，怕天会塌下来，因此，我准备请二伯父来这里。我们兄弟都不足以驾驭大事，不能不早作准备，当年在忽里台大会上出现的情况，你们不是不清楚！"贵由有意提起往事，想博得兄弟支持，化解目前的危机。

"兄长要请二伯父的事我不同意，如果兄长依然坚持，只能自己承担责任！"阔出大声说着，站起身没有辞别出了大帐，阔端、脱灭干、速不台、亦鲁格犹豫了片刻也走出大帐。

贵由本要以长兄之威压抑诸弟，然一腔火还未发完，人家就拒不听命，虽然非常愤怒，可也无可奈何，只有望着速浑察负气地道："你身为中军当值怯薛长，大汗出了这样大的事，是怎么办的差。"

速浑察低头道："奴才失职，请大殿下治罪。"

贵由看着八剌命令道："八剌，当此非常之时，本大殿下命你协助中军速浑察管理怯薛军，直到大汗归来。"

速浑察抗辩道："大殿下，让阔出王爷执掌中军，是大汗之命，此议不合《大札撒》，奴才不敢从命。"

"这话不用你插嘴，本殿下会和三弟说的，如果无事，过几天这差事还让阔出三弟管。现在你就与八剌一道将诸位大怯薛长召到一起，公布我的意思，无我旨意怯薛军不能擅离职守！"

速浑察见贵由眼露凶光，心想这位大殿下明天也许就是大汗，在这个紧急的关头没有必要与他相抗，无奈地点了点头。

"报大殿下，铁木格同几位王爷帐外求见。"

"快请！"贵由一边说，一边起身迎出门外，刚才是雷霆万钧，可面对诸王，这位徘徊在梦想中的大殿下，尽量调整了一下情绪，脸上多了些笑意。

铁木格、野苦、移相哥，别勒古台长子罕突忽、次子口温不花，走了进来。诸王听说贵由已把大军调到离这里不远处，对大殿下预备后事的做法感到意外。由于估计大汗已经意外死亡，贵由接任大汗的可能最大，见贵由迎候在门外时，诸王都显得都很拘谨，甚至有些惶恐。

诸王进了大帐坐下，贵由命人端上茶点。铁木格对大汗出事，可以说心中很高兴，可脸上却不肯表现出半点喜色，他瞥了贵由一眼，说道："大殿下，大汗出事，大家都急得不得了，商议着找你拿个主意，万一大汗找不到，天就塌了，你为大殿下，下一步想怎么办？"

“老王爷与别勒古台是我父汗的长辈，其他诸王也是诸叔，贵由年轻又乍遇大事，难免慌手慌脚，也想听听列位长辈的主张。”贵由以退为进，对诸王格外尊重，一返平日生硬态度，转了一百八十度的弯。

铁木格捻了捻胡子，故意鼓动道：“大殿下，大汗是亦巴合撺掇来克鲁伦河的，亦巴合虽是术赤台的王妃，却是四王妃的嫡亲妹妹。说句不中听的话，这个女人不是好东西。如果那天不是她迷住了大汗，大汗又被四王妃灌醉，以大汗的英明决不会落入奸人的圈套。大汗是为亦巴合失踪的，这里面会不会有人用了调虎离山之计呢？”

贵由对铁木格并不信任，听了这话却很顺耳，求教道：“老王爷是长辈，你说目前我该怎么办？”

“该审讯亦巴合，查找大汗，不能再等了！”

“老王爷说到我心坎里了，我父汗出了这事，搜查没有结果，只有突审她，才能找到大汗。”贵由终于觅到知音，眼中闪光大声赞成道。

别勒古台见铁木格挑事，担心贵由行动过激闹出乱子，咳嗽了一声，说道：“大殿下，这样的时候，做事也不用太操切，该给二王爷察合台、大哈敦去信，请他们一起拿个大主意！”

“别勒古台叔叔说得对。”也生哥插嘴道。

“眼下我该以什么名义，告诉二王爷和我额娘呢？”

“以大殿下的名义，下个令旨有何不妥！”铁木格站起身瞪着眼睛说道。

“现在早不早？”贵由犹豫地道。

“都什么时候了，还讲这个虚套，如果担心就说本王先提出来的！”

“那本殿下就听老王爷的。”贵由眼中含泪，道：“为父汗的事，我急昏了头，能得到两位老王爷和几位王叔的支持，才觉得有了靠山。做事难，做事的难免受指责。我这人不怕做事，可怕事做了反受责怪，真祸到临头，还望大家替我担待一下。”

铁木格没想到贵由还有如此心计，嘴上道：“那是当然，大家都是为了汗国的利益，大汗不出事一好百好，大汗怪罪，我等决不作壁上观。”

“那就叫耶律楚材、粘合重山进来草令旨吧。”铁木格见贵由主意已定，便做了个顺水人情。

中书令耶律楚材与粘合重山进帐，跪下道：“大殿下，叫臣何事？”

“两位大人，快起来。”贵由坐在虎皮椅上，一脸正色地道，“大汗生死未卜，诸王中惟二王爷不在，一时大事难决，我与诸王计议决定，请两位先写封令旨①,请二王爷来此议事。”

耶律楚材的沉吟了一下,道:“大殿下,此时下令旨,微臣以为有引起操切,是否再候几日,待查找大汗有个结果,否则大汗一旦归来必定尴尬,严查令旨出处,殿下难辞其责。”

“胡说,大殿下与诸位王爷议过,用不着你去操心,你只管草旨就行了。”八剌愤怒地看着耶律楚材说道。

“大殿下,目前这道会引起混乱的令旨,恕臣不能草旨!”

“不写!”铁木格大喝一声,指着耶律楚材的鼻子吼道:“大胆的耶律楚材,你敢违背殿下与诸王的意思,你太猖狂了!”

“这样的令旨目前发,有倡乱之嫌!”耶律楚材捋捋须髯,瞪圆二目望着铁木格道。

“反了,目前是什么时候,本殿下与诸王的话你敢不听,来人——将他给我绑了。”贵由对耶律楚材跳出来坏他大事,非常大怒。

贵由的话一出,就有侍卫冲上前将耶律楚材按倒在地绑了,粘合重山见贵由立起眼睛,知道不能对抗,跪在地下抬头道:“贵由殿下……耶律中书是铁木真汗留下的顾命大臣,大汗倚为桢干柱石,臣请殿下不可草率处置。”

“来人,将耶律楚材押下去!”贵由本无意杀人,又见耶律楚材摆出一副宁死不屈的样子,见粘合重山低头求情,便顺水推舟地道,“粘合将军,汗国处于非常之时,招二王爷来是商议大事的,马上草旨吧。”

有人取来笔砚,贵由口述道:“……贵由刚平东夏,受大汗之命来克鲁伦河,万不知大汗遭到绑架,转眼七八天,依然搜寻不果。虽查出线索,但情况扑朔迷离,因与铁木格、别勒古台、野苦、移相哥、罕突忽、口温不花等诸王相商,觉得该先行禀报伯父,请伯父来克鲁伦河以商大事……”

粘合重山文不加点草成《令旨》,贵由阅过取出印鉴钤过。

贵由对不里道:“贤侄,这封《令旨》你带上,马上回虎牙思,交给二王爷,请他速来克鲁伦河。”

不里面露喜色,将令旨揣好,望着贵由道:“事不容缓,侄儿马上就走!”

四王妃大帐内,躺在榻上望着套脑外的四王妃脸色极为阴沉,耳朵不时嗡嗡作响,妹妹被抓,贵由紧锣密鼓谋求大位,并在汗廷中占据了主动,连阔出、速不台、亦鲁格都被排除在权力中心之外,这不能不令她忧心如焚。宿敦跪在帐下,道:“王妃,那些人离开了一个叫南岗的浩特,开始逃窜。”

唆鲁禾帖妮有些失望地道:“他们不杀大汗,绑架大汗的目的是什么,想

① 令旨:宋、元时太子的命令。现《元代白话碑集录》上有《阔端太子令旨碑》。

逃到哪里去?”

宿敦脸色发灰道:“要杀大汗,他们早可以做到了,可这些人是一群蠢猪,他们好像是要将大汗绑架出国。”

“他们现在这样做,对咱们极其不利,亦巴合被捉,据我估计贵由很快要动手,可能本王妃也在被捕之列。”

“目前该怎么办,吓这绑匪一下,逼他们杀死窝阔台。”

“不行,目前该将绑匪的消息提供给汗廷,以示四王府清白,是否杀死窝阔台是绑匪的事。”

“奴才找到了一个将消息提供给汗廷,又不会对王妃不利的人?”

“是什么人?”

“一个南岗的十户长,他已对绑匪有疑,并来到汗廷,奴才正想请王妃示下:如果王妃不想让他泄密,我就秘密处死他;如果想让他泄密,就将他交给阔出殿下。”

“从目前形势看,贵由可能抓住大汗失踪这件事做文章,可能要危及到四王府,阔出、阔端等人已无力相抗。为自救,也得帮阔出一把,让这个十户长在汗廷露面,可洗刷诸王对四王府猜疑。”

“那不便宜了窝阔台吗?”

“那要看他是否命大,要看绑匪怎么做了!”唆鲁禾帖妮不放心地道:“那个十户长现在在哪里?不会有诈吧?”

“王妃放心,他来汗廷报案一直被我暗中监视着,由于怕走漏消息,现在被我控制在奴才的大帐内,王妃见不见他!”

唆鲁禾帖妮心里豁然打开一扇窗子,一骨碌起来,眼中闪着兴奋的光彩,道:“你去叫蒙哥,让他去请阔出殿下过来,说有重要线索了!”

“嗻!”宿敦答应一声下去。

阔出与亦鲁格愤然离开贵由大帐之后,再未去见贵由,这日搜寻归来,二人都觉得希望渺茫。打马刚到阔出大帐,正欲下马回帐,身后一阵急促的马蹄声入耳,让他们掉转马头张望。

远处蒙哥脸上淌着汗拼命地用马鞭打着马,来到近前,边勒马边高声地道:“三殿下,我额娘请你立刻见她,有关于大汗的重要情报!”。

阔出吃惊地望着蒙哥诧异地道:“真的!”

“南岗有个十户长报案,说一支来历不明的阿拉伯商队去过他们的浩特……”

“有这样的事,真谢天谢地,”阔出高兴得上了马,眼睛里闪着光,望着亦鲁格大声道,“亦大人,走我们一起去听听!”

数十匹骏马如一阵卷过的狂风，正行间又碰见速不台，便一同进了唆鲁禾帖妮的大帐。

红色的地毯上，跪着一个披着羊皮长袍的老牧民，大胡子乱蓬蓬的，狭长的眼睛闪着不安的神情。

唆鲁禾帖妮对阔出道："这位老人就是大汗在南岗救过的阿扎台，多豁勒忽就是冒犯了他被大汗处死的。"

阔出望着这个脸色通红朴实的老牧民，问道："老人家说吧，你看到了什么？"

老牧民紧张得上牙打着下牙，说话时声音都在发抖，"三殿下，奴才叫阿扎台，是南岗浩特的十户长。几天前一伙过路的驼队进了村子，他们手上有大汗发的路引，说是去哈剌和林。这些人做事很隐蔽，半夜常常出来进去的折腾，驼车的帐门和天窗很少打开，白天也弄得严严实实……一次我听见帐车内有人说话，就故意凑过去推开帐门。发现帐车内有几个人，看押两个犯人，犯人背对背绑着，听到门响一个犯人一扭头，我一眼就认出是救过奴才的窝阔台大汗，就急忙关上帐门走开。今早这些人一出浩特，我就命人跟着。自己赶到大营，可奴才这副嘴脸进不来，后来才经人指点进了这座大帐。"

"你再细说说车上有多少人？"

"这伙人有十多人，其中一个大胡子像是个首领，叫贾瓦兰，车中的人，个个身强力壮，还有一个长相英俊，身手敏捷的高个汉子，一直闷坐着，没听他说过话……"

速不台个一悟道："那人一定是帕剌汪菲剌！"

唆鲁禾帖妮点头道："我说那天怯薛中传看犯人图形，我看其中一个人好像见过，原来是他，看来这个波斯角力士背后有一个庞大的阴谋集团呀！"

阔出点了点头道："也许札兰丁根本没死？"

速不台道："阔出兄弟猜得对，他们绑架大汗，可能是札兰丁逼迫蒙古汗国从花剌子模退兵为目的。"

阔出长出了一口气，对阿扎台道："老人家，你说的情况很重要，大汗几天前被人绑架了，据你估计大汗目前会有危险吗？"

阿扎台翘着山羊胡子道："依我看还没有危险。"

阔出望着四王妃道："目前得想法跟上这个商队，并接近他们，争取解救大汗。"

"可危险太大。"唆鲁禾帖妮叹了口气，她要化解危机，就要帮助阔出解决那个商队。她眼睛望着套脑外，天空阴云密布，长思了一阵子，说道："我们面对的是一群训练有素的敌人，他们绑架大汗是有目的的，一般不会主动杀人，可一旦发现行动暴露了，就会毫不犹豫杀了大汗。因此没有万全之策，不能下手，防着打草惊蛇……"

亦鲁格翘着白胡子，半天没有说话，听了四王妃的话，才搭腔道："让阿扎台带路，人用不着太多，阔出殿下调些精兵化装成商人，挨近后再动手，力保大汗无虞。"

蒙哥道："人得一个个挑，能以一当十的才行，别到时候坏事。"

第三十三回

劫天子收功亏一篑 亦巴合汗帐受鞭笞

暗夜如漆,天色阴沉,一直没有降下雨来。距巴颜鄂博不远的驿路上,一支驼队赶着黑帐驼车向前奔驰,不远处出现了十几辆白帐车,两支车队不紧不慢地前行。

黑帐驼车内闷热难当,几个如狼似虎的汉子腰挂长刀,大摇大摆地扇着扇子。窝阔台斜靠在车厢内无奈地闭上了眼睛,绑得太紧,他感到浑身酸痛。他清楚正是自己签发的那份路引,使这支商队享受了其他商队没有的特权,也正是这一疏忽,让他陷入了一张罗网。这几天,因酒误事,因女人误事,让他吃透了后悔药,不觉打了个唉声,他被押在南岗五六天,一直盼望阔出带兵进剿,却没人来;自从他看见阿扎台打开帐门,又将希望寄托在这个老牧民身上。由于贾瓦兰看得紧,他无法用语言向阿扎台有所传递,可看得出阿扎台认出了自己,因此一直希望老人能将消息传递给自己人。然而,时间一分一秒过去,白天过去,夜晚又过去,这线燃起的希望落空了。离了南岗……他沉默了,黑色帐车载着吉凶难测的命运停停走走,留在心头的除了悔恨之外抑或是逝去的希望。

"吃饭了……"留着大胡子的贾瓦兰扯去窝阔台嘴上的麻布,松开了窝阔台的手,将饭放在他前面。

"你们抓朕,无非要珠宝、要钱物,这方面本大汗会可以和你们做个交易……大胡子，认识一下可以吗！”窝阔台想摸清这些人的底细，望着贾瓦兰问道。

“吃你的饭，不许问。”贾瓦兰就是当年参加过忽里台的那个使节。札兰丁被绰儿马罕击败后，他跟随札兰丁进入深山蓄起了大胡子。这次他接受札兰丁的派遣，进入蒙古汗国，利用角力士帕剌汪菲剌的关系，寻机绑架蒙古大汗——逼迫蒙古军退出花剌子模国。由于蒙古人折腾得紧，尽管他们手上管握有大汗签的路引，还是不敢上驿路。此时，所有驿站都可能埋伏着蒙古人的怯薛，这样贾瓦兰的心犹如绷紧的弓弦。

“告诉我，你们想将朕带到哪里去？到处是我的人，你们是走不脱的！”窝阔台望着贾瓦兰低声地问道。

“遇到你的人，老子就一刀宰了你！”贾瓦兰对窝阔台的意图十分清楚，他不想同窝阔台继续谈下去，为了让这位蒙古大汗闭嘴，他对这位不驯服的蒙古大汗拳脚相加，嘴上骂道：“不要再耍花招，给我闭嘴……”

阿儿浑眼见大汗挨打，大声地骂着：“你们这些王八蛋，大汗好意给你路引，你们却恩将仇报，你们的阴谋不会得逞的……”

“……嘴再不干净，就先砍了他！”贾瓦兰大声命令，几个汉子冲上去踢打阿儿浑……

子时过了，草原上空响雷阵阵，雨点淅淅沥沥落了下来，河岸边驿路到处是坑坑洼洼稀松的泥地。尽管贾瓦兰想赶路，面对即将到来的风雨，还是决定暂在克鲁伦河边的一处高地休息。

刚架起的篝火被雨浇灭了，冰冷的雨水，落在帐幕上，守夜的勇士帕剌汪菲剌坐在车辕边上，眼睛一眨不眨地望着黑沉沉的夜空。树枝形的闪电，劈开了黑暗的乌云，巨大的雷火从天宇上狠狠地砸向地角，电火照亮翻花的河水，一种异常的不祥的气氛使他心中深感不安。

驼车不远处，几辆白帐车也在就地休息，风雨中不时传来马嘶声，这令帕剌汪菲剌有些惊恐惶悚。他是奉札兰丁苏丹之命，作为角力士来到蒙古参与刺探情报的。他依然清楚地记得，苏丹是在山谷的堡垒内召见他的，城堡大厅花丛中几眼喷泉喷射着细细的水流，凉爽的空气给人一种宜人的感觉。当时，他只有二十岁，长得年轻，挺拔，身着牧人常穿的条格长袍，腰间佩了一把波斯古式短剑。他是札兰丁从印度复国后，以骑士身份受到苏丹的召见的。

札兰丁苏丹眼中闪着深邃的光芒，道：“听说你是帕剌鲁噶奇的儿子，你的父亲是位受人尊敬的人，他战死在撒马尔干新都的城垣保卫战中，他的英名永远记载在花剌子模人的心头。本苏丹很高兴地看到你，说吧，你有什么愿望?”他当时说道:“伟大的苏丹,史无前例的战争之剑正在悬在我们头上,我愿在苏丹的旗帜下向异教徒蒙古人复仇,为保卫先知而战。”札兰丁和蔼地望着他,道:“如果让你以角力士的身份去蒙古汗国,为了你的国家和人民,去过忍受屈辱的生活,成为一柄插入敌人心脏的复仇利剑,你愿意吗?”

帕剌汪菲剌没有犹豫地道:“如果这是真主和苏丹需要的,我愿意执行这项神圣工作。”

就这样,他离开了王宫,不久就成为一个角力士,两年后被送到遥远的东方。在哈剌和林城他受到了大汗窝阔台的宠爱,大汗喜欢看他的表演,还将一个金国女子赐给他。这次出哈剌和林前,贾瓦兰再次出现了,他是以商人的身份来到他的住所,他告诉帕剌汪菲剌,全世界最伟大的苏丹札兰丁想到了他的利剑,并制定了一个震撼世界的大计划——绑架窝阔台……

夜很长,可以想很多事,贾瓦兰出了大帐,见帕剌汪菲剌穿着油衣,腰佩长剑坐在车辕上,心中很感动,对他说道:“‘利剑’,你在想家,想父母,还是想什么?”

“是的,谁能不想呢……如果顺利,我们就可以回国了,回到家乡门前的小河,回到父母生存过的广袤原野……”

贾瓦兰受到他的感染,低声道:“唉!花剌子模遭到入侵,我的家也被毁了,我原来是个篾力克,投奔了札兰丁苏丹,不能复国,宁死于野!”

“可我也在担心,无法将窝阔台偷运出大蒙古汗国,无法完成苏丹交给我们的任务!”

“只要大汗在我们手上,蒙古人就投鼠忌器。”

帕剌汪菲剌忽然望着贾瓦兰,说道:“头儿,我一直想不透,在蒙古大营中,是谁暗中向我们提供了大汗的情况,而且消息那样准确?”

“不用说,一定有更想让窝阔台死的人,只是不愿脏了手,否则他们是不会帮助我们的。”

“可他们同样会出卖我们?”帕剌汪菲剌沉思着道。

贾瓦兰站起身肯定地说:“绝对不会,虽然他们早就掌握了我们的行踪,可并没有告密,反而与我们站在一起。”

“检查过窝阔台的绑绳了吗,要小心他要花样。”

“他跑不了,刚才还检查过……”

帕剌汪菲剌并没有按照贾瓦兰的提议回到帐车上,他一直对苏丹要将蒙古大汗弄到花剌子模的想法感到不解,觉得这个决定近于疯狂。由于担心出事,他不愿待在发闷的帐车内,宁肯站在风雨中,准备应付可能发生的意外……

后半夜,雨更猛了,帕剌汪菲剌和贾瓦兰从迷蒙的雨雾中,发现汹涌的克鲁伦河河水冲垮了两侧的路基,所在的高坡逐渐被水围了成了孤岛。

“不好,这水怎么涨得那样快……被困在水中了!”帕剌汪菲剌大叫道。

贾瓦兰看着四周白茫茫的水向这里涌来,四处查看着道:“帕剌汪菲剌,我们被困住了,现在怎么办?”

帕剌汪菲剌望着迷茫的天,大声道。“快——唤人都下来牵骆驼,得上路!”

车轮陷入淤泥中,帐车浸水,鞭儿晃着,骆驼在驱赶下挣扎着,车上的人都下来了,可车轮却在淤泥中丝毫不动。帕剌汪菲剌和贾瓦兰急得满头汗,后面的车队正要拔帐离去,贾瓦兰决定趟水过去求援,他对帕剌汪菲剌道:“我们的人手少,我去向他们借几匹马来帮助拉车?”

“万一中了蒙古人的奸计,可就糟糕啦!”帕剌汪菲剌说出他的担心。

“总不能被困在这里,还是试试运气吧?”

贾瓦兰趟水过去,他发觉马队中一位年轻老客很友善,提出了请求,商人爽快地答应让几个伙计牵马过来帮忙。

马队的人牵着马随着贾瓦兰靠近驼车,蓦地贾瓦兰忽然感觉身后冷冰冰的剑锋正逼向他的后背,不禁大叫:“兄弟们……不好,他们是蒙古军人!”喊声未落,速不台手中的剑已刺进贾瓦兰的后心。

听见喊声,看见贾瓦兰倒在泥水中,站在车边的帕剌汪菲剌和十几个刚刚下车的角力士急忙抽刀,而瞬间四处埋伏的马队,溅踏着河水冲了过来。骑在马上化了装的阔出、拔都、速不台、唆鲁禾帖妮、蒙哥,他们都穿着商队伙计的衣服,而正是他们派人冒雨掘开了克鲁伦河大堤,让河水困住了角力士的驼队,使他们陷入淤泥无法逃走。

帕剌汪菲剌先是一愣,知道硬拼没有结果,目前只有控制蒙古大汗窝阔台,蒙古人才不敢对车上的人下毒手。他猛的一个小翻跳上帐车,正掀开帐车门帘!

“着镖!”阔出大叫一声,就在帕剌汪菲剌跃起要掀开帐门的一刹那间,一把匕首划了个弧正扎在他的后心,他的脸色苍白,扑倒在车门边……阔出跳上车从帕剌汪菲剌身上拔下刀,将刀擦拭一下,命人将受伤地角力士绑了。

车外的搏斗声,被风雨雷电声掩盖,阔出蒙、哥冲进帐车内。刚进帐门,只听“哎呀”一声惨号,二人都惊出一身冷汗。

再撩开帐门,见窝阔台大汗手上匕首滴血,正要带阿儿浑下车。见阔出、蒙哥惊得脸煞白,笑道:“外面的劫匪解决了?”

阔出含泪道："父汗，儿臣可看见你啦！"

"你们来啦就好啦，父汗刚宰了一个！"原来刚才看守们都下了车，只留下一人，窝阔台偷偷磨断身上绳索，趁那个看守向外张望，一脚踢翻绑匪，夺了刀杀了绑匪，又割断阿儿浑身上的绳索。

"伯父，车下的人都收拾了，我额娘也在外迎接大汗。"

窝阔台走出帐车，长出了一口气，好多天没有站在蓝天下自由地呼吸了。当他望见唆鲁禾帖妮站在车下，眼中含着泪，便走到她身边，笑道："四王妃，谢谢你能赶来救朕，不要落泪，要为朕高兴。朕有长生天庇护，几个阿拉伯人连朕的一根毫毛也没有伤害得了，朕刚才还亲手宰了一个劫匪呢！"

"大汗出了事，亦巴合最先报告的，可把臣妾也急死了。"

"亦巴合为何没来？"

"大汗，她被大殿下投进大牢，如果救不出大汗，这几天她就要被砍头啦！"鲁禾帖妮忽然跪在泥水中哭泣道。

"贵由为何抓她？"窝阔台有些不解地问道。

"大殿下说，是她设下的陷阱要谋害大汗。"

"岂有此理，朕是被这几个西域的奴才算计了，与亦巴合何干？四王妃，你起来，不要伤心吗？朕回去，就让贵由放她出来吗！"窝阔台用被绑得有些发麻的手，扶起唆鲁禾帖妮，他感到四王妃的身子微微发颤。

一个被围在人群中的角力士抓住一匹白马，箭一般向远处甸子跑去，速不台取下雕弓，弯弓怒射，箭似流星，人应弦落马。

清晨雨停了，太阳跃出云层。有人为大汗牵来了一匹大白马，马咴儿咴儿长嘶叫着，窝阔台飞身上马，脸上洋溢着喜悦的神色，他愤怒地回视了几个跪在地上的绑匪，大声地对阔出命令道："捆起来押回去，要严加审讯！"

正行之间，远处水花飞溅，数百匹骏马呼啸而来，马到近前，为首的正是二殿下阔端。

阔端见父汗端坐马上，急忙翻身离鞍，跪倒在地上，眼中流泪道："父汗，你可把儿子吓死了，父汗再不回来，朝中可就出大事啦。"

"这是什么话？"窝阔台虎目圆睁，惊诧地望着阔端。

阔端满脸泪水哭道："父汗，贵由哥哥说父汗出事了，要防着诸王，在回这里调兵。他命不里去了虎牙思给二伯父发了令旨，请二伯父速来克鲁伦河商讨大事，还让八剌与速浑察一道节制怯薛军！"

"这些都是他一个人做的决定？"窝阔台脸色发紫，他对贵由所作所为极为气愤。

"我问过大哥，他说铁木格、别勒古台和其他几位王爷都赞成此事。"

“那你是怎么同贵由说的?”

“儿臣说不该发令旨,但贵由哥哥说决大事不拘细微,父汗出了事,二王爷和皇额娘不知道如何了得。还有儿臣听说,耶律楚材大人因不同意草《令旨》,被哥哥关押起来。”阔端低着头说道。

“那你为何不劝阻他!”

阔端泣道:“儿臣劝过,央求他放了耶律先生,大哥急红了眼不听劝阻,反骂我胳膊肘往外拐,说父亲出事能搜寻的地方都找遍了,生还希望很小,为防万一,必须临机独断。”

“怯薛军是朕命阔出负责掌管的,贵由怎敢违朕旨意?”

“儿臣问过他,他说三弟监管不力,造成父汗失踪,非常时期,不能再容阔出胡闹。”

“他的大军也调过来了吧?”

“是的。”阔端吓得脸色苍白,低声喃喃地道。

“朕这个儿子,安排得好哇,朕还没死,他就着急着抢班了。走! 咱们看看他去,看他这场戏演得怎么样,朕回去晚了,他大概就想弑朕了……”窝阔台心中对贵由的安排极不满意,没有再看跪在地上的阔端一眼,怒冲冲地举起鞭子,狠狠地向大白马臀部抽了一鞭,马在阔端身边驰过,泥水溅了他一身一脸……

亦巴合跪在大帐内,清秀的脸庞上挂满泪痕,眼睛红得像两只烂樱桃,这是她第一次被带出牢中。她已经被关八整天了,每天有人为她送点吃喝,她感觉自己真的成为囚犯。这些天发生的事,仿佛是一场噩梦。先是术赤台被人射死,她来汗廷告状,大汗这个本与她无任何关系的人,姐姐偏要她去接近他,紧接着大汗的失踪,这些都太离奇了。她想过也许是姐姐利用她做了绑架大汗的事,可细想又不像,不是姐姐又是谁呢? 她又想到那天的奶茶喝完后竟犯了困,往日没有那样的情况,这种解不开的思绪缠绕着她、折磨着她……

清晨,她被押出牢房带进汗帐,可汗帐内只不过带刀怯薛站在帐内,并没有人理会她,直到一个时辰后,她才听见脚步声,门打开了,贵由急匆匆地走了进来。他有一张酷似窝阔台的脸庞,腰上佩戴着宝剑,穿着一身簇新的黄色吉服,足蹬马靴,深褐色的眼睛,闪着冷峻的寒光,让她感到毛骨悚然。她下意识地感到今天这关难过,因为贵由眼内充满敌意。

贵由对这次审讯很重视,他望着跪在地上的亦巴合,这个女人身材很高,鹅蛋形的脸蛋因为被关押显得忧郁而苍白,深陷的眸子仿佛罩着层云雾,悬胆样的鼻梁,丰盈的嘴唇,给人一种妩媚而性感的感觉。贵由决定采取攻心术,击垮亦巴合,力争寻找出四王府罪证的目的,因此拍了下桌案,骂道:“亦巴合,按说我父汗对你不薄,你为什么会干出对不起我父汗的事?说,你是被人利用了,还是被人胁迫,自觉还是不自觉参与绑架大汗的阴谋?”

亦巴合眼中含泪,愣愣地道:“大殿下,大汗东行来此是为术赤台报仇,我怎会加害他呢?案情未白,凶手未擒,殿下何以咬定亦巴合被人利用、胁迫,参与了绑架大汗的案子呢?”

贵由吼道:“你承认也好不承认也好,可我知道……是四王妃让你用色相接近我父汗,是她让你离开夜宴?你只要讲出是四王妃为何让你这样做的,本殿下就放了你,因为我清楚这阴谋是谁策划的,你充其量不过是个卒子。”

亦巴合反驳道:“……不是大殿下说的那样,我是到这里为报仇而来,也从未想用色相勾引大汗,可臣妾有时又无法拒绝大汗的某些要求。至于大汗被绑架……我与姐姐都不知道发生了什么事……”

“亦巴合,不要装作一脸无辜,装做不知情,装作可怜来换取同情,本殿下不吃这一套,你说,为何不去参加夜宴?”

“那天晚宴前大汗是曾约臣妾晚上见他,夜宴时,臣妾由于白天赛马袍子溅上泥水,就回去换装,由于劳累乏味,吃了点主食就躺下歇息一会。可待我醒来天色已晚,由于想起与大汗的约定,就出了汗帐,路上我发现大汗跑失的马匹,看到大汗被劫的现场……我所能知道的,就是这些……”

贵由见亦巴合不肯承认,骂道:“你这个骚货,不要为你姐姐隐瞒了,你睡觉前是不是吃了带蒙汗药的食物,因此睡着了……”

亦巴合捂着耳朵拼命地叫道:“没有这样的事,我姐姐不是那样的人!”

贵由手按在剑柄上,脸涨得发紫,虎视眈眈地注视着亦巴合,仿佛一只狼在注视着一只羊。他的心情很复杂,给二伯父的《令旨》发出了,怯薛军换上了自己的心腹,自己的人马正在向这里开来,铁木格与东方诸王明显投靠自己,现在要做的事就是撬开亦巴合的口,挖出绑架父汗的元凶。父汗失踪,一副担子落在他肩上,一个过去从未萌生的念头,一种勃勃野心,出现在他的心底。作为长子,他相信二伯父会支持他,额娘也会站在他一边,这样的时候,他必须从亦巴合身上挖掘出线索,进而打击四王妃和一切可能威胁他入主汗廷的人。他必须有雄狮的勇猛和草原狼的残忍,还要有狐狸一样的狡诈。想到这,他向身边的八剌问道:

“八剌将军,对这个贱骨头,你说该怎么办?”

八剌恭敬地道:“大殿下,不让她吃点苦,她是不会开口的。”

“好！来人，给我掌嘴。”

两个怯薛上前，一人用手扭住亦巴合的胳膊，一个人左右开弓，顷刻，亦巴合嘴角流出了鲜血。打过之后，贵由望着她道：“说，谁让你接近我父汗的，是不是四王妃？”

亦巴合当然不能直言，只能泣道：“这事该问大汗，是大汗主动缠着我的。”

“看着我的眼睛，你的表情说明你在撒谎，是四王妃安排你接近我父汗的？”

“不是，我姐姐不是你想象中的那样的人，她没有做过与大汗为敌的事。”

“那如何解释，那样短的时间，就是一顿饭的时间，会有人提前在去四王妃大帐的路上布下罗网，而且能够抓住前去找你、带有多名侍卫的大汗，你说？”

“我不知道，也说不清……”亦巴合哭泣道。

“不要想耍赖，还是招供吧，省得本殿下发火，让你皮肉受苦！”

亦巴合嘴角淌着血，怒视着贵由，牙关咬得咯咯响道：“大殿下，我是一个可怜的女人，拒绝大汗我不敢，想躲避又躲不了……说大汗的失踪与我有关系，可我从来无意加害大汗，更不知大汗下落，这都是实话，打死我也不知道别的话！”

“你好嘴硬，看来你是不见棺材不落泪呀！将她的儿子庆童博儿赤[①]带来！”贵由喊道。

片刻工夫，年仅十七岁的庆童被五花大绑押了进来，庆童是亦巴合与术赤台所生的儿子，作为怯薛在汗廷任博儿赤。一脸惊恐的庆童穿着一身墨绿色袍子被押进大帐，当他看见大殿下贵由坐在上面，额娘满嘴流血、头发散乱地跪在阶下，挣扎着跪在额娘身边，望着亦巴合道：“额娘，出了什么事呀？”

亦巴合此刻最怕见到儿子，心中的堤防坍塌了，她发了疯似地对贵由喊道：“他的父亲术赤台是建国时第六个受封功臣，命统兀鲁特部四千户世世勿替。庆童何罪，他从记事起就在大汗身边服务。你们不该绑了他呀，苍天呀……公道在哪里呀？”

“亦巴合，你好大的胆子，还敢咆哮汗廷！”八剌喝道。

“来人，将庆童给我拿下，用棍子往死了打……直打到亦巴合招供！”贵

① 博儿赤：蒙古语，厨师。

由喝道。

"让我招什么……"亦巴合无法救护自己的儿子,又不愿看着儿子受刑,猛地站起,发疯似的用头撞向汗帐中的一根嵌金柱子……

这突然的变故令贵由始料不及,他真怕亦巴合死在汗帐中,也顾不上考问庆童,对怯薛侍卫大叫:"将庆童带下去,传御医来——"

正忙乱间,外面传来一阵杂沓的马蹄声,随着怯薛洪亮的敬礼声,汗帐中门大开,有人高喊:"大汗驾到——"

第三十四回

大汗归暴怒囚贵由　收余功夜审波斯人

窝阔台在宫门外下马，径直进入汗帐，身后跟着阔端、阔出、唆鲁禾帖妮、拔都、蒙哥和速不台等人。他是带怒归来，第一眼见大帐外怯薛换成了贵由的侍卫，八剌身披绶带，腰悬佩刀，耀武扬威地立于阶下，贵由坐在御座旁，不禁勃然大怒。他立在门边，却不言声，只用眸子狠狠地扫了贵由、八剌一眼，就大步走上丹陛。

大汗突然到来，且脸色铁青，眸子蹿火，贵由的心一下子沉入谷底，意识到事情不好，忙抢前几步跪在父汗脚下，低头道："父汗，这几日儿臣担心死了，父汗到哪里去了？"

"朕还没死你就猴急了，连朕的大帐都接管了？"

"儿臣正在审案，不当之处请父汗责罚！"贵由知道父汗对他接管怯薛军不满，忙叩头道。

"你将朕汗廷的怯薛执事都换成了自己的人，谁敢责罚你？"

贵由见父汗脸不开睛，心知闯了大祸，连忙解释道："儿臣因父汗出事，怯薛未能及时保护大汗，怕有人乘机叛乱，暂命八剌与速浑察等一道办差，这无非是儿臣临时之举。父汗回来了，一切自然听父汗的。"

"听朕的，那朕问你，你在朕大帐中做什么？"

"儿臣因连日搜寻父汗不见踪影，正在审亦巴合这个贱人，儿臣揣测，是她串通西域商人和角力士们一起策划了绑架父汗的阴谋。儿臣想通过审理亦巴合，找寻线索，将反叛之人捉出，救出父汗……”

“朕哪敢指望你营救朕，怕朕死了更合你心，你好登大位！”窝阔台看也不看贵由一眼，转身坐在御榻上。

“臣绝无叛逆之心，其心苍天可鉴。”

“嗬！说得蛮动听吗？你查到线索了？”

“那个贱人不肯交代，正在审讯，正赶上父汗回来。”

“亦巴合在哪里？”

唆鲁禾帖妮听贵由说正在审讯亦巴合，四下寻找，一眼见满头满面是血的亦巴合躺在大帐盘龙玉柱下，只当是死了，三步两步扑到亦巴合身边，放声哭喊起来：“我可怜的妹子，我说救了大汗，让大汗放你出来，都怨姐姐不好，让你死得这样惨呀！”

窝阔台听见四王妃凄惨的哭声，朝下一看才见红毡上躺着一人，知道地下的人就是亦巴合，也不看贵由一眼，大吼道：“人都死了你还在审，你上阴间去审吧！”说着从御榻上站起，一脚将跪在身前的贵由踹倒，大声朝着侍卫喊道：“快！宣太医——救人！”

唆鲁禾帖妮也不再哭了，从地上爬起，指着跪在地上发抖的贵由吼道：“贵由，你答应我的，要等到诸王一起回来审讯的，你为何出尔反尔？”

“她是自寻短见，与我何干？”

窝阔台恶狠狠地望着贵由问道：“亦巴合认罪了？”

“儿子奉旨来克鲁伦河，因搜寻父汗无望，征求了诸王意见后，希望通过审讯她寻条线索。可她嘴硬不招，儿臣命人带庆童来胁迫她招供，不料想她怕儿臣鞭打其子，趁人不备用头触柱，儿臣正要命人唤太医，父汗就进来了！”

“好哇，你满身是理，听说你还囚禁了耶律楚材先生，难道他也参与了阴谋？你私下调兵，还要控制朕的怯薛，怕你要借朕被绑架之机，要宣布朕失德的令旨吧！”

“儿臣决无此心！”贵由预感到大事不妙，跪在地上辩解道。

窝阔台咬着牙关，望着贵由恶狠狠地道：“朕现在不想跟你说话，来人——将贵由给我圈禁起来！”

八剌跪在贵由身边的，见大汗发怒要抓贵由，叩头道：“大汗，怪不得贵由殿下，事变忽然，一切谁能料到。昨日铁木格、别勒古台等几位王爷也觉得这事出得怪，认为亦巴合嫌疑最大，叮嘱大殿下必须做最坏的打算。在此大变之时，殿下尽了做长子的责任，虽说有些操切，但殿下无罪呀！”

窝阔台斜了八剌一眼，吼道："你是个什么东西，敢在朕面前撒野，听说都是你给贵由出的馊主意，分了中军怯薛长的权，还在朕面前胡言乱语，来人也将他绑了，推出去砍了！"

八剌边挣扎边拼命大叫道。"大汗要杀奴才，奴才没话说，可大汗失踪多日，一切线索全断，大殿下心急如焚，作为长子他经历了大汗即位前拖雷夺位风波，还经历过四王府派军杀驾的闹剧。大殿下分析大汗出事的前前后后，以为亦巴合即使没有参与阴谋，也是中了圈套，否则她与大汗约定好来汗廷，何以一觉睡了数个小时。其间是否有人下了蒙汗药，大殿下审她正是为了寻找大汗失踪的线索，殿下何罪之有？况当此重大事件发生之时，大殿下怕有人乘机窥伺汗位，非常之时虽有过火的行为，但也是为了大汗的万代江山呀！"

窝阔台对贵由所为极为愤怒，脸色煞白，根本不想听八剌解释，敲着御案大吼叫："快，将八剌推出去砍了！"

"父汗，儿臣也不活了，让我与八剌将军一道走吧！"跪在地上的贵由见父汗要杀八剌，脸色灰白，浑身战栗，大声哭道。

"你喊什么？难道我杀不得你！"窝阔台气急败坏地拔出宝刀，猛地将桌案一角砍落，吼道。

贵由不管不顾地大吼，瞪着眼睛望着父汗。"杀吧，儿臣的命是你给的，你就把命取回去吧……"

"来人，将这畜生也推出去！"窝阔台被贵由激怒，失态地吼道。

窝阔台这样快发作，要对大殿下贵由大动干戈，怯薛们呆头呆脑都不敢动手，阔出、阔端、脱灭干、速不台见父汗动怒，连忙一齐跪下道："父汗被绑架，音信杳无，哥哥一时着急处置失当，说哥哥反叛，儿臣不信，请父汗息雷霆之怒。"

蒙哥等也怕把事闹大，跪奏道："大汗，贵由殿下虽有过失，却无可杀之罪，他率征东军归来是奉大汗之命。审讯亦巴合，也非无有原因，望大汗恕殿下言语失当之过，饶过大殿下与八剌。"

窝阔台心想贵由虽做事有些出格，可究其原因还是自己之过，如果自己真的出事，贵由这样做也算正当，此时重责贵由，也让人笑话，见众人相劝，长叹一声道："算啦……先将贵由、八剌一起拿下，押入大牢！"

贵由跺着脚被侍卫拖出汗帐，一边走一边不服气地吼叫着："父汗归来，不自己检讨过失，反加罪儿臣，儿臣不服……"

窝阔台被绑架时，并非没有怀疑四王妃和亦巴合，可因唆鲁禾帖妮参与营救，早就释了疑，被贵由一提心虽一愣，但转眼心思落在亦巴合身上。一时郑景贤为她包扎好伤口,亦巴合只是一时头撞出血,并无大碍,知道大汗归来处理贵由的事都听得清楚,只是不想睁开眼睛。见贵由被下狱,才故作苏醒,一眼望见站在身边的窝阔台,哭着道:"大汗,这是哪里?是阴曹地府吗?"

"妹妹,这不是地府 ,你面前站着的就是大汗……"

"姐姐……"亦巴合大哭道。

窝阔台的眼里也涌出了泪水,叹了一口气道:"亦巴合,朕回来了……先下去养伤,朕闲了会去看你的。"

"谢谢大汗,臣妾以为再也见不到大汗了……"

窝阔台见亦巴合被人抬走,唆鲁禾帖妮、蒙哥等也相伴下去……方叹了口气,望着阶下的阔出和阔端两兄弟,道:"酒色迷住了朕的心……差一点要了朕的命……朕之明与你祖父差得太远,你祖父不嗜酒,不贪色,朕之罪……远胜于你贵由哥哥。"

阔出听出父汗对自己的行为很悔恨,又提到贵由,似有原谅贵由之意,也不想结怨,说道:"那就恕了贵由哥哥吧,他的罪是因父汗出事急出来的,他比儿臣年长,考虑的事比儿臣多,说他敢背叛父汗,儿臣也不信。"

"他的罪是心里浮躁,易受人蛊惑,不知深浅,恩怨心太重,易于上当!"窝阔台见阔端也欲说话,接着道:"你们的心朕明白,不要提这件事了 ,你二人一起去狱中将耶律先生接出来,到这里见朕。"

转眼工夫,耶律楚材随着阔出、阔端进来,见窝阔台脸色略白于往日,跪下叩头道:"臣一直相信长生天会庇护大汗的,即使有灾难也会化为吉祥,果真是这样了!"

窝阔台见耶律楚材胡须散乱,瘦削憔悴,对身边的怯薛命令道:"先生受委屈了!快——给先生搬把椅子!"

耶律楚材坐下,眼里闪着真诚的光,拱手道:"大汗,臣听说大汗将大殿下下狱了,臣以为……"

"先生,朕知道你想说什么……不谈他了……"窝阔台止住耶律楚材,见他手中拿着一卷东西,便道,"先生手上是什么?"

耶律楚材跪地道:"臣草拟了一份中原籍户条陈,正想请大汗一阅。"

窝阔台眼中含泪接过折子,道:"先生身在囹圄,几陷不测……还惦记国家大事,朕谢谢先生。"

耶律楚材叩头道:"臣受大汗深恩,焉敢不尽责!"

窝阔台点头道:"中原籍民的事朕先看看先生的折子,再想一想,过几日在就此事商量一下,然后在降旨。"

夏日的夜晚,碧蓝的天空繁星闪烁,一轮弯月像一把金黄色梳子挂在夜空。草原的夜晚格外宁静,连哗哗流淌的克鲁伦河也显得静谧。河畔的几顶大帐内,充满了令人发指的刑讯声,皮鞭的噼啪声,尖利的诟骂声。

主审阔出、亦鲁格坐在两把虎皮椅子上,几个光着膀子的怯薛手拎着皮鞭,让四个受审的人吃尽了苦头,通过阔出审讯中发现,同贾瓦兰一起从花剌子模的同行者共有八人,此外就是三个角力士和几个被雇佣的蒙古人。由于贾瓦兰已死,活下的人中只有帕剌汪菲剌掌握核心秘密。

帕剌汪菲剌被单独监禁在一座帐篷内,他的伤口被人包扎过,手被反绑着。他的头脑很清醒,他的生命就要走到尽头,他记起了几个月前,一脸大胡子的贾瓦兰穿着黑色的长衫,在靠近广场的一座大清真寺外,忽地抱住了他。由于贾瓦兰做过精心地化装,那一脸大胡须连帕剌汪菲剌也没有认出他来。贾瓦兰含着泪告诉他道:苏丹在呼唤你参加解救祖国的战斗,如果你还是"利剑",请跟着我走!"

说完,他向离清真寺不远的一家波斯地毯铺走去。帕剌汪菲剌随着贾瓦兰进了内室,室内非常阔气,有名贵的中国瓷器,栽绒地毯上摆放着盛开的金色郁金香,一个石制长满翠竹的盆景正喷射出清凉的水。

帕剌汪菲剌躬身请教道:"我的时间有限,听说苏丹已经战死了。"

"至仁至慈的真主怎可能让他的使者离开人间,说札兰丁被牧人杀死,那只是迷惑蒙古人的假象。我这次重回蒙古汗国,就是札兰丁苏丹派我来与你联系的!"贾瓦兰见他依然有些疑惑望着自己,转身从书桌上取来一部封面十分精美的《古兰经》递给他,道:"翻开这书的扉页,你就会明白。"帕剌汪菲剌当时吻了一下书套,翻开经书的扉页,一个信封放在里面。帕剌汪菲剌取过信,毫无疑问这是札兰丁苏丹写给他的信,信中对他的忠诚给予了高度的评价。信上说,为了惩治蒙古入侵者,在武力反抗失去成功的机会后,绑架也许更有效,捉住窝阔台并把他控制作为人质,逼迫蒙古人放弃奴役阿拉伯人的念头,使入侵者在他所占领的土地上滚蛋……此后,经过两个月的谋划,直到东巡才找到机会……

帐门被打开,几个凶恶的卫兵冲了进来,打断了帕剌汪菲剌的思绪。

夜晚的星光多么美好,蓝色的夜空,多么像蓝色的天鹅绒织成的挂毡,挂毡上星星仿佛织上去的金黄色的小点点。由于伤重,他被侍卫用门板抬着走在夜空下,夜空多像波斯人织出的地毯呀,可他心里明白,他再也回不到遥远的故乡啦……

阔出身穿红色天鹅绒吉服,中等身材,细长的眼睛布满血丝,他头戴一顶笠帽,坐在虎皮椅上,长胡子亦鲁格坐在他的身边,一个波斯人和一个畏吾儿人木然地准备做笔录。

阔出用他灰褐色的眼睛，望着侍卫将面色苍白的帕剌汪菲剌放在大帐中心，他连坐都坐不起来。

阔出干咳了一声，叹了一口气，道："帕剌汪菲剌，你是条好汉，大汗也未曾亏待过你……你什么也不缺，为什么偏要往死路上走呢？"

帕剌汪菲剌用低得阔出刚能听到的声音，说道："三殿下……你们侵略别人的家园，杀戮别人的妻女，抢劫别人的金银，你们身上穿的袍子，也是抢来的，请不要摆出一副悲天悯人的假态。我是为祖国战斗，为祖国去死，这比做奴隶的生，光荣得多！"

阔出叩击着桌案，驳道："上天命成吉思汗家族来管理世界，谁也不能违背长生天的旨意！"

帕剌汪菲剌轻微地摇摇头，用微弱的声音说道："如果不是我们战败了，那被杀尽的也许是你们蒙古人……至于说上天派遣谁，那是你们的自欺欺人罢了！"

坐在一边的亦鲁格，捋着白花花的胡须，道："帕剌汪菲剌，殿下对你是一片好意，花剌子模已经灭亡了，无人能够使死灰复燃。只要你好好配合我们，说出谁派你来这里做卧底的？札兰丁在哪里？我与殿下保证为你治好伤，如果你想回故乡，就送你回去。"

帕剌汪菲剌早已将生死置之度外，笑道："是谁派我来的，是个可笑的问题，是真主派我来的。听说你们曾调查过我，可什么也没查出来，原因成帖木儿收了我的金银。贾瓦兰虽死，可他行前所持文件，都是成帖木儿总督签发的，你们还装糊涂，倒问起这件事来的！"

阔出对这个角力士的话并不信，问道："你认识成帖木儿吗？"

"我来蒙古汗国还是拖雷当国之时，怎么可能认识成帖木儿这个坏蛋。我想把蒙古大汗装进铁笼子运回呼罗珊去展览，就不能不与他交往。我还让人送钱给商人贾瓦兰让他回国雇佣帮手，他也贿赂过成帖木儿。中国有句古话："擒贼先擒王。"可惜我太大意了，如果运一具尸体回呼罗珊……就不会失败了！"

阔出并没有生气，他知道这个角力士故意打马虎眼，便冷笑道："帕剌汪菲剌，你在嘲讽本殿下，其实，你背后的主使人就是札兰丁，我们已经在贾瓦兰衣裳内发现了札兰丁写给他的密信，你不说我们也知道！"

帕剌汪菲剌笑道："札兰丁是花剌子模的苏丹，是我们天然的领袖！他在花剌子模就像鱼在水中，你们永远找不到他！"

阔出望着躺在地上的高大的汉子，知道很难从他嘴上掏出有价值的话，叹了口气道："你还很年轻，生活的路还很长，难道就不怕死？就这样为别人殉葬，不可惜吗？"

帕剌汪菲剌冷冷地道："我的父亲是同你们作战时死的，我的母亲为了我能安心来蒙古汗国投河自尽了。我以一个武士、一个角力士、一个民族的代言人，做了该做的事。我带给了窝阔台大汗一生的噩梦，当时想杀他，比杀死一只狗还容易，现在我们失败了。不用费力了，你们从我身上不会得到任何的东西！"

"你们怎么会那样准确地得到大汗经过那条道路的消息？"

"我们一直在寻找机会……机会又出现了……"帕剌汪菲剌说话的声音很小，阔出勉强听到。对这样的人动刑简直就是让他死，而且审讯也不会有结果，阔出看见阿儿浑出现在门外，就决定放弃审讯。

阔出命人将帕剌汪菲剌抬下去，阿儿浑脸上还青一块紫一块，走路还不太稳，进来，忙同亦鲁格站起身，听阿儿浑说道："大汗让殿下和亦大人过去。"

三星横陈，巨大的猎户星座就在眼前，阔出和亦鲁格在夜空下站了一会，方走向汗帐。汗帐内灯火通明。阿儿浑悄悄地掀开门帘，大汗端坐在御座上，眯缝着眼睛，聚精会神地听速不台汇报，因怕打扰了大汗的谈话，阿儿浑正要退身，御座上的大汗忽然睁开眼睛，大声道："阿儿浑，让阔出和亦大人一同进来吧。"

阔出和亦鲁格进来行礼，速不台止住话茬儿……窝阔台瞳孔内发出闪电般的光芒，向外略突的唇须有些抖动，对速不台道："汉军将领史天泽估计得不错，金主退守归德，金军元帅蒲察官奴佯作投降，暗藏杀机，可能要陷我军于不测。忒木歹带兵的经验不足，弄不好要吃大亏。看来中原打仗还是少不了你，这样吧，你马上回中原吧，如能在事发前赶到，则我军无忧，如果出现万一，就由你随机处置。"

"儿臣领旨！"速不台跪下叩头，又道："兵贵神速，今晚我就出漠北，力争端午节前到归德。"

"如果脱灭干要随你去，朕也答应她，替朕多关照她些……"窝阔台望着速不台，拍了拍他的肩头，又嘱咐道，"郑景贤大夫早有向朕请假回中原探亲的念头，朕一直未同意，这次让他和你一起走，路上有个照应！"

"儿臣会照顾好郑大夫的！"

"你去安排一下，路上要保重！"窝阔台看着速不台离开大帐。他明显地消瘦了，额头上皱纹也深了许多，他非常关心对帕剌汪菲剌的审讯，望着阔出，关切地道："主谋是谁，对帕剌汪菲剌审讯有结果了吗？"

阔出有些失望地道:“父汗主谋应该是札兰丁,昨天我派人抄了哈剌和林城贾瓦兰开设的店铺,从中搜出一封札兰丁写的书信……看来他没有死。可对帕剌汪菲剌审讯不顺利,他说整个绑架案是他策划的,并说贾瓦兰来哈剌和林城前曾给成帖木儿行了贿。他铁了心不合作,话里话外一直再隐瞒什么,可他的伤太重,无法行刑,要查清主谋,必须派人去呼罗珊去一趟!”

窝阔台眼睛喷着愤怒的火焰,用拳头狠击了下桌子,道:“是得派人查一查成帖木儿的底细,查一查札兰丁的死活,看看是这个自称札兰丁的人的真假!”

“派谁去呼罗珊?”阔出问。

“朕还未想好,眼下务必从帕剌汪菲剌口中套出札兰丁的下落,没有线索去了也会扑空。”

阔出有些为难地眨着眼睛,说道:“帕剌汪菲剌是个犟汉子,看得出他不想活了,郑景贤大夫去为他医病,他不配合治疗,甚至扯断绷带……郑大夫无奈只好将他的手绑住……”

亦鲁格气愤地道:“帕剌汪菲剌是茅坑的石头——又臭又硬,真该杀!”

窝阔台对帕拉汪菲剌既痛恨又有些惋惜,过去他一直对这个角力士很欣赏,还答应要他去太学教授摔跤,可此时这个案子还没查清,他不同意亦鲁格的意见,摇摇头道:“不能让他死,他可能知道札兰丁的藏身之地,要趁他没咽气前,让他供出绑架朕的内幕!”

一个近侍用银盘子端来上好的马肉和羊肉,并分头斟满了酒,窝阔台举起杯中酒,道:“来饮酒,案子的事明日再说。”

一杯酒辣辣地进肚,阿儿浑飞快进帐,一脸惊慌禀报道:“大汗……帕剌汪菲剌趁看守不备,扯断自己的喉管死了!”

第三十五回

窝阔台师返莲花甸　二王爷封锁河中路

窝阔台在克鲁伦河待得心上长草，可却并未急着走，为了感谢南岗的阿扎台，他命人赐其黄金十锭，白银千两，世封答剌罕①，同时在克鲁伦河畔大猎，连续与诸王宴饮十余天。一直待到六月初，接连两封密信，才与诸王执酒话别，他命中军一路慢行，自己带阔出、蒙哥、阔端率卫队直奔金河边的金莲花甸……

天已过了晌午，日头爷斜射头顶，只距金莲花甸三十余里了。窝阔台一边策马，一边对身边伤未全好的阿儿浑道："阿儿浑将军，吃得消吗？"

"奴才跟得上，那点小伤不碍事了。"

很快进入孛怯岭，这岭不高，正驰骋间，路边树林中一阵声响，两只一大一小的梅花鹿张皇失措的蹿到路中间。窝阔台哈哈大笑，取过雕弓，搭上一枝白羽箭正要射向那只母鹿，箭还未射，忽听林中鸾铃响处，雕弓鸣嘀，那跑在前面的母鹿，一声哀鸣，栽倒在窝阔台马前。

窝阔台一怔，身后早有数十怯薛冲上前，挡在他的马头前。瞬间林子冲出一匹炭火般的乌珠穆沁马，马上是一女子，足蹬绣花盘金小蛮靴，身披银

① 答剌罕：突厥语，蒙元时对大汗及家人有大恩的人赐予的特殊封号。有多种特权：九次犯罪不罚，自由选择牧地，免赋税，随时出入宫禁。

甲头戴双凤固姑冠。她勒马路边，身后一队女兵相随。两队人马相对，那女子身后一侍女催马上前喝问："哪里来的人马敢挡马利雅哈敦狩猎，还不让路！"

窝阔台抬头认得出，此女正是绰儿马罕献给自己的美人，拍马上前，说："没有想到马利雅如此擅长骑射，为何还不过来见朕。"

那头戴双凤固姑金冠的女子注目一瞧，见对面一面白纛，凌空飞扬，一匹黑炭般乌龙驹上端坐着头戴金冠的窝阔台大汗，忙翻身下马，跪地叩头，道："贱妃射鹿惊驾，请大汗治罪！"

"爱妃起来吧，不知者不怪吗！"窝阔台马上哈哈大笑。

马利雅眼睛一红，眼里淌下几行泪，道："大汗东行月余，杳无音信，贱妾今天向大哈敦请假出来散心，没想到会碰上大汗……"

窝阔台有六大斡耳朵，各地奉献美女如云多达数百人之多，可因木哥之故，他极爱惜马利雅。可今天他有些犹豫，用眼睛乜着马利雅，仿佛要看透这个女人的心，因为大哈敦脱烈哥娜在密信就谈到马利雅，信中道：

"大汗，花剌子模摩诃末的额娘、札兰丁的奶奶秃儿罕，前几天不知因何缘故病死了。老贱婆死前并无大病，臣妾暗中派人调查，听说马利雅曾经看望过秃儿罕。臣妾虽不知这事是否与绑架大汗的事有关，但臣妾听说札兰丁活着，总觉得马利雅行动可疑……"

由于脱烈哥娜的信，窝阔台对马利雅突然出现略有不安，他过去并不知马利雅有武功，也知内宫女人间争风吃醋，但马利雅真的与帕剌汪菲剌等人有关，情况就危险了。由于未消除对马利雅的疑心，他仔细地望着马利雅。

"大汗，你看什么，臣妾老了、丑了？"马利雅见大汗盯着自己，不安地道："这些日子臣妾时时惦记着大汗，只不知大汗可曾思念过臣妾？"

"爱妃，你好漂亮，朕看入神了，可有句话想问你，札兰丁被人杀了是真的吗？"窝阔台因有被花剌子模人绑架的经历，望着马利雅冷静地道。

马利雅惶惑地望着窝阔台不安地道："大汗，怎么想起问这件事。当年札兰丁在绰儿马罕的追击下，将臣妾丢下，只身逃走，听说被人杀死在阿迷德山中，但死没死臣妾都无从知道。大汗又听到他的消息了？"

窝阔台点了点头，笑道："是呀，有消息说他还活着。"

马利雅知道大汗话中有话，晶亮的眼睛浸出了泪水，说道："大汗，臣妾被札兰丁抛弃，归于大汗，与他再无关联，大汗好像在怀疑臣妾。"

窝阔台摇着头，说道："朕没瞒你什么，听说札兰丁没有死，有人在伊拉克见到了他。朕只是随便问问，既然不知也就算了，走，一齐回斡耳朵。"

山路崎岖，战马嘶鸣。窝阔台与马利雅并马飞奔，太阳落入西边的山丘，彩霞逐渐暗淡，薄雾开始笼罩四野。一路上，窝阔台没有开口说话，马利雅心里发闷一直打闷葫芦，见大汗打马如飞，不祥之兆萦绕心头，却不好开口。

金莲花甸原为王罕的夏狩地，距哈剌和林城十余里，是一处风光秀丽的好去处，建有被窝阔台称为“昔剌斡儿朵”的大金帐。大斡耳朵灯火通明，窝阔台赶到帐外，就见大哈敦脱烈哥娜带着人跪了黑压压一片，在她的身边，还有窝阔台急于想见到的大臣田镇海。

“都起来吧！”窝阔台跳下马来，一边将鞭子丢给侍卫，一边伸手将大哈敦脱烈哥娜扶起。

脱烈哥娜站起身，望了一眼陪在窝阔台身边的马利雅，不怀好意地道：“妹子，耳报神很灵嘛，怎么一下子就碰到大汗了？”

马利雅见脱烈哥娜话中带刺，脸色涨得通红，一双杏眼冒火，又不好反驳，只是道：“臣妾并不知大汗回来，去前禀报过哈敦的，路上碰上大汗，就一道归来了。”

“是这样嘛？难道你就没想做什么？”脱烈哥娜蓦然发难，令马利雅大吃一惊。忙反驳道：“大哈敦，你说什么？”

“你也不用辩解，还是让你带去的卫兵们说说吧！”脱烈哥娜瞪着那些随行的侍卫，她话音刚落地，其中几个随马利雅去的侍卫扑通跪了一地，这也是窝阔台没想到的。马利雅吃惊地望着，一个不利的局面出现了。

“说说吧，你们看到了什么？”脱烈哥娜尖利的声音在夜色中回荡。

“马利雅哈敦箭射大汗，奴才们吓坏了！”一个瘦高的卫士声音在嗓子里咕噜着。

接着又有一个卫士抬头道：“不错，马利雅哈敦带奴才们打猎，我们在追赶两只梅花鹿时，已经听见对面人声，可哈敦却依然开弓，箭虽射倒了梅花鹿，可鹿就倒在大汗的马前，再高一点，箭就射中了大汗！”

马利雅愤怒地吼道：“大哈敦，你在派人监视我，指使人加害我？”

脱烈哥娜讥讽道：“要害大汗，可惜你箭术不佳……”

“不是这样。马利雅哈敦与我们一起狩猎，只顾得追鹿，冲出林中，并没有看到大汗来。他们在胡说，是在有意诬陷马利雅哈敦！”马利雅的贴身侍女锁奴含泪大声喊道。

窝阔台被这变故惊呆了，从今天经过的情节看，他并不相信卫士的话，更没有想到刚才发生的事，脱烈哥娜竟然知道。他对跪在地上的马利雅道：“没做亏心事，不怕鬼叫门。你回大帐吧。”在走入昔剌斡儿朵同时又对阿儿浑道：“将这几个侍卫都给关起来，朕明天再问！”脱烈哥娜尽管对大汗老大不满意,可也不好说什么,只得随着大汗进殿。马利雅看着窝阔台去了,站在风中发了半日呆,才怏怏而去。

大帐内鼓乐齐鸣,帐内宴席已经摆好,窝阔台心中有事,也只简单吃了一些,饮了几杯酒,便命人撤了酒宴。窝阔台端着一杯茶喝了一口,见脱烈哥娜哈敦离了御座,跪倒说道:“贵由出征东夏七灾八难,被大汗叫到克鲁伦河,只审了亦巴合一次,就被大汗抓了。臣妾请大汗看着臣妾的情分,恕了贵由……”脱烈哥娜哈敦这样快提起贵由之事,是窝阔台没想到的。田镇海见脱烈哥娜与大汗闹起家务,慌忙跪倒叩头说:“大汗,外臣请告退。”

“你这个婆娘给我起来,贵由的事今天不许再提!”窝阔台用眼睛瞪了脱烈哥娜哈敦一眼,望着田镇海道:“田镇海你去了趟弘州,那里的情况如何?”

田镇海翘着棕褐色的胡子,眼闪着狡狯的神情,这次窝阔台东巡,他奉旨去了弘州查验织造局,并在那里了解了销金日月龙凤缎的织造过程,听大汗问,忙道:“启奏大汗,臣从弘州运回近千匹销金日月龙凤缎,生产已形成规模,臣还要来纳失石各品种加工数目,还带回一些样品,大汗是否要看看?”

窝阔台望着侍卫,命令道:“快,去些人将样品抬上来——朕要看看自己生产的金锦。”

侍卫将几卷五彩缤纷锦缎搬进大帐,只见那云锦散纹于沙讷之际,绫罗被光于螺蚌之节,窝阔台望着那暂忘烦恼的心事,满脸堆笑一边摸一边看,嘴上道:“织得好!织得好!我大蒙古汗国开国以来,执行将天下工匠收到一起,置局作厂卿是第一功臣。朕记得我父汗在时,金锦都是阿拉伯商人运到草原的,中原并无金锦,那些商人一匹金锦竟要一两金子,气得朕父汗几乎要砍了他们的脑袋瓜子。弘州开织染局,所织销金日月龙凤缎疋纱罗可为国家节约大量资金。今后应在各地推广,我让你去弘州就是表示国家重视织染局。听说有的地方官任意盘剥织工,不重视质量,造成织工逃走,这都是不允许的,对激起事端的地方官,一定要置之重典。”

“嗻——”田镇海答应着,又顺从地道:“大汗,其实这金锦并非只有阿拉伯人所有。臣近看《太平御览》上有三国时魏文帝曹丕的话,他说,‘至吾所织如意、虎头、连璧锦,亦有金薄,来自洛邑……’看来中原织造金缎子历史可上推到三国时代。这种销金日月龙凤缎是专为大汗和哈敦们织造的,为诸王、诺颜制作吉服的料子臣正责成成衣局设计织造,再开忽里台大会就可统一穿着了。”

窝阔台放下金缎子,见脱烈哥娜脸挂泪痕,还跪在地毯上,不满地道:“今天你不要再闹,这次东巡朕有许多账要算,贵由的账也要算!”

脱烈哥娜执意不肯起来，眼中流泪道："大汗被亦巴合所误，被札兰丁的人钻了空子，贵由奉旨归来，审讯亦巴合，又有何罪？四王府的人屡次害大汗，这次难说不是四王府，这让臣妾不明白！"

"你说的话都是贵由教你的吧，朕没死，他就想当大汗了，这与豺狼何异！"窝阔台大声吼道。

脱烈哥娜见窝阔台两眼蹿火，叹了口气道："大汗把儿子比作豺狼，臣妾无话可说。当日大汗被老四害得躲在山中，正是贵由不顾生死代表大汗同四王府的人拼死相搏。现在四王府的人心里恨大汗要死，大汗反觉得这些人比贵由还孝顺，臣妾觉得大汗已被四王府的表面现象所迷惑。就像今天大汗归来，马利雅这贱人箭射大汗，大汗却认为臣妾派人监视她，比马利雅更可恶！"

窝阔台知道脱烈哥娜的话并非没有道理，可他并不相信四王妃会与波斯人有所勾结，鼻子哼了一声，冷笑道："怎么，你认为朕糊涂，可朕告诉你，四王府的事、贵由的事都不用你管！还有朕刚回来，不能听几个侍卫胡言乱语就自乱宫闱。"

脱烈哥娜道："什么自乱宫闱，这个小狐狸精，明着射鹿，暗里想要大汗的命。她表面柔弱，实际有些武功，如果她与札兰丁连成一串，无疑会对大汗生命构成威胁，因此臣妾不能不管……"

"就是处罚马利雅，朕也不能光凭猜测，要看她是否参与了阴谋，还要试试她这潭水有多深！"窝阔台平静地道，由于不愿意与脱烈哥娜纠缠贵由的事，便对她道："你先下去吧，朕还有些事要单独与田镇海说。"

大哈敦退出，窝阔台才将目光投向田镇海问道："镇海大人，你在哪里碰到马思忽惕的？"

田镇海眼睛闪着光，道："臣途经弘州驿站打间时，在驿站看到病得奄奄一息的马思忽惕，已用车将他带了回来。臣向他了解河中情况，他不肯对臣说，大汗什么时候见他？"

窝阔台当日将牙老瓦赤折子交给二皇兄察合台后，就一直有些后悔，听说牙老瓦赤遣公子来和林城，就有一种不好的预感，长吁了口气，对阿儿浑道："你现在就将马思忽惕带来，朕要见他！"

片刻工夫，身材单薄的马思忽惕穿着白色的纱袍，宽脸盘鹰鼻，墨染的两道漆眉下，晶亮的一双眸子，头上系着长长的包头，跟在阿儿浑身后进帐，他脚步机械地踏上红地毯，有一种羔羊走向屠宰场一样的感觉，低着头在阿儿浑指定的地方向正北跪下，叩首，道："伟大的海洋大汗，奴才能活着来到和林城，见到世界征服者，不能不感谢万能的长生天！"

窝阔台从御座上默默地盯着跪在阶下的身子有些发抖的年轻人，哼了一声，说道："你抬起头，你就是马思忽惕，我听你的父亲屡次提到你，说你机灵遇事有主见，朕早就想见见你。这次，听田镇海说你来漠北九死一生，朕就急着见你，说说你父在阿力麻里出了什么事，朕想知道河中的情况。"

马思忽惕此时方敢抬头，见正北御阶高塌上坐着身穿灵芝团龙纹泥金银花长袍，足蹬马靴，头戴明黄色毛绒顶栖鹰帽的大汗，满眼泪水地泣道："河中出大事了，臣是偷着跑出来的，请大汗为臣父做主呀……"

窝阔台大惊道："你父出事了？"

马思忽惕满面泪痕，哭诉道："一月前，河中布花拉发生了塔拉比领导的叛乱，臣父从布花拉城内逃出后，与逃出的伊玛目调兵平叛。事后有人向二王府状告臣父，说他怂恿塔拉比叛乱，察合台二王爷亲自下令，将我父从总督衙门抓走了。我离开家时，整个行省气氛极为紧张，各驿站都增添了人马在盘查行人。一路上，奴才不敢住驿站，直到出了阿尔泰山，进入岭北，才放下心来。但由于跑得慌忙，身上的银两被盗了，又染了病，多亏遇见田镇海大人奴才才能见到大汗呀。"

窝阔台眼中冒火，牙老瓦赤是奉了自己的谕旨监视察合台的。当日察合台回虎牙司前，表示得很好，可现在却借发生叛乱逮捕牙老瓦赤，他心中已对察合台不满，可却不想在臣下面前有所表露，问道："你父是朝廷任命的行省长官，发生了布花拉叛乱，你父有责任。可如何判罪，当由汗廷调查。二王爷察合台给你父定的是什么罪名，可有罪证？"

马思忽惕眼波一闪，叩头说："据臣猜测，臣父几次上折子，惹恼了二王爷，因此二王爷利用发生叛乱，打击臣父，请大汗明鉴。"

窝阔台知道马思忽惕要激怒自己，用鹰一样的目光审视着他，反而平静地道："莫急，没朕旨意，二王爷不会把你父亲怎样的，听说你在河中得到了花剌子模苏丹的消息，说给朕听听。"

马思忽惕眨着眼睛说道："奴才听人说札兰丁并未死，经常暗夜出来，人们说他常骑着黑马戴着王冠，袭击边远集镇……"

"成帖木儿对札兰丁有什么反应？"

马思忽惕小心地道："成帖木儿好像还未认识到札兰丁的存在，商人说呼罗珊很平静。"

"最近可有二王爷消息？"窝阔台转身对田镇海问道。

"孛栾台说，二王爷虽封锁了去西域的道路，可沿途无别的动向。"

"二王爷处没有奏折上来？"

"还没有。"田镇海道。

“马思忽惕，今天话就说到这里，朕估计察合台马上会有奏折，到时再定你回河中的事。”

“奴才告退！”

“下去吧，好好养病。”

窝阔台见马思忽惕走出大帐，他用眼睛盯着田镇海问道：“札兰丁的事，你也听到了传言？”

“前些日子，阔里吉思给我的书信说，河中关于他的消息很多，有的人说他没有死，还有人说在马鲁[①]见过他。然而成帖木儿来的消息，说根本上没有这种事，我个人觉得派人到呼罗珊去，既然这伙绑匪受札兰丁指挥，就要仔细查一下，活要见人死要见尸吗！”

“帐中闷，咱们到外面走一走。”窝阔台站起身，接着前面话茬说道。“你说得不错，得派人去呼罗珊，通过阔出和亦鲁格从贾瓦兰住宅中搜出的证据显示，札兰丁还在呼罗珊，如果不消灭这个人，汗国一天也难得到安宁……”

夜色笼罩下，通体金黄耗费数百斤黄金织成的昔剌斡儿朵，失去了白日的光彩，这座大帐是成帖木儿两年前运到和林的。窝阔台过去对成帖木儿了解并不多，自从他送来几个篾力克才对他有了好感，可角力士的绑架阴谋唤醒他，他对这个人已完全失去过去的印象。

大斡儿朵不远就是金莲花湖，夏日湖面铺满了巨大的荷叶，一朵朵粉红色的花朵，开始盛开，夏夜中嗅得到清香。站在湖岸边，窝阔台忧心如焚地望着田镇海道：“你是朕的心腹大臣，朕想问你，你说实话，二王爷是否有夺汗位的心思？”

“臣以为，二王爷不会的。”

“我也想皇兄不会。”窝阔台叹了口气道，“这些天发生的事，让朕心中不安，尤其是贵由和察合台皇兄的事，使朕感到了难以承受的压力。”

“臣以为大汗对此事还应看淡一些，花剌子模人绑架大汗，是企图破坏汗国的稳定。而依臣所想，国家当以稳定为要，大汗还有许多大事要办，金国未亡，还要出征西域诸国！”

“说得对，汗国的稳定来之不易，朕想派人去呼罗珊，有必要就换掉成帖木儿这个颟顸的总督，你以为何人可任总督？”

“臣以为阔里吉思可以胜任，他为人谨慎，有利于呼罗珊的稳定，当然臣只是个建议，用人之事还请圣上独断。”

“呼罗珊得用个稳妥人，阔里吉思是个人选，绰儿马罕不久前也来折子

① 马鲁城：又作木鹿，遗址在土库曼斯坦马雷东拜拉姆阿里，为呼罗珊四大名城之一。

称赞他的才能。"窝阔台又想了想，低头思忖一下，望着田镇海道："得派人去花剌子模办理札兰丁的案子。"

"大汗要派谁去？"

"让阔端与蒙哥吧，两人有些照应。"窝阔台眼中闪着幽幽的光，望着湖面，"呼罗珊就像这片湖面，表面平静，可只要札兰丁不死，总会翻出波浪来。当年先父在印度河放过了他，后来他重返花剌子模引出了多大乱子，这次朕一定要彻底解决。"

"大汗，派宗王去呼罗珊，要经过虎牙思。"

"当然，朕也想到这一点。"窝阔台知道田镇海是想到牙老瓦赤的事，他也在担心牙老瓦赤的生死，便道，"派两位宗王去，就是要皇兄放人。牙老瓦赤这个人忠心耿耿，不能让他死了。"

"臣还在想一件事，"田镇海试探着说，"贵由殿下年轻，征东夏又建了功，大汗处置上是不是太严厉了？"

"他做得太过分了，朕很伤心。"窝阔台眼中闪着一丝泪光，又叹道，"我的三个儿子，以往我以为他们一心，看来朕想错了。当年父汗四子，争汗位闹得天翻地覆，这次朕也尝到了这个滋味。"

田镇海从大汗口中听得出来，窝阔台囚禁了贵由，可心中对阔出、阔端并不满意，忙道："殿下们的事，不是家事，而是国事，以大汗的英明，不该小视这件事。"

"朕对他们的希望很大，可失望也大。"窝阔台一边踱步，一边道，"你是朕最信任的老臣，对你说也无妨，朕最不愿意看到的是骨肉相残，可孩子们长大了都各揣心腹事，让朕伤透了心……"

第三十六回

疑阔出大哈敦责子 献象辇刺合蛮入宫

脱烈哥娜被窝阔台支走,心里极不高兴,回到大帐,有侍女来报:“阔出殿下请安来了!”听说小儿子来了,脱烈哥娜心情极复杂,大儿子贵由身陷囹圄与小儿子添油加醋有极大关系。想到亲生儿子互相拆台,她就气不打一处来。阔出来见额娘本是想求得谅解的,可一进门,见额娘板着脸气呼呼不言声,知道今天不好过关,忙赔笑道:“儿臣请安来迟,请母后恕罪?”

“我恕你的罪,”脱烈哥娜犹如点燃的爆竹,看也没看阔出一眼,一屁股坐在榻上,立目道,“你是凯旋而还,你哥哥却被押解回来,你说谁来恕你哥哥的罪呀!”

阔出想缓和一下气氛,道:“母后见过父汗了?”。

脱烈哥娜气愤地道:“你额娘想为贵由求个情,可让你父汗支出来了。”

阔出见额娘气得发喘,忙悄声解劝道:“哥哥办事做过了头,父汗很生气过些日子气消了,自然就没事了!”

“你说得轻巧。可你嫂子在家盼着你哥哥回来,男人出去打仗去了一年有余,盼得眼睛通红,可现在却被押解回来,让额娘如何向你嫂嫂解说。”脱烈哥娜从儿子脸上不知察觉了什么,盯着阔出冷冷地道:“你来看额娘,额娘高兴,可听你的话,你哥哥被抓倒像与你无关似的?”

“母后,儿子没有这个意思?”

“你好无情呀，额娘为之心痛呀，听说你与四王妃和阔端一心，整垮了你同胞哥哥。”

“额娘，你说得太严重了。”

“严重，你知道了父汗的消息，自己去救父汗，找了那么多人，唯独让你大哥蒙在鼓中。这明着是你下的圈套？要弄垮他，这下好了，你嫡亲兄长下了囹圄，怕你这回做梦都在笑了。”脱烈哥娜越说越生气，舌头上像沾了火。

“母后，儿子哪有那么坏，你这样说儿臣只有实话实说了。父汗出事，大哥带兵回到克鲁伦河，当诸王面公开指责儿臣没有保护好父汗。其实父汗出事，儿臣当时并不在场，况且父汗明旨不许卫队跟随，即使儿臣在也不敢违抗圣旨，他还借此夺了儿臣执掌怯薛的差使。正是大哥联络诸王，给二伯父下令旨，私下准备召开忽里台。四王妃接到报案的消息，因急于救父汗，就没有通知他。父汗怪他要置他于死地，正是儿臣与阔端、驸马速不台率先求情的，母后错怪儿臣了。”

“可额娘听说，你父汗被救后，你与阔端都将矛头对准了他，有没有这回事？”脱烈哥娜耳报神很灵。

“母后这话对儿臣不公，”阔出听出额娘对自己有意见，心里一百个不服气，眼里涌出泪水，道：“从现在看，父汗找到，大哥被囚，母后觉得他受了委屈。可如果父汗真的被害，贵由哥哥很难说不对儿臣下手，因为大哥正是趁我去寻找父汗之机，派人夺了我主管中军怯薛之权。他排除了儿臣，安插了亲信，还在外面调兵去助他夺取汗位，不如此父汗怎么会受别人的言语左右。”

“你对额娘说得这番话，传到你父汗耳中，他还能不被囚禁？”

“母后太偏袒大哥，大哥当时得意忘形……父亲归来，他正在父汗的大帐中审讯亦巴合，父汗因此认定他有夺权之心，何用儿臣说。”

“可额娘听说，你父汗囚禁贵由，完全是为了亦巴合那个婆娘？”

“儿臣以为那只是根导火线，没有夺权之嫌，父汗决不会囚禁自己的长子。”

“唉，我并不偏向哪一个。”脱烈哥娜觉得自己有些过分，口气太重，缓了下口气道：“说一千道一万，你俩是娘怀胎十月生下的，没有个手心手背之分。如果你真心对你大哥，当时他有再大的过，也该给他打个招呼；你们长大了，分心了，额娘心痛呀！”

“儿臣也是感觉受了大哥侮辱，很生气，也就没想那么多……”

“如果你没有想，额娘就高兴了，就怕你的心里想……”

“母后……”

“额娘希望你们成人，说句掏心的话，你与贵由谁当大汗，额娘都同样高兴。”脱烈哥娜动情地道。她为自己无力劝说丈夫伤心，又见两个儿子如此分心，眼中泪水簌簌地流了下来，道，“可额娘绝不许你们骨肉相残，在你父汗眼中你比贵由懂事，他落到这个地步，你该帮他，劝解父汗，不能让外人看热闹。”

阔出本来想劝解额娘不要太着急，可被额娘一顿抢白，弄得颜面全无，见额娘落泪，也不分辨，含泪说：“母后，儿子知错了，一有机会就劝说父汗。”

“你能这样，额娘才没有白疼你一回。”

跟儿子斗了半天嘴，这一夜，她没睡好，梦中一惊一吓，醒来头有些疼。次日清早，脱烈哥娜勉强起来对着镜子打扮一番。她年过四十，身材好，两道眉修理得细如弯月，一张白净的瓜子脸涂抹着胭脂，颧骨略高，鼻如悬胆，嘴边有米粒大小的一颗黑痣。她年轻时是数一数二的美女，只是年龄不饶人，因深知窝阔台喜欢漂亮的女人，所以格外注重自己的仪表。

刚打扮好，一个女官进来禀道：“大哈敦，方才大王妃差人送来一封信，说要哈敦亲自剪开。”脱烈哥娜从她手中接过信来，剪开一看，是贵由亲笔所写的一封信，信中写道：

> 额娘，我对父汗忠心耿耿，日月可表。今蒙不白之冤，原由只能向额娘道。儿无意间受过，是父汗对我猜忌太过，又受小人蒙蔽所致。我征东夏一载，九死一生，原以为无愧父汗教导之恩。忽闻父汗东巡，招我千里赴援，待我到大营，父汗却被歹人掠去。儿心急如火，了解缘由，是父汗恋上亦巴合之故，儿臣认为是唆鲁禾帖妮和其妹亦巴合用美人计害我父汗，便不顾四王妃反对，抓了亦巴合。正在儿臣审讯亦巴合之时，父汗归来，不容儿子辩解，将儿下了大狱……
>
> 额娘，父汗之心额娘最知道，自他继承汗位后，除了国事外，唯有美色能动其心。过去额娘曾与我相商，让我娶了唆鲁禾帖妮，儿子并未在意。儿子下狱之后，常悔恨自己未听额娘的话。额娘，儿在牢中暂不足虑，此时唯有速请二王爷说情，别人断难说动……
>
> 儿子贵由

脱烈哥娜不看信还罢，边看信，鼻子一酸，眼圈一红，泪珠如断线般淌在双颊之上。为了不让人看见，她喝退了使女，独自一人流泪。俗话说母以子贵，大哈敦脱烈哥娜十三岁嫁给篾儿乞部部长脱黑脱阿之子忽都，成吉思汗征服该部，她被掠后，被成吉思汗送给了窝阔台。她是一个非常能干的女人，窝阔台遇事有拿不准主意时，常要征求她的想法，因此在窝阔台的妻妾之中受到宠爱。足有半个时辰,脱烈哥娜方将情绪平静下来,将信在烛前焚化,方命人为她梳理头发,特意在她的珠冠上插上一对大红珠子,又穿上窝阔台喜欢的白色绸袍。

刚打扮好,一个侍女进来禀报,候了三天的奥都剌合蛮又来求见,还带来了好多的礼物。使女说:"哈敦可吓死人了,奥都剌合蛮这次带来的礼物很不一般,是几只从未见过的怪物,身子比骆驼大几倍,长长的鼻子比树干还粗。他说这种动物叫大象,生性驯良,还能拉车,大哈敦见他不见。"

"他带来奇兽是什么样?"

"那大象有几匹马重,长长的鼻子卷起碗口粗的大树,大象边上还有一很漂亮的象车。"

"既然如此,就破把例,带他进来吧!"脱烈哥娜为侍女的话所动心,她也正想挑个新鲜玩意讨好大汗,便命令道。

跪在帐外的奥都剌合蛮身材高大,方脸膛,面白无须,高鼻梁,一双大眼睛露出狡诈的神情。他是个很会做生意的商人,每次求见大哈敦脱烈哥娜总是带着礼品,虽礼品一直未收,大哈敦也未见过他。可他坚信礼多石人也动心,这回依然抱着能见到脱烈哥娜的主意来求见的。为了见到大哈敦,他还向宫廷侍女送了几颗大大的珍珠。奥都剌合蛮头次进入脱烈哥娜大帐,低着头进入大殿,跪在地毯上,叩头不已……

脱烈哥娜坐在榻上,将他看了两眼,见他一直不敢抬头,就道:"你几次求见本哈敦,都因事忙,未曾见你,抬起头来!"

有了脱烈哥娜的话,奥都剌合蛮如聆圣旨方敢抬头。见大哈敦一身白如冰雪细缎长袍,一顶高高的固姑冠上插着两颗大红珠子,虽年近四旬,长得美貌如天仙一般,杏仁一般大眼睛闪烁冷峻,抹着胭脂的脸上艳若桃花,因只顾看呆愣愣地忘了说话。

"阶下何人,胆敢如此面对本哈敦,为何不说话?"脱烈哥娜有些恼怒道。

奥都剌合蛮方醒悟过来,禀道:"小人奥都剌合蛮见哈敦貌美如天仙一般,不觉有些失礼,请哈敦原谅!"

脱烈哥娜原本要试试他的胆量,见这男子并未害怕,便也仔细看了看奥都剌合蛮。她历来做事并非头脑一热,今天召见这个人,也曾派人对他做过一番调查。她知道作为大汗的哈敦,结识每个人一旦不慎,便会惹来麻烦。听了奥都剌合蛮的话,不觉心中一愣,此人如此大胆狂放,是个惹祸的主。可低头细看,又觉得这人似曾相识,可却不记得在哪里见过这人,想想道:"你几次送礼物来,可有事要求本哈敦?"

奥都剌合蛮低眉顺眼,轻声道:"奴才多年企盼见哈敦一面,无意打扰大哈敦,也无事相求,只是奴才心中不忘大哈敦的深恩。”

“本哈敦与你并无瓜葛,与你有何恩典?”脱烈哥娜也被弄糊涂了,愤怒地道。

“哈敦息怒,小人经商并非求利,只本着对大蒙古汗国一片忠心,对哈敦一寸忠心。大汗乃万国之主,应住最好的宫殿,出行要驾玉辇,乘白象,方才显出世界君主的气象。正因为如此,半年前我去印度,花去了我多年积蓄买来数头白象,并带回几个象奴驯象,现在白象已经驯到可用地步。我来此没有别的念头,只是想将象辇送与大汗,并借机见哈敦一面,以报昔日救命之恩。”

这话说完,脱烈哥娜一惊,仔细地望着奥都剌合蛮,此人长得强壮,也不令人讨嫌,不解地道:“你这个人鬼鬼祟祟,说些不着边际的话,你说本哈敦救过你,可我怎么连一点记忆也没有了?”

奥都剌合蛮叩首道:“大哈敦是做好事做多了,贵人多忘事,可奴才身受大恩自不敢忘。那是五年前,奴才因天热在也儿的石河游泳,被押解着见大汗,恰恰碰到大哈敦在帐外。大哈敦问我为何被抓,我讲了因由,哈敦当时说,‘按《大札撒》,你触犯了河神,你当死的人。一会大汗问你为何下河时,你就说,家里贫寒,过桥时偏将钱袋掉到河中,因此舍命去捞钱袋,大汗也许会饶恕你了!’小人照哈敦的话做了,大汗不仅未杀奴才,还送银钱给奴才,让我去做生意。”奥都剌合蛮说罢已满脸是泪。

脱烈哥娜听了,方记起过去的一件事。那年,她与三王爷窝阔台在也儿的石河避暑,见一美貌男子正在湍急的河水中洗澡,年轻人浑身雪白,身材高大,人也长得很美。太阳下洗澡,违反成吉思汗《大札撒》,她那天对那个年轻人动了恻隐之心,没想到此人竟是个有情有义的男子,不禁被他的真情所感动,站起身来,说道:“你是个很忠厚的人,不忘本是你的造化,本哈敦很赞赏你的行为。但你带来的象辇,漠北很少有人坐过,大汗怎么会坐在一个怪兽身上,一旦出事岂不坏事?”

“不!大哈敦,两年前,我是在印度国经商,发现那里的国君都乘坐象辇。国王出行,还以大象作为先导,大象穿着五彩锦绣制成的彩衣,象身上彩旗招展,身上载有遮阳伞。国王坐在巨大的象辇上,头顶着遮阳伞出行,可以说是八面威风。当时我就想,这样的气派,这样的壮观,只有伟大的蒙古汗国的大汗才配拥有,只有伟大的黄金家族的大哈敦才配乘坐。因此,我卖掉了采购的香料、宝石等物品,在那里购了最健美的白象,还买来了御象奴,为了将这个礼物献给小人最尊敬的大哈敦,我叫人制造最华丽的辇车。象辇上驮着巨大的莲花宝座,宝座上支有宝石镶嵌的遮阳伞,座前几案上摆有各种酒具，可以边行边饮酒。而驯服的白象走起来既平稳，速度比走马还要快。"

"既然象辇有你说得那样多的好处，本哈敦倒真想见识一下，如果它确实好，本哈敦不仅照价收购它，还要劝大汗乘坐它。"脱烈哥娜抬起头盯着眼前这个健壮的青年商人，她开始对他消除了戒心，正站起身，一个女官凑到她身后，贴着她耳边嘀咕了几句，脱烈哥娜脸略一沉，对女官交代了几句，随奥都剌合蛮走出大哈敦的宫帐。

天色很蓝，风很大，太阳刚跃上头顶，大汗的天字号大金帐前，高旗杆上绣着鹰形图案的大纛随风飘扬。门前不远处一个巨大的喷水池，石雕的喷水兽将巨大的水柱喷向天空，然后晶亮的水珠如散花般从高处洒落到水池内，池中长满了莲花。

一箭地外，八头雪白的大象站在绿草如茵的草地上，其中两只白象自在地卷动着碗口粗长长的鼻子，四只粗腿像移动的粗木桩，由于象身上披着五彩鞍鞯，两象间架着一个金莲花宝座，座上伞盖下垂有金黄色冕旒。此外还有六头大象，正在两个头戴交脚幞头、穿紫衫的蕃奴指导下，列成一排行进。蕃奴见奥都剌合蛮陪着一头戴固姑冠浑身珠光宝气的贵夫人出来，忙吹了一声响哨，那正在驯练的六头大象，随着哨音，竟像懂事一般屈膝而拜。蒙古侍卫见这庞然大物如此听话，不由齐声喝彩，连脱烈哥娜亦感惊喜，忙叫侍女给蕃奴赏钱。

脱烈哥娜看了一会蕃奴驯象，就在侍卫拥戴下来到象辇前。蕃奴扶脱烈哥娜上了象辇。莲花宝座打造得十分精巧，圆形的扇盖将头顶的毒日头全部遮住，清风徐来，仿佛坐在一顶大轿上，既稳又气派。象辇在蕃奴导引下开始前进，笨重的象蹄一起一落，地面发出"咚咚"响声。坐在象辇上脱烈哥娜非常高兴，脸上闪出喷红的光彩，不由自主地称赞道："奥都剌合蛮，本大哈敦要奖赏你！"。

聪明的奥都剌合蛮见大哈敦很高兴，急忙跪在象辇下，毕恭毕敬地叩了头。脱烈哥娜在侍卫保护下下了象辇，上前亲手扶起了奥都剌合蛮。当脱烈哥娜低头看着壮汉时，她似乎感受到这个勇武有力，高大的男人手在颤动，脸色通红，眼睛中闪着柔情。脱烈哥娜用眼睛望着奥都剌合蛮一笑道："你真的愿为本哈敦办事？"

"如果大哈敦信得过，奴才绝不会让大哈敦失望的。"奥都剌合蛮俯身谦恭地道。

"好！跟我来。"脱烈哥娜微笑着重新走向大帐。

重回大帐内，帐内地下侍卫正将两绿衣侍女绑着来见脱烈哥娜，那两个侍女披头散发，身上脸上伤痕累累，哭泣着跪在脱烈哥娜面前。奥都剌合蛮仔细一看，不禁大吃一惊，地下的人正是收受自己珠宝的人，慌忙也跪倒在地。

脱烈哥娜坐在御座上，目露凶光，向身边侍女询问道："查清了嘛？她们是不是都接受了奥都剌合蛮的珠宝？"

两个侍女哀号着哭求道："大哈敦，奴才们错了，今后不敢了，放过我们吧！"

"本哈敦宫内的规定，是你们进宫前，本哈敦讲的第一课。现在你们做了不合身份的事，还想求我，可晚了。……将她们带到该去的地方去！"

侍卫们将那两个侍女拖了下去，奥都剌合蛮两腿发抖，叩头不迭道："都是小人之罪，求大哈敦饶过她们。"

"没你的事，你起来吧！"脱烈哥娜朝奥都剌合蛮安抚道，"我这个人恩怨分明，平日待她们最厚，可绝不许有人背着我办事。按说收受你几颗珍珠不值几何，但对主人心怀二心，就绝不是几颗珠子的事，越是亲近之人，本哈敦越不能原谅！"

奥都剌合蛮没有想到会出现如此变故，惊魂甫定，尴尬地道："哈敦，都是小人惹的祸，请哈敦治罪！"脱烈哥娜盯着奥都剌合蛮，一字一板地道："你的人品，你的所作所为，莫道本哈敦不知；不是信任你，岂会让你进了我的大帐。头上三尺有神灵，希望你好自为之。立了大功我自会重用你的，但若要脚踩两只船，要滑卖主，你也逃不出长生天的诛杀。"

奥都剌合蛮赶紧跪下身去，尖着嗓子道："奴才是受哈敦恩赐活到今天的，怎敢有负哈敦。"

"平身！"脱烈哥娜向后拍了一下手。

倾时，帐后门帘窸窣一动，一个侍女捧着个黑漆雕花圆盘，盘上放着一个虎头金牌。脱烈哥娜笑着将一块金牌拿在手上，晃了晃，对奥都剌合蛮道："这是汗国的虎头金牌，你既为本哈敦办事，自然要有个身份，这个虎符，你先带着，本哈敦会创造机会给你的！"

奥都剌合蛮从侍女手中接过虎符，见这牌子为伏虎形，上嵌两颗明珠，虎后用汉字和畏吾儿字刻有："大汗圣旨，如朕亲临，便宜行事。"十六个字。他当然知道此牌在蒙古汗国的贵重，他曾在牙老瓦赤处看到过虎头金牌，牌子上只有一颗珍珠，此牌子看来更为尊贵。他还听说只有亲王才有权配佩带有三粒珍珠的牌子，忙跪下叩头道："哈敦娘娘，奴才受如此厚待，实在受之有愧！"

脱烈哥娜面带笑容，侃侃地道："有了这个虎符，你还可代表本哈敦在蒙

古帝国版图内自由出入，替本哈敦当'斡脱'①，出入宫廷也就方便得多了。'

奥都剌合蛮脸上放光，作为商人，他深知蒙古汗国内诸王、公主早就通过各级政府经商放高利贷，以牟取暴利，可他做梦也没有想到自己一下子会成为汗国最大的斡脱，成为炙手可热的大人物。惊喜之后，连忙向脱烈哥娜叩头道："大哈敦如此看重奴才，奴才从今而后一定死心塌地事主，决不生二心，请主子放心。"

"好，本哈敦眼下正有一件重要事情要交你去办。"

"什么事？"奥都剌合蛮惊问道。

那脱烈哥娜正要答话，一阵清脆由远而近的马蹄声来到帐外，接着一个侍卫们匆忙进来禀报："窝阔台大汗打猎归来，去了马利雅哈敦的大帐。"

脱烈哥娜没有吱声，脸上闪过一丝阴影。

---

① 斡脱：突厥语，意为"合伙"，指合作生意和经营高利贷的官商。

第三十七回

西域后被忌遭构陷 河中变大汗遣急使

在汗帐前闹个红脸，马利雅失魂落魄地回到寝帐。帐内四壁上悬着名贵挂毯，挂毯出自河中匠人之手，是她特意叫人购置的。帐门帘内挂着只精美的鸟笼，笼内养有一只名贵的八哥，每次进屋，她都习惯地逗引一会儿鸟儿，听它学唱各种鸟叫，喊几声“哈敦好”。可今晚她心中颓唐极了，进了寝帐，便从矮几上拿起酒壶，往银杯里斟了一杯酒，发狂似的饮了几杯酒。酒也无法让她摆脱烦恼，就再也抑制不住内心的情绪，嚎啕大哭起来，吓得那鸟惊惶失措起来尖叫着。

侍女锁奴解劝道：“哈敦……可不能乱了方寸，大汗一定会来的，还是先吃点东西吧。”

锁奴今天的表现，足以换取到马利雅的信任，她叹了口气，说：“谢谢你锁奴，也许我早不该活在这世上，大汗不会再信任我了。”

锁奴眼中闪着真诚的光，劝道：“奴婢看得出来大汗并不相信大哈敦的话，只要大汗不信，哈敦还担心什么呢？”

马利雅摇头道：“我看透了，当年木哥哈敦没有看到的那一层，谁和大哈敦斗，都要落个没下场。”

“不会吧，天上只有一个太阳，大哈敦也得听大汗的！”

“可大哈敦是大汗两个儿子的母亲，大汗因为儿子，也会拿她没有办法，木哥的死就证明这一点。大哈敦是个妖魔，一计不成还会生一计，她有足够的时间摆布我。”

“不是这样，”锁奴尖叫道：“奴婢相信时间，时光老人会改变一切的。”

马利雅望着锁奴，眼中闪着泪光，叹了口气道：“大哈敦也曾是蒙古人的女俘，只不过她成了大哈敦，成了一个嫉妒杀人狂，她不许别人比她美，不许其他女人受到大汗宠爱。”

“可这正说明大哈敦虚弱，她害怕，她已经丧失了女人的美，她会老下去。可马利雅哈敦却年轻貌美，奴婢能够想象到大哈敦苦恼的心境，为了这一点，哈敦也要勇敢地活下去……”

主仆两人的谈话，并不能改变什么。夜风刮着，蒙古高原即便在酷热的夏季，夜晚也是凉爽的。马利雅这一夜是在绝望的等待中度过的，她多么希望大汗会来到自己的大帐，能够对自己说上几句安慰的话。可打探消息的侍女归来，她告诉马利雅：“窝阔台既没有去大哈敦帐中，也不会来这里了！”

从金帐顶的通风孔——套脑上洒下苍白的月光，那柔和的白光落在马利雅挂着泪珠的脸上。她在梦中仿佛又回到故乡，见到了自己的白马王子札兰丁，他是骑着马带着从马向她奔来的。王子的脸上挂着勇士的笑容，正要跳下马走向她，蓦然间：一阵“蒙古人来啦——”的喊声，让札兰丁重新上马，她生怕失去王子，她大声叫道：“苏丹，快带上我！”可札兰丁纵马而去，连影子也消失了……梦那样长，她直觉感到有人来到自己的床前，那是个白衣女人，在她的眼前晃了一下，可好想翻身却又睡了过去，直到日上三竿还未睡醒……

马利雅醒来觉得头痛得厉害，也没有深想昨晚的事，以为是自己在做梦。她服了丹药，命锁奴取来木哥帐中的那幅画，看了一会儿，自己就坐在镜子边，不知为什么，她竟产生了照着画上的美人，打扮一下的念头。

中午时分，一阵脚步声惊动了马利雅，一个侍女撩开门帘，见一身戎装，威风凛凛的大汗窝阔台一身尘埃进来，他是早晨狩猎归来，八哥欢叫道：“大汗驾到！”

帐内侍女们忙乱地跪了一地，马利雅惊喜地跪地相迎。窝阔台见马利雅穿着一身藕荷色绣花长裙，头上戴着一顶花冠，粉白的面颊与下额间显露出一个深深的酒窝，俊秀的一双眼睛闪着光，望着她笑着道：“爱妃，你的打扮好奇特呀？”

马利雅眼中涌出泪，道：“臣妾醒来，也没想到大汗会来，想起木哥哈敦的那张《美人沐浴图》，因悲叹命运，便照图试着打扮了一回。”

“你这样装扮也很好看嘛。”窝阔台一边走进大帐，一边挽着马利雅的手,一同来到案边,望着那张挂在壁上的画,窝阔台指着画道,"看来,你一直很珍视这幅画?"

"是的,臣妾受过木哥大恩,它让我常想起木哥哈敦!"马利雅见窝阔台看画,又道,"木哥短命,人亡画在……"

窝阔台也不禁一阵伤感,想起了什么,长吁了口气,朝着画上的美人道:"木哥是个好人,可画中这个女人却很复杂。"

"这女人,是个什么样的人?"马利雅一怔,头脑一片空白,不解地问道。

窝阔台发现马利雅脸色苍白,才注意到她内心的变化,轻声解释道:"这画上人是西夏皇太后,她是西夏贵族野利遇乞之妻,名叫没藏氏。西夏国主元昊囚野利皇后,杀野利旺荣、野利遇乞,没藏氏被迫遁入佛门,在尼姑庵内,元昊见到了她,并爱上了她,先是去庵中与她私会,后来将她迎到宫中。可后来没藏氏最后定计害死了元昊,帮助儿子当上西夏国主。"

马利雅脸颊上挂着泪珠,不大自然地道:"大汗,难道你真相信大哈敦的话,认定我会像没藏氏一样背叛你?"

"来人备酒——"窝阔台向外面侍女吩咐道,并用手捧起马利雅的脸,替她擦拭了脸颊上的泪水,看着她的眼睛,说道:"女人能勾走朕的魂,可女人间的战争也最激烈,这一点,朕心里明白。"

"大哈敦一定要我死,难道臣妾碍着她什么啦?"

窝阔台没有言声,侍女们端来各种菜肴,他一边用餐刀割着肉,一边饮着酒,一边缓和声音道:"朕很累,讲个故事给你听,蒙古人自幼喜欢摔跤,朕也一样,对摔跤场上的勇士,也非常敬重,从没因他们的身份低而歧视过。在你的家乡就有这么一个人,身材健壮,摔跤场上很少输过,朕赐给他不少珠宝,送给他最好的帐篷,还将美女赏赐给他。朕觉得他不是一个奴隶,而是个英雄。"

"那他一定会对大汗很忠心?"马利雅被故事所吸引,插话道。

"如果那样就好了,这个人的城府很深,连朕都想不到,他有很深的家世,为了接触朕,他舍弃了安逸的生活,不惜以最低下的身份来执行特殊的使命。前不久,在朕东行时,他纠结了一些人,利用朕对人疏于防范,想置朕于死地。"

"他们的阴谋实现了吗?"马利雅好奇地问。

窝阔台用眼睛扫了马利雅一眼,见她的眼中闪着好奇的神情,又继续他的话,"那天夜里,朕出行,只带了极少的几个侍卫,暗夜中,他带了许多人袭击了朕,杀死了侍卫,并用绊马索绊倒朕的马,囚禁了朕,他还拿着朕赐的令牌,将朕押到帐车内逃出了营地,直到朕被解救,才知道一切都是这个角斗士谋划的。”

“大汗……我明白了!”马利雅惊恐地道,“怨不得大汗在孛怯岭向臣妾询问札兰丁的消息,原来发生了这样意外的大事。”

窝阔台举起杯子,如长虹吸水一样,饮了进去,喉咙中辣辣的,他望着惊惶失措的马利雅,说道:“是的,这是一个真实的故事。”

“因此不仅大哈敦怀疑我?大汗也怀疑臣妾了?”

“应该是这样,”窝阔台脸上没动一点声色,他望着马利雅,冷冷地道:“有人听说你去见过秃儿罕那婆娘,事后那婆娘就死了。”

马利雅脸色苍白,俯身跪下道:“大汗,臣妾是去见过秃儿罕,可那也只是好奇,只是老远看她,并没有与她说过一句话。如果因为见过这个可怜的人,要杀臣妾,臣妾没有话可说。”

“朕从未动过杀你的念头,说这些话,也只是要你明白目前所发生的事。”

“大汗,当臣妾没有知道这些事时,我的心是安稳的,现在我感到恐惧和不安,如背上沉重的包袱,压得我喘不上气来。”马利雅痛苦地低着头,泪珠一双一对从眼角滑下。

天色向晚,侍女们点燃几枝蜡烛,窝阔台在烛光下望着马利雅,美丽的花冠下一个女神一样的美人,布满红晕的美丽的脸膛,泪珠从那漂亮明亮的眼中滴下,挂在长而黑的眼睫毛上。雪白而长的脖子,高高的身躯,波浪般的黑发,这是个比画上没藏氏更美丽的尤物。窝阔台脸变得苍白,他那烈火一样的欲望燃烧起来,他忘记了心中残余的疑虑,将马利雅搂在怀里,说:

“你是朕的宝贝,朕相信你是无辜的。”

“但愿大汗说的话是真的,臣妾很爱大汗,臣妾在汗廷内只有大汗这一个亲人,就像木哥哈敦活着时一样。”

喝得脸色发红的窝阔台,没有继续谈话,只是将马利雅抱到榻上……

草原之夜,大帐外原本阴云密布的天,忽然一道光亮极强的闪电从帐篷套脑顶划过,接着一个响彻云霄的响雷,震得大帐都在发抖,人们想象不到竟从套脑顶钻进一个巨大的火球,直接从窝阔台与马利雅头上滑过,钻进榻下。这一突如其来情况,连窝阔台也吓得不知如何是好,大叫:“不好!雷火进屋啦!”

雷火引着了榻下地毡,侍女们急忙救火。窝阔台翻身起来,连枕头、被弄了一地,侍女忙点燃蜡烛,明亮的烛光下,窝阔台与马利雅穿好衣服。站在榻边的窝阔台一边叫人救火,一边对马利雅道:“这间帐篷不能住了,要换一间!”

“为什么？”马利雅话没说完。

一个侍女尖叫了一声：“哎呀！大汗，你看……”

众人转过身，窝阔台上前观看，不由大吃一惊，这是一个布做的木偶，木偶的胸部刺着几支锋利的针……

窝阔台的脸立刻变得非常难看，马利雅不解地道：“大汗，这个小人是个什么东西，是谁放在榻上的呢？”

窝阔台非常恼怒地拉下脸来，一迭声地高叫：“你还问我，难道不是你做的好事？”

“我做错了什么？”马利雅见窝阔台一脸杀气，战战兢兢地道。

窝阔台大声地对侍卫命令道：“快，包围大帐，将帐中所有的人都给我抓起来，一个一个的审讯，看这个东西是从哪里造出来的。”

窝阔台头也不回地离开马利雅的大帐，马利雅并不知道昨日梦境和现实紧密相通的。发现木偶的侍女早被脱烈哥娜买通，她奉了脱烈哥娜之命，算定窝阔台定会到马利雅的大帐中去，因此想出一条毒计。将一个布制作的小人，塞到马利雅的枕头下。准备早上整理床铺时，挑开这件事，没想到偶然的雷火早早地帮了忙。

接连不断的事情发生，影响了窝阔台的心情，他决心回哈剌和林城。脱烈哥娜硬拉着窝阔台坐上象辇，三万蒙古骑兵列成万人方队，分红、白、黑三色马队，沿路护驾，旗幡招展，鼓乐齐鸣，加上随驾王公、朝臣、侍卫，黑压压亘盖地数里，从金河边的金莲花甸向哈剌和林出发，蒙古草原上从未出现过如此巨大的动物，巨大的象蹄“踏踏”地叩击着地面，引来山呼海啸般地欢呼声……

象辇上，脱烈哥娜心怀鬼胎地对窝阔台道：“大汗，天降灾祸都是马利雅这个妖女引来的，何不让大国师为您断一断。”

“大国师就不用了吧，朕要派蒙古勇士去呼罗珊，彻底击溃札兰丁的阴谋！”窝阔台把银杯内的酒，倒入口中，脸色因酒变得通红，他大叫着转过头对骑在马上跟在象辇后边的阿儿浑道：“阿儿浑将军，你马上去将阔端、蒙哥、拔都与马思忽惕叫过来！”

拔都、阔端、蒙哥和马思忽惕飞马过来，跪在象辇下。

窝阔台望着拔都、阔端、蒙哥三人，指跪在象辇下的马思忽惕说道：“这位是牙老瓦赤长子，是朕任命的河中新总督，三天后，由蒙哥、阔端护送他去虎牙思向察合台传旨：命他释放牙老瓦赤，说朕已命他回汗廷，并护送马思忽惕去河中上任，然后由他送你们过吹河，去呼罗珊，要采取迅雷不及掩耳之势，找到并消灭札兰丁及其党羽！”

"喳，臣等遵旨。"阔端、蒙哥异口同声地说。

窝阔台又望着拔都道："拔都贤侄，你来哈剌和林近一年光景，明年西征就要开始，朕派你回去的目的，是抓紧时间多派探子进入斡罗斯诸公国，并了解欧洲的情况，同时抓紧练兵，在西征前，你要把一切准备好，提供详尽计划，然后朕要带你们一道麾师杀向西方！"

"喳，小侄一定不辱使命！"

"好吧，进城！"窝阔台在象辇上大手一挥……

三天后清早，太阳还未离开地平线，蒙哥、阔端、拔都、马思忽惕骑在马上，带着数千侍卫准备出城，阔出奉窝阔台之命送行，马利雅被押出城，她的头发散乱，脸色苍白，一直没有言声，刀斧手举起鬼头刀，……战马在长嘶，黑纛在飘扬，一股股红的鲜血溅在出征的大纛上……

坐在万安宫内的窝阔台听见出征的炮响，心里感到一阵疼痛。他的桌案上放着元昊绘的那幅《沐浴图》上，是他特意让人从马利雅帐内取回的……可突然他的心里有了一种不安地念头，画是不祥的，谁拥有它灵魂都会不安……他的眼前浮现出他与木哥一同坐在帐车上的情景，出现木哥被猎豹袭击，以及木哥惨死的情景。他叹了一口气，从御座上站起身，神情呆滞地将画卷起，走向燃着火的火撑边，手一抖，画落在火蛇中，那画燃烧着，化作了一只只灰蝶……

第三十八回

观斗兽湖畔除夙敌 射雄狮蒙哥救总督

六月十六日，是赛里木湖畔避暑的最好季节，东边天上的太阳将温暖光线射进碧绿的赛里木湖，湖的对岸，目光所及是给盛夏带来一丝凉意的依克干山。依克干山是天山山脉的一部分，山顶积雪一片银白，从山腰直到山脚则绿叶成荫，赛里木湖绿水清澈。湖畔是广阔的草场，湛蓝湛蓝的天空，朵朵白云像盛开的莲花飘浮在云中。

湖畔山脚下，一面大纛高插云空，“呼啦啦”旗面随风作响，纛下是一顶黄金家族的大金帐，帐外有座看台，一场斗兽表演还没有开始。这是不里为爷爷察合台五十岁生日准备的祝寿节目的一部分，一排虎背熊腰的侍卫吹响了牛角号，雄壮的号声使湖畔变得肃穆庄严。

看台上正中的虎皮椅上，端坐着寿星老二王爷察合台，他足蹬软靴，身穿明黄色的水圆领蒙古龙袍，头戴嵌着雕翎的凉帽，他头发已经灰白，额头皱纹很深，嘴角紧绷，神色严峻，高挺的鼻梁两侧，一双灰褐色如湖水般深不可测的眸子闪着深邃的光。他的脚下伏着他的爱犬，这个凶恶的家伙吐着舌头，瞪着闪着蓝光的眼睛。他的身前放着一张又宽又大蓝田玉雕刻的长桌，桌上银盘子内，盛着新摘的葡萄，红红的苹果，新鲜的哈密瓜，还有一把嵌满珠宝的长剑。

在察合台的身边坐着他的几个王妃，其中大王妃也速伦长得小巧，穿一身红色绸袍，固姑冠上缀满金光闪闪的宝石。她的身边坐着也速蒙哥，长孙不里和她的女儿、女婿也坐在右手。察合台的左手是他的大臣们，太师阔儿捌思、微即儿和大将合剌察儿、蒙客、亦多忽歹，每个人面前的案子上都堆满各种新鲜的水果、肉食、美酒。

这次寿宴，贺寿的人来得极多，贺礼堆得小山一样，珠玉、金银、金帐、屏风，绸缎、宝刀、檀香、茶叶……再就是名马、名驼、名鹰，按说过整寿，察合台儿孙满堂，儿孙替他做寿他心情该高兴，可事实上他的内心里极为不安，甚至有些骑虎难下的尴尬。

自打贵由派不里来请他，他权衡数日，决定不去克鲁伦河。他还是有一些先见之明的，懂得韬光养晦，自己手握兵马，当此大变之时，动不如静。因听说随大汗到克鲁伦河的几个角力士失踪，他就猜到这一阴谋可能与花剌子模的札兰丁有关。而要从呼罗珊进入蒙古，河中是必经之地。因此左思右想，为防备有人绑架大汗出境，他下令封锁河中通道，还命人将令他头痛的牙老瓦赤抓进大牢。叛乱只是借口，可他决心利用这个机会，除掉这个眼中钉，即便大汗无事回和林，也只能吃这个哑巴亏。

阔儿捌思王傅刚从虎牙思斡儿朵大帐赶来，跪在察合台面前，他是个前额宽大头发稀疏，眉毛发白，尖鼻子小眼睛，说话带着浓重鼻音的老头，禀报完审理牙老瓦赤案件的情况后，又说道："二王爷，牙老瓦赤之子逃走了，据传逃往哈剌和林城，听说大汗已经回到哈剌和林，奴才想，这个案子不能审了，人放不放，请王爷示下？"

"示下什么？有人经河中去绑架大汗，不花剌又出现叛乱，牙老瓦赤可能在其中做了什么。开弓没有回头箭，本王既然动了他，就不能再放虎归山了！"察合台怒冲冲地吼道。

"可他不肯招认，怎么办？"阔儿捌思担忧地道。

"怎么办还用本王爷说，死的人就再也不会找麻烦了！"察合台心里早有了主意，扭过头望着矮墩墩满脸横肉孙儿不里，问道："驯兽表演准备得怎么样了？"

"就等爷爷的话了。"不里受命归来，因爷爷不肯起身本有些不高兴，后听说大汗无事，不禁对爷爷料事之明，敬佩得了不得。

"那还等什么？"

"开始表演！"身佩绶带的不里，以司仪身份大声地命令道。

顿时，湖边那座新搭起的白色大帐上，巨大的苫布被数十侍卫掀起，人们这才看到小山一样的苫布下，有座搭好的斗兽场，斗兽场有一道很高的铁栅栏，那是用来防备野兽冲出栅栏伤人而制作的。场内兽笼已经打开，笼口有三只猛虎,被驯兽师赶了出来,驯兽师戴着尖形帽子,脸上涂着油色,手里拿着鞭子,那几只虎在驯兽师的铁鞭面前,驯服得像几只大猫,飞身钻过点燃的火圈,又按着驯兽师的喊声,伏在台前向远处的察合台跪拜表示敬意。节目一直演出到晌午,阔儿捌思有些着急,目视微即儿,微即儿会意,来到察合台身边,边道:

“二王爷,贵由殿下已被大汗抓在牢中,奴才担心不日就会有旨意来虎牙思,让王爷放了牙老瓦赤?”

察合台喝了很多的酒,脸色涨红,醉醺醺举起酒杯,乜斜着眼睛略微思索了一下,将酒倒进肚内,说道:“莫急,好节目在后面,煮熟的鸭子飞不了;除了长生天,无人能让他活着离开赛里木湖了。”

阔儿捌思眨巴着小眼睛道:“二王爷如要他死,当及早不及晚呀。”

“好吧,你叫人把他带到这里来!”

被押来的牙老瓦赤跪在高台之下,深红色的袍子早以看不清颜色,他有些神情萎靡,额头上的皱纹比几年前更深,低眉顺眼跪在阶下,唯有一双眼睛依然闪着晶光。

“奴才给二王爷请安!”由于多次受刑讯,五十多岁的牙老瓦赤,满脸络腮胡须多日未剃,几乎像个野人,他一面叩头一面说道。

“牙老瓦赤,大汗对你不薄,你却背叛大汗,与人合谋绑架大汗,你的良心让狗吃了?”察合台吼道。

“奴才并无背叛之事,是阔儿捌思陷害于我,请二王爷明鉴!”

“你想血口喷人,今天你要交代,或许还有生路,不说可就莫怪本王不客气了!”

“奴才早把这条命交给了汗国,二王爷要杀臣,臣也无话可说,臣这几年所做的一切,都得到当今大汗的旨意,并无半点私心。”牙老瓦赤知道凶多吉少,眼中充满泪水。他是五月初被抓的,那天夜黑无月,他刚躺下,就听到破门之声,接着被闯进来的察合台的人不由分说抓了起来。他深知二王爷察合台是在报复他,并知道这回怕是凶多吉少,唯一的希望是儿子能脱离虎口,把消息带给大汗。

“说得好,本王杀了你就得罪了大汗,你以为你是谁?”察合台用眼睛盯着牙老瓦赤,冷嘲热讽地道,“牙老瓦赤,不把你看得太重,你知道本王是何人,是大汗的亲哥哥。过去你屡次挑拨大汗与本王的关系,又怎么样?本王还是本王,你还是你。”

“臣只是行使总督之责,并不敢同王爷作对。”牙老瓦赤瞪着眼睛道。

“我也懒于听你的辩白了,你与人合谋绑架大汗,又怂恿叛乱,你坏事做尽，苍天不容你。”

“不——我是大汗任命的河中总督，没有圣旨二王爷杀我就是蔑视汗权，请王爷莫受小人们的挑唆。”牙老瓦赤知道此刻不能服软，大声地说道。

“哈哈！你敢用大汗威胁我，本王不怕。”察合台哈哈大笑，道，“今天是我的寿诞，我要将你关进狮笼中去，并送你一把刀，如果你不能杀死狮子，狮子怕就要多一份儿美餐了；如果你杀死狮子，本王就饶你这条命！”台上台下围观的人听说牙老瓦赤将与狮子搏斗，不禁欢呼着，因为他们会看到一场狮子吃人的血淋淋的场面，而人是斗不过狮子的。

“还等什么，把他带走！”察合台狠狠地唾了一口吐沫，眼中闪着阴森森地光芒，大声地吼着。

一切都完了，牙老瓦赤被人牵着，瘦的如枯树干的身子，顶着酷热难当的太阳，他蹒跚踉跄地向前走着，脸色现出像死鱼一样的灰白色，蓬乱的头发，污垢的面颊，破烂的袍子沾满泥土和血迹……

巨大的铁门哐当一声打开了，人们骚动着惊呼道：“狮子要吃人了！”

“那个可怜的人，太瘦弱了！”几个年轻的侍女惊慌地尖叫着。笼内一只卷毛狮子，张开血盆似的大口，噌地从石板地上警惕地站起，伸着腰，瞪着灰色的眼睛闪着凶残的光。骨瘦如柴的牙老瓦赤从侍卫手中接过一把刀，当他被推进笼中，刹那间，脸上几乎丧失了血色，眼里闪着绝望、痛苦的神情。他开始感觉到死神正在向他走来，他活了五十多岁，经过了无数风浪，可他临死之时却要面对一只狮子，这是他从未想到过的。他透过布满了血丝的眼睛，扫视着狮笼，面前那只凶猛无比的猛兽低沉地吼叫着，抖着身子和尾巴，向他示威。

一种本能的求生欲望，唤起了牙老瓦赤的勇气，身上的每根汗毛都竖起来，他握紧了那把闪着寒光的砍刀，尽可能镇静下来面对危险，饥饿的狮子先是地动山摇的吼叫着，接着向牙老瓦赤猛地扑来。生死一线间，牙老瓦赤的刀乱砍着，狮子倒胆怯了，退了回去，可依旧对这个侵入它领地的人低吼着。

清凉的湖风刮着，天上的白云变幻着形象，高高的依克干山雪顶，在日光的照耀，不时地发出雪崩的声音。雪山高不可及，山下凉爽可人，目不转睛围观的人群此时的紧张程度，不亚于笼中牙老瓦赤的紧张程度，许多人紧张的头上冒汗。

时间悄悄流逝，中午的太阳火辣辣地射在牙老瓦赤的头顶，他的身上被汗水浸透，过分的水分消耗，使他眼前金星四溅，他已感觉到身上力气正在耗尽。形势对牙老瓦赤愈来愈不利，好在狮子没有再进攻，狮子有足够的时间和耐性。它懒懒地躲在阴凉处龇着牙,牙老瓦赤却一刻也不敢松下绷紧的弦,不敢不加小心,体力在离他远去,他知道这不是长久的办法,如果时间再长一点,那畜生再冲上来,很难想到他还能坚持多久。

不远处高台上察合台一边饮酒,一边观看笼中的牙老瓦赤与狮子的搏斗,因不满狮子停止进攻的消极态度,他用沙哑嗓音对不里喊道:“不里,该结束了,狮子需要帮助一下。”

不里带着几个侍卫,大踏步来到狮笼边。他望了牙老瓦赤一眼,牙老瓦赤浑身发抖,他知道催命的人到了。不里猛地从侍卫手上接过一把剑,狠命地掷向正在喘气的狮子,正扎在狮子腰上,受伤的狮子惨叫一声,腾空而起,直接扑向已经快站立不住的牙老瓦赤。牙老瓦赤毫无防备,一低头,狮子从他头上越过,利爪将牙老瓦赤头皮抓破,顿时牙老瓦赤满脸是血,狮子再回身,牙老瓦赤几乎瘫倒在地。

狮子嗅到血腥,扑向猎物,围观的人都在这一瞬间尖叫起来,许多女人不想看到狮子撕扯人血淋淋的场面,不由自主地闭上了眼睛。

然而就在人们都以为牙老瓦赤就要没命之时,一阵鸣镝声响过,两枝利箭射中笼中的狮子,狮子被射翻在地,挣扎着起不了身,围观的数千人惊惶失措叫嚷着:“有人射杀了狮子!”

“狮子死了……”

这突然的变化,使站在笼边等待狮子扑向牙老瓦赤的不里脸色煞白,他的眼睛四下看着,一边狂吼着:“谁这样大胆,杀死了狮子。”

“不许伤害河中总督——”随着喊声,两匹马上坐着两位年轻将官,一匹黑马毛如黑炭,四蹄雪白;一匹白马浑身如雪,四蹄却是黑的。两匹骏马进入场中,黑马上端坐着的正是蒙哥,白马上的则是阔端,二人马到笼边,猛地将嚼环用力往怀里一收,两匹马将前蹄高高扬起,打了两个旋。

“为什么射杀了狮子?”不里瞪着血红的眼睛,醉醺醺地叫着。

二人在铁笼前跳下汗淋淋的战马,阔端望着不里回答道:“大汗有旨,牙老瓦赤不能死!”

蒙哥则手举大汗所赐宝剑,砍断狮笼铁门上铁锁,命人抬出已经昏迷过去的牙老瓦赤。马思忽惕随后赶来见父亲满脸是血,浑身伤痕累累,因不知死活,扑在父亲身上嚎啕大哭。

“蒙哥竖子,欺人太甚,我爷爷在此,大汗来了也敬重三分,你敢如此猖狂,我和你们拼了。”不里见蒙哥下了马先行斩了锁,不禁大怒,从腰中拔出刀来,向蒙哥砍来。蒙哥后退一步,躲过不里的刀,他手上尚方宝剑,可在伯父家不能打狗不看主人。因对不里喝道:“不里小侄,我手上所持是大汗的尚方宝剑，莫要逼我动手，我与阔端还有旨意要请二王爷接旨！”

察合台与众人正在饮酒，猛地见两匹骏马闯进斗兽场，救下牙老瓦赤，惊得酒杯落地，酒也吓醒几分。见是蒙哥、阔端口称有圣旨，急忙站起身来，朝着不里大声吼道：“不里，给我退下，不许对两位叔叔无理！”

不里见爷爷发怒，只得收了刀，气呼呼转身去了。

蒙哥、阔端听见察合台的话，都将剑入了鞘，马思忽惕自己带人保护着父亲牙老瓦赤，随着蒙哥、阔端一起走向观礼台。

到了察合台座前，蒙哥、阔端急忙跪倒，对察合台禀道：“二伯父，侄儿所以甘冒虎威救人，是因大汗有旨，不许伤害牙老瓦赤性命，请伯父恕罪！”

察合台脸色发青，心中一万个不高兴，可此时也不好发作，淡定地道：“既然有圣旨，就谈不上恕罪，二位贤侄儿也是为了公务吗。可你们大老远来此，不会单为此事吧。”

“二伯父，我二人只是顺路宣旨！”阔端道。

察合台跪下道：“臣察合台恭请圣安。”

阔出朗声道：

长生天庇护下大汗圣旨：

皇兄察合台，朕特派阔端、蒙哥为使，朕曾与牙老瓦赤相约：河中行省是汗产，你作为总督维护国家利益，除了朕无人可以杀你。当时牙老瓦赤跪下道，“大汗，河中与宗王利益相关，小人一旦得罪了宗王，生死在一线之间。”当时朕说：“皇兄是大量之人，不会与你一般见识！”此是前话，朕为此不久前还与皇兄有约，言犹在耳。听说阔儿擀思借朕被绑架，不花剌发生叛乱，极力挑唆皇兄关押了牙老瓦赤，朕听后对阔儿擀思很气愤。牙老瓦赤是大忠臣，朕不愿他有一丝一毫闪失，如果他出了事，着阔端、蒙哥按朕旨即刻处死阔儿擀思……另，朕已命牙老瓦赤之子马思忽惕为河中总督，命牙老瓦赤回哈剌和林任新职……旨到放人，不得有误，钦此！

圣旨宣完，跪在地上的察合台额角沁汗，再看，坐在察合台身边的阔儿擀思脸色苍白，汗透重衣。

“臣察合台接旨！”察合台站起身接过圣旨，圣旨虽然未明数自己的罪，但也不能不感到胆寒。他将圣旨揣在怀中，对阔端、蒙哥道：“两位贤侄，你们即是顺路宣旨，宣旨后还去哪里？”

“禀伯父，侄儿们奉旨前往呼罗珊调查札兰丁一案……”阔端边说边指着马思忽惕道：“二伯父他就是河中的新总督，来前我父汗再三叮嘱，让侄儿致意伯父要尊重新总督。”

察合台碍于圣旨，抬起头望着马思忽惕道："本王是坐镇宗王，既然大汗有旨，本王遵旨就是，总督可有什么话说。"

马思忽惕躬身道："二王爷，河中总督不好当，总督是朝廷大臣，在河中，总督对王爷又是臣下。今后，王爷在河中有事尽管对臣说，臣会尽力去办，但请王爷约束部下不许带兵擅入河中之地。"

"看来你这个新总督好厉害，要与本王约法三章呀！"

"无规矩不成方圆，请王爷俯允。"

"好啦，本王答应你，同时本王再给新总督一个面子，来人——叫医生给牙老瓦赤疗伤。"

牙老瓦赤被抬走，马思忽惕不放心，忙命人跟随下去保护。

察合台方对阔端道："殿下与蒙哥大老远来这，不要着急走，就在伯父这里多待几日。"

阔端道："来前大汗严旨，让侄儿和蒙哥一起去呼罗珊，查办札兰丁的事。因事关重大，时间久了走漏风声，我们明日就行，请伯父谅解。"

"既然如此，来人备酒！今天是伯父的五十大寿，本王要陪两位侄儿再饮几杯酒！"察合台说完又对阔儿擸思道："太师，新总督欢迎酒还是由你去作陪。"

"奴才明白！"阔儿擸思对马思忽惕还得赔笑脸，心中窝囊，可王爷的吩咐也不敢拒绝。

察合台交代完，带着蒙哥、阔端回了大金帐，席间不见不里，察合台心中虽对他不高兴，可并不愿在两位侄儿子面前发脾气。

入席，蒙哥、阔端再次跪下，重请谢罪道："今天伯父寿辰，我等鲁莽，惊了伯父的驾。"

察合台端起杯，和颜悦色地对阔端与蒙哥道："有些事大汗也不清楚，牙老瓦赤身在不花剌城，却听任城内发生一场暴乱，而暴乱前河中发生了叛乱，而阔儿擸思就有察觉，可他却向大汗说本王干涉河中防务。如果不是伯父事先有防备，河中就出大事了，后来大殿下让不里回来，叫我去哈剌和林城，我听说大汗被人绑架，我就担心牙老瓦赤与札兰丁有勾结，怕有人将大汗从河中押送到呼罗珊。因此伯父就多了个心眼，抓捕了牙老瓦赤，断了那些波斯人的后路。既然大汗已平安抵哈剌和林城，伯父就放心了，不知大殿下现在如何？"

阔端听伯父解释抓牙老瓦赤的理由，又问起贵由，忙放下酒杯，低声禀道："牙老瓦赤的事，我父汗也是只听了一面之词，不花剌叛乱的事，伯父该写封折子解释一下。还有我大哥贵由，父汗因他在克鲁伦河处置失当，有越权之嫌，父汗将他囚禁了。”

察合台一愣，忙道：“什么处置失当，越权圈禁？”

阔端忙详细禀明，听了阔端的话，察合台叹息一声，说道：“你贵由哥哥年轻，乍逢大事头脑发热也是有的，可说他心怀叵测，伯父就不信，这是你父汗多疑了。”

饮酒至深夜，察合台方让人安排阔端、蒙哥休息，事后方回到自己的大帐。今天庆寿的事，被阔端、蒙哥搅得稀烂，牙老瓦赤逃过一劫，也弄得他有些心神不宁。刚进大帐，见不里在等他，便问道：“两位叔叔面前如此不懂事，你刚才去哪里了？”

不里噘着嘴，红着脸道：“我懒得看蒙哥，看他就恶心。”

“那你在这做什么？”

“爷爷，大哈敦差人送信来了，要请爷爷去哈剌和林。”

“将大哈敦的信给我。”察合台接过信看过，沉思一会道：“此事容爷爷再想一想，大汗关了自己的儿子，他不急别人急没有用，此事不要张扬，过几天爷爷带你一道去哈剌和林见大汗。”

蒙哥、阔端因席间不见不里出面，夜里睡下也不敢脱衣，又命军士护住牙老瓦赤，深恐有人害他。当夜无事，次日阔出、蒙哥告别二王爷察合台，说起牙老瓦赤的事，察合台笑道：“两位贤侄放心，你们只管送马思忽惕去河中行省上任，既然大汗有旨，伯父会命人用帐车礼送牙老瓦赤去哈剌和林城，而且再过十天半月，伯父还要亲去哈剌和林看望大汗……”

第三十九回

解疑团皇兄进帝京　感亲情大汗释长子

七月初的早晨，哈剌和林城，巍峨的万安宫上空弥漫着巨大的云团，秋季的雨前风是湿润的。刚从虎牙司赶到帝京的察合台在察剌陪同下，缓慢地沿御阶拾级而上。

万安宫内，龙榻上的窝阔台一脸怒容，他命察剌迎皇兄察合台，可心里不忘皇兄将牙老瓦赤送进狮笼喂狮子的事，一脸不高兴地坐在龙榻上，冷冷地等待着察合台进宫。

察合台心事重重步着红毡走进大殿，瞟见大汗未从御榻上起身，就明白大汗对自己处理牙老瓦赤这件事很不满，在距大汗只有十步远处，跪下叩头，道："臣察合台有负圣望，特来汗廷领罪！"

窝阔台低头望着皇兄察合台，见他一脸病容，容颜较前时憔悴，一身征尘未掸，心里有些不忍，脸上怒气减了一多半，声音变得和缓，道："二哥一路鞍马劳顿，起来说话吧。"

"大汗，微臣老矣，"察合台明白大汗在想什么，起身苦笑着道："当年父汗在时，我同大汗合击花剌子模讹答剌城数日不睡，亦不觉困乏；现在这一路坐帐车竟病在旅途中，真是岁月不饶人呐！"

"来人，在朕身边为皇兄设一张软榻！"窝阔台被兄长的话，说得心一阵热，向侍卫一边命令，一边道："皇兄年纪大了，有事让儿孙们来就是，何必一定亲来哈剌和林城呢?"

"大汗,我不能不来呀!你我兄弟一年多未见,又发生那样多的事,臣惦记着大汗,也怕大汗误解了愚兄。"察合台疲惫不堪地靠坐在软榻上,关切地望着窝阔台。他心中明白大汗想知道什么,也不隐瞒,说道:"大汗远在千里之外,怕不知河中内情。臣在赛里木湖听说大汗在克鲁伦河出了事,贵由大殿下让我东来,臣想动身又不敢动身,原因是怕篱笆扎得不牢。为防出事,臣命人封锁了西去的路。至于抓牙老瓦赤,也不只是阔儿捌思进谗的事。大汗远在千里之外,还不知河中内情。河中一些城市暴动,尤其是不花剌城闹得最凶。这是一场有组织的叛乱,牙老瓦赤身为总督又住在不花剌,如此大的暴乱竟一点也没有察觉,说死臣也不信!知道不报,就是别有用心。那场乱子,不是臣出兵及时,险些出了大事……臣抓他,马上给大汗去折子,就是怕大汗多心。牙老瓦赤多次攻击臣干预行省事务,臣不干预了,叛乱就发生了。他有蒙蔽大汗之嫌,臣更怕他勾结了外鬼,迫于形势才抓了他。不是蒙哥、阔端传大汗旨意,臣绝对饶不了他。大汗为牙老瓦赤的事生了臣的气,可臣不能容忍河中出事呀!如果西边篱笆不牢,臣坐镇那里愧对大汗呀!"察合台说罢起身跪倒,眼睛发红,热泪眼圈打着转,并连连叩头。

"皇兄,快起来,"一席动情的话,加上察合台的举动,虽不能说完全说服了大汗,也让怒气未息的窝阔台颇受感动。忙起身搀扶道:"皇兄在河中,朕对西边还是放心的。牙老瓦赤在河中暴乱时失于督察,也该教训教训;可他对汗廷的忠心,朕还是了解的。皇兄迫于形势抓河中总督,也不算大错,可要处死他则有些过分。河中毕竟是行省,皇兄这样做了,今后他人都来效法,谁还敢当这个总督,好在人未死,这事影响也不大。朕现在将他调离河中,让他的儿子出任总督,希望皇兄与新总督搞好关系。"

察合台见大汗话语已经和缓,便啧啧道:"马思忽惕这人不错,大汗很会选人,臣已命部下按大汗旨意行事,支持他的工作。"

窝阔台也不想与皇兄弄僵,望着察合台道:"调走牙老瓦赤,朕也是从多方面考虑的。他这个人比较固执,又在河中多年,长期待在一处难免与兄长的人闹矛盾。"

"臣对他在河中也感到头疼,他和臣署下矛盾较大;他能离开,臣为此谢谢大汗!"

"不,朕还要为皇兄在河中稳定上做的工作感谢皇兄。没有皇兄,朕岂能安居庙堂?只是为了牙老瓦赤,让皇兄跑了数千里路。"

"臣不是为他而来,他没有那样重的分量,"察合台摇了摇头,也不隐瞒观点,笑着道:"臣身体不好本不想来;可臣听说了一件事,就非来不可啦!"

窝阔台略愣了一下，道："皇兄所说何事？"

"臣在河中，听阔端说，贵由大殿下被大汗关了起来，吓得不得了。贵由这孩子生性率直没有弯转心眼，说他有叛逆之心，说死了臣也不信。大汗遇险，孩子被急火逼的够呛，做事过头也是可能，可不能把孩子往绝路上逼呀。况且，大汗出事，谁还能四平八稳，什么事都顾及到了，如果那样就什么事也不能做了！臣说句掏心窝儿的话，孩子乱了方寸，关上两个月受点教训也就够了。臣是为这事来哈剌和林城，想求大汗，给老哥个面子，放了大殿下吧！"察合台离席跪下，叩头不已。

"快起来，皇兄，你这是做什么？"察合台如此求情，令窝阔台大为感动，急忙起身相搀。

"大汗，你不放了贵由，臣就不起来！"察合台固执地跪直身子。

窝阔台拉不起他，叹了口气，道："兄长，你这是何苦呢？他是朕的儿子，囚禁他，非朕不容他。是他性格浮躁，朕有意让他受点艰难，亦无长期关押的意思。"

察合台眼中含泪道："大汗……让孩子出来吧！你我总有老了的一天，天下迟早会是他们的。莫要将胸中那点锐气都关没了，事事唯唯诺诺，到那时大汗就是后悔，怕也来不及了！"

"好吧，看在皇兄面子上，朕叫人放他出来。"窝阔台被皇兄的话感动得心头发热，点了点头，回身对当值的察剌道："速传朕旨，着大殿下即刻上殿！"

察剌领旨下去，片刻工夫，奔回跪下禀报："启禀大汗，奴才去牢中见殿下，见殿下面色苍白，谢恩时挣扎了好半天才起来，怕是染了重疾。牢头们说：大殿下已经病了一个月，奴才问：为何不报？他们说，殿下不让。奴才看过心里害怕，没有提传旨的事！"

窝阔台眸子内闪着光，看着察合台，愤愤地说："这孩子倔死的脾气，有病不看分明是跟朕怄气，传旨让太医给他瞧瞧病。"

察合台躬身一礼，说："大汗，还传什么旨意？孩子病了，臣数千里都来了，大汗就陪臣走一遭。如果病不重大汗也好放心，记得当年贵由小时，你可是拿他当掌上明珠的。那年他得了重症，你怕他死，还偷偷流泪呢……"

窝阔台被察合台揭了短，苦笑道："虎毒尚不食子，兄长既这样说，就一起看看这个逆子。"

七月的天，头上的太阳又亮又毒。出了大殿，侍卫为窝阔台与察合台牵来马，二人上马，数十个侍卫前呼后拥奔向西苑。西苑离万安宫二里有余，原是新建成的皇家园子，贵由暂时关押其内。由于这座小院不经旨意无人敢来，门口守卫百户忽见大汗与二王爷到来，急忙齐刷刷跪在门边。

“大殿下有了病，为何不报?”窝阔台瞪了守卫百户。

百户苦着脸，声音沙哑地道:“大殿下说大汗军国事繁，不让禀报。”

“这差让你办糊涂，”窝阔台瞪了他一眼，又道，“命你在此看守，一切都你说了算，殿下出了事，你的脑袋还要不要?”百户叩头如捣蒜，不敢说话。进西苑，得知消息的大王妃海迷失面带泪痕，慌忙跑了出来，跪在窝阔台面前，接着脸色苍白的贵由在侍卫搀扶下跪到院子内。

窝阔台看了贵由一眼，没好气地道:“你伯父千里迢迢过来看你，还不给伯父请安?”

贵由挣扎着给察合台叩头，嘴上道:“谢谢伯父惦着。”

“你父汗也原谅你啦，一遇大事就乱了方寸，撞了一头包，事情过去了就要接受教训!”察合台一面说，一面对侍卫命令道，“来人——将大殿下搀到屋里去!”

侍卫将脸色黢青的贵由架进屋中，窝阔台气吁吁地瞪了贵由一眼，向海迷失问道:“都病成这个熊样，让大夫看过没有?”

海迷失带着哭腔道:“父汗，儿媳奉命在这侍候殿下爷起居，可殿下得病后，不许人去请大夫，药也一丁点不进。这里阴凉，他本来右腿时痛时止，现膝上起了白泡，时常流脓水。可他硬说身体强壮，病扳不倒，从前天到今天越发重了，又不敢违他性子!”

贵由面有愧色，瞪着海迷失一眼嗔道:“混说什么，一个大男人，哪有那么娇贵。我是不想让父汗烦心，可倒是惊动了父汗，连伯父都惊动了!”

窝阔台盯着贵由，气呼呼地吼道:“病成这样，还死犟;看来你这是和朕怄气，想破罐子破摔，马上让郑景贤大夫过来看一看。”

“儿臣不敢有这样的想法，不过看着国家事多，想着自己给父汗造成的坏印象，因此不想添乱。也怕传出去，让人说我娇气!”贵由挣扎着跪下道。

察合台见这父子见面依然争论不休，岔开话题，望着大汗说道:“大汗，臣以为得让贵由干点事，当年大汗伐金那阵子，大殿下在和林城忙忙碌碌可没有一点病。你让他在这里待着，这一待一闲能不生病吗。”

窝阔台知道察合台之意，叹了口气道:“可看他这样，能做个啥?”

贵由有了伯父的支持，见父汗有让自己办事之意，跪下道:“父汗出征时，派儿臣守大斡儿朵，没有随父汗出征。儿臣出征东夏后，一直想替父汗出征金国，现在听说金主逃到蔡州，等儿臣病好了，想出征金国。”

窝阔台没有想到贵由提出伐金这个话题，又不好意驳回他，便道:“得陇望蜀……你的身体还未复原，别想得太远。先回府调养身子，身子骨强壮了，事自然有你干的。”

“孩儿谢过父汗！”贵由慌忙挣扎着跪倒。

正说着郑景贤赶来，为贵由把过脉；看了腿，奏道：“殿下这腿疾较深，毒结于内，筋骨时常作痛，恐成鹤膝风症。臣开一副汤药，再外用些除湿拔毒膏，调养些日子，也就望好了。”

窝阔台见郑景贤为贵由贴了膏药，见他脸色这样苍白，想起他刚从中原归来，便问道：“郑大夫回顺德①祭祖，看来一路很疲劳，这几天就不要到太医院，好好休息几日。”

郑景贤拱手道：“臣感谢大汗许臣回乡，臣只是刚回来，身子有些乏。”

“这事也是朕粗心了，早该让你回去看看。”窝阔台望着郑景贤又感慨地道：“记得当年在栖霞观与郑先生相遇，先生就准备返乡，被朕留下。此次回乡 对中原括户有何感受，说与朕听听。”

“臣在顺德住了近一个月，竟然打了半个月的官司，也都是与括户有关的事。多亏臣身上有大汗令牌，一切办得还算顺利。”

“有人难为你了？”

“无人难为臣，只是回乡后，许多乡人向臣诉苦说亲友被掠为奴，要臣相助，多年亲友不帮又不好。”

“亲友的事都办妥了吗？”

郑景贤躬身道：“臣将这事说与胡土虎大人，胡大人立刻责成各路的括户官员，事情办得算顺利。不是胡大人出面，臣这两条腿跑断了也不成。”

“办好了就成，”窝阔台眼中闪着光，想想又道：“据先生看中原括户的事，各地进展得如何？”

“臣听虎土虎大人说，各地情况不一样，有些地方遇到了很大阻力。”

“什么样的阻力？”

“阻力怕是对驱户的认定意见不一，括户官员与原主间常发生争执。”

窝阔台点了点头道：“这话耶律先生也说过……可朕态度已明，军前虏的，在家为驱，在外为国家编户。这条政策是朕定的，天王老子也不能突破！”

“大汗有这个态度，臣为括户官员高兴。”

“这是国家大政吗，朕没个态度，下边如何操作。”窝阔台见郑景贤面呈倦意，又道，“郑大夫神情有些疲惫，你下去吧。”

窝阔台见郑景贤下去，站起身对贵由道：“你伯父一路辛苦，进了城就来

---

① 顺德：今河北邢台市。

看你,也累够呛,我与你伯父先走了。你马上回府调养,病好了,朕会有旨意给你。”

出了西苑,察合台告辞去了,进了万安门,窝阔台下了马。在新建成的御花园内,有用从汴京运来的各种名花奇木,将这里装扮得万紫千红花团锦簇。在花园中一角,有个小小的牡丹园,内里用太湖石砌了假山。此时园中牡丹正开,碗口大花朵五颜六色,猛然窝阔台望见花丛中站着一位俏丽的女子,身着月白色长袍,头上银色固姑冠缀着星星闪闪的宝石,细看竟是亦巴合。

窝阔台命侍从退下,放轻了脚步,来到亦巴合身后,猛地用手蒙住了亦巴合的眼睛。亦巴合正站在花前想心事,不知身后有人蒙她的眼睛,惊得大叫:“哪个如此大胆,调戏本王妃,还不松手!”边喊边急着用手狠掰,窝阔台知惊了她,笑道:“是朕,你怎么感觉不出吗?”说罢松开手,亦巴合回头大惊,头上沁出汗珠,慌忙跪倒,眼睛却是红的。

窝阔台吃惊地问道:“什么事,眼睛都哭红了?说出来听听,我替你做主。”

亦巴合抹去泪珠,眨着哭红的眼睛,说道:“大汗,我就要回大宁路了,这回来这儿,是想向大汗道别的。”

“唉!留下侍候朕不好嘛?”

“大汗,臣妾是苦命人呀,但我想好了,还是自由身好。如果大汗想念我,我每年从漠南走一回,如大燕南归。大汗妻妾百余人,真踏进去,也无什么滋味。”

“唉,我知道你还为贵由那逆子生气,我已经将他关了两个月有余,你还不消气!”

“大汗,我算什么人,敢生大殿下的气,我只是觉得术赤台虽说是去世了,可我为他生了两个孩儿,我应该将他们哺育成人,方不负他一片爱我的情分。”

窝阔台见亦巴合杏眼含春,一把将她搂在怀中。

窝阔台猛地将亦巴合抱起,在亦巴合脸上额上眼上胡乱亲了半天,方放下亦巴合道:“前面有座梅坞,我们坐一坐。”

二人沿甬道,径直携手入梅坞。这是一个蒙古包式的建筑,内有宫女数人,是大汗休息小憩之地。宫女见窝阔台挽着亦巴合进来,慌忙躲避。窝阔台早忍耐不住,将羞得面色潮红的亦巴合放在床上,二人宽衣解带云雨一番。作罢,亦巴合跪下含泪哭泣道:“大汗,贱妾还有一事求大汗,庆童是我爱子,望大汗为他留一条生路。”

窝阔台道："庆童是你的爱子，哪个敢害他？"

亦巴合道："大殿下因臣妾获罪被囚，大哈敦昨日说庆童做的鹿蹄汤不鲜，命人拖出去打了一顿，屁股都打烂了。今天我去看他，小小的年纪，屁股不敢挨床。这是第三次挨打了，他的命我也管不了，只怕大哈敦迟早会置他于死地。"

"这个泼妇又犯浑，待朕回去教训她一顿。"

亦巴合忙跪地叩头道："大汗千万不要为这件事出面，那样会让大哈敦更憎恨我们母子的。"

"起来吧，朕让庆童今后跟着朕，不许别人碰他就是了。"

亦巴合起身拭泪，道："如能那样，臣妾就可安心离开漠北了！"

窝阔台怜惜地拉着她的手，道："真的就走了？"

亦巴合眼睛通红，点了点头，说道："我的马队就等在广场上，人也集合了，我现在得走了，望大汗多保重！"

"让朕送送你。"

"不！大汗留步，臣妾只想悄悄地离开，知道的人越少越好！"

窝阔台本不想张扬，笑道："算啦，朕不送了，你走吧！"

第四十回

读奏折君臣商大事　议和宋设宴迎孟珙

窝阔台恋恋不舍地望着亦巴合离开梅坞没了踪影，才向大殿走去。刚到万安宫外，就见宫外一小亭内，耶律楚材和王楫二人正伏在石桌上打盹。日光照在二人脸上，察剌要上前欲唤醒二人，窝阔台止住他，并命人把伞盖遮住头顶的阳光。耶律楚材被惊醒，见大汗站在身边，慌忙扯着王楫跪倒，道："臣等如何敢处伞盖之下？"

"伞盖不过为人遮阳避雨，朕许之有何不可！"

"谢大汗，臣等在此等候大汗，一时困倦，不知大汗驾到，请恕罪。"

"人困了就得睡觉，有什么罪可治！"窝阔台一边说，一边笑指着王楫道，"王国使什么时候回来的？"

王楫身材矮胖，方头大耳，头戴幞头，身穿紫色袍子。他是金国卫绍王时进士出身，很早归顺蒙古汗国，见大汗相问，说道："臣今早与宋使一起到京，由于事涉邦交，臣到中书省去见耶律中书。耶律大人说事关重大，要臣与他一起来面谒大汗。"

耶律楚材指着脸上沁汗的王楫，对大汗道："托大汗的洪福，王楫大人在宋国被待为上宾，宋国皇帝赵昀这次派使臣孟珙来汗廷了。"

窝阔台含笑望着王楫道："王大人不辱使命，事情办得好，宋国能派使节来，说明金主完颜守绪到了蔡州，宋国皇帝也坐不住了！"

王楫拘谨地道："臣在临安最有体会，金主率兵逃到蔡州，宋廷的态度就变了，连续几天廷议，接着赵昀降旨让孟珙出使，听说孟珙出使是史弥远太师所荐。"

"这是个蒙、宋联合灭金的好机会，走，进宫说话去。"窝阔台感到太阳很毒，便结束谈话，君臣一道进了万安宫。

窝阔台在御座上坐下，没有就刚才的话说下去，望着耶律楚材问道："今天可有重要折子？"

"速不台驸马来了急函。"耶律楚材从袍内取出折子，道，"速不台驸马说，河南、淮南连年水灾兵燹，围蔡州部队军粮不足。"

窝阔台想了想道："速不台围蔡，军粮该由燕京行省解决，胡土虎是怎么搞的？"

"大汗，臣还带来胡土虎的折子。"

"他怎么说？"

"胡土虎说，行省派耶律秃花作为押粮官，耶律秃花失职，十万石新粮在黄河渡口待渡时大部霉变，出事后，耶律秃花突然失踪。"

窝阔台眉头皱成疙瘩，十万石粮霉变怎能不心痛，他没有一下表露心思，只用手按着太阳穴，半睁着眼睛道："耶律秃花到了哪里？"

"听粘合重山说，昨天看见他绕着万安宫打过转。"

"什么，失了十万石粮，不去燕京行台自首，他来和林城了？"

"用不用下令逮捕他？"

"理他做什么，他会自己找上门来……"窝阔台瞪着眼睛，眸子内闪着凶光，嘴唇绷着，话音发出烧红了的钢丝般地哧哧声。接着又望着耶律楚材道："粮食的事还得催胡土虎办理，没粮如何打仗？"耶律楚材点头道："臣马上催促燕京行台抓紧筹粮。"

窝阔台忽然意识到冷谈了王楫，望着他，眼中闪着炯炯的光，道："王大人，再说说宋国君臣对'联合灭金'，热情高不高。"

王楫眯缝着小眼睛，小心地道："大汗，据说廷议时争议较大，有一部分人对汗国抱怀疑态度，生怕前门拒狼后门引虎，主张维持'海上之盟'。但赵昀本人怀着'中兴宋室'之念，急于成为'中兴之主'，有分一杯羹的念头。杨太后一死，史弥远也顺应了皇帝的意思，派孟珙为使就是明证。"

"听说史弥远过去一直专权，宋朝皇帝形同傀儡？"

"这是真的，赵昀能当上皇帝，离不开史弥远。宋宁宗赵扩无子，本立了沂王长子贵和为太子，宁宗死后，史弥远与杨太后觉得贵合不听话，改立其弟贵诚为帝。贵诚就是赵昀，因此史弥远有拥戴之功，加上杨太后垂帘听政，赵昀一直无法亲政。现在杨太后死了，赵昀才真正掌了权，可赵昀对史弥远依旧很依赖。”

窝阔台笑道：“史弥远喜好什么，用什么能打动他的心，你要了解一下？”

“他老了，金银、美女难动其心，惟重名声。”

窝阔台点头笑道：“老年人一辈子权倾朝野，注重身后的声名，那朕就成全史弥远的名声，如他肯资粮、出兵助我灭金，条件上可以多答应些。”

耶律楚材拱手道：“大汗有这样的想法，可以早些会见孟珙。”

窝阔台沉思半晌，道：“孟珙这人朕听蒙哥说过，他是个胆量过人的将才，当年他在武当山袭击过右路军，还邀老四去老河口会战，在宋国能有此胆量的将军并不多！”

王楫禀道：“臣了解过孟珙的家世，他是绛州人，祖父曾从宋名将岳飞抗击金兵，后在随州安家。孟珙的父亲孟宗政曾任荆鄂都统制，孟珙继父职，是宋国少有能带兵打仗的大将，由于宋国重文轻武，孟珙一直得不到重用。四爷借路出京西路时，正赶上制置使陈赅重病，宋廷让史嵩之为制置副使暂摄军事。因史嵩之不知兵，所以对孟珙格外倚重。”

窝阔台点了点头，道：“朕是要见一见这个孟珙，并示以汗国对宋国无领土要求，只要宋国答应与我联合，朕可以在金灭后多照顾宋国的利益？”

“大汗如能这样，议和之事可成，宋国不仅会出兵，甚至会资粮！”王楫脸上闪着红光，拱手贺道。

窝阔台把眼睛投向耶律楚材，说：“联宋灭金是件大事，还得派一位？”

耶律楚材早知道大汗有让阔出立功的意图，便开了顺风船，道：“赵昀刚亲政就派孟珙来见大汗，看来与我联合的决心不小，为适应联宋灭金形势，大汗最好派一位信得过，头脑又灵活的殿下去坐镇蔡州……”

窝阔台点点头，道：“中书的意思朕明白，这事得过几天再做决定……”

一间驿舍内，坐着一位身着宋国装束，高个子，头顶直角乌纱帽，身穿皂袍，面色红润，他正是宋国信使孟珙。他正在专心致志地读一本书，点墨般的眸子闪着机智的光芒，这也是一本《使北录》。是孟珙在临安朝见皇上时，史太师当着皇上的面赠给他的。荀梦玉出使蒙古时写下的书，是宋人当时了解蒙古汗国情况教科书。作为军事将领，他参加过多次对金战役。金国将亡，孟珙通过分析形势认为宋国军力上不及金国，与蒙古汗国联合灭金，换取与强邻间的和解，有利于减少蒙古人发动对宋战争的口实。他不像有些宋国的军事将帅那样自视很高，目空一切，因而当王楫在宋国鼓吹“联合灭金”时，史嵩之询问孟珙的态度，孟珙表达了自己的想法。谁知很快皇帝赵昀下诏，让他随王楫出使蒙古汗国，孟珙一边读书，一边思考着面对蒙古大汗如何谈判的一些细节，由于全神贯注，门帘被人挑起时，他并没有抬头。

“孟将军，大汗来看你了！”当孟珙听到王楫的话语，抬头见门外一位身材高大，身穿貂袍，头戴暖帽，帽顶镶嵌一块鸡卵大小的鸡血石的汉子大步走了进来，窝阔台大汗会屈尊前来驿馆，是孟珙没有料想到的。他过去认为蒙古大汗都是狂妄无知的粗人，可站在他面前的窝阔台出乎他的意外，黝黑的脸膛一双灰褐色的眼睛里闪着温和的光芒。出于礼节，孟珙急忙拱手行礼。

窝阔台笑着道：“孟将军是贵客，请免礼，蒙古人与宋国共同的敌人是大金国。我的先人俺巴孩汗曾送女出嫁，被金章宗指使塔塔儿人捉了，押上木驴处死。俺巴孩汗临死遗言，孛儿只斤氏只要还有一个人，哪怕磨秃指甲，也要灭了大金国。宋国的徽、钦两帝也是被金人掳去，关死在五国城。现在大金国退守蔡州，正是宋、蒙两国报不共戴天之仇、雪亘古之耻的良机！”

孟珙点了点头，不卑不亢地道：“大汗所言正是宋国皇上派孟珙出使的前提，但宋、蒙联军灭金最大的障碍，怕还是在灭金后，蒙古汗国能否遵守协约，在土地分配上能否表现出诚意！”

“哈哈哈——”窝阔台仰头大笑道：“孟将军果然不同凡响，处乱不惊，直言不讳，既然是联合灭金，自然该对蔡州以南的土地通过谈判进行分配，谈判是个细致的事，现在可谈，今后还可谈！”

“大汗，如果双方攻下蔡州，蒙古大军是否依旧陈兵河南？”

“不，攻下蔡州，蒙古大军将退到黄河一线。”

“可孟珙最大的担心，还是在联合灭金后，怎样保证蒙古大军不会借机长驱入侵宋国？”

“混蛋，大汗吐口唾沫成钉，岂是你想象那样龌龊！”察合台对孟珙怀疑大汗的诚意，极为气愤，“刷”地掣出宝剑，将锋利的剑锋对着孟珙的胸口。

“如果这是蒙古汗国对待友邦的法宝，那么动手吧——”孟珙挺着胸，用愤怒带火的目光盯着察合台。这次孟珙作为使者来漠北，来时皇帝赵昀单独召见他时，说道：“爱卿对蒙宋联合灭金是何主张？”孟珙道：“如国有余力，可战；不能战，则当和；否则金灭后，将及于我。”赵昀点头道：“朕想让卿去漠北，与蒙古大汗谈判。你们孟家以武功显于朝廷，可以说是一门忠义。朕分析过，你去蒙古利处有三，一、懂得兵法，可观察蒙古大汗的军事意图；二、不怕威吓，可为国家争得较大的利益；三、结交些蒙古上层人物，为今后联蒙灭金打下基础。”哪曾想蒙古人真以剑相胁，因此不觉发出一声冷笑。

剑停在孟珙胸口，瞬间，一切都停滞了。耶律楚材、王楫都用愕然的目光看着察合台，在这样的时候，如果进一寸，联宋灭金的事就前功尽弃了。

"皇兄,放下剑,孟珙将军说得对,对待友人是不能用剑说话的!"窝阔台用手拍了拍察合台的肩膀,轻声地叮嘱道。

"让他走,带着他的尊严,滚蛋!"察合台轻蔑地望着孟珙,喘着粗气愤怒地道,剑依然未动。

窝阔台大声吼道:"二皇兄,收起剑,这里不是撒野的地方。"

孟珙忽然对着窝阔台大汗哈哈大笑,说道:"大汗,孟珙来和林城本就没想到会达成什么协议,汗国既然对联宋灭金并无诚意,何必要让国使王楫在宋国逞口舌之能呢?"

窝阔台见察合台收回了宝剑,脸略有些红,指着孟珙对众人道:"孟珙将军行数千里路来漠北是位友好使者,从现在起任何人不准对他动粗,否则本大汗绝不轻饶。本大汗听说孟将军来漠北,就带宗王大臣一起来驿馆看他,也是表示本大汗对大宋使者敬重。孟将军担心是很正常的事,灭掉金国,蒙、宋为邻关系如何建立,这的确是两国联兵订立条约前首先要解决的问题。本大汗认为,过去蒙古汗国与宋国没有矛盾,联合灭金后,两国分河南而治之,蒙古汗国大军将撤离蔡州,以示对宋友好之意。"

孟珙一愣,道:"大汗果真能实行这些话吗?"

"本大汗一言九鼎,食言岂不为让天下人笑话!"

"真能如大汗所言,使者愿将大汗好意,禀报我家皇上,并愿就一些双方结盟的细节继续谈判。"

"孟将军快人快语,合议成功,朕决不负将军。"

孟珙出言顶撞窝阔台,众人惊愕之中,忽见察合台怒气冲天,掣出宝剑,眼见孟珙性命难保。可转眼间,窝阔台一句话,竟如春风化雨般化解了矛盾,双方协议基本达成,在场之人无不对窝阔台谈判艺术感到吃惊。

察合台用肩撞了一下孟珙的肩,大声说:"孟将军不怕死,好爽快的脾性,一会儿本王要与你连干三杯!"

阔出亦道:"孟将军果然不凡,折冲尊俎之间,口剑舌枪,胆识过人,令人敬佩!"

孟珙早已注意到这个年轻殿下,也拱手施礼,道:"不辱使命乃人臣的职责,不足称道。"

王楫一边介绍道:"孟将军,这位是阔出三殿下。"

孟珙正要作答,门外侍卫进来向窝阔台禀报:"酒宴已备,请问大汗可否开宴?"窝阔台掉头向孟珙道:"孟将军请,我们边吃边谈!"

宴会厅内,摆满了红木桌椅,众人分头坐下,一排女侍头顶着金盘,银盘进来,片刻工夫,桌子上摆满香喷喷地杏花鹅、腌鹿脯,金黄色的烤全羊、热气腾腾的黄雀馒头、肉油饼。还有盛满各种酸马奶、白酒、葡萄酒的金银壶具。

见众人坐下，窝阔台举起杯子道："为孟将军接风，按大蒙古汗国俗，第一杯必须干了。一是庆祝双方合作有个好开端；二是祝孟将军不虚此行，更为蒙古汗国与大宋国从此永结友谊，干杯！"

孟珙也将杯端起，一饮而尽，一边拱手道："大汗如此盛情，孟某为之感动。宋蒙联合灭此残金，实如摧枯拉朽，蒙、宋精锐之师，南北夹击，金主定将就擒。来前我家皇上曾对使节说，宋国历来重视与邻邦关系，并深知和则两利，斗则两伤，宋、蒙间没有历史旧账。他希望通过孟珙来哈剌和林城，使宋、蒙两国结为友邦。"

"好，大宋皇帝说得好，我们两国都身受金国的伤害，应该联起手来剿灭金国，分其疆土，永为好邻居。"

"有了大汗这句话，使者敬大汗一杯。"

窝阔台举杯一饮而尽，哈哈大笑起来道："孟将军是痛快人，朕与孟将军饮酒，只怕今后金国皇帝可就难过了！"

这场酒宴觥筹交错，主人与客人间在酒上做起文章，相与谈吐也很平和，直饮到夜半时分。窝阔台大汗才带着察合台等诸王、诺颜从驿馆出来，站在星光下，窝阔台红着脸拉着孟珙的手长久不放，带着几分醉意道："孟将军来北地一趟不容易，你又与本大汗对脾气，就在哈剌和林城多住几日，到处走走。可随时见我，在漠北期间，让阔出、耶律中书、王檝陪伴你，朕就不能奉陪了。"

经历了一场冷与热，生与死的考验，又喝了些酒，孟珙脸色通红，眼光发亮，拱手道："大汗是个爽快人，孟珙敬佩！"

第四十一回

肃风气大汗杀佞臣　宠幼子天马赐皇孙

十日后清早，万安宫外诸王大臣都在等候早朝。火儿赤房子外，待朝的人听说大汗要在联宋灭金之时，选派一亲王去蔡州坐镇，都在私下窃窃私语。人人心上都有杆秤，一边掂量大汗之意，一边在想该派哪位亲王出征。在南驿亭送走孟珙的阔出、耶律楚材也匆忙打马赶回……

刚刚病愈的贵由一直在府内养病，因父汗那日透出要给他差事的话，便琢磨着自己有出征东夏经验，去蔡州非他莫属，因此一大早就在不里、八剌、耶律秃花、察罕等人簇拥下来到殿外。贵由一眼见阔出从外进来，便过来搭话："阔出老弟，蔡州派亲王的事，父汗怕要派哥哥去。一会儿朝会上，你可要站出来帮哥哥说几句话，莫要看我热闹。"

阔出一愣，望着脸色苍白的贵由，心里有些为难，摇头道："哥哥你正在病中，怕父汗不会同意你去蔡州的。"

贵由胸有成竹地道："父汗几天前有话，说要给哥哥事做，不管成否，你都得拉哥哥一把。"

贵由说话时，正赶上铁木格与按赤台过过，铁木哥见阔出神情为难，望着贵由笑道："大殿下，别难为阔出了，你身上病未好利索，不是爷们儿泼你的冷水，这次出征依我想你是没戏的。"贵由不甘心地道："老王爷不知内情，我去蔡州是坐镇，又不是冲锋陷阵，况我对自己的身体心中有数，用不了几天就好了。”

铁木格摇摇头道：“大殿下，只怕大汗心里另有所属，你不争也罢了。”

贵由凑前道：“老王爷，你说是谁？”

铁木格凑到他耳边小声道：“大概是三殿下。”

贵由底气不足地道：“不会的，父汗那天还说要派我一个差事呢！”

按赤台神神道道地说：“不会是让你回叶密立吧？”

贵由叹息道：“那怎么会呢？”

不里替贵由鼓劲道：“未到最后，该争还得争，大汗也会改变主意的！”。

“对！大殿下修建哈剌和林城、征东夏功勋卓著，去蔡州坐镇也正当其责，大家都替大殿下说句话！”耶律秃花大声帮腔，他因这些日子大汗托言不见他，心中发毛，正在寻求贵由支持。

万安宫内，窝阔台坐在御座上，望着察合台躬身进来，笑着指着身边右侧较低的坐榻道：“王兄免礼，朕正要与王兄商量一下耶律秃花的事，他向蔡州押运军粮，只知玩乐，在黄河渡口让十万石军粮发了霉，弄得前敌无粮。可他仗着过去的功劳，私自逃回汗廷，皇兄以为该如何办他？”

察合台拱手道：“耶律秃花闯的祸不小，可念着他是父汗时投效的功臣，责骂一顿、罚一下就算了吧？”

窝阔台眼睛蹿火，额上青筋一跳，望着察合台摇着头，道：“处罚太轻，前方将士通不过，胡土虎那里也通不过，坐失十万石军粮已是通天大罪，又不顾国法私下逃走，放过他，今后《大札撒》还能约束谁？依朕说，他是第二个虎得卜，其罪更甚过石抹咸得卜！”

察合台听出大汗的话音，叹了口气道：“耶律秃花这事做得荒唐，他去求过我，被我大骂一顿撵了出去。”

“朕原也想给他条出路，”窝阔台低了一下头，怒冲冲地道：“金国龟缩到蔡州，围蔡部队无粮无法攻城，这都是他造成的。灭金之役进行了三年多，家底拿出给他运输，全毁在他的手中……可是他全无一点悔罪之意心，跑到和林到处说项，这样的人不杀，汗国还有什么王法。”

察合台知道大汗主意已定，便抛开这一话题，道：“坐镇的事，大汗还有没有变动的可能，阔出主管中军，大汗放得开手让他去前敌吗？微臣觉得还是让贵由去合适，这孩子这几天到处串联，几次找我，只不敢向大汗说，我也没答应他，臣想听听大汗的意见！”

窝阔台眼睛从打开的窗户，看着殿外，秋风乍起，天上散布着几团乌云，他眨了眨眼睛道：“贵由，朕想让他回叶密边养病、边读书、边练兵。阔出几次提出要带兵，朕答应过他，也想借机考察一下带兵的能力，他比贵由年轻，可办起事来比贵由稳重,去蔡州较为合适。至于贵由想出征……西征时还是有机会的吗!"

察合台早知道大汗有此意,便道:"臣没有意见。"

牛角号嘟嘟吹响,诸王铁木格、按赤台、贵由、阔出、不里等与诸大臣鱼贯进殿,大殿内,大汗与二王爷坐在殿上,众人忙跪下行礼。

"大家都起来吧!"窝阔台从龙榻上抬起头,他那下垂的嘴角向后绷着,脸阴沉着,褐色的鹰眼中闪着冷冷地光,那目光扫过阶下的每一张面孔,最后落在耶律秃花脸上。耶律秃花本来个子很高,可心虚地低下头,腿已经不住地发抖。

窝阔台怒火腾一下蹿了起来,骂道:"好哇,这不是耶律秃花大人吗?朕以为见着鬼了?你一下子毁了蔡州十万石军粮,让我十数万大军粮草乏供,困于蔡州城下;使朕在宋国使者面前低三下四,燕京行省到处粘贴着通缉你的布告,你倒偷偷回到哈剌和林,还有脸站在朝堂之上!"

耶律秃花想着大汗平素秉性宽大,可没料今日发怒雷霆万钧,他那张青黄的驴脸上一下沁出了汗珠,腿一软,战战兢兢跪在阶下,带着哭腔道:"臣耶律秃花向大汗请罪,求大汗念臣往昔之功,恕臣死罪……"

窝阔台在他的长脸上睨了一眼,讥讽道:"闯塌了天,不吱声就没了影,王命在你眼中,不如一根草……这次你来汗廷,都给谁行了贿?托了哪家门子?想让哪个当你的靠山?你丢了朕打仗的本钱,别人能容你,可朕容不得你了……"窝阔台边说,眼睛朝阶下的诸王脸上扫过去,那咄咄逼人的神情,让原本要替耶律秃花说情的诸王,都钳了口。

"奴才有罪,接了军粮赶到黄河边,准备起运。可风大浪急,吞掉了十几艘大船。臣再不敢过河,便在河边扎营;哪曾想连日风雨不止,半个月后,待奴才再要起运。打开仓,大部粮食都因湿度太大发生霉变。臣无奈赶到汗廷,想请主子处置替奴才做主……"耶律秃花知道事情不妙,叩头不迭,边说边用小眼睛四处寻摸着,希望有人站出替他说情。

窝阔台一拍御案,吼道:"说……说出天花来,你来哈剌和林多少天了?不去见中书省请罪!不来见朕!那样多的粮食堆在河岸,可下雨时,管粮官们一连几天找不到你,你的部下都说你喝酒玩女人去了……作为押粮官,你是立过军令状的,丢粮丢命,要知道这粮可是蔡州城外数十万军人等着的口粮呀。"

"奴才闯了大祸,大汗饶命呀!"耶律秃花见大汗一句话比一句话严厉,又无人敢说请,叩头央求道。

"家有家规,国有国法。"窝阔台没有理会耶律秃花,从御案上取过两份折子，对阶下的耶律楚材道："中书令，你将蔡州的折子念给大家听听。"

耶律楚材上前接过折子，轻轻打开，高声读道：

奴才速不台、倴盏告主子：

窃念奴才庸愚下贱，沐浴天恩，率军围困蔡州。近月军中乏粮，河南、淮北连年兵祸，光靠"打草谷"，已经不能养大兵？围蔡又非一二月之事，臣等惶恐无地，苦撑蔡州城下，不能不日夜盼望有军粮运到蔡州。忽闻押粮官耶律秃花，竟将所运十万石军粮全霉变在黄河岸边。初闻而惊，继而恨，耶律秃花如此辜负圣恩，奴才斗胆请大汗治其死罪，此人不诛，难平众怒。

速不台、倴盏

"奴才该死，请大汗开恩呐。"耶律秃花听折子上带着杀气，不禁满头大汗，叩头无数于阶下。

窝阔台又对耶律楚材道："耶律先生，你再将燕京的折子，给大人们念念，让想为耶律秃花说情的人听听，如果所有的人都照他的样子去做官，先帝的《大札撒》还要不要了！"

耶律楚材读道：

奴才胡土虎密奏：

据查，耶律秃花在卫州起运军粮期间，不住军中，每日花天酒地，携妓游乐。部将有趁其饮酒之时，禀告粮食经雨会霉变，他因人扰了酒宴，挞鞭四十，事后并不过问。耶律秃花辜恩溺旨，至粮食全部霉变，却又诿过于部将。事后部将联名上告行台，臣正欲拿他，他惧祸逃走。奴才询之家人，说他已去了哈剌和林。耶律秃花过去虽有微功，然国法俱在，实不知何法能活他。恭呈御览，伏乞圣鉴。

"请大汗恕臣死罪，臣愿领罚。"

"一个罚字，亏你说得出口。"窝阔台的目光在诸王脸上一一扫过，王爷们从没见大汗如此动怒，哪个愿趁怒捋虎须。见无人吱声，窝阔台拍案吼道："这样的人留之何用，推出去宰了！"

怯薛们上前架起耶律秃花往外就走。

"大汗，"铁木格见窝阔台赫然大怒，本不想说话，但无人说话，耶律秃花就要被杀，心下不忍，横下心拱手道。

"王叔，有话请讲。"

"耶律秃花罪该万死，他昨天去了臣家，说他愿毁家输银万两，以购买军粮。臣以为杀他无益于事，念他过去多有功劳，割去官职，留下微命。"

众人已知大汗之意，谁肯吱声，窝阔台望着身边的察合台道："王兄，你说说耶律秃花当不当杀！"

察合台道："耶律秃花虽有微功，但也受恩深重，押送军粮，何等重要，可其却当儿戏。十万石军粮出事，却一走了之，还百般求托，使大汗杀他而得罪诸王爷，他有这种心思，臣以为该杀。"

"阔出，你说呢？"窝阔台道。

"儿子以为耶律秃花罪在不赦，应按《大札撒》处以极刑，让那些抱同等念头的人引以为戒。"

殿内诸王诸颜见大汗要执意处决耶律秃花，一齐跪下表态道。"臣等都赞成、察合台王爷、阔出殿下的话，耶律秃花该杀！"

窝阔台对众人道："……都起来吧。铁木格为他求情，是受了耶律秃花之托，受人所托，忠人所事吗。朕非不念着他有微功，可前方将士的呼声，燕京行省折子，都表明他犯了众怒。朕不能不给前方将士一个交代，不能因他一人坏了先皇的《大札撒》，朕不抄他的家，就是天大的恩典。"

耶律秃花见铁木格被当庭驳了颜面，知难逃一死，反倒轻松下来，叩头道："谢大汗恕了臣一家，臣愿以死赎罪！"

窝阔台叹道："耶律秃花，非朕容不得你，也不是王爷们不救你，更不是众人落井下石，国法俱在，你误国大矣，无粮输军，蔡州这仗怎么打？为了灭金，不给金兵以苟延残喘之机，朕要拿出一半蔡州以南之地，请宋国资粮资军，朕不杀你，何以正国法！来人，将耶律秃花推出去！"

耶律秃花被押下，三声炮响后，怯薛将首级呈上。

处理了耶律秃花，窝阔台望着众人道："今天召见大家，被耶律秃花渎职的事坏了心情。目前联宋灭金的事已提到日程，朕想荐一人去蔡州主持军事，诸位王爷说说该让谁去蔡州？"

按赤台知道大汗有意派阔出去蔡州，跪前道："臣举荐三殿下阔出，他处事果敢，数年来一直在大汗身边，深得信任，去蔡州定能不负圣望，早传捷报。"

铁木格亦知大汗之意，刚才大汗虽未责怪，但终落下风，亦道："臣亦赞同按赤台之议，出征蔡州非阔出殿下莫属！"

众人望着大汗，窝阔台笑着望着察合台道："王兄你说说。"

察合台见窝阔台点将，忙站起身道："臣也赞成阔出去蔡州，他虽未经过大的战阵，但一直主管中军，谁也不是一出生就能打仗。阔出心劲足，可以让他去蔡州磨炼磨炼。"

阔出眼见贵由有些不自在，一直恳切地望着自己，想起那日额娘的话，心一软，跪前道："父汗，几位王爷荐臣，臣很高兴，可儿臣想来想去，觉得贵由哥哥更适合担此重任。"

诸王荐阔出，此事本已要画句点，可阔出一句话，造成一个态势，给贵由出征燃起一把希望之火。

不里站起身奏道："阔出殿下的话，臣也赞成，倒不是阔出殿下年轻，是考虑到阔出身肩中军重任，因此还是让贵由殿下出征合适。"

众人见阔出举荐贵由，也不知该举荐谁，其实阔出并非不想出征，只是怕贵由再怨恨自己。

贵由见阔出与不里推荐自己，心中高兴，用眼睛看了身边亦鲁格一眼，他知道，亦鲁格在窝阔台身上有很大影响力，在未进帐前，他就征求亦鲁格意见，希望他能支持自己，只是没有结果。亦鲁格见阔出主动退让，以为大汗又变卦，便道："臣也支持贵由殿下去蔡州。"

窝阔台见贵由还在寻求他人支持，冷着脸道："贵由，你看什么？出征金国，你就不要争了！"

贵由腾地红了脸，以为父汗是怕自己身子有病，才让自己放弃，忙表态道："父汗关心儿臣之意，儿臣心领神会，但儿臣不能因有病，误了国家大事。父汗答应过儿臣，因此儿臣想去蔡州灭金。"

窝阔台没想到贵由用自己的话替其辩解，用眼睛看了看贵由，又扫视了众人一眼道："贵由，打仗不是儿戏，你腿疾未愈，眼下也带不了兵，朕意你就不要去蔡州了。"

"儿臣可以带兵，请父汗答应。"贵由有些着急，脸上淌着汗。

"朕对你已有安排，叶密立大旱，你马上就回叶密立。回去后，在那里一边兴修水利，一面练兵，准备明年参加西征。"

大汗宣了旨，贵由低头缩脑不敢再言，殿内本有些人要替贵由说话，见此情景都不敢再言。

窝阔台对阔出支持贵由出征，极不满意，瞪了阔出一眼吼道："阔出——二伯父和铁木格老王爷、按赤台王叔都举荐你，你却东扯西拉，难道你想违朕旨意？"

阔出脸刷地通红，叩头道："非儿臣不想出征，只是贵由哥哥有意征金，再三求儿臣支持他，儿臣想出征，可不能不顾兄弟之情！"

阔出的话，惊了众人，谁也没想到他能说出这样得体的话。窝阔台知道阔出说得是事实，可心中并不高兴，冷冷地地道："朕对你看得很重，让你去蔡州是试试你浑身斤两，诸王们支持你去蔡州，是为国荐才！你可倒好，来了个金蝉脱壳？你小小的年纪，在朕的朝堂上，公然卖弄人情。私而废公，让朕何以看你,又让人如何看朕。朝堂议的是国事,私情摆不上桌面,况贵由的事,朕早有了主张,他要回叶密立主政。”

阔出见父汗暴怒,忙跪下叩头道:“儿臣处事不明,糊涂透顶,不该朝堂上以私废公,请父汗责罚!”

“责罚,你当然该受责罚,临阵退却,朕怎么放心让你去蔡州。”

阔出见父汗说得严厉,也不敢回话,朝中诸王大臣没想到阔出一句话惹怒了大汗,连阔出也要受责罚,不禁紧张起来。

察合台躬身道:“大汗,臣有话讲。”

窝阔台看了一眼察合台道:“皇兄有话请说!”

“大汗,臣也以为阔出该责罚,可念他出于对兄长的爱心,责罚可否在他去蔡州后。如果他不胜任指挥蔡州之职,再行议罚。”

窝阔台本要纠正朝廷中,诸王大臣动辄因私废公的恶习,可此时毕竟面对着自己的儿子,叹了口气道:“朕平生最恨心口不一,在朝堂上要弄朕的人。朝廷之所以立规矩,就因为朝堂为公所设……如果朝堂为私意所设,朝堂岂不成了市场,贩官鬻爵,贿赂公行之所,那样国家焉能长久。”

“儿臣知罪,愿去蔡州,并立军令状,明春剿不灭了金国,儿臣定负荆请罪!”

“明春灭金,你这样肯定?”

阔出叩头道:“儿臣听说我军粮草不足,金兵在蔡州同样粮草不足,臣去蔡州,会加快催促宋国,请他资兵资粮,如能保证粮草,灭金极有把握!”“你对联宋灭金如何打算?”

“儿臣与王揖谈过,宋朝皇帝赵昀刚刚亲政,急于建功,儿臣去蔡州后,会遣人去临安,打消宋人对我恐惧之心。宋国有分一杯羹之企图,诱之以利,定能让他主动助我。”

“你有这样的想法,那你就准备出征吧!”

“儿臣将三日后去蔡州,请父汗俯允!”

“好,军中无戏言,朕就希望你到蔡州能尽快打开局面,明春完不成任务,朕可要治你的罪!”

在脱烈哥娜大帐,阔出迈进门槛儿,却见贵由正在母亲的帐内,忙悄悄地跪在地毡上,请安道:“儿臣阔出向母后请安!”

“父汗身边的大红人来了!”贵由因谋求带兵不成,望着阔出讥讽地道。

脱烈哥娜看了贵由一眼,反感地道:“你这个当兄长怎么这样说话,你父汗让你去或让阔出去蔡州主兵,对额娘看都是自家的人!”

“是的,母后!”

“你哥哥现在成了一个扶不起来的阿斗。”

“母后，父汗还是很看重大哥的，准备让哥哥回霍博老营练兵，明年准备出征欧洲。”

“可父汗一定让你去蔡州，我还是不如你吗？”贵由有些酸楚地道。

“哥哥出征东夏时，父汗就表示过让我去蔡州主持军事，只是这话不到父汗最后拍板，兄弟也不敢对任何人透露……”

“唉……你早向我些透点风，何至于让我当众出丑！”贵由嘴上嘀咕道。

“兄长，父汗没定砣的话我怎能说，就是真告诉你，也怕你不仅不信反生疑心。就说今天铁木格老王爷、按赤台叔叔都对你泼冷水，说父汗选中了我，可你信了没有，反倒央求我？”

脱烈哥娜听兄弟二人的争论得激烈，再也忍不住了，打断二人的话。望着贵由吼道：“母以子贵，你俩都是我的儿子，都是吃我的奶水长大的。娘希望你们都将目光放远一点，你们亲兄弟是一根线上的蚂蚱。贵由你是兄长刚出囹圄，身体又不好，你父汗怎么可能让你去中原；让你回叶密立，准备明年出征欧洲，还不知足，连额娘都替你脸红！”

贵由低着头道：“恕儿臣想偏了，过几天，我就回叶密立去。”

脱烈哥娜见贵由疲惫，望着他说道：“贵由，你先回去养养身子，我与你弟弟还有些话要唠唠。”

“弟弟，祝你在中原马到成功，哥哥平素性子直，你多包涵些。”贵由离开前与阔手握了握手，走出了宫门。

脱烈哥娜见贵由走远，看着阔出语重心长地道：“你哥哥得罪了父汗，没有囚死就算他命大，你父汗因他连额娘的话都不听了，没法子我才搬出了你二伯父，才为他求得个平安。你差办得好，你父汗已有让你即位之意，因此去蔡州对你是一次不小的考验，要好好干，莫负了你父汗之意。”

“哥哥只暂时受到父汗冷落，现在谈谁即位，怕还为时过早。可母后嘱咐我去蔡州的话，儿臣记住了，绝不会辜负母后和父汗的托付。”

娘俩正说话，外面一个绿衣女侍掀帘子进来，跪下禀报道：“大哈敦，阿儿浑大人派人向哈敦和阔出殿下报喜来啦！”

“让报喜的进来吧。”

一个穿着锁子甲的侍卫进来跪下禀道：“奴才奉命前来报喜。”

“说，有什么好消息？”

“大汗早朝后，带人出外狩猎，特意命阿儿浑大人去唤皇孙失烈门同去。失烈门骑马赶上大汗，恰好云间有几只云雀在飞，大汗低头对失烈门道：‘小皇孙，听说你会射箭了，能否射中那只云雀吗？’失烈门小王爷从背上摘下弓,搭上箭,气都不喘向云端射去。”

“失烈门射中了吗?”阔出担心地问。

“射中了。云雀从云头跌落下来,阿儿浑大人亲自打马去拾来,交给大汗。”

“大汗说了些什么?”脱烈哥娜感兴趣地道。

“大汗说:‘好孙儿,你的箭术不错嘛!’失烈门手拎着云雀,对大汗道:‘孙儿还不行,但孙儿长大也要向爷爷一样做大事。’大汗当时非常认真地说:‘好哇,你崇拜大汗爷爷,你射了云雀,该怎么做?’皇孙失烈门用手指在云雀伤口蘸了血,轻轻地抹在大汗的手上。当时大汗大笑着说:‘好皇孙 佳皇孙,光能横刀立马不行,还要学习文化,掌握治国的本领。’皇孙失烈门说:‘孙儿一定好好学本领!’当时大汗高兴了不得,他看到皇孙失烈门骑着一匹矮小的沙栗马,就对阿儿浑大人说,失烈门的马不好,回宫将那匹拂郎国贡的‘草上飞’牵来,送给失烈门作为奖赏。阿儿浑大人见皇孙失烈门得了头彩,立即命奴才回来,让把这消息告诉大哈敦和阔出殿下!”

“是好消息,话也传得明白,来人——带他下去领赏银!”脱烈哥娜知道阿儿浑想跟随阔出去蔡州,大汗已经答应,因此才来献殷勤,便站起身,对一个侍女命令道。

来人去了,脱烈哥娜笑望着阔出道:“好儿子,额娘说什么来着,你的机会来了。你父汗在这什么多皇孙间挑选失烈门与他狩猎,绝不是偶然的事。如果不出意外,你将有机会获立太子之位的。”

“儿臣没有想到父汗会想到失烈门,还带他出去狩猎,他只是个孩子呀!”

“水到渠成,求是求不到的,额娘替你高兴!”

第四十二回

异域追凶兄妹奇缘 清真寺二王遇火险

农历九月中旬，远山衔着落日，金色的余晖洒落在马鲁高大的城门楼，城外出现一队神秘的驼队。城门守卫官是一个百户长，他刚巧走过去，要检查着驼队的路引。忽然，城内一个军官模样的人，骑着高头骏马飞奔而至，大声喊道："瞎了你的狗眼，快放行，这是成总督等待的人！"

百户长回过头，正想发怒，见总督府年轻的书记官阔里吉思正瞪着眼望着他，顾不上去查路引，转身向列队卫兵道："总督有令？放行吧！"

驼队顺着城门石块铺成的路面飞奔向前。驼颈上的铃铛叮咚地响着，驼车中一辆黑色的帐车门帘晃动了一下，里面闪出一个女人的面孔。马上的书记官阔里吉思贴近骆驼上的长着小胡子汉子的耳朵，神秘地道："阔端与蒙哥二位亲王也已经到了，总督正等着你的消息。"

驼队经过市中心一个长满郁金香的大广场，拐了个弯，进入广场后面一个圆形尖顶白色的建筑，这就是呼罗珊和马赞答儿达总督成帖木儿的官邸。小胡子和书记官穿过大门和小花园，走进了那座白色建筑的大门。几个仆人跑出来，把他们引进一间铺着红地毯，椅子上放着缎垫，窗明几净的大厅内，副总管宝合丁赶了过来，对小胡子道："你回来正好，成总督吃不消了，喝杯水就进去汇报吧！"

在大堂中间一张太师椅上坐着一位腰上佩戴着蒙古刀的人，他正是蒙哥。他身旁是吊着二郎腿、斜靠在椅子上的阔端。成帖木儿刚汇报完，他穿着白色绸缎袍子，用白布包着头，跪在地毯中心有些垂头丧气。副总管宝合丁小心翼翼地低头进来，在阔端、蒙哥身边打着千道："两位王爷，沙剌法丁大人回来了，正等候召见？"

阔端对跪着的总督成帖木儿道："你起来吧，差事办得不好。札兰丁闹事闹到哈剌和林城，汗国的威信受到挑战，大汗非常生气。"

成帖木儿抬起枯瘦的脸，翘着大胡子惊恐地道："二位小王爷恕罪，沙剌法丁已奉了奴才之命寻找札兰丁，他回来肯定能带来有关的消息。"

沙剌法丁哈着腰随着副总管宝合丁走了进来，见两位蒙古王爷坐在太师椅上，身后分别站着几个虎背熊腰的带刀侍卫。成帖木儿垂手恭顺地站在一边，小胡子没见过此种阵势，额上先沁出了汗水，双腿一软跪下。成帖木儿指着小胡子，对阔端与蒙哥介绍道："王爷，他是奴才的属下沙剌法丁，一个月前奉奴才的命令开始寻找札兰丁，刚回马鲁，可否让他讲讲掌握的情况？"

"说吧，发现了些什么？" 阔出眯缝着眼睛扫了小胡子一眼。

小胡子抬着头，眨巴着灵活的小眼睛："王爷，总督听说大汗在漠北被札兰丁的人绑架后，就命小人前去逮捕贾瓦兰的亲戚。可我到赫拉特[①]发现不知是谁报的信，他的家里一个人也没有，经过对其邻居的审讯，都说已经多日没见他家的人。"

"浑蛋！这两天到处没见你们的人，两位王爷急得不得了，你说，你们到哪儿去了？"成帖木儿愤怒地盯着他，自从得到窝阔台大汗被绑架，凶手就是角力士帕剌汪非剌和商人贾瓦兰，成帖木儿总督几乎感觉到一把冰冷的刀已经架在自己的脖子上了，因此心中十分恼火。

"总督大人……你别急，在赫拉特的一座清真寺，小人发现一个不明身份的女人，小人从一个托钵僧口中得知这个女人知道札兰丁的情况。小人费了很大劲，终于在帕鲁帕米斯山山口捉住她。她会点武艺，捉她的时候，还打伤了我的人。因怕误事，下官将她与托钵僧带了回来。"小胡子低声下气地说。

"好！干得不错，快把托钵僧和女人带来！"阔出说。

"嗻——"

小胡子沙剌法丁出去了一会儿，一个穿着灰色长袍长胡子的托钵僧和蒙着头纱的一个黑眼睛女人被带了进来。托钵僧哭丧着脸低着头一直在发

① 赫拉特：在今阿富汗西北部。

抖,那女人很年轻,也不安地四下观察着。厅堂内铺着火红色的地毯,嵌满宝石的屏风边,两把太师椅上坐着两个人,从他们金锦吉服上看得出是两位蒙古王爷,二人的吉服上五个金色的纽扣闪闪放光。二人身边,站着的是一个扎白色缠头、尖下颏上留着长长的胡须的老头,她认得此人是蒙古人在呼罗珊的最高长官成帖木儿。她咬了咬银牙,眼中迸着仇恨的火焰。

成帖木儿发现这个女人四处观望,便向前几步对视着她,可在双方的对视中,他发现这个女人很顽固,便用阿拉伯语说道:“你叫什么名字?”

女人用轻蔑的目光敌视地看着成帖木儿,说道:“我叫阿蓝红云,是蒙古人 是被你们的牙老瓦赤的商队贩卖到赫拉特的。我多么希望大旗所到之处 不让城镇毁败,乡村变成黑色的废墟,尸横遍野,田野荒芜……”这个姑娘的话一出口,站在蒙哥身后的阿蓝答儿便心一惊,他睁大了眼睛,几乎站不稳脚跟。

“你受谁的指使去清真寺的,是不是札兰丁?”成帖木儿瞪着眼,挥着拳向女人威胁道。

“你们莫明其妙地将我捉来,向我询问札兰丁!难道不可笑吗?”

“你也不说吗?”蒙哥见成帖木儿的攻势并不成功,瞪起眼睛,从腰间拔出七星宝刀,猛地挥刀砍向托钵僧。托钵僧吓得向后退了几步,高声惨叫着,颈下长长的黑胡须飘落在地,人早吓得面色如土。

蒙哥用鼻子哼了一声,大声喝问道:“她不说,你说。你了解赫拉特多少?了解这女人多少?他与札兰丁是不是同谋?你说了就放过你,不说,小心我剁掉你的双手,再剁掉你的双脚,快说——”

托钵僧已吓得魂不附体,带着哭音道:“我是个托钵僧,请你们相信我。这几天我刚刚到赫拉特。我发现每天都会有大批信徒听一位名叫苦思丁的教长传教。他宣称花剌子模还会强大,将有一位强大的苏丹出现,他会征服世界。他每次讲完,还会为穷人治病。有人说他还将药粉吹进哑巴的嗓子中,治好了哑症。我只是个居无定所的游方僧人,我见这里人们都愿意施舍,因此停留。那天晚上躺在寺院台阶上,被你们抓来。这个女人常去寺院,有时苦思丁与她一起交谈。我还看见苦思丁常将一些东西交给她,还见她骑马鬼鬼祟祟出城,据我估计她绝非是一个富商的使女。”

“据你所知,札兰丁是否还活着,是否就在赫拉特?”

“这……怕只有苦思丁能说清,这个女人也许知道些……”

“将他先押下去。”蒙哥命令道,侍卫上前将几乎瘫软在地的托钵僧押了出去。

宽大的官邸内,所有的目光都集中在那个女子身上,空气中听得到女人的呼吸声，她大高个儿，面庞变得极苍白，一双明亮的大眼睛眨着。

蒙哥右手握在刀把上，两只褐色的眸子闪着凶光，他走向那女子，眼睛不动地盯着她，仿佛要看透这个女孩心底的秘密。他知道这是个犟女人，要撬开这个女人的牙关并不容易。那女人抬起头，眼睛与蒙哥对视着，蒙哥也感觉那里面有一种不屈服的光。他没有再使用对待托钵僧的办法，而是轻声地道："你说你是个蒙古人，可是谁让你仇恨你的祖国？你在为谁做事？是为苦思丁吗？还是为札兰丁做事？"

"我已经来到这里十个年头，亲眼见到许多城镇、许多教堂、许多的房屋化为灰烬，许多树上挂满不屈的男人、女人的尸体……我也看到，蒙古人用人的头颅堆起了一座座恐怖的金字塔。我还可以告诉你没人指使我，我的主人被杀了，除了主人无人能指使我做什么……"

"现在你住在哪里？"

"主人一家被杀死了，我活了下来，在这里我没有任何亲人，只是孤零零一个人。"

"胡说，你骑马去帕鲁帕米斯山要干什么？你想骗过本王吗？"

"我靠乞讨度日，求真主帮我过上安稳的日子，当然有时我也到山里弄些山货，进城换些衣物……"

"胡说，讲真话本王不仅可以放了你，还能让你回蒙古去，告诉我苦思丁是什么人？他鼓吹能使花剌子模强大的苏丹是不是札兰丁？"

"苦思丁是个好人，他给我看过病，他是个有学问的人，我从未听说他反对过蒙古人。卑鄙的像狗一样的托钵僧的话，没有人信，人们早就说札兰丁死了，王爷只能上地狱或天堂去寻找了。"

"你给我住嘴！"蒙哥猛地夺过侍卫手中的鞭子，雨点一样的鞭子抽在那瘦弱的女人身上脸上，血道子从脸上流了下来。那女人跌倒在地毯上，用手拼命的护着头，任蒙哥抽打着，如一块被抽打的石头，开始还在叫骂，接着没有一点声音。

在这瞬间寂静中，也许过于紧张，阿蓝答儿心中的堤坝崩溃了，他几乎发了狂似的冲了过来，跪在蒙哥腿边，用身子紧紧护住那个女人，叫道："王爷，你不能再打了，不能打了……"蒙哥瞪着吃惊的眼睛，想挣脱爱将阿蓝答儿，可挣不脱……

议事厅内，空气在瞬间凝固，阔端、成帖木儿一起对侍卫命令道："还等什么，将这个疯子抓起来！"

蒙哥终于停下了鞭子，一脚将阿蓝答儿踹倒，几个蒙古侍卫们冲了上来，将阿蓝答儿五花大绑像死狗似的丢在蒙哥脚下。蒙哥不解地望着阿蓝答儿，他弄不明白这个他亲手带起的侍卫长，是为女孩的美貌所打动，还是发了神经病，怒道："蠢货，你发疯了吗？"

阿蓝答儿挣扎着爬到蒙哥脚下，哭喊着："王爷……奴才没疯，这个阿蓝红云，就是我的亲妹妹呀！"

"你哪来的妹妹？"

"王爷，你是否记得当年在古河驿，我说过有一个八岁的妹妹，被债主卖给人贩子。十多年了，没想到在这里见到妹子，她就是我可怜的妹妹呀！"阿蓝答儿说完话，苍白的脸上变得有了些血色，长长地出了一口气，直挺挺地跪在地上。

蒙哥大惑不解地说："真有这样的巧遇，这个危险的女人会是你妹妹……"

"哥哥！"倒在地上，淡紫色袍子被鞭子撕成碎条，鞭痕累累的阿蓝红云，从地毯上抬起满是伤痕的脸，散乱的头发罩不住额上渗出的鲜血。她一天多饭水未沾牙了，虚弱极了。可听见一个熟悉又陌生的男子自称是她的哥哥，还为她挨了打，阿蓝红云没有睁开眼睛，她苍白的脸上露出痛苦的神情……

蒙哥头脑里很混乱，可确实记起阿蓝答儿没有说谎，他叹了口气，对侍卫吩咐道："松开阿蓝答儿，他没有撒谎！"

阿蓝答儿扑向躺在地毯上的妹妹，他用胳膊抱起她摇动着，眼里闪动着热泪，嘴里默默地念叨着："红云，我是你的哥哥阿蓝答儿呀，你醒醒呀！"

蒙哥有些不耐烦，狠狠地瞪了阿蓝答儿一眼，对侍卫吼道："将这个女人抬走，找个医生先看一看病。"

那个女人被抬走后，阿蓝答儿跪在地上，眼中闪着泪花，叩着头道："奴才失态，请王爷治罪！"半天没言声的阔端，走近蒙哥说道："兄弟，将这个女孩关押起来，当务之急应迅速赶到赫拉特，将苫思丁抓起来，力争从他身上审出贾瓦兰的亲属藏在何处，如果顺利，也许能查出札兰丁的下落……"

蒙哥望着成帖木儿大声地道："成总督，殿下的话听到了吧，你马上安排，我与阔端殿下要连夜去赫拉特，不能再让苫思丁消失了！"

成帖木儿关切地道："两位王爷刚到，不如休息一晚，我让书记官去赫拉特抓人？"

阔端摇了摇头，果断地道："不，王命在身，我们马上就走！"

当夜，从马鲁城开出一队人马，马上驮着一些丝绸和日用品。阔端与蒙哥分别扮成商人，穿上丝绸棉袍，头上缠着阿拉伯人常戴的头巾，阿蓝答儿和侍卫们都扮成了赶马人，在阔里吉思带领下踏上了茫茫夜路。

赫拉特距马鲁大约有三百公里的路程，夜风吹在脸上，让人格外清醒。天宇间繁星眨着亮眼，蔚蓝色的天幕给人更多遐想的空间。蒙哥记得小时候父王喜欢在星星出齐的晚上，抱着他站在殿帐前，教他一颗一颗地数着天上的星星。一样的夜空，月亮、星星没有变，可生活在天幕下的人，哪怕是最亲的人，一旦离开人世，你想他的时候，也只能在梦里相逢了。蒙哥在马上打了个盹儿，听着叮当的驼铃声，呼罗珊这个名字，对他来讲并不陌生，因为他的父王拖雷当年随铁木真渡过乌浒河，攻克巴里黑①后，就奉命荡平呼罗珊所有的城镇……此刻他沿着父王走过的路，望着路边那些毁灭的城垣、旷野上站立的枯木桩，他依然能想到当日战争的残酷。空寂的田野刮着暖和的夜风，马嘶驼鸣依旧，可父王却无法再看到这一切了，眼泪从他的脸颊上滑落下来……

马队跑了一夜的路，次日清早，他们在河边进行了短暂的休息，接着进入帕鲁帕米斯山山地，这里海拔八百多米，天空还飘荡着几块阴云，由于坡陡路滑，所有的人都牵马而行。到了山顶，凛冽寒风中，竟然飘起了雪花。阔里吉思将带来的皮袍取出给阔端与蒙哥两位王爷穿上，其他人也都加了棉衣。又整整走了一个白天，晚上又继续点起灯笼前进。

两天后，他们进入哈里河平原。天气也温暖起来。在离赫拉特不远的地方，阔端、蒙哥让人在旷野架起帐篷，因为城门不开，进城也要等一段时间，空旷的原野万籁无声。同行的书记官阔里吉思轻轻地哼着一首古老的歌：

“你抛弃自己人的故乡，
不是为了寻找天堂，
却是那面包和椰枣，
把你吸引到了远方……”

蒙哥从未听过这样的歌，便向阔里吉思问道：“这是什么时代的歌谣，为何如此哀怨？”

阔里吉思轻声道：“王爷，这是一首述说历史的歌谣，当年闪族人离开自己的故乡，赶着牛羊，就是唱着这样的老歌来到呼罗珊的……”

黎明冲破晨雾，接着初升的太阳将他的光和热洒向大地。在城外，阔端、蒙哥和跟随他们的侍卫，在山冈下吃了熟马肉喝了酸奶。当赫拉特城门大开时，他们在那条玉带般美丽的小河边洗了脸。小河碧波粼粼，沿着城外高高的城墙流动着，并顺着水门流进城垣内。他们是牵着马进了城的，街道

① 巴里黑：今阿富汗马扎里沙里夫之西。

两旁各式各样的生意铺子刚刚开张，卖葡萄、椰枣、牛羊肉、鱼虾、布匹和中国丝绸、瓷器的应有尽有。为了招徕客人，许多商人将山货摆在街市两边，这队人马在阔里吉思的引领下毫不费力地进了城。

赫拉特城曾被拖雷毁灭过，可人的创造力，把这座城重新恢复过来。大伊拉克门不远处，就耸立着一座镶嵌蓝色花纹瓷砖的大东清真寺。寺院的穹顶是用绿色琉璃砖贴面，中心的尖形塔顶插入云天，早晨的太阳照耀在寺院的穹顶，发出耀眼的光芒。寺内那座高大的礼拜堂有着花瓣形宽敞的拱门，殿内点燃上千盏灯，来自城内的穷人、富人正从四面八方走进寺院。

阔端与蒙哥随着人群进了礼拜堂。他们发现讲经台边，站着一位身材高大的中年人，他脸色黝黑，长着长胡须，穿着麻布袍子，头上戴着顶呢帽，一双眸子闪出的光芒如水一样深沉。

阔端与蒙哥在阔里吉思带领下，穿过人群来到讲经台边，阔里吉思朝苦思丁鞠了一躬，说道："尊敬的大人，有一位尊贵的朋友患有先天的哑症，听说你有很高的医术，如果你能为他看好病，他愿付给你许多金银。"

苦思丁将经书放在台上，看了一下阔里吉思，又望了一下阔端和蒙哥。显然他已看出他们是异乡人，点头道："远来的异乡人，你们喜欢听我讲经，就安静地坐在那里；如果只是为了医病，待我在讲经后再来看病。"说完话，他不再看阔里吉思，他站在讲经台上，把头伸向前面，面向下面的信徒，用低缓有力的声音，念起经文来。

信徒们都坐在地毯上，一声不响地听他讲经，人多得了不得，可是无人发出一点声响。忽然寂静中有人高喊道："伟大的安拉，我们受够了压迫，让主来引导我们，哪怕要我们献出鲜血和生命也在所不惜！"

蒙哥将阔里吉思叫到身边，他从腰中抽出宝刀，对阔里吉思道："苦思丁在这里煽动暴乱，这里已嗅到血腥味了，制止他！我们的宝刀呼唤我们保卫蒙古汗国的荣誉，不能沉默啦！"

阔里吉思点了点头，从坐着的人群中站起，用手掌拍了一下，盯着苦思丁道："苦思丁，你这是煽动宗教敌意，公然与蒙古汗国对抗，马上停止讲经，否则这座寺院将被毁坏。"

苦思丁狠狠地瞪了阔里吉思一眼，当他看见阔端与蒙哥等人手按在刀柄上，便将手放在经书上，说道："真正的穆斯林们，压迫不会让我们低下头去，只有死亡才能制止我们的讲经。"

"快！将苦思丁抓起来，所有反抗者杀！"蒙哥话刚落，侍卫们一齐动手。

"蒙古人，天火已经点燃，你们发抖吧！"站在高处的苦思丁见到礼拜堂已经在燃烧，窗口噼啪地燃着大火，浓烟弥漫了讲经堂。苦思丁不再讲经，他抬着头哈哈大笑着。他一边笑一边对人们高喊："穆斯林兄弟，蒙古人点燃礼拜寺，他们是要我们死，我们也要让蒙古偿还血债。兄弟们拿起棍棒来，与蒙古人拼吧，我们宁死在火中也不与敌人一道活着，大火将舔食敌人与暴君，安拉与我们同在！"

苫思丁一句话，惊醒了正在做礼拜的人们，许多人从身边操起棍棒，还有的人拿起早就藏在身边的大刀，一齐向蒙古人冲来，人们大声高喊："杀死这些龌龊的蒙古人——"

喊杀声在礼拜寺内响起，连站在苫思丁身边念经的人们，也参加进战斗中来……

穆斯林的反抗，是蒙哥和阔端做梦也没料到的事，侍卫们霍地拔出腰刀围成一圈，与冲上来的人们拼杀在一起。他们虽勇敢，却未经战阵，又没有兵器。不长时间，在蒙古人脚下已经躺下几十具尸体。后面的人们依旧往前冲，刀剑的碰撞声，受伤的惨叫声，濒死的哀号声，使寺院内极其混乱。阔里吉思手举长剑寻找讲经台上的苫思丁时，人已不见踪影，可他却发现寺院内已蹿起火苗，浓烟正在让人窒息。他大声地对阔端和蒙哥喊道："两位王爷，有人在清真寺内放火了，得赶快离开这里，否则要困在这里了！"

蒙哥杀红了眼睛，他的脚下已经躺下十余具尸体，听到阔里吉思的话，他将刀上的血在一具尸体上擦拭一下，抬起头，他已嗅到死尸的焦煳气味，看到讲经堂内一些桌椅杂物正在燃烧，许多教徒正在冲向进来的那扇大门，准备逃跑。他忙对一个百户长命令道："你带些人做后盾，其他的人保护阔端殿下随我杀条路，争取时间离开这里！"

百户长答应着，带人冲向身前的教众，其余的侍卫们开始保护着阔端、蒙哥向寺院出口杀去。亡命的教徒们依然紧追不舍，烈火已从窗口、屋顶蔓延进整个讲经堂，一些木制的家什和桌椅开始燃烧，呛人的浓烟使人窒息。教徒们也开始动摇了，许多人意识到烈火的炽热，也开始向大门涌去。

侍卫护着阔端与蒙哥和阔里吉思，用刀剑在穆斯林的棍棒中，杀出一条血路，并冲到门边，可铁门紧闭，撞击敲打并不能打开大门。大火卷了过来，舔食着人们的肉体，浓烟更是无孔不入。阔端与蒙哥伏在门边终于站立不住，所有的人都开始感到死亡正在逼近，胸口正仿佛要涨开，肉体在燃烧……刀剑棍棒在手中再也不能发挥作用，他们一个个瘫倒在地上……

清真寺起火时，大丞相沙剌法丁正命人搜查贾瓦兰家，并逮捕了一些街坊邻居。正要来见两位王爷，他忽然发现清真寺起火了，望着熊熊大火，他脑袋一片糨糊，额头立刻闪着晶亮的汗水，急忙带兵朝这里奔来。

阿蓝答儿本奉命带几个侍卫在清真寺外巡察，寺外很静，一直无人出现。猛然他看见一个头上垂着白色缠头的汉子从寺中跑出。阿蓝答儿心中纳闷,那人手脚极麻利,他穿街走巷,费了很大劲方捉住那个人。等回到礼拜堂,他看见火已将讲经堂燃成一枝火炬,不禁大惊,发了疯一般冲进清真寺。等他赶到讲经堂前,发现讲堂内梁柱开始倒塌,门内已听不见人喧哗声。阿蓝答儿满眼是泪,用板斧砸碎礼拜堂门锁。大门开了,滚滚的浓烟从门内蹿出,被火熏到的人挤压在一起。阿蓝答儿一眼就看见倒在门边的阔端与蒙哥,冲着侍卫大吼:"愣什么,快救人!"一边喊,自己冒着浓烟冲进门边,将压在人下的蒙哥背了出去。侍卫们也将阔端、阔里吉思和能找到的侍卫抬到寺外安全处。

待大丞相沙剌法丁赶来时,阿蓝答儿正在用刀砍杀那些奄奄一息准备爬出来的人。几个时辰后,整座礼拜堂已被烧落架,大火烧死近千人,一具具散发焦糊气息的尸体,整个清真寺内外都呈现惨不忍睹的景象……

蒙哥被踏伤,阔里吉思头被木棍砸伤,都只在床铺上躺一天,第二天就坐起来了。只有阔端左臂和腿上都有剑伤,胳膊吊着绷带,躺在床铺上……

阿蓝答儿垂头丧气地站蒙哥床边,一直后悔没有及时保护好两位王爷,蒙哥跛着脚,望着苦着脸的阿蓝答儿道:"别像死了娘老子一样,快打起精神来,没有你,阔端与本王都活不到现在了。我们还有许多事要做,得振奋精神!"他抬头见头缠绷带的阔里吉思和沙剌法丁从外面回来,便问道:"苫思丁的尸体找到了没有?"

阔里吉思道:"蒙哥王爷,在那座倒塌的讲台下,卑职发现了一条通往寺院花园的地道。据奴才猜测可能苫思丁事先得知两位王爷到来,有意导演了这场戏。"

阔端在榻上咬牙切齿地骂道:"该千刀万剐的东西,决不能便宜了他,有新线索没有?"

沙剌法丁脸色黝青,眸子闪着犹豫的神色道:"昨晚,夜审阿蓝答儿捉住的人犯,得到一些消息。他说苫思丁可能就是札兰丁,是他想出火烧寺院的办法。可奴才再三逼问札兰丁的巢穴,他说在帕鲁帕米斯山,他也没去过,真正去过的人只有苫思丁。"

蒙哥眼中闪过苫思丁站在讲经台的影子,气愤地道:"这个苫思丁极恶毒,不管他是不是札兰丁,都要想法子捉住他。"

沙剌法丁道:"昨天我已命人在城门严加盘查,对可疑人都在审讯,相信也许能查出线索的。"

蒙哥沉思着道:"札兰丁躲避在深山里,他一定怕人发现他的行踪。这几天由于我们来了,他会更加隐蔽,得多调集人马,秘密封锁帕鲁帕米斯山进山所有通道，全力挖出他的巢穴。”

从礼拜堂火海中逃出的苫思丁，趁赫拉特还未开始全城盘查之时，已带着少数亲信逃到城外。出城后，他们骑马顺着哈里河向西北奔去，进入了帕鲁帕米斯山，到达一个平时人迹罕至的山坳中，在那里竖立着一座古城垦。外面瞅城堡依旧很破烂，好像是数百年没有人居住。可走近它，人们才会发现在城堡的垛口里，站着一些手持长矛的卫士。进了城堡，你更会发现城堡大门非常气派，堡中有座绿色圆顶的宫殿。苫思丁独自走向宫门时，一些侍卫上前拦住了他，要求查验腰牌，苫思丁笑了笑，把颈下的长胡须一把扯下。侍卫大惊，慌忙跪倒，道：“伟大的札兰丁苏丹，你的扮相简直令我不敢相信，苏丹怎样变成了著名的学者苫思丁了！”

札兰丁笑道：“苫思丁是安拉赐给我重建花剌子模的伟大影子，他现在正在我的宫中等着我，你们也一定会为他像我而感到吃惊的。”

札兰丁当年战败，为了躲避追捕，他来到这里，并叫人修缮这座城垦。商人贾瓦兰在离开呼罗珊时，将自己全部财产都捐给了他。由于这里隐蔽，并进行了数年改造，堡内可以说富丽堂皇，到处红毡铺地，墙壁上用金饰装饰着。见苏丹走了进来，著名的学者苫思丁跪在他的脚下，含泪说道：“伟大的苏丹，这次行动怎么样？看苏丹的脸色，这样快回来，事情一定很顺利 阔端与蒙哥这些蒙古人解决了！”

“哈哈哈——”札兰丁大笑着，“烧得真痛快，这次让蒙古人吃了大亏 只是毁了一座讲经堂，当大火燃起，浓烟滚滚，阔端与蒙哥和他的同伙们奔向已上锁的大门。他们那一张张苍白的脸，恐怖的眼睛，如猎场中的麋鹿一样充满无奈，这些年的忿懑，总算出了口恶气。虽然贾瓦兰的行动失败了，可这回一定吓破了蒙古人的胆子，这件事传到哈剌和林城，窝阔台一定大发雷霆，我已经想象得到窝阔台在儿子的灵前大哭丧的样子了……”

“伟大的苏丹，刚才小人还为苏丹的勇敢担忧。如果这次行动是我去，就是死了也没有什么。烧死了两位蒙古王爷，苏丹的行动将永久载入花剌子模建国史册。苏丹，干脆趁着胜利，再闯一闯马鲁这个龙潭，救出尊贵的苏丹王妃。我的内线说，阿蓝红云王妃就关在一间地下室中，她很勇猛，虽经严刑拷打，可什么也没说。”

札兰丁的面孔长得很帅气，直挺的鼻子，淡蓝的眼睛，嘴巴闭着，嘴角有些下垂，显出坚毅与果敢。阿蓝红云是他来到帕鲁帕米斯山后，贾瓦兰献给他的礼物。她是他后宫妇人中最受宠爱的一个异族女子，可这个女人个性极强，又是那样不安分。她对贾瓦兰几乎是崇拜，也令他有些醋意，听说贾瓦兰死后，她一定要走出城堡，参加反对蒙古人的行动。没想到被蒙古人抓去.这令他极为不安,如果她叛变了,帕鲁帕米斯山城堡就不再安全了……

苫思丁狐疑地瞅着札兰丁,似乎从苏丹不安的神情里,察觉到一种不祥的预兆 。可他知道该怎样等待苏丹的决定,而不是先发表个人意见。

经过短暂的思索,札兰丁整了整衣帽,摇晃了一下身边的铜铃。门外一个寺卫躬身进来,他大声命令说:“马上传令,叫斡儿罕做好准备,我要离开城堡几天……”

第四十三回

赫拉特蒙哥再屠城
札兰丁破牢救孤女

清晨，乳白色的浓雾弥漫着赫拉特城，赫里河上也浮着一层水雾，一切都变得若隐若现，唯有几声鸡啼从市井中传出。

在札鲁忽赤的议事厅，一阵暴怒声震得大丞相沙剌法丁耳鼓发麻。他很经意的一句话惹怒了蒙哥，现在低着头也感到有芒刺在背，让他的心感到发颤。

“大丞相沙剌法丁提出要保护赫拉特城，他说九年前我们的大军杀光了这里的人，合罕即位后，才下令恢复了这座城市。有了这座城市，使我们得以控制附近的山区，控制出入喀布尔的路，说它是一座重要的商业城镇，这些一点也不假。可本王不同意保存这座邪恶的城市，他是万恶的渊薮之地，是藏污纳垢之地，赫拉特必须毫不容情地被焚毁。”蒙哥吼叫着，他心里想就是为了父亲，他也不愿让这座城存在。况且赫拉特清真寺大火几乎让他丧命，苦思丁还逃走了，遭遇如此戏弄，使他决定焚毁这座城市。

“蒙哥王爷，我不是这个意思。”大丞相沙剌法丁勉强抬起头，想重新阐明自己的观点。

“不!”蒙哥打断了他的话，他黑黝黝的脸变得更加难看，眸子仿佛被怒火点燃，从熊皮椅上腾地站起来，整个人变得像点燃的爆竹，话语变得火药味十足:“不要再为该死的城市争论了，邪恶的人该受到惩办，反抗成吉思汗的《大札撒》,杀害蒙古士兵的人没有资格活在人世,城市也是一样。”他在提到成吉思汗的名字时,所有的人都跪了下来。

蒙哥继续说着:“赫拉特人正在与蒙古人为敌,这是不可饶恕的罪恶,这座城市正变成札兰丁物质财富的供应地,是阴谋的渊薮。它在悄悄地颠覆帝国的基础,它是组织新的阴险计划的中心,从富商贾瓦兰到苦思丁,都是必须死的人。荡平这座城堡,杀光所有的人,札兰丁才会丧失立锥之地……在这一问题上,我与阔端殿下的意见是一致的,因此屠城的命令必须坚决执行!”

大丞相沙剌法丁的脸红得到了脖子根上,眼睛充了血,他长长地吁了一口气。阔里吉思没有说话,事实上人们都在等待蒙哥的最后一句话:赫拉特除了工匠外一律得死。

迟来的太阳露出半个红脸,雾还未散尽,蒙哥与阔端就带着卫队来到伊拉克门,而广场一侧被焚毁的大东清真寺废墟上散发着焦糊的气味,偶尔还有被风吹亮的一点点火星。

伊拉克门是赫拉特城堡五个城门之一,其他四座城门为马利克门、非鲁兹门、胡什门、钦察门。这一天,是自从1127年蒙古人屠城后,这座山城再次陷入浩劫的日子。

在全城所有的街衢上,一队队蒙古骑兵穿着在日光下闪闪发光的盔甲,手执长刀,高举着蒙古大纛,骑在从当地征集的“波斯马”上,耀武扬威地在街上奔驰。一些差人奉蒙古人之命敲着铜锣,沿街挨门挨户喊着话:“赫拉特的全体居民们,为了捉到凶手,蒙古国公告,全城的人必须马上到伊拉克大广场集合,藏觅他人均按叛乱分子论处……”

城内居民离开自己生存的家,所有人都意识到大祸临头。生死离别间,孙子扶持的爷爷奶奶,妻子搀扶着丈夫,丈夫领着孩子。数十万的赫拉特居民迈着沉重的脚步,像一群咩咩叫着被赶到屠场上的牛羊,从一间间低矮的茅屋,从祖居高宅深院,汇集在大广场门外。

接着依照蒙哥的命令,城里响起刺耳低沉的牛角号,蒙古马队开始搜寻躲在自己屋檐下、各种隐蔽处、企图逃脱的赫拉特人。一旦发现,立刻被戴上沉重的枷锁,用绳索套住脖子牵到巷口,讯问后立即处死。

甄别工作很快结束,近万个工匠被单独押解出来。近二十万手无寸铁的和平居民们发觉,死神又一次向他们袭来。一个阿拉伯商人站在广场上,对着被蒙古人包围的人们高呼:“乡亲们,万恶的蒙古人、该死的蒙古人又要行凶了。反抗是死,等候也是死,趁他们的屠刀还没举起时,我们拼了吧!”

“我们拼啦——”

“拼吧——”

人群骚动了，不再哭泣，大喊着，赤手空拳的人冲向手握屠刀的人，同蒙古人争夺着刀、长矛。

二十万人的潮水迅速将行刑卫队淹没，许多蒙古兵手中的刀枪被愤怒的人群抢走，士兵被杀死，接着一些夺得武器的人开始寻找蒙古人拼命，整个人浪被疯狂的念头鼓动着，人们的呐喊声、冲击声、夹杂着老人、孩子、妇女被狂怒的人群践踏在脚下的叫骂声，哀号声。许多人的鞋子被人踩掉，光着脚往前冲，这是一个无望中明智的选择，也是死中求生人的本能选择。

数千人的行刑队被冲散，被吞噬，居民中没有一个人企图逃走，而是抬着头迎着死神挺进。在短瞬间，人民的反抗使蒙古兵受到很大的伤亡，蒙古行刑队溃散了，许多蒙古兵丢下武器，背冲着叛乱的人群向后跑去。

但反抗者的胜利是短暂的，危险并没有解除，利刃还悬在头上，这危险来自从周边调来的万余蒙古骑兵和一支亲王身边的卫队。

骚乱中，蒙哥骑着他那匹如大理石雕塑的黑战马，一动不动地观察着暴乱的形势。当他看到暴乱者冲垮了行刑队，嘴角现出轻蔑微笑，接着从腰中拔出宝剑，高声命令道：“草原上的勇士向前冲吧，让我们来一场小猫捉老鼠的游戏吧！”

战马嘶嗥着，死亡的天平又倾向无辜的人们，蒙古马队近万匹战马如呼啸的疾风，这是那个时代无与伦比的利器。蒙古兵手持马刀扑向几乎是赤手空拳的人群，叛乱的居民哀号着像退潮似地向后退却着……

马队践踏着溃散者的身躯，大人的、小孩的、老人的、妇女的，逃跑并不能逃脱死亡。骑着马的蒙古兵用战刀乱杀乱砍，像恶狼追逐着羊群，倒下的尸体堆满了伊拉克广场。

在叛乱的居民中，有百余个夺得武器的壮汉，依然不屈不挠地与蒙古骑兵拼命地搏斗着。蒙哥的黑马扑向这些敢于反抗的市民，阿蓝答儿带着卫队紧随在后，使处于劣势的反叛者雪上加霜。由于形势的急剧变化，叛乱者开始边战边退，这些手拿短兵器的居民愈来愈少，蒙哥的战马撞翻一个黑脸汉子，大刀砍死另一个持棒者，剩余的人也开始失去勇气，开始向后狂奔。

勇气失去，只剩被人宰杀，人们只看到整个赫拉特伊拉克城门外，是飞奔的马队在追赶的逃跑的人，许多人跳到赫里河内，有的拼命往山边跑。天上明晃晃的太阳时而露面，时而隐藏在乌云里，阴冷的风中，裹挟着刺鼻的血腥。

赫里河的河水被鲜血染红了，城外山脚到处尸横遍野，赫拉特这个千年古城十几年内，将听不见人声，看不见人迹，只有废墟中的狐鸣鬼叫。

在众多的反抗者中，唤醒人民反抗的商人夺下了一匹战马。在蒙古兵追杀平民的混乱中，打马越过了赫里河，奔向远处的帕鲁帕米苏斯山，逃脱了蒙古人的毒手。

他逃入深山中后，在一条小河边饮了马，发现马鞍鞯上还有一个袋子，里面有一些银币，夹层中还有些奶酪和马肉。他坐在河边吃了些马肉，又饮了些河水。眼泪从他那轮廓分明的脸颊上流了下来。他就是贾瓦兰的堂弟答尔罕，他的个子比堂兄还高，身子像狮子一样的结实。当年贾瓦兰妻子被杀害，堂兄发恨将自己的财产捐给当时正被蒙古人追捕企图东山再起的札兰丁，并帮助札兰丁策划了绑架窝阔台的计划。堂兄离开赫拉特时，就在这条无名的河边与他道别。可今天他再次来到河边，已是从死人堆里钻出，妻子、女儿毫无疑问已经死在蒙古人的马蹄下，他连回头看一下也不能够。

他耳边仿佛听见女儿呼唤他的声音，最后一次回顾女儿是他冲向蒙古人那一瞬间，女儿大声喊："爸爸——杀光蒙古人——"

妻子、女儿，那样多的赫拉特人被屠杀，使他有了一种感觉，投奔苏丹，报仇雪恨。

他是少有的熟悉城堡的人，多年来他以商人身份，为札兰丁做眼线。他为苏丹购买大量的军需品，可这些家里人并不知道，连妻子也不知道，他恨自己没有早点将家搬迁到喀布尔，可眼下这些想法对家人来说已经没有必要了。

帕鲁帕米苏斯山又名白山，东起帕米尔高原的兴都库斯山脉，它雄伟的身躯延伸到呼罗珊海拔只有八百余米，山上长着杉树林，还有叶子稀疏穿着白色甲胄的白桦树。

沿着山路，答尔罕独自打马以最快的速度向山中城堡跑去，他要把发生在赫拉特的惨剧告诉札兰丁苏丹。

天色近晚，太阳已落入帕鲁帕米苏斯山，山顶群峰上，白色的云彩变成了火红色，于是黑色的山峰几乎通体被包裹在灿烂的晚霞之中。城堡耸立在一座大山的半山腰，这座城堡据说是亚历山大征服大流士时留下的，岁月的流光使这座城堡显得残破，但在晚霞辉煌的映照下，这座城堡垒却显得那样生动壮观。答尔罕拨马上山，快到城堡时，一个意想不到的可怕事情发生了。在答尔罕的眼前，在城堡上空飘扬起蒙古国的黑纛，一队蒙古骑兵冲上城堡。堡中厮杀声、哭喊声、马嘶声响成一团，站在堡上指挥屠杀的就是在赫拉特屠杀中一直没露面的宗王阔端和大丞相沙剌法丁。原来大丞相沙剌法丁捉获的一个教徒供出了札兰丁城堡，由阔端赶赴城堡，堡内反抗被很快肃清。阔端骑在一匹火红色的战马上，缓步进入城堡大门。

“不好!”答尔罕捂住了自己的嘴巴。他不知札兰丁苏丹是死是活,为了自己不再被蒙古人抓住,他打马向来路奔回。由于蒙古兵正在打扫战场,对窥视的答尔罕没有注意到,天彻底黑了,马跑累了,答尔罕方下了马。

夜幕下,峭壁嶙峋,山风呼啸,答尔罕听到山底有泉水声,就牵扯马走了过去。他意外发现,这里有一个可容人的山洞,泉水从山洞口泻出。

他觉得很困也很累,可还是涉水向洞内走去,山洞很宽敞,可容十个人。他看了一下这里很安全,他不怕寒冷,不怕危险,这是在赫拉特作为商人的必要条件。他曾无数次面对危险,他在布哈拉遭遇抢匪,驼队和商队都被杀光,伙伴有的被转卖为奴隶,可他依旧带人活动于此。因为他知道,所有的事都是真主安排的,如果不是真主,他不可能活到今天。

在山洞中,他俯伏于地,反复念诵经文,直到心平静下来,方才寻了一块平整的地方躺下……

马鲁城盘查很严,由于怕出事,城门直到太阳升到天中后才开启,所有出入城的人必须持有可通行的路引。札兰丁带着三十几个侍卫,白天躲在城外,直到入夜才像灵敏的豹子攀墙越城。

入夜,换上蒙古军装的札兰丁伏在一片椰枣林中,等待派出的探子回来。他是突厥女人生的儿子,自幼长在军中,一直想做一个有抱负的君主,决不愿把自己拴在女人的裙带边上。他率军出征,常把妻子丢下,妻妾落入敌手,他也不很在意。可阿蓝红云却不是寻常女人,她知道的秘密太多了,在等待中,一种恐慌的念头袭上他的心头,使他禁不住有些后悔。他不能不自问,是否该来马鲁?因为一旦被发现,大家都会一同完蛋,甚至可能落到蒙古人手中。

夜风变冷了,这是秋季来临的象征,椰枣树叶片随着寒风纷纭落地,发出沙沙的颤音。札兰丁抬起头,望着天,他叹了口气,头脑里在想今冬是否该离开赫拉特这个危险的城堡?

札兰丁在树下望着夜空想心事时,斡儿罕带来一个人。这人是个年轻的突厥人,他跪在树下,用低得只有札兰丁能听清的声音,说道:“伟大的苏丹,奉你的命令,已经查明阿蓝红云王妃就关在蒙古札鲁忽赤的地牢中。”

“她的情况怎么样?”

“蒙古人把她带回马鲁,就把她投进地牢;除了狱卒送饭进入地牢,平日钥匙只掌握在典狱官手中。”

“有什么办法可以进入地牢吗?”

“我的一个亲戚正在值勤,他可以帮我们进去,但要进地牢劫狱还是有一定风险的。”

札兰丁狠狠地咬着嘴唇，在危险中进了城，就不该半途而废，他的牙缝隙间传出一声命令："前面带路！"

在总督府不远处有一个古老的监狱，它原是呼罗珊地方监狱，现在关着一些反抗蒙古汗国的要犯。平日监狱的铁门很少打开，所有的囚犯都关在地牢内的铁笼子里，每天两次只有看守能进出，并将可怜巴巴的剩饭、剩菜丢在囚犯的食槽中。

阿蓝红云第二天清晨醒来，就发现被关进地牢。回想昨天的事，她的眼里不禁噙满了泪水，那个高大英俊的蒙古将军原来就是自己的亲哥哥。在她记忆中，很小的时候，就和十二岁的哥哥住在那间遮不住风雨的黑色帐篷内，额娘去世早，她连一点印象也没有。父亲去世时她有些印象，父亲在为千户放马时，摔断了腿，躺在床铺上，身上盖着那床又旧又破的羊皮被，脸色苍白得像一张纸。父亲死后，家中靠哥哥为千户放羊过日子，哥哥很爱她，常给她讲好听的故事。可有一天，哥哥出去放羊，管家将她从帐篷内带走，卖给一个阿拉伯商人，幼小的她拼命地挣扎哭叫，但还是被塞进毡车内。

在赫拉特，她成为贾瓦兰家中女主人的使女，八年前蒙古军进赫拉特，女主人被杀。后来，贾瓦兰准备去漠北，她被送给苏丹，此刻她有些盼望哥哥出现，可又怕见到哥哥，蒙古人决不会放过苏丹，作为苏丹的妃子，她又何必牵连哥哥呢……

黑暗的牢房中，托钵僧就着过道处一盏马灯微弱的光，在一张纸上写着什么。牢中还有其他一些囚犯，一个年迈的囚犯，就是波斯的诗人卡玛勒丁。他因被监禁的年头太多，蓬头垢面丛生的毛发，碎裂成布条的长衫堆在他弯曲的身子边，只有那闪亮的眸子使人知道他还是个人。阿蓝红云每次从远处看这老人，总感觉到心头涌起无限悲哀……

札兰丁带着人大摇大摆地靠近了监狱，他们穿着蒙古侍卫的军服，腰带上挂着腰刀。门岗从铁门内探出了头，同时从监狱的高高的屋顶阁楼，亮起了几枝火把，数十个守卫从阴暗处站起，将大刀长矛举起。

"你们是干什么的，深夜来监狱禁区有什么事？"门岗问。

"我们来自赫拉特城，奉蒙哥王爷之命，来提一个叫阿蓝红云的要犯。"

"有总督的手令没有？"

"这是蒙哥王爷的金牌和王命文书，难道说还要经过总督的批准？"

站在监狱外面的斡儿罕大声地吼着，屋顶上的侍卫放心地缩回了头，照旧喝酒玩骰子赌博去了。典狱长看着金牌和写满字的文书，却不认识那些稀奇古怪的畏兀儿蒙古字，他犹豫了一下，打开了铁门，门外的蒙古卫队进入监狱长的小屋。小屋子亮着灯，典狱长抬起头来，刚才在昏暗的灯光下，他没有辨清这位自称蒙古千户的脸。当面对面他才发现，这是一张阿拉伯人的脸膛，他正要大叫，一把锋利的刀指向他的脖颈。只要他稍许反抗，马上喉管就会被割断，他只得无奈地坐回到椅子上，对身边的矮个红鼻子卫兵道："你跟着去带人！"

红鼻子哆嗦着走出警卫室，手中的钥匙抖得哗哗地响，他走到了牢狱的铁锁边磨蹭着打开锁。接着向着昏暗的监狱通道走下去，在快走近关押阿蓝红云的铁笼前，他喊道："阿蓝红云，赶快起来……"话音未落，一把锋利的剑插进了他的后心，他一哼未哼栽到石灰地上。斡儿罕迅速地打开了关押阿蓝红云的铁门，叫道："蒙哥王爷让你过堂，走吧！"阿蓝红云没有吱声，她爬出笼子，抻直了腰，跟着他走向监狱地牢阴森的出口。

监狱的铁门开着，监狱屋顶的守卫们喝酒、玩骰子的声音依旧响着。阿蓝红云走出了监牢，昏暗的月光从天宇射下来，冷风吹动着她破碎的袍子。就着月光，出了警卫室的阿蓝红云突然发现身边这些蒙古人面孔很熟悉，抬头一看发现身边走着的竟然是札兰丁，她几乎惊讶地叫起来。

"喂，原来是你们呀！"她轻声说。

"不要吱声，还未脱离危险……" 札兰丁谨慎地叮嘱道。

月的微光下照临着马鲁黝黑的城垣，城内的街口上，两队蒙古马队在昏暗的月光下相遇，双方交换着暗语："征服者！""至高无上的天之骄子！"这地方已经快靠近总督府，蒙古卫队长勒住马，离开自己的队列，来到对方马队前。他发现对方的面孔很陌生，感到奇怪，正要询问，对面一匹马过来，紧接着一把锋利的短剑指向他的心口："不要吱声，让你的队伍去巡逻，你与我们一齐走。"

卫队长是个矮个子，他尖叫起来："呀！有敌……"，他连"人"字还未来的及说出，尸体已栽于马下。对方的巡逻队慌乱拿起刀，叫道："你们是谁？"

札兰丁的马队出其不意冲上去，这是一场狼对羊的厮杀，人数是三十比十，不一会儿蒙古的卫队仅剩一人，那人一边吹响警笛，一边伏马疯狂逃走。

"呜——呜——"笛声一响，札兰丁不敢停留。

由于听见哨声，四周的蒙古卫队赶来了，他们只看见十具尸体，每具尸体都至少挨了两刀，人已经没救。

锣声在城中响起，整个马鲁城都惊动了。先是监狱的守兵乱成了一团粥，他们发觉犯人被劫，监狱长和几个卫兵被杀。顿时城中的官员都惊恐怖万分，急忙奔向总督府，将正在病中的成帖木儿唤醒。

成帖木儿脸色发紫赶到府衙，府衙内已站满了一群大大小小的官吏。监狱守卫百户长哭丧着脸跪在地上，叩头道："总督大人，有人打着蒙哥王爷的旗号，进了监狱，杀了监狱长和几个看守，还劫走要犯阿蓝红云。”

“什么？你这光吃饭不干事的浑蛋，当时你干什么去了，为何不早报告？让人在眼皮底下进了监狱，杀死了卫兵，劫走了人……这才向本总督报告！”

监狱守卫百户浑身打战道：“奴才昨晚未在现场，卑职来前审讯了楼上卫兵，他们说来人手中有汗国的金牌，又声称有蒙哥王爷的手谕，因此有些大意。后来发现监狱长和几个看守被杀，才去报告卑职。”

“这些话你留着，说给两位王爷去。”成帖木儿脸气得煞白，对身边侍卫道，“人犯跑了，就把他关进牢中，等王爷回来再收拾他！”

“总督大人全力提拔小人，呼罗珊出事，小人不能及时发觉，让札兰丁钻了空子，我也有过错，请大人治罪。”副总管宝合丁见总督发了大火，也不敢怠慢，跪了下来。

“宝合丁大人，先起来吧！赫拉特的事还不知如何了解，这真是屋漏又逢连天雨。”成帖木儿眉头结成一个疙瘩，他是个敢做敢当的人，知道事情发生了躲也躲不开。又见阶下众官员等他拿主意，便大声命令道：“快，该干什么就干什么，带兵的，调集所有军队，点燃火把随本总督巡城，决不能让札兰丁的人顺利出城！”

“快，各百户长调齐人马，该巡城的巡城，该上城的上城。”宝合丁向着大小官吏喊道。

成帖木儿也不敢怠慢，急忙与卫队出了总督府。刚出府门，又有探马跪下来报：“总督大人，南关我一十人巡逻队被人袭杀，杀人者不知去向。”

在成帖木儿与宝合丁布置防守之时，札兰丁已带人抄小路来到西城墙脚下。札兰丁发现城上火把通明，已增加了一些蒙古骑兵。夜已深，本来昏暗无光的天，忽然下起大雪，铜钱大的雪花刮到脸上，使夜晚的能见度更低。札兰丁见西城防守严密，急忙带人赶往城北，他清醒地意识到一定要在雪停前出城，如果今夜出不了城，天明就更难出城，一旦雪停，路上还会留下足迹。

到了城北，城垛口上蒙古大旗在垛口上随风飘着，在城下已经听得到城上蒙古人在大声说话：“咦！大家听着，宝合丁大人说了，札兰丁的人从哪里出城，那儿的守卫一个也别想活。大家都拴在一条绳索上的，必须保证一条心，杀死苏丹士兵的赏十个金币！”

“算计的倒好！”站在阴暗处，札兰丁骂道。他的鼻子发痒，擤了擤鼻涕，站在他身边穿着瘦小的蒙古军服的斡儿罕，对他道：“苏丹，城边那棵大树下，有登城的梯子，城外有我们的人，不远处还有我们藏觅的马匹，看来不能在犹豫了，必须从这里出城。就让我带人引开城上的蒙古人，苏丹借机出城。”

“不！要死我们死在一起！”他紧咬住下唇，眸子里闪着坚定的光芒。

斡儿罕红着眼睛道：“苏丹，留得青山在，不怕没柴烧，不能在此耽搁了。”他说罢跪在雪地上，他身边所有的侍卫都跪了下来，已经去掉铁枷的阿蓝红云也跪在地上，垂着头流着泪道：“苏丹不走，臣妾就死在这里！”

札兰丁叹了口气，双眼扫过众人，见所有的人都在望着他，便道：“都起来，我走了，留下的能突围的希望更小。我不是个贪生怕死的人，在如此关键时刻，我不能离开你们，要走大家一起走！”

斡儿罕坚定地道：“不！那样大家都走不了。城内蒙古人太多了，有人牺牲，才能有人获救。苏丹，时间不等人，天快亮了，快决定吧？”

跪着的人一个也没有起来，时间在流逝，札兰丁眼里流着泪，咬咬牙，说道：“都起来，我们商量一下，尽可能想得周全些。”

他将几个心腹叫到身边，由于苫思丁留在城外，不能不说少一个谋二。经过短时间的商议，他只能将四十人的侍卫队分成两队，札兰丁站在将与斡儿罕一起出发的队伍面前，沉痛地宣布：“你们是为阿拉伯人复兴而战斗的勇士，你们将由最勇敢的斡儿罕带领，去担当一次最危险的任务。本苏丹会在城外等待你们到拂晓，祝你们好运，勇士们出发吧！”

由斡儿罕率领的侍卫队在距离城北数百米处，搬来了梯子，做出城的准备，很快被蒙古巡逻马队发现。随着尖利的哨声，城北的卫队百户长开始大声命令：“出事啦，这里的人都随我去抓叛匪，快呀！”说着打马奔向出事的地点。札兰丁见马队远去，城垛口上，只有稀稀拉拉少数蒙古卫兵，方命卫队直接向城垛口走去。由于风雪弥漫，城上的士兵直到苏丹的卫队顺着阶梯登上城垛时，方发现城下上来人，守城的士兵惊慌地大叫：“你们是什么人？”

札兰丁身边一个侍卫大声喊道：“集合，宝合丁大人视察守城情况。你们的人为什么这样少，跑了逃犯，谁能担这个责任！”

几个蒙古卫兵被对方的话吓住了，举着火把慌忙站成一排，札兰丁镇静地带领卫队顺利上了垛口。他本人故意装作视察，走向守兵，由于守卫士兵没有准备，这场屠杀很快结束。紧接着侍卫将绳索绑在垛口，顺着绳索士兵很快下了城墙。札兰丁最后一个到了城外。城下接应的苫思丁正急得团团转，他黑色长鬃的细腿马见到主人后嘶哑地叫着。札兰丁眼睛通红，对苫思丁道：“按预定方法向斡儿罕发出信号，说我成功出城了。”

城外擂响战鼓，斡儿罕和他的卫队听到城外的鼓声，悄悄向城内街市撤离。但他们与蒙古兵纠缠太久，成帖木儿已调集大批人马亲自指挥，并将斡儿答与他的卫队逼进一条小巷。

斡儿罕想带人进一户民宅，敲了一下门，屋内走出一个白发苍苍的老者，他隔着铁门跪下哭泣着，说："蒙古人在后面，你们杀了我吧，可你们进来我的小孙子就活不成啦。我家只有一个小孙子了，其他人都被蒙古人杀光了，你们不要害死他了。"

侍卫们要闯进去，斡儿罕止住众人。他心中感到一阵心酸，蒙古人给这里的人民留下了太多的苦难，而他却不能为他们做些什么。他眼中噙着一串亮晶晶的泪花，转身向另一条小巷跑去。

蒙古骑兵冲进巷内，斡儿罕的人被困在巷内。他的身边侍卫一个个倒在血泊中，他们都是的胸前带伤而死的，侍卫愈来愈少，斡儿罕知道他已经没生还的可能。他身上布袍早已破碎，一道道伤口都在流血，手上的长剑还在，可他的身边不再有活着的战士了。

"活捉这个人，不要杀死他！"他听见，那是成帖木儿的声音。

"决不能落入敌人之手，宁肯死。"斡儿罕用剑刺死一个敌人后，挥剑指向自己的颈下，他随即到下。

"翻看一下里面有没有札兰丁！"雪愈来愈大，风呼啸着，为了将功赎罪，成帖木儿让人举起火把。他不顾危险弯下腰，一个一个察看着那些倒在地上的阿拉伯人。他非常细心，并希望能够从中发现花剌子模那个可怕的苏丹；如果能找到他，就能弥补过去所有的过失。忽地一个倒在血泊中的汉子醒了过来，他手上有一把剑，待到成帖木儿明白时，剑刺中了他的胸口。他惨叫一声栽倒在地。成帖木儿受伤，使蒙古兵暂时没有出城追击的可能，副总管宝合丁让人守住城池，准备等到天亮再行搜捕。拂晓前，雪没有停，天仿佛罩上一层银白色的大幕，城内的公鸡开始啼鸣，可札兰丁独立在雪中一直眺望着马鲁城，像尊白玉塑像。苫思丁含着泪，走到他的身边道："苏丹，不能再等啦……斡儿罕如果没出事，他们会出城去古堡的；可再过一会儿，雪停了，我们想走就更难了。"

札兰丁忍住泪水上了马，他望着身边侍卫，望着阿蓝红云沉思了片刻，带着失望的心情，咬着嘴唇，低声道："上马，走吧！"

第四十四回

追兵夜至苏丹分兵
困雪原壮士了残梦

第二天清早，答尔罕被刺骨的寒风冻醒。他发现雪把山洞口几乎掩住，身上也盖着厚厚的一层雪，他的马正在嚼着挂在马脖子上口袋内的草料，这是蒙古侍卫准备好的。

"真主啊，叫我怎么办？"他扒开洞口的积雪，抬头朝山路望去。白茫茫的山路，就在山脚下，两条路的岔口就在山下分开。向西是从赫拉特通往喀布尔的路，向南是通向被蒙古人占领的古堡去路。

"快，注意，山口有人来了！"

山背后有人说话，答尔罕一惊，他庆幸自己没有被人发现。从山头向山口望去，有一队人马正进入山口，领头是一匹黑骏马，那是苏丹的马，是他表哥从一个阿拉伯酋长手中买的。他在想，札兰丁苏丹骑在马上，没有在城堡被抓住，可现在蒙古人已经堵住山路，苏丹的人正向张好口的袋子里钻。

答尔罕悄悄转过山梁，想看看山后有多少人，他轻盈如山猫一样攀岩过去，山坡上扎着一座乌黑的羊皮帐篷。帐篷外几个身穿没膝长袍，扎着腰带，腰上挂着环刀，头戴皮帽的蒙古兵，正在盯着山下。几匹蒙古马拴在帐篷外，一个蒙古十户长正对一个正准备上马的士兵道："有人来了，你快去飞马报告王爷。"

"怎么办？决不能让苏丹落入蒙古人之手。"答尔罕把身子贴在山岩上，从背上取下弓搭上箭，他是个好猎手，瞄准了一个刚要跃上战马的蒙古骑兵。蒙古骑兵成了靶子，答尔罕眼见他一头栽下马去。“怎么啦，上马还不加小心！”

十户长骂着，正要去扶落马人，只觉胸前一热，用手一摸，箭镞从身后直贯前胸，血从手上滴了下来，十户长大叫：“不好了！身后有人偷袭我们！”

一个蒙古侍卫见十户长栽倒，禁不住大叫：“坏了，快跑吧，我们被人包围了！”

由于摸不清情况，蒙古兵纷纷上马逃跑了。

答尔罕顾不上继续射杀蒙古兵，转身解开马，向山下狂奔。从马鲁归来的札兰丁并没有看到发生在他视野外的一幕，既不知他的城堡已经陷落，更不知有人设下陷阱。

“苏丹，不好了！”答尔罕的马箭一般来到札兰丁面前，马蹄溅起的雪花四处乱飞。

“答尔罕，你怎么来这里了？”札兰丁爽朗地大叫道。

“苏丹，蒙古兵屠了赫拉特城，已经占领了你的城堡，正张网等待你们，古堡不能回了，去喀布尔吧！”答尔罕大声喊道。

“什么？城堡失陷了！”札兰丁一路上还想回到城堡好好款待士兵，还想回去好好睡一觉。可现在蒙古人已占领了城堡，他有些木然地愣在那里，答尔罕再次强调道：“苏丹，蒙古人血洗赫拉特，我去城堡找苏丹，发现城堡上已经插上蒙古兵的大旗。我昨夜睡在这路边山洞内，刚才起来发现蒙古人已经派人在这布了哨，专等苏丹上钩的。刚才是我射杀了两个蒙古骑兵，吓逃几个蒙古人。追兵马上就到，现在城堡是回不去了，只有一条路，去喀布尔吧！”

答尔罕话刚说完，身后的侍卫打马过来：“报，身后出现追兵！”

“快上马，出发去喀布尔！”札兰丁命令道。

风更大了，天上又飘起了大雪，向喀布尔去，路没于风雪中。大雪正在封山，不仅路难行，而且随时会迷路。

山岭被雪覆盖，逃跑者与追逐者同样艰难，追兵是从马鲁开始捕捉脚印，跟踪而来的蒙古骑兵带队的人是副总督宝合丁，他带着猎狗发疯似的狡黠地紧紧跟踪逃亡者。

蒙哥是在完成对赫拉特的屠城后赶到札兰丁城堡的，完成对俘虏的审讯后，蒙哥经过与阔端的商量，决定在距离城堡十余里外一块山谷中扎下大营，只等待札兰丁的归来。

蒙哥有早起的习惯，在一座临时搭起的帐篷中，地中心火撑上的火苗舔着上面银色的吊锅,锅内奶茶飘着馥郁的奶香。阔端与蒙哥、阔里吉思围坐在帐篷中,一边喝着奶茶,一边举着大块的羊肉撕啃着。蒙哥咕嘟嘟灌下一碗马奶,用手抹了一把黑胡子,看着正在撕啃羊肉的阔端道:

“札兰丁做梦也不会想到咱们抄了他的后路,等到他钻进陷阱,看咱们如何收拾他。”

将骨头丢在地上,望着一只猎狗扑了上去,阔端笑道:“这回咱们掏了他的牛黄狗宝,可札兰丁这小子会不会嗅到什么,逃跑了?”

阔里吉思道:“过去他没栽脚,是人们都以为他死了;这次他的假面揭开了,想藏是藏不住了。”

蒙哥长吁了一口气,瞅了阔里吉思一眼,说道:“殿下的担忧有道理。大汗叫我们活要见人,死要见尸,可别让这小子顺道遛了,咱们白欢喜一场。”

“报!”一个侍卫掀起帐门,呼呼的北风卷着白色的雪花飞进暖融融的大帐,帐外漫天大雪,平地雪深半尺,侍卫身后跟着几个穿着白茬羊皮袍身系腰带的探马。他们进帐后扑通跪在地当心。蒙哥忙问:“蛇出洞了,札兰丁回来啦?”

“报,王爷,我们在岔路口发现了札兰丁,他带着二百余人正要向他的城堡走来,谁知半路杀出一些人,袭击了我们。由于被发现,我们赶了回来。札兰丁不会来城堡了。正在往喀布尔方向逃跑。”

“你们派人跟踪了吗?”

“报,宝合丁大人从马鲁跟来了,札兰丁跑不了了。”

“……点一千骑兵,随我与阔端殿下追击,大队人马后面跟上,绝不能让到嘴的鸭子给飞了!”蒙哥腾地站起来,将手中的银碗摔在地上。

初冬,帕鲁帕米苏斯山中气温骤降,严风刺骨。从清早到傍晚,被逼上绝路的札兰丁沿着山路向前奔跑,尺八深的雪限制了战马的速度,身后的追兵紧紧跟踪,而且他知道,蒙古的后续援兵正在追来。目前的局面远比十年前札兰丁率七百人在成吉思汗的追赶下,在印度河边脱险更加艰难。由于无法摆脱追兵,他的心下甚慌。阿蓝红云与他并马而行,她脸上冻得通红,呼出的粗气结成霜花已将披风上的帽子染得雪白,袍子也落满厚厚的雪。

“苏丹,这样下去我们会全军覆灭的,臣妾死了没什么,可苏丹您不能死呀!”阿蓝红云边喘粗气边扭过脸对札兰丁说道。

“要死我们就一起死,我一人活下去有什么用?”

“苏丹,得想个办法,大家行了三天多的路,后面又有追兵,总得休息一下。否则大家不仅会累坏了,也会冻伤。”

札兰丁听到苫思丁的插话,点了点头。

昏暗的天宇下，絮絮络络的雪片无声息落在山谷里，听不见狗叫声，也看不见一户人家。在谷底行走，两侧群山耸立，高不见顶，越往前行，天色越暗，跑出近百余里，后面追兵已听不到声息。骑马探路的苫思丁回来向札兰丁禀报，前面山上有一座废弃的古庙，是否可以在此休息一下。

札兰丁打马来到庙前，火把的光芒下，一座古刹中隐隐现出一丝灯光，他对苫思丁道："人困马乏，不休息再难前进，到山上歇息一宿，吃点东西，明早再行。"

顺着山路上了山，进了山门，抬眼一看，是一座废弃的神殿。庙宇大殿已经倒塌，两侧偏殿犹存，山下看到的灯光就是从右侧偏殿中射出来的。札兰丁将马交给侍卫，苫思丁命人上前叫门，半天右偏殿大门吱嘎的一声，打开一道缝。开门的是一位老者，随着开门，屋子内还飘出一股好闻的烤狍子肉的香味。

开门的是一位猎户，他见门外来了百十号人，个个都是顶盔挂甲，虽精神疲惫，但个个凶悍，一时吓得说不出话来。札兰丁脚蹬鹿皮靴，身穿貂皮大衣，上面披着一件披风，腰上挂着宝剑走进寺内，经过一番搜查，从里面押出一个年轻人，侍卫对札兰丁报告道："苏丹，寺中只有这一老一小，再无他人。请苏丹进寺。"

札兰丁边搓手边抖了抖身上的雪花，跺了跺冻僵了的双脚，对苫思丁道："今晚就在这里安歇，将左偏殿清扫一下，先架火做饭，喂好马匹。让侍卫们分一下班，今晚要多派岗哨，你先安排一下，一会还要商量一下以后的事。"说罢带阿蓝红云等进了右偏殿。

神殿由于年久失修，宽敞大殿内东侧一角已被落进的雪花染白。殿中架起的一个火塘上，正在煮着的狍子肉在大锅的沸水中冒着香气，还未揭锅，殿脚放着打猎的工具，还有一些猎物堆在山墙下。札兰丁命随从将屋子整理一下，他望着两个吓得面无人色、跪在地上的猎人道："你们不要害怕，我们不是歹人。起来吧，你们的猎物，本苏丹买了，你们为什么躲藏在寺中？"

老者惊讶地望着札兰丁，眼中流出了泪水，说："真的是您，苏丹，花剌子模国的大王子，我们不是见了鬼吧？"

阿蓝红云望着老人满是皱纹的脸，说道："用不着怀疑，他正是札兰丁苏丹。"

年轻黑瘦汉子一边叩头一边道："苏丹，我们村子被蒙古人烧毁了，我和父亲杀死了几个蒙古兵，躲在山中以打猎为生，这殿内的猎物我们愿意送给苏丹的部下享用。"

“快，叫些人来，将这些猎物都架火烤了。”札兰丁对侍卫吩咐道。看着随从将墙边的猎物拿走，方对两位猎人道：“蒙古人在后面追逐我们，你们这里路熟，可有办法让我们摆脱追击？”

老猎人低头想了一会道：“大雪封山，通往喀布尔的道路只有一条。可山路崎岖，要通过山口到喀布尔，少说要行一个月，可要沿路摆脱追兵很难。我们打猎，这里往西二十余里路的一座山上，有一座大洞可容百余人，而且荒山秃岭无人知道，且易守难攻。只是如今雪大，方圆又无人家，需要带够食物。”

札兰丁没有言声，抬头见苫思丁、答尔罕进来，他便命人将猎人带走。殿内只剩下札兰丁、阿蓝红云、苫思丁、答尔罕。四人围成一个小圈子，一起吃狍子肉。札兰丁边吃边道：“蒙古人很快就会追来，大家行了几天，人困马乏，如果在此休息，可能很快成为蒙古人手中的猎物。如果去喀布尔这条路目标太明显，又很难摆脱追兵；莫如在山中分兵，或可图生。”

阿蓝红云道：“苏丹，猎人的话有些道理，转入深山要比沿山路逃跑保险些。况且我们有数百余人，一起走目标太大，一旦目标失踪，蒙古人会很快发现我们的意图。因此分兵是个好办法。”

答尔罕点头道：“分兵，干脆一路由我率人沿路前往喀布尔，引开蒙古人，一路由苏丹带领随猎人躲进深山。”

苫思丁瞪着布满血丝的眼睛，俯身跪倒在札兰丁脚边，说：“去喀布尔的兵马应我带领，我近几年多次装扮主上，又面貌相近，可化装成苏丹，引走蒙古兵。如果说蒙古兵擒住我，我就自称苏丹，可保苏丹平安留在这里。如果我能平安摆脱追兵，就在印度河口等候苏丹，一道去印度发展。”

“只是风险太大，我何忍心。”

阿蓝红云也跪在札兰丁身前，说：“苏丹对我恩重如山，这次我在马鲁被捉，苏丹不辞艰辛救我出来。此种恩情令臣妾永世难忘，我亦愿追随苫思丁将军去喀布尔，这样万一被蒙古骑兵发现，有我在，才能真正骗过蒙古人……”

札兰丁上前搀起二人，哽咽着道：“只有这样了，你们一旦上路当小心为要，力争摆脱追兵，一个月后我们在印度河边会师。”

众人吃过饭，都匆匆打了个盹。札兰丁睡不着觉，他在火塘边，一边烤火，一边望着刚刚睡下满面泪痕的阿蓝红云，眼中不觉流下热泪。他记得一年前，他带人来到赫拉特，结识了贾瓦兰、斡儿罕、苫思丁等一批义士。贾瓦兰变卖家产，支持他在山中建立了堡垒。一年前，贾瓦兰提出去哈剌和林域绑架窝阔台，当时札兰丁也认为这是天方夜谭，可贾瓦兰提出了几种绑架窝阔台的可能性：一是在哈剌和林有深得窝阔台信任的角斗士帕剌汪菲剌的帮劲；二是蒙古汗国形势稳固，窝阔台大汗近来警卫松懈；三是自己有出入蒙古国经商的金牌，较容易地出入境。一旦成功可以要挟蒙古军队退出花剌子模，即使不成功，也损失不大。由于贾瓦兰的坚持，他才写信给帕剌汪菲剌……谁知贾瓦兰这个浑身有使不完劲的人，包括帕剌汪菲剌都死在异国他乡了……

蒙眬间，他觉得贾瓦兰微笑着从外面走了进来，他的身后还跟着帕剌汪菲剌，他们抬着一个大箱子，贾瓦兰微笑着："苏丹，我们成功了！""成功了——"札兰丁大惊，急着睁开眼睛，才想起这是一个梦。正欲起身，苫思丁匆匆来到他身边，低声道："苏丹，人都集合好了，该动身了，山路已经能听到蒙古的马嘶声。"

札兰丁叫醒阿蓝红云，在阿蓝红云白皙的脸上吻了一下，从怀中取出自己常佩的护身符，戴在她的脖颈上，眼中含泪道："今日一别，不知何日再能见面，我有负贾瓦兰对我的托付。当此一劫，愿你与苫将军能脱此一劫，我们能再会于印度河畔。"

阿蓝红云泣道："主子，臣妾受主子大恩，今生难以相报，可苏丹自有真主护佑，定能脱得此劫。"札兰丁又叫人将自己的黑马牵过，那黑马身高八尺，是札兰丁的爱马，那马儿仿佛也懂事般地咴儿咴儿长嘶着，似也有不舍之意。

札兰丁将马亲手交到苫思丁手上，对苫思丁叮咛道："你我君臣今日一别，但愿很快相见，将军要多多保重……"

苫思丁眼泪只在眼圈转，扑通一声，跪倒在地，向札兰丁叩了三个头。然后起身对札兰丁道："苏丹，蒙古兵快跟上来了，我先行一步，苏丹多加保重。"说罢骑上黑马，命人举起苏丹大旗，与阿蓝红云一道带着五十余侍卫向喀布尔方向出发。

札兰丁目送队伍远去，方让答尔罕带着猎户和少数随从，趁着夜色向西奔去，大雪掩护了他们行走的脚印。

顶着狂风大雪，蒙哥带领的蒙古追兵在札兰丁住过的大庙，追上了宝合丁带领的蒙古马队。宝合丁正从古庙上下来，暴跳如雷的蒙哥一边跺脚，一边冲向宝合丁，宝合丁急忙跪在雪地上，惊恐地对蒙哥道："王爷，札兰丁曾在庙中打尖，古庙中到处是吃剩的骨头。我仔细地看过山前的道路，发现札兰丁的人马打尖后，队形有了变化，从山后向西有一队人马留下的脚印，一队人马继续向喀布尔方向逃跑。"

阔端蹬上大庙，望着庙前札兰丁留下的杂乱的足迹，瞪着眼睛看着宝合丁:“成帖木儿为何不出来带兵?札兰丁到马鲁劫走了犯人,他是做什么吃的?”

“报二位王爷,成帖木儿总督在追杀札兰丁时,被一个叫斡尔罕的军官用剑刺成重伤。札兰丁在马鲁城冒充二位王爷的人劫走了女犯阿蓝红云,但也留下三十多具尸体,成将军伤势很严重,派末将尾追札兰丁……”宝合丁眨着眼睛回答道,他隐藏了成帖木儿在打扫战场时被刺伤的事实,更掩饰了自己不敢主动与札兰丁交战的事实。

蒙哥登上山顶,已是四更天,雪已经停了。天上朦胧中已能看见天宇上稀疏的星光,他与阔端在山上山下仔细看了一回。蒙哥道:“阔端哥哥,咱们现在虽人困马乏,但机不可失,决不能让札兰丁逃走。放虎归山后患无穷,也无法向大汗交代,现在我们也只有分兵歼灭残敌,才能永绝后患。”

阔端道:“我往西北去追,喀布尔方面就由兄弟去追,大雪留下足迹,此乃长生天助我大蒙古国,札兰丁插翅也难脱出我们的掌心。”

拂晓时分,蒙哥的骑兵在晨曦中已经望见了仓皇逃跑的苫思丁率领的卫队。这支卫队前途未卜,旗帜歪斜,士气低落,严寒风雪已经使他们手足僵硬,扮作札兰丁的苫思丁骑在黑马之上,身边阿蓝红云骑在一匹枣骝马上,身后的侍卫举着一杆大旗,飞奔的队伍拉成一里多路。

“报苏丹。不好啦!蒙古人追上来了!”殿后的侍卫打马来报,苫思丁望望前方,指着前方结满树挂的一片树林,对气喘吁吁的阿蓝红云道:“王妃,追兵已发现我们,只有奔入山林,或可逃脱。如果蒙古追兵很快追上我们,我们人少,难以抵抗,你怎么办呢?”

阿蓝红云青着脸道:“一切悉听将军指挥。”

“快!离开大路,进入山林。”苫思丁大声吼叫着,同时带人策马向山林跑去。天已大亮,追兵见札兰丁只有少数人马,更放开手脚狠命追赶。蒙哥眼见札兰丁的人向山林跑去,对跟在身边提着大斧的阿蓝答儿道:“札兰丁要逃进林中,必须在林边劫住他们。你带一队人马全力在札兰丁进山林之前,封锁林地,决不能让札兰丁逃走!”

“扎!”阿蓝答儿将手中大斧一挥,百余蒙古骑兵紧随其后,黑色的大纛在旗手手中呼啦啦地招展。

阿蓝答儿的心情极为复杂,他虽不知道妹妹已经成为札兰丁的妃子,但他却知道这支逃窜的敌人中就有自己的妹妹。当年父亲临终时,将妹妹托付给自己,他自己也很爱如小鸟依人的妹妹,喜欢听她银铃般的笑声,爱听妹妹清脆得像百灵鸟般的歌声。然而十年过去,妹妹突然出现在他的眼前,她已经不再是当年穿着绿茶色的蒙古袍,忽闪着一双大眼睛,甜甜的小嘴

“哥哥、哥哥”叫个不停的小姑娘，她变了，变成了为花剌子模国献身的女英雄，成为自己追击的敌人。阿蓝答儿尽管还惦记着妹妹阿蓝红云的生死，但他胯下的战马依然抢先于苦思丁的马匹，并封锁住了苦思丁接近山林的路线。

蒙哥从身后开始向花剌子模人进攻，这位蒙古王子骑在父亲当年骑过的铁青战马上，一种强烈的征服感，使他变得像一只追逐猎物噬血的野兽。他抽出了弯刀，呐喊着，弯刀在雪后的阳光闪烁着金子样的光，带着他的数百骑兵，杀向花剌子模勇士。花剌子模勇士在这场力量悬殊的战场上，虽然拼命抵抗，明显处于下风。

苦思丁和阿蓝红云带领的花剌子模勇士们早已意识到末日的来临，但他们的眼中没有一丝一毫的恐惧。苦思丁勒住了战马，手中举起了战刀，他大声地向士兵们高喊：“勇士们，报效祖国的时候到了，毋宁死，决不投降，我们和蒙古人拼了！”

“拼啦！”

“拼啦！”

战马奔向战马，大刀砍向大刀，刀光溅着血影，鲜血喷落雪野。交战的骑兵们忘记了他们的手已冻僵了，马已奔跑不动。他们脸上闪着冷俊刚毅之光，一个个勇士从马上跌下去，银白色的雪野上鲜血喷溅出一片片比夏天映山红更红的花。蒙古骑兵从四面包围过来，圈子愈来愈小，蒙古骑兵几乎淹没了少得可怜的花剌子模勇士。

“快投降吧！”

“活捉札兰丁！”

“不要放箭，要活口。”杀红了眼的蒙哥在马上高举着滴着血的马刀，可依然不忘对蒙古骑兵发出活捉札兰丁的命令。

包围圈中，苦思丁和少数几个侍卫拼死抵挡蒙古人冲击，并全力保护着阿蓝红云。而阿蓝红云像疯了一般地用大刀拼命地砍杀着，她砍死了一个蒙古骑兵，又朝另一个蒙古勇士冲去。这个人就是阿蓝答儿。阿蓝答儿头上顶盔，身上穿着蒙古军服，手上提着板斧，为了保护妹妹，他一边躲着她锋利的刀锋，一边低声呼唤：“妹妹，我是阿蓝答儿呀！投降吧，哥哥不能看着你去死……”

在震耳欲聋的喊杀中，阿蓝红云也看出眼前提着大斧的蒙古人，就是那天冒死营救自己的人。可，他变了，他不再是当年与自己同生死，善良纯朴的哥哥了，而是无情地砍杀着自己的同伴的刽子手！她心里喊着，他不是我的哥哥，他是杀死了无数善良人，包括贾瓦兰等好人的凶手；他不是我的哥哥,他是坏人……

她咬了咬牙,瞪着冒火的眼睛,吼叫道:“我不会投降,我是札兰丁的妻子,你不是我的哥哥,你是禽兽,你的手上沾满了我同伴的鲜血……”

阿蓝红云用弯刀胡乱地砍着,阿蓝答儿躲闪着,他不忍伤害妹妹,可刀锋无情,疯了般的阿蓝红云狠狠地砍伤了阿蓝答儿的右臂,阿蓝答儿手上的斧几乎“咣当”落地,血从阿蓝答儿右臂上流了下来。

“哥哥!”阿蓝红云发觉阿蓝答儿被自己砍伤,眼中流下了泪,大声地喊道:“哥哥,杀了我,忘记我吧,我是札兰丁的妻子,我不会投降!”

苦思丁与蒙古兵死命地搏斗着,他不停地鼓动着身边的侍卫,一边大喊:“蒙古人,我就是札兰丁苏丹,你们去死吧!”当他最后发现包围圈中,只剩下他和阿蓝红云,他想到是时候了,决不能被俘遭受侮辱。便冲到阿蓝红云身边,由于蒙哥命令,蒙古骑兵都在不远处跟踪苦思丁,而不敢伤害他,苦思丁很快来到阿蓝红云身边。

他高叫道:“王妃,冲不出去了,可绝不能当蒙古人的俘虏。”

他的话还未喊完,阿蓝红云已经从马上跌下来,一把刀从她手上滑落,她的颈下血流如注,美丽的头仰在雪地中。紧接着苦思丁也大叫一声,自刎而死。

静静的山峦,高高的桦林,明晃晃的太阳,雪白的莽原上,一切终于安静下来,鲜红的热血凝固了,花剌子模的勇士都战死了。在蒙哥打扫战场,自认为杀死札兰丁时,他骑在马上,长叹了一口气,命人将苦思丁头颅割下,连尸体一起放到车上。

当他看见爱将阿蓝答儿愣愣地站在妹妹的尸体边,便走过来拍着阿蓝答儿的肩膀说:“你的肩头还淌着血,将你妹妹安葬了吧,刚才的情景我都看见啦!”

阿蓝答儿发疯似地道:“我妹妹死啦……”

与此同时,阔端在一座高山下围住了进入山洞的札兰丁。经过几天包围,在突围时,札兰丁和老猎人一起坠入了山涧,其余的勇士在突围中战死……

第四十五回

大主教密室透天机　赛马场王妃鞭弱子

十月初的一天,唆鲁禾帖妮应列边阿答神甫之邀,带着小儿子阿里不哥骑马出席教会举办的弥撒。唆鲁禾帖妮随大汗东去归来后,为了避祸,将大部分时间投在基督教堂内,因此她也是教堂的最大施予者。哈剌和林城礼拜堂是欧罗巴的建筑师根据欧洲古典教堂棱形穹窿尖顶的形状建造的,由于时间紧张,教堂的礼拜堂不算宏伟。礼拜堂内的石柱采自哈剌和林一带的山石,从外边看,教堂好像座塔楼。进入礼拜堂穹窿顶呈现八角星图形,门窗是圆形的花窗,并建有三座穹形的大门。在距这座教堂的数十米处,是一座大屋檐绿琉璃红门的中式庙宇,再往前是一座有着伊斯兰建筑风格的清真寺。由于蒙古人对各种文化的吸纳,使这座深入高原腹地的草原城市,成为各种宗教的博物院。

教堂门口,已经升任东方副司教的列边阿答主教,满是皱纹的前额有些发亮,两条长寿眉雪样白,一双眸子透露着深不可测的神情,他穿着红袍迎候在台阶上,身后是一群狂热信徒。当他望见四王妃,向前几步,热情地道:“欢迎你——四王妃,你对主的奉献将为全城的基督徒所景仰!作为主的信徒 让我们为伟大的四王妃的到来欢呼吧!”

“欢迎伟大的施予者!”随着上百信徒的欢呼声,有人敲响教堂钟声。

唆鲁禾帖妮下了马,她穿着一身白色的长袍,手牵着阿里不哥的手,含笑地对教友们摆了摆手,她走到列边阿答主教身边,指着礼拜堂顶刻着"大蒙古'答来因汗'基督教的施予者"的字,对主教道:"真正伟大的草原上的施予者是窝阔台大汗,是他宽阔的胸襟包容了世界上的所有宗教,有了他的宽容,生活中才到处有了主的光芒。"

列边阿答主教点着头,讨好地说道:"王妃说得是,窝阔台大汗是上帝派到人间的伟大的征服者,是各民族的保护者,是他无私的捐助成就了教堂。然而,四王妃对基督教的忠诚及慷慨解囊,本人及教友们也是决不会忘记的。"

"主教大人,我的儿子阿里不哥已经十岁了,他昨天对我说,希望在你的指导下,圣餐日进行坚信礼。"

"四王妃,你如此信任我,我愿意为未来的王者主持坚信礼仪式,圣父、圣子和圣灵会保佑这位年轻王子的。"列边阿答主教把他的手放在阿里不哥的头上。

"这我就放心了!"唆鲁禾帖妮心中的不安因列边阿答主教的话而化解,脸上现出了少有的喜色。

进了教堂,列边阿答主教让人带阿里不哥与信徒去做弥撒,自己将唆鲁禾帖妮让进小会客厅。会客厅布置成一间书房,高大到顶的书橱稀疏地摆着拉丁文,西伯来文、畏兀儿文、德文《圣经》,以及他所喜欢的各种书籍。宾主落座,列边阿答主教沉默了片刻,对唆鲁禾帖妮说:

"四王妃,多亏了您的帮忙,教会已经正式委任我为东方副司教了,在蒙古帝国,我就是主教了。"

"那我真该为你庆祝一番了,你在漠北传教数十年,备尝艰苦,这种结果是你自己努力的回报!"

"四王妃,谢谢你的祝贺,其实像我这样的老人对荣辱看淡了。今天请王妃来,实际是有件机密的事相告,这里很僻静。"

"我知道主教不会无缘无故叫我来的,有什么机密事?"唆鲁禾帖妮瞪大了眼睛,吃惊地望着列边阿答主教。

"我刚从叶密立回来,带来不利王妃的消息,消息千真万确,贵由殿下准备按照蒙古族旧俗,兄死弟及,侄儿娶婶娘的习俗,收你为王妃。此事得到二王爷的赞同,很快这消息就会传遍哈剌和林城,该如何办?王妃不能不加小心!"头发灰白的列边阿答主教话说得一字一板,目光盯着唆鲁禾帖妮,而且神情不容置疑。

"真会有这等事?"唆鲁禾帖妮有些不信,可又不容她不信,她感觉到头涨得很大,眼前金星直冒。草原古老的习俗本身就是一座高山,是她一个弱女子逾越不过的，可反抗，又绝无成功的先例。平时很少落泪的她，感觉到眼里在涨潮，泪水夺眶而出。她感到从没有过的屈辱，他恨贵由、恨窝阔台、恨察合台、恨脱烈哥娜，恨不得能够杀尽他们，可她又不得不承认，这些人都是强者，而她和自己的孩子们只是弱者……

“王妃，你要挺住！”列边阿答作为传教士，平素很少为感情困扰，此时眼中也噙着泪水。他与四王妃这一家人有太多的接触，面对这位可敬女主人的困境，他只能抱着同情而无力相助。

“宁可死，我也不嫁给贵由这个畜生！”面色惨白的唆鲁禾帖妮痛苦地呻吟道，那声音很低，但足令老教主感到恐怖。

“得到这样的消息，说出来对王妃是残酷的。”老教士苦恼地说。他从来没有看到过这个女人如此沮丧和失去抑制力，他在得到这个消息时，曾有过安慰她的想法；可面对一个刚刚失去丈夫，又将失去照看自己子女权利的女人，什么样的安慰能够缝合她心中的伤呢，他实在想不出！

短暂的瞬间过去，唆鲁禾帖妮抹去了腮边的泪水，拢了拢并不散乱的头发，正了正固姑冠，白皙的脸上已恢复了平静，问道：“这个消息，主教大人是怎样得到的？”

“我参加东方教会归途，在叶密立休息了几日，发现贵由大殿下回到叶密立后，一直与察合台二王爷来往频繁，经常有书信来往。正在我休息期间，出现一件怪事，王府一位侍卫因将一封重要的信件丢失被处死，这件事引起了我的注意，我让人留意观察。几天后，那封信竟被我得到，后来听说贵由大殿下一直在追查此信的下落……”说着老教士从一个加锁的皮箱中，取出一封信来。

唆鲁禾帖妮接过信，信是用牛皮束紧，上面插着几枝羽毛，这是重要信函的标志。信是用畏兀儿蒙古文写在一块长长的白绢上：

二伯父：

此次脱得牢笼，全是伯父出面之力。自从回到叶密立遵旨练兵，就有一念如鲠在喉，虽然难于启口，但终感不吐不快。伯父对我影响最大，我也常倚伯父为靠山，因此心里话不能不对伯父说。唆鲁禾帖妮守寡有年，按国俗侄儿娶她在情理之中。这位王妃有一种令人羡慕的头脑，我希望得到她的帮助，对我在父汗心中的地位，以及对我毛躁的脾气都大有好处……

这件事，既是我的造化，亦是她的福分，希望得伯父鼎力成全。区区之念，望伯父为我做主……

贵由

“纯粹一派胡言,这个心口不一的家伙!”唆鲁禾帖妮愤怒地将信丢进燃烧的壁炉内,白绢在熊熊的火蛇中瞬间化为灰烬。她长叹了一口气,踱了几步,在书房墙上一幅《圣子受难图》前停下,画上被绑在十字架上的圣子耶稣带着悲天悯人的神情,被那些愚昧的人拖向高耸的山崖。圣子的血正顺着他的裤脚流在岩石上,天色灰蒙蒙的,天使正在空中张望。望着这幅画,唆鲁禾帖妮无助地道:“主呀,救救我吧,不要让我也背上沉重的十字架。我亲爱的丈夫去世了,四个儿子还未强大得让人们能够尊重,他们又要加给我新的耻辱,可面对这一又无法阻止的阴谋,难以抗拒的阴谋,这叫我该怎么办呀!?”

当!当!当!嘹亮的钟声从钟楼上响起。唆鲁禾帖妮恢复了自信,转回身走到老教士面前,望着老主教苍白而忧郁的面孔,说道:“谢谢你,我的导师,你给我带来的消息很重要,但别为我的事烦恼了,我应付得了。时候不早了,我得回去啦!”

大主教伴着她走出教堂,抬头见钟楼上阿里不哥正在楼顶向下招手。钟声正是从这个孩子和敲钟人一齐叩击大钟时发出的响声,孩子兴奋极了。他穿着漂亮的天蓝色的蒙古袍,袍上用金钱绣着展翅的金鹰,头上戴着貂帽,脚下穿着一双牛皮靴,一张被寒风吹得涨红的脸上,显得格外精神。他使劲地帮着敲钟人,得意洋洋地看着从屋内走出的额娘。

望着儿子,唆鲁禾帖妮的鼻子有些发酸,晶亮的泪水从眼里滑落,为了不使儿子发觉,她用手背揉了一下眼睛。阿里不哥从钟楼上跑下,见额娘眼睛发红,不解地问:“额娘,你怎么了,发生了什么事?”

“不,孩子,额娘的眼睛被飞尘眯了!”

刚刚铺成的帝国大路,极为宽阔。中间是铺成的大理石御道,是为大汗驾车预备的,两侧为诸王公大臣外国使节行走的花岗石马道,再向外才是百姓奴隶囚犯的便道。这条道路是仿造燕京的道路设计的,大批的东西方工匠参加了这项工程。刚过晌午,正是人流涌动的时辰。穿着各式各样的奇装异服的人出现在这座大汗的都城,有头戴幞头,身穿紫色的圆领官袍的中原人;也有身穿麻织衣裳的阿拉伯人;还有身穿灰色礼服,身披海豹皮披肩的西方传教士。五花八门的人,奇形怪状的各种冬季服饰,都展示在这一条大街上。唆鲁禾帖妮带着阿里不哥上了帐车,帐车飞快地在大路上行驶,侍卫们如尾巴一样打马紧随其后。

初冬太阳的颜色格外苍白,灰蒙蒙的天宇也显得冷峭。唆鲁禾帖妮的心里如塞着乱麻,压抑得喘不上气来,便掀开黑色的窗帘向外张望。在每一条街口,都有一队大汗的马队在巡视盘查。自从蒙哥去了呼罗珊,她一直在说有病，呆在王府中。可她毕竟是蒙古人中声名显赫的四王妃，是成吉思汗幼子拖雷的遗孀，是四位亲王的额娘，更是权力和财富的象征。更让有些人不放手的是有了她，常常会使人记起拖雷——成吉思汗的守灶人。也许正因如此，作为大殿下的贵由才不惜一切要将她弄到手上。这样的时候有谁肯帮助她，给自己一个忠告，她想到了大汗的二哈敦昂辉。她对侍卫长兀良合台道："快些，到昂辉哈敦府去！"

广秀宫外，下了车，唆鲁禾帖妮正要进宫。发现从宫内迎面走出两个人来，一个是中书令耶律楚材，另一个是个胖大和尚。唆鲁禾帖妮正要同耶律楚材搭话，见那和尚抢先揖手，道："哎呀，贫僧真是幸运，刚到哈剌和林城，就见到了四王妃！"

唆鲁禾帖妮仔细一看，正是几年前在大同普恩寺见过的万松大师，忙道："大师什么时候来哈剌和林的？蒙哥说在征东夏时，亏了大师相助，才能迅速攻下会宁府的。"

"来了有几日，会宁的事也是顺势而为，小事一桩。"

"大师举重若轻，让人钦佩；不知与中书来哈敦府，有什么事？"

耶律楚材一边向唆鲁禾帖妮行礼，一边道："二哈敦身体不爽，大汗听说万松大师来哈剌和林城，特意叮嘱来给二哈敦瞧瞧。"又拱手向万松大师道："大师在大同见过四王妃，过去可未听说？"

万松和尚对耶律楚材道："那是大汗征金那年，四王爷兵出西京大同，贫僧去普恩寺看望在寺中当住持的好友，被困寺中。偏赶上一些士兵闯进寺院，其中几个竟要剥佛像上的金面，我去劝阻，那些士兵却要动武。正在危急之时，四王妃赶来赶走了兵士，也帮了老衲。当日，王妃还命人在寺外贴上《告示》：禁止士兵入寺骚扰，因此也拯救了普恩寺。"

唆鲁禾帖妮笑道："大师是有道高僧，按说成吉思汗和当今大汗均有《大札撒》，不许难为僧人做法事，不许毁坏寺院佛像。但还是常有不法之徒扰乱寺院，欺辱僧人，至今还难于禁绝。"

万松当年见到唆鲁禾帖妮时，只觉得面前一亮，一身大红色蒙古袍，头戴金饰固姑冠，面色红润，目光慈善。此刻，再次面对这位显贵的蒙古王妃，虽说眼角添了些鱼尾纹，可风韵气质却依然还在，更多了几分沉稳，只是紧皱的眉头上结着愁云，知她来此有事，便道："王妃怕心头有事，来见二哈敦，贫僧不敢耽误正事，告辞了。"

唆鲁禾帖妮一笑道："听说大师学问高深，算卦也极灵验，改日我还想请大师推上一卦，大师不知有没有时间。"

万松揖手道："但王妃有命，老衲暂住兴国寺，可叫人唤我就是了。"

见二人走了，唆鲁禾帖妮若有所思地回转身，就听见殿门大开，穿着藏青长袍的昂辉笑着迎出大门，忙丢下念头，紧走几步道：“哈敦正在病中，怎么出来了，为妹妹再着了凉，可就是妹妹的罪过了！”

昂辉笑道：“我并无实病，就是身子沉，惊动了妹子，能不出来迎迎吗！”说话间，上前扯住唆鲁禾帖妮的手，说：“路上撞见耶律楚材和万松大师了？”

“是的，大师正出门时，被我撞见的。”

“这和尚是当世高僧，本是来给哈剌和林大兴国寺开光的，大汗说他在五行八卦、行医方面都有很深的造诣，就请他过来为我看看，还为我推了一卦。”

“他是怎么说的？”

“老和尚说我虽有七灾八难，可却是个大命之人，活得了八十多岁，其实我也知道那不过是些吉利话，作不得准儿。”

昂辉的宫内铺着地炕，一进门就暖气扑面。唆鲁禾帖尼知道昂辉的腿有病，建宫殿时，大汗就特地叮嘱要建地龙取暖。唆鲁禾帖尼将昂辉哈敦扶到榻上，自己坐在一张乌木椅子上。侍女端来奶茶，唆鲁禾帖妮喝了一口，抬起头笑道：“万松大师的卦很灵，他说姐姐能活八十，看来是不假的。”

“真假我也不在意，心口疼也不是一天半天的毛病，吃了郑大夫的救心丹，刚才大师也留了个方子，药还在火上煎着呢。昨天大汗高兴，提起端儿与蒙哥在呼罗珊干得不错，杀死了札兰丁，为汗国铲除了后患，提出等他俩回来要好好庆贺一番的话。谁知睡到半夜，我倒犯了心疼病，忙得大汗找来郑大夫，今天又让耶律楚材带万松大师替我瞧瞧。”

唆鲁禾帖妮道：“二王爷也回哈剌和林已经一个月了，我原想蒙哥回来摆桌席，请大汗、哈敦、二王爷聚一聚，可就差端儿与蒙哥不知何时回来！”

昂辉靠在榻上半睁着眼睛，说道：“妹子想儿子了，听大汗讲用不上十天，他们就会进哈剌和林城。”

“大汗没有提到大殿下的事？”

“大汗从不当我提他，他受了大汗谴责，去了叶密立，无事也不敢出来奓翅！妹妹听到什么？”

“没有什么，只是随便问问。”

二人又谈了些琐事，唆鲁禾帖妮见昂辉懒懒的，又从她嘴里探听不到什么，正要告辞，却见阿里不哥飞奔进来道：“额娘，旭烈兀又闯祸了，他打了失烈门，激怒大哈敦，忙哥撒儿被大哈敦命人抽了鞭子，旭烈兀被罚跪在太学内。忙哥撒儿让人来禀额娘说：大哈敦要找额娘评理呢！”

突如其来的纠纷，唆鲁禾帖妮脑袋一下痛得几乎裂开，眼前一黑几乎跌倒在地，脸色煞白，二哈敦道："妹子怕什么，打了失烈门怎样，旭烈兀毕竟是个不懂事的小孩子。大哈敦一定不依不饶，就让人来叫我，我找大汗评理去。"

唆鲁禾帖妮稳了稳心神，说道："我本来是探病，想和二哈敦多唠几句，没想到旭烈兀这会又不省心，只得先告辞了。姐姐是病人，别为这小事着急生气，这件事妹妹能够摆平。"

万安宫西角门外新建了一处红砖碧瓦的一处宅院，门上高悬着用蒙古文字写着的"太学"牌匾。蒙古人自古没有文字，建国后，采用畏兀儿文字创造蒙古字。为了使后世子孙能读书写字，成吉思汗创建了"太学"。然而这些天皇帝胄的贵族子弟，大都鄙视读书人，没有几个专心学业的，喜欢整日弯弓骑马、打布鲁、摔跤，"太学"的畏兀儿、汉人博士们也乐得轻闲，任着这些孩子的性子玩耍。

旭烈兀在"太学"中与阔出之子失烈门年纪相仿，二人都是出了名的"刺头"，各有一帮小兄弟。旭烈兀身边有雪别台、岁哥台、拨绰等相助，而失烈门则有忽察、脑忽、禾忽等依靠。失烈门是阔出之子，又很受窝阔台的宠爱，后面还有几个攀龙附凤的勋臣子弟。

这日，失烈门从家中得意洋洋地骑来了"草上飞"，这马浑身漆黑，四蹄雪白，身高八尺，长有丈余。两位马夫也是黄须碧眼拂郎国人。这些草原上长大的贵族子弟，都是从小在马背上长大的，一见这匹好马，哪个不想骑上遛遛。见众人围拢观看，旭烈兀也想上前摸摸，可他平日与失烈门不和，心劲又高，思来想去，故意撇着嘴道："这马虽高大，却不善跑，是个傻大个，宰了吃肉，怕也腥臊死人了！"

旭烈兀说完，扯着和他要好的孩子要离开。

失烈门听他的话中有刺，怎肯示弱，故意道："你见过什么？这马是拂郎国进贡的宝马，大汗爷爷亲自赐给我的。这马是天下第一等的神驹，你家成群的马也换不到这样一匹，难道你敢骑马与我比试比试。"

禾忽笑道："哥呀，你吓着他了，他那马牵出来让人笑掉大牙！"失烈门见有伙伴说话，更加得意地道："旭烈兀的马是兔子，兔子骑起来，一定比马快。"

旭烈兀吼道："骂人算什么能耐，是英雄是好汉，赛场上比一下才成。"

"比就比，难道你的兔子能赛过我的拂郎马！"失烈门讥讽道。

"比，我怕你不成。"旭烈兀自来是不肯认输，转身对忙哥撒儿道："牵我的枣遛马来。"忙哥撒儿凑过来小声地道："少王爷，别比了。王妃常说，不要与人怄气，更不能与人较真，难道你忘了吗？"旭烈兀气鼓鼓地说："莫要你管,我偏要与他赛马,不信他能赢了我。"

忙哥撒儿无奈,命人牵过枣遛马来。这马虽没有拂郎马高大,却也是一匹万里挑一的好马,浑身炭火一般红,四蹄却是黑的。

旭烈兀穿着一身紫色的金锦长袍,足蹬墨绿毡靴,头戴貂皮帽,腰悬佩剑。他个子比同龄人略高,长方脸黑黑的一道挑梁眉,一双眸子如点墨一般透明。他从侍卫手中接过枣遛马,神态从容利落上马,一副不服输的架势,望着失烈门。

失烈门被他看得极不舒服,他身穿石青色青鼠皮袍,四方脸,戴一顶上系着貂尾的胡帽。此刻他也有些犹豫,拂郎马虽是一匹名马,怎奈额娘说是爷爷送的,平时并不许他骑。他只偷骑过一两次,比不得自己平时骑的铁青马,好驾驭听使唤。今天本来他只想显示一下自己的马,哪知旭烈兀逼着自己骑拂郎马参赛,不由得额上沁出汗珠来。他想说不比的话却又说不出口,不由得一阵心虚,可他身边的这些人,哪知道他心中这层隐私,早高兴得乱跳直叫:"小马驹还敢和神马比,拂郎马必胜!"

忽察大笑道:"枣遛马只配闻拂郎马的臭屁,这比赛也太悬殊了。"

失烈门咬了咬牙,踩着侍卫的背爬上了马背。那马长嘶一声,惊得旁边一棵松树上的两只小鸟扑棱棱飞走,马上的失烈门忙紧勒了缰绳,草原上的孩子一旦上马,自然恢复了镇静。失烈门胯下的拂郎马,高出旭烈兀的枣遛马一头,身子也长出一截。二人在众人簇拥下进了赛马场。

蒙古人历来注重骑马射箭,"太学"考试就有"赛呼亚","太学"内的一座小山下就修了一座圆形赛马场。两匹一红一黑,不同高度,不同颜色两匹赛马进护栏。旭烈兀和失烈门都神情紧张地骑在马上,盯着护栏的栅门上的红色的木杆,双方的支持者都暗中为自己的支持者捏了一把汗。

"准备!"脑忽大声地嚷道,接着,木栅哗地被扯开,两匹马同时冲进线形跑道,双方的支持者都拼命地大叫:

"加油呀! 加油!"

"快跑呀! 跑呀!"

旭烈兀的枣遛马先一步出了起跑线,他把身子紧贴马的头部,两只脚几乎站在马镫上,不时用鞭子狠抽着胯下的枣遛马。马匹必须冲向终点的那棵大松树,绕过那棵树返回起点,才算取得比赛的胜利。拂郎马不愧为一匹好马,虽然失烈门驾驭这匹马技术并不熟练,但为了取得比赛的胜利,失烈门还是瞪圆了眼睛,马鞭抡圆了击打胯下的拂郎马,这马在未到那棵松树时,已与旭烈兀的马头并驾齐驱。旭烈兀眼见那马要超越自己,灵机一动,用马鞭偷偷抽向拂郎马的后腿,那马一惊,高高跳起,几乎将失烈门摔落马下。趁失烈门勒马之机，旭烈兀已绕过松树，瞬间跑回到终点。

“傻大个不行了，旭烈兀赢了！”当旭烈兀的马稳稳地停在众人面前，他的小伙伴高兴地欢呼着。失烈门打马回来，见他的小伙伴们都低头不吱声，怒火中烧，来到旭烈兀面前抡鞭就打，还骂道：“旭烈兀偷着使坏，你敢说你胜啦！”

旭烈兀躲避着鞭子，辩解道：“你输了，怎么还不服气！”

失烈门哪肯吃这亏，发疯似的乱抽，旭烈兀也瞪圆了眼睛，举起马鞭还击。

马鞭对马鞭，两个孩子你来我往朝身上脸上互相抽打，二人脸上都起了血道子。失烈门的马高占了些便宜，旭烈兀见自己的鞭子常抽在马上，便一把揪住失烈门抽过来的鞭子。两匹马的主人互不相让，争夺中同时落马，又在地上揪打在一起。众孩子都上前拉偏架，互相拉扯在一起，接着又有几个孩子也互打起来。同来的各府大侍卫瞅着干着急，拽也不是，又劝不开，眼瞅着干着急。

哈敦脱烈哥娜这日因事路过“太学”，想起孙子失烈门几天没去看她，就顺路带从人打马进了“太学”。几位博士忙过来叩头，还未说话，蓦然听远处一阵吵驾声。大哈敦脱烈哥娜瞪着几位掌院博士一眼，道：“‘太学’清静之地，怎么如此吵闹？”

阿怜惜帖木儿博士躬身道：“刚才上完课，少主子们在校场上玩耍，奴才们失职了，请哈敦治罪！”大哈敦脱烈哥娜站起身道：“这太学建立，就是为了大蒙古汗国的后世子孙能懂得治国安邦的道理，不至于成为锦衣玉食的无能之辈。你们的职责并不轻，今天我也不治你们的罪，一齐去看一看到底出了什么事。”

孩子正打得昏天黑地，失烈门被旭烈兀压在身下，情急之下咬了旭烈兀的手。旭烈兀正要举拳向失烈门面门砸去。

双方正在纠缠，有博士跑来喝道：“快放手，大哈敦来了！”

旭烈兀忙从失烈门身上爬起，其他孩子也都畏惧地停下手，低头叉手跪在那里。失烈门从地上爬起来，一边用手擦着嘴上的血，一边不服气地瞪着旭烈兀。

大哈敦带人过来，见这群孩子袍子上都沾着泥土，旭烈兀的手淌血，失烈门的嘴角有血，雪不台的袍子破了，脑忽的扣子脱落，不由心中大怒，吼道：“怎么回事，没上阵先自家人打起来了，刚才还龙腾虎跃，你歪鼻子我瞪眼，现在怎么没动静了，打呀，刚才的威风哪去了？”她见孩子们低头相觑，不言声，便盯着旭烈兀道：“旭烈兀，你虽与他们一样大，但论辈分，你还是叔叔,说,你如何还与侄儿动手?”

“我与失烈门赛马,他输了,回来拿鞭子就抽我,还动口咬了我的手。”旭烈兀低着头说。

“不对,是你赛马时怕输,偷偷使坏,用鞭子抽了我的马腿,暗算我,让我的马落了后,不承认还要抵赖。”失烈门怒目吼道。

“旭烈兀你抬起头来,失烈门说的是不是实话?”

旭烈兀不服气地抬起头,面前的大哈敦脱烈哥娜穿着金红色那失石袍子,一道柳叶眉下,丹凤眼内喷射着怒火。他从来没有这么近距离接触过大哈敦,只是常听说大哈敦最得大汗宠爱,是贵由和阔出的生母,还听说那日自己与拨绰被关押数月,也是她的主意。心知自己打了失烈门惹了祸,因此决不肯说实话,便开口道:“大哈敦,失烈门仗势欺人,他说我使坏,谁看到了,你可以问问大家。”

脱烈哥娜用眼睛扫了下脑忽道:“脑忽,你说?”

脑忽转着头道:“失烈门的马本来要领先,在转弯处忽然马跳起来,差点摔下马来,失烈门回来就说旭烈兀搞鬼,我们离得远没能看清楚原因。”

脱烈哥娜回过头盯着旭烈兀,冷笑道:“你这个孩子人小鬼大,当年你与拨绰干的事,不要以为瞒得过人。不过是大汗袒护你,我也懒得管事,失烈门和脑忽都是你的侄儿是不会说谎的,定是你搞出的花样。今天我也不处罚你,来人呀,给我搬张椅子,再叫人到四王爷府去,将四王妃请来,让她来评个理!”

说完,又用眼睛扫了一眼跪在后边的忙哥撒儿,对身边的侍卫道:“将忙哥撒儿拿下,四王妃将几个小主子交给他,他不压事,眼看着在此闹事,绑在廊柱上,打他四十鞭子。”

待唆鲁禾帖妮赶到时,见忙哥撒儿忍着疼跪在一边,几个博士也吓得满脸黢青,几个小王爷衣冠不整呆呆地跪了一地。唆鲁禾帖妮向博士问了情况,才知脱烈哥娜刚走,带走了失烈门与其他孩子,并命旭烈兀等不许起来,等着自己发落。唆鲁禾帖妮心如刀绞般地难过,命众人起来,独不许旭烈兀起来。命人取过皮鞭,嘴里骂道:“不许你惹事,偏出来惹事,输了就该认输,却偏要弄巧耍赖,额娘今天就打死你!”

边说边咬牙来打旭烈兀,旭烈兀自知是祸头,死命抵住,一声也不吭,任那鞭子往身上抽。众人见王妃脸气得发紫,眼睛瞪得吓人,哪还敢相劝。唆鲁禾帖妮也是心中积怨太多,又疼又恨,刚打了十几鞭子,忽地一阵头晕,鞭子丢在一旁,身子如一瘫泥一般栽倒在地。众人乱成一团,忙哥撒儿急忙上前,见王妃两眼紧闭,忙与人将她架起放到帐车上,又让人搀了旭烈兀,匆匆赶回王府调治。

脱烈哥娜因失烈门被打，本在太学等着唆鲁禾帖妮，可等了半天不见人来，便怒气冲冲直奔万安宫，想借此事向窝阔台告状。刚到宫门外，侍卫长察剌见大哈敦一脸怒气，忙三步并两步上前，满脸堆笑地道："哈敦主子，你想进宫去见大汗？"

"是的，怎么了？"

"大汗正与王爷大臣们议事，是与贵由殿下有关的事，奴才觉得哈敦还是不进去得好！"

脱烈哥娜一愣，记起昨天夜里长子贵由差人送信，说他已经进了哈剌和林城，只是不便进宫。信中还说他与二王爷察合台商定好，由几位王爷向大汗提出让贵由迎娶唆鲁禾帖妮的事。想到这心中怒火顿息，自语道："我怎么老糊涂了，光为孙儿发火，差点误了大事。"想到这，抬头对察剌莞尔一笑，道："听将军的，本哈敦就不进宫了！"

第四十六回

大殿下妙计赚孀妇
未亡人寻死系白绫

窝阔台扫视了殿内诸王一眼，说道："大家还有什么事？一道说来议议。"窝阔台说这句话，也是有根据的，他昨天夜里，就听说长子贵由回来，还听说贵由连夜还会见了二王爷和王叔铁木格等人，知道诸王一定有事要说。

"大汗，国事已毕，臣等想说件家事，这件事我与铁木格王叔、按赤台弟弟也商量过，想替贵由贤侄做个媒，不知大汗可否听听？"察合台知道诸王看着自己，别人不语，他却不能沉默，略微沉思，躬身笑道。

察合台出面替儿子说亲，便知道这是贵由的意思，心里不高兴，嘴上却道："贵由有正妻也有几个小妾，怎么还要娶，海迷失做事大方得体，王叔与皇兄弟们还为他做什么媒！"

铁木格见大汗驳回了察合台的建议，便笑道："大汗，难道不想知道女的是谁？"

"管她是谁，这等小事，就不必朝堂上议了吧？"

察合台与铁木格对视了一眼，赔笑道："臣以为这是件大事，贵由是大汗的长子，长子的婚姻岂能视为小事。况且臣替贵由贤侄儿说句话，当年大汗伐金，贵由留守数年间建起一座哈剌和林城。接着南下伐东夏，也都干得不错，现在回叶密立兵练得好，还打了很多的井，在叶密立口碑很不错的。大汗说海迷失不错，但臣问过贵由，他说海迷失做女人不错，可胸无点墨，不能助他一臂之力。所以希望另娶，臣听后也觉得该成全这门婚事，因为于国于民有利。”

“皇兄，你宠坏贵由了，知子莫如父，正因他干过一些事，朕才许他回叶密立主政，可他刚回去就琢磨歪歪道——要换老婆，这算什么大事。”

察合台道：“娶一女子，得一贤内助，不是大事，也是好事吗？”

“靠人不如靠己，皇兄费了半天唇舌，他要娶的是哪个，朕可认得？”

察合台抬起头望着窝阔台笑道：“大汗怕也想不到，这人就是唆鲁禾帖妮。”

“四王妃！”窝阔台一愣，贵由打唆鲁禾帖妮的主意他也早有所闻，可今天被诸王摆到朝堂上，已非私下议论。他眨了眨眼睛，沉思了片刻，说道：“四王妃掌管着老四的营盘，这只是贵由的一厢情愿，人家四王妃也不一定肯呢？”

察合台脸上闪过一丝笑意，大声地道：“什么肯不肯的，这事咱们说了算，祖上的规矩，还容得女人说话吗？”

窝阔台心中一震，在蒙古人中古制“妇女寡居，宗族接续之。”贵由要娶四王妃，也顺理成章，可是将四王妃送与贵由，不免得有些心不甘，因道：“四王妃的孩子还小，四弟刚过世，这样不好吧？”

“这事既是大汗的家事，也是国事。”铁木格并不愿贵由娶了唆鲁禾帖妮，心知这女人非比寻常；可受贵由之托，就不能不说话。忙道，“四王妃一个孀妇，大殿下要娶她，也是她的福分，同时她当了大殿下的女人，这也对四王府有利吗？”

窝阔台被铁木格将了一军，心里不希望四王妃嫁人，可话又不能讲，摇头道：“王叔，四王妃管着老四的营盘，贵由再要娶了四王妃，朕担心子侄们更增添埋怨情绪。”

“母马驾辕总是暂时的，女人终要嫁人，大殿下不娶她，还会有别人惦记着呢。蒙哥这次随二殿下又立了功，封王也是时候了，有何埋怨的。”

“老王叔说得对，蒙古女人哪有守空房的理，况且大殿下真心娶她，四王妃嘴上不高兴心里怕乐开了花呢！”按赤台一旁搭腔道。

窝阔台见诸王的话又不好反驳，思索半天，点头道：“贵由要娶四王妃，不是不行，可不能强拧瓜，一定要四王妃同意，朕不能让人说以势逼婚。”

按赤台道：“贵由殿下娶四王妃，这事只要大汗首肯，就让贵由殿下当面向四王妃求婚，其余之事由我们去办。”

窝阔台明知故问道：“贵由在叶密立，如何能马上回来？”

察合台笑道：“贵由已经回来了，就等大汗这句话。”。

窝阔台望着察合台一眼，又环视了一下诸王，说道："看来王兄安排周密，只瞒着朕一人？"

众人面面相觑，察合台急忙跪下，道："贵由归来，是臣等的意见，请大汗治罪。"

窝阔台见察合台跪下，不能发怒，忙笑道："皇兄快起来，其实贵由回来，朕昨夜就听人禀报，说大殿下化装成护卫进了城，因怕是个假殿下，守卫悄悄跟到二王府，算啦，朕也恕贵由无罪，让他进殿吧！"

贵由早就候在殿外，站在寒风中脸冻得茄子皮色，蒙古等游牧民族有收继婚①的习俗，妻妾也作为一种财产，由其子女或亲族子弟继承。哪怕贵为哈敦、王妃，也难逃被收继。贵由此次回哈剌和林城，由二王爷察合台代他大宴诸王，分送宝物，所谓安下香饵。听到传唤，知道事成了八九分，虽心里惧怕父汗，可也没了退路，搓了搓手进了万安宫。

万安宫内极宽敞，殿内有九根大柱，上面各雕金龙。大汗的龙椅原为金朝皇帝的御座，座前放有御案。贵由抬头见父汗坐在御座上脸色阴沉，忙跪在阶下山呼："儿臣叩见父皇万岁万万岁！"

察合台怕父子顶牛，出来替贵由解围，笑着道："贵由，你父汗已经同意你与四王妃的婚事，还不叩谢你父汗。"

"儿臣叩谢父汗！"贵由像个犯错误的孩子，惶惑地抬起头又低下 。

"算了，你起来吧。"窝阔台看着贵由心里别扭，可事到如今，想想又道："你这就去见你额娘，让她去四王府探一下口风，过几日将财礼送去，你虽愚顽，却有些眼力，做你该做的事去吧！"

"嗻！"贵由原怕父汗会借题整治自己，见父汗并没追究自己私自回京的事，心里高兴得不得了，忙答应着起身，退出了大殿。

第三天清晨，哈剌和林城大雪，雪片如玉龙般漫天飞舞，城内开始有人在悄悄议论宫中发生的这件事，当然传说不一。有的人把贵由要娶四王妃为妻的事，说成大汗要将四王妃纳入宫中。老百姓当然不知真情，可从大哈敦府和大殿下府邸每天车马辐辏，宫门扎红结绿，冠盖飞扬，以及一向无人问津的四王爷府也车水马龙，府门如市，便知道此言不虚。

这一天，四王府大门刚刚敞开，察合台、铁木格等诸王踏雪而来，宣布旨意，接着贵由又遣人送彩礼，走马灯式地忙了一天，弄得阖府人困马乏。

人定后，唆鲁禾帖妮独自一人留在上房。她将侍女和婆子们遣走，也没

① 收继婚：又称作接续婚，俗称转房婚，属游牧民族的一种婚姻制度。蒙古族"唯尊者不能下淫"，即父、兄、叔、伯死，子侄可妻后母，妻其嫂、妻其伯母和叔母，但父、兄、叔、伯不能妻其晚辈。

有像往常将儿子叫到身边，独自在厅堂内来回地踱步。红木几案上有一面带银支架的青铜镜，是拖雷从燕京带回的战利品，她从镜中照见了自己的脸，那是一张俊俏的脸庞，她记得拖雷曾说过，这是所有的女人中最漂亮的一个。忽地她的脑海中浮现出另一张脸，狮子一样张开的鼻子，脖子上的刀疤，那是大汗窝阔台的脸，这个男人是几次占据了她的身子的人。又一张脸也在她脑海浮现，年轻自负正在窃笑，她一直对四王府怀恨在心，这次婚姻圈套就是他为了打击四王府撒下的一张网……

宫内燃着火撑，可她依然感到浑身有些寒冷。她知道，外边下着雪，雪是洁白的，拖雷在世时，有时会陪她在雪地上走走。雪后的树琼枝玉干，雪后的原野白得如银锭，雪中的空气更清新得令人如饮佳酿……可自从拖雷死后，一切都变了，人世间的龌龊令她作呕。她并不糊涂，丈夫为了夺位之心不死，最终被大汗处死。为了孩子能生存下去，她没有保住自己清白的身子，还将自己失去丈夫的妹妹献给了大汗。这样多的屈辱，她忍受了；可大汗还是没有放过她，要将她嫁给贵由这个恶魔。现在她再也无法躲避了，丈夫死前脸色是苍白的，那是每个死人该有的颜色，她想到了死，想到了解脱，这是她眼下唯一能够做到的事。作为一个蒙古女人，如果你不死，就只能接受再嫁的现实，她走向塌边，站在凳子上，取出早准备好的一条白绫，系了上去……

风呼呼地刮着，雪花漫天飞舞。四王爷府是诸王府中建造最小，距万安宫最远的王府。它建在城西北角平缓的山坡下，离它不远处就是察合台的二王爷府。尽管二王府经常无人居住，可却建得比四王府壮观。拖雷出征在外，建造四王府时，唆鲁禾帖妮参与绘图，特意让人将尺寸缩减了许多。

忽必烈顶着雪走到上房听声，他刚刚十七岁，哥哥与阔端去花剌子模办差未归，一天家中迎来送往的客人都在说额娘转房的事。事情他是阻止不了，又见额娘愁眉不展，有话不说，更不敢追问。往常吃过饭后，额娘总是将儿子叫到身边，可这天却单独留在房中。旭烈兀挨打后，乖巧了许多，吃了饭就带着阿里不哥读书去了。他毕竟年长些，多了个心眼，想来上房看额娘做些什么。心里惦记着额娘，又怕额娘生气，因在忽必烈上房门外有些迟疑。站了半天，房里一团漆黑，没有灯光，也无人声。不禁诧异道：额娘心中难过就是睡下，也不会连个佣人也没有。一阵冷风吹过，让心揣疑惑的忽必烈打了个寒战；一种不好的念头涌上脑海。他咳嗽一声，无人应声，忙拉开房门，不觉惊慌起来，里面黑灯瞎火，他大声问道："额娘，你在屋里吗？"

叫过之后，无人答应，忽必烈脑袋一下涨得老大，已预感到额娘出事了。他顾不得叫人，仗着胆子进了黑糊糊的屋间。他摸索着从腰间取过火镰，摸黑打着火，将房中蜡烛点燃。额娘卧榻撂着帘子，他将帘子掀起一条缝隙，就见露出一双脚来。

梁上系一条白绫，额娘头悬在梁上，身子吊着，脸色蜡白。忽必烈跳上榻，抱着额娘，含泪用佩刀割断白绫，将额娘放在榻上。摸了摸鼻息，还有热气，估计额娘出事时间较短，也不叫人，更不离开，只是在旁轻声呼唤 ："额娘！额娘！你醒醒！你醒醒！"

半个时辰过去，远处教堂钟声响起，四王妃才缓过一口气，虽未睁眼，却知身边有人，心中糊涂地道："这是睡着了，还是在阴曹地府里？"忽必烈见额娘嗓子有了动静，不觉大声哭道："额娘，你这是做什么？如果儿子晚来一步，你就忍心将孩儿们都丢下，撒手不管了吗？我的弟弟们都小，父王死了，额娘再去了，哥哥回来，儿子如何对长兄交代呀？"

忽必烈这一哭诉，唆鲁禾帖妮心中方才有些明白。想着儿子说的话，强睁开眼睛，只觉得喉咙一阵疼痛，如刀割斧剁一般，泪珠穿串般流下。半天才忍着疼痛说："孩子，额娘咽不下这口气呀！"

忽必烈抹了一把泪道："儿子也知道额娘心中很苦，可万事顺逆难料，孩儿都会长大，谁笑到最后还未必……为了那一天，额娘再苦也要挺下去，况且法子是人想出来的，你要这样走了，四王府岂不现在就垮倒了吗？"

听了忽必烈这番话，唆鲁禾帖妮心中一愣。她从来都把忽必烈看作小孩子，从未对他说过心里话，只是今天才发觉，这个孩子的话说得明白。真的，如果自己死了，这家岂不败了。想到这，不觉要挣扎着坐了起来，可身子沉沉地挣扎不起，只能叹了口气。

忽必烈跪下道："额娘，不要着急起来，有话尽管说，有什么事就叫儿子去办？"

唆鲁禾帖妮道："额娘方才气糊涂了，想一死了之，现在倒想起一人来。这个人是中原得道高僧，住在大兴国寺，你替额娘请他来一趟，就说四王爷府的四王妃请他来府中看病，他就自然会来。"

忽必烈有些担心额娘要支走自己再寻短见，带着哭声道："额娘……今夜儿子守着你，儿子不敢离开，儿子怕……"

唆鲁禾帖妮叹了口气道："孩子，你以为额娘支走你再去寻死，那你错想额娘了……"

忽必烈眼中闪着泪光，道："额娘需要静养，不如明早再去请大师来？"

唆鲁禾帖妮摇头道："额娘觉得身子还能挺得住，这事今晚就得办，过了今晚就真晚了。"

忽必烈泣道："额娘，儿子听你的话就去，只是叫个和尚又能做什么？"

唆鲁禾帖妮说道："孩子，你见过他，他还给你开过方子，就是那年在西京大同，普恩寺持禅杖的万松大师。额娘虽是女辈，但看人还是准的，他虽是中原人，但为人仗义，额娘想向他讨个主意，问个凶吉。"

"额娘，你可等着儿子！"忽必烈站起身来。

哈剌和林城夜风很大，纷纷扬扬的雪花将这座草原城市，笼罩在一片迷茫的雾霭之下。由于是夜晚，哈剌和林城处于戒严状态，到处有巡夜的士兵在路口盘查，极少有行人。一个时辰后，从大兴国寺方向一队人马正顺着大路，点着火把奔来，积雪发出轧轧声。经过十字街口，一队巡夜马队迎过去，行人中一年轻人亮出一块牌子，巡夜的士兵们立刻让开了路。马队直奔四王府，王府高高的门楼上亮着值夜的灯笼，将台阶照耀得锃亮。

"大师请进！"王府的大门敞开，两排侍卫密麻站在灯影下，忽必烈恭敬地摆手示意。

随着灯笼一晃一晃照着路径，忽必烈引着万松大师进了院内。沿着一条大理石板铺成的道路，穿过门廊，进了王府的正厅。借着几盏青铜灯微弱的光亮，那大和尚见屋内挂着一个幔帐，唆鲁禾帖妮在帘内伸出一玉腕来，声音有些微弱地道："大师，本王妃身子有病，脸色难看，深夜把大师请来，请莫要见怪！"

万松也不言语，把手轻放在唆鲁禾帖妮玉腕上，一边诊脉，太息一声，道："王妃，脉相上看，肝气不舒，阴血过少，虚火亢旺之症。只是脉搏微弱，心跳缓慢，令贫僧不解？"

唆鲁禾帖妮含泪道："大师乃佛家高僧，可否为本王妃卜上一卦，我有厄运，不知可有法子补救一下？"

"王妃可否告诉老衲生日时辰？"

"当然可以，本王妃是鸡儿年出生腊月初九的丑时，至今已过了三个鸡儿年。"

万松掐指算过，说："王妃近日有血光之灾，算来眼下正在其时，王妃乃大福之人，有话直说，贫僧或有办法可以相助。"

"大师，救我！"唆鲁禾帖妮用手一摆，命忽必烈掀去帘子。

万松见四王妃躺在榻上，脸色蜡白，明显消瘦，咽喉间血红的一道深痕，因点头道："王妃，你好命大，为何行此不测？"

唆鲁禾帖妮含泪道："本王妃是没有男人的人，按国俗有人逼我转房改嫁，我念着儿女，宁死不想走这一条路。"

"何人敢逼王妃？"

"是大汗家的大王子！"

唆鲁禾帖妮见万松大师沉吟，说话间朝门外望，怕有人偷听，忙道："我乃死过一次的人了，大师有何策教我。这里只有我儿忽必烈，没有他人，更无人敢偷听。出你之口，入我之耳，请大师明示?"

万松道："四王妃，贫僧是方外之人，黄金家族的事本不敢插嘴。只是王妃当年有恩于老衲，因此不能不说，说得对，听之，解得不对，王妃莫恼。"

"大师莫要多心，请讲?"

万松道："有人想了法子娶王妃，王妃何不想法子不让他的法子实现。"

唆鲁禾帖妮眼中泪光闪闪望着万松点头，说道："但有法子，也不致轻生。"

万松皱着眉头，分析道："那日我见王妃满面愁绪，灵台暗淡无光，就知王妃遇到麻烦，却没想到差点儿就见不到面。"

唆鲁禾帖妮撑着身子，道："大师就目下情况，有何办法让我脱此一劫?"

万松半天低头无语，唆鲁禾帖妮叹道："看来大师也作难了，算啦。"

万松摇头道："主意倒是有，只是贫僧是个外人，汗国的事了解不多，怕主意说出来，先惹大祸。"

"只要有主意，大师尽管说来听听！"

万松闪着眼道："大哈敦是关键人物，唯有寻一令其恐惧之人，吓住她，让其主动放弃了这段姻缘！"

"唯有大汗可以压住大哈敦，可他已答应了贵由的婚事，除了大汗无人能越过大哈敦?"

万松睐着眼睛道："老衲知道有个人大于当今大汗，也自然能震慑大哈敦。"

唆鲁禾帖妮摇头道："过去蒙古大汗曾称臣于金朝皇帝，可那是老黄历了。"

"不！老衲是说，大汗诏书常写着'长生天气力里'，白色天神是蒙古人的祖宗神，天神自然大过大汗。"

唆鲁禾帖妮点头道："大师不说，我倒忘了。"

"为今之计，看似无路，其实是眼中错觉；佛经上所谓针鼻里可以引过一只白象，就是这个道理。"

"依大师的话，该如何做?"

"大哈敦下午来时，王妃索性答应了婚事，再想个法子拖住她，走一步险棋。待到天黑，老衲与忽必烈王子一起制造一个天神，吓退大哈敦。"

"大师细说……"唆鲁禾帖妮也不知哪来的气力，一骨碌爬起坐在卧榻上。

第四十七回

母子相疑长子受训
金殿叙功王子反目

十月底,马蹄如狂风疾雨一般叩打着大地。阔端和蒙哥带着数百骑兵,从马千余匹,一路换乘,押着从札兰丁城堡缴获的金银财宝,进入了哈剌和林城。

进了城门,二人命押着财物的士兵先归营帐吃饭,蒙哥望着阔端道:"哥哥,早朝时间已过,下午再递牌子去见大汗。干脆你我先寻个酒馆,喝上几杯暖暖身子。"

"好,就听兄弟的。"阔端答应着,二人骑马直奔东市。城内朔风飕飕,寒气透骨,市场人头攒动,各色商铺招牌林立,许多酒楼挑出红蓝各色幌子。阔端、蒙哥在街上看了半天,选了一家挑着八盏灯笼门面气派的酒楼进去。刚要上菜,蒙哥感觉肚中不适,独自出来小解。回来时见红木楼梯上下来两个客人,一人三十多岁,长着长胡须,面色黑瘦,头戴一顶黑色圆帽,一身褐袍。另一人矮胖大约四十岁,四方脸穿一身黑袍。长胡子楼上下来,一边踏出店门,一边朝矮子诡秘地道:"老兄,说一件事,不知你知道不知道?"

矮子道:"什么事?"

长胡子道:"四王府的大妃准备转房了,男方是大殿下贵由。"

矮子满脸堆笑道:"四王爷死了一年多,四王妃哪能守得住空房,一定是纸里包不住火,才抓紧转房的!"

长胡须道:“此话知道就结了,不能瞎传的,哥哥走了。”

蒙哥脑袋嗡地一声像要炸开。家里出了大事,他还不知道,瞪着眼睛想发怒。可一转念,此事是真是假,还是打听清楚再说,想到这压住怒火,跟定二人出了酒店,转了一条街,见二人分手,各自东西走了。

长胡须摇晃着上了一条僻静街路,蒙哥觑着左右无人,紧走两步,一脚将那带圆帽的长胡子踢倒在地,骂道:“你这呆驴,刚才你说四王府的大妃要嫁给贵由殿下可是真的?着实讲来,有半句谎言,让你死在街头!”长胡子挣扎着侧转过头,见是一个穿着石青色的貂裘,腰系革带,头戴金锦暖帽的汉子目露凶光,早吓着魂飞魄散,哆哆嗦嗦地道:“小爷,小人的一个亲戚在大汗府里当差,听他说,贵由大殿下回来,是要接四王妃去叶密立的。还听说四王妃已经同意,一半天就要迎亲,奴才听来的话也不敢胡编,求爷爷饶命!”

话已听明白,蒙哥虽恨不得宰了长胡须,可在哈剌和林城到处有巡逻队,也不敢造次,便喝道:“再胡嚼舌头,小心有人宰了你,滚!”蒙哥猛地一松,又用脚朝那人屁股狠狠踢了一脚,那人跑出三四十步远,跌得满脸是血,爬起来也不敢回头,撒丫子跑了。

蒙哥心里有事再回酒楼,哪还吃得下,只将那牛排吃了几块,饮了两杯酒,便对阔端说:“哥哥,你再喝一点,兄弟得马上回家见额娘。下晌,你我再一道去万安宫朝见大汗。”

阔端早看出蒙哥归来后,有些心不在焉,放下酒杯,道:“兄弟自便,只别误了下午的事。”

蒙哥出了酒楼,有侍卫牵过枣骝马来,一蹿跃上马背,双腿一夹,那马打箭飞奔。马上的蒙哥心如刀绞般难过,他早清楚自从父王死后,额娘的日子越来越不好过。自己常年出征在外,几个弟弟,除了忽必烈还能帮衬一把,旭烈兀、阿里不哥都没少惹祸。可这次风从哪来,额娘怎么会答应了这门婚事,明摆着是贵由借转房整治额娘。如果额娘真的去了叶密立,岂不是求生无路,求死无门,可这事该如何办,他也想不出一点道道。蒙哥拼命地打马,侍卫飞奔紧随,路上行人不解地望着路上扬起雪尘,也不知前面发生了什么事,都指点地观望。

正是正午,四王爷府门前,几个侍卫看见远处一匹枣红马打箭奔来,还未看清是谁,马到阶前,蒙哥飞身下马,侍卫方知是少主子回来,顾不得地上的雪,沿府门两侧扑腾跪下。侍卫长忙哥撒儿上苦着脸道:“主子,你可回来的,一去就是几个月,去时还下着雨,现在到处是雪了。”

蒙哥哪有心思跟他闲话,板着脸道:“我额娘在府里,没出什么事吧?”

忙哥撒儿眼圈发红道："王妃病了，方才昂辉哈敦还来过，府中的事奴才不好细说，主子进去就知道啦。"

橐！橐！橐！蒙哥将皮靴在台阶上跺了跺，靴上雪尘四溅。他眼中冒火，也不让人跟随，大步流星直奔上房。王妃屋内，唆鲁禾帖妮躺在榻上，由于昂辉哈敦刚走，她有些累，便闭着两眼养神。听得门响，也未抬头，只道是忽必烈回来，便道："儿呀，你回来了！"

"是！额娘，儿子回来了。"

"蒙哥……是你回来了！"唆鲁禾帖妮听声音不对，睁开眼睛，欲起身却感到浑身酸痛，无力只转了一身，眼睛直愣愣地望着一身征尘的儿子。

额娘脸色苍白，眼睛无神，挣扎不起，表情十分痛苦，蒙哥都看在眼中，不觉泪水在眼窝里打转，泣道："额娘，儿子走时娘的身体很好，数月不见，额娘这是怎么的了，简直像换了个人？"

唆鲁禾帖妮声音发颤地道："人老了，有一天没一天，身体不好，近些天更差。"

蒙哥压抑不住心中的郁闷，猛地跪在额娘榻下叩头道："额娘，你不要瞒儿子，有件事儿子要问你。满城人都在传额娘要嫁给贵由的事，可是真的吗？"

儿子兜头一问，唆鲁禾帖妮如被当头击了一棒，眼中噙泪道："孩子，这是真的！"

额娘坦率承认，蒙哥这才用眼睛扫了一眼额娘帐内，发现地上堆满箱笼。一些箱笼盖还敞着，里面满是金锦，皮货、各种珠宝玉器，其中还有新袍子、嵌满玛瑙的固姑冠等，蒙哥惊愕地道："额娘，这是贵由送的聘礼？"

唆鲁禾帖妮心里很乱，一时也无法对儿子讲清，眼中含泪点了点头。

"这些东西怎么不扔出去！"蒙哥立着眼睛，望着那些箱笼，脑袋要被愤怒炸开，恨恨地骂道："额娘，你要嫁给谁，儿子都不管。为何要嫁给贵由这个人，他可是满脑袋要害咱们的心思，难道额娘不知，竟接受了他的聘礼？"

"你说什么？你浑蛋！"唆鲁禾帖妮瞪圆眼睛，咬紧牙关，愤怒地伸出颤抖的手，狠狠地打在蒙哥的脸上，骂道，"额娘何曾要嫁他，额娘的心你都不知，他让人用箭射你，又几乎害死亦巴合。他千方百计不让咱们一家安生，下绊子使坏，视额娘为眼中钉肉中刺，额娘宁死也不会贪图他的嫁妆……"

被额娘打过一巴掌的蒙哥，满眼泪水哭道："那……额娘为何还要答应这门亲事？还接受聘礼！"

"你是真糊涂？还是想惩罚额娘？你父王死了，额娘一个寡妇——有什么权利敢说不答应，面对祖宗成法，除了顺从和死，你叫额娘怎么选择？"

“弟弟们还未长大，额娘为何不去找大汗……”

“你让额娘找谁？旨意就是大汗下的……”

“大汗下了旨……”蒙哥见母亲发怒，不禁有些张口结舌，自知说话莽撞，可覆水难收，心中懊悔，一时说不出话来。

“额娘守不住你父王的斡耳朵，家族以族规压，大汗以旨意压，额娘没有办法……你这个浑小子还说额娘想要嫁人，你给我滚出去！”唆鲁禾帖妮为儿子的话刺伤了心，边说边哭，将多日的伤心都迸发出来。

额娘的话不啻一声沉雷，蒙哥梦醒般呆呆地站在那里，嘴张不开，话说不出，只剩嚎啕痛哭。

尴尬间，忽必烈从外面进来，他听到蒙哥质问额娘的话，泣道：“哥哥，你误会了额娘，如果不是弟弟发现及时，你我都见不到额娘啦！你看额娘颈上被白绫勒出的血痕，还敢胡说……”

蒙哥本是急晕了头，泪眼中，细看额娘脖颈间有一道深深的血痕，不禁大哭道：“额娘，儿子糊涂，儿子该死，儿子不该怀疑额娘，我真浑透了！”

唆鲁禾帖妮见儿子大哭，也禁不住大哭起来：“额娘真的想死呀，就这样去见你父王，可又觉得死了，只会让人看低了四王府！”

“额娘，你不能死，你哪里也不去，儿子有这条命顶着，看哪个敢来逼婚！”蒙哥从腰中拔出宝剑，红着眼睛，跺着脚吼道：“这剑是父汗留给儿子的，宝剑宁折不弯，儿子难道不如一剑。儿子回来了，下午就去找伯父，请他收回旨意——逼得急了，儿子宰了贵由！”

唆鲁禾帖妮见蒙哥口不择言，满嘴胡言乱语，长吁一声道：“蒙哥，将你的剑收回去，额娘也被你气糊涂了……你刚回来，只要知道额娘没有对不起你父王就算了。额娘的事不用你管，稳住阵脚，擦干泪水，该干什么就干什么去！”

“孩儿是长子，怎能不管。”蒙哥不解地道。

唆鲁禾帖妮叹了口气道：“孩子，你的心额娘知道，可这事你管不了。自从你父王去世后，你就是这个家的顶梁柱。这个家可以没有额娘，不能没有你，你父王遗言说：‘你比他强’。你该知道你父王的意思，额娘没有办法照顾你的弟妹们，家里的事就托付给你，你决不能草率行事，肇祸家门呀！”

“可额娘，儿子怎忍心看着你离开这个家……”

“娘离开这个家，可这个家有你！你是成吉思汗的孙子，你的祖父铁木真势力弱的时候，妻子被人抢去。可他九死一生，坚持到最后，无人不畏惧他。眼下这事，你管不了，不要为额娘的事，输光了一家人的本钱！”

“额娘嫁给贵由，儿臣又怎么在人前立足？”

“那你也要挺过去，熬到腰杆儿能够挺直的那一天，到那时再把额娘迎回来。卧薪尝胆故事你也听说过，勾践用二十年得国，额娘希望你能成为勾践那样的人。”

“儿子听额娘的……”蒙哥跪在唆鲁禾帖妮的榻下咬着牙，脸色通红地道。

太阳打斜，母子几个正说话。听见外边有人声，侍卫进来禀道：“阔端殿下在外向四王妃请安，说今天就不进屋了，请蒙哥主子与他一道去万安宫。”

唆鲁禾帖妮递过一块汗巾让儿子擦泪，轻声道：“阔端也知道了，不好意思进来，你去吧，不要怨额娘发火……现在，你只管无事一样去见大汗，别的事额娘与你兄弟去做，也许还有办法能帮额娘逃过这一劫……即便额娘真的嫁了贵由，你也不许胡来。四王府有你在，天就塌不下来；如果你犯了浑，额娘就死定了，四王府也要毁在你的手中……”

蒙哥咬紧牙关含泪叩头道：“额娘，儿子记住了，我走啦！”

“宣蒙哥、阔端二位王爷进殿！”

太阳斜射在万安宫绿色的琉璃瓦上，瓦顶的积雪在日光映照下显得格外刺眼，宫殿坐落在白玉基石的台阶上，八十一级台阶将这座宫殿托起在蓝色云中。大殿前丹陛下旗杆上一面白色的大纛迎风猎猎招展，殿边怯薛个个挺胸抬头，手持刀剑，盔甲鲜明。殿门吱嘎敞开一条缝，身穿红袍怯薛执事官从大殿内走出，站在大殿御阶高声传唤。

蒙哥、阔出听到传唤，命阿蓝答儿手捧札兰丁首级木匣跟随，从火堆中穿过台阶而上。阔端第一次办差，心中高兴，脸上露出得意神色，蒙哥却一点也不轻松。

入了大殿，二人用眼观瞧，见御榻上端坐着头戴冲天冠，身穿龙袍的窝阔台大汗，身边左侧是大哈敦脱烈哥娜、二哈敦昂辉，下边是贵由等，右侧是察合台，铁木格、按赤台等诸王，接着是田镇海、亦鲁格、察罕大臣。二人急忙跪倒，大声高呼：“臣阔端、蒙哥回来交旨！”

窝阔台望着二人微微一笑：“回来好快，差事办得也不错。”

阔端、蒙哥叩头奏道：“托大汗的洪福，臣等摸到了札兰丁的老巢，剿灭了叛匪，并将札兰丁的人头带回，还收缴了大量金银。”

窝阔台眼睛一亮，哈哈大笑道：“你们千里奔袭，函首而归，但愿不是个假的，快打开让朕与皇兄瞧瞧！”

侍卫长察刺从阿蓝答儿手中接过紫檀木匣，端到须弥座前，打开匣盖。窝阔台与察合台一起低头见那匣内那颗血淋淋的人头，如新砍下一般，隆鼻阔嘴，二目圆睁，正是札兰丁，不禁都吸一口凉气。

察合台边看边点头道:“果然是札兰丁。”

窝阔台瞪着眼睛看了半天,方道:“皇兄说得不错,此人正是札兰丁。先父西征时,在印度河畔,夕阳下,札兰丁被重兵包围仍纵马厮杀毫无惧色,最后背着盾牌,提着长枪,催马闪电般跃入印度河。先父惊奇指着札兰丁的后背说,‘好男儿,朕的儿孙亦应如此。’当时哲别已经搭箭在弦,被先父喝住,并不许人过河追赶。父汗去世后,此人趁我无力经营花剌子模之际,收复失地,被绰儿马罕击败后,又诈死深藏,竟要派人胁朕,今其死气概亦为人畏!”

察合台拱手道:“大汗说得是,这人是个英豪,该让人将他的人头与身体缝合,好好安葬!”

“就依了皇兄,叫人把头颅拿走,同尸体一道安葬。”窝阔台一边说,一边对跪于阶下的阔端、蒙哥问道:“不出两个月剿灭札兰丁匪巢,阿姆河行省都做了哪些工作,对成帖木儿是如何处置的?”

阔端道:“臣与蒙哥能这样快剿灭札兰丁,也得益于成帖木儿先行工作,阔里吉思、沙剌法丁与宝合丁等随儿臣参加剿匪。在马鲁城,成帖木儿为追击札兰丁余党时受了重伤而死。”说着从他怀中取出成帖木儿的遗折,交给走过来的怯薛。

“成帖木儿死了!”窝阔台一怔,颊上肌肉不易察觉跳了一下,接过折子,匆匆拆开:

奴才成帖木儿泣血陈奏:

奴才蒙大汗鸿恩,不以驽钝,畀以总督重任。惊闻札兰丁作乱,大汗遭劫之事,奴才惊惧汗流。奴才掌一方军政民政,上不能察奸人作乱之谋,下不能剿奸党于未萌之时,自知辜恩溺旨、罪孽深重,虽死罪犹不可赦。臣今命悬一线,自知不起,臣之罪只能由儿孙们领受了。奴才死,心有隐言:宝合丁为臣忠而能,请大汗莫因臣之罪,怪罪于他。奴才叩别我大汗,愿国运昌盛,黄金家族万代。

成帖木儿绝笔

“既然战死,成帖木儿没有负朕。”窝阔台放下折子,又道:“在抓捕札兰丁过程中谁的功劳最大?”

阔端指着一身铁甲的阿蓝答儿,赞道:“父汗,他就是亲手杀死札兰丁的勇士。”

“你叫什么名字?”窝阔台望着阿蓝答儿。

阿蓝答儿叩头道:“奴才叫阿蓝答儿!”

窝阔台望着眼前跪着的年轻人正要说话,在察合台身后,一人大声道:

“大汗，不里有一事不明，想问蒙哥一句。”

窝阔台循声望去，是察合台之孙不里，便道：“不里，你有什么话，马上就问。”

不里站起来，指着跪着的阿蓝答儿，说道：“大汗，孙儿反对给阿蓝答儿叙功，我认为蒙哥隐瞒了事实。我听说阿蓝答儿的妹妹就是札兰丁的妃子，这个女人一直追随札兰丁躲在山中。阿蓝答儿作为札兰丁的亲戚，怎么来到蒙哥的身边，臣对此极为不解，甚至怀疑他与绑架大汗的阴谋有关。让这样的人抱着札兰丁的人头进了大殿，孙儿感到恐怖！”

窝阔台用眼睛乜斜了蒙哥一眼，说：“蒙哥，不里说得可是实情？”

蒙哥听不里之言大惊，腾的一阵血往上涌，不觉汗透重衣，他平日极有抑制力，眼中虽然蹿火，可此时不能不作哑，他叩头道：“阿蓝答儿是此行军中第一功臣，让他进殿也是表彰功臣之举。不里小侄捕风捉影，是但知其一不知其二。”

不里见蒙哥辩解，插嘴道：“阿蓝答儿是札兰丁的亲属，他的妹子是札兰丁的妃子，难道我说错了吗？”

察合台见不里节外生枝，怒目道：“不里，大汗与蒙哥说话，谁让你插嘴？”

窝阔台冷眼旁观，他心事也极为复杂，大殿内的诸王大臣，见几位王子闹家务，不里一副怒目金刚的样，殿中又跪着一个札兰丁的亲戚，都把目光盯在蒙哥身上，想听他如何说。

蒙哥跪前，说：“大汗，阿蓝答儿是汪吉一孤儿，九岁时父母双亡，当时其妹仅有八岁，阿蓝答儿十二岁，靠阿蓝答儿为一千户放羊谋生。后来，其妹被管家卖到河中，二人失去音讯。此次，阿蓝答儿随臣与阔端一起去呼罗珊，在赫拉特大清真寺臣查找札兰丁线索，被札兰丁放火困在寺中，不是阿蓝答儿拼死打开礼拜堂的大门，蒙哥与阔端今日都回不到哈剌和林城，更谈不上金殿报捷。当然不里小侄说的事也不为虚，臣与阔端初到马鲁，在总督府审讯沙剌法丁捉到的一个女子，此人正是阿兰答儿被卖掉的妹妹，其妹据后查实确被札兰丁收为妻妾。可二人虽是亲兄妹，但早就天各一方失去联系。这次剿灭札兰丁，阿蓝答儿冲锋陷阵，亲手杀了札兰丁，并手刃其妹。臣的话已说清，一切请大汗决断！”

阿蓝答儿听小王爷蒙哥为自己辩冤，想到妹妹已死，泪流满面低声抽泣。

不里不服气地道：“蒙哥将札兰丁的人带在身边，还曲意包庇，其中难说没有隐情。”

窝阔台一时不好决断，望着阔端道："阔端，一路你与蒙哥同行，蒙哥说的可是实情？"

"蒙哥弟弟所言句句属实，没有阿蓝答儿，儿子也死在赫拉特了。"阔端见事出突然，他与蒙哥去呼罗珊这些天形影不离，不里突然发难于蒙哥，便不能坐视不管，忙跪下叩头，"父汗，阿蓝答儿与妹妹失散多年，其妹妹有罪，与他何干。阿蓝答儿是有功之人，小侄不里不该冤屈好人，使忠勇之士蒙受不白之冤，也有悖父汗圣德。"

"阿蓝答儿，你起来吧！"窝阔台原本被不里说动了心，以为阿蓝答儿确与札兰丁有关。听了蒙哥、阔端的话，又见阿蓝答儿一脸英雄气，虽然年纪不大，却长得英俊，不觉脸上放晴。望着阿蓝答儿道："两位王子保你，朕也大受了感动，忠诚的勇士在朕这里永远不会受到伤害，朕决定赏：阿蓝答儿黄金百两，赐金牌，以示褒奖。"

"奴才叩谢大汗！"阿蓝答儿连连叩头。

不里因对蒙哥怀恨，见蒙哥、阔端得胜归来，原本要借此压一压蒙哥气焰，没想到大汗根本没有理会，反倒使阿蓝答儿受了封赏，不禁垂头丧气低下头。

窝阔台压抑着愤怒，冷冷地望着不里道："不里，你还有何话？"

不里不服气地道："大汗，虽然说阿蓝答儿有救阔端、蒙哥的功，但焉知他不是札兰丁派的卧底，留下此人将是祸害。"

察合台见不里犹不改口，骂道："不里，不许再胡说。"

"孙儿不敢胡说，听说是阿兰答儿亲手杀了其妹，孙儿以为这是杀人灭口。"不里拿出最后一张王牌。

"你这小子从哪里得到的消息。"

"大汗，自有消息来源，孙儿让阿蓝答儿说有没有这件事。"

窝阔台本想责怪不里几句算了，哪知他执迷不悟对此事不依不饶，只望着阿蓝答儿道："阿蓝答儿，不里说得可是实情？"

"奴才随两位王爷到西域，妹妹被拐卖了十年之久，她已不认识我。后来我妹被札兰丁救走，臣随两位王爷在通往喀布尔山中，劫杀札兰丁时，奴才臂上的伤就是妹妹砍的，但末将不忍杀了妹妹，她是走投无路最后自刎而死的，请大汗明鉴！"

窝阔台听了半天，见蒙哥眼中冒火般瞪着不里，不里像只斗不败的公鸡，又见察合台一直不语，心中也明白不里的邪火来在哪里，便不动声色地对察合台道："皇兄，你看此事，如何了断？"

察合台明知不里是为了阔端、蒙哥营救牙老瓦赤那天的事发的邪火，早想制止他，又怕大汗多心，见问自己，忙躬身答道："大汗，不里在阔端与蒙哥剿灭札兰丁大捷之时，凭借道听途说扰乱人心，有嫉贤妒能之嫌，依臣之见，该打三十军棍。"

"来人，不里凭无根浮言，扰乱朝堂——推出责打三十大板！"

"大汗，孙儿所犯何罪？"

"不里，你敢问朕？"窝阔台变了脸色，剑眉紧皱，冷笑道："你岂止今日该打，你以为朕不知，当日朕命蒙哥、阔端去赛里木去宣旨，命你爷爷放了牙老瓦赤，听说就是你横刀指向两位叔叔。不是被你爷爷喝止及时，你还想杀朕的使节，我知道你因这事对两位叔叔怀恨在心借机闹事，还敢问朕何罪！"

不里被大汗说破了心事，吓得脸色顿变，想说话没了底气，心里知道这话是牙老瓦赤回哈剌和林城，向大汗禀报的，忙变换了口气道："孙儿虽道听途说，但却非无根浮言。"

不里在蒙哥、阔端归来时带头挑事，这回主动认打，满殿内诸王大臣都觉得解恨。几个怯薛冲过来，不里被拖了出去。

蒙哥见大汗旧事重提，毕竟事关察合台二王爷，不想增加怨敌，急忙跪下叩头道："大汗，臣还有一请，请大汗念着不里小侄所提阿蓝答儿之事毕竟事关重大，大汗既然不究阿蓝答儿之事，臣也请大汗恕了不里鲁莽之过。"

阔端见蒙哥替不里求情，也跪下道："儿臣也是此意。"

窝阔台瞪着眼睛，气呼呼地道："责打不里本是你二伯父之意，朕也觉得不里挑动家族内部纠纷，必须得打！"

不里被推出殿外，打过之后，重新上殿跪下。屁股被打得火辣地痛，咬着牙向大汗叩头，最初的骄横之气早已没了。

窝阔台望着不里冷笑道："今后还想在背后要小聪明，朕定要重责。"

"不里不敢了。"不里叩头道。

窝阔台又望着阔端、蒙哥道，"你们回来朕很高兴，剿灭札兰丁是件大事，立功受赏是立国根本，阔端、蒙哥各赐黄金五百两，从行者每人赐白金十两。"

二人叩首，道："谢大汗赏赐！"

第四十八回

大哈敦初探畸零妇
白衣神夜现四王府

天过未时，偏西的太阳照射在巍峨的万安宫的金顶上。叮铃！叮铃铃——宫墙内，一辆八匹白马拉着的镶嵌金饰的帐车出了阙门，碾着厚厚的雪，轮声吱嘎。

帐车帘微微掀起，经过一番精心打扮的脱烈哥娜，脸上抹着胭脂，身着金锦吊面貂皮领袍子，足踏着一双米色长筒靴，头戴固姑冠，几枝孔雀翎颤悠悠探出帘外。她奉了窝阔台之命，以探病为由，正式到四王府通知贵由将迎亲的消息。

那天她离开万安宫，还深恐贵由过不了窝阔台这一关；大汗本人就对这位弟媳心存爱慕，是这件婚事的最大阻力。可只有一个时辰，贵由三步并两步赶回大哈敦府，将大汗同意提亲的事告诉她时，她眼中竟闪着泪花。因为她感受到儿子长大了、成熟了，不再须要别人的羽翼庇护了。

脱烈哥娜对贵由有很深的感情，超过对幼子阔出的爱。她十二岁时与篾儿乞惕部首领黑脱阿别乞的长子忽都订婚，三年后正是婚礼之夜，成吉思汗率先袭击了篾儿乞惕部。黑脱阿别乞与长子忽都仓皇出逃，窝阔台在营帐中，发现了刚当上新娘的她，强行占有了她。十个月后，她腹中的胎儿出世了，作为额娘的她却从窝阔台看这孩的眼光中，感觉到这位父亲并不十分欢喜。贵由从小被送到察合台帐中抚养，养成孤僻倔犟的性格，因感到有愧于长子,常常给他格外的关照。

帐车出了宫墙,进入了广场,驶进了御道。路上积雪被清雪的士兵堆成一座座小雪山,石板光滑得放着冷光,行进了好大一会,车才缓缓停下。脱烈哥娜撩开厚厚的天鹅绒窗帘,奥都撒合蛮笑容可掬地在车边禀道:“大哈敦,四王府到了!”

四王府红色的大门早已敞开,忽必烈穿着青速夫金丝阑子袍子,带着几个家人跪在门外迎接。

脱烈哥娜下了帐车,缓步上前,一把搀起忽必烈道:“二侄儿请起,省了那些繁文缛节,都是自家人,没有那么大规矩。”又道,“听说你额娘病了,过来看看她,身子骨不好就传太医看看,不能干挺着。”

忽必烈心里恨透了大哈敦,可怕给额娘添乱,勉强装出笑容道:“额娘听说大哈敦来探病,本要起身相迎,是也速干太后劝着,才让侄儿出来相迎!”

脱烈哥娜笑道:“自家人哪有那样多想法,前面带路,领我去见你额娘!”

忽必烈在前面行,脱烈哥娜在众侍女的拥戴下过影壁出垂花门,迎面是一个过厅,出了过厅,进了四王府的主宅。

正厅左侧是一间内室,就是唆鲁禾帖妮的住房。紫檀雕花宝榻上幔帐掀起一角,一位白发苍苍的老妇人坐在榻前,对着躺在榻上的唆鲁禾帖妮唠嗑。脱烈哥娜见也速干哈敦在场也不敢怠慢,施礼道:“额娘,儿媳给您见礼了!”

满头白发的也速干太后见脱烈哥娜来到,欠身道:“大哈敦,好些天未见大汗了,大汗身体好吗?”

“大汗身体很好!朝中的事忙,前两天还叮嘱儿媳看望额娘呢,在这见到额娘,媳妇也好回话了。”

“谢大汗记挂,我这身老骨头还健壮。大哈敦来是有事的,额娘也坐了好些天,就回去了!”也速干知道脱烈哥娜来意,本是胆小之人,便站起身来。

脱烈哥娜搀住也速干的胳膊肘儿,赔笑道:“媳妇也没什么大事,有些事还要听太后谕旨,儿媳不过奉了大汗之命,来看看四王妃。您坐,正好咱们唠唠家常。”

唆鲁禾帖妮抬起身子道:“太后 ,既然大哈敦这样说,您老就再坐一会儿。这两天媳妇头痛,吃了蒙药,汉人郎中也看过,总不见好。让太后、哈敦惦记了,昨天大国师给瞧了,说是冲撞了什么神,喝了符水,眼里才清亮多了!”

脱烈哥娜见唆鲁禾帖妮被子盖到颈项,只露出颜面,笑着对也速干道:“三额娘,四王妃这样标致的漂亮的美人,惦记的人就多。贵由早就钦佩她的人品，羡慕她的美貌，希望她能帮衬他些。贵由这孩子是个少心计的人，有点像我这个当娘的，大咧咧地，可这次眼光不错。”

也速干小心地道：“刚才四王妃说要照看儿子长大，大汗怎样说？”

脱烈哥娜摇头道：“额娘，这是四王妃磨不开面子说的话，哪个女人能主动说想嫁人。咱们草原人行的是转房的规矩，族里有人娶，女人就守不住斡儿朵。这事起初我也不知，是族内王爷们商议好的，大汗本不愿意，只是不好阻拦。只是说，四王妃到了贵由家，就是大妃，是要说了算的。”说完诡谲地笑了笑，又道，“太后，说个题外话，如果不是碍着族里的规矩，像四王妃这样标致的人，大汗早就惦记着收到宫里与我一起搅马勺了！”

唆鲁禾帖妮知道脱烈哥娜的本领，嘴上抹蜜，心里阴毒，调侃中也有试探她的意思，摇头道：“姐姐怎么满嘴胡沁，妹妹年过四十哪里还能标致起来。四爷死了，我的心也灰了，本想陪葬去算了，只可怜几个孩子还未成人，才拖到今天。大哈敦生了二位龙种殿下，坐稳了位置，偏来打趣我这苦命之人。”

“贵由新房都准备好啦，都什么时候啦，妹妹还说傻话。”

“这可是妹子的心里话。”

“这事姐姐也说了不算，大汗是有旨意的，现在说啥怕都晚了。听姐姐一句话，打扮打扮明天准备上花轿。蒙古人老祖宗的规矩你能破得，还是姐姐能破得？”

又说了一会话，天已逐渐黑透，脱烈哥娜方对也速干太后说道：“太后，咱们娘俩走吧，妹妹还得打扮打扮，像妹妹这样漂亮的人儿，躺在空床上没有人伴着，怎能不生病呢？这回好了，有人疼她啦！”

唆鲁禾帖妮心中暗恨窝阔台无情，叹息道：“大汗的意思，臣妾不敢违，只求哈敦捎句话，臣妾配不上大殿下。殿下正是年轻有为之时，该娶一个年轻美貌的少女。妹子已年近半百，儿女尚小，请大汗念着拖雷为他饮涤之情节，容妹妹将旭烈兀、雪别台、阿里不哥抚养成人，让我不愧四王爷生前的托付。如果大汗执意让我去侍候贵由殿下，也请待我病体痊愈后再说。”

脱烈哥娜知道榻上的这个女人并非等闲之辈，嘴上的话都是应景的，其实她对这门婚姻恨得要死，心中暗笑，嘴上道：“妹妹，这哪行！贵由新婚大殿都搭起来了，诸位王爷都盼着喝喜酒，一家人不说两家话。旭烈兀、雪别台、阿里不哥也都老大不小了，还有他嫂子及其他王妃照看嘛！再说你还是可以随时随地看望他们吗？不要想得太多，该准备就准备，打扮打扮就出嫁了，贵由那里什么也不缺！”

唆鲁禾帖妮摇头道：“我这个要死的老半婆子准备什么？去了，让大殿下觉得晦气！”

“瞧你自己说的，让三额娘说，四王妃花朵一样的人，打扮起来一定能迷倒一大片，要不贵由能点名要求你为大妃吗！”脱烈哥娜笑容可掬地望着四王妃，知她已是关入笼中的八哥，嘴上故意劝道：“结婚是女人最大的事，贵由真心实意娶你。新房是一流的，彩礼你见过，都是贵由亲自选的，连迎亲车队都准备好了，也是最气派的，就等着你这新娘子过门。过了门咱们更进一层，本哈敦和大汗更不肯让人亏待你的。”

脱烈哥娜与也速干太后出了大宅，绕曲巷，自有一群人陪着出来。府里到处点着红灯笼，但院顶的天色灰蒙蒙的，月亮儿还未出来，天宇上布满铅灰色的凝重的云团。到处静静的，刚下过雪的天，北风刮在脸上，针扎般刺骨。一群人正行之间，忽觉眼前白光一闪，在院内索伦杆上，一个白盔白甲的人手持兀鲁黑出现在云翳之中，向前走着。脱烈哥娜一愣，正待细看，听见身后有人喊道：“哎哟——白衣天神显圣了！”蒙古崇拜白色天神，“刷”的一声，众人吓得跪了一地。

草原人自古崇拜天神，每事必言“蒙客·腾格里”[1]，铁木真所树白、黑二色大纛就以天之色为号令。又传说黄金家族是白衣天神的后裔，氏族的老祖母阿阑豁阿就是受到了白衣天神的宠幸，生下了黄金家族的创世之主——孛端察儿。由于确实看到了白衣天神的影像，脱烈哥娜也忙跪在地上，头不敢抬，因不知天神降落人间是福是祸，心中不禁十五个吊桶七上八下。因祈祷道：“父汗——蒙客·腾格里天神，作为孛儿只斤氏家族之祖宗神，你来到草原究竟有什么话，请说给臣妾吧？”

脱烈哥娜刚祈祷过，猛然觉得从索伦杆方向刮过一阵风。正犹豫间，眼前飘过一个什么东西，她用手一抓，是一块白色帛一样的东西，正要观看。又听人在喊：“天神走了——”再抬头，东边索伦杆上没有了人影。

脱烈哥娜脸色发灰，哆哆嗦嗦站了起来，喊道：“快，拿灯笼来，看看这上面写的是什么？”有人提过灯来，也速干太后脸色发青，惊诧地道：“这是什么？难道是天神的旨意！”

脱烈哥娜举起手中满字的帛书凑过来细看竟识得其中几个字：

……姻缘强求，命妨二夫。兆示尔等，知悔无咎……汝等小子，逆旨祸留……

她用发颤的手拿着，字也认不全，正捧着看，忽然一阵狂风一奴才举着的灯笼吹翻，一团火正落到脱烈哥娜手上拿的帛书上。脱烈哥娜一松手，那

① 蒙客·腾格里：即长生天。

火正点燃那块帛，火越烧越旺，顷刻间帛已化作灰烬。

也速干太后望着脱烈哥娜发灰的脸，惊诧道：“大哈敦，旨意上写的是什么？”

脱烈哥娜一脸狐疑地道：“白衣天神说婚姻不吉，要死人！”

“怨不得四王妃身体那样好的人，竟病得那样重，这天神可是咱黄金家族的祖宗神，它的警告非同寻常。不是亲身经历，说什么额娘也不会信呀！”也速干哈敦呆呆地望着脱烈哥娜，想想又道，“刚才天神的盔甲简直晃得人眼睛疼，惹怒天神并非小事，大哈敦要立即禀报大汗。顺便捎去额娘的意思，祖宗的话不可忽视，告诉大汗决不能耽误了大殿下的一生！”

脱烈哥娜神情恍惚，定了半天神，才从恐惧中恢复过来，说道：“额娘的话说得在理，儿媳妇这就去告诉大汗……”

脱烈哥娜的帐车出了四王府，未走多远就见阔端、八剌骑马来迎，阔端哪知四王府发生的这段公案，跪下禀道：“额娘，哥哥的新房已经布置好了，察合台伯父、铁木格、别勒古台老王爷一再问儿子，四王妃这边事办得怎么样，说要额娘马上过去！”

“没有什么……回去再说！”脱烈哥娜脸色苍白地答道，阔端见大哈敦脸色难看，眉头皱成一个疙瘩，心知出事，也不敢再问，飞身上马，同八剌一起跟在帐车后面，奔回大殿下府邸。

贵由府内，九十九盏彩灯高挂，将府内照耀得如同白昼一般，一座新建的金撒帐，装饰得格外华丽，灯光下，毡裙和穹顶间；围着一圈垂绦，挂着数十个银光闪闪的风铃。院子内白光紫气，一片喜气洋洋，八剌见大哈敦下了帐车，忙恭顺地跪地迎接。

脱烈哥娜望着八剌道“大殿下呢？”

“海迷失王妃有事叫殿下去了，奴才去叫殿下？”

脱烈哥娜声音也有些暗哑，想想道：“忙你的去吧，算啦。”

远处一排灯笼点燃，一溜儿彩车闪进眼帘，察合台、铁木格、别勒古台、按赤台正站在彩车边说话，听见脱烈哥娜回来，察合台打招呼道：“四王府那边都说好啦？”

脱烈哥娜没有回答察合台的话，冲着四人道：“两位王叔，二哥，按赤台兄弟都过来一下，咱们进屋说个事。”

进了议事厅，脱烈哥娜坐在太师椅上，在乌木茶几上端起一杯茶，喝了一口，长出了一口气，说道：“四王妃病得挺重，她要求推迟婚期。”

“明天一早迎亲车一进四王府，将四王妃接进大殿下帐内，喜事就办完了。晚上贵由与她同了房，两个人就成了一个人，用不了多久，就会给大殿下生儿子。那时你就想让她离开大殿下，也离不开了。”察合台没注意到脱烈哥娜的脸色，调笑道。

“我们说的不是一回事！”脱烈哥娜一脸严肃，说得众人都愣愣地望着，脱烈哥娜叹了口气，困惑不安地道：“方才在四王妃府，我看到白衣天神了！”

“大哈敦，什么白衣天神？”察合台有些着急地道。

“当时，我同也速干太后从四王妃宫内出来，走到四王府索罗杆下，夜空中突然出现了白衣天神，更奇异的是天神手中落下一道圣旨，正落到我手上，旨意上说，四王妃一生要妨死两个人，可吓着我啦。”

“旨意在哪里？”察合台有些不信地道。

“说奇……就奇在这里。圣旨本捏在我的手里，竟被刮倒的灯笼烧成了灰。这事一出现，我给贵由办婚事的心就一点谱也没有了……现在这事如何收场，我也懵了。”

别勒古台惊诧地道：“我活了这样大的年纪也没经过这事，但白衣天神的旨意违不得！”

铁木格拍拍脑门，定定神道：“不会有人故意阻挠这门婚事，暗中作了手脚吧？”

脱烈哥娜摇摇头道：“天神现在我还能想出模样，圣旨就是在我手上点燃的……做手脚哪会这样神呢！”

“要这样，只有请大汗定夺了！”察合台虽有疑惑，但大哈敦如此肯定，人命关天，他也不好乱出主意，想想道：“这事怕得先和贵由说好。”

“先不要同他讲，我即刻入宫去见大汗！”

窝阔台独自一人坐在龙榻上，自从那日答应贵由后，他的心就一直犯着嘀咕。他最担心唆鲁禾帖妮上了脾气，宁死不上轿，或干脆自杀。如果真出现这种情况，作为大汗真不知道该怎样善后。这几天夜里，他有些失眠，有时后悔不该答应这件婚事。窝阔台正在想心思，察剌从外面进来禀道：“大哈敦求见。”

“叫她进来吧。”

脱烈哥娜脸色疲惫地跪在阶下，有些神不守舍，一时倒想不出如何对大汗说。窝阔台惊诧地道：“脸色这样难看，出了什么事？”

脱烈哥娜紧张地有些口吃地道：“大汗，臣妾在四王府见到白衣天神啦，天神降了旨意，反对贵由与四王妃这桩婚姻，可吓死我了！”

“什么白衣天神？你这不是吃错药了吧？”窝阔台以为大哈敦在要花样，愤怒地嚷道。

“大汗，真是长生天的旨意，逆了天，天要降祸的呀！”

“什么天神？什么降祸？贵由新房都准备好了，两位老王爷、几位兄弟在替贵由张罗婚事。贵由也列着架子要成亲，你突然一句没影的话，就不办了，这事还不乱了套？”窝阔台对脱烈哥娜这样失态，极不满意。

“大汗，臣妾真的见到白衣天神了，天神还有旨意，我的心凉透了。回来后，臣妾当着几位王爷们表了态，只差贵由不知道了，只等大汗一句话啦。”

“你这个人，让朕如何说你好……事情没弄清楚，就先吵得人人知道。朕不听什么白衣天神的话，你去了四王府，先说说四王妃怎么个态度？”

“唆鲁禾帖妮再三提出孩子没成年，她想抚养他的孩子，还几次让臣妾请示大汗许她留在四王府。”脱烈哥娜依旧跪在窝阔台脚下，神经质地道。

“她也见到了白衣天神了？”

“四王妃病得很重……没有送，白衣天神她没看到……”

“什么白衣天神，不是眼睛瞅花了吧？”

“我是和也速干额娘一块出来的，目睹了天神出现在天上。天神手中丢落下的一道旨意，飘到臣妾手上；只是臣妾看了一半，圣旨竟被倒了的灯瓷点燃了，化作了一团火。”

“真有这样的奇事？”

“长生天圣旨说：四王妃命中要妨克两个男人，臣妾能不害怕吗！”脱烈哥娜声音颤抖地讲了四王府发生的事，她从来没有被击垮过，可这次她为儿子的命运吓着了……

月亮升起来了，圆圆的倩影出现在如大海般无际的云间，窝阔台在丹陛上来回走着，白衣天神尽管是蒙古人最崇敬的神，是蒙古人的祖宗神，可除了大国师作法降神时，作为附体出现过，从没人亲眼目睹过。在窝阔台的记忆中，只有父汗铁木真说过，在他幼年时，因躲避篾儿乞人上了合勒敦山，夜里见过白衣天神……窝阔台对脱烈哥娜的话并不相信，可见她急赤白脸的样子，内心对这一结果感到欢喜，可嘴上冷嘲道：“你这个额娘当得好哇，先是与诸王怂恿贵由娶亲，这火刚烧得通红；你又要浇水熄火了！”

脱烈哥娜咬了咬嘴唇，叹了口气道：“可有什么法子，大汗又不出面，人命关天，谁让我是个当额娘的人呀……”

“得，由你做主吧。”窝阔台站了起来，望着殿外昏暗的夜空，大声地道：“这事本不是什么军国大事，但你要与贵由掂量好了，四王妃早就一百个不愿意，一旦决定可不能再出尔反尔了。”

“臣妾铁心了，不能眼瞅着儿子出事。”

“可贵由那脾气，你想管，他也不见得全听你的呀？”

“不听也得听！”脱烈哥娜吼道。

第四十九回

新郎官一夜惊恶剧　车轴断迎亲落泡影

二更鼓敲过，一匹快马来到四王府门外，来人直接进了上房。上房内灯影下，四王妃坐在太师椅上，忽秃灰、忽必烈站在一边，万松和尚也坐在一边。来人径直进来，进了上房，跪下道："王妃，我回来了。"

"打听明白了。"唆鲁禾帖妮盯着地上的人问道。

"是的，大哈敦一定吓坏了，奴才见她神情恍惚地去了殿下府，连彩礼车瞅都没瞅，就将二王爷察合台和铁木格、别勒古台几位王爷叫进里屋。后来大哈敦很快就离了殿下府，去了万安宫去见大汗，现在这事大汗一定也知道。"

唆鲁禾帖妮心神不定地听完来人的话，问道："贵由有什么反应？"

"这件事贵由好像还不知道！"

唆鲁禾帖妮点点头道："这事能不能算完，只能尽人事吧？"

忽必烈道："额娘，我和大师还想了别的法子，都布置妥当了。"

"做事要格外加倍小心，不能出半点差错。"

"儿臣知道……"

"用过的器物，一定要销毁，不要留下一点蛛丝马迹。"

她又将头转向正在沉思的万松和尚道："大师，能做到这一点，就谢谢大师了，至于结果如何，只能信天由命了。"

万松抬起头，脸上平静地道："王妃，忽必烈小王爷虑事周密，贫僧以为只要不出大意外，该能保证王妃平安度过此劫的。"

唆鲁禾帖妮叹了口气，站起身，向万松一躬到地道："将大师拉进这场是非之中，为我冒险，不管成败，我都非常感谢大师了。"

万松慌忙起身稽首，道："贫僧当不起大礼，但愿佛祖保佑王妃脱此厄运？"

唆鲁禾帖妮站起身，在地上走了几步，自言自语地道："我也要收拾一下东西，以防不测……"

忽必烈知道额娘的意思，脸上流泪，跪在地上道："额娘，都是儿子无能……"

"起来吧，你也尽力了，额娘也该谢谢你！"

"报，蒙哥大王子求见！"一个侍女进来禀报。

"大师，就麻烦你了！"唆鲁禾帖妮见万松站起身告别，便对忽必烈道，"这里没有你的事了，不要让你大哥看见，陪大师一道去吧！"

众人下去，唆鲁禾帖妮脸上更显得苍白，转身拉着忽秃灰的手道："大儿媳，这里的事不能对蒙哥说一句。蒙哥的身份与他二弟不一样，额娘不想让他掺和进来，因为一旦坏事就会牵涉到他！"

"额娘，儿媳明白！"忽秃灰泪流满面哽咽着道。

"来为额娘梳梳头吧，"唆鲁禾帖妮坐在铜镜边，见忽秃灰拿起木梳，又对外边的女仆吩咐道："让蒙哥进来吧！"

蒙哥从外面进来，望见忽秃灰正含泪给额娘梳头，扑咚跪下，哭泣道："额娘，明天贵由就要来迎亲，这事你一直不让我插手，难道就任人把你娶去了吗？这对于儿臣是奇耻大辱呀！"

唆鲁禾帖妮瞪着蒙哥一眼，道："胡说，转房不是大汗定的规矩，是老辈的传统，多少代人都这样做了，怎么能算耻辱呢。听额娘的话，你是长子，许多人都盯着你，不能带头乱了规矩。"

蒙哥忽地狂怒起来，脸色变得发紫，大吼道："额娘总说我是长子，不让儿子出面，可我总不能当一辈子避猫鼠。如果是别人，儿子不管，可贵由是要害额娘的，儿子怎忍心看你往火坑跳。我现在就连夜去见伯父，向他争个公道。"

"你……给我站住！"四王妃拳头砸在紫檀茶几上，上面的一只银杯因震动落到地上，水弄湿了地上的红毡。她推开企图阻拦她的忽秃灰，向着蒙哥吼道，"额娘的事不用你管，也不能硬来，子侄要娶额娘，合乎《大札撒》，又得到家族长辈的同意，你去了想强调什么理由？说贵由别有用心，说大汗忘恩负义，说额娘与别的女人不同吗？”

“可这明显是针对四王府的阴谋？”

“理由呢？女人转房的并非只有额娘，你空口说白话，倒让人说你自外于大汗。”

“额娘……贵由在用软刀子杀人，儿子恨不得宰了他。”

“你给我住嘴，有灾难就让他冲额娘来，可额娘走了，四王府你就是主事王爷。”

“难道还要我去贵由府内去喝额娘的喜酒？”

“如果额娘去了，你就挺着胸去，去恭喜贵由！”

蒙哥咬着牙道：“儿子心里不甘呀！”

唆鲁禾帖妮立着眼睛，吼道：“四王府今后的法宝，只有两个字，忍耐！”

蒙哥从没见额娘如此生气，泣道：“额娘，可忍到什么时候呀！”

“你跪下听额娘说。额娘走了，你必须照顾好你的兄弟们，不管发生了什么事，都要记住你的责任，不可鲁莽，不可鼓动兄弟反对大汗，要相信长生天，会把机会送到你们手上的……”

“儿子记住了……”蒙哥嘘唏流涕地答应着。

“忽秃灰你也同蒙哥去吧。”唆鲁禾帖妮望着儿媳，又对蒙哥道，“记住额娘的话，要把眼界放远，只要有这个家，今后谁输谁赢还不一定呢！”

“是，额娘！”蒙哥满脸泪水在地上叩了三个头，他不想看额娘伤心的面孔，站起身同忽秃灰退出了上房。

蒙哥走了，帐内只剩下唆鲁禾帖妮一个人。她开始脱去袍子，从箱笼内取出一套嫁衣，穿戴起来，穿好后坐在镜子边，注视着从铜镜中映出的自己有些苍白的面庞。镜子里的那张脸依旧漂亮，直挺的鼻梁，黛黑的眉毛，水汪汪的眼睛。她从身边取过嵌满珠宝的固姑冠戴在头顶，冠上垂下珠串璎珞。她将一件锦袍穿在身上，又罩比肩，又用大红锦缎束了腰。她想起，这是她当年与拖雷结婚时穿过的吉服，结婚后，这身袍子一直藏在箱笼内。当年她嫁给拖雷只有十五岁，可二十多年了，她为拖雷生下四子，成为显赫一时的四王妃。可她实在没想到会再披嫁衣，而且嫁给一个她最恨的人。可除了这样做，留给她的路，只有死……她想把旭烈兀、阿里不哥叫过来，亲口叮嘱一番，可又有些不敢。她怕自己控制不住流下泪来，怕这几个孩子的哭声，哭软了想死的最后决心。她想大哭一通还是忍住了，只是咬了咬嘴唇，拭了拭泪水，喃喃地望空说道：孩子，额娘对不起你们了。她站起身，将一把锐利的剪刀放在怀中。

殿下府内，无数盏彩灯照耀着宫阙，王宫内，海迷失与贵由坐在殿内，海迷失一边为贵由整理袍子，一边道："王爷，额娘已经有话，这事关系重大，不能听不进去呀，"

贵由脸色黢青地道："你这个人，从开始就反对这件事，你心中那点小九九我还不知道。你是怕失去大王妃的位子，这事我多次跟你说了，还不放心。在这府上，你是我两个儿子的额娘，唆鲁禾帖妮来到府上，我绝不会因老半婆子疏远了你！"

海迷失红着眼睛流着泪，叹了口气道："旧不如新，谁知会发生什么事呢？"

"别抹眼泪了，这些年风风雨雨我们一起走过，本王绝对不会负了你，"贵由也有些动了感情，他看着娇艳的海迷失泪光闪闪，便将她搂在怀中，在她的脸上亲了一口。海迷失张开困惑的眼睛，含泪望着贵由，眼泪一双一对的挂在脸上。贵由尽管反复强调，可作为女人，她不能不有些担心，丈夫娶了四王妃后，自己是斗不过这个女人的，想想叹道："你们男人喜新厌旧，四王妃可长着一副勾人的眼睛，我不怕最多是个死，可我担心的是儿子的将来……"

女人的啜泣声，使贵由有些心动，他怕自己的心被这个女人软化，吼道："都到这时候了，难道还信不过我，这一切都是为了我能登上汗位，我要跟你说多少遍你才信。你不能再添乱了，我还要去外面看一看！"

贵由走出大帐，在院内遇见了不里，他的腿还有些瘸。贵由知道这次打是那日为蒙哥的事挨的，便扶着不里道："腿还痛吗，那日我没在万安宫，你也太冒失了，挨了顿冤打，有机会叔叔再替你报仇。"

"也不算什么？"

"叔叔明天抄了蒙哥的家，娶了他的额娘，就这条，再打顿板子，侄儿也高兴！"

"我说么侄儿不愧大丈夫，有担当，为了侄儿这次挨打，我也一定要把唆鲁禾帖妮娶到手不可。"

不里有些担心地道："我听爷爷说大哈敦心思有点变了，风云莫测呀，叔叔可要拿定主意？"

贵由用鼻子哼了一声，大声道："我母后定被人骗了，说白衣天神在四王府出现，鬼才信呢？"

"叔叔娶亲是光明正大的，大汗的一言九鼎，岂能说变就变？只要没有明诏，叔叔迎亲谁也挡不住！"

"说得在理，那娘们就是夜叉婆，是丧门神，我也横竖娶定了！"

"叔叔这夜很长呀，我们一同走走。"

“一会儿得告诉八剌一声，明天迎亲时间提前一个时辰。”贵由的眼睛在暗夜中闪着晶光。

王府内，假山高耸，山下的人造湖由于是严冬，湖水早就结冰。贵由与不里在湖畔踱着步，他们从湖边的回廊上了画桥，四处望去到处彩色灯笼高挑，一团喜气洋洋。浓浓的夜色中，星星眨着神秘的眼睛，由于阴天，月亮时隐时现，忽然出现了一片亮光，接着天空出现一个身穿银盔银甲手执长枪的人，从云端降落到索抡杆上……

“叔叔，你看，那里是什么？”

“啊，白衣天神……”许多士兵一齐跪在地上。

“哪里，我怎么没见到……”

“快，在那里。”不里惊慌地道。

贵由抬头，索抡杆边，腾起一片通红的光接着一个银盔银甲的天神出现了，不待人看清他的面孔，顷刻间连同白光都消失了得无影无踪。

“走，看索抡杆到底发生了什么？”贵由大声地对不里喊道。二人赶到跟前，空荡荡的广场上，索抡杆边，什么也没有找寻到。

不里心惊肉跳地道：“叔叔，大哈敦所说是不假，白衣天神真的现身了，侄儿也有些担心了，殿下娶亲这事可真要加点小心了。”

贵由四处惊恐地观察着，可除了黑黝黝的夜空，什么也没有，他有些心神不定，硬撑着笑道：“不里，你怕了？”

“不是怕……是有些替叔叔担心？”

“白衣天神在我娶亲时出现，也许不是凶兆，是吉兆呢！”贵由咬着牙依然不肯服输。

“可小侄心也乱了，这事得禀告大哈敦，殿下的命比那老半婆子的贵重，不能不慎重呀……”

贵由站在雪地上望着天空，忽然一阵狂风吹来，贵由一阵颤抖，头上的暖帽被风抛在空中，飘了数十几步远。

速古儿赤拾回帽子，望着贵由说：“殿下，这风太怪了，好像专来刮殿下帽子的……”

“胡说，帮我系好带子，再刮跑了就是你做的鬼。”贵由吼道。

“奴才不敢！”

夜星消退，辰时将到，一宿未合眼的贵由从大殿中走出，对赶到身边的八剌命令道：“照常迎亲！”

“嘛！”

一阵阵鞭炮和热闹的锣鼓声中，雪地上迎亲车队开始出发。大雾沉沉，气压很低，骑在鹿花青马上的新郎贵由头戴一顶嵌着红宝石的暖帽，耳朵上戴着耳环，身背弓箭，腰带蒙古刀，跃马在前。王府的诺颜们骑马紧随其后，一辆挂着大红轿帘的帐车，吱嘎吱嘎相随，紧接着是一队侍卫。

迎亲车吱吱地碾着积雪，刚出府门一箭地。突然，一辆驼车猛地一震动，车轴"咔吧"一声，驼车倾斜，车上的箱笼撒了一地。

"怎么回事？"车队停滞不前，八剌骑马跑到车队前，大声咒骂。

"八剌将军，不知怎的，好好的车轴断了。"赶车的侍卫脸色惨白，不知所措地跪在地上道。

"这车昨天不是检查过吗？"

"是的，这车上一个一个部件都检查过，真邪门！怎么能断了呢？"一个百户惊恐地道。

"天大的事交给你，还敢玩忽职守。"八剌一边骂，一边用鞭子抽向百户身上、脸上。

百户嚎叫着："奴才冤枉呀！"

"怎么回事。"前面车队停下，贵由也顾不得新郎官身份，勒马问道。

"大殿下，一辆彩车的车轴断了……"

啊，贵由脑袋嗡的一声，眼睛一花，几乎跌下马来，迎亲的车断轴，可是太不吉利的事。联想到午夜空中白衣天神，刮到夜空的帽子，他脆弱的心恐怖到极点。

八剌望着贵由的脸色，吃惊地道："大殿下，看来这亲真的不能迎了。"

"胡说！"贵由依然不甘心打退堂鼓，瞪着眼睛吼道。

"快停下！"身后马蹄踏踏，数十匹骏马奔来，一匹马上大哈敦脱烈哥娜大声地吼道，随她一道赶来的还有察合台、铁木格、别勒古台王爷……

昨晚出事，不里回府，察合台正与铁木格、别勒古台一起饮酒，听不里说完，几位王爷大惊，知道贵由要强行迎亲，也怕出事，一大早起来就去找大哈敦。脱烈哥娜一听大惊，连忙打马赶来。脱烈哥娜吼道："给我回去，连额娘的话也不听了，天命不可违……"

"母后，不管今后出什么事，儿子认了！"贵由倔犟地喊道。

"殿下的脸苍白得吓人！"八剌道。

脱烈哥娜听了不里的话，也望着儿子一眼，贵由的脸的确白里泛青，缓和了口气道："儿子，额娘对不起你，你好像病了？这门亲事不吉利，连你父汗也怕影响你的前程！"

"算了吧，这门婚事不能做数了，伯父也不能看着你遭到不幸。"察合台也表态道。

"可我不信什么天神。"

"孩子,看看你的脸,听说昨晚你也见到了白衣天神,这是天意……天意呀!"

"迎亲车往回返吧。"铁木格也对八剌命令道。

迎亲车队退了回去,贵由经过一夜的惊吓,脸却实有些发胀,头也有些发晕。

在万安宫内,田镇海悄悄对窝阔台道:"我的人奉旨一直盯着四王府,贵由大殿下家出现白衣天神的事,像是有人捣鬼。这两天,四王府的人活动很反常,用不用调查一下……"

"算了吧……朕不想因此事,再闹出点别的什么事来。"

田镇海道:"只是太便宜了四王府的人了……"

"这件事到此为止,对谁也不要说了,四王妃为此事自杀过,即使强娶过来,也许真会不吉利,朕不希望再闹出一场命案。"

"臣遵旨!"

"镇海大人,容朕再想一想,你先下去吧。"

田镇海离去了,窝阔台在宫内来回地走动着,由于听说四王妃自杀未遂,他的心感到极为不安,白衣天神的事不难查清楚,可他实在不想再折腾了。正沉思间,宫门开了一条缝,察剌进来禀报:"启奏大汗,大哈敦脱烈哥娜、察合台、铁木格、别勒古台王爷、贵由殿下在外求见!"

"让他们进来吧。"窝阔台坐在御座上,脱烈哥娜、察合台、铁木格、别勒古台、按赤台、贵由等诸王从外面进来,跪在阶下。

"你们都起来吧!"窝阔台望着诸王道:"这几天,两位王叔和皇兄与弟弟们累的够呛,朕非常感谢。可听说白衣天神出现了,是为这件事来的吧。"

察合台点头道:"天神降临,着实令人恐怖呀。"

铁木格亦道:"人不能与天争,白衣天神是蒙古人的祖宗神,为了大殿下的前途,就作罢了吧?"

贵由不甘心地道:"我什么都豁出去了,就想娶四王妃,请父汗答应儿臣!"。

"不要难为你父汗了,认命吧。"脱烈哥娜一边劝阻道。

窝阔台看着贵由道:"孩子,这个决定父汗也是很难做出的,女人如林中的麋鹿有的是,可儿子却不是哪里都可找到的。就听父汗和额娘的话吧,你们没有缘分!"

父汗降了旨意,贵由无奈地低头不语。

察合台想了想道:"这件事,大汗还得快些通知四王妃。"

窝阔台点头道:“这件事还请两位王叔去一趟,就说朕遵从她的意见,许她养育自己的儿女了!”

“大汗,还是由你召见她为好!”铁木格道。

“唉,就这样吧,让察剌去叫四王妃来见朕,朕同她说。”

四王府正堂,人们进进出出,脸上带着严峻。直到过了午,站在门外,等候迎亲车辆的忽必烈紧张的心才平复下来。

身穿吉服的唆鲁禾帖妮独坐榻上,没有一点要做新娘子的感觉,倒像上刑场一样,面色苍白得发青。四王府侧王妃撒鲁黑、领昆等都尴尬地站在一边,没人随意说话,都怕说错了,惹得王妃不高兴。其他女仆进进出出忙活,连咳嗽一声也不敢。

“额娘过了午时了,迎亲车没过来,看来不能来了,”忽必烈同宿敦进来禀道。

唆鲁禾帖妮将袍子脱下,放回箱笼中去,长吁了一口气,对撒鲁黑、领昆两位王妃道:“你们下去吧,我与忽必烈有话说。”

房内只剩下忽必烈,唆鲁禾帖妮道:“终于度过去了,真得好好谢谢万松大师。”

“额娘,万松大师今早已经回中原了。”

“什么时候走的?”

忽必烈取出一封信来,交到额娘,说:“额娘,刚才一个小和尚送来的……”

“走得好快呀!”

“额娘,你说眼下我们该怎么办?”

“现在不用急了,大汗的使者该来了,这事总算拖过去了。”

话未落地,宿敦进来禀报:“王妃,察剌将军求见。”

“叫他进来吧。”身穿怯薛服、身披绶带的察剌进来跪下。

“察剌大人什么事?”唆鲁禾帖妮站起身。

察剌睃着四王妃苍白的脸,低声道:“奴才叩见王妃,大汗请四王妃到万安宫去一趟。”

“察剌将军,你先回去吧,我随后就到。”

唆鲁禾帖妮拾阶进入万安宫,按往常她会一口气登上大殿,可她实在太虚弱了,接连歇了几歇才上了大殿。空阔的大殿内,只有窝阔台一个人坐在御坐上,连一个侍卫也没有。窝阔台疲惫地站起身,望着从殿门外孤零零地缓慢进来的四王妃。她脸色凄怆,眼睛红肿,一身暗紫色的袍子,头上没有任何饰物,跪在阶下红毡上。

“四王妃，你起来吧，”窝阔台叹了口气，望着她道：“你一定很怨恨朕，让你嫁给贵由吧？”

唆鲁禾帖妮表情茫然地低声道：“臣妾不敢。”

“不……你的脸色，你的眼睛都瞒不了朕。”窝阔台站起身，沿着御阶向前走了几步，又停下，道，“朕知道你不喜欢出嫁，连朕都不愿嫁，可这次你感到孤立无援，想到去死，可现在这事过去了。”

“不！你说错了，”唆鲁禾帖妮被窝阔台说中了心事，可不想承认，凄然一笑，道：“臣妾喜欢嫁给大殿下，他那样年轻，前途无量。可本王妃刚听说他变卦了，我倒觉得好可怜呀！”

窝阔台耸了耸肩，摇摇头道：“说假话，如果这一点都看不出，朕就不该坐在这儿，更不配是王妃的红颜知己了。”

“大汗，还说这个没意思的话做什么？我只不过是个蒙古女人，跟四王爷也不是我的决定，要跟哪个，臣妾从来没有选择的权利！”

“你受了太大的委屈，你可以恨朕，也可骂朕。其实在这件事上，朕与你一样，只感到自己是孤家寡人，形单影只。许多话是二王爷与诸位王爷商量完，才说与朕的，这事又符合祖宗规矩，朕也反对不得呀！”

“大汗高高在上，哪里在乎臣妾的心情。”唆鲁禾帖妮说话时脸孔发烧。

“你说错朕了，朕怎能不在乎你。”

“大汗言不由衷，臣妾算得了什么？”

“原谅朕吧，现在你可以不用嫁给贵由啦！”窝阔台紧走了几步，突然抓住了她的手，望着她的眼睛说道。

“可大汗，我至今不知出了什么事？”唆鲁禾帖妮挣脱他的手，故作诧异地问。

“大哈敦说，你与贵由婚姻不吉，长生天反对这门婚姻。当然，你该比朕更清楚其中原因，这是你希望达到的目的吗！”

“大汗，你说什么？我真的不明白了？”唆鲁禾帖妮红晕飞腮，警觉地盯着窝阔台，

“你是假不明白，朕不是真糊涂。”窝阔台平静地道。

“大汗，知道你在说些什么吗？”唆鲁禾帖妮声音微弱得只有窝阔台才能听见。

“算啦 ，你遭了一劫，脖子上留下的痕迹，朕差一点就再也见不到你了。要将你嫁给贵由，朕的心同你一样感到失落。现在，你我都感谢白衣天神，糊涂清楚，真真假假都让它结束吧……”

“大汗，你……” 唆鲁禾帖妮叹了口气怨怼地望着窝阔台。对于这个男

人，她不知道他心里想什么，也不敢追问他知道什么。但从他的话中，她隐约感到大汗对这件事不只是有察觉，甚至可能手中有证据。

窝阔台看着她，替她抹去脸上的泪珠，没有继续问什么，只是悄声道："你瘦多了，朕也很心痛。你现在可以回府里好好调养了，今后不会再有人打你的主意啦……"

"臣妾谢谢大汗！"唆鲁禾帖妮跪下叩头道。

白衣天神在哈剌和林城两次出现，被人添枝加叶，炒得沸沸扬扬，有的人还说脱烈哥娜拿着圣旨时，手上金光闪闪，还有人说大哈敦手上被天火烧出大泡，多日不愈，不管传言如何，这场风波息了……

第五十回

反括户风起惊大汗　强项令怒斥长公主

天刚放亮，万安宫内，铜火撑炭火通红散出炽热的热浪，窝阔台就着御案上的烛光，将一封刚从蔡州加急的密折快速地打开，折子上的字迹在眼前跳动着，他睁大了眼睛，不觉中手指有些颤抖着：

……困蔡大军苦于无粮，阔出殿下来后，已命速不台驸马和塔思国王去徐州筹粮，只留臣随他在蔡州。由于宋国在联合灭金上的态度摇摆，三殿下不顾奴才再三劝阻，亲赴临安，还不许臣上书大汗。臣反复掂量，此事非比寻常，即便殿下怪罪，也不能不让大汗知道。否则一旦殿下出事，臣何以面对大汗对臣托付之恩。

宫内静悄悄的，窝阔台看着折子感到一阵晕眩，他感到阔出连招呼都没打就出使宋国问题很严重，虽说将在外君命有所不受，但作为主帅一旦在宋国出事，对蒙宋关系影响深远……他坐在龙墩上轻轻地拍了拍天灵盖，叹了口气说道："长生天呀，保佑我的儿子阔出出使平安吧！"

正在这时，当值怯薛长察剌踏着晨光蹑手蹑脚来到大汗身边，见大汗手拿着折子低头沉思，张了张嘴想回事，却没有说话。窝阔台听见脚步声，放下折子，抬起头问道："什么事？"

"回大汗，"察剌跪下禀道，"耶律楚材大人带燕京路课税使陈时可求见。"

燕京路课税官陈时可突然来到哈剌和林城，窝阔台脑中立刻想到中原括户可能出事了。自从出了耶律秃花那件事，他对中原括户极为重视，国家要进行战争，没有强大的财力不行。他抬起头放下折子，望着察剌道："宣进来吧！"

耶律楚材、陈时可在宫外听到传唤，两人一前一后进殿跪下叩头，道："臣耶律楚材、陈时可叩见大汗！"

窝阔台见陈时可穿着紫色缎面长袍，面孔冻得发紫，问道："陈大人匆忙来到哈剌和林城见朕，可是为括户的事？"

耶律楚材奏道："中原括户出了大事，陈大人怕上折子耽搁时间，顶风冒雪骑马赶来。昨晚刚到，今早就一定要求见大汗！"

窝阔台见陈时可比过去显得苍老，眼中有泪，关切地问道："陈大人，出了什么事，说吧。"

陈时可一边叩头，道："大汗，宣德课税使刘中被琐儿哈郡王捉了，诸路课税所人心惶惶，如果刘大人不能获释，将无人再敢进入诸王、驸马、勋臣府邸括户。臣请大汗降旨，救救刘大人吧……"

窝阔台大惊，眼睛蹿火盯着耶律楚材大声问道："耶律大人，琐儿哈为何要抓课税使刘中，中书省是如何看的？"

耶律楚材蹙着眉头，抬着头眨着眼睛，道："当初按大汗意思，中原括户由胡土虎大人主管，下面各路分头由燕京行省括户局与课税使一起清查。宣德课税使刘中奉命清查本地户籍，发现许多庄子投充到琐儿哈郡王家，人数多达数千人。依大汗圣旨，在家住坐为驱，在外住坐为民户。课税所下属吏员几次去庄上宣旨，可庄里人因有郡王做主，吏员进不了庄子。副使刘桓强行进庄括户，竟被郡王府管家派人打伤……正使刘中大人万般无奈亲自带人找驸马宣旨，因话不投机，被抓起来，中书省刚刚收到副使刘桓折子，正准备禀报大汗。"

陈时可又道："刘大人被抓后，诸路课税使齐聚燕京行台，求胡土虎大人做主救人。可胡大人说刘中多事，说这些人都是大汗的亲戚，做事不能太认真。因刘大人出事，各路课税所都感到困难极大，派臣为代表进京求见大汗！"

窝阔台大汗猛地将手中金杯"哐"地放到桌案上，奶子溅在御案上，两眼蹿火，愤怒地道："按说驸马、功臣各有封地，裹挟的驱户已经不少，国家每年还有岁赐，为什么还不满足。琐儿哈是吃了熊心豹子胆了，竟敢捉朕的括户大臣，这事朕一定要管？"

陈时可谨慎地抬起头道："现在各课税所都在观望宣德的事态变化，实阿也在看大汗态度。”

耶律楚材小心地道：“诸王、公主、驸马沿袭过去草原的传统，以为他们出征掠到的人口，除了上缴大汗的之外就是自己的，《括户令》触及了他们的私利，自然不肯听。”

窝阔台吼道：“你们放心，这件事朕一定要管，中原括户不能停，谁起刺就严办谁，一个琐儿哈翻不了天！”

察剌从宫外进来，在窝阔台耳边嘀咕几句，窝阔台脸色一变，略微深思一下，望着耶律楚材和陈时可二人，说道：“两位大人先下去吧，暂在宫外火儿赤房子歇息一会，朕的大姐火臣公主也到了，怕也是为琐儿哈的事来见朕的，朕先听她说些什么，然后再叫你们进来。”

耶律楚材和陈时可没料到事变突然，心中打鼓退出万安宫。他们刚出宫门，就见从和万安宫门外，几匹白马拉着一辆红色毡车驰进宫门。毡车后飘动着一面大纛，那是黄金家族的公主徽旗。车轮如飞，溅起了一团雪尘，车经过二人身边，细密地雪尘飞在二人脸上。

陈时可扭身一看，吃惊地对耶律楚材道：“耶律大人你看——刘中大人……”

耶律楚材抬头，见公主毡车直驶进万安宫外，车后一匹马上绑着一个汉子，脸冻得发紫，一张冬瓜脸，大鼻子，头发散乱，紫袍上结满霜花。

耶律楚材气愤地道：“刘大人这一路上看来遭了不少罪，这个长公主简直无法无天！”

陈时可满眼是泪地道：“琐儿哈搬出公主，看来是要恶人先告状，来者不善呀！”

“这也说明他心虚了！”

火臣公主出了帐车，迎面碰上察合台过来，察合台见老姐姐迎前施礼道：“大姐，大冷天怎么想到来哈剌和林城了？”

“老姐姐不能不来呀，你姐夫死了，宣德课税使刘中看姐姐软弱，非要到庄上括户。琐儿哈这小子你是知道的，打仗是个敢拼命的主，他抓了大汗的课税使。老姐姐这下坐不住啦，我将刘中带来，请大汗替我评评理，问问该不该允许刘中闯到老姐姐家的庄子括户！”火臣公主正了正被风吹歪的固姑冠，冷着脸，昂着头，话语像点燃的爆竹，说完后，才对察合台道，“二弟来了正好，陪我一起见大汗去。”

括户是大汗定的章程，察合台脸一阵红，也不好说长论短，点头道：“兄弟本来想回虎牙司去，可大汗说汗廷事繁，让弟弟帮他料理庶务。这不又让我来谈谈诸色人匠在漠北制造鞍鞯、甲胄、兵器的事。时间不等人呀，国家正在筹备西征的战事了。”

刚寒暄过，察剌出来宣旨。火臣与察合台拾阶进了宫门，见窝阔台大汗从御座上走下相迎，慌忙跪倒，道：“臣火臣、察合台叩见大汗！”

“快起来——姐姐什么时候到的，琐儿哈也不早打个招呼？”

“不关琐儿哈的事，是姐姐想念大汗了，过来看看。”

“大冷的天，琐儿哈怎么让姐姐一个人来汗廷，冻坏了身子岂不罪过。”窝阔台上前搀扶着火臣，边走边责怪道，又对察剌道：“在朕身边设座。”

窝阔台归了座，看着火臣公主与察合台也落了座，方轻声道：“姐姐顶风冒雪来哈剌和林城，一定有事吧？”

火臣公主眉峰上耸，望着窝阔台道：“大汗，琐儿哈闯祸了，他囚禁了宣德课税使刘中。宣德的几个庄子，是你死去的姐夫孛秃[①]征西夏时所得驱口临时安置在那里的。可刘中这个狗官看着咱们不顺眼，欺负姐姐是个老寡妇，琐儿哈是个软包蛋，几次三番到庄上寻不是。还说要括庄户，威胁要查封庄园，琐儿哈一时气愤就让人抓刘中。这件事姐姐听说后，想着刘中是大汗的办事官不该抓，本想他能说句软话就放了他，可他坚持要括人口。一个奴才连姐姐的话都不听。姐姐干脆将他带到哈剌和林，一道请大汗评评理！”

窝阔台早知原委，见长公主火气很大，故意压压她的气焰，板着脸道：“括户是朕定的章程，刘中只是个地方执行者。老姐姐带他来，朕得问他按章程没有，宣朕旨意没有，连朕姐姐这样明白事理的人都蒙在鼓中，如果他没宣朕旨意，那朕就治他的罪。如果他宣了旨，琐儿哈抓人就有罪了，将朕的宣差都抓了，今后哪个替朕办事？”

火臣公主一愣，望着窝阔台道：“大汗的话，姐姐怎么听了不明白，听你的话音像是姐姐错了。琐儿哈有罪，倒是刘中的对了？宣德有几个庄子，那些数千驱奴可是你姐夫孛秃征西夏时得到的，怎么设了多年的庄子，驱口一下子都成了国家的了。刘中他逼迫咱家，倒是他对了？”

窝阔台搓了搓手，想缓和一下气氛，叹了口气道：“姐姐……这括户的事，不是姐姐一家人的事，是国家今年开始筹办的一件大事。大章程是父汗《大札撒》上有的：草原外的事按草原外的规矩办，分封外的中原人口都要括为国家民户。这是为国家利益着想的，要他们种粮、交粮、出徭役。如何分辨驱口与国家民户，有一个标准，已定居在漠南外姐姐封地的，有证据是国家赏赐给姐姐、姐夫、琐儿哈的为驱口。除此之外，在中原州县住坐，一律收

① 孛秃：1227 年攻西夏时战死。

为国家的民户。括户的事不是刘中定的,是国家定的。”窝阔台故意避开对刘中的品评,干脆讲起括户的政策。

火臣公主望着窝阔台,眼中闪着泪光,道:“大汗说括户好,可姐姐感到括户不公。汉人世侯圈占着无数驱奴,又占着城市,刘中不去扩。姐姐来前还派人征求了胡土虎王爷的意见,胡土虎说,括户应该区别对待,对诸王、驸马的驱口应该宽限些,对中原世侯应严厉些。他还说旨意是耶律楚材的意思,课税所也是奉了他的命令,他也不好说对错,因此让姐姐来问大汗的意思。”

窝阔台拉下脸道:“汉人世侯在宣德占驱的事,可让琐儿哈上折子,如果刘中在其中有弊,朕绝不放过他。但括户是朕下的圣旨,胡土虎说是奉了耶律楚材命令,这是胡说八道。至于该不该括琐儿哈的户,要看是否与朕旨意相孛。”

“那刘中强括驸马府的户,大汗怎么处理他?”

“姐姐,括户是朕的主意,括的不只是姐姐一家。中原户口朕与耶律先生算过,少说得一百万户,可一半的人口被人占了,因此谁挤占了国家在籍人口都得括回来。姐姐说汉人世侯占户刘中不管,如果真这样,姐姐可以指证,朕马上办刘中悖旨之罪。如果姐姐指证不了,琐儿哈也指证不出,就说明刘中没大错。这样说吧,朕让人括户齐民,涉及到的人很多,许多人不敢站出反对,都希望朕的亲戚带头反对,他们好受益。昨天耶律先生带燕京陈时可来了,说中原括户无法进行了,就是指琐儿哈犯浑惹的乱子。朕很为难,琐儿哈如果不是朕的外甥,就抓课税使这件事饶不了他。”

窝阔台大汗眼睛不是眼睛,鼻子不是鼻子,让火臣也有些傻了眼,忙道:“大汗满嘴的理,可驱奴是我丈夫出征时所得,难道就因放到庄子内就要括为国家编户了!”

“老姐姐,是否是姐夫出征所得,得看证据,光说不行。当然这个政策不只对姐姐一家,一会儿朕拿旨意给你看,你就明白了。”窝阔台又冲着怯薛官察剌道:“去让人将刘中大人带进来。”

刘中身带镣铐进来,他脸冻得发青,头上、身上袍子沾满霜雪进来。窝阔台生气地对察剌吼道:“怎么还不给刘大人去掉镣铐?”

“来人,快为刘中大人去掉镣铐!”怯薛为刘中去了镣铐,刘中眼含热泪,正要跪下,可两腿支持不住,竟跌倒在地,忙又伏地叩头道:“臣宣德路课税使刘中叩见大汗!”

窝阔台被刘中的惨状惊呆,叹了口气,对侍卫道:“快扶他起来,给他把椅子,让他坐着回话。”

窝阔台见刘中坐人,方道:“刘中,你到驸马家括户,可向琐儿哈宣朕旨意了吗?”

刘中抬头,见察合台与火臣公主在场,直着脖子反问道:“大汗,中原括户陷入困境,原因就是有些王公、驸马仗着是皇亲,是功臣,站出来抵制大汗圣旨。宣德琐儿哈就是如此胆大妄为之人,他在《圣旨》下后,依然接收投靠庄户,甚至强迫人投靠,臣在这方面有很多证据。课税所职责是括户,臣的手下依照圣旨去驸马府挨了打,臣才亲自去宣旨,臣的下场,大汗都看到了,大汗问臣,臣不知如何作答?”

“你胡说!”火臣公主气急败坏地道,“刘中谁给你的权力,本公主在宣德庄园中的驱户都是先夫和琐儿哈战场上所得,你竟敢说括就括,还敢进庄子抓人,你也太猖狂了,简直该杀!”

窝阔台见火臣公主怒气不息,插话道。“刘中,今天当着长公主和朕的面,说说宣德括户的事?”

“嗻!”刘中心里一颤,见大汗让他说话,含泪道:“大汗,臣受命在宣德括户,宣德下辖宣德、宣平、顺圣三县,二州:保安州、蔚州。由于宣德地近漠南,与诸驸马、诸功臣封地较近,经过调查发现驸马与诸功臣都在广占驱户,大批编民也纷纷投靠以逃脱国家税赋。还了解到琐儿哈驸马就在该地设打鹰房人匠总管府管理数十座庄子;此外札剌亦儿部、兀鲁部也都占有许多民户,据臣统计,宣德总户仅为八万余户,诸王、驸马功臣所占近二分之一。公主刚才说谁给臣的权力,臣只能说,是大汗圣旨给我的权力。可这权力到驸马府却不管用,臣作为课税长官被拘至今……还被强行押解到漠北,一路上横遭凌辱,臣之罪无非是去驸马府宣大汗旨意因此请大汗为臣做主!”

窝阔台听得明白,点头道“公主说你去庄子捉人,可有此事?”。

“回大汗,并无抓人之事。臣先派副使刘桓到驸马府宣旨,被驸马府的人打得遍体鳞伤。臣只有亲自去宣旨,希望惩戒凶手,不再殴打宣差,允许正常括户。结果,琐儿哈驸马根本无视臣的要求,将臣一顿痛打,而且扣押至今!”

“琐儿哈打了你。来人,帮刘中大人脱下袍子,朕要亲眼看看。”窝阔台咬着牙,所有人都感到一阵寒意。

怯薛帮刘中脱掉身上的袍子,露出脊背上一道道鞭痕,疤痕加上一路冻伤,血迹斑斑令人惨不忍睹。

窝阔台亲自上前看过伤口,倒吸了一口凉气,带着不满的口气对火臣公主道:“姐姐,你也看到了吧,琐儿哈就是看在朕的颜面上,也不该如此鞭打刘中大人。在这件事上,刘大人没有一点个人私利,却遭到如此不公正待遇，又被姐姐数千里押解到哈剌和林城。姐姐可曾替朕想想，如果各地的王公、驸马都这样做，朕这个大汗的旨意还有谁敢听？朕的大臣谁还肯替朕办差？如果今天带刘中来京城的不是朕的大姐，朕扒他的皮！"

"大汗，可老姐姐听琐儿哈说，"火臣公主从怀中掏出一个单子递给大汗道，"中原那些汉臣，比如说史天泽、刘黑马、张柔、严实、李璮和大小万户、千户们，所占有的驱户多得远比姐姐家庄子多。琐儿哈说他气就气在这上头，并说这些主管括户的人就盯着蒙古大臣，对这些汉大臣不闻不问！"

窝阔台接过单子，望着刘中道："对这件事，刘中，你怎么说？"

"禀大汗，臣不敢说没有这事，但臣只是宣德课税官员，管得宣德的事，别处的事臣既说不清，更管不到。如果臣在宣德有包庇汉人世侯的行为，请公主拿出证据，臣甘受处罚。"

"替刘大人穿好袍子！"窝阔台见火臣公主已不再插嘴，又不好因刘中的事当众向姐姐问罪，看了一眼宫门外，天上乌云滚滚，风吹着宫檐上的风铃叮当作响，便对察剌道："叫耶律大人与陈大人一起见朕！"

耶律楚材与陈时可进殿，见察合台与火臣公主坐在上面，刘中也坐在一边，急忙跪下道："臣等叩见大汗！"

"起来回话吧！"窝阔台望着二人一眼，对火臣公主道："陈大人是昨晚来哈剌和林城的，朕还没有问他的话。"他停顿一下，对陈时可道："听说中原括户进行不下去，是怎么回事？"

陈时可重新跪下叩头道："大汗，而据臣了解，天下人户至少也有一百多万户，可现在在册编户不到五十万，这些人都到哪里去了，都被诸王、驸马及诸将校所掠，除了带到封地，更多寄留诸郡。天下户口逃亡者十四五，而天下病之，所以《圣旨》才括天下户口，以达到编户齐民。臣等受国家指使括户，自应只认圣旨不认诸王、驸马，这是职责所在。可为了括户，许多地方都出现括户吏员受到报复的事，而在宣德括户大臣刘中又被羁押，此事一出，括户大臣无不心有余悸，中原括户暂停，请大汗为我等办事官员做主……"他因激动，哽咽着说不出话来。

窝阔台怒吼道："真有那么严重吗？"

"臣不敢撒谎，除了宣德路括户暂停，等待大汗旨意。其它诸路情况并不比宣德好多少，各路课税使和下属官员在括户中，也遇到各种麻烦，常有官员被打，还有吏员被暗杀的事……大汗如不对琐儿哈抓人事件有个明确态度，编户工作臣不知如何做下去。"

"燕京路的情况怎么样？"

"臣不敢隐瞒，燕京情况更严重。燕京原为金中都，虽经战乱，可人口较其它地方为多。然诸王、驸马、功臣在燕京极多，所占民户更为严重，多者万余，少则胡土虎大人也感到为难……"

"耶律大人，说说你的意见。"

耶律楚材道："金源氏末，豪杰哄起，拥兵万者，万焉；建侯者，万焉；甲者、戈者、骑者、徒者各万焉；鸠民者、保家者，聚为盗贼者又各万焉。加之，国朝起于草原，初进中原，诸王、驸马、功臣复取金帛子女复各万余。人民颠沛奔走无底止，四民无所占其长籍。围蔡大军军粮无着落，国家财力不足，正因如此，括户迫在眉睫。当然这事大汗不做主，光靠课税使和燕京行省很难办到。"

察合台道："大汗，中原的事这样麻烦，怕得派诸王坐镇。"

火臣公主道："大汗，也不能光听课税使的，琐儿哈只所以抓刘中，是因在宣德的驱户实是征战中所得，按先父《大札撒》也该归我们的。"

窝阔台叹了口气，对火臣公主道："姐姐，不要再争了吧。如果允许姐姐一家在宣德占有驱口，他人必效法之，朕的圣旨谁听。单就琐儿哈扣押宣使，朕不将其刑一而正百，杀一而慎万，就属格外关照了。告诉琐儿哈，宣德驸马府所占驱户必须交出，再对抗圣旨，别怪朕不讲亲情了。"

火臣嗔怒道："看来，这趟我是白来的……"

察合台劝解道："姐姐，大汗说了半天，你就不要再给大汗出难题了！"

火臣不甘心地道："胡土虎大人也不主张括诸王、驸马的户，他可是大汗派的中原的行省长官。"

"胡土虎这话是用来搪塞姐姐的，如果此话真出于他本意，他就是欺君妄上，朕要砍了他的头。"窝阔台抑制住情绪，依旧平和地望着火臣，解释道："姐姐，你看刘中的事，该怎么办？"

火臣有些气馁地道："既然大汗以为他无罪，姐姐还有什么话说。"

窝阔台想给火臣公主一个台阶下，对刘中喝道："刘中，公主说话了，还不谢谢公主！"

刘中瞪着眼睛，硬邦邦地道："大汗，公主一路照顾臣，只差点没有冻馁而死，臣因宣旨受此待遇，何敢言谢。"

"按他跪下！"窝阔台急欲替姐姐挽回面子，命怯薛上前按倒刘中跪下。

可刘中两手踞地，脸由红变白，至于匍匐于地，终不肯叩头。

耶律楚材、陈时可见此大惊，一起跪地叩头，对大汗道："大汗，恕了刘大人的罪吧！"

察合台见刘中被按倒在地，依然不屈，也叹道："大汗、长姐，念此人憨直，就算了吧！"

火臣喘息着吼道:“好了,我也受不起他的头,随了他吧。”

窝阔台打了个唉声,语重心长地道:“尽管刘中不肯向朕的姐姐低头,但他敢到驸马府去括户,其他括户官员都得向他学,大家都如此,中原括户的事朕有何忧!”窝阔台说到这,沉思了片刻,望着耶律楚材道:“中原括户的事不管多难都得括,朕的旨意一定要贯彻下去,耶律先生马上准备一下,过几日朕要亲自去中原主持此事。”

“大汗要去中原?”察合台吃惊地问。

“皇兄,闹成这样,朕能不去吗?”窝阔台忧心忡忡地望着察合台,咬着牙,大声道,“不去,中原括户就要不了了之,就要有更多的人要摆擂台,朕还能在汗廷坐得住吗?琐儿哈抓人的罪看在姐姐来京的情面上就免了,但户还是要刘中去括。朕要重赏刘中,朕此去中原就是想看看还有哪位王爷、驸马、功臣还敢反对括户,朕要拿住决不轻饶!”

第五十一回

鞭悍将仲德思西迁
坐困城金主倦远行

从汝州天息山发源的汝水，浩浩荡荡一路流经蔡州，碧水绕城由西而东，折而北向，因城三面环水形似垂瓠，古称悬瓠城。蔡州北望汴、洛，南通淮、泗，倚荆、楚之雄，走陈、许之道。加之城南有柴潭，北又枕练江，山川险塞，自古称襟要之处。此城周一万零四百九十步，城墙高大坚固，城内有子城。

天兴二年十月初，蔡州城南城门楼上，一张《告示》前，围着一些看热闹的人，告示已贴出多日，被秋风吹得四边有些破损，可依然有人站下围观。这是一张金主命令蔡州官民献马赏格告示，宣旨官正在板着脸，宣读告示："赏格如下，每献一匹甲马的官民可迁一官，两匹可迁二官二等，三匹迁三官三等。散官职事已进三品者，进数虽多，一官一等。把军头目自愿进献者，递升官职，无银牌者给银牌，已带银牌者易金牌……"

这一献马赏格令来自于尚书右丞、枢密副使完颜仲德的提议。他曾任边帅多年，对秦州、巩城一带进退攻守非常熟悉。因此从徐州奉诏来蔡州，就上疏出定赏马格，让武仙守住荆紫关以备西幸秦、巩做准备。完颜守绪虽对西幸秦、巩不以为然，但对定赏马格非常关心，下诏实行，这使完颜仲德格外感激涕零，全身心地投入西幸准备。

这日，完颜仲德按例骑枣红马带着几个随从来南门巡城。他身材高大，长条脸，一字眉，高鼻阔嘴，脸上透着冷峻。要从蔡州西行秦州、巩城路途遥远，马匹最为重要，完颜仲德最关心的是蔡州人对献马的反映。因此到南门后，他见城门边围着许多人，宣旨官读得也很来劲，不觉心下十分满意，面露喜色。踏踏踏……蓦地一支马队飞一般进城，一匹马在城边撞倒了正要进城的一个衣衫褴褛的乞丐，引起一片混乱。

入城马队中一匹红马上端坐着柴潭驻防金军总帅高腊哥，高腊哥一眼看到右丞完颜仲德的马队仪仗，慌忙跳下马，近前拱手道："右丞大人，蒙古人今天好像要攻城，从柴潭楼可以看到汝水对岸出现许多蒙古马队。"

完颜仲德道："这一仗早晚得打，高将军麻痹大意不得，柴潭一定不能出事。"

"放心吧，仲德大人，末将用脑袋保证柴潭出不了事！"

"高将军，不耽误你，忙你的去吧……"

完颜仲德见高腊哥远去，正要回身，忽然城门边一阵吵嚷声打动了他，便抬头望去，被撞倒在地的乞丐站起身，对着撞倒他的守卫喝道："你等瞎了眼，敢拦本朝状元，我千里迢迢赶到是求见皇上的。"

门卫踢了他一脚骂道："你是状元，看你一身臭味胡吹什么，还是出城洗净再进城吧！"

"你敢打我，我乃大金国状元王鹗！"

完颜仲德听得真切忙下马过去，见右丞过来，守门兵丁急忙闪开。完颜仲德抬头细看不禁大惊，见来人衣衫褴褛，一双靴子磨得开花，头发半白，青癯的脸上沾满尘土，细辨惊喜地道："百一贤弟——果然是你！"

王鹗抬头不觉喜道："仲德先生，学生终于来到蔡州了！"

"贤弟，听说你在汴京被俘了，解往山东？"

"是呀，听说皇上到蔡州，弟子就与裕之先生相商来蔡州，可只有我一人逃了出来。"王鹗说罢，二人抱在一起失声痛哭。原来正大元年，完颜守绪即位，开科取士，完颜仲德为主考官，是年王鹗以词赋被金主拔为状元，因此二人有师生之谊。守城士兵见右丞和他抱在一起，惊惧地跪了一地。

二人哭过，完颜仲德对士兵们道："他叫王鹗是朝廷的状元，当年紫金城遛马，不知不怪，都起来吧，该做什么做什么去……"

完颜仲德见王鹗身上狼狈，将身上罩袍脱下，披在他身上，又叫人牵过马来，对王鹗道："贤弟先上马……没想到未到十载，汴京已落蒙古人手中，皇上流落蔡州，状元郎行如乞丐，明日我等如何更难预料！"

王鹗叹道："是呀，学生也大有隔世之感，我从山东来投蔡州，一路银两花尽，几次被蒙古军捉住，进城非遇见恩师，怕要被赶出城了！"

"贤弟,我先送你回行辕休息,一会兄长有事,晚上我再设酒为你接风,过几日再带你去见皇上!"

二人上了马,离了东门,正行之间,前面路上一个军官和一个打着绷带的汉子跳下马跪在路边,高叫:"右丞大人为我做主!"

完颜仲德马上低头,见来人是左右司官白效忠,见他满脸是血,袍服被撕破,身边一人胳膊上打着绷带,完颜仲德勒马,问道:"白大人,是谁把你打成这样?"

白效忠泣道:"忠孝军李德仗势欺人!"

"他为何打你?"

白效忠指着身边一穿澜衫的汉子,说:"大人,卑职奉命在校场捡点献马簿册,这位孙庄主报案,说西城忠孝军提控李德抢了他所献马匹,还将他打伤。卑职主管献马一事,接案岂能不管,因此去西城蔡八儿元帅反映情况。偏蔡帅不在,李德出城巡逻,卑职便带孙庄主回校场。哪曾想李德巡城回来后,听说小人找过蔡帅便来到小校场,骂小人偏听偏信,说他没有抢过孙庄主的马,还让他的士兵作证,并当着卑职的面殴打孙庄主。卑职上前劝说,那厮非但不听,还扯碎小人的袍子……"

"李德敢到校场撒野!"完颜仲德腾地火起,忠孝军恃功横行跋扈,时常惹事,这次竟敢公开夺人马匹,想想对跪在边上汉子道:"孙庄主,李德为何抢了你的马?"

汉子叩头道:"小人名叫孙云,因看了朝廷的告示,便想为自己挣上一官,既为国出力,也可光宗耀祖,因此从槽上牵了一匹四岁口的铁青马来蔡州献马。经过西城外,那位长官见我的马好,先要换取因卑职不干,他恼羞成怒,将我痛打了一顿,还夺走了我的马。"

完颜仲德长望着孙云,说道:"马已落入李德之手,他要抵赖,你能说清楚马身上的特征吗?"

"当然能!"

完颜仲德点头道:"既如此,本参政为你做主。"

完颜仲德抱歉地回身对王鹗道:"百一贤弟,忠孝军自恃有功,素无纪律,多行不法。我叫人送你先回行辕,换换衣服,吃过饭后再睡一觉,待我办完差就回来替你洗尘!"

王鹗点头道:"恩师,你有事,请自便。"

小校场离北城不远,由于昨夜刚下过雨,路上潦水漫漫,费了一刻钟完颜仲德才来到小校场。小校场原为蔡州练兵之处,自从皇上出了赏格后,这里成了献马造册衙门。小校场内,临时架起的马厩中,马嘶声不断,还能嗅着一股马厩的腥臊气息，场内已圈着千余匹骏马。

"栽赃害别人我不管，害我可得说清楚。"忠孝军提控李德骑在铁青马上酒似乎还未醒透，提着马鞭指名道姓的叫骂着。一般人打了司官，闹了小校场早该走了，可李德见围观的人不散，却借机撒泼。

李德正叫骂间，忽地听到校场外一阵马蹄声，接着见一位身着紫袍，头戴七梁额花冠，腰间佩有宝剑，身后十余侍卫各服朱衣纱帽，带着藤棍。才猛地酒醒，知道来人是右丞完颜仲德，心中不由一阵发虚。他早就听说这位右丞在秦、巩带过十年的兵，眼下正得到皇帝的信任，也不敢怠慢，急忙从马上下来，脸上的汗也淌了下来。

完颜仲德从马上下来后，瞟了一眼李德，见他身材不高，却十分彪悍，右脸颈上有一道刀疤，一双鱼泡眼，带着一副桀骜不驯的神色，不由心头火起，骂道："李德，你到校场耍横，是认为本右丞的刀不快，还是你吃了迷魂药，要与朝廷作对！"

李德自恃曾在战场上救过西城元帅蔡八儿，知道危急时蔡八儿不会不管，大声地道："中丞大人，白效忠听信小人一面之词，到西城蔡帅处告说我抢人马匹，末将是粗人，气愤不过，过来分辨，并不敢与右丞为难。"

"你既没抢过马匹，孙庄主怎敢告你夺他马匹。"

"大人，这马是我在息州同蔡八元帅与蒙古兵交战时所获，平日养在槽头，很少骑乘。姓孙的无端要赖末将的马，白效忠虽大人属吏，可听信小人一面之词，到处散布我的坏话，让我难堪，因此忍无可忍我才来此辩理。"李德也知今天的事不好收场，索性放胆来争，他自料孙云也拿不出更多的证据，而自己练出的兵，决不会背叛自己，因此更无顾忌。

完颜仲德扫了一眼跪在李德身后的士兵道："这马真是李将军交战所得吗？"

几个卫兵一起道："此马确是李提控之马，我等都愿作证。"

完颜仲德见众人异口同声，喝道："李德，即便马是你的，可校场是办公衙门，怎能任你随便撒野，还殴打司官。"

"末将无辜受冤，恨他无端滋事，到蔡帅府上告我刁状，只是拉扯并没伤害他。"

"右丞，李德在撒谎，他的手下，是在作伪证。"白效忠在一边不满地道。

完颜仲德没有吱声，望着李德冷冷地一笑，正要说话，却听校场外，一阵马蹄声，一匹铁青马长嘶一声如一朵青云飞进校场，坐骑上正是孙庄主。再看李德身边那匹青马也冲着飞奔来的青马长嘶起来，校场上的人一下愣住，这两匹马生得一模一样，浑身铁青，四蹄雪白，竟如一个模子造出。

李德看着那匹马发愣，他所带兵丁都不禁浑身打战，再不敢抬头。孙庄主下了马来跪在完颜仲德脚下，说："右丞大人，这两匹马同为四年前出生，其母一胎生下两匹青马，长大后浑身毛色一丝不差，大人可仔细察看，如果小人说得不对，这匹马也都送给李将军。"

完颜仲德细看了一回，见李德与他的亲兵脸都发紫，已经认输，便道："李德，这马还是你的吗？刚才你的嘴很硬呀！"

李德额头沁汗，喉咙间似有一团棉团塞住，想争辩，可无话可说。

"当着本官撒谎，现在没话说了。"完颜仲德见李德不作声，已经默认，又对自己的侍卫命令道："来人，将李德与这几个人一起拿下，剥光了衣服各抽五十鞭子。"

蔫头耷脑的李德和几个亲兵在大庭广众下被剥光了衣服，掌刑兵将他拖倒在地，一顿鞭子打得一片鬼哭狼嚎。

正在行刑，忽然有人马入校场。完颜仲德抬头一看，内侍殿头太监宋圭带几个小太监打马过来。宋圭尖声尖气叫道："停止行刑，圣上有旨，完颜仲德接旨！"

宋圭取出圣旨，完颜仲德慌忙跪下，宋圭展开圣旨道：

"蔡八儿手下勇将李德，虽有微过，但念他勤劳王事，忠勇可嘉，不许害了性命。钦此。"

完颜仲德接了旨，对宋圭道："圣上何以知道此事，派你前来？"

宋圭拱手道："右丞不知，圣上在幽兰轩上与西城元帅蔡八儿议事，偶然从阁中望见校场上右丞正惩罚李德，便询问蔡八儿元帅，蔡帅不敢隐瞒，说李德平素爱好马，过去曾有过一匹铁青马，在卫州之役受伤而亡，一直为此伤感叹无好马。前日见有人来献马，见那匹马与他过去的青马相似便生爱意，求换不得夺了此马。臣正想对圣上说起此事，李德是员悍将，爱马成痴，臣请圣上念他取马并非贪财，恕了李德擅取之罪。皇上听了蔡八儿的话，大受了感动，因此下旨命右丞恕了李德擅取之罪。"

完颜仲德明知蔡八儿作了手脚，但圣命难违忙命人停刑，李德与亲兵挣扎着过来，跪下叩头道："右丞大人，小人知罪，再不敢犯了。"

完颜仲德望着李德道："天子脚下，抢劫御马本该重罚，圣上念你过去战功，降旨恕你无罪，既有圣命，本官便不为难你。你是忠孝军统领，该以国家为念，即便爱马也该直处去取，此次恕过，下次定斩不饶！"

宋圭笑着对完颜仲德道："右丞跟李德这等小人怄气不值得，圣上要右丞速去幽兰轩，阿虎带大人从襄阳回来让宋人割了鼻了，晕倒在汝河边，被元志将军带回，与宋议和破裂啦……"

阿虎带与宋借粮议和破裂，完颜仲德并不感到意外，他原对议和就不抱希望，可听到这一消息，心里还是咯噔一下……议和决裂说明蒙古与宋国将联合起来对付大金国，作为右丞不能不为皇上的处境担心。蔡州只有万余军马，又地近宋国，城池虽经修缮，但蔡外无高山大岭为屏障，虽说四面以水为固，可粮食眼下就已短缺，如长围不解，蔡州只有死路，想到这不觉心中烦躁。

宋圭见完颜仲德骑在马上一句话不说，也担忧地道："皇上这几天睡不着觉，说梦见太祖皇帝，右丞可否寻个有德的道士，为圣上做些法事，或许可解圣上忧愁。"

完颜仲德本不喜欢与阉人结交，可又不想得罪他，点头道："宋公公，这事我记在心上，国事如此，为臣的只有尽心到死！"

从小校场出来，沿着天街北行不远，就进了蔡州的皇城，皇城原是蔡州府衙。完颜守绪从归德带着千余官兵，途经亳、泰、新蔡、平舆等县奔蔡州，一路上，风雨如晦，大雨如瓢泼一般，官兵缺衣少食，一路上溺死于沟壑水塘无数。七月中旬到蔡州，随从仅有百余骑，仪卫萧条。到蔡州后，只对原府衙略加改造，并仿照汴京的大安阁在内城建起了三十三米两层的幽兰轩。

初秋的太阳火辣辣照在头顶，皇城内新竣的池塘，碧绿的湖水中残败的荷叶已经枯黄，甬路边栽满了菊花，各色的菊花争奇斗艳，鼓楼下，竖着一个白玉石碑，这就是有名的《平淮西碑》。完颜仲德平时喜欢搜集碑帖，对《平淮西碑》曾作过研究，可他眼下也没心情看碑。在他的心头一直再思忖怎样说服金主离开蔡州，出荆紫关去秦、巩之地的事。作为秦巩元帅，秦巩之地有他的老部下汪世显，他又与当地诸羌头人多与他有交往。而且进驻秦、巩，进可出陕西，退可入四川……

绕过一座假山，前面就是高达三十三米的幽兰轩，在高大的朱红色的宫门外，一个宫内太监带着尖利的女人腔，迎上前道："皇帝让右丞不用听宣，速速进宫！"

幽兰轩内，并不向完颜仲德想的那样，只有皇帝和阿虎带，先完颜仲德而来的还有总帅娄室、元帅蔡八儿、元志、王山儿等。

阿虎带跪于阶下，他哭丧着脸，鼻子伤口还未结疤，声音沙哑的对金主讲了去宋国一路上的事，说到最后泣道："皇上，臣在临安见到了蒙古伪殿下阔出，本想刺杀他，嫁祸宋国，谁知没有成功。宋国惧怕蒙古国，驱除了臣。臣又在汉江用船将阔出的船只撞入水中，杀光了阔出的侍卫，没想被阔出逃了。臣因此在襄阳被史嵩之割了鼻子。受辱回来，奴才已想好了述职后，即行谢罪，请皇上赐奴才一死。"

完颜守绪眼含热泪，从御座上欠身而起，上前亲手扶起了阿虎带，叹了口气，说："爱卿平身吧，朕非昏君，让你去宋国议和，也只是急时抱佛脚，难为你啦！你此行虽未办成与宋联合的事，可你在汉江之举，足让蒙古伪殿下阔出心惊胆寒，鼓我大金国士气……你不仅没罪还有大功，大金国但有重兴之日，朕要命人为你在褒忠庙画像，使后世子孙不忘你的勋劳！"

"臣叩谢皇上！"阿虎带匍匐在地满眼泪水，哽咽着说不出话来。

完颜守绪转身对宋圭道："你带阿虎带将军下去，并速传御医为他治伤……"

大殿内静悄悄，完颜守绪望着殿内大臣，说："朕从正大即位以来，十二年间苦撑危局，自信不是昏君，可挨到如今，朕愧对大金国的列祖列宗，国家就要亡在朕的手中。今日叫诸位爱卿来，就是告诉大家与宋议和失败，宋蒙联合灭我大金的日子不远了，眼下诸位将军还有何良策！"

完颜仲德跪下奏道："与宋议和失败，蔡州不可长住，眼下蔡州已扩马千余匹，加上原有战马数千匹，正可西幸秦川、巩州。秦、巩山川险峻，地接川、青、陕、甘，那里有汪世显所带精兵十数万，趁宋蒙联兵未果，痛下决心，跳出紫荆关，西出汉中，天下尚有可图……"

完颜守绪叹息道："朕身躯沉重，刚刚九死一生到蔡州，一旦西幸，一路无歇脚去处，处处伏兵，朕怕很难到达秦、巩之地。"

蔡八元帅点头道："蔡州城池坚固，练水、蔡河可为天堑，此地又可依托山东豪杰之士，众军方集，未战先走，臣未觉右丞所言为良策。"

王山儿亦道："万岁身躯沉重，众人奔命，谁能保证圣上能平安抵达秦、巩。"

鲁山元帅元志知道王山儿为金主选妃一事，被完颜仲德当面诘问，回怀不满，忙起身道："二位元帅的话，末将不敢苟同，蔡州城池虽坚，但只是一座孤城。眼下敌军未曾进攻，我军粮草已捉襟见肘，一旦孤城被困，哪里寻得万全之计。惟今右丞之计，虽非万全之策，但脱此孤城，冲出联军罗网，总比困守孤城要好。况秦巩之地，山川险峻，进可入陕，退可进川，请万岁三思。"

总帅娄室五十多岁，他刚娶了新妇，见皇上无意西行，眯缝着眼睛，翘着胡子，说："万岁，弃坚城而奔千里外的秦、巩，非善之善策。秦、巩已与河南不通音讯数月，虽右丞旧部在秦、巩，但早就失去联络，数千里奔一不明之地，臣以为不可为。况要出紫荆关，路经陕西，路途遥远，汉中难说不驻有蒙古大军，因此依老臣之见，还是加强蔡州守卫，以待中原之变。"

完颜守绪本无意离开蔡州，便离开龙椅站起身，望着众人道："众位爱卿，朕从归德来蔡州，仅数百里，从行将士栉风沐雨，多有死伤。从蔡州到秦、巩不啻数千里，一路多经山川险阻，朕骑乘不便，加上多有辎重，怕空累众兵将从行。”

完颜仲德见完颜守绪也不愿离开蔡州，跪前一步，眼含热泪，哽咽道：“万岁，我军在蔡州能与蒙古周旋，乃蒙古粮草不足，而今宋蒙联合，将使蒙古大军粮草得到供给，我军再无优势。蔡州今已成孤城，今日不走，怕一旦陷入重围，再难它往。为了祖宗基业，就是千难万难，皇上也要出汉中，进秦川，以图东山再起，这是大金国的最后机会呀！”

完颜仲德的话刚说完，殿头宋圭从外面来，对金主耳语几句，众人从宋圭脸上看出形势又有变化，不由心头一阵紧张。

完颜守绪摇头望着完颜仲德道：“参政现在更不能西行了，已有探马来报，恒山公武仙已在淅川吃了败仗，失了石穴寨，武天赐被孟珙杀了，武仙下落不明……紫荆关已落宋人之手。”

“紫荆关丢了？”完颜仲德叹了口气，他一直准备西幸，并为此给武仙写过信，没想到武仙出事了。

完颜守绪不愿仲德伤情，看着他道：“时势艰难，朕非不知爱卿之心，也不是不想去秦、巩，但消息不通，路途遥远，朕这身子又不便骑马，关山重重到那里更难呀。现在，紫荆关又落宋人之手，探马还说阔出王子也回蔡州了，倴盏这几天一直在练江、柴潭活动，这两天可能要攻城了……”

完颜仲德沉思半晌，跪下叩头泣道：“皇上，恒山公虽吃了败仗，可并不影响我军西行，紫荆关失去还可以夺而取之。如果圣上愿意西行，臣以为去秦巩仍是国家当前求生良策。宋国不肯资粮与我，而资助蒙古人，一旦蒙古人有了粮，蔡州长围不解。臣算定我军坚守蔡州军粮可吃到明年正月，到了二三月份，蔡州将饿殍山积，城将不攻自破……”

“仲德大人你起来吧，朕的话说得很清楚了，爱卿就不要提去秦巩这件事了……”完颜守绪对完颜仲德描绘惨景心中很反感，有些不耐烦地摆摆手，又觉得话有些重了，缓和了一下口气道，“朕的意思是，仲德大人先放一放扩马的事，眼下必须把全部精力都投在加强城防守御上，粮食目前还不成问题，宋蒙联军的大举攻城还未开始，守城的事得未雨绸缪呀！”

娄室道：“皇上，倴盏的人一直在练江对岸集结，高腊哥也说汝河有蒙古骑兵窥视，阔出回来，臣估计蒙古人很快就会有大的军事行动，要防着蒙古人的突然袭击呀。”

“这正是朕担忧的事。”完颜守绪抬头望着众人，又看着完颜仲德道：“右丞你说呢？”

完颜仲德见皇上问到自己，不能不说，说：“圣上，臣不赞成娄室大人的估计，眼下圣上勿忧。蒙古虽在外交上取胜，但在没有得到宋国的粮食前，他们投入蔡州的兵力不会很多，即使出兵也只是试探性的……真正的军事行动将会出现在宋国援兵到来之后，大约十一二月或明年正月，那时我军才会真正遇到麻烦……"

第五十二回

悄无声大汗进帅帐 窥蔡州阔出初演兵

傍黑天，数十匹骏马驰向蔡州城北，其中一匹黑马上端坐着刚从襄阳归来身穿银袍的阔出，他的身边红马上坐着穿一身锦袍，留着八字胡，耳朵上挂着两个玉环一脸喜气的傍盏，再往后是几个蒙古将领。沿着练江大堤飞奔，前面已望见灯笼火把下的蒙古大营，回到蔡州阔出感到格外轻松，他没有急于回营。纵马沿缓坡驰上了练江大堤，傍盏随后紧随，转眼间马队全部驰上大堤。阔出勒马迎着江风，隔着波涛汹涌练江远眺蔡州城。暮色朦胧中可以望见蔡州城北城门楼雄伟的身姿，楼上火把通明，忽然，城门楼响起当当的铜锣声和一阵急促的木梆声，这是金军发现情况时的预警信号……

接着，暮色中城门楼顶影影绰绰出现一队弓箭手，由于他们发现对岸的蒙古马队，警觉地冲着江对岸破口詈骂："蒙古狗崽子，你们要骑马进蔡州城吗，骑马过江来呀！大爷会把你们一个个丢到练江里喂鱼虾，过来呀！"

勒马江堤的阔出气得涨红了脸，他本想冲着对岸的金军骂上两声，因在去宋国的临安和在汉江上他早憋了一肚子气想爆发，可作为主帅他压制了冲动，只是转过身朝着跟随在后的诸将大声说道："让金狗再嚣张几天，蒙古汗国的战马没有江河能够挡得住，本殿下一定会惩罚他们的，他们灭亡的日子就要到了！"

气得脸红脖子粗的傍盏扬着脸，眼睛闪着黑黝黝的光芒，朝着阔出大声道:“殿下,末将想请示殿下,今晚就教训一下金国的狗崽子们!”

“侪盏将军说说你的想法?”

“末将想在今夜打金狗一下,试探一下金军的防御工事有多坚固;分两路,一路打柴潭楼,一路袭击练江对岸的金兵的大营!”

“可以打他一把,摸摸金人的底牌!”阔出对侪盏说的话很满意,又道:“阿虎带企图去宋国借粮碰了一头灰,还被劓了鼻。孟珙已经出兵紫荆关消灭了武仙,堵住了金国皇帝西遁之路。咱们留在蔡州的人马少,不足以撼动蔡州,待宋国运粮来蔡州,我军主力过来,蔡州就完啦。”

史天泽眼里闪着晶莹的光,笑着道:“殿下,这些金狗隔着江骂,一会末将就坐船杀过练江,先踏了金人江边大营,打他个稀巴烂!”

“要选精兵,给他放几把火……打完就回来,不宜恋战!”阔出沉思了片刻,对史天泽命令道。

“嗻——卑职明白!”

远处,几枝火把,一阵踢踏的马蹄声,几匹战马奔来,阔出望见火把对侪盏道:“侪盏将军,有人过来啦 ,派人迎一迎!”

对面火把下,几个亲兵认出前面马上坐着殿下阔出,一齐跳下马来,禀道:“殿下你回来啦! 奴才正奉命寻找殿下呢!”

“你们奉了何人之命? 出了什么事?”阔出不解地问。

“耶律楚材大人请殿下带阿儿浑速回大帐,说有重要旨意!”

“耶律大人来大营了?”

“是的!”

“同行的还有什么人?”

“奴才们不知,大帐外护卫都换了新人,是耶律大人用金牌令箭,将原来的人调走的,因此大帐内住进谁,奴才也不敢问……耶律大人说有重要旨意,让奴才等来寻殿下。”

阔出一时有些发愣,自己刚回来,耶律楚材先生就拿着父汗金牌令箭出现,除非父汗到,否则无人敢更换自己的帐兵,大营还换了防,意味着父汗已经进了帅帐。

侪盏看出阔出有些不安,不禁有些急躁,不解地说:“殿下,耶律楚材吃了熊心豹子胆,连末将也未通知一声,也没听说大汗要来蔡州。这事殿下不能不防,会不会有人作乱!”

“来人确实是耶律楚材大人吗?”阔出对亲兵追问道。

“殿下,没有错,是耶律楚材大人。”

阔出望着侪盏道:“侪盏将军你多虑了,这里交给你了,如果我猜得不错，一定是我父汗来了。”

阔出催动战马，阿儿浑也紧跟在后面，大帐外一堆堆篝火在噼啪作响，羊脂的焦煳气味在到处飘散。走近中军大帐外，阔出一眼看见帐外站着许多怯薛军，这是一张张熟悉的面孔，无疑是父汗的卫队。几个怯薛拦住了阔出与阿儿浑，一个亲兵上前拱手施礼，说：“少主子到了，大汗来了，你们在这等一会，奴才进去通报一声。”

阔出忙在帐外跪下，心里扑通通直跳，脸上沁出汗水……足足有半刻钟，方见怯薛长察剌走了出来。

察剌走到位阔出身边，悄声道：“殿下，大汗很不高兴，命少主子与阿儿浑一同进去，少主子可要多加小心。”

大帐内，窝阔台光着头坐在帅椅上，一张脸冷得如水，耶律楚材侍立一旁，阔出进帐，瞄了一眼父汗，知道不好，慌忙低头跪倒道：“儿臣叩见父汗，父汗何时来的蔡州？”

“哐！”的一声，窝阔台案上茶杯被摔在地上，茶水湿了红毡：“阔出，你好大的胆子，几万大军丢下不管，去临安游山远水！自己不自重，让朕怎么能坐得住！三军不可夺帅，你在宋国一旦出了事，岂不让天下人看朕笑话！”

“儿臣有罪，请父汗教训。”阔出不知父汗气从何来，也不敢反驳。

“朕让你来蔡州本对你寄予厚望，可你身为主帅，天大的担子不担，却甘当一个使者，去了宋国！走时也不禀报，这种作法令朕失望，今后朕何敢托大事于你？”

“儿臣知罪！”阔出没想到父汗会发这样大的火，连连叩头请罪。

窝阔台横了一眼跪在旁边的阿儿浑，吼道：“阿儿浑，朕让你跟随殿下，殿下去宋国，你何以不规阻，反与他前去？”

阿儿浑惊得魂都散了，可他是聪明人，懂得眼下不能沉默，跪直身子，仗着胆子回道：“大汗，奴才以为殿下没错，宋国自从四王爷假道伐金后，文臣武将都对蒙古汗国抱怀疑态度，如再被金国的阿虎带抢了先，难说宋国皇帝不会同金国订盟。殿下去了，虽然是身入虎穴，但使宋国皇帝和举朝大臣释疑，打碎宋金联盟，冒这个风险对联宋灭金大有好处。”

“你这个奴才好大的口气，敢说是朕错了？”

“主子问奴才，奴才心里是这样想的就这样说了，是对是错请主子明鉴。”阿儿浑替阔出摆理，可大汗的追问让他腿有些打颤。

阔出见阿儿浑为自己辩理，又怕父汗怪罪阿儿浑，解释道：“父汗，出使宋国不关阿儿浑的事，是儿臣一个人的主意。儿臣自来到蔡州后，得王楫大人书信，得知金国派阿虎带携重礼暗中寻求宋国资助，因见蔡州四面环水，易守难攻，儿臣担心宋国怕战火烧到家门口，可能会与金国订盟。如果使金主阴谋得逞，蔡州将成为又一个汴京，甚至面对金、宋两个对手。为此儿臣思虑再三，亲自到宋国申明利害，取信于宋国。”

窝阔台略缓了一口气，盯着阔出道：“出使的事，说一千道一万，朕还是不能原谅你，如果三军元帅都去当使者，那别人做什么？”

“父汗批评得对，儿臣去临安虽赢得满堂彩，可万一在宋国出了一点差错，回不到蔡州，儿臣之过可就通天了。这次儿臣得归，是托长生天和父汗的福，才免去大罪……

“认识到这一点，朕就没有白说，身为一军之统帅，犹如人之心、身之首，不到万不得已不可擅入险地。关公单骑赴会，郭子仪单骑退回纥，这些故事讲讲可以，可硬要效法却当三思。”

阔出叩头道：“儿臣知罪了。”

耶律楚材见大汗不放过阔出，从旁劝道：“大汗，孙子云，将在外，君命有所不受。少主子以一国之副，与宋国签订了灭金的条约，也是一件好消息吗。少主子既平安归来，主子悬着的心可以放下了，何不听听他在宋国的情况。”

窝阔台知耶律楚材为儿子解脱，劝自己息怒，便道：“好吧，耶律先生也替你求情，那就说说宋国皇帝的情况吧？”

阔出道：“父汗，儿臣此行在临安观潮门外浙江亭，见到了大宋的皇帝，儿臣原以为宋国的皇帝神人坐得，哪知皇帝赵昀，竟是个胆小怕事的白面书生。那天，孩儿正与赵昀吃饭时，亭下出了乱子，宋国太师史弥远被观潮的人用箭射伤，儿臣见赵昀脸吓得煞白，筷子落于八仙桌下……”

“宋国开国君主赵匡胤还算是个乱世英豪，可他的儿孙多不习武，锦衣玉食，只知富贵，不知艰辛，怎能不如此？”窝阔台看了阔出一眼，又道：“你祖父一生创业，何不似宋太祖一般，他临终时也说过，‘朕的后裔将穿上织金绸衣，吃鲜美肥食，骑乘骏马，拥美妾，他们将记不得朕创业的艰难。’这也正是朕担心的事！”

“父汗，蒙古人的子孙决不会变成草包的，我们是马背上的民族，要骑在马上建功立业。因此当儿臣看到皇帝赵昀时，心中就产生征服宋国的念头，早晚儿臣要让他跪在蒙古人的脚下。”说着他把一份和书递给窝阔台。

窝阔台接过和议书看也未看，蓦地又板起了脸：“说得好听，光骑在马上就能治理天下，朕就不信。就说这件事。身为主帅却不动脑筋，虽签订了协约，可你带去的侍卫都丢了吧，你只不过命大而已？”

阔出本见父汗恼怒，不禁脸一阵红一阵白，跪在地上低头思索如何向父汗解释。

窝阔台见他不吭声，站起身大声道："你不愿说，朕也不问侍卫的事，既回来了，就与朕一道去燕京，蔡州的事交给由倴盏指挥吧！"

"不！父汗，除了死，儿臣决不在这时离开蔡州。"阔出眼中流泪，痛苦地道，"儿臣不能对不起那些死在汉江的侍卫，儿臣不走。"

窝阔台怒气上撞，骂道："你回来身边仅剩了一个阿儿浑，早有人报与了朕？"

"请父汗答应儿臣留下，参加灭金之役，儿臣要祭祀死亡的将士，而祭品就是阿虎带和金国皇帝的人头！"

"说吧，怎么回事？"

"儿臣到了临安，阿虎带就派人行刺儿臣，回来时，阿虎带在宜城等着儿臣，他竟寻来一条大船，在汉江中撞翻儿臣乘坐的渡船，儿臣与阿儿浑坠江得脱。可侍卫都落江中。儿臣在襄阳就发下大愿，儿臣不灭大金，绝不离蔡州！"

耶律楚材也跪下道："大汗，殿下大难不死，乃上苍保佑，也是蒙古汗国之福。殿下有了这次教训定会更加成熟，让他留下吧。"

窝阔台看着阔出流下悔恨的泪水，心中气消了一些，停了一会道："朕最看重的是你为人谨慎。可去宋国谈判让朕失望，全无大帅风度。"

"儿臣记住这次教训了……"

"大汗，少主子也一定饿了，让人摆宴吧。"耶律楚材捋了捋胡须，悄声道。

"好，一起吃顿饭吧，阔出、阿儿浑也都别立规矩，都坐下陪朕吃顿饭。"

不一会，桌子上摆满了热气腾腾的马肉，手扒羊肉，闪亮的瓷器中装满了马奶子，窝阔台用刀子割了块马肉放在嘴里咀嚼着，又举起了斟满酒的杯子，见阿儿浑站在一边不敢入座，便道："朕说了，要你们陪朕吃顿饭，阿儿浑为什么不坐呀？"

"主子，奴才原是个喂马的奴才，是主子一步步安排走到今天，主子身边哪有奴才的席位。"

"可你这个过去的放马的奴才，现在可了不得，刚才把朕顶了够呛，朕还未治你罪，朕命你坐下，你敢不听旨？"

"奴才不敢。"

窝阔台笑着道："听旨就好，这次去宋国，你的功劳不小嘛！"

阿儿浑低着头道："大汗不治罪，奴才就知足了。"

"你没有罪，临危救主还是有功的，没有你相助阔出怕就落在汉江里了。

说起这件事，朕还要感激你呢！”

“主子将奴才提拔成人，保护少主子是天经地义的事嘛！”

“阿儿浑聪明，忠贞这两点没看错你，朕与你喝一杯酒！”

“主子敬酒，奴才怎能当得起。”阿儿浑见窝阔台举起杯，忙跪着饮下酒。

窝阔台又举杯望着耶律楚材道：“朕再敬先生一杯酒，先生一路上最是辛苦。朕可以在马上睡得吃得，可先生是读书人，一路一定很辛苦，可朕也看出先生的马术还是有进步。”

耶律楚材道：“臣也骑惯了马，虽比不得大汗，但也不是一般的书生了。”

窝阔台哈哈大笑，他左一杯右一杯的饮酒，不时地向嘴里塞着肥肉，脸色渐渐地红润了，这期间他没有同阔出说话。三个人静静的吃完饭。又有人端来奶子，饮过之后，他才对阔出道：“朕这次来蔡州，没有任何人知道，朕本想与耶律先生到燕京。但进了长城后，朕还是对你放心不下，才直接马不停蹄来到蔡州。”他隐去了接到侪盏密折这个细节，继续说道，“刚才朕在你帐中睡了一觉，你回来朕也就放心了，一会朕就上路，耶律先生观过星象说，明年春金国就要灭亡了……你这次去临安还是功不可没，你派速不台出兵徐州，只留少部分人马防着金兵突围，朕以为也是对的。耶律先生观过星相说，明春大金国就要灭亡了。朕就不多说了。平定了金国，你就为孛儿只斤氏家族立了大功一件，可上告列祖列宗，上告你祖父了……”

“儿臣一定会做到的。”

窝阔台脸色极为凝重，他对阔出平安回来，嘴上严厉不满，可心里对儿子还是满意的，因此说完便站起身来，道：“朕这就走啦！”

阔出见父汗要走，忙道：“儿臣惹出这样大的事，实在感到汗颜，父汗一路辛苦来蔡州，何不小住几日？”

窝阔台拍拍阔出的肩膀道：“中原括户卡了壳，事关重大，朕要压压邪气，整治整治那些不听招呼的混官们。”

“那父汗就上路吧！”阔出望着父汗道。

窝阔台忽地想起了女儿脱灭干，咽了口唾沫，舔着嘴唇，叹了口气对阔出道：“朕这次来蔡州事先并未打招呼，本想多见几个人，听说速不台驸马和你妹妹脱灭干在徐州，也想叫他们来见一面，想想算了。脱灭干快要临产了，你昂辉额娘本想让她回和林城，可脱灭干不肯。嫁出去的女，朕也不能相强，就随她的意吧！好在你也在蔡州，替父汗照看住你妹妹，生了小孩马上告诉朕！”

阔出应承道：“脱灭干妹妹世上少有的巾帼英雄，杀伐决断很像年轻时的阿剌海三姑姑，连儿子佩服她的勇气。”

“朕知道，当年你四叔被困三峰山，她化装成男人跑了数百里路，去找父汗去求救兵，她的扮相连父汗都被骗过，听说速不台也管束不了她！”

“她和驸马关系很好，父汗尽可放心，速不台将军曾和孩儿商量过，要送妹妹过黄河去坐月子，可她说蒙古女人坐月子没有那些讲究，牧民女人生了孩子当天就去放羊、挤奶……妹妹虽有些任性，却不是一般的女人。儿臣此来蔡州发现筹粮难，她就同速不台将军提出去徐州的建议……”

“算啦，不多说了，父汗走了！”窝阔台边说边出了大帐，阿儿浑眼中流泪亲自为大汗牵过白马，窝阔台望着他道：“阿儿浑，好好跟着阔出灭了大金国。”

“奴才记住了。”

“阔出，朕可等着你蔡州的捷报！”说完，窝阔台耸了耸肩，转身上了“五花骢”，一甩金鞭，“五花骢”闪电般冲进夜，身后数千怯薛打马如一阵风，向着满天繁星，向北方驰去……

正是十月初，天上月亮还未升起，四野一片灰暗，阔出、阿儿浑跪在大营外，见人影消失在夜色中方站起身。

“看，殿下，练江对岸金军大营起火啦 ！”阿儿浑用手指着练江对岸，阔出顺着他指的方向，远处隐约传来杀声，通红的火光将练江照得通红，忙道，“快备马，去倴盏的大帐！”

在练江边，一脸诧异的倴盏，见阔出骑马来到，有些担心地道：“殿下怎么这样快就来了，大汗住下了。”

“不，大汗走了。”

“走得这样快，都说了什么？”

阔出对父汗如此清楚蔡州的情况，知道可能是出于倴盏的汇报，故意长嘘了一口气道：“大汗对我去宋国的事极不满意，狠骂了我一顿，别的没有什么事。”

倴盏眨巴着眼睛，有些心虚地道：“大汗来中原这样快离开，一定还有别的大事要办。”

“你推测得不错，中原括户出点‘娄子’，大汗到中原坐镇来了。”

“大汗好不容易来到蔡州，该多待些日子。”

阔出望了倴盏一眼道：“我也留过大汗，他说本想见几个人，可这次就都不见了。”

倴盏脸一阵红为了掩饰心事，指着对面金营的一团火光，小心地道：“殿下，史天泽带着一千人过了江，看对岸的火光，一定是出击将练江上堤下的敌营军帐点着了。”

阔出对南城最为关切,干咳了一声,大声道:“柴潭楼有情况吗?”

“殿下,出击不顺利。”

“走! 一起瞧瞧去!”

在城南,宽阔的汝河在昏暗的夜色中,发出哗哗的响声,汝水暗淡的星光下,浑浊的河水绕着蔡州,成为蔡州第一道防线,靠近蔡城一侧,大坝内耸起一个比汝水大坝高数十米的大坝,坝内就是宽数十米的柴潭,潭水中筑有塔楼,塔楼顶高挑着四盏大灯笼,下面的湖水照得通明,驻防柴潭上的金军总帅高腊哥,站在柴潭楼上,指挥着数百弓弩手,向着被困在柴潭坝下蒙汉兵勇乱射。张柔几次想站起身带人冲到坝上,想带人抬船进柴潭,可乱箭飞来令人站不稳身,只能望着柴潭楼兴叹。

阔出与侪盏来到汝河边,闻讯赶来的肖乃台、张柔垂头丧气地对阔出禀道:“殿下,臣等无法将船放入柴潭,更谈不上接近柴潭楼,金军在柴潭楼上,我军箭射不到,他们反倒居高临下,射得我军抬不起头来!”

阔出望着宽阔的柴潭,这潭紧抱着城垣,柴潭中心一座木楼灯光闪烁,成为金军的防卫的堡垒,再往前看,整个蔡州城内也灯笼火把燃如白昼,鼓声角声四起,城内军队一齐上城,阔出收回目光,对着跟上来的侪盏道:“柴潭楼地势险要,退兵吧!”

侪盏痛苦地道:“是末将算计不周,请殿下治罪。”

阔出摇头道:“将军不用自责,蔡州城以水为固,城垣坚固,金国精锐尽荟于此,何能轻易得手! 单说这柴潭楼傲然湖心,为全湖制高点,扼其险要。看来欲夺取柴潭,还须多费些脑筋,不攻克它,军队就无法接近城南。”

南线的蒙古兵撤退,丢下数百具尸体,回到大寨,天已微明。史天泽也因金兵救兵来到,杀伤相当,乘船返回。

第五十三回

洗辽州郡王争人驱　城隍庙中书抚百姓

黄昏时分，山西太行山中的辽州城大火渐熄，绛紫色的浓烟犹自飘散。襄垣去辽州山路，一队人马踏踏地进入了群山环抱的辽州城外。窝阔台勒住马，望着城头冒着滚滚的烟尘，对跟上来的长胡子耶律楚材道："先生，辽州城内烟尘中透着血腥味，好像出事了，难道有山匪攻陷了辽州？"

耶律楚材望着烟尘，惊讶地道："山西早定，未听有山匪割据太行！"

"报！大汗！"一个哨马满脸淌汗，跳下马跪在大汗的马前奏报，"奴才进了辽州，只见城门大开，城头也无军兵把守，到处是血迹！"

"吁——"窝阔台勒住"五花骢"，扭头对身后的侍卫长察剌命令道："察剌将军你先带人进城调查一下，看看到底发生了什么事！"

"嗻！"察剌答应一声，摘下大刀，向身边侍卫大喊一声，"随我进城——"百余个勇士驱马紧随在其后，冲向辽州南门。

昏黄的月光下，城门内横七竖八躺着数十具士兵尸体，不远处几株大树还在燃烧，周边一些房舍上，随着寒风飘散着通红的火星。

察剌在点燃的火把的照耀下，驰马登上城垣，马道上到处有厮杀的痕迹，丢弃的刀剑和砍落的旗帜，战死者大都死得很惨，有的胸前被捅了个大窟窿，血已经发黑，有的被砍了头。察剌向城内张望，路上不见灯火行人，一时找不到活着的人，才打马返回城外，禀报道：

“大汗！奴才看了，守城的士兵被人杀光了！城内一些房舍不见灯光，也不知城内是否有人！”

窝阔台静静地思考着察剌的话，他极度愤怒，眼睛里燃着怒火。辽州属平阳地界，虽群山环抱，但早设立了札鲁忽赤，大股的山匪攻占城市的事，并未接过奏报。他压抑住心头的愤懑，望着耶律楚材道：“先生，难道会有金兵袭击辽城？”

耶律楚材捋着长髯，眼中闪着幽幽的光，摇头道：“臣没听说有如此大股的山匪，青天白日，攻陷州县！”

“那是谁？要焚毁辽州呢？！”

耶律楚材忽地头脑趾闪过一丝火花，眨了眨眼睛，愣愣地道：“臣想起一事……”

“什么事？”

“臣出哈剌和林前，曾接到太原府和平阳府的折子。太原府折子提出新的划分方案，要求把辽州、和顺二城划归太原府，而平阳府则反对太原府的方案，并提出辽州、和顺自古属于平阳，不能因个人意愿改变州县归属。这事太原、平阳各执一词，中书处议过，以为太原府要求二县归属于它没有道理，就以斥责了太原府，会不会太原达鲁花赤怯台郡王不满中书省判决，私下劫掠了辽州！”

“得不到就抢，天下没了王法，真是怯台干的，朕不会放他！”

“大汗，中原久经战乱，国家立足未稳，豪强占据州县，他们为一己私利，什么事都能做出来。括天下户籍，目的是让百姓不受豪强凌辱，百姓有了生计，才不会跟随那些鼓动叛乱的人造反，天下才能安定。可这一政策，既与过去草原上的传统不合，也堵了一些人的发财之路，因此他们有可能铤而走险！”

窝阔台抬头望着黑洞洞的城门，大手一挥，命令道：“先进城！看一看还能不能找到人，问清情况再说！”

头上一轮冷月，挂在辽州城垣上，窝阔台骑着“五花骢”顺着马道登上城垣，四下一望，整个辽州城内一团漆黑，茫茫中到处感受到死亡的气息。浓烟正在散尽，可焦煳气息依然使人感到窒息。街市一点灯光也看不见，偶尔可以看见黑黑地垂着尾巴的狗，钻进了胡同，火烧最严重的是靠近城南的辽州府衙，街上黑洞洞的，寻不到一个人影。

窝阔台的胸口感到堵得慌，眼中闪着愤怒的光芒，对身边的耶律楚材道：“耶律先生，在哈剌和林城朕总以为无人敢违我的旨意，中原已经太平，中原的课税有了头绪，可从辽州看，一座城说被劫就劫了，说烧就烧了，看来对那些不顾大局的人，不好好整治整治就什么事也办不了！。”

“大汗说得对，国家要安稳，人民要安稳，这是大势所趋，可总有些人希望乱，他们破坏汗国的声望，乘乱为个人捞取好处。因此必须惩治这些和朝廷争民争利的不法之徒，订立有效制度，使百姓成为国家编民，人民才能安居乐业，江山才能稳固。”

“说得好！朕到了燕京就颁布法令，括户工作一定要冲破阻力，谁挡道，就是王爷、驸马、功臣也不行！拿不出凭据，驱口就要放良；还要让所有的汉大臣、探马赤军官主动献出户口，允许人揭发隐瞒户口的行为，谁敢悖旨隐瞒户口，就是一个字：“杀！”窝阔台黑亮的眸子喷着怒火，手按在宝刀柄上。

“大汗有态度就好办，现在诸路长吏，兼领军民赋税，其中一些人瞒报户口，恃强不法，对大汗括户阳奉阴违，实际是想同中央闹独立。”

“闹独立也不怕，就要看他的脖子粗还是朕的钢刀快！”

“大汗英明，如果这次括户能够基本达到目标，臣测算过，中原的课税可翻一番，户口可达百万以上，国用必定充足，征西域也就有了保障。”

天干冷干冷的，夜风吹着城下的几棵泡桐树，树叶发出哗哗地响声，城垣南面是奔腾的清漳河，整个城垣四周为高大的太行山所拥抱。山风袭来掀动了窝阔台的袍襟，冷风刮起他的长须，使他感到一阵寒意。嗒嗒的马蹄声过来。察剌下马奔到窝阔台大汗马前，跪下禀道：“主子，前面不远处一座土屋内有人，因主子过去有话，不许扰民，奴才就没有进去，请主子示下！”

“不用，带朕过去看看。”

窝阔台带着耶律楚材下了城垣，上了马随着察剌向城内奔去，街道空荡荡地，路上的浮尸已清走，侍卫的搜寻看来成果不大。

在一间低矮的茅屋边，屋内传来一阵很轻地呻吟声，那声音轻得几乎被风吹散了。察剌站在门边，回身对刚下马的窝阔台道：“大汗，屋内一定有人受了伤！”

察剌边说边轻轻地叩了下门板，喊道：“屋里有人么？”

“门没上锁，要进就进来吧！”

“快，点支火把，进去看看！”

柴门被推开，屋内被火把照亮了，神龛边点着一盏菜油灯，灯光很暗，四壁被烟熏得发黑，屋地上只能站四五个人，土炕上坐着一个满脸皱纹的老太太，高颧骨，眼睛深陷得如两眼枯井，她手上端了一个粗瓷碗，碗里盛着黑糊糊菜粥，在用羹匙向躺在炕外一侧的一个中年人喂粥，土炕边一个火灶上的铁锅上冒着热气，呻吟声是炕上的男子发出的。

屋子内一下进来三个带刀的蒙古军官，其中一个长胡子中原人，老太太手颤抖着，抬着头有些不知所措，羹匙把持不住落到火炕上。耶律楚材的心咯噔一声，轻轻地对老人道：“老人家，不要怕，我们不会伤害你和你的儿子，辽州发生了什么事？是谁洗劫了辽州？”

“该死呀，不知哪来的人，进城后就杀人，有人说是太原城来的官军 城内的人都被拴在马后带走了。我这个孤老婆子躲在草垛里，才藏了下来。’

“他不是你儿子？”

“这个娃子被砍了两刀，倒在我家门外，我看没死，将他拖进屋里来。这不刚缓过气来，他伤很重，能不能活也不知道。”

“叫郑大夫来，看看这人有救没救！”窝阔台大汗回身吩咐道。

郑景贤从外面进来，就着灯光上了炕，炕上躺着的人身材不高，面白微须，眼睛闭着，嘴一张一张的，依然在昏迷中。郑景贤解开他的袍子，胸脯上的伤口已经发黑，还在淌血，郑景贤一边为他清理伤口，止血，蓦地手为腰间一块硬物所动，顺手取下一个银牌，递给了站在一边的耶律楚材。

耶律楚材就着火把一看，大吃一惊对窝阔台大汗道：“大汗，他是杨简，是平阳课税使！”

“杨简！”窝阔台大惊道。

“对，是他……”郑景贤也认出了炕上的人，他从药囊中取药涂在病人的伤口上，又取了一丸药，就着水化了，扶起杨简的头让他服了。

老婆婆吃惊地望着这些人，小声地向耶律楚材道：“大人，你们认识他？”

耶律楚材看着老人道：“谢谢你救了他，他是平阳府的课税官员。”

耶律楚材的声音惊醒了杨简，他吃力地睁开了眼睛，并认出了耶律楚材，嘴唇翕动着：“是耶律公吗，你怎么会来到辽州？”

“杨简……真的是你，我正陪大汗去太原，辽州发生了什么事？”

杨简眼中闪着泪光，激动地望着眼前站在耶律楚材身边，那位穿着宝里服袍子，头戴七宝重顶冠，留着唇须的正用眸子注视他的窝阔台，嘴唇哆嗦着道：“……大汗？”

“不要着急，你们这些课税使为国家立了大功，可有的人却对你们下手，朕会为你们做主。你说，是谁这样大胆，敢带兵血洗辽州城，还敢杀朝廷命官？”窝阔台见杨简挣扎着要爬起行礼，忙弯腰用手按着他躺好。

“太原札鲁忽赤怯台自恃是功臣，对中书省批复不满，是他派兵来辽州捉驱。他们进城见人就抓，臣以课税使出面劝阻，被刺了一剑。”

“你见到怯台了吗，他为何要夺此百姓，是他行的凶？”窝阔台大汗问道。

“大汗，辽城和和顺城，曾是怯台率兵从金人手上夺取的，因此怯台将军任太原札鲁忽赤后，便一直提出对这两个县的管辖权，并几次到此捉驱口。

这次怯台并没有亲自来,带兵的是一位叫总管,名叫张林。臣就是与他争辩,被他刺了一剑。臣所带副使高廷英及所带吏员都被当成百姓一起掠走,现在生死不明……"

窝阔台一手按剑,眼中喷射着怒火,大吼道:"国有国法,家有家规,光天白日下杀人行凶,张林带人走了多长时间?"

杨简痛苦地道:"大汗,怕有三个多时辰了,得快派人去救高廷英大人,去晚了,也许会被张林灭口的……"

"他们从辽州走了,会去太原吗?"

"不,如臣猜测得不错可能去了和顺城。"

耶律楚材跪下对窝阔台道:"大汗,让臣带人先赶往和顺城救人?"

窝阔台对站在身后的怯薛长察剌道:"察剌将军,你叫也孙帖格带上一千去薛,随耶律大人去和顺,一切听从耶律先生安排。"说完,又对耶律楚材说,"耶律先生追上那些人,宣朕旨意,让他们在和顺城放人,如果不听招呼,待朕到太原见怯台再同张林算总账!"

"嗻——"

夜风刮着,耶律楚材和也孙帖格带着一千侍卫,沿着清漳河谷,打马进入黑暗中。

和顺城在辽州西北七十里,距太原府的乐平县界仅四十里。它东倚黄榆岭,西襟八赋岭,南枕石鼓岭,北控松子关,为四岭环绕的弹丸小县。快马如飞,马队次日清早出了石鼓岭,在清漳河边的南安驿打了个盹儿,天一放亮,耶律楚材和也孙帖格就打马直奔和顺县城。

快近和顺城,就见从和顺城出现一匹马,马上的人头戴红缨笠帽,身上挂有腰排,手里摇着铜铃,一看便知是去太原方向的信差。信差被带到耶律楚材与也孙帖格面前,并从他身上搜出一封信。耶律楚材接过信来,上面写道:

怯台大人:

奴才此次出师,在辽城遇到抵抗,奴才斗胆破城,现已掠了辽城驱户。和顺城的吴总管愿投靠大人,此处与乐平相接,可否收为我们所有,请大人明示。

耶律楚材对浑身打战,脸色发紫的信差道:"说,你不要怕,本人奉大汗命令调查辽州城被劫一案,你要耍滑,本钦差砍了你的头!"

信差惊恐地道:"小人不敢撒谎。"

"张林还在和顺城吗?辽州的驱口现在关在何处?"

"张大人在县衙与吴太爷议事,辽城人关押在城隍庙内。"

“带我们去城隍庙。”

“嗻——”

天方大亮，耶律楚材与也孙帖格带着怯薛进了和顺城，径奔城隍庙。但见庙门紧锁，门外站着一队卫兵。耶律楚材与也孙帖格骑马直奔大门。守卫见禁地来了一队人马，以为是过路的军人，大咧咧地指着庙宇道：“此庄被怯台郡王封了，你等是哪来官兵，莫要给爷们找麻烦，县衙就在前面！”

也孙帖格将手上金牌在百户眼前一晃，说：“抓紧开门，本钦差奉了窝阔台大汗之命，寻找辽州百姓，误了公事，让你的狗头搬家！”

百户一眼瞟见牌子上刻着“如朕亲临”字样，腿一哆嗦，脸已发紫，他知道这金牌只有王公大人才有，连副将张林也挨不着边，又见来人身材高大，气派也足，更不敢怠慢，忙对卫兵们道：“快，先打开庙门，让大人们进去！”

百户知趣地在前边引路，进了山门，甬道两旁长满多油松、翠柏、白桦，树木森森，打扫得一尘不染，耶律楚材看着百户道：“你可知平阳的课税官押在哪里？”

百户道：“庙内关进数千驱口，没听说有平阳的课税官，所有的人都遵张将军命令押在庙内几处大殿内中！”

百户命人开了正殿大门，耶律楚材、也孙帖格带着怯薛进入大殿，殿内很宽敞，堂上塑着城隍的神像。那神像四方的一张脸，头戴进贤冠，双手捧笏，长须，身穿绿袍，紫红面，丹凤眼炯炯。再看堂下坐满辽州的百姓，殿门紧闭，外面早上阳光骤然射进了殿内，黑暗中的人蓦地看见光亮，见来的是几个身穿金锦的蒙古军官，都惊惧起来。他们从被掠到现在粒米未进，没有人不担心自己的命运，孩子们哇哇地哭啼起来，妇女们一边哄着孩子，男人吃惊地呆望着，有的人因黑暗中揉着眼睛。

“高廷英高大人在里面吗？”耶律楚材站在门口，望着殿内一张张惊恐的面孔，朝着人群喊道。

耶律楚材叫了两声无人答应，便自报名号道：“高大人，本人是蒙古汗国的中书令耶律楚材，奉大汗旨意来解救辽州居民！”

“耶律大人，卑职在这！”高廷英带着几个税吏拨开人群，走了出来，跪在耶律楚材脚下。

“高大人快起来，你受苦了！”耶律楚材上前扶起高廷英。

高廷英流着泪哽咽着道：“耶律大人，可惜你来晚了，可杨简大人被张林杀害了！”

“高大人莫哭，”耶律楚材止住高廷英，大声地道：“杨大人受了伤，现在正和窝阔台大汗在一起，你们放心吧，朝廷会为辽州的官兵报仇，会惩治对辽州人犯下罪行的人。"

正殿内许多辽州城民,听了耶律楚材的话,明白了来人是汗廷的使者,是来解救自己的顿时哭成一片,一齐跪在耶律楚材脚下,一个须发皆白的老者哭道:"耶律大人,太原怯台多次来辽州掠驱,这次杀了那样多的官兵和百姓,你要为辽州百姓做主呀!"

耶律楚材心头一热,眼含热泪,对身边的百户道:"去命你的人,将所有的驱户叫到殿外,本钦差有话说。"

数千辽州城民被放了出来,集合在城隍殿前,哭声叫声低语声乱成一片。耶律楚材站在大殿台阶上,目光扫过阶下的百姓,大声地道:"辽州城的居民你们受惊了,有人在辽州洗劫了你们,杀了人,烧了你们的房屋,本大人奉了窝阔台大汗之命,赶到和顺就是解救你们回辽州的。大汗说了,抢劫杀人的肇事者不管他是谁,都有会受到法律的惩罚。"

黑压压的人群一听说可以回家了,都纷纷跪在大殿下,也有的人高喊:"钦差大人,我们的钱、粮都被抢了,家也的被烧了,我们回去怎样过冬呀,请钦差大人为辽州人做主。"

耶律楚材点了点头,指着身边的高英道:"大汗让本钦差告诉你们,抢你们的东西会一件不少的退还你们,房子烧了,朝廷会想办法为你们解决资金,这件事本钦差就交给高大人去办。"

庙门外一阵马嘶,辽州百姓,见马队前正是在辽城杀人如麻的张林,不禁大惊失色纷纷躲避。一脸络腮胡子的张林拍马横刀,指着耶律楚材骂道:"哪里来的长髯贼,敢到这里撒野,竟敢擅放怯台大人的驱口,你不想活了。"

耶律楚材怒视着马上张林,冷笑道:"你就是张林,敢辱骂本钦差是贼,你在辽州残杀辽州官民,掠良为驱,还敢当着本钦差的面撒野。你帮怯台助纣为虐,就不怕受到大汗的《大札撒》的惩处!"

"你是钦差?"张林惊道。

耶律楚材指着身后手持利刃怯薛,对张林厉声道:"大胆张林,你睁开狗眼看看本钦差身边这些怯薛,按《大札撒》规定:大汗的护卫士的地位,高于在外的千户长之上。你本是朝中命官,不是怯台的私属,他让你去掠辽州居民,去杀辽州官属,你就敢夺敢杀,还想在大汗的钦差面前舞刀弄枪,难道就不怕大汗将你全家满门抄斩了吗?"

张林已认出四面站满了身穿银甲的大汗怯薛,见这些人一个虎目圆睁,手上刀械寒光闪闪,不禁脖子后一凉,心里知道这下坏了事,哪里还坐得住马鞍,忙将手中大刀挂好,跳下马来跪在地上,脸已变色,嘴唇哆嗦着道:"钦差大人,小人是受了怯台大人之命,自知在辽州犯了大罪,可军令如山,小人不敢违抗。适才小人不知钦差来到，言语多有冒犯，请大人恕罪……”

“命你的人马火速退出城隍庙，并马上将抢劫的东西派人送回辽城，本大人派平阳课税使高廷英大人监督，不许隐藏一件物品，如敢隐瞒格杀勿论。”

“张林遵命，即刻派人去办，只是怯台大人那里还要大人做主。”

“安排好这事后，你随本大人回太原去觐见大汗。”

“嗻，小人遵命！”张林知道自己惹下了的祸事已经通了天，只能依着钦差，哪里还敢稍有违拗。

第五十四回

汉封寺大汗诛狂徒 太原府怯台成罪囚

初冬的清晨,太原城下起入冬的头一场雪,雪片纷纷扬扬如扯絮般,天气阴沉沉越发显得阴冷。朝曦门早早开了,窝阔台命大队人马分头进城,自己微服简行,只带着换了装的百余怯薛准备进城,蓦地身后一支马队押着百余冻得浑身发抖,蓬头垢面的驱奴一阵风似地通过城门口,城门守卫并不敢检查,截住正在进城的百姓,让出一条道放马队进城。窝阔台眸子一闪,心中纳闷,这是些什么人,押驱奴进城做什么,不觉灵机一动。带人随着马队进了城。

过了钟楼,窝阔台见那队骑兵押着人向南拐去,心中不解。回身对杨简道:"杨大人,这些人往什么地方去?"

"大汗,城南汉封寺有个人市,怕是送到人市上交易。"

"跟上去,看来这些人来头不小!"

"大汗,得调些人来护驾。"察剌担心地道。

窝阔台哈哈大笑道:"这里是朕马踏过的地方,是和平的集镇,光天化日之下来这里还得用人保镖,你把朕看成什么人了?"

"那……"察剌有些语塞。

"不要再说了,走,跟上去——"

南行两箭地,拐过一个丁字胡同,出现一片空旷的集市,四面用土墙圈着，平地上搭着几个窝棚。由于战乱，被蒙古及色目人所掠的人驱增多，中原大一点的集镇卖驱口的比牲口市还兴隆。窝阔台听耶律楚材等人说过，各地所报人户仅为实际人口的一半，因而进太原府没有张扬，想亲眼目睹一下，这个敢于攻掠辽州的太原札鲁忽赤怯台，都在太原做了些什么。因有意私访，也跟着到了集市大门。

刚过辰时，冷飕飕的风，吹得人打战。窝阔台穿着貂皮大衣，戴了顶暖皮帽，穿着皮靴，俨然一个富商打扮，身后跟着察刺、额勒只吉带等大侍卫。窝阔台抬头观望，门上并无匾额，透风的破门斜敞着，门框也未涂漆。院子很大，虽然是早市，市场上已热闹非凡，卖早点的，卖干鲜水果的，仨一堆俩一伙，叫卖声不绝于耳……

买卖驱口的人贩子，各将自己的驱口收拢在一边，驱口多是面黄肌瘦，衣衫单薄的农民。遇上大冷的天，人都冻得发抖，有年长的须发皆白，有中年人、孩子、女人。幼娃子禁不住寒冷，清鼻涕流得老长，哭着叫爹喊娘，发出惨栗的哭声。

百余驱口被马队囚犯般赶进了场内的一排木栅内，遮不住风的破木栏中本就挤着一些驱口，一下又涌进百余驱口，男人和女人同时被分开了，有的蹲着、有的站着，许多穿得单薄的人都挤在一起取暖。栅栏边数十身穿军服的蒙古兵，戴着皮手套，手执长枪站在栅栏边。

“狗奴才们都站好喽，今天是你们的好日子，找个好主子，不受穷风，吃碗干饭！”一个刚下马，穿皮袍的中年人贩站在栅栏外吼叫着。

这些人好大的威风，窝阔台心里想，拍了拍袍子上的雪花，踱了过去，朝穿羊皮袍的人贩看了一眼，说：“这是你家的驱口？”

人贩子回头看了窝阔台一眼，讨好地道：“大爷，小人哪有这么大的福气，是替本家主子办差。”

“这些人好像刚从城外押来，看来生意不错吗？”

人贩子赔笑道：“大爷有心买几个回去使唤，出个价，怯台大人的驱口，全人市最低的价位！”

“怯台不是本地的札鲁忽赤吗，他也倒卖驱口？”

“我们太爷家中花销大急于用钱，不卖驱奴指什么开销，看你是个富翁，选几个好的奴婢吧？一会税钱也不用上了，这也托太爷的威望，过这村没这店啦。”

“你们主子，一次就出卖几百余驱口，出手好大方呀。”窝阔台大汗心中嘀咕着，这个怯台到处掠夺驱口，只想自己捞银子，可嘴上同人贩子搭话。

人贩子脸笑成花，嘴还满甜：“你老买驱是干活用，还是当奴使，要男的还是要女的，是要雏还要老成些的，小人帮你参谋着……"

窝阔台没有理睬人贩子，紧蹙下双眉，朝站在栅栏内一群女人中，一个拖着娃子的中年妇女问道："你是哪里人？"

"大爷，那是我男人。"女人二十七八年纪，穿着蓝花的粗布褂子，白净的一张脸，她怯生生地指着另一栅栏内，蹲在地上抱着头的高大汉子，可怜巴巴地道："我们是洛阳府人，因战乱，原准备去大同府投亲，到太原府就被人掠了，大爷你行行好，要买就买了我们一家人，不要拆散我们。我们一生一世，当牛作马报答你老人家的恩德！"

窝阔台与这女人的谈话，引起栅栏内驱口的注意，这些被圈在栅栏内的人，见问话的人身材高大，穿着貂裘，暖帽上系着块红宝石，气度不凡，又见身边的几个跟班，也都穿着锦袍，皮靴，都自觉站在远处栅栏边观景。

"怎么，你家不是驱口，倒是在城外被抓的百姓？"

"这年头……哪里讲得理……"答话的是一个细高身材，头戴一顶襆头，穿着一件破绸褂子中年人，他的眼中闪着怒火道。

"都闭嘴，胡嚼舌头？到了这里，难道还指望有谁救你不成，下三烂的东西！"人贩大骂，守栅栏的士兵冲到栅栏边，用鞭子驱散了拥到栅栏边的驱奴。

忽地一个身材瘦削的中年人，一个人拖着长绳冲出人群，冲着窝阔台身后的杨简喊道："杨简老兄，还认得姚公茂吗，快快救我！"

杨简正跟在窝阔台大汗身边，抬头吃惊地望着那人，清癯的脸，乱蓬蓬的长胡子，衣裳褴褛，面孔那样熟悉，只是那身满是泥垢的装束，让他一时想不起来。吃惊地问道："你是谁？"

那人一笑，白花花的牙齿，浓眉下，一双丹凤眼炯炯有神："我是姚枢，我们是同年举人呀！"

"姚公茂，是你！"杨简飞身跳过栅栏，一把抱住他，泪水从眼里流出，带着哭腔道："姚公茂，你怎么也落到这般下场？"

"居敬兄，别提了，弟在许州城破后，辗转回太原，准备去燕京，没想到刚进太原就被人掠了，关了多日，竟要被当奴隶卖了！"姚枢满眼是泪道。他是柳城人，少年就为金内翰宋九嘉视为王佐之才，与杨简同为金国进士。

"怎么回事，你们这几个人不是买驱的，倒像是进来捣乱的。"一个家丁样的人喊道。

"出去！出去！这里只认钱，不是认亲的地方！"人贩子指着杨简吼道，几个士兵过来扯起杨简就往外扯，一个士兵举起马鞭狠狠地朝被打倒在地姚公茂身上乱抽。

“你给我住手，这个人我要了！”窝阔台高喊一声，挥鞭的人一愣，听话地放下鞭子。窝阔台见被鞭之人年纪三十多岁，虽青衫破烂，又挨了鞭，可神色不变，浓眉下，目光深邃，忙对杨简道：“他是何人？”

杨简低声道：“大汗，他叫姚枢学识非常渊博，国家欲兴文治，此人是个人才。”

窝阔台向前几步，来到姚枢跟前，问道：“姚先生因何落此地步？”

姚枢见杨简对这人恭维，知道不是一般人，双手抱拳朗声道：“小人从许州来太原寻友，路上被这伙人污为逃奴拿了，辩驳也不管用，请大人为我做主。”

“买人拿钱来，这里可不是叙旧的地方！”人贩子眼见窝阔台进场不先问价，竟向驱奴寻根究底，挤上来瞪着眼睛恶狠狠地道。

“这人要多少钱？”

“五十两。”

“这些人买了，要多少银子。”

人贩子一怔，从来没见这样狮子大开口的主，立起眼睛道：“怎么，这些人……你能买得起？”

“狗东西……爷在问你话，”察剌一马鞭抽在人贩脸上，人贩子脸上泛起血口子，疼得贩子直叫：“你干嘛打人？”

“爷问你，一共卖多少银子，你敢嘴里喷粪！”察剌吼道。

人贩子抬头朝察剌扫了一眼，忍着痛咬着嘴唇道：“都买，这二百五十个驱，最低不能少于八千两，这是底价，再一个子也不能少了。”

窝阔台微微一笑道：“这些人我都要了，可现在手里无银，等着我去取银两，少一人要你的狗命。”

坐在栅栏边一座帐篷中饮酒，穿着银鼠镶边袍子，头顶一顶尖顶貂帽满脸通红，嘴上喷着酒气的年轻黑汉子站起，踱着步子走到栅栏边，一把推开人贩子，指着窝阔台的鼻子，骂道：“哪里来的蠢驴，好大个口气，碰上爷，现在掏不出钱来，你们一个也别想活着离开这里！”

窝阔台见那人用手来扯自己的袍领，顺势按住手腕，反扣住一使劲，汉子听话地转身跪下，痛得哇哇直叫。窝阔台朝屁股猛地一脚，一松手，人随着跌出四五米远。

那汉子从地上爬起，脸色铁青，瞪着眼睛指着窝阔台大骂道：“好小子……有种，敢打爷……”他身边早有一汉子吹了一声口哨，顿时人市外，马蹄嘚嘚，数十匹马冲了进来，马上坐着数十军汉，圈马围住黑大汉道：“主子出事了？”

黑大汉指着窝阔台和察剌厉声道:"将几个人拿了,送到府中去!"

窝阔台冷笑一声喝道:"你是干什么的,敢在光天化日下抓人,没有王法了?"

黑汉子在马上用刀指向窝阔台,狞笑道:"今天该我发财,先捉了你这不知死活的混蛋。"

察剌见黑汉子驱马要砍窝阔台大汗,"噌"地拔出腰刀,不等他驱马上前,猛地跃起,风声刮过,黑大汉跌落马下。一颗头地上一跳,一腔血蹿起丈余高,尸体栽于马下。站在场中百余看客都拔出腰刀,护住了大汗,那数十军汉在马上见事变突然,也不敢上前。

"不好了,杀人了!"人市上顿时乱成一团,孩子哭,老婆叫,纷纷逃避,小贩们来不及撤摊子,撞翻了卖豆腐脑的担子,挤翻了卖梨的案子,人们大呼小嚎地往外奔。这里的人都知道这几个生意人惹了麻烦,那被杀的人,是太原城一霸,城东一跺脚城西都晃的主,平日在人市强男霸女,无人敢惹,谁还敢看这热闹。

人贩子见主子已死,冲着一个骑兵们大叫:"还愣什么,三公子被人杀了 快去人向太爷禀报!"

窝阔台也上了马,双方对峙,察剌怕伤了大汗,正有些后悔,没有多带人马 忽然后面一阵马蹄声,有人飞马过来禀报:"大汗,也孙帖格大人带大队人马来了。"

大队怯薛赶来,人贩身边的军汉见来的人多,都是锦衣锦帽,知道惹了砬子,哪里还敢动,一个个吓得脸色发紫的,察剌吼道:"放下兵器者免死,反抗者杀!"人贩身边军汉纷纷丢掉武器,窝阔台指着人贩子骂道:"你说,死的是什么人?"

人贩子心惊胆战地道:"是怯台郡王的三公子咬住。"

"是怯台的儿子?"

"嗻!"

"好,带我去见怯台,叫你的人听好,这位姚先生先跟我们走,这些驱奴我都要了。少一个,我把你们一起千刀万剐!"窝阔台厉声吼道。人贩子这时哪还敢说话,乖乖地前面带路。

午时刚过,雪停了,在太原札鲁忽赤府炉火熊熊,怯台正在府中饮酒,由于阴天,大白天府衙内依然点燃着四枝红色大蜡烛,地上铺着一块猩红的氇氇,上面放着一张乌木桌子,和几把太师椅,怯台与王妃背后墙上挂着一幅刺绣壁画,他们一边闲谈,一边饮酒,府内传出丝竹声,和悦耳的歌声:

哪怕天上下着雨,

鞍鞯不湿的银合马，

哪怕敌军万千重，
不离主人的银合马。
银合战马四蹄轻，
草上飞来快如风，
全军中的兀鲁勇士，
圣上赐给了的银合战马……

怯台是术赤台长子，受命太原府札鲁忽赤，术赤台死后，他继任兀鲁部部长，但依然恋着太原的位置，没有回漠南。听着这支歌，怯台的眼中含着泪水，这支歌他少年时跟着父亲唱过，这首歌是成吉思汗在晋封功臣时，命人特意制作了这首歌。这首歌也是兀鲁人值得骄傲的军歌，今天他忽然想起了已经去世的父亲术赤台，便命府衙的琴师演奏此曲。

最近因汗国在普查天下户口，太原路课税官吕振、刘子振与他闹得很僵，他们几次来找他，提出他在太原所占有的万余驱口的事，他又听说宁昌驸马府琐儿哈绑了宣德路课税使刘中，窝阔台大汗连火臣公主的面子也没给，心里更着了火一般，决意趁大汗未下新诏书前，再夺一批驱口送回封地去。同时再让人在各地人市卖一批驱奴，而辽州和和顺两地，他一直认为那是自己的产业，不该归平阳管。为了达到目的，他决定派人去将辽州人先押回太原，然后运回封地。

怯台的王妃，是木华黎之女，她穿着一件紫色的长袍，头上戴着嵌有珠宝的固姑冠，正在端起一杯茶小口慢饮。

报事的跑前来报告："启禀大人，总管梁瑛大人求见。"

怯台愣了一下，心中道：他来做什么，梁瑛总管是汉人，怯台历来瞧不起他，可这人不软不硬，又深得塔思喜爱。窝阔台即位后梁瑛被封为千户，佩金符，是太原一带汉军统领，因此他也不敢得罪，便道："让他到大堂等着，我这就去见他。"怯台穿上官袍，来到正堂，按说两人级别相同，梁瑛脸色黢青，低着头，拱手道："怯台大人，下官遇到了难题，想请大人帮忙。"

怯台听出口气中有怨气，便笑着道："梁大人有什么事，请直言。"

梁瑛哭丧着脸道："小事也不敢麻烦大人，小女昨日同贱内去汉封寺上香，被怯台公的少公子当街拦住要抢小女，下官的儿子阻挡，竟被少公子打得重伤，打完还扬言，要杀了下官的儿子。下官无奈，只求怯台公管束一下少公子，下官就感激不尽。"

"这个逆子，敢打梁公的儿子，这还了得，梁公你放心，我一定好好管教他，不会让他再骚扰大公子了，大公子医药费就由我府出了。”

“医药费倒不用大人操心，只求怯台公好好管教少公子，下官告辞了。”梁瑛站起身。

“送客！”

梁瑛刚出门，怯台正要转身回内厅，管家匆匆进来禀道：

“启禀王爷，大事不好，少主子被人杀了！”

“什么，你再说一遍！”

儿子被杀，王妃碧桃已经嚎啕大哭，乐师也不敢奏乐，怯台也好像被人当头一棒，有些蒙了，眼前一阵飞花乱闪。怯台有三子，长子在大汗帐前为怯薛，次子哈达留在兀鲁封地，只有三子咬住随他来太原，此子刚十七岁，长得膀大腰粗，黑脸膛，最肖爷爷术赤台。来到太原，每日骑马射箭，仗着父亲的威望胡作非为，强男霸女，他虽不时管束，但由于王妃爱惜幼子，并无认真管教，谁知今天出了事……怯台愣了半晌道：“哪里来的刁奴，敢在老子头上动土，杀人的人到哪去了？”

“禀大人，听说公子在人市与人争吵被人杀了，杀他们的人没有跑，现在直奔府衙来了。”管家心悸得腿在发抖，他隐瞒了大公子白日抢劫驱口的事。

“什么人敢在太岁头上动土，杀了人还敢见我！”怯台把一把剑提在手中，大步出了大堂，边走边吼着。

“狗奴才，你晕了头，要骂哪个？”怯台抬头，见一个人身着貂皮袍子，头顶一顶皮帽，身后跟着数十余个身着便装的人。细看那走在前面的人，宽阔的额头，浓重的眉毛，直鼻阔嘴，唇须顺着嘴角向上翘着，圆下颏留有短须，竟是大汗。身边跟随着郑景贤、怯薛长察剌，不禁大惊，慌忙叩头至地，说：“奴才该打，奴才做梦没想到大汗来太原府，嘴上喷粪，请大汗恕罪。”

窝阔台一手按剑，鹰隼般锐利的目光投向怯台，眼中闪着慑人的怒火：“怯台，你还认得朕，纵子白日抢劫，还要拿刀要弑朕，朕命人砍了他，特向你领罪。”

“奴才不知孽子冒犯大汗，请大汗息怒。”怯台在大汗逼视的目光下，低着头，跪地叩头不敢吱声。

“怯台，朕进帐时听见你在奏《银合马之歌》，你父王是个大功臣，可你配听这首歌吗？朕让你镇守一方，你养个强盗的儿子城里城外拿良民为驱，太原这地方如何能安宁？”

“臣失查，请大汗降罪。”

窝阔台径直坐在怯台平日坐的太师椅上，就着几枝长烛的光辉，盯着跪在地上的怯台，府内气氛十分紧张。怯台跪在地上，吓得浑身发抖。带大汗来的人贩听说来人是大汗，早吓得三魂出窍，跪在一边发抖。

“怯台，听说你一直反对在太原括户！”

“奴才不敢，括户的事一直由太原路课税官吕振、刘子振管理，臣没有专管此事，大汗可问他二人……”

“可我听说，你自己就占驱近两万户，我今天到人市上看，今天人市上就有二百五十多驱奴是你的，而且这些人多数是你儿子在路上抓的良民。”

“儿子的事臣不清楚，臣和臣父当年出征时抓获上万人驱，请大汗明鉴。”

“你不清楚，”窝阔台指着姚枢道：“这位是姚先生，刚从许州到太原，就是被你的儿子当街所掠，让他说说他是怎样成为你这位大人的驱奴吧。”

姚枢跪下道：“大汗，小人从河南刚到太原城外，就被怯台大人之子带人捉了送到人市的。”

“孽子所为，奴才实不知情。”

“你不知情，你身为札鲁忽赤，不知管束儿子，纵兵抢劫良民，然后送上人市，自己捞取银子，这些你敢说你都不知道。”

“奴才教子无方，他敢向大汗动刀，奴才知道也要杀他，奴才虽不在场，但愿领罪，请大汗处罚”

“你说说，你缺银子吗？”

“奴才不明白，请主子明示？”

“你不明白，朕看你是装糊涂，你在中原没有少掠驱口，为何还在到处抢劫驱口？”

怯台一惊，可嘴上道：“臣父子随大汗征金，所占有驱口，都是战场上夺得，除了带回封地，在太原府五个庄子内，还有近二千多户，臣不敢隐瞒，定是有人污告奴才！”

“污告？”

窝阔台大汗回头对察剌命令道：“叫耶律先生和也孙帖格进来吧！”

怯台眼见察剌出去，心中如打鼓一般，不知发生了什么事。片刻工夫，耶律楚材、也孙帖格带着五花大绑的张林进来。

张林进了府衙，见怯台跪在地上，见一个富商打扮的人坐在堂上，正在犹豫，被身后的怯薛一脚踹跪在堂下。怯台心中明白自己的底已让大汗淘去，红着脸，对着张林骂道：“狗奴才，还不快给大汗叩头。”

“奴才死罪！”张林听说上面坐着的是窝阔台大汗，一边叩头一边道：“臣不知大汗在上，请大汗恕罪。”

窝阔台望着张林，见他一脸疙瘩，高鼻黑黪脸，问道：“你这个奴才，朕怎么没见过你?”

“小人是八年前投拜的,一直在术赤台将军手下,后来追随怯台将军的。”

窝阔台冷冷静地道:“按说你也是有过功劳的人,可如何干这蠢事,攻掠辽州,难道你就不怕国法追究?”

张林一脸惊恐道:“奴才派人去辽州谈判,可县达鲁花赤却拒绝谈判,还关闭了城门,乱箭射奴才。奴才身受王命,不敢空手而归。”

“那是朕的城池,你敢滥杀无辜,连朕设的官兵都逃不过,如此丧心病狂,就不怕这会给怯台带来杀身之祸吗。”

“奴才攻城死了不少人,进城后,一时糊涂杀红了眼。”

窝阔台将手中杯子一下掷到堂下,骂道:“杀自家的人红了眼,有一天怕连朕也敢杀,来人,把这个无法无天的禽兽推出去正法!”

怯薛上前,将张林从地上如抓鸡般扯起,张林望着怯台大叫:“怯台大人,救救小人!”

怯台跪前一步,道:“大汗息怒,张林是末将的属下,虽有罪,但终是奴才的罪过。”

“知道罪过就好。”窝阔台本爱惜怯台是个勇将,本想杀了张林了事,没想到怯台求情,嘴上道:“怎么?他在辽州滥杀无辜,是奉了你之命?”

怯台横了心,回答也很平静,说:“辽州、和顺原是臣带兵血战攻下的,奴才因看汉将多占城池部曲,也想将那两县收归太原。因见平阳正在括户,才起了私心,要将驱口送回草原。因此才派了张林去了辽州劫些驱口,没想到惹下大祸,请大汗饶了张林将军,奴才愿将庄子里所有驱奴一道放了以赎罪衍。”

“放驱赎罪,说得太容易了吧,”窝阔台瞥了一眼怯台,站起身,怒视着怯台道:“山西已定,所在州、县均为国家所有,州、县之民全系国家之民。你为一己之私,派兵掠辽州、和顺之民,你如此胆大妄为,置国家法规不顾,置《大札撒》于何地?亿兆人民是国家的,朕尚且不敢窃为一己之私,诸王、驸马、勋臣都得遵照执行。你却纵使部将烧杀掳掠,你这是目无《大札撒》,在同朕打擂台!”

“怯台不敢!”

“你敢!”

“请大汗恕罪。”

“将他二人推出斩了!”

府衙内气氛十分紧张,察剌与也孙帖格见情况危急,一起跪倒,察剌道:

“大汗,臣有话说。”

窝阔台狠狠地盯着怯台一眼,对察剌道:“你想说什么,说?”

“奴才以为,怯台将军并未去辽州,也未杀辽州一个官兵,抓平阳课税使的事,怯台将军并不清楚。罪在张林,他虽去执行怯台之命,但他完全可以不杀人,可他借故杀戮,也害了怯台。因此,奴才以为怯台有罪,但罪不至死,而张林责法不逃死……请大汗明断。”

窝阔台用眼睛又扫了也孙帖格一眼,道:“你是什么想法?”

也孙帖格道:“奴才也觉得怯台将军罪不至死,该杀的是张林。他不可不杀辽州兵勇,不劫杀平阳官吏,可他没有这样做了,他杀人如麻,毫无怜惜之心,因而害人害己,此时不知替主子担过,却诿过于主子,其心当诛!”

窝阔台看着耶律楚材一眼道:“耶律先生,你怎么说?”

耶律楚材已看出窝阔台欲免去怯台死罪之意,忙道:“大汗,怯台不宜再任太原的札鲁忽赤,可先押解燕京治罪。张林与怯台不同,他下手如此狠毒,屠戮辽州军民死有余辜,决不能轻饶。”

窝阔台早有此意,大喝道:“就依了先生,将犯滥杀之罪的张林推出去,斩了!将怯台拉出打七十军棍,免去太原府札鲁忽赤之任,打进木笼,带燕京议罪,太原之事暂由梁瑛统领!”

第五十五回

胡丞相颟顸受斥责 亦巴合说项入行宫

燕京行台内衙，桌上摆着烤全羊、烧鹅和各种奶酪，在马头琴的伴奏下，宴席的主人是石抹忽笃华举杯道："胡大人，听说大汗驳了火臣公主的面子，让刘中再回宣德，锁儿哈的日子不好过了。"

胡土虎接受了汗廷括户的差使后，自任括户局长官，副长官选择了石抹忽笃华。由于这项工作繁杂，易得罪人，括户局又与中书省直辖的课税所时常有摩擦，为躲轻闲将括户局的事交给了石抹忽笃华。在括户上，他一直认为诸王、驸马、勋臣占有驱户，符合成吉思汗的《大札撒》，战争所得驱口应属个人财产，火臣公主派人征求意见，便顺嘴放了炮。因而对石抹忽笃华不以为然地道："在金国未灭前，括户的政策还会变，诸王不会不发言，只要大汗不来，就先推着干吧。"

"有胡大人这句话，卑职办事就有了准星。"

"喝酒！"胡土虎举起酒一饮而尽。

几个绿衣歌伎边舞边歌：

……我巡行于北面的地方，
张设起丝线的罗网，
沙鸡作为捕猎的诱饵。
看一只名贵的海青，

它欲捕食沙鸡，
不料却撞上了网罗……

石抹忽笃华二十八九岁，身材矮胖，溜圆的脸喝得涨红。他是石抹咸得卜的弟弟，其兄出事后，继任燕京行台长官。在括户上，石抹忽笃华也乐得胡土虎不理事便可随心所欲。由于刚收到铁木格的来信，让他在括户时照顾孙女婿益都李璮，李府又送来了数千两白银，因此喝干了酒，抹着油光的嘴巴，对胡土虎道：

"在括户这件事上，课税所还在另搞一套，汉人靠着耶律楚材这棵大树，明摆着与胡大人争功。这次琐儿哈驸马受挫，听说大汗对行省括户亦有不满，目前兄弟也很为难，主要猜出不准大汗的意图，不知大汗是否真的下茬子要在诸王、驸马、功臣间括户，还是发发旨意了事？"

胡土虎用手摸了一下酒糟鼻子，眨着眼睛道："要边干边等，听说大汗进了中原就无了踪影，你我都得伸长了耳朵，说不准大汗什么时候出现，在括户上莫要沾上腥味，不要让大汗抓住小辫子！"

"谢大人提醒。"石抹忽笃华一边点头，一边在歌女的胖腮上掐了一把，挑逗地道："还不唱支胡爷爱听的曲！"

云板一响，琵琶撕帛裂石地一拨，一阵娇滴滴的浪声，溢满了屋宇。

俏冤家扯奴在窗儿外，
一口儿咬住奴的粉香腮，
双手就解香罗带。
哥哥等一等，
再一会没了人，
随你解裤带儿。

喝得满脸通紫的胡土虎，被浪音挑逗得心花怒放，放下酒杯，一转身将扭动腰肢的绿衣女歌伎抱到怀中，边亲嘴，还真把手探进她的裙子摸索，边道："好一个小妮子，这歌爷爱听，今晚儿爷就要解解你的裤腰带儿。"

话还未说完，一个侍卫愣头愣脑闯进来，没头没脑地道："胡大人，出事了！"

胡土虎正抱着歌伎动情，不高兴地盯了侍卫一眼，吼道："慌什么，像死了娘似的。"

"胡大人——大汗已到括户局，因找不到大人，正在发怒！"

石抹忽笃华吃惊不小，慌神地道："大汗来燕京了，怎么一点消息也没听到？"

胡土虎脑袋嗡的一声，定了定神，一把推开那个歌伎，力量用得太大了，歌妓将桌子上的菜肴撞了一地，身上沾满油腻，疼得“哎哟”直叫……

窝阔台正午就迎着嗖嗖的冷风，踏着飘飞的雪花，带着耶律楚材进了燕京行台括户局。他坐在括户主管的大堂内，几次叫人催，可直到申时，还不见胡土虎身影……

大堂以下就是括户局办事大厅，大厅内，并排摆放着许多桌凳，括户局和课税所抽调的小吏都坐在桌子前，每个人面前都堆着一叠叠户簿，响着噼里啪啦地算盘声，这是对各地所报户口进行最后一遍统计：

“报东平路在户人籍，六千八百一十七户。”

宣德人户：五千三百户。

察剌进来，向坐在一张太师椅上，皱着眉头，一脸不高兴的窝阔台大汗禀道：“大汗，在括户局门外有两个人探头探脑，被我抓了，这是从身上搜出的信函，知是来给石抹大人送礼的！”

窝阔台正为见不到胡土虎与石抹忽笃华生气，怒道：“押进来！”

几个怯薛从外面带进一高一矮两个人来，因见大汗，跪在地上不敢抬头。

“察剌，外面的声音太嘈杂，叫他们闭上嘴！”窝阔台因外面嘈杂，命令道。

外面嘈杂的声音终止了。窝阔台让人将信交给耶律楚材道：“先生，读读，看看有什么事要谢石抹大人的！”

“嗻！”耶律楚材读道：

> 石抹大人钧鉴：受人点水之恩，当用涌泉相报。大人在括户上，对小人的那些驱口给予关照，难以为报，特遣人送去白银千两，略表小人的一点孝心，请大人笑纳。
>
> 燕山千户张福

“好哇，你们千户好懂人情吗，说你们千户得了石抹大人什么好处，少括了多少户口？”

两个送礼的官员，早吓得浑身打战，哆嗦着叩头道：“张大人庄上有数千驱口，后来听石抹大人说驱口可少括一些，还说现在朝中诸王驸马勋臣家都有大量驱口，正在做工作。如果不籍他们的户口，这一块就给你免了，听了石抹大人的话，张大人就差小人们提前来打点。”

窝阔台脸色铁青，冷笑道：“好个石抹大人，掌管着燕京行省括户工作，一句话权力好大呀！”

大汗说到说话时，胡土虎带着石抹忽笃华慌里慌张地进了大堂，见地上跪着两个官员，吓得跪在地上不敢言声。

窝阔台转过脸望着胡土虎，吼道："朕来了这两个时辰，你们这两位大员丢下差事，大白天饮酒，喝得像个关公似的，你们是干什么吃的！"

胡土虎低着头，小心是奏道："奴才因见户籍清查快要结束，考虑到石抹忽笃华大人出力最大，便与他一道喝杯酒，谈谈心，括户的事奴才正命人作最后统计，准备上呈大汗。"

窝阔台斜了石抹忽笃华一眼，道："石抹大人的功劳的确不小，朕刚到就有人给你送礼来了！"又望着送礼的道："说吧，你们为什么给石抹大人送礼？"

两个送礼的官员早吓得魂飞魄散，干张着嘴，不敢回话。

石抹忽笃华胖脸发灰，后脊梁骨直渗冷汗，一边叩头，一边说："奴才并不认识他们，请大汗明察！"

窝阔台用手晃着信，挖苦道："明察什么，还不知他们是谁派来的吗？朕括户的权力让你拿着当人情卖，看来括户官员都得向石抹大人学着点！"

石抹忽笃华被子大汗一下点了穴道，脸色煞白，小声道："奴才错了，可奴才并不认识他们。"

"你还以为朕什么都不知道，来前就有人状告你括户受贿，朕还不信，可朕刚到燕京，又听说严实给你送过礼，前两天李璮还派人送了歌伎给你。今天燕山张福送礼是朕撞上，朕还听说你自己也占了不少驱户。自身不正，焉能正人，有人给你送钱财，你就上蹿下跳，拉拢胡土虎极力反对括诸王、驸马、功臣的驱口。你哥哥怎么死的，前车之鉴，你不该不知道吧！"

"奴才该死，请大汗恕罪。"石抹忽笃华没想到这个关头，冒出个送礼的，又见窝阔台大汗对自己的情况了如指掌，哪还敢还嘴。

"你的账，朕一会再跟你算。"窝阔台盯着一脸酒气的胡土虎骂道："诸事不管，每天只管喝酒，还大言不惭地说括户已经结束，你括了多少户？中原户籍被人瞒了数十万户，你都清出来了吗？你的折子朕看了，你的心朕也看得透亮，宣德课税使刘中被琐儿哈抓了，你看着高兴，还撺掇着公主到哈剌和林闹事，你究竟是什么居心，朕难道就一点也看不出来吗！"

胡土虎两腿发软，鸡啄米般叩头，带着颤声道："奴才差事没办好，但绝不敢欺瞒大汗收受礼物，更不敢反对大汗括户。诸王、驸马战场上缴获的驱户归个人，这是先帝的《大札撒》定下的。可这次括户偏要强括诸王、驸马、功臣的驱户，对这一点臣至今闹不明白，因此括户过程中是有些拖延。至于刘中被抓，臣事后才听说，至于说公主到哈剌和林的事，奴才只是觉得她是大汗的姐姐不敢阻拦，同时也借此听听大汗的意见罢了。"

"你好清白呀，可你也好糊涂，你只记住先帝的那一句话，却忘记先帝还说过，草原的事按草原规矩办，中原的事按中原的规矩办。朕的诏书讲得很明白，你怕连朕的诏书都没好好读过，算朕瞎了眼睛，竟让你当这个燕京行省总督，让你这个糊涂虫来主持中原括户，岂能不误事吗！”

大汗说得重，胡土虎叩头不迭道：“奴才深负大汗重托，请大汗治罪。”

“奴才糊涂！”

“你不只糊涂，你在折子上，一直为诸王、驸马摆好，一直强调自家骨头的话，朕就知你心里想得是什么，括户自然要得罪人，你想做老好人。朕一直念你是先帝时的老臣，办事尚属努力，可你太让朕失望了。看来朕对你任用是错了，朕该革了你这燕京总督的官。”

大汗在气头上，整个行台衙门都异常紧张，隔壁停下办公的吏员，虽看不见大汗，却听得见大汗在发火。胡土虎叩头不止，石抹忽笃华吓得头不敢抬……

“大汗，臣有话说。”耶律楚材急忙跪下道。

“先生，你说！”

“臣请大汗息怒。中原久经战乱，户籍散失，况州县官吏均为诸王驸马勋臣世侯所掌握，因为要想一次将户籍清结更难。胡大人曾是先帝时的断事官，做事果敢，敢于任事，可现在括户不仅涉及百姓，而是诸王、驸马、世侯，这些人占有户口，要收归国家难度自然较大。因此要真正括清户口，除了大汗无人能够做到。因此臣请大汗收回成命，给胡土虎大人一次机会，让他继续主持燕京行台，如果再有差池，再行降罪。”

窝阔台用鼻子哼了一声，皱着眉头道：“耶律先生又在为胡大人说情，可胡大人怕不会领你人情。”

胡土虎低头谢道：“奴才谢谢耶律先生不计前嫌。”

窝阔台盯着胡土虎，鼻子哼了一声，道：“朕知道，你这个行省大吏，一直对课税使心怀不满，大概怕耶律楚材与你争功，刚才这声‘谢谢’听起来也很勉强。当日哈剌和林城漠云观神像开光，朕去参加典礼，你却在燕京来个釜底抽薪，囚禁了尹道长。那天如果不是耶律先生替你求情，你当时就坐不住这个位置。可你一直在括户上与他做对头，可见人心难测！”

“奴才被狗屎迷了眼睛，今后在括户上不敢与耶律先生分心。”

“那朕就再信任你一回。朕即位后，耶律先生提出建十路课税使甚合朕心，因此朕出师灭金一改屠城旧习，就是要保留天下之人，要括户齐民。目前天下州郡十分有其八九，可编户齐民的工作做得不好，所括户口不到国家应有的三分之二。为什么出现这样的情况？就是你这做长官的私心太重，屁股坐歪了地方，因此朕这次来燕京，要定个章程，没有章程什么事也办不了。”窝阔台停了片刻望着众人继续说：“括户要从头来，诸王、驸马、勋臣、贵胄都要将隐瞒的民户献出来，也要让汉人世侯醒醒腔，谁再隐瞒，该杀的杀，该挪窝的挪窝。就说说怯台吧，功不可谓不大，位不可谓不高，可他要为自己做的事付出代价，也让那些想与朕打擂台的人看个清楚！”

窝阔台的眼睛喷着火，声音如钢丝般发出颤音，猛地把脸朝向石抹忽笃华，吼道：“先将这个奴才关起来，所有给他送礼的人都要重新括户，决不能让那些人占了便宜。”

石抹忽笃华被侍卫带下，胡土虎心惊地道：“石抹忽笃华贪赃受贿，奴才有失察之罪。”

窝阔台望着胡土虎道：“你的事朕不说了，朕要看你今后如何括户！朕到了太原，怯台带回封地的驱口不说，儿子还到处捉良为奴，他过去打了辽州、和顺，就将那里百姓视为自己的驱奴。在别的地方有没有这样的情况，朕看一定会有……包括诸王、驸马、功臣、汉人世侯怕也有这种情况！益州李璮就与济南的张荣在争夺山东的地盘，也是争人口。李璮为什么送礼给石抹忽笃华，也是心里有鬼吗！他们千方百计隐匿民户，与国争利，因此括户绝不能走过场，如何办，你们两个先说怎么办?”窝阔台愤怒地把一摞簿册掷到地上。

耶律楚材小心地道：“据十路课税使暗中察访，除了蒙古大臣，驸马占有大量驱户外，史天泽真定、严实于东平，张柔在保定、济南张荣、益都李璮、中山邸顺、大名王珍、大同刘黑马、太原梁瑛、平阳胡天禄都占有大量驱户，应严旨放驱！”

胡土虎亦道：“臣请大汗降旨，并设定时限，许各地官佐主动向国家献户，主动献户者不受追究，过了时限，许人揭发，朝廷派员查验，敢隐匿户口者，杀无赦。”

窝阔台点了点头，说：“这些话朕爱听，也说到点子上了。”

胡土虎又道：“史天泽、刘黑马、张柔三万户都在前敌，三家几次派人来行台探口风，奴才觉得要派钦差去监督他们，才能致差事。”

“汉人世侯中就先从这三家查起，当然其他人更要查，”停了一会，窝阔台又道：“都起来吧，括户局的吏员今天可以回家休息，将括户局主官和课税所主官都叫到行台来，朕要与他们一道商量个办法，一定要办好这件关乎国体的大事。上至诸王、驸马、下至功臣、万户敢抗旨的，都给我抓几个杀几个，看哪个还敢隐瞒驱户！朕就不信籍了户有人就敢举旗造反！”

“嗻！”

入夜，燕京的雪愈来愈大，与括户局主官和课税所主官谈完了话，窝阔台回到行宫。行宫内，宫灯发出幽幽红光，地中央大火撑内炭火通红，将宫内烤得暖融融的。窝阔台出哈剌和林城一个多月，由于是秘密出行，一路非常疲劳，本想进了行宫就睡觉，可躺在榻上却有些睡不着。他有些后悔没有接受胡土虎的好意，弄个女人陪自己，因此这一晚难免要独处了。

寂静的行宫外，雪丝丝络络下着，冷风吹着宫檐上的马钉铁，发出叮当的响声。忽地寝宫门廊外，一阵轻微的脚步声响声惊动了他，会不会有刺客，他从腰间拔出宝剑，可还是犹豫一下，喊道："谁?"

宫门推开，亦巴合苍白的脸木然地站在门边，两眼如清泉般的目光注视着他，说道："大汗，我是亦巴合!"

窝阔台一边把宝剑入鞘，一边喜悦地望着突然冒出的亦巴合，惊奇地问道"亦巴合，你怎么会在这里?"

"大汗，是察剌将军安排的，能见到大汗，臣妾真高兴呀!"她双眼闪着晶莹的泪珠，滑落在苍白娇美的脸颊上。

"你的日子过得好吗?"窝阔台猛地上前，拉住亦巴合的手。

"臣妾很好，怯台知道奴婢与大汗的关系，对我很尊重，可奴婢一个人躺在榻上冷清清的，也没有什么好不好的，只是时常惦记着我的儿子，也时常想起与大汗的那些日子……"

"见到庆童了吗? 他一直在朕身边。他也长大了，成为朕的宝儿赤总管了。他的兄长怯台出事后，许多人都替怯台求情，唯有他每次见朕都不言声。"

"他不求情，是他懂得汗廷的规矩。可大汗捉了怯台，府中的人都慌了，请大汗念着先夫和臣妾的面子，放过怯台吧!"

"暂时不要说他，怯台负朕太甚，竟然派人去辽州抢驱，杀了不少的人，不是念着术赤台，念着你，他的人头早就挂在太原城门之上了!"

"大汗，你怕还不知道，臣妾见过怯台，他在牢中病得很重，怕有生命之虞了……"

"什么? 怯台病了!"窝阔台惊诧道。

门外的察剌听见窝阔台的喊声，进来跪下，说道："大汗，亦主子说得不错，怯台将军病得很重。"

"有这等事，为何不早报，快——马上派郑大夫去看病。"

太阳从东方升起，古老的燕京罩在一片白茫茫的风雪之中，窝阔台与亦巴合一起在行宫外散步。两匹马飞奔过一片松林，御路上留下一串马蹄窝，耶律楚材同也孙帖格捧着一摞子卷宗过来，二人的眼睛通红，看上去一宿未睡。

窝阔台止住脚步，问道："这样早就赶来了，案子审得怎么样？"

"大汗，石抹忽笃华全部招供，诸王中按赤台遣人给他送过一对玉狮子，驸马琐儿哈给他送过一件貂皮袍子，此外有二十多各地官员给他送了近六千两银子，还有黄金、宝石等，面对证据，他供认不讳，请大汗明示。"

窝阔台看着供词上的行贿人名单，说："这样多的人送礼，对这些人怎么办？"

耶律楚材道："利用这份名单，胁迫这些人全部交出驱口，如敢违逆，再行定罪。"

"好哇，那就对石抹忽笃华的事下明诏，并明白写上有二十七位官员向他行贿，不用写上名字，让那些人自己想去，如果他们之中还有谁抵赖，就莫怪朕不教而诛了！"窝阔台怒冲冲地说。

"对石抹忽笃华怎么处置，请大汗明示？"

"怯台，朕要放了，石抹忽笃华眼下先圈着，要让那些想着靠他过关的人有个警戒。"

"嗻——"

耶律楚材和也孙帖格刚刚离开，察剌过来禀报："主子，胡土虎大人和陈时可大人带着括户局和课税使们求见，胡大人说，这些人明天就要放出去以钦差身份去督察各路括户情况，想请大汗说几句话，奴才已安排他们议事厅内候着。"

"好，朕这就去见他们！"

窝阔台站起身，整了整朝服，又戴好了暖答子，方对亦巴合道："你回去行宫等着，朕去去就回。"

在行宫正堂议事厅，胡土虎、陈时可带着准备离开燕京的官吏，见窝阔台大汗缓步进来，"刷"的一声，跪了一地。

窝阔台冷冷地扫视得阶下的人，没有叫起，而是直接坐在御座上，轻咳了一声，说："你们都是钦差，马上就要带旨意去各州县，想必是胡土虎大人对你们进行了交代，朕并无多少话要说，但朕还是要见你们一见。这次中原括户意义极大，而你们此去身上担子更大。别的朕不多嘱咐，只是说一句：你们是代朕办差，只要是朕的臣子，他们就不能不听你们的。要是他们不懂得，就让他看朕的圣旨，向他解释，如果有人不办，你们就将他带到燕京来，朕亲自向他宣讲圣旨。你们既是钦差就要硬起来，不要让人拿你们当软柿子，待你们回来朕只看一条，括户户数增加了多少，那些当大官的共放了多少驱户，小官小吏朕不管……"

众人因没有旨意叫起，都有不敢动身，抬头道："臣等明白！"

“明白了就去办，朕就在这儿等着你们的好消息！下去给朕狠狠地查，谁挡横，就办谁，有不听招呼的，除诸王、驸马直接报朕，其他人可以直接锁拿。千户以下，该捕杀就捕杀，不用报朕。城门上总得挂几颗人头，杀几个人，才有人服你们。城头不挂人头，就说你们办差不用心，当然不能任意杀人，有隐匿户口的杀无赦。”

“臣等遵旨。”

窝阔台又道：“昨天朕已和你们说了不少了，今天就不多说了，你们各有分工，朕很放心。朕的钦差到各路督办，送礼的一定不少，想巴结你们的一定大有人在，怎么办？受不受贿？你们自己掂量吧！”

议事厅内一点声响也没有，跪在地下的胡土虎、陈时可和数十位钦差都低着头，跪在地上，每个人都感到巨大的压力，都感到脊梁骨冰凉。窝阔台大汗的话说这个份儿上，谁都知道这个钦差难当，权力给了，实实在在的权力，可一旦办砸了，你也没有退路。大汗把话说完，众人才一齐叩头，同声高呼：“臣等一定实心办差，请大汗放心！”

第五十六回

钦差如云诸路惧祸　解州杀使又生乱局

太原城发生的事震撼了中原大地，怯台被大汗押解到燕京，接着燕京行台石抹忽笃华被抓，在窝阔台主持下，一部中原括户的诏书再次公之天下，诸王、驸马并诸官员留在中原州县的人户，如有官司明文分拨隶属各位下户，依旧隶属本主，除此之外人户一律视为国家编户，由括户人员查对，如有隐匿，罪及主人……同时窝阔台向三十多个路派出钦差，配合各路课税使一同进驻各路普查。各地驿骑如飞，新一轮的测查高潮就这样开始了，所有的城门上都贴着大汗的圣旨，各州由课税使与札鲁忽赤牵头的清查户籍的吏员带着士兵，骑着快马，到处飞奔着……

真定城门上，贴着《括户告示》，许多人在围观，课税所的一个吏员在城门边高声朗读：不论蒙古、回回、契丹、女真、汉人等，如是军前掳到人口，在家住坐作为驱口，在外住坐，则于随处附籍，便系是国家民户，应当随处差发，主人见，不得识认。此外，诸邑人户不得私自投充于别人户下做驱，诸王、公主、驸马及各投下官员不得招纳隐匿诸邑户口……敢隐查实者籍其家，允许知情者报讼。钦依圣旨，一户户检对分检，定照备细文册。

钦点来真定的钦差布智儿从燕京赶到真定下榻，一边布置人开始清查簿册，一边同课税局王晋、贾从商量到史府的事。

钦差进城的同时，一匹战马如飞，从城南大路直奔南城门，马在城门短暂驻足后，进了真定城。马上人扬鞭策马，直奔城南一座飘扬着“史”字大旗的高大府邸。门前兵丁接过浑身是汗的马匹，来人进了府内议事堂，将一封书信交给史天祥。史天祥急忙拆开来信，信中字不多：“大汗已来燕京，史、刘、张一荣皆荣，我三家人受大汗再造之恩，放奴亦先，弟接信后莫要迟延。”

史天祥看过信，让来人退下。原来史天祥几次接待王晋，他自恃功臣，不肯将几个庄园中的驱奴放良。可由于哥哥天泽不在家，终究心中不安，急忙派人去蔡州，将府中事禀告史天泽。他已听说钦差从燕京来到真定，就是冲着史府来的，更觉得这信来得及时。

他刚放下信，门“吱—”的一声开了，弟弟天安进来，向哥哥问道：“听说二哥来信了？”

“是的，让咱家带头放驱。”

“咱们放了，张府、刘府放不放？”

“当然得放，叫人马上通知姐姐和张府的毛氏，大汗这次亲来燕京，斥责了琐儿哈驸马，捉了太原札鲁忽赤怯台，罢了燕京行台石抹忽笃华的差。朝廷看来要动真格的，这场暴风雨刮到谁身上谁就倒霉。咱们三家不能在这关头丢了颜面，所以要赶在钦差大臣来府前，把该放的驱口登记造册，该放的都放，莫要临时慌了手脚。”

天安亦道：“先交会不会成为众人靶子，是否等等再说。”

史天祥道：“我们三家是大汗倚重的万户，现在众人都在观望我们。哥哥来书，要我们先动，就是防着有人暗中打我们一闷棍。”

天安道：“弟弟这就着人去张府、刘府送信。”

史天祥点头，又道：“办完这件事，你就到庄子上去，命管事将驱口名单，造册，就说明日放驱。”

雾方散，太阳刚出东山，布智儿与王晋、贾从率人进了史天泽的万户府。史天祥迎出府门，布智儿盛气凌人地道：“史大人得罪了，我等奉圣旨到贵府清查驱户，内容将军大概已知道了，希望史家以国家为重，将散于他处驱口放良。大汗特意命我关照史家说，史家声望很好，希望你们在放驱上做表率。因此，本钦差与王、贾两位大臣来这，就是通知你们作好自查。可丑话说在头里，事后本钦差要带人来查验，莫要心存侥幸，企图隐匿，省得我们办事的人犯难！”史天祥心中佩服哥哥有先见之明，他也知布智儿是大汗身边大怯薛，他来真定可见事情严重，忙道：“钦差来真定，可否允小人给特使接接风，以尽地主之谊。”

布智儿冷冷地道：“史大人好意不敢领，括户乃朝廷大事，来前本钦差向大汗表了态，决不收受贿赂，更不吃请。今天只是通知将军一声，明天一早请将军将府外庄上的驱户账簿汇总，交由本钦差和王、贾二位大人的人进行清查，请史大人谅解我等的难处。”

史天祥道：“天使既来之，不用等到明天，小人今天就给天使一个交代，只是我府的五大庄子的账簿都不在府中。”

“你这话什么意思？”

王晋看了一眼贾从，也怕史天祥固执，引祸上身，劝道：“请史将军顺从天意，如果今日不方便，那就先自行测查，明天我们再与特使一起来府上复核。”

天祥哈哈大笑道：“诸位错领会我的意思了，布大人，王、贾两位大人来得正好，本府今日正准备在滹沱河边庄园中，将邻近几个庄上的人都叫到一起，准备放驱，诸位大人不来，下官还要去请，不用另择日子。”

布智儿心中有所不信，看了王晋与贾从一眼，心中道：“我上了当，怕是他们先行定计赚我。”

“请大人上马，带人直接到庄上接收驱户。”

太阳升起丈把高，奔腾的滹沱河边，史天祥带着钦差布智儿、王晋、贾从等人打马一阵风般进入一个砌着石墙的庄园内，数千大人小孩早已站在场院中，一大堆契约堆在地上。

史天祥见天安已带管家拿着驱口簿子，接过交给布智儿道：“史家世受国恩，不敢有丝毫隐瞒，这簿子上写着附近五个庄上的驱口名单，请钦差大臣查验。”

“所有的人都在上面登记着？”

“是的。”

“什么时候放驱？”

史天祥望着跟在史天安身后的管家道：“你已把我的意思都告诉了庄上的人了？”

管家翘着小胡子，小心地道：“一切都照你的吩咐做的。”

“那好，按簿子念名放驱，同时将驱口与府上的契约堆起点着。”

“大人不说点什么吗？”

“好吧，”史天祥站在一张桌案前，对着满院落的人大声说道：“放驱的事大家早就知道，今天史家当着大汗的特使和真定的课税使，正式宣布，从今天起你们五个庄上的人同史家再无关系，你们从今天起就正式成为国家的编户，向国家缴纳赋税，庄上的土地依然归你们耕种，你们因此成了自由人，要记住这是大汗对你们的恩典。”

“将契约抬来，叫名放驱！”家人抬来了几箱子契约，随着管家点名，一些驱户的契约被丢在点燃的火堆上。

随着熊熊火焰升起，一纷纷契约沾上火，随着风如片片纸钱，化为点点灰烬，向上飘去，飞出了院落。

“谢史万户！”

“窝阔台大汗万岁！”一些被放驱户欢呼雀跃起来。

东平路城门上挂着一个血淋淋的人头。

在一个酒馆中，一个人边喝酒边骂道：“我只有百余户驱奴，都给扩去，我还吃什么？”一队人马赶进酒馆：“吴天，有人告发你，你将驱奴隐瞒，送到山中，还在这里骂街。”

一个百户对差役喝道：“把他带走！”

张瑜、王锐骑着高头大马带着百余蒙古兵，打马直奔严实帅府……

东平行台府：行台令使王玉汝高喊，“行台大人到！”

诸将起立，严实穿着戎装进入帅府内，含笑着对阶下诸将点点头，说：“坐下吧！”他一边说，一边扫了一眼帐内的诸将，其中有恩州刺使张晋亨、宿州知府好古、博州齐显荣、冠氏岳存、王德禄、孙庆等都到了，他也意识到还有人未来，便对王玉汝道：“无棣齐圭，齐大人怎么未到。”

王玉汝躬身道：“齐大人患了痢疾，让人请假。”

严实坐在太师椅上，右手端起茶杯，用嘴吹了一下上面的浮沫，又啜了一口。他的心情很紧张，因知石抹忽笃华出了事，并供出了行贿人的名单，虽大汗未公布名单，可知道自己已落入大汗的视线。因此接到圣旨后，即召诸将开会布置放驱。他稳定了一下情绪，叹了口气，一脸严峻地对诸将道：“本帅急着叫诸公来，是有件大事要说，窝阔台大汗到了燕京，括户的事紧了起来。过去对这事，本帅一直没有态度，是想等等看，现在看来上面动作大得很，钦差也到了东平府。虽然眼下钦差没有进驻我帅府，这是给我们个机会。看来这件事办不好，这一关就难过，怕大汗在看东平的态度。据报真定史天祥、满城的张弘范、大同刘黑马家都放了驱，这也是一个信号。这三个万户府率先放驱，咱们就不能落后了。昨天我设宴招待钦差耶律公时，我说，本府一定遵守朝廷法度，因此今天叫诸位来，先打个招呼，莫要到关键时刻，在本帅这儿误了事，在大汗面前失了面子。东平路所领四十五城，过去养驱是为了保卫家乡，现在要让他们成为国家编户，这也是大势所趋。因此，诸位回去后，都要积极配合户籍官员，将该放的驱都放了良。再说我们是带兵的人，有了兵也不愁没有钱粮，因此大家要想明白。”

岳存道：“大人，小人有话说。”

严实瞅了他一眼道：“岳存，有话你说。”

岳存道："小人有些担心，以冠氏县来说，久经战乱，土地瘠薄，编户也少，隐驱的目的无非是少交些赋税，一旦如实上报，编入户籍，他日朝廷需求日多，必重敛以承命，是民必困，因此小人还是有些顾虑。"

严实叹道："冠氏县的问题，本帅知道，各地的情况也大都这样，这也正是我过去担心的事。可现在事情严重了，东平城门已挂起人头了，那是在杀鸡给猴看，表面看与我们无关，但说穿了是朝廷针对整个东平府，看我们的行动。因此我把话说死了，放驱大势所趋，怎么办我不能给你答案。圣旨摆在那里，你们回去掂量，出了事自己扛着，莫要指望本帅替你们说话。"

张晋亨道："有了帅爷这句话，我们回去就放驱。"

"报，张瑜、王锐二位大人求见！"

"怎么样，括户地打上门来了！"

各地放驱如火如荼，一贯两面三刀的益都李璮，因石抹忽笃华出事，使他不能不考虑目前的处境。他俯在案前正在读铁木格的一封来信，信中写道：

李璮孙儿：

来信收到，言及放驱奴之事，我也替你想了。益都地当前线，这是别处不可比的。如逼得紧，你当速请示窝阔台大汗，就说益都以南面对金国，山东之贼时刻窥视益都，臣虽想放驱，但战事正紧，恐为贼所乘。问大汗可否暂宽，可否灭金后，再将驱户放良。此是缓兵之计，可用否，你再与王文统与卜鲁公主相商一下。

祖父铁木格

他把信交给身边的王文统道："以道兄，你看看。"

王文统看过信，稍作沉思，说："主公，卑职以为一点不放驱看来不行，莫不如大张旗鼓放驱，户口虽然登记了，但益都要打仗，税收一样不交。石抹大人出了事，益都不放驱可能出事。放驱既表示大人心有朝廷，免了被猜疑。这边请钦差大人进益都府括户，那边称涟水海贼进犯，主公带兵出征，臣与卜鲁公主款待他们，咱这靠边防，只要打一仗，失去多少人，哪个知道。"

李璮沉思片刻，说："兄言有理，就依你的主意办。"

次日，济南路课税使李天翼、副使田木西进了益都府。益都城正鸣放鞭炮，数百驱户齐集益都帅府，李璮正在放驱会上讲话："本人是国家官吏，没有国家哪有我李璮的今天，因此，大汗提出放驱编户齐民，我第一个拥戴，而且益都府要做表率。如果我们心中没有国家，应了一句古话，皮之不存，毛将焉附，我们益都地处边防，海防，宋国、残金势力常来骚扰，没有国家的支援，益都一天也支撑不下去。因此，本帅决定放出自己的驱口，但你们不须感激我本人，而要感谢窝阔台大汗。”

李天翼在济南府，张荣相赠甚厚，又满面春风随他到处括户，并主动放驱千户。听着益都驱口震耳欲聋的欢呼声，李天翼心里非常高兴：李璮乃铁木格的孙女婿，过去一直借铁木格之势，拒绝放驱，在括户上搞鬼，原打算啃啃这块骨头。哪曾想李璮今天会慷慨陈词，对放驱认识很高，只道是大汗圣旨的作用。田木西也知李璮是个口是心非的人，但惧于李璮的势力，见他主动放驱，也满脸堆笑。

当晚，李璮设酒摆宴，招待李天翼及从人。李天翼见益都及临近诸县，都在大张旗鼓放驱，不禁对李璮放松警惕。

酒过三巡。忽然有人来报：“李元帅，涟水海贼进攻州县，请将军速发兵。”

李璮对李天翼道：“这里地处宋、蒙、金边境，时常又有水贼进犯，因此莫将要带兵打仗，请特使原谅小人不能相陪。”

李天翼道：“李将军既有事，就不用陪了。”

各路派了钦差宣旨官，立时像挤牛奶一样见效，各地放驱掀起高潮，括户捷报颖传，令窝阔台非常高兴。可怯台病重的事，却令他有些不安，怯台病势愈来愈重，亦巴合也去了驿馆。这天他叫庆童去见怯台。庆童奉旨见过兄长，回来向大汗泣道：“臣兄在太原庄子的驱口已都放良，可心中一直对自己派人去辽州、和顺劫民为驱的事感到愧疚，他已不在有病好之念，只想在死前见大汗一面，有些心里的话。”

窝阔台叹道：“唉，人呐，非要到了最后才说明白话，你兄长既知过了，朕这就看看他去！”窝阔台起身，又唤郑景贤大夫过来，一起坐轿去了驿馆，

驿馆房舍内，怯台躺在榻上，一阵紧一阵慢地干咳，由于杖刑后伤口受了感染，他的脸上苍白得没有一点血色。怯台长子端真和王妃在低声啜泣，窝阔台进去，亦巴合等看见，慌忙一齐跪下叩头，窝阔台几步走到榻前，望着怯台，叹了口气道：“怯台将军，你觉得身子骨怎么样？”

怯台挣扎着欠了欠身，道：“大汗，奴才觉得不好。”

窝阔台自己坐在榻边，握着他的手，道：“你春秋正盛，有病就治，怎能如此悲观，朕再派他人给你瞧瞧。”

“奴才感谢大汗，”怯台嗓子里咕噜着。怯台的王妃忍不住哭泣起来。

“大汗，奴才心里清楚，这病怕好不了了……大汗责罚奴才，奴才死而无怨，只是臣死后想请庆童弟弟回封地主事。”

窝阔台看着怯台心中有些不忍，想到了术赤台为国立下的功劳，按捺住心头的凄恻之情道：“朕刚加封庆童为宝儿赤总管，朕也离不了他，如果你真

出事，就加封你的长子端真为郡王吧。”

“奴才谢谢大汗……”怯台眼睛无神地望着大汗点了点头。

窝阔台伤感地望着被伤痛折磨的怯台，又望了望他的王妃，对郑景贤道：“郑大夫你再想想办法，怯台将军一定不能死！”

“臣明白。”郑景贤答应着。

回到行宫，窝阔台坐在御座上正沉着脸想怯台的事，怯薛千户也孙帖格从房门边探头，被窝阔台看见，道：“也孙帖格，你进来，出了什么事？”

也孙帖格进来跪下，取过一道奏折，交给窝阔台，打开一看：

臣姚枢叩见大汗：

臣受大汗深恩，随正使完者一道去解州府括户，那日刚进南城门，见一汉子身穿白衣披麻戴孝手举状纸喊冤，状告的解州刺使李平侵占民户，霸占盐池以谋利之罪！当时由于李平在侧，完者大人命人先将汉子带回驿馆，待回来再问案。哪知待臣与完者回到驿馆，再去带人，发现那人已被毒死，身上见状纸也不翼而飞，臣反复搜索在那人袍子中发现一个纸条，上写：“李平不仅在解州占有大量驱口，还在强占檀道山张谷镇、葛赵镇数处庄子，大人到庄上一查便知。”

臣知李平狡猾，对完者大人提出：“暂不动李平，想法把他调到河中，然后再办理此案。可完者大人不同意，命臣去河中调兵。待臣从河中归来。发现完者大人及侍卫在驿馆被杀，李平也离了解州不知去向……”

窝阔台叹了口气，沉吟一会，对也孙帖格命令道：“传朕的旨意，命河南各地札鲁忽赤严拿李平，决不能让其逃脱法网。”

尽管出现了李平杀钦差的事，但各地括户工作还是捷报频传，所括户数近百万。阔出也上折子报捷：宋军与蒙古大军已将蔡州合围，灭金在望。这令窝阔台大汗非常高兴。紧接着窝阔台参加白云观为汗国祈福的普天大醮，醮期七天，尹志平道长主醮，窝阔台驾幸斋坛，行香祭祀，并亲署密词九通。大汗莅临盛会，燕京卿士大夫皆有赞咏，振动京邑，此事琐碎，不必细说。

这日清晨，窝阔台早上起来，察剌送上亦巴合的折子。窝阔台看过之后，合上折子，脸露惋惜神色，对在侧的耶律楚材，叹道：“这个怯台怎么这样不禁打，朕本想教训他一顿，为他人作个警戒，谁知竟闭眼蹬腿去了。亦巴合王妃问是否公开发丧，是否允许各地诸王、驸马到灵前祭奠。怯台毕竟是郡王，立过大功，许诸王、驸马参祭没有问题，就由先生代朕草诏吧。”

次日，窝阔台又命耶律楚材道：“朕想命你代去大宁路一趟，送些赙仪，再代朕祭祭怯台将军。”

两日后，窝阔台又与胡土虎商谈了燕京的庶务，回到行宫躺到半夜，满脑袋是这些天发生的事，一直难以安寝。忽然想起术赤台父子随父汗征战多年，又都随自己伐过金，虽怯台有罪，但人已亡故，大宁近在咫尺，燕京的事已理出眉目，自己也该顺路去大宁与怯台道个别。想到这，便摇了摇铃，察剌进来，窝阔台道：“燕京离大宁几日路程？”

察剌明白大汗之意：“快马大约三天就能到达，大汗是要去参加怯台的葬礼。”

“唉，怯台死得太突然了，朕忽想起了术赤台，他一生征战，为国立了不少大功，先父对他很敬重。术赤台在随朕伐金时，在三峰山受了完颜合达的割鼻之刑，老了老了又遭了咸得卜之害，朕当时没有参加他的葬礼。怯台虽有罪，但过去也是立有战功的人，朕想顺路去大宁路祭奠一下，然后回漠北。”

“大汗，是否马上就走？”

“派人将胡土虎叫来，朕交代完了，就走！”

第五十七回

大宁路雪夜鞭相臣
怒填膺大汗囚郡王

冰天雪地的漠南大草原大雪纷飞，盖满了积雪的老哈河如冻僵了的银蛇僵卧在空旷的河床上，在河边的牧场上，耸立着一座巍峨壮丽的王府。高达丈余的外城墙披着雪花显得通体洁白，府门内竖着一根两丈高的旗杆，上面原来的大纛已经降下，说明府内死了主人。府门匾额用蓝底金字畏兀儿蒙古字书着——兀鲁郡王府。进入大门，府中正房为一座八角形圆拱蒙古包式宫殿，两侧是廊房。

当年成吉思汗建国，分封功臣，术赤台分得兀鲁四千户，随木华黎镇守中原后，驻牧地分为两部分，一部在滦河上游的桓、抚之间，驻有兀鲁两千户，另一部扎在大宁路老哈河畔。在王府周边数百里方圆之地，除驻有兀鲁两千户外，还有其父子从历次征伐中带回的大批驱口。由于地处漠南，受当地习俗影响，府门也用白色的绸缎将大门围起。

这几天送赙仪的毡车就连上趟，兀鲁部各千户、百户纷纷派人前来吊唁。弘吉剌部火斜郡王，亦乞列思部琐儿哈郡王、忙兀特部郡王忙哥，汪古部三公主阿剌海都相继赶到。只有札剌亦儿部国王塔思因在蔡州，飞鸿传书特命其弟速浑察代为吊唁。

这日，速浑察进了兀鲁王府正堂，怯台的王妃见娘家人到来，一声哽咽已泪水涟涟，速浑察一边给姑母叩头一边陪着落泪。亦巴合见王妃大放悲声，知她有病，叹了口气劝道："你的身子骨本来就弱，真哭坏了，家里这一摊子事如何了得，一会怕还有其他王爷来到！"说到这儿，又对怯台子端真、哈达道："快，扶起速浑察哥哥，再去灵前烧炷香，也让你娘歇上一会！"

在郡王府西侧，早就临时搭建起高大的灵棚。灵棚内并排放着怯台的柏木棺椁，遗体早已入敛，灵前燃着香，点着长明灯。怯台之弟察乃见端真、哈达陪着速浑察进来，流着泪过来相迎。速浑察一脸悲伤在棺木前点燃了三炷香，又叩了头，方欲起身，就听见有人对察乃说道："大千户，术赤台老将军才死几天，怯台兄和儿子就都死了，不就是抢了点驱口，也太让人寒心了！"说这话的是弘吉剌火斜郡王。

察乃抹了把眼泪，泣道："哥哥死了，我也有些灰心，汉人世侯哪个占的驱口不比咱们多，可没听谁出了事。大汗听了耶律楚材的话，在中原搞什么括户，可括户对咱们蒙古人没见有什么好处！"

"唉，大汗对耶律楚材言听计从，我额娘去哈剌和林城告状，可让耶律楚材一搅和，被驳了面子。我的驱口缴了，今后不知还有什么祸事，会落在咱们头上……"琐儿哈火气十足地吼道。

"琐儿哈，这是什么时候，牢骚话少说几句吧。"速浑察不想投下的人惹事。

"塔思王爷是钦封管事的王爷，家中在辽阳的驱口不也放了吗？难道嘴也要封了吗！"琐儿哈不满地瞪了速浑察一眼。

"被括的不好受！没括的也不好受，听说四王妃前不久被逼得上了吊！"火斜看了速浑察一眼，故意怪声怪气地道。

三公主阿剌海知道火斜是个惹事的刺头，四公主秃马伦没少替他担心，瞪了他一眼，指着他的鼻子骂道："速浑察本是好意，你们倒逞起风来，说这些话就不怕割舌头！"

"三姨怕还不知，我说的没有半个字是'假'话，不是忽必烈救下四王妃，王妃就没了。"

"都给我闭嘴吧，满嘴乱说些什么！吃过饭，该为怯台将军守灵的守灵，该去接四王妃的去路上等，一会铁木格老王爷、按赤台兄弟都要来，都莫要争当大嘴乌鸦！"阿剌海不愿沾事，又历来不喜拖泥带水，大嗓门怒冲冲地吼道。众人都知这公主厉害，一下都钳了口。

亦巴合正在上房与怯台王妃唠嗑，总管跑进来禀道："启禀主子，四王妃和蒙哥王爷进府门，直奔灵堂过来！"

亦巴合急忙带人出迎，刚到门外，就见四王妃已经下了帐车。唆鲁禾帖尼身穿青狐袍子，头戴一顶暖帽，暖帽顶的饰物都已摘落，足蹬青色长靴踏雪过来。亦巴合赶前几步道:“姐姐病未好,这天寒地冻,怎么赶过来了?”

唆鲁禾帖妮眼睛通红拉着亦巴合的手道:“妹妹家出了这样大的事,能做的就是表示一下悼念之情了!来前那一夜我做了一个梦,梦见四王爷让我照顾怯台一家,可姐姐又能做什么呢?”

怯台王妃也从正堂内赶来,听唆鲁禾帖妮这样一说,不禁又号啕大哭起来。唆鲁禾帖妮用手搀着她胳膊肘儿道:“莫哭坏了身子,男人去了,咱们蒙古女人就得挺起腰来为儿女们活着。”

灵堂内因来了吊客,哀乐大作,香炉内香烟缭绕,供桌上摆着供果、供着羊饭,蒙哥带诸弟一齐跪倒,众人见小王爷拜祭,无不跪下嚎啕大哭。

唆鲁禾帖妮在怯台灵柩前,亲手点起三炷清香,鞠了三个躬,泪流满面地道:“怯台将军,你是建大功于蒙古汗国的百战英雄,正年轻有为之时,却天降大祸,随风去了。着实令人伤心悲痛,尔父忠勇冠于汗国,先帝称为高山前日影,刚刚去世不过一载,你又追随去了!国之栋梁皆化作烟尘,天为降雪,地为举霜,亲戚为之悲,部众为之惜,长生天呀,为何让勇士生命如此短促啊!”说罢跪在棺前,痛哭不已,阿剌海见唆鲁禾帖妮脸色苍白,一边上前搀扶,细看脖颈上果然有疤,才信火斜所言非虚。

祭奠完毕,唆鲁禾帖妮起身,正想同阿剌海说话,抬头却见火斜过来,便道:“火斜,你额娘近日身体可好?”

火斜叹了口气道:“不太好,前几天她见到火臣公主,姐俩因括户的事都很气愤。现在大汗只顾自己一家人,这河南、河北都划归阔出殿下了,阔端入主西夏,又在川、陕、西藏间活动。括户说是为了赏功,我看不过是为了大汗家的一己之私,可诸位王爷都蒙在鼓里。”

“你这是从哪儿听到的掉脑袋的话?”唆鲁禾帖妮吃惊地怒道。

“谁讲的并不重要,可看目前形势不是这样吗?!”

“这话不要再说了,小心给人留下口实,送了你的小命。汗国明年春要召开忽里台大会,商量分封的事,括户是为了赏功这一点不假,可括户绝不是大汗一家的事。来前察合台二王爷让我给怯台家带来五千两银子,黄金家族这么大的事,那么多王爷,树根不动,你个娃子担心个屁?”唆鲁禾帖妮不想再唠这个危险的话题。

亦巴合心中有话对姐姐说,她知道将帅们因括户心里窝着火,怕姐姐一句话不慎,引起一团烈火,便对众人道:“我和阿剌海还有些话要对四王妃说,一会怕还有王爷和大汗的使者会来,都不能少了礼节。”说完亦巴合扯着唆鲁禾帖妮、阿剌海一起回了正堂。

进了正堂屋内坐下,阿剌海望着唆鲁禾帖妮道:“四弟妹,难为你了,听说你为贵由的事几乎上了吊？”

唆鲁禾帖妮低头道：“三姐，过去的事不是姐姐问，实在懒得提了。贵由要娶我，谁知他的心里想着什么？妹妹也对抗不了《大札撒》，可黄金家族的先人降了旨……才让妹妹闯过了这一关。”

亦巴合道：“人呐，这辈子真难……”

“按我说都怨四王爷，本来命不济却非要硬争汗位，害了自己也害了不少人，是他对不起三姐，连怯台的死，我也感觉到心中不安！”

“姐姐不要说了！”

阿剌海道：“蒙哥、忽必烈、旭烈兀、阿里不哥都长大了，四弟妹就立了大功。”

“蒙古人就是这样代代相传的嘛。”唆鲁禾帖妮边回答阿剌海边问亦巴合，道，“听说你见过大汗了？”

“见到了，可还是晚了，怯台回到王府两天就咽了气……”

三人正说话，有人来报：“铁木格与按赤台王爷驾到。”

“来得好快呀！——快，请他们进来！”

铁木格与按赤台大步流星进了大堂，一边摘下貂皮暖帽，一边跺跺靴底上的雪碴，对亦巴合道：“亦巴合王妃，我来晚了！”

“不晚。”亦巴合忙对铁木格行了个礼道：“王叔年纪大了，能冒着这大冷天过来，九泉之下术赤台和怯台都会感激不尽的！”

“老叔快坐下说话！”阿剌海和唆鲁禾帖妮也站起身打招呼。

“老是老了，可身子骨还行，我一顿能吃二斤肉。”铁木格一抹胡子上的霜花，望着唆鲁禾帖妮说：“四王妃千里外都来了，我怎能不来，术赤台与我对脾气，一想到他的儿子怯台都死了，我两天都没睡着，觉得一定来兀鲁王府给怯台送送葬。”

“老王叔，你是长辈，你可知怯台兄怎么死的？他不过在中原占了点驱口，挨了毒打。你老是当过先帝断事官的人，你说这事合不合《大札撒》？”火斜不知何时跟了进来，接过了话茬儿。

“大汗的话就是‘札撒’，谁与大汗叫真就不要脑袋瓜子了。我来前也听说，怯台就是为驱口犯了事，他到辽州杀了汗廷置的数百官兵，那是死罪呀。火斜你这浑小子，以为我这个老头子不懂轻重，还是下套子耍我！”

“火斜不敢，老王爷是长辈，大汗也得敬重，你都不敢替我们主持正义，我们这些当小辈的可就惨了。”

“老王叔，咱们一道上折子，请求大汗停止对诸王、驸马、功臣括户，不知老王爷可否肯带这个头。”琐儿哈知道铁木格是只老狐狸，故意与火斜一唱一和道。

“火斜、琐儿哈你俩搞什么名堂,都不要再胡说了!老王爷刚到大宁府,这大雪连天,走了上千里,你们一进屋,净胡扯些犯忌的话。你们想做什么,都活腻味了!”唆鲁禾帖妮怕怯台的死,成为一场对大汗不满的导火索,自己在场会招惹一场麻烦,制止道。

火斜、琐儿哈这两位闹事的主,知道铁木格也对括户不满,本想靠住这棵大树闹一把,可见四王妃说得严厉,也不敢再言。

亦巴合命人摆酒,席间,察乃跪下道:“吾兄英灵不远,奴才代亡兄敬老王爷和按赤台王爷、四王妃一杯酒。吾兄犯了重罪而死,原不曾想两位王爷能来,不想四王妃带几位小王爷也来了。两位王爷和四王妃能参加吾兄的葬礼,吾兄九泉下也会含笑。”

铁木格、按赤台、四王妃饮过酒,察乃方站起。怯台子端真、哈达等又忙给诸王倒酒。

铁木格饮下酒“唉”了一声,对察乃道:“兀鲁部与黄金家族一体,尔父当年随先兄征战,勇冠三军,常为先锋。尔兄怯台也是好样的,是蒙古人的拔都儿。因此,我不能不来!”

天近傍晚,又下起了雪,察乃、端真、琐儿哈、火斜正要去灵堂内,有门子奔来禀报:“大汗特使耶律楚材来到王府门外!”

“快去禀报大王妃!”察乃对报信人道。

“我看不用。”火斜止住报信人,对察乃和端真道:“大汗降旨,一定是让端真即郡王位,端真何不就去接旨,接了旨,就打发耶律楚材走,省着看他闹心。”

琐儿哈也道:“说得对,我们三人一起去,哄走他。”

端真、察乃拗不过火斜与琐儿哈二人,眨巴着眼睛点点头,三人直奔府门。数十步远,就见耶律楚材身穿紫袍,头戴暖帽上满身霜花站在门外,身后跟着百十名怯薛。耶律楚材见察乃与端真迎过来,便道:“端真,大汗有旨,请接旨!”

端真跪下叩头道:“臣接旨!”

长生天气力里大汗圣旨,怯台虽犯大罪,但念其过去曾为国立功,就不追究了,所有罪过开释。为表彰其父祖之功,特赏银万两助办丧事,并着端真继承兀鲁郡王印……

钦此!

“臣叩谢天恩!”端真接过圣旨揣好。

耶律楚材正要走向灵棚拜祭怯台,却被火斜一把拦住。火斜道:“耶律先生宣旨完了，请止步。”

耶律楚材诧异道：“火斜郡王，我乃大汗的特使，请你让开。”

琐儿哈因额娘在哈剌和林受冷遇，对耶律楚材怀着敌意吼道：“耶律楚材你懂得规矩不，这是蒙古人的丧事，你是契丹人不能参与吊唁。况怯台郡王怎么死的，还不是你从中作坏，怯台将军亡魂最不愿见的就是你。你不为特使，这大门就不会为你开！你宣旨已毕，这里没有你什么事了，你自请方便吧！”

耶律楚材从未受过此等侮辱，瞪着二人，道：“这里是兀鲁王府，火斜、琐儿哈两位郡王怎能到此越俎代庖，竟敢驱逐大汗特使。按《大札撒》任何人无权对钦差进行指责，你们就不怕大汗以不敬之罪惩办尔等。”

“你耶律楚材是什么东西，不过狗仗人势。”琐儿哈郡王自从额娘从哈剌和林城归来，就认定这事坏在耶律楚材身上，早就怀着治治这个契丹人的目的，用手指着耶律楚材的鼻子，骂道：“你不过是我们蒙古人的一条狗，是个尽出馊主意的狗，有大汗之旨，才容你在这逗留一阵子，现在宣了旨，还等什么？快滚！小心怯台将军显了灵，捉你去阴曹地府……”

“琐儿哈郡王，说话要负责，不能信口开河。本大臣奉大汗之命来给怯台大人赙仪，只是遵命而行，至于怯台将军如何死的，请你去问亦巴合王妃，请你现在让开路！”

“让开，你说的轻松，宣完旨，换个别人都可进去，唯独你不行。你再往前走一步，就是自找打！”琐儿哈瞪圆眼睛吼道。

“你敢打大汗使节？”

“打你个奴才又怎么样，蒙古人的葬礼，就是不许你进！”火斜见琐儿哈同耶律楚材顶了牛，竟上前一把扯住耶律楚材的袍领，当面只一拳，耶律楚材的鼻子嘴角就被打破，鲜血满脸。

“打死这个契丹奴才。”琐儿哈郡王本心里窝着火，见火斜动了手，也不甘寂寞，大叫着冲了过来，耶律楚材一个不防，被撞倒在地。

“不许殴打钦差。”耶律楚材身后的怯薛都拔出刀来，可面对两个红了眼的郡王，也不敢造次，只是护住耶律楚材不致再吃亏。

察乃呆住，端真也怕出大乱子，忙命人去通知诸王与王妃。

外面的吵闹声惊动了正堂内的亦巴合、唆鲁禾帖妮，铁木格、阿剌海等诸王，众人哪还坐得住，匆匆赶到灵棚边。灯笼火把下，火斜与琐儿哈站在雪地上，耶律楚材满脸是血怒冲冲地吼道：“这里像是兀鲁王府吗？本天使千里迢迢来宣旨，为怯台送赙礼。门不许进，还恶语伤人，两位郡王竟不顾身份殴打宣差，诸位王爷、王妃、公主你们都过来评评理，这里是不是大汗统辖的地方?”

夜色中,耶律楚材的话说得很重,令所有的人都冷静下来。

唆鲁禾帖妮来到耶律楚材身边,一边掏出手帕让耶律楚材擦脸,一边眸子喷火,指着火斜、琐儿哈大声喝道:“琐儿哈、火斜,你们都给我跪下,马上向耶律大人请罪!”

铁木格指着二人的鼻尖道:“真是糊涂,天使来了,你们也敢动手,这是找死呀!”

“给他跪下,他不配!”琐儿哈、火斜不服气地望着四王妃,小声道:“这是蒙古人的葬礼,绝不许他这个契丹人进去,况且怯台哥哥的死也与他有关!”

“胡闹,两位郡王都犯了什么浑,耶律中书是先帝时的老臣,是奉圣旨来的,哪里都去得,你们当众殴打宣差,这还了得。”唆鲁禾帖妮本怕事态扩大,想让两个郡王低低头,给耶律楚材点面子,化解一下矛盾,不禁怒吼道。

亦巴合大骂察乃、端真道:“你们是个死人,大汗的宣差来了,为什么不进去禀报,必要惹出大祸才去禀报。”

察乃知道事闹大了,忙跪下道:“儿臣与端真侄儿劝不住琐儿哈和火斜,方叫人请额娘。”

“我看你是有意看热闹,你先跪下向耶律先生赔罪。”

察乃顺从地跪下,小声道:“耶律大人,都是我的错,我给大人赔罪了!”

在众人乱成一锅粥时,一队人马在老哈河厚厚的雪野上奔驰,扬起一团团雪尘,火把灯笼下,为首的正是大汗窝阔台。他的脸上胡须上结满了霜花,战马也结了一层霜,几个侍卫在前面提着灯笼,很快马匹就到了府门边。

院子内的吵闹声传入窝阔台的耳鼓,一听耶律楚材挨打,窝阔台顿时脸色铁青,怒火中烧,打马直闯府门,门子也不敢拦,白马直奔府内。

“大汗,您来了!”亦巴合听到马蹄声,一抬头,见一队人马已到前面,白马上端坐着身穿貂裘的窝阔台大汗,吓得急忙跪倒。

大汗来了,在场的无人能想到,本来今天这事就不好收场,现在人们更心里无底,所有的人刷的一声跪倒在地。火斜与琐儿哈更知这回是闯了大祸,脸色吓得黢青,双腿打战,匍匐地上。

窝阔台没有看他二人,见铁木格、按赤台、唆鲁禾帖妮、阿剌海等跪在前面,脸色冷峻地道:“王叔、按赤台弟弟、四王妃、三妹先起来吧!”

他回转身,咬着嘴唇,对跪下迎驾,满脸是血的耶律楚材道:“耶律楚材先生快起来,何人敢打朕的钦差,告诉朕。”

耶律楚材一瘸一拐,躬身道:“大汗来得好快,臣无事,只是碰了一下。”

雪不知不觉停了下来,冷风吹着府门的灯笼,吹动着怯薛们手上燃烧的火把。窝阔台发青的面孔闪着一丝温情，对耶律楚材道：“耶律先生不要替他们打掩护，有人敢打朕的使者就是打朕的脸，告诉朕他们因何打你！”

“臣来郡王府宣旨，琐儿哈与火斜不准臣进府吊唁，骂臣害死了怯台大人。”

窝阔台斜着眼睛，从琐儿哈的脸上又转到火斜脸上，仿佛要看透他们的灵魂一样，看了一会儿才道：“琐儿哈、火斜你们好英雄呀，括户是朕的旨意，怯台违朕的旨意，去辽州劫驱，不是朕念着术赤台的功劳，当时朕就砍了脑袋，这事与耶律楚材何关？”

琐儿哈翻着眼睛，不服气地咕噜道：“耶律楚材是个契丹人，怎能参加蒙古人的葬礼，奴才对此不解。”

“是的，琐儿哈说的没错！耶律楚材以收税为名，挑拨离间大汗与诸王大臣间的关系。税收得多，有什么用？先帝没有用汉人收税，灭国四十，蒙古部族团结空前，天下无攻不克。而他借收税富国为名，鼓动大汗采用汉法，重用汉人，使大汗与诸王大臣离心。对这样的人，奴才恨不得宰了他！”火斜说。

窝阔台耸了耸肩膀，两眼喷火，吼道：“好两张灵牙利口，中原括户乃朕的国策，并非耶律先生一人的主意。汉人、契丹人、蒙古人都是朕的子民。朕乃天下之主，谁的主意对汗国有利，朕就听谁的！你们两个仗着祖宗的功业，给朕出过什么好主意？”见两人没有吱声，窝阔台继续道，“你二人不过因占了国家的编户被收回，就为一己之私借故闹事，琐儿哈鼓动额娘见朕告状，朕还没同你算账。今天竟敢胡说什么朕与诸王大臣离心的话，简直是丧心病狂了！”

琐儿哈直着脖子跪着，颤着嗓门儿道：“奴才只是说大汗不该听信耶律楚材的话！”

窝阔台望着他大吼道：“他的话对国家有利，你小小的年纪，给鼻子蹬脸，殴打钦差，还让朕听你的！”

窝阔台又看着火斜骂道：“好哇，两个郡王都成了疯狗，火斜你说，你说，你为什么要打？”

“耶律楚材是一个契丹人，违背先帝《大札撒》，要参加我们蒙古的葬礼，臣坚决反对，因他胆敢违蒙古汗国的习惯，臣要教训他，要它懂得国家规矩！”

“胡说，什么规矩，先帝都允许他参加国家的忽里台，他是先帝托付给朕的大臣，朕让他为宣差，责打宣差是死罪，还敢胡乱说什么《大札撒》。”

窝阔台对身边的怯薛长察刺道：“察刺，你给我背诵《大札撒》第九条，是如何规定的？"

察剌朗声道：

成吉思汗《大札撒》第九条说，诸王、诺颜（万户长、千户长），即便是最高级的人，也要服从来自大汗所遣宣使的命令，哪怕这个人是地位最低的奴才，也要绝对地服从，就是取他的性命，也要跪着接受刑罚……

"这两个人违背先皇《大札撒》，责打朕的使臣，你说怎么办？"

察剌大声道："依律，当死！"

"来人，将两个人绑了，拉出去砍了！"

"嗻！"怯薛上前将二人绑了，琐儿哈、火斜望着黑暗中怯台的灵棚感到末日来临，他们的脸比那黑暗中飘舞的雪花还要苍白，惊恐地望着诸王盼望有人替他俩求情。

"请大汗开恩，饶了他二人死罪。"唆鲁禾帖妮、铁木格、按赤台、三公主、亦巴合、蒙哥、忽必烈、旭烈兀、察乃、端真、哈达及所有在场的千户、百户一齐跪倒在雪地上，叩头求情道。

亦巴合道："琐儿哈与火斜是有罪的，但这里毕竟不是在他们的家中 又是在怯台丧事中发生的事，请大汗恕了他们的死罪。"

窝阔台见唆鲁禾帖妮跪在雪地中，脸色苍白，问道："四王妃，你怎么说？"

唆鲁禾帖妮见大汗问话，抬起头，说："大汗，在我妹妹的家中，发生了这样不敬大汗使者的事，臣妾心中难过。琐儿哈、火斜虽位居郡王，可毕竟是年轻人，一时鲁莽冲撞了使者。请大汗念着大公主和四公主，以及死去的孛秃①、赤古驸马②，恕他们死罪！"

窝阔台虎下了脸，狮子般的目光，仿佛燃着火苗。他见这两人斗牛一般挺着脖子，火腾地上了脸，吼道："《大札撒》对任何人都是公平的，琐儿哈与火斜二人无法无天，不能因为他是蒙古人就不处罚，更不能因为他们是朕的亲戚就不受处罚！"

铁木格亦道："臣大老远为怯台送葬，是念着术赤台与怯台两代人为蒙古汗国效力的份儿上，对刚发生的这件事，臣也感意外，大汗的话虽有理，但臣等还请大汗格外开恩，许这两个小兔崽子为怯台送葬后，一同去哈剌和林城接受大汗审判吧！"

亦巴合生怕大汗在自己家杀了琐儿哈和火斜，一边叩头，一边向琐儿哈

① 孛秃：亦乞列思贵族，娶成吉思汗长女火臣公主，其子琐儿哈。
② 赤古：弘吉剌贵族，千户长，娶成吉思汗四女秃马伦。

与火斜吼道："你二人犯什么浑，还不跪下向耶律大人认罪。"

琐儿哈和火斜岂能不知好汉不吃眼前亏的道理，见亦巴合说话，虽心里一百个不愿意，可都顺从地向耶律楚材叩头，说道："耶律大人，我们一时饮多了酒，犯了浑，打伤了你，请大人不记我等鲁莽之过。"

耶律楚材见窝阔台一脸怒气，可琐儿哈乃长公主火臣之子，火斜是四公主秃马伦之子，毕竟是黄金家族的人也不便得罪，也跪倒叩头道："臣请大汗答应亦巴合王妃、四王妃和铁木格王爷的请求，赦免了两位郡王的死罪。"

窝阔台望着耶律楚材，又望着跪在脚下的唆鲁禾帖妮和亦巴合，心中的火气也熄了不少，这两个女人与自己的渊源太深了，其中爱恨都难以说清。他叹了口气，说："殴打朕的使者，这是天大的罪过，既然王叔、按赤台兄弟、四王妃、亦巴合和耶律先生都替他求情，就免了他们的死罪，来人将他二人扒光上衣，各打五十鞭子！"

琐儿哈、火斜在风雪中被扒光上衣，冷风吹在背上，冻得直打哆嗦，被狠狠地抽了鞭子。火把下，二人脸色黜紫，打过之后，被带到大汗身前跪下。窝阔台指着二人骂道："殴打天使，不念着众人替你求情，朕绝不饶恕你们。先在这参加怯台葬礼，然后到哈剌和林城接受处罚。"

琐儿哈、火斜打着战，忍痛叩头道："奴才遵旨，谢大汗不杀之恩！"

第五十八回

风云会孟珙射天鹅
蒙宋合兵长围蔡州

十一月底的一天,时近未时,一团团阴惨惨的乌云,在天空徐徐移动着,苍白的太阳不时隐进云中,不时露出灿烂的笑脸,照耀着波光粼粼的护城河,和高大城墙簇拥的蔡州南城门楼。离南城两箭之地,大路上,又有一支蒙古大军从项城方向,大小车辆,打着鼓,举着大纛,进驻练河边扎下营。绕城数里新搭起的帐篷,一座连着一座,刚支起的帐篷内,有人点燃了火,套脑上冒起了炊烟……

蒙古大军帐内,人声喧哗,从套脑上射下的阳光正照在几案的银盘子上,银盘内的肉食和野味正冒着热气。阔出坐在一张豹皮榻上,右边坐着倖盏,左边坐着脱灭干公主和速不台。每人身后都有侍卫等待斟酒,几案上的金杯中酒香四溢。

阔出放下杯,抬头兴奋地望着速不台,道:“妹夫来得真快,我以为取徐州,你总要耽误一些时间。”

速不台眯缝着眼,抬头笑道:“完颜赛不自杀,守城金军没了前途,将领纷纷出降,接收了徐州,就听说殿下回到蔡州,还与宋签订了协议。我与公主一商量,就往蔡州赶,半路上看到殿下旨意……”

阔出哈哈大笑道:“再来晚了,宋国答应的粮草就运来了,孟珙也到了。”

二人谈话间,阿儿浑从帐外快步进来,禀道:“殿下,宋人果未失信,宋军船沿着汝河向蔡州城开来。”

阔出拊掌大笑道：“援兵到了，金主这回插翅难飞了！”刚喝了一杯酒，又有中军来报：“驻南宋使节王楫帐外求见。”

“快快请进！”

刚刚从宋营归来的王楫一脸尘土，黑炯炯的一对小眼睛闪着光彩，进入大帐，禀道：“殿下，宋国孟珙将军带五千人马，已到蔡州城西，后续人马明天将随江海将军一起开到。”

“来得好快！”阔出兴奋地望着帐下的王楫道。

“孟珙将军让我捎话给殿下，他请殿下到宋营商量扎营的事。”

“宋军想投入多少兵力，带多少粮？”

“按商量的约三万人，三十万石粮食。”

“好，去宋营邀孟珙来大营饮酒！”

一个时辰后，几匹骏马沿着汝河进入蔡州城南的蒙古大营，落日下，汝河上空，几只大雁在云彩间鸣叫着。靠前的是两匹白马，一匹白马坐着刚到蔡州的宋将孟珙，他一身戎装，背上负弓，腰佩长剑，另一个是英姿飒爽的阔出。身后是速不台、倴盏。众人纵马飞奔，孟珙忽然勒马，指着天上的大雁对阔出道：“殿下，听说蒙古人善射，今天阔出殿下屈尊相迎，末将分外高兴，愿逞薄技，射只大雁为殿下宴席添道菜，请莫要见笑了！”

“好哇，请！”阔出勒马仰视长空，见晴朗的天空，一群大雁排成人字，呱呱地叫着向南。

孟珙取下鹿皮弓，搭箭在弦，控马如飞，满弓扣弦。他知蒙古人素来瞧不起宋人，自己带兵来援，估计阔出、速不台、倴盏会小视宋军，欲借个题目，让他们看看宋人的骑射。阔出见过孟珙之父，对他自然增一番敬重；倴盏素知孟珙是宋国勇将，不敢小觑；只速不台暗笑，要看孟珙出丑。弓如满月，一枝箭直奔云霄。

“射中了！”一个怯薛高声喊叫，众人细看，空中头雁跌落……

一怯薛片刻归来，手提两只白额雁，众人大惊，阔出赞道：“孟将军一箭射中两只大雁，真乃宋国拔都鲁！”

“让蒙古勇士见笑了！”孟珙马上抱拳道。

接近城外，凭目远眺蔡州城耸立在冬日晴空之下，南门外，柴潭一池湖水，平静如一面镜子，潭上耸立着高大的柴潭楼。楼作为堡垒，上面驻扎着数百金兵，军旗在风中飘扬。知兵的人，自然明白，此楼乃天设之险，是蔡州城南最坚固的屏障。

孟珙道：“阔出殿下，蔡州地势险要，这柴潭乃险中之险。”

阔出叹息道："蔡州自古易守难攻，唐朝吴元济以蔡州反，李槊雪夜取蔡州成为佳话。金国皇帝逃至蔡州，欲凭天险苟安，其实他入蔡州就如鸟入樊笼插翅难飞，今得将军相助，灭金就在目前。"

"殿下说得对，完颜氏作恶多端，大限已到！"

阔出指着柴潭道："孟将军，这柴潭是从城南攻城的障碍，潭深楼高，箭难射到楼上，而攻城之人马却要在它身边经过，楼上劲弩当关，不知将军有何良策。"

孟珙笑道："有一利就有一弊，要攻其城，当泻其潭水，水涸则其楼受攻。"

阔出大惊，点头道："孟将军釜底抽薪，果然好计，令人赞叹。阔出听人说将军刚破唐、邓十万金兵，败武仙于老巢，为剪除金主西逃扫除后患，因此本王一直盼着与将军联手灭金。"

孟珙道："阔出殿下，王爷以蒙古汗国殿下之尊，入临安，可见联宋之心弥坚。小人受史帅之命出兵，自当全力协助殿下破此柴潭，金亡后，还望王子能固守协约，莫使小人成为宋国罪臣！"

阔出点头，道："将军放心，阔出已得吾父汗之命，一旦灭金，我军便与宋国以陈、蔡为界，永为慕邻，何敢有负于将军。"

孟珙沉思片刻，用马鞭指着柴潭道："蔡州城南以潭为固，四周是护城河沟深城高。孟珙愿按兵城南，破南城，以乱金兵心智！"

阔出笑道："孟公可有把握？"

"军中无戏言，何敢大言诓殿下。"

牛皮大帐中，蒙古军主帅阔出设宴，帐内飘散着牛羊肉的腥膻味。桌案上大银盘子中盛满烤肉，有驼肉马肉、还有烤好的鹿肉和雁肉，几个侍女轮流将波斯红酒、蒙古马奶酒、山西的杏花村，斟到将帅们杯中。

孟珙豪饮，与阔出、速不台、倴盏觥筹交错，开怀畅饮，他此行有意与蒙古军帅推诚相见，省得战场上各怀心事。

阔出喝得高兴，站起身道："今天是个大喜的日子，有了粮草，又得孟将军援军，阔出愿唱一首祝酒歌与诸君佐酒！"。

副帅倴盏击掌道："好，许久没听到殿下高亢的嗓音！"

孟珙大呼道："早听说北曲慷慨，当然斛律光一曲敕勒川，万古流芳，阔出殿下能用歌声劝酒，末将定多饮几杯！"

乐队奏乐，阔出唱道：

衔铁嚼钉马钉的骏马奔腾万里，
恋着大漠的牧草青青，

手持盾牌马刀的豪客，
决战沙场为可汗赢得万古英名。
天上的风永不潇歇，
世间的人欲壑难平；
万年的圣水何人饮过，
庆有佳肴美酒伴一生。
愿身葬天涯，
苍狼衔我回漠北……
哦伊哟……

阔出的歌，唱得慷慨苍凉，使孟珙心中一震，心中道，自古北国多悲壮之音，留于匈奴的蔡琰写过："胡笳动兮边马鸣"的诗句，至今动人心魄，没想到今日这位阔出殿下的北歌，能有如此襟怀。

阔出唱罢，举起杯子道："孟将军刚到蔡州，就敢将大营扎城南，不愧将门虎子。你父与我又有大恩，我当以地主之谊再敬孟将军一杯酒！"

孟珙站起身，拱手，说："王子一曲壮歌，雄迈古今，令人神往，此第一杯酒，当由末将敬殿下，愿两国早灭大金，永享太平。"

阔出哈哈大笑道："好！痛快！既然如此，你、我两人同饮此杯！"

副帅倴盏听到阔出之歌，感到有些凄凉，自忖道：殿下是汗储，年龄方壮，可今日之歌如此伤感，不觉心中有些不安，却未吱声。

速不台见孟珙豪爽，亦笑道："孟将军，殿下与你投心，但灭金后，投我大蒙古汗国，殿下决不会亏待于你，如何？"

孟珙怒目道："速不台将军，何出此荒唐之言？"

阔出知孟珙之意，笑道："驸马玩笑话，孟将军不必介意。"

孟珙向速不台恭手，说："我孟家世受国恩，正如速不台将军不能投降我宋国一样，我是个军人自幼随先父读圣人之书，受圣人之教。如背叛圣训，离父母之邦，人皆不耻，生亦何趣。"

副帅倴盏举杯道："我蒙古人也最重情谊，重那些不背主，不叛友的人。先帝成吉思汗曾说过，没有信义的人，不能与他做朋友。我愿与孟将军这样的人结为安达。"

阔出道："孟将军言语明白，本殿下也愿与孟将军结为安达。"

速不台道："我也愿意。"

孟珙拱手道："王子与诸大人不弃，在下愿与诸大人约为兄弟，同心协力共灭金国，永不相负。"

阔出大喜，命人屑金和酒，四人序过年齿，速不台为长，孟珙次之，倴盏后才是阔出，四人一同饮过金屑酒，焚香共祝道：“吾等虽地分南北，人居两地，但相互仰慕，此次相聚共谈灭金大计，约为兄弟，请长生天作证，定遵和约，誓不相负！”

当夜，大块肉，大碗酒，欢饮至五更，都喝得酩酊大醉。

次日，阔出命人在南门外拔寨，将自己的大帐也不拆卸，到了中午，宋军在江海带领下来到，孟珙命在城南扎营。

江海带众将进了大帐，拜见了元帅孟珙，江海诧异道：“元帅，这座蒙古大帐怎么没有卸走？”

孟珙笑道：“江将军，我军与蒙古合兵灭金，只有不相疑方能取胜。蒙古王子阔出留下大帐，亦是好意，拒绝不合礼节。况蒙古汗国乃方张之师，每怀无厌之心，朝廷因不能胜，方助粮助兵，以图结为善邻。因此我军在蔡州当不卑不亢，守信守义，让蒙古人知我不可欺，亦令其无隙可乘。”

江海又道：“大帅，城南险要，元帅为何选择了攻城南。”

孟珙对江海诸将道：“我军初到，蒙古兵素欺我软弱，我与诸公攻其坚，方可使他们不敢小觑于我，亦可保我大宋数年太平。”

诸将皆曰：“诺！”

子夜，浓雾遮盖的练江，除了轻微的桨声，闪烁的波光外，可以隐约看到几艘如幽灵般的船只。没有丁点喧哗，只有风鼓动着风帆，凉夜中，船舰在河中撒网，冷冷的水，沉沉的夜。领队的船舰的甲板上，一个披着黑色战袍的人正在巡察。他就是金国元帅蔡八儿，由于船只处在蒙古人大营一侧，他不能不格外小心，他正在看士兵下网捕鱼，忽见一个身穿铠甲的军官，从船头跑来，便站起身：“什么事？”

那人打了个立正，道：“报，蔡元帅，前面哨兵发来了信号，蒙古船舰正向我船舰包抄过来！”

蔡八儿抬头，果见黑黝黝的江面上，有几处黑影在移动，他嘴翕张了一下，声音短促地道：“通知各船起网，原路返航。”

捕鱼船开始收网，蔡八儿的心提到嗓子眼上。他年龄刚过不惑，个子不高，那张饱经风霜的脸不漂亮，门牙还微微外露。因见身边的几个士兵起网不麻利，他推开一个士兵……

这支金国船队开始返回蔡州，猛然一片火把照亮了练江，几艘蒙古大船迎面袭来，蒙古人的箭镞逆风射向蔡八儿乘坐的船只，一些士兵中箭跌倒在甲板上，有的落入江中。一个士兵惊呼：“大帅，敌船——”

蔡八儿红着眼睛，他从腰上拔出剑，大声命令道：“不要怕，除划船的，能拿家伙的一齐上，和蒙古人拼了！”

金兵船队在蔡八儿的喊叫声中，冲向企图拦截它的蒙古船舰，由于夜黑，又是顺风，蔡八儿带的船队冲进了对方的船队中。双方在江心展开了殊死的拼杀，水面寒光闪闪，兵刃相击，船舷相撞……

蔡八儿手执大刀站在船头，最先冲出了包围，并撞沉了一艘蒙古木船。接着又有几艘船，冲出了包围，情况紧张，他们顾不得后面的船只，仓皇地逃奔蔡州。而被困在练江的六艘金军船舰没有这些船幸运，它们有的被蒙古船的钩锚钩住船舷，有的被蒙古舰只撞翻，史天泽带着士兵登上了一艘金兵大船，一个敌军官，用大刀猛砍过来，史天泽避开刀锋，飞起右脚，将那人踢倒在甲板上。那人正要爬起，史天泽的剑已刺进了那人的胸膛，随着尖叫，拔出的剑带出一道血柱……

残酷的战斗持续了一顿饭的时间，被抛在练江上的金国船只上士兵多数被杀，有的投身练江。只剩一艘船上的金兵还在反抗，史天泽跳上金舰，忽然对身边的一个百户命令道："不要都杀光，留几个活口！"

扫尾的工作进行得很顺利，两艘金兵的捕鱼船被撞翻，落水的士兵全被杀死，水上浮尸很多。另四艘船上大部金兵被杀，仅有十余金兵被留做了活口。

没有月的夜，如一个密封的铁桶，一切都黑漆漆，连高大的蔡州城也显得黑洞洞的。城门边的水门裂开了一道缝隙，蔡八儿带着残余的船只进入城为，水门关上，河上的喊杀声也被关在城外……

第五十九回

人主食鱼损兵折将
娄室闯营再失柴潭

乘着夜雾，蔡八儿、李德驾着几艘大船逃回蔡州，进了城门，方松了一口气。水门闸口，望着船鱼贯而入，船上军士盔歪甲斜，狼狈不堪，候在岸上的奉御宋圭也长出了一口气，见蔡八儿第一个出现在闸口，欢喜地迎上前道："蔡帅，可回来啦，把我急死了。江上喊杀连天，灯火漫江，我几乎投江的心都有了。怕就怕蔡帅的舟师回不来，我的罪就大了……看来蒙古人早有准备，再要出城捕鱼，我也不敢做主了！"

"我没死……一百多人换回二百多斤鱼，每条命二斤鱼！"蔡八儿丧气失魂地跳上岸，没好气地道："不是发现早，将士拼命，这些人和船也差点回不来！"

"蔡帅没出事就好。"宋圭见几个士兵抬着几篓活蹦乱跳的鲜鱼，满脸带笑，涎不答地道，"这也是为了圣上冒的险，御厨里正等着这鱼，只要弄回鱼，蔡大帅就为圣上立了大功一件，我要为大帅请功的！"

"请什么功，丢了船还损兵折将，让人听了，我也丢脸……"蔡八儿还没有从练江鏖战的拼杀场面中转过神来，他记得当自己的船与史天泽船舷擦过时，不是自己用刀一挡，几乎挨了史天泽一刀，多亏李德拼命，才战退了史天泽。

"快，将鱼装好，给宋大人放到车上！"蔡八儿对抬鱼的士兵叫喊着。

士兵们开始将鱼篓装到宫中的车上，一条大鱼竟从篓中跳出，这些士兵死里逃生，心惊肉跳地从地上捉回那条湿滑的大鱼，扔到车上。宋圭却满脸堆笑地望着那些活蹦乱跳的鱼，嗅着鱼腥味，打了个哈欠。

车子开始启动，宋圭走了。李德望着宋圭的背影，生气地对蔡八儿道："大帅，练江的鱼经过这场大战，也染了血，怕圣上想吃不带血腥的鱼也没了。"

"作臣子的这条命也是圣上的，不要胡说了！"

李德受到大帅的斥责，沉着脸不说话，随着蔡八儿登上岸，早有侍卫牵过马来，他与蔡八儿上了马，马蹄叩着静静的石板路，士兵们跟在后面，随着杂沓沓的脚步声，队伍消失在街道拐弯处……

卯时，按照往常参政完颜仲德顺着马道登上南城，宋军来蔡州他已听说，一早起来想看看宋军扎寨的情况。参政上城，向雾蒙蒙的宋军大营张望，连营上旗幡招展，还有一些宋兵出现在汝河大堤上，南城元帅乌古论镐与南门总帅元志也飞马赶来。乌古论镐跳下马，拱手道："参政大人，宋军大营一夜灯笼火把，都在扎寨，早上安静多了。"

元志也道："听说蔡帅是为圣上去练江打鱼，丢了六条船，数百人，蔡帅差点丧了命……"

蔡帅出城的事，完颜仲德早就知道了，可他没有表态。徐州失守，武仙下落不明，唐、邓、淅川被宋军占据，去秦州路断，使他去秦巩的念头尽灭。他是那种在官场上经过惊涛骇浪的人，知道国灭有期，大厦将倾，作为忠臣——他依然要全力维护这个摇摇欲坠的朝廷。他看了二人一眼，用手指着汝河岸边的宋军大营，说："别说了，咱们当臣子的也该体会圣上的难处，圣上的心也苦呀，困守孤城，援军不至，宋军大寨一扎，四面就合围了……"

查看了南城，完颜仲德就直奔行宫。进了蔡州后，朝仪规矩减了许多，又非大朝会，仅来了几位重臣，参政完颜仲德、殿前都点检权参政娄室、右副点检移失剌、宗室完颜承麟列于两厢。完颜守绪走进大殿，按说他才三十七岁，正值壮年，可白皙的脸显得过于苍白，细长的眼睛布满了血丝，多少天来，心绪不宁使他肥胖的身躯更感到虚弱无力。他已经清楚祖宗传下的天下就要毁在自己手上，可对于常朝，他从来不愿错过。

待众人平身后，完颜守绪长吁一声，眼睛从阶下诸臣脸上扫过。在这几个人中，他还是比较看重完颜仲德，尽管对这个执固的老臣也有不满的时候，但他并不糊涂，处于逆境，他需要朝廷中有位德高望重的人，为朝中表率，因此依惯例看着完颜仲德，话语和蔼地道："参政早上巡城去了，有什么消息？"

"圣上,昨夜还算安静,可士兵们口有怨声,说圣上为城内鱼腥,命蔡八儿将军到练江上捕鱼,死了不少人!"

"什么,有这样的事?"金主完颜守绪吃惊地望着完颜仲德。

"圣上不知道这件事?"完颜仲德望着皇上,直率地道:"圣上不知,我想一定是什么人打着圣上的旗号,让蔡帅出城打鱼的……"

"真有这样的事?"坐在龙椅上的完颜守绪心一震,忽然记起,早上他吃的鱼,只觉得香,并不知这鱼的来历,便扭头对宋圭道:"大胆的奴才,是你干的事?"

宋圭吓得脸变了色,腿一软扑通跪倒,打着颤音道:"启禀皇上……奴才见圣上卧不安席,食不甘味。还常念叨练江的鱼鲜,便私下请蔡元帅去江上捕鱼,奴才该死!"

完颜守绪望着宋圭,猛地一悟道:"你这个大胆的奴才,朕私下是有这话,可并没有让你在此情况下派人去打鱼,你这是假传圣旨,陷朕于不义!'

完颜仲德道:"臣以为宋圭身为内臣,擅自与外臣传话,圣上不能不做处置,以正朝纲。"

娄室眼睛闪过一阵诧异,他见完颜仲德连皇上面子也未给,不高兴地道:"仲德参政,圣上食不甘味,宋圭身为内臣,也是尽臣子之心,也是一层好意,何必认真嘛!"

完颜仲德盯了娄室一眼,口气有些强硬地道:"娄室大人,蔡州城危在旦夕,圣上忧心如焚,正是收拢人心之时。城中军士快要断粮,让人知道圣上为了几条鱼,让数百人丢命。人言可畏,这岂能是小事!"

右副点检移失剌瞪了完颜仲德一眼,大声道:"参政过虑了,谁敢传谣,我就替主子宰了他。"

"蔡州还有多少人可杀,你一口一个杀字,失去了人心,谁来保卫蔡州,保卫皇上!"完颜承麟脖子通红,怒冲冲地瞪着移失剌的脸,发问道。

"不要说了,将宋圭拉出去打四十板子,发到御厨任主事。朕下《罪己诏》,将打来的鱼,一条不留奖给守城有功将士。今后殿前奉御改由绛山,让蔡八儿对战死将士家属,多与钱粮安抚。"完颜守绪前额血管像有一条黑色的虫在蠕动,眼睛充着血,身子在宽大的龙椅上移动了一下,他知道眼下民心比一个宋圭重要,因此连看也没看他一眼。

"圣上英明!"殿下诸大臣一齐跪倒。宋圭哭丧着脸被带了出去,外面传来宋圭的哀号声……

权参政娄室道:"圣上,宋军到城南了,得给他们些教训。"

完颜守绪看了眼娄室道:"朕的甲士,按说与蒙古汗国交战,实难与敌。

但纵横江、淮间破宋国,还是有余力的。参政有什么主意?”

娄室见金主以期待的目光瞅着自己,出列道:“宋人立营未稳,臣想带五千骑出城破宋军,烧其粮草,断其一臂,以打破宋、蒙联军亡我计划。”

完颜承麟也道:“此言甚善,臣愿随他出城。”

完颜守绪看了一眼完颜仲德,问:“参政何意?”

完颜仲德思索半天,说:“主动出击不失一个好主意,但要好好谋划,宋军人马众多,孟珙又是悍将万万不可轻敌。”

“仲德的话有理,娄室与承麟可以出城,但要精心策划,小心无大错。”完颜守绪见众人意见一致,苍白的脸上现出一丝红晕,又继续道:“这件事由娄室为帅,仲德也参与一下。”

“臣等遵命!”娄室、仲德、完颜承麟等一齐跪下领旨。

金乌下山,皓月东升,娄室分兵两路,一路自己与承麟带领,另一路命宿州总帅高刺哥为帅、以郭山为前锋,分路包抄宋军大营。却说两路人马趁夜色悄悄开了南门,分东西直扑宋营大寨。

这夜无月,阴沉沉的夜空看不见几颗星斗,灰蒙蒙的夜雾如浮动的轻纱,使人看不清远方的景物。娄室出了城,人衔枚,马裹足,也不敢点火把,好在路径熟悉,带兵直奔宋营。接近宋营,寨内旗幡招展,并无灯光,也不见人声。娄室驱马直奔中军大帐,帐内点着蜡烛,烛光下似有人影在晃动,娄室还道是孟珙在读书。持刀闯进了大帐,抬头看是一个草人,草人上一白绸上朱笔写有:进此帐者死于此地!娄室大怒,命人推倒那草人,哪知草人推倒,带倒了帐内七盏灯笼,大帐上原是倒上了猛火油①,地上埋有火药,一时火起,堆于帐边的火药被点燃。

顿时帐内燃起大火,靠前军兵成了火人,娄室被火药喷伤了面额,燎着了袍子,被侍卫搀扶跑出一箭之地,扑灭了火,被人扶上马,方知中计,大叫道:“快撤!”

话未完,就见四处鼓声连天,箭飞如雨,伏兵跃起。娄室打马出奔,火光中,孟珙带宋军马队冲了过来,金军一片混乱。此时娄室不敢停留,一队人马袭来,一将骑着白马,手执大刀,迎面杀来,挡住了娄室。

白马上的正是宋将孟珙,他就着火光,指着马上的娄室,大声喝道:“娄室,本帅早算定你要袭营,还不下马投降。”

娄室一边催马挺矛来战,一边大叫:“孟珙拿命来,娄室并非贪生怕死之辈。”

---

① 猛火油:即石油。宋代已利用石油遇火燃烧的性质,制造火器。

孟珙哈哈大笑，笑得娄室一阵心悸。孟珙说："娄室，你妄称主帅，不善估计时局，插翅难飞，还敢逞强！"

娄室被烧得胆战心惊，又见四面杀声震天，也不知有多少宋军，可他未战焉肯服输，拍马迎前。他仗着力大，挺铁矛直取孟珙，刀矛相交，你来我往，孟珙刀法出神入化。娄室如何能敌，被孟珙一刀斩落头上银盔，娄室吓得魂飞魄散，落荒而逃。

完颜承麟亦怕娄室出事，拍马来救，又抵不住孟珙，拍马败走，由蔡八儿等众将保护他们着杀出重围。

孟珙率军紧紧追逐，可怜金兵，原本抱定取胜之心，不料被杀得鬼哭狼嚎，折了大部。娄室、承麟狼奔豕突之间，嗵的一声响，夜空中亮起一片火把，一队宋兵杀来，娄室大叫："吾死于此！"

正在紧急之时，一哨人马从宋兵身后赶来，赶散宋兵。带兵之人正是完颜仲德，原来完颜仲德亦怕娄室轻敌，带人出城接应，正救了娄室与完颜承麟。

宿州总帅高剌哥、郭山出城，借着昏暗夜色，暗淡星光，抄林后小路，欲包抄宋营。可刚过林地，见宋兵营中火光冲天，还道娄室得手，急着催兵与娄室会合。哪知林中骤起一哨人马，斜叉着挡住道路，高剌哥抬头观望，黑暗中也不知对方有多少人马，急忙举刀来迎。

江海大刀与高剌哥的大刀，黑暗中叩在一起，火花四溅。移剌瑗也冲来与郭山相拼。两军混战一个时辰，高剌哥的人马被阻，暗夜心慌，前锋郭山被移剌瑗杀死，高剌哥战江海不胜，方知事情不妙，忙带身边诸将杀出一条血路，欲逃回蔡州。江海哪里肯舍，又早布置人马遮其归路，在汝河边掩杀，擒其偏裨八十七人，斩首一千多人，高剌哥所带两千金兵被杀得七零八落。抛弃兵刃的跪下投降无数，不降的尸横遍野，落入汝河的浮尸随流而下。数里河面，被鲜血染得污浊不堪，高剌哥仅带百余人逃回蔡州。

娄室回城收残兵，五千人竟折了近三千多人。娄室回到城中，自缚去见金主，完颜守绪闻讯大惊，又念娄室是老将，不忍深责。

当夜，宋军乘胜驾船直取柴潭楼，楼上金军奋起抵抗。楼上安有床弩，射达千步，可发多种箭镞，其中有大铁镞 、火药箭。楼高插云，为首的将官亡哥亲冒矢石，挥动令旗督战。宋军千余人冒死驾船抢楼。哪知河上布有铁锁，无法靠近楼下，只丢下百余具死尸撤回。

次日清晨，孟珙带诸将登上高冈望柴潭多时，晨光中城下的柴潭横亘在眼前，冬日的阳光下，海子内到处可见枯败的莲蓬的枝叶，如果不是上面浮有死尸，飘着残箭、浮木，这个海子一定很美。孟珙指着柴潭，对副帅江海，道:“江大人,昨夜乘船攻柴潭失利,看来再不能强攻,依我的主意,不急攻城,叫士兵凿开堤坝,将海子的水放入汝水后,然后再取柴潭楼。”

江海请命道:“末将愿带人去扒开堤坝,泄海子入汝河。”

金军见宋兵并不进攻,却在城外凿坝,出兵又怕吃亏,眼见几天后潭水打箭般顺着明渠泄入汝河,十天后柴潭干涸。孟珙见时机已到,亲自麾军攻打柴潭楼,宋军人多,楼顶的金将忙哥中箭坠楼。主将虽死,当楼上箭矢如雨,依然无法登楼。孟珙气得眼红,命宋兵负柴草于楼下,楼下积薪数米,孟珙命人纵火烧楼。冬日寒风中,那楼被点如蜡炬,可怜楼上数百金兵,或投于楼下摔死,或被大火活活烧死。在城北,阔出也命人将护城河水放入练江,半月后,蒙、宋军队已进驻城下。

失去了护城河保护的蔡州孤城,已呈败相。城门边金帝再下的《罪己诏》上加盖着鲜红的玺印,却看不到有人围观……

攻城开始了,从清早到深夜,无数蒙、宋士兵抬着云梯,撞车、推着头车①如潮水般向城下涌来,攀爬如蚁。如飞鸟般的炮石掷向城垣,所击之处,声震若雷,不时有守城士兵被砸伤,城垣上烟雾弥漫。城垣上,完颜仲德没睡过一个囫囵觉,日夜在城上多方协调,组织人加紧生产震天雷、火球、弓箭等守城器具。各路军帅利用撞车、行火炉、狼牙拍坚守城池,对付攀城器械。由于城上拼死抵抗,城下虽攻势甚猛,一时攻城也没有进展。

① 头车:宋国生产的一组攻城和挖掘地道的车辆。

第六十回

国夫人暴卒城垣上
麻衣道受宠播乱果

大年初一清早，御膳房费了好大劲，才制作了一桌像样儿的宴席。皇贵妃婉若与儿子一齐向金主祝寿。婉若再次向金主提出封龙儿为王，完颜守绪叹道："不封也罢，我在汴京曾封荆王之子为太子，可却是送给蒙古人做了人质。"

"可我们的儿子，是真正的龙子龙孙呀，即便死了也是皇家的后代。"贵妃婉若道。

完颜守绪流着泪道："朕这一生盼过儿子，一直未有男儿，可此子生不逢时，偏在朕走到绝境时来到人世，朕对不起他，都是朕作的孽，帝王家对他非福呀！"

贵妃婉若温顺地依偎在他的身边，强作欢颜道："圣上，这孩子长得多像圣上，方正的脸，深陷的眼睛。有了他，圣上有后，天神和列祖列宗会保佑皇上的，我们定能够渡过劫波的。"

"封王的事过了年再说，这顿饭好丰盛呀！"金主完颜守绪看着餐桌上的各色菜肴，仿佛有一种隔世之感。作为皇上，他过去从未感到宴席丰盛，也从来没有像今天这样感到有食欲。

贵妃婉若为他斟满了酒，惋惜地道："只可惜没有圣上喜欢吃的江鱼。"

完颜守绪知道她并未理会他的意思，笑了笑道："饥者易为食，饱时难为味。朕满足了，满城的将士，能吃顿饱饭都是享受了，朕哪里还能要求得那么多呢！”

“是呀，宋圭侍候皇上好好的，就为让皇上吃几条鲜鱼，就被免了差，还打了板子！”贵妃婉若唠叨着。

完颜守绪心中有些酸楚，对身后的奉御绛山招招手，指着桌上的两盘菜道：“这两盘菜你去端给宋圭，就说是朕赏的。”

绛山端着菜去了，完颜守绪反倒有些吃不下去了，只简单地喝了两杯酒，将菜随便吃了几口，便将孩子承运抱过来，亲着孩子的脸，他忽然感到自己变了，变得有耐心了。记得在汴京时，皇后为自己生过一个未长大的孩子，他只是在出生时抱过孩子一次，也从没有过现在这样的心思。他想：这也许是自己老了。

“哎哟，这孩子尿了！”守绪低下头，见自己的龙袍上现出一片尿迹。尴尬地将孩子交给贵妃婉若，笑道：“这可是大水冲了龙王爷！”

完颜守绪重新更了衣，饮了茶，绛山才进来，完颜守绪道：“菜送去了？”

“送去了，殿头宋圭欢喜地要来给皇上叩头，他说，皇上还惦记着他这个老奴，过年给他赐菜，他真不知如何报答皇上。说着他泪流得湿了衣襟，奴才不得不劝他一阵子，才止住了哭声。”

“他侍候朕多年，并无大过，过几天闲了，朕再见他吧。”

见皇上、贵妃无话，绛山又道：“皇上，奴才进来时，见廊外几位大人在外候着皇上，说要同皇上一道巡城。”

“朕这些日子心乱如麻，又差点忘了正事！”完颜守绪饮了一口茶，站起身，用手捶了捶后腰。

“圣上，去哪里？”

“朕约好大臣们去城上看望守城将士。”完颜守绪出殿，完颜承麟、完颜斜烈、娄室等正在外候着，君臣一齐上马。

由于过年，蒙古兵暂时停止了攻城，蔡州城内杀了一些马匹，让平日饥肠辘辘的士兵们吃了顿不算丰盛的年饭。形势吃紧，吃过年饭的军士们一早就上了城。由于是新年，报春的燕子，在城垛边往来穿梭，城中一棵桃树开始吐放蓓蕾。

“过年了，金国兄弟们，不要为金国皇上卖命了，下来吃烤牛肉啰——”蒙古、宋兵大营在城下过年，城上城下近在咫尺，城外篝火通红，围城的士兵照常架锅，锅内煮着牛肉，支着架子在烤肉，肉饭香味弥漫城上。一些蒙古兵一边喊，一边用勺子敲着铁锅。城上的金兵年饭没能吃饱，流着口水，将兵器架在一起，眼巴巴看着城下的蒙古兵大吃大嚼地过年。

在东城垣上，士兵们正驱赶着一群穿着男子衣冠的妇人，往城上抬运大石头，修补被炮石毁损的堞口。由于力气不足，又没有吃饱，不时地有妇人跌倒，士兵们咒骂着，用鞭子驱赶着这些妇女。

一个瘦弱的老妇人跌倒在马道上，石头跌在脚旁，一个士兵用鞭子抽打着老人，一边抽一边骂道："还不滚起来吗，不死就得抬石头，打死你这个老乞婆，让你磨蹭！"

"放下你的鞭子，你睁大眼睛，看看这位老婆婆，比你奶奶年纪都大，她几天没吃饭，哪里抬得动石头！"一个拿着刀的守城卫士，看着有些不忍，指着他道。

"你找死呀，他是罪人家属，不杀他们，就是圣上的宽宏大量，你以为我这么做是多事呀，这是上峰下的死命令，今晚这段城墙要修好……"

"你打死她，她就能爬起来，还是积积德吧。"

"行善事，如果不是蒙古攻城，咱们这些女真人有吃有喝，谁来受这个穷罪！"

"要吃饭，吃肉，城下就有，你放了老人，要不你去晚了，可就没得吃了！"一个百户也冲士兵骂道。

"你他妈地跟我磨什么牙？"

"都不要发牢骚，快，皇上来了！"蔡八儿打马过来，一声吆喝，士兵们不情愿地站起来，拿起兵器列队。

完颜守绪策马带着将帅门沿着城垣走了一周，士兵们的吵嘴声，使他拨转马头奔来。皇上过来，那个面目凶恶的士兵见老妇人不起，忙扯着老妇人的腿往路边拽，就像拖动一个破包裹，拖过之处血痕斑驳。

马蹄声响过，完颜承麟、完颜斜烈、娄室跟在完颜守绪身后骑马过来，完颜守绪早就望见城垛边的老妇人，见这妇人一直未动，勒马问道："这个老妇人是谁？她死了吗？"

手拿鞭子的士兵凶巴巴地扯着伏在地上老人的白发，吼道："你装什么死，圣上问你呢？"

老妇人被扯着抬起头来，挣扎着抬起满面血污的脸，努力地睁开眼睛，看着完颜守绪，她声音含糊地道："罪妇又看见圣上啦……"

金主完颜守绪大惊失色地道："老人家，你是谁？"

妇人抬头，勉强睁开眼睛，道："罪妇张氏，圣上忘了！"

完颜守绪仔细一看，不禁认了出来，一阵心如刀绞，流下泪来，道："你是国夫人？"一句话惊动了随行的众官僚，众人都惊恐地面面相觑。

"正是罪妇！"老人两鬓如霜，满脸皱纹，瘦骨嶙峋，身上穿着男人衣服，你道这老妇人就谁，原来是蒲察官奴之母。当日金主逃至归德，蒙古大军围了归德，忠孝军蒲察官奴利用蒙古元帅忒不台大意，带数百人马，破蒙古数万大军。当年完颜守绪在归德府晏殊放驯鹭的南湖，邀蒲察官奴与其母张氏共度端午节，当时张氏被封为国夫人，被安排在皇妃席间，因此金主守绪对她印象极深。后来，蒲察官奴专断独行，因反对迁蔡州被杀！

完颜守绪见到张氏，禁不住想起当年蒲察官奴被砍断右臂，依然泪流满面跪在阶上，对自己喊道："圣上，蔡州地接连宋国，一旦迁蔡，出现宋、蒙联合，大金国就有旦夕之忧啦！"当时完颜守绪对他恨之入骨，可现在想起来，也有些后悔。想到这，完颜守绪叹道："国夫人，朕对不起你，官奴当年有罪，罪在滥杀，可他对朕也是功臣。朕回想起来他当年阻朕离开归德还是很有眼光的，朕误信人言，如果不离归德，国家也许不会如此快的败亡呀。"

张氏受尽凌辱，忽然听到皇上一番肺腑之言，挣扎着以头撞地痛哭失声，说："皇上，有你这一句话，蒲察官奴死也瞑目了，老奴也没白盼了这些年……"张氏乐极而悲，本是风烛残年，又遭毒打，身体虚弱已极，伏在地上不起，渐渐无声。奉御绛山上前一看，脸皮潮红，摸摸鼻息已无出来的气息，忙在完颜守绪耳边禀报道："国夫人死了——"

完颜守绪叹息不已，指着那个士兵，对身边的禁军命令道："把这个畜生拿下砍了，对这样大年纪的老人不知心存怜惜，还扯着头发往死拖，定是个不忠不孝之人！"

卫士呆愣愣地被人拖下，完颜守绪含着泪，对娄室道："派人好好安葬了国夫人，蒲察官奴家还有什么人，你去查查，有的话，不要难为他们，送些粮食接济一下。"

发生了这样一幕，完颜守绪再也不想巡城，作为皇上，过去他对死个人，甚至满门抄斩，从没眨过眼，可对蒲察官奴的老母张氏的死，他有些懊悔。他眉头皱着看着禁军将张氏抬走，半天对完颜承麟、完颜斜烈道："不巡城了，朕想去清宁观。"

完颜承麟、完颜斜烈刚要回话，一个禁军千户慌慌张张地跑来，冒冒失失地禀报道："启禀圣上，完颜仲德参政将麻衣道人捉了，正押赴菜市口行刑。"

"出了什么事？"完颜守绪心情郁闷，正想去清宁观见麻衣道人，忽听禀报，不禁震怒。

千户道："奴才奉旨保护清宁观，昨晚发生一件怪事，东门神臂弓都尉王锐说麻衣道人奸杀他的妻子，去杀麻衣道人，赶上夹谷当哥在道观当值，将王锐捉了，责打一顿。哪知王锐怀恨在心，昨晚带兵杀了夹谷当哥，因没找到麻衣道人，怕朝廷怪罪，半夜抢开北门，出城投降了蒙古人。今晨，此事传开，完颜仲德参政就带人来抓人，小人劝阻不了，无奈来报圣上！”

“快，去传朕的旨意，麻衣道人杀不得，朕随后就到！”完颜守绪对那千户命令道。

你道麻衣道士何人，敢奸杀朝中命官之妻，完颜守绪还如此袒护他。原来金主被困蔡州后，常到清宁观让麻衣道人为国祈福。麻衣道人自是装神弄鬼，在观中设坛上树八方旗，忽而灵咒降神，忽而八音迎驾，忽而步虚赞颂，忽而祈请符录，因而大得金主宠信，命禁军守门。

完颜守绪打马直奔北门，天方中午，菜市口人山人海，麻衣道人被绑在木桩上，大老远就听见许多观刑人高喊：“怎么还不行刑，杀了这个妖道！”

完颜仲德因金主不许行刑，正在犹豫，望着烟尘起处，知道皇上来了。

马蹄踏踏，完颜守绪骑马过来，木桩上被绑的麻人道人其貌不扬，矮小猴子脸，下巴上长满乱蓬蓬的长须，眉长而白，鼻孔朝天，裸巅露足，缀麻为衣。他本是蔡州全真观的小道人，因得了金主宠幸，为他建了观。他本以为要被杀，忽听皇上赶来，趾高气扬地喊道：“我乃圣上之友，参政大人，你杀我不得，快为我松了绑绳，小心圣上怪罪。”

完颜仲德见皇上汗流满面，打马赶到，后面跟随着娄室、完颜承麟，忙跪下奏道：“皇上，此妖道胆大妄为，奸杀朝廷命官之妻，逼反了王锐。当此之时，妖道以道术惑人，乱我军心，罪不可恕！”

完颜守绪一边勒马，因跑得过急，嘴上喘着粗气，脸有些发紫，瞪着完颜仲德道：“参政，此人不能杀，他就是朕上次同你说的可教全军服气不死的奇人。”

麻人道人哈哈大笑道：“对，参政大人，国家无粮，贫道有奇谋，可助国立功，圣上有话，还不快给我松绑！”

完颜仲德原也听完颜守绪说过，有奇人可让军士服气，只是未上心，今日方知是这个麻衣妖人，知金主被他骗了，便道：“圣上，这麻衣道人一派胡言，民以食为天，服气乃道人虚妄之说，自古哪朝哪代道人是不吃米的，圣上莫信他的妖言，他乱我军心，何能不杀。”

麻衣道人道：“古者宗师可数载不食，臣辟谷可二十日不食。”

“二十日以后呢？”

“那……”麻衣道人一时语塞。

完颜仲德复向金主叩头谏道：“像麻衣道人这等骗钱骗物之徒，有何真本事，不用兵时，道人逞能服气，只是勉强不死的行尸。眼下我军将士要守城，出战，如都服气，不饮不食何能御敌！”

金主眼望四周，见人声鼎沸，知围观的人都希望杀了这个道人，听完颜什德的话，也觉得有理，但心犹不忍，叹道："军中缺粮，朕也是急时抱佛脚，何不留他一试。"

麻衣道人笑道："仲德将军，为一小校不实之词污我，可知我刚为国祈禬，天神已命阔出投降，命我出城迎降。"

"你这道人，装神弄鬼，我看你出城是欲投敌。"完颜承麟也指着麻衣道人骂道。

麻衣道人苦着脸道："皇上命我祈神，难道你们不听圣旨？"

完颜仲德见他当街大闹，喝道："皇上也是你叫的，你今天犯了王法，皇上岂能听你一面之词。"

完颜守绪也明白这道人奸杀命官之妻，犯了众怒，在众目睽睽之下恕了麻衣道人，观刑的人自然不服，沉吟片刻，方道："此道人狂悖不法，参政由你处理吧。"

完颜仲德见皇上有话，用眼睛看着行刑官，一摆手，大声道："行刑，送妖道上西天！"

一刀斧手扯着麻衣道人的发辫，刀光一闪，一颗血淋淋的人头，落于地上。在完颜仲德杀麻衣道人之时，城外，新筑的观楼上，阔出身披貂裘，伫立在台上，望着蔡州城内。宋蒙联军已经围城两个多月了，城头上虽旗帜不整，可依然拼死抵抗。他的身边站着察剌，他是奉窝阔台之命来蔡州的，同时带来了一封信，信中说：

> 吾儿：得到蒙、宋合兵，并粉碎了金主准备逃出的消息，父汗很为你高兴。你敢于进临安，闯虎穴，胆略过人，虽然为父与你母后为此心中不安，但亦为你高兴。你长大了，可以独当一面，如小鹰一般羽翼丰满了。你具有的冒险精神，是为父汗没有的，但父汗仍旧以为此不可恃，一旦出事不可弥补。攻占蔡州为国人所祈盼，也是完成你祖父、孛儿只斤氏家族几代人的理想。朕将此功托付给你，这是为父深思熟虑的。天下括户已见成效，但诸王心中不顺，可能会有些波澜，亟须你得胜还朝，做我助手。失烈门皇孙在朕身边，长得很健康，书读得很好，前几天随朕狩猎，射到一只狼。祝你早灭金国，凯旋……

阔出知道父汗对自己期望很大，让察剌来也意味着父汗对蒙、宋联军迟迟不能攻克蔡州不满意。虽无严旨，但旨意已在不言中了。

"我父汗来前还说过什么？"阔出想从察剌口中得到旨意外的信息。

"近日，哈剌和林有人传言，说大汗又在中原括户，夺诸王功臣的户口，是想把中原交给阔出为封国。还说大汗派殿下出征金国，一个蔡州都攻不下来，大汗为此很生气，却没查出何人造的谣言。”

“察合台王爷的态度如何？”

“二王爷没说什么，但卑职听说，他已替琐儿哈，火斜向大汗说过情。此外，大汗还接到几封折子，要求在中原进行分封。”

阔出知道，过去父汗确有让自己坐镇中原，耶律楚材也反对将中原分封诸王，父汗也曾有意将中原收为国有，因此难免会有反对的意见。父亲急于让自己灭金，也有用胜利打击鼓吹分封的诸王的意思，因又问：“还有什么？把你在哈剌和林听到的都讲给我听听。”

“奴才听说四公主与一些王爷，都提出要召开忽里台大会。”

阔出在观台上来回走着，他没有再说话，忽里台议事制度早该改一改，它对大汗的权力有一定约束力，有时甚至压垮汗权。父汗的权力是祖父给的，可诸王有兵有封地，有时这些人为个人利益结成帮派，危及汗权……汉人的皇帝一言九鼎，可以自己说了算，制度上保证了皇权免受诸王的挑战。他叹了口气想道，如果有一天，让我掌握汗权，我一定要废除这种碍事的忽里台制度。

“殿下在想什么？”察剌不解地看着脸色阴沉的阔出问道。

“我在想如何将金国皇帝引出洞来？”阔出察觉自己有些失态，机敏地道。

“将金国皇帝引出洞来。”察剌有些不解。

“察剌将军，不说这件事了，你去请侪盏过来，今天是速不台将军小儿百岁，我要与他一道看公主去！”

阔出带着侪盏、察剌一道进了一座蓝色大帐。这座大帐乃是当年速不台与脱灭干公主在九十九泉结婚时，由窝阔台命人打造，速不台与脱灭干公主一直带在身边。百日前，脱灭干公主生子，窝阔台和昂辉哈敦要公主回哈剌和林，可脱灭干不肯，因此就住在帐中。

阔出进了帐内，笑着将一封信交给脱灭干，道：“父汗回哈剌和林了。”

脱灭干身体已经复原，胖圆的脸上闪着兴奋的光彩，一边接过信，一边将孩子递给阔出道：“让舅舅抱抱。”

“你这猴小子，什么时候来的蔡州，怎么不先来看老叔。”坐在榻边的速不台见到跟在阔出身后的察剌，因察剌之父博尔忽是其好友，亲昵地踢了察剌一脚。

察剌本来在公主面前有些拘谨，看着速不台悄声道：“刚到，就同殿下赶来吃老叔的喜宴了。”

“对，你小子来了，是得庆贺一下！”

阔出抱过孩子,这是一个长得有些黑,却很结实的婴儿,黑溜溜的大眼睛忽闪着,看着阔出,甜甜地咂着嘴唇,小手晃动着。阔出逗着孩子,从身上摸出一只长命锁,对速不台道:“察剌奉大汗之命催我们攻城,他还带来了父汗和昂辉额娘打造的长命金锁。”

那只锁上嵌着九条金龙,上面还有十二属的铜铛,看起来金光闪闪。阔出说着将金锁挂在孩子的脖子上,孩子不习惯地挣扎着。

“看,上面还有字呢。”

“是‘战神’二字。”侪盏仔细辨认了一下道。

“大汗是希望我的小外甥,快快成长,成为新一代战神。”阔出笑着道。

脱灭干一边看信,眼中闪着泪光,这是窝阔台回到哈剌和林,接到阔出禀报金兵已被合围消息后的回信,信上说:

脱灭干吾儿:

你接信时,你的儿子怕就要百天了,我和你额娘对有了外孙都很高兴。你既希望灭金后再回哈剌和林,我们也不勉强;但在此期间,要好好保重身体。战场无情,你刚生下外孙就不要再参战了,要好好保重身子。没有什么带给外孙的,特意命人按风俗打了只长命锁,送给我们的小战神带上,并问速不台驸马好……

脱灭干看过信,又将信递给速不台,见阔出正为孩子戴上一顶饰满珠宝的小帽子,并穿上一双绣着虎头的小鞋,便道:“阔出兄弟,父汗在中原的括户情况如何?”

“超过一百一十万户,成绩不错嘛!”阔出一边回答,一边晃悠着孩子,又道“我这个外甥长得多像个男子汉,将来肯定是武功盖世的大英雄。”

“这只剑送给小战神,祝他早日长大,雄飞天下。”侪盏将一只嵌着七颗红刺的短剑送给脱灭干道。

酒席摆上,有侍女将孩子抱走,这几个都是酒中豪客,可大清早不能多饮 只略饮了几杯,阔出就带侪盏、察剌告辞出来。

眨眼天明,灰白色的雾气弥漫晨空久久不散,阔出离了速不台大帐,骑马回到中军大帐,正准备小睡,却见阿儿浑正在帐外徘徊,见阔出骑马过来,急不可耐地赶过来禀报:

“卑职一直在等殿下!”

“说,什么事?”

“张柔将军巡城时,收容了百名金兵弓手,这些人是随金军东门神臂弓都尉王锐带领下出城投降的。”

“百余金军弓手,还有位都尉?”

“是的。”

“好，带王锐过来见我。”

一个高个汉子被带了进来，跪在地上，此人浓眉大眼，留给阔出很好的印象。

“起来说吧，听说你是金军东门神臂弓都尉，你来得好，说说现在蔡州情况如何？”

王锐道：“殿下，城内近日就要断粮，军心不稳，前几日皇帝听信一妖道之言，要让全军服气，以节约军粮。”

“金主得此奇人，看来城中粮食不愁了。”阔出笑望着王锐。

王锐重新双膝跪下道：“什么奇人，完全是个毫无廉耻的妖道，我恨不得扒其皮，食其肉。”

“这又如何说？”

王锐泣道：“这妖道满口胡言，偏皇上相信此人，让他祈祷国运。妖道受宠之后，无恶不作，竟欺辱到小人身上！”

“怎么回事？”

“小人之妻因蔡州被大军围困，去道观为家人求签，哪知妖道见贱内长的端正，竟起了歹意。贱内不从，被他奸杀后抛尸。有人对我说起，小人忍不下这口气，要去杀他，反被禁军都尉夹谷当哥抓了，他说麻衣道人是皇上的上宾，还将我毒打一顿。小人气忿不过，带人杀了这个为虎作伥的小人，可却没寻到麻衣道人，为怕追究，带人打开城门，向大军投降。”

阔出看着王锐气愤地道：“如此糊涂的皇帝，纵容妖道害人，岂能不亡国。”

“城内的军将也都知道，大金国要灭亡了。”

阔出想想道：“金国戒备森严，如何让你轻易出城？”

王锐低头沉思道：“小人能出得城来，是得了两位朋友之力，一位名字叫移剌粘古，因是降宋移剌瑗的弟弟，被完颜仲德贬为西门令。还有一个朋友叫石抹虎儿，是个御马房的官，此二人都是小人过命的朋友。如无他二人暗中相助，小人也难脱身。”

阔出点头道：“看来城中守将并非铁板一块，你能降我，我很高兴。本殿下有一事相求，可否利用你的朋友，引我大军杀进城去。”

王锐叹道：“我出城，如何能再回城？”

阔出沉思半晌道：“今天晚上攻城，我多派壮士助你登城，你进城后想个法子找到二人，想法子打开城门。如本殿下能进城，决不负你。”

“小人愿冒险进城，一切靠殿下安排！”

次日,蒙古兵攻城炮声不断,石炮将一块块巨石抛到城内,不时有装满火药的火箭射进蔡州城,引起大火……

攻城的云梯伸向东城、西城、北城,蒙古、汉军勇士腰带环刀,手举盾牌,抵挡着城上守兵的攻击,拼死往上冲。

城上金兵将炼了的人油往城下倒,那烧开的人油,落在攻城者的身上,发出吱吱声,许多军士,栽下城去,发出瘆人的惨叫,一架架云梯被杈杆推倒,可接着又有新的云梯竖起来。

攻城持续到夜幕降临,又有几架云梯出现在北城边,王锐就夹在蒙古的勇士中,登上城垣。趁蒙古兵与守城军兵混战时,有两人换了身服装,闪进了城内堞口,消失在城内黑暗中。

当晚,在近侍局,王锐与阿儿浑出现在石抹虎儿的家中,石抹虎儿大惊,刚要叫,被王锐捂住了嘴,轻声道:"兄弟,莫出声,是我王锐!"

"王锐来找我做什么?"石抹虎儿趁王锐松开手,猛地从腰中拔出宝剑,死死地盯着王锐与阿儿浑,只要二人稍有动作,他就会扑过来拼命。

"石抹兄弟,何必如此,为兄只不过是要救你,并无恶意。"

"说得好听,你即投了敌,何必来蔡州害我,这四面都是大金国的士兵,只要被人知晓,我一家何能活命。"

王锐猛地哈哈大笑,接着怒目觑着石抹虎儿,大声道:"你喊,让人来抓我,蔡州城危在旦夕。古语道,狡兔三窟,当年你、我兄弟曾对天明誓,互不相负。听说因我的事,粘古已被怀疑,你迟早也会被牵连,只是暂时金国君臣处于危境,没有顾及于你。我来救你,你真不知道,那你还是不是我的结义兄弟。"

石抹虎儿一时语塞:"你既出城,不该来蔡州趟这浑水?"

"兄弟,此言差矣,金国灭亡有日。有件大功送与兄弟,灭了金国,阔出王子答应让你、我为蔡州达鲁花赤。"

"可我又能帮阔出王子做什么事?"

"助我打开城门。"

"可自从你出走后,各门严加管束,我再无力办到。"

"那你现在做什么?"

石抹虎儿叹了口气道:"昨天总帅完颜承麟将我叫去,说要制五百套面具和马衣,以备急需。"

"造马衣,做什么用?"

"总帅下令十天内制完马衣,并说这要保密。"

"十天,岂不是上元灯节,会不会守蔡无望,金主要逃走……"

第六十一回

狮子阵事泄难远遁
追溃师公主惜殒身

昏暗的夜，暗云弥漫，透过云层寻不见几颗寒星。蔡州大内的幽兰轩布置得犹如汴京金銮宝殿，完颜守绪坐在正北宝座上，座后有几扇屏风，上绘九龙腾云图，宝座前列的香炉，烟雾袅袅，绕于丹柱之间。

完颜守绪身穿大红龙袍坐在御座上，由于蒙、宋联军攻城日紧，城中无粮，他紧蹙双眉，心中极为焦虑不安。丹陛下几位心腹大臣跪于红毡之上，王鹗因完颜仲德推荐，以学士身份承旨在侧。

完颜守绪望着众人，大声说："诸位爱卿，仲德大人曾提出放弃蔡州，去秦巩一带。朕当时没有放弃坚守蔡州的念头，现在看来蔡州这座孤城很难坚守下去了。诸位有何良策，朕当洗耳恭听。"

娄室见皇上第一个盯着自己，忙开口道："圣上所言极是，我军粮草已尽，留蔡州只有等死，因此得早定大计兵出蔡州，跳出空城远走高飞。"

"走得了当然好。"完颜守绪担心地望着众人，道："没有粮草，朕还有数百匹御马，原备骑兵所用，急时可以杀马济荒。"

总帅完颜承麟道："臣同意娄大人的意见，不能在蔡州坐以待毙，应该马上出蔡州，去川蜀再闯一番天地，过去仲德大人早有此意，我军眼下何不一试。"

"可如何出得蔡州？"

完颜承麟抬头，眼中闪着晶光，道："圣上，战国时燕国破齐七十城，齐国仗着壮士田单用千头牛饰衣虎皮，用火烧牛尾，冲垮了燕国军队，齐国得以复国。北兵所恃者马，欲制其人，先制其马，我已暗中驯五百头狮子马，项系大铃，以狮首饰马头，用麻布制马衣、以乱麻为狮尾，以壮士驱之。如圣上准奏，我军可在上元灯节趁敌军不备，出城闯营，以狮子马突彼骑，蒙古骑兵马逸，我军可鼓噪其后。必能冲破蒙古大营，一旦离开蔡州，岂不就逃出樊笼，还可趁宋国不备，径趋荆紫关入川陕。"

娄室击掌道："此计甚妙，可以一试，臣赞同！"

"臣有几句话。"王鹗站起身，看着完颜守绪道："圣上，彼众我寡，此不足恃，纵使得逞一时，但何能长久，一旦马被制服，此计徒取笑于蒙古人！"

完颜斜烈道："你个汉人书生，写诏旨文告可以，知什么军国大计，蔡州迟早要城破，圣上焉能徒守孤城。"

完颜仲德也叹了口气，说："斜烈将军，王鹗之言并非无理。数万人马出城，到处是敌军，没有几个时辰难出得城；即便出城，天快大亮，一旦我军面对十万追兵，如何取胜亦当三思。况一旦出城遇阻，要再回城，怕城池再难守住，孰是孰非，诸君可曾想过。如果数月前出荆紫关，有武仙等诸将护驾，现在唐、邓已失，要去秦、巩已难上加难。"

"参政大人，你怎么也畏首畏尾了，我军现已无粮，强留城中焉不是等死，不如拼个鱼死网破，如有一线生机，或大事可图……"完颜承麟道。

"我并非反对跳出蔡州，只是希望诸位大人要事先将困难想充分些。"

娄室道："仲德大人所虑极是，要想圣上出城，各军帅要一道出城作战，使宋、蒙联军顾此失彼，主力方好突围。"

众人纷纷点头称是，完颜仲德咳嗽了一声，跪下道："圣上，臣建议让完颜承麟、娄室等护驾出城，臣愿率兵固守蔡州，使蒙、宋联军无法全力追击圣上，缓急可以相援！"

完颜守绪听了完颜仲德的话，没有言声，他已经心乱如麻。当年出汴京，汴京失，出归德，归德失，几次错就错在轻易放弃，可眼前山穷水尽，不走只能坐以待毙。当年来蔡州已是打错算盘，一旦离蔡州，如不能迅速找到安身之处，就会成为流寇，前途更加凶险，思前想后更有些拿不准主意。

"圣上再不下决心，机会转瞬即逝，一旦城池被攻破，就只有死路了。"完颜承麟怕皇上不肯离蔡州，伏地而泣。

完颜守绪叹了口气，道："承麟将军，朕肌体肥重，不便鞍马驰突。要知道，一旦离开蔡州，再要回来可就难了。况且并不是所有的人都能走，留下的人一旦离群，就会瓦解。我们离开蔡州并非还有梁园，失了城池就失去了依托，怕也会如一片落叶，寻不见归宿……”

“皇上，只要能冲出去，天地大得很，东方不亮西方亮，人总不至于让尿憋死，我们定会闯出一条路来！”血气方刚的完颜承麟，不到最后依然不肯认输。

娄室见金主犹豫，也跪下道：“生死关头，圣上莫要再犹豫了！”

完颜仲德也想不出更好的法子，咬了咬牙道：“皇上，为了祖宗基业，冒险也值得一试。”

“好吧，朕答应你们，要注意保密！”

几天后，小校场四周围着黑布，警备极严。金主完颜守绪带着完颜仲德、娄室，在完颜承麟、石抹虎儿的陪同下，来到校场。这里已经多次对狮子马阵进行秘密演练，宽敞的校场上，数百匹马身披彩绘麻衣，头戴狮面，脖子上系着铜铃，一匹匹狮子马面具制作得活灵活现，高鼻、个个张着血盆大口，样子看起来极其凶恶。这些御马本来高大，加上骑手是从军中挑选的身材魁伟，武艺高强的壮士。朦胧夜色中，远远望去，竟真如一头头勇猛的狮子。

“欧喔——”随着高亢的狮吼声，咚咚的鼓点，狮子马开始奔跑，每隔数十匹马，就有人用风箱鼓音，发出巨大的狮吼声，声震四方，听之令人心悸。

完颜承麟信心百倍道：“皇上，当年田单的火牛阵一举摧毁燕国数十万大军，咱这狮子阵不亚于他的火牛阵，到时数万人马一齐杀出去，何愁出不了蔡州。”

完颜仲德亦道：“此阵当严守秘密，方能骇众。”

“对，参政的话有理，要多加小心。”金主完颜守绪也点头道。

随着上元节临近，金主幽兰轩内开始作最后的准备，金主完颜守绪望着刚刚装饰一新的行宫，心里酸溜溜地不语。贵妃婉若望着满室的金银宝物和古董文物字画家私，估量着最少要装百十车，然而除金银外，只能忍痛割爱。完颜守绪叹道：“除了金银，别的都不拿。”

“那不太可惜了？”

“唉，如果朕能活着，天下最好的东西就会有人送来，如果朕与你一道死了，再贵重的东西，也是人家的！”金主完颜守绪本对物品极爱惜，可几次逃难，为了顾命，对物欲占有已不那么敏感了。

贵妃婉若对这些物品却暗自伤心，除了贵重物品，又为幼子找了些衣物料子，每天数日子为将离开蔡州发愁。完颜守绪很少骑马，这几日不时乘御马习骑乘，他还想过一路上骑马，为士兵作个表率。可多年不骑马，浑身又长满了赘肉，每骑上御马，总觉得御马禁不住自己的重量。为了习马，也几次被马抛到地上，如果不是为了顾及颜面，他就几次想放弃骑乘。随着月圆日子的临近，完颜守绪骑马的技艺还是有所长进。

完颜承麟每天吃住在小校场内，与温敦昌孙率五百匹高大的狮子马做最后的训练。完颜仲德则与娄室安排如何闯营，如何牵制敌军，突围后大军如何去陕西。

上元灯节，夜里没有月亮，天上飘起星星般的雪花，金主完颜守绪骑着一匹高大的御马，脱去了龙袍，穿上一件牛皮甲胄，带着皮冠。婉若带着着幼子，坐在一辆战车上，前后有数十辆辎重车。

东城已经穿开几处豁口，留下守城的完颜仲德与几位元帅忧心忡忡地跪在金主马前。完颜仲德心中有一种生死离别的感觉，为了不使其他将军受到影响，他压抑心中的苦闷，对金主守绪叩头道："圣上，让娄室、承麟他们随你出城，蔡州根本还不会丢，圣上突围成功。微臣也会带城中军队突围，如果不成功，臣定保蔡州不失。"

"仲德将军，朕一旦突围，就会派人接你们出城。"完颜守绪嘴上说着，猛地记起当年出汴京，告辞明惠皇太后与徒单皇后时的情景，当时他就是这样说的，他没想到一旦离开汴京，就成诀别。想到这，不禁眼中浸满泪水，好在天上无月，无人看见皇上眼里含着的泪珠。

在狮子马后的队伍中，化了妆的王锐和阿儿浑也骑着马，带着头盔，跟在石抹虎儿的马后出现在人群中。天很黑，人马多极了，这样的时候，人们都怀着惴惴不安的心情，马匹打着响鼻……

王锐和阿儿浑早已将信箭射到城下，阔出王子应该收到了信件，可骑在马上，他们的心里依然感到些许不安。

三更天，城门大开，无数火把照亮了冬日的夜空，城东门开了几个大洞。几声洪亮的狮吼，伴随着号炮声，一队耀武扬威的狮子出现了，巨大的身躯，灯笼一般的眼睛，如出笼的猛兽一般出现在暗夜中。

夜静极了，静得吓人，开路的是数十只摇头摆尾的狮子马，直奔对面的蒙古大营奔去。蒙古大营中，一片漆黑，金将温敦昌孙大声催马，完颜承麟策马紧随其后，接着是娄室与皇上的车驾。

马近蒙古大营许多人的心都提在嗓子眼上，可黑压压大营不见一丝光亮，让人怀疑这是一座空营。忽地无数火把燃起，并响起咚咚的战鼓声，接着从蒙古大营方向，站出无数勇士，无数劲弩射出带着火的箭射向狮群。狮子马骑兵大惊，仿佛遇到猛兽般胡乱奔走，一下冲乱了自己的队形。

"不要慌，往前冲。"完颜承麟高喊着。

娄室也举起大刀高喊着，向前冲去。

正当金军得势，狮子马队狂奔向前，后队不接时，蒙古的骑兵从两翼出现了，无数的战马和勇士，一下将金将温敦昌孙带的狮子马队与后面的队五分割开。

金军受阻开始后退，完颜承麟手执宝剑杀死几个后退的兵士，可无济于事。

娄室道："蒙古兵像似早有准备。"

完颜承麟摇头道："这怎么会！"

"不好，我军已被分割，狮子马已被困在前面，怎么办？"一个哨马奉温敦昌孙之命，前来禀报。

阔出高兴地在观战台上用令旗指挥着部队，四面八方的蒙、宋联军如潮水般向蔡州城涌去。

速不台举着铁枪，大吼着带着亲军冲向金兵的中军，冲乱了大军金亗，奔驰的蒙古铁蹄挤压得金军向后撤去。夜色中速不台连杀金兵两员大将，一枝铁枪横扫千军如入无人之地，直取马上的完颜守绪，完颜承麟大惊忙举刀迎住。娄室欲过来相助，完颜承麟道："娄室大人，护驾要紧，敌军已把我军分割，无法突围，只好退回城去，力保城池不失吧！"

完颜守绪眼见突围不成，也大声道："娄室大人，退守蔡州吧。"

娄室哭泣道："圣上，奴才有罪呀，蒙古人怎会知道我军计划？"

速不台被完颜承麟缠住，蔡八儿见完颜承麟力怯，也催马助阵。速不台无法接近金主，急得大叫。

身后脱灭干公主冲进阵中，一条枪如游龙，接连刺伤数员骁将。蒙古骑兵左冲又突，弄得金军阵形大乱。

脱灭干连挑金兵数员，越战越勇，一金将大叫："贼婆娘，拿命来！"趁脱灭干不备，一刀直奔脱灭干颈部，脱灭干听得喊声，眼见刀裹着风扫过，知难以躲过。也是自幼在马上为家，窝阔台对儿女骑术要求极严，倦怠不可，一个翻身落地，刀从马上砍过。那将刀砍空，只道脱灭干落马，刚带回刀，马近脱灭干的铁青马，猛地见脱灭干手举宝剑，剑锋如霜，已近项上。战马长嘶一声，那金将连哼也没哼，尸体栽于马下。

附近观看到此景的金兵，惊呼："好凶狠的贼婆娘！"

完颜守绪也在近处，原以为小将杀了那妇人，哪知瞬息间，坐在马上的妇人又向自己杀来，不禁大惊，眼露恐怖，勒马后退。那御马不曾经得战阵，乱嘶乱跳，一时竟不知主人之意。完颜守绪大惊，心中叫苦不迭，又见速不台与脱灭干公主，两条枪如游龙一左一右率领骑兵冲来。

脱灭干拍马直奔金主，金御马腾空跃起，完颜守绪勒不住缰绳，坠于马下。脱灭干公主挺枪来刺完颜守绪，千钧一发，枪离金主只有寸毫之间，金主只道断魂之日到了，将眼睛一闭，任那枪直奔前胸。危急之间，一匹枣红马斜叉过来，哐当一声，公主的枪被一杆方天画戟拨开。脱灭干猛抬头，见一银甲小将，身材魁伟，黑黪的一张脸，手中画戟长有丈余，从刚才拨开枪的力量看，此人力量极大。脱灭干收回枪，横枪骂道："你是何人，报名送死！"

完颜斜烈命人搀起完颜守绪，自己抬头细看，面前妇人头戴金冠，上插几枝孔雀翎，身披软甲，星眼倒竖，面如桃花，用方天画戟一指道："本王乃大金国总帅完颜斜烈，蒙古人中还有你这样漂亮的女子，只可惜就要死在本王的戟下了。"

脱灭干大怒，骂道："你这金狗，死在眼前还敢逞口，姑奶奶今天就要你的命！"说罢一杆大枪刺来，完颜斜烈方天画戟一擎，催马与脱灭干杀在一起。脱灭干公主本是勇将，只是刚刚生下骄儿才有百日，战前，速不台心疼她，让她在帐中照看儿子，可脱灭干知此战是灭金最后一战，哪里肯歇息。虽然速不台与她相约阵前莫要逞能，但上了战场，约束哪里管用，脱灭干催马借着火光，与完颜斜烈斗了十余合，过了十合，公主心跳加快，香汗满面，气喘吁吁，已觉得有些体力不支。

速不台远处瞅见，抛开身边金将，前来救援，脱灭干公主正要退下，哪知完颜斜烈帐下一小校觑得真切，暗中搭弓在手，可怜脱灭干公主惨叫一声，跌下梨花青宝马。后面张柔闯来敌住了完颜斜烈，速不台方跳下黑马，奔到公主身边。见公主脸色发青，目光已散，不觉心如刀绞，跪在脱灭干公主身边道："公主，这都是我的错，我不该同意你上阵呀！"

脱灭干张了张嘴，脸上闪过一丝红晕，一颗豆大的泪珠滑下了脸颊，艰难地道："金国就要灭了，我高兴……怨不得将军，要照顾好……儿子。"

脱灭干眼中的光彩失去，嘴唇张着，手向前伸着，身子向后一仰，眼睛大睁着死了。

"公主，我对不起你，速不台该死！"速不台用手抱着脱灭干还温热的身子，可她的脉搏已经停止，火把下，暗紫色的血透过重甲。速不台疯了一般，对侍卫喊道："快将公主送回大帐，马上去报告阔出殿下！"

速不台说罢，重新上了黑马，侍卫长劝道："驸马爷，公主出了事，你不能再战了！"

速不台虎着眼睛，飞身上马，大喊着："公主不能白死，我要报仇！"说罢，如发了疯一般，狠抽了黑马一鞭，大枪一举连挑两个金军千户。完颜承麟见速不台重新上马，一副拼命架势，忙与斜烈两人合战速不台。速不台恨不得一枪挑了完颜斜烈，完颜斜烈也无心恋战，同完颜承麟一边抵抗，一边后退。

完颜守绪逃至城外，见四处喊杀声不断，见速不台又骑着白马赶来，完颜守绪眼中含泪,对迎上前的完颜仲德道:“当年太祖取天下,今日朕知道了。”

“圣上我军再难突围,快进城吧——”

“退兵!”

金兵鸣金收兵,好在出城不远,城内本有完颜仲德从中指挥,大批军校还未来得及出城,马上转为守城。完颜守绪带皇妃小儿回了城,城外的金军却被蒙古大军劫杀住,一时难于进城,城外杀声震天,尸横遍野……

“报,脱灭干公主出事了!”一侍卫跪在正在中军指挥攻击金军的阔出马前,阔出眼见胜利就要到来,心中正在高兴,忽听脱灭干公主出事,如何不惊。父汗让他关照好妹子,没想到她竟在战场出事了,这该如何向父汗交代?想到这,他脸色苍白,眼中流泪,问道:“速不台将军呢?”

“速不台将军亲眼见到了脱灭干公主被金人射伤,像发了疯一样,不顾劝阻,直接向东门冲去,命我等送公主回来。”

“快牵马来,我去唤回驸马——”

阔出打马直奔东城,金兵大部已退进蔡州,蒙古马队直追至蔡州城下,将城池围住。

阔出在城边一豁口边,见张柔正带兵要进城,忙问:“张将军,驸马在哪里?”

张柔一指道:“刚才还在此,怕带兵闯东门追完颜承麟去了!”

阔出大惊,手提长枪,带着察剌直奔东门,由于蒙古兵事先准备充分,占尽优势,城中诸将虽拼死抵抗,依然难以全军退回城内。速不台定见完颜斜烈退入城中,眼睛通红,打马闯城。完颜仲德放过完颜斜烈,见速不台挙枪没命刺来,大叫:“快放箭,将速不台这个疯子射死!”

速不台的马快,转瞬间,身上中了数箭。金兵一齐抢上来要捉他,速不台大吼一声,大枪连挑数人,回见身边人少,忙拨马欲退回,却被人用钩枪扯住甲胄。

“快,捉住他,赏重金。”完颜仲德在远处高喊。正危急时,阔出赶到东门,见速不台被钩枪扯住,也顾不得统帅之尊,飞马带着察剌冲进东门,将速不台救出。众兵进城,完颜仲德忙设鹿砦阻击,但东门无法关闭,蒙古大队人马围来。完颜仲德正欲带人夺门,有士兵来报:“皇上已回城,请参政回宫议事。”

完颜仲德刚上马,又有士兵来报:“参政大人,蒙古军倴盏、史天泽、肖乃台率兵攻陷北门。”

完颜仲德长叹不已,南城元帅元志从马道奔回,哭泣道:“孟珙、江海已攻占了南门。”

四门失守，退进城中的金军只能在城内展开巷战。

城外，温敦昌孙带狮子马队遇到更大的麻烦，他们被蒙古人包围了，在接近蒙古大营的一块低地处，马队在火箭弓箭面前，失去了冲击作用。许多战马被火箭射中了麻衣，战马在火光中乱蹦乱跳，将骑手摔于马下。黑暗中，低地上布满了蒙古兵布下的陷马坑，铁蒺藜和鹿角木，战马一匹匹栽倒……

温敦昌孙原本命人回去请令，可去了的人没有回来，只听到蔡州城下海浪般的喊杀声。紧接着阿儿浑与众军杀来。刘黑马对王锐和石抹虎儿二人道：“二位大人喊话吧，命令温敦昌孙率马队投降！”

听到外面有人招降，金军骑兵开始有人下马，有的干脆抛了兵器坐在地上。

次日清早，天边放亮，温敦昌孙所带千余骑仅剩十余骑逃出被围之地，温敦昌孙身上多处受伤，眼见蔡州城起火，正犹豫之间，竟被一支箭射中栽于马下，不禁仰天长叹道：“圣上，臣不能为你效力了！”

这一夜，蒙、宋联军全线进攻，金兵死伤无数，蔡州城内外喊杀声一片。

第六十二回

蔡州破金主自焚死
离中原阔出再回首

蓝色大帐外搭起灵棚，脱灭干公主的遗体被送回后，还未入殓，阔出强行将身负重伤的速不台送回大帐。速不台这个刚强的汉子，一回到大帐，看见脱灭干公主躺在冰冷冷的灵床上，大叫一声，箭伤迸发晕倒在地。

阔出一边命大夫为速不台疗伤，一边命从军萨满为妹妹做法事，妹妹的死和速不台驸马的伤，为蔡州大捷蒙上一层阴影。

萨满们摇晃身体，铃声神鼓声那样急促，女仆哭泣着跪在地上，替脱灭干公主烧着羊饭。公主苍白的像被人抽干了血，染血的战袍被换下，一身缟素，宽宽的额头，直直的鼻梁，美丽的脸庞，论年龄她比阔出还小三岁。阔出记得妹妹怀孕后，昂辉和窝阔台曾几次来信希望妹子回去，可她说什么也不肯回哈剌和林，一定要跟随丈夫一道在蔡州。父汗刚刚寄来的信上，还嘱托她："孩子小，不要出征……"蔡州大战打响前，她还是要求和丈夫一道上阵，当时她的脸上还闪着顽皮的笑……这些更让阔出突然感到生命无常，昨日为人杰，今朝依丘阿。昨日这座大帐欢歌笑语，今天帐中速不台不省人事，脱灭干妹妹已经去了，唯有速不台的爱鹰，依然啾啾地叫着……

奶娘抱着孩子呆呆地站在灵床边，刚过了百天的孩子，全然不知道额娘的去世，小家伙长得十分壮实，两只灰褐色的大眼睛忽闪着，孩子胸前的金锁熠熠闪光。

阔出泪水涔涔，此刻他是有些英雄气短。攻城的炮声，喊杀声依然在耳，胜利在即，作为三军统帅，他知道自己身上的担子，要彻底打垮金国，眼下还不是伤心的时刻，想到这，他整了整衣甲，对速不台的侍卫长交代了几句，然后向妹妹遗体鞠了一躬，咬了咬牙，含泪走出大帐。

天已近中午。从清早起，阴云像铅块般压着蔡州城，初春的头一场雪，也是入冬后最后的一场雪，以其纷纷扬扬的六出之花，洒落下来，好像天神要用洁白的雪，掩盖那些战死在城内外无数勇士的遗体。

阔出带着侍卫重新上马，眼望蔡州，风雪迷茫中，到处火光冲天，喊杀声声震天地，最后的攻坚时刻到了。

“报，阔出殿下，我军大胜，我军攻进了东、西、北三门，宋军攻克南门，街头还在巷战，金兵主力都已退入内城。”察剌奉副帅倴盏之命来报。

“走，随我进城！”

东门已树起九斿大纛，蒙古军彻底消灭了守城的金军，阔出顺利地进了东门，城内到处都进行着巷战，金兵城防被攻占后，一些部队被挤压进街道小巷中。有的干脆占据着街道边的房屋作为掩体进行抵抗，到处是兵刃的撞击声，杀人者的呐喊声，被杀者的惨叫声，脚下到处有断肢残臂，尸体堆积的地方血汇成小溪，浸红了白雪。

在接近子城时，无数箭镞猛地射了过来。北门失陷后，蔡八儿随众将退向子城，可被蒙古兵一路追杀，人马被杀散，李德护着蔡八儿赶到子城外，见子城紧闭。城外已围满了得胜的蒙、宋士兵，无法前进，只得退了回来。刚到巷口，就见蒙古军侍卫护送着阔出经过，便咆哮着冲了过来。

阔出身边的一个侍卫中箭落马。几十个金军从一条小巷冲了出来。

“冲呀，跟蒙古人拼啦！”

阔出大惊，抬头一看，见蔡八儿带着数十个满身血污的金兵冲了过来，跑在前面的正是手握大刀、眼睛血红的李德。

“杀死他们为脱灭干公主报仇！”阔出在马上举起大刀带头冲了过去，察剌、阿儿浑怕阔出吃亏，催马冲在前面，大声命令：“快，保护殿下。”

这是一场恶战，双方都杀红了眼睛，刀刃相交，血肉横飞，脸色铁青的阔出早已忘记自己是统帅，挥刀砍向蔡八儿。蔡八儿用枪格住，马在尸体中跌跌撞撞。金兵人数少，明显处于下风，自幼长在马鞍上的阔出取得了主动，蔡八儿开始后退。李德被阿儿浑缠住，惨叫声中，金兵一个个地倒下。

“啊”的一声，蔡八儿被阔出砍下马来，还未等他喊出第二声，阔出发疯似地在他身上连砍了数十刀。

风雪弥漫的街道，阿儿浑和察剌同时用枪刺入李德胸前，枪抽出了，李德发出了最后一声惨叫。可他顽强地站着，瞪着一双恐怖的眼睛，血从腹部汩汩流下，肠子白花花地淌了出来，始终不肯跌倒。

阔出带人在横七竖八的尸体间走过，血腥味令他作呕，眼前浮现出躺在灵床上的脱灭干，想起不知生死的速不台，金兵该杀，他心中狠狠地道。前面没有遇上战事，有阿儿浑引路，他们很快来到蔡州的子城下。

子城内的金兵凭借着城垣，向下俯瞰着。蒙、宋士兵从远处抬来了云梯，倴盏骑在马上正在指挥军队，士兵们抬着巨大的木桩，准备撞击红色的城门。

“殿下，速不台驸马怎么样了？”倴盏见阔出身上带血，脸色铁青，泥雕木塑般，只道速不台也出了事，低声地问。

“还未度过危险期。”阔出叹了口气，泪水忍不住顺腮流了下来，又喃喃地道：“脱灭干不该走哇！父汗前两天信中还说，让她静养，可我没有制止她！这是我考虑不周。速不台将军南征北战数十载，没受过伤，如果出了生命危险，我的罪就更大了。”

“这也怨不得殿下，刀枪上滚，战马上拼命的人，哪个能保住不出事！”

“话是这样说，但我的心还是感到不安，蔡州城破，四城这样乱，金主是否回了子城，可别让他趁乱逃了！”

“放心吧，金国皇上是个胆小鬼，他才不会趁乱单独跑掉，他一定回子城了，我们攻陷他的老巢，看他还能逃到哪里！”

正说着话，远处战马如飞，先是史天泽与张柔过来，史天泽马后挂着两颗血淋淋的人头，说：“阿虎带与驸马都尉徒单阿海这两个贼人，带人死战，被臣杀了。”

张柔让人押来一人，说：“殿下，此人是大金状元王鹗，欲逃出城，臣将他带来了。”

阔出见此人身穿绿色袍子，脸色青癯，脸上看不出丝毫畏惧。

阔出记得父汗曾说过，国家要举行抡材盛典，选拔治国人才，便道：‘张将军，你将王鹗带在军中，带回燕京。王先生是个有用的读书人，出了事你要负责。过几年蒙古汗国将进行开国后的第一次科考，我希望他做个主考，能为国家选拔更多的有用之才。”

“请殿下杀了我，我是从山东逃到蔡州，是被通缉的犯人！”

“哈哈，你求死，可我不会杀你。”阔出大笑，看着他道：“你不能死，一个汉人读书不就是祈求天下太平吗？金国把国家弄得民不聊生，它才灭亡了，我希望你留下有用之身，为国效力。”

刘黑马指着捉来的几个奉御道：“殿下，这个胖子完出是金主的护卫、这个瘦子是奉御陈谦，其他二人是近侍局粘合斜烈和泰和，他们想逃出城，在练江边被臣的人捉了！”

“杀！这等临难忘主之徒，留他何用！”

话未说完，见孟珙与江海押着衣袍不整的乌古论镐过来，二人向阔出施了一礼道：“此人是金国的参知政事乌古论镐，愿归降宋国，招降金主，我把他带来了。”

“好哇，让他喊话，开门迎降者不杀。”

“城上的弟兄们，大金国败了，快投降吧，蒙古殿下和大宋国孟珙元帅说了投降者免死……”

“这个胆小怕死的叛徒，用箭射死他。”守城的金将高声喊着，乱箭射下来，乌古论镐倒在血泊中。阔出大怒，说：“攻城，城破后一个不留。”

午时，雪停了，在蔡州子城高墙内，原是知州府地，改建过的承安大殿内，完颜守绪将完颜仲德、娄室、斜烈叫到身边，含泪道：“朕已无力承担国家复兴重任，朕要走了，朕想做最后一件事，为你们选一位新皇帝。”

“圣上，你怎能舍弃你的臣民呢？我们要生死在一起！”

“不要说了，叫新皇帝进来吧！”

完颜承麟含泪走了进来，他刚过而立之年，健壮，生气勃勃，腿由于经常骑射，略有些弯曲。他身穿总帅军服，身上仿佛有着用不尽的力量，他已得到消息，并为此流泪。完颜守绪亲切地望着他，拉着他的手，说道：

“贤侄儿，你过来，朕已说了，朕决定把这千斤担子交给你。这样的时候，朕卸这个担子，对你来说也许不公，可朕只能这样，祖宗的基业能否延续下去就靠你了！”他说着眼中闪着泪珠，脸上的伤痕还淌着血，肥胖的身子有些发抖，他身后奉御绛山也默默擦着泪。

“皇上，这千斤重担，臣担不起呀！”

“将玉玺拿来！”完颜守绪命掌玺官取来玉玺，并用颤抖的手将玉玺放到承麟手上，说道：“朕自觉无力带领众将突围了，你担了这个重任，就成全朕，朕就可以无牵挂地走了。你身躯强壮，如果突围出去，国家尚余一线希望。”

“不，臣愿与圣上一道去死！”

“不……为了完颜家族的血脉不断，朕不许你死，要死也要死在敌人手中，这是朕的最后旨意。”

贵妃婉若抱着完颜守绪的幼子龙儿，站在一边低声哭泣着。

承麟道：“皇上，臣愿奉圣上的幼子龙儿为皇上，我们君臣生死在一起。”

“不，他也要与我一起归入太虚之中。”

“圣上，他还是个孩子呀。”

“他不是一般的孩子，与其让他遭受苦难，还不如早些让他结束……”

婉若在低头哭泣，孩子伸着小手，不解地看着这些大人，这个幼小的孩子并不知道，这些大人已在决定他幼小生命的归宿。

完颜守绪脸色发灰，他见完颜承麟跪在阶下，一直在流泪，狠了狠心道：

“朕，很高兴，能选择自己的死法，这要比那些被人任意宰割的皇帝们幸运得多了。”

“好了，让所有在宫外的大臣进来吧，朕要亲口将传位给完颜承麟的消息，告诉他们。”

阴云密布，御前会议正在进行。巨大的红烛下，映着禁城内百官的一张张清瘦的脸，完颜守绪一一地看着，参政完颜仲德，参政娄室，参政胡土，总帅王山儿、柏寿、乌古伦桓端，他知道还有些人因反对他禅位，不愿参加今天的御前会议，他的眼睛里闪着泪，对众人说道：

“你们都是大金国的忠臣，是该列入褒忠寺的，可眼下大金国就要亡了，众爱卿，朕只能对不起你们了。朕要走了，可国家不可一日无君，朕为你们选择了一位好皇帝。完颜承麟与朕同祖，他为完颜宗弼曾孙，人品贵重，文武兼备，望众位卿家尽力辅助他。朕死以后，他将带领大家杀出蔡州，重整旗鼓，金国祚胤不绝，众位之功，朕当永志不忘。”

完颜守绪眼中含泪，命人为完颜承麟穿上龙袍，望着完颜承麟跪倒在地上。

金主完颜守绪对众官又道：“朕为金紫十年，太子十年，人主十年，自念无大过错，死无恨矣。所恨者祖宗传祚百年，至我而绝，与自古荒淫暴乱之君等为亡国君，独此为介介耳。古无不亡之国，亡国之君往往为人囚禁，或被献俘，或辱于阶庭，闭之空谷。朕决不为此等人……”

众人大哭，完颜守绪摆了摆手道：“ 朕今将大业传于承麟，是因为他是个孔武有力的人，是完颜家族最有希望重振江山的勇士。朕愧对祖先神灵，将蒙面就焚，但朕希望你们辅佐承麟，战胜敌人，争取从围困中脱身，为了大金国重生而战。”

金主说罢，对众人长时间鞠了一躬道：“诸位大人随我征战多年，临危而别，朕有负于众位臣工。谁也不许送朕，请完颜仲德主持新皇即位典礼，这是朕的最后旨意。”金主说罢，百官伏地痛哭，完颜守绪含泪命人扶着皇妃、爱子出了大殿。

退出朝堂，完颜守绪脸色苍白，眼睛通红，如饮了酒一般，步履蹒跚进了幽兰轩。他看着飞舞的雪花，心中道，大金国完了，我这片雪也要落地了。

看了一会儿，听着远处大殿内，乐声齐奏，他知道新皇帝已经即位，便转身要回到宫内，一个奉御来报，贵妃婉若已经用白绫悬梁归天了。金主叹道：“这个女人，比朕有勇气，将她的尸体带到幽兰轩吧。”“王美人在哪里？”完颜守绪瞪着眼睛厉声喝道。绛山回曰：“王美人在宫内哭泣，不肯上吊。”

“她要做逆臣，带朕去。”王美人看着一脸怒气的金主，跪下道：“圣上饶了奴婢吧。”

金主恶狠狠地道：“你、我缘分已定，难道你还想活着，准备服侍蒙古人吗？”说罢，手刃王美人。金主又命保姆抱来刚刚百天的龙儿，孩子睁着眼睛，摇晃脑袋，不解地望着这个带他到世上来的人。

金主叹了口气，对保姆道：“你不是朕的人，你逃命去吧！”说罢怀抱幼子进了幽兰轩，幽兰轩外金主已命人堆满了柴草，贵妃婉若的尸体被绛山背过放在柴堆上，金主自言自语道：“朕有负先帝之托，不能再受辱于蒙古人和宋人，朕决不做宋钦宗、宋徽宗，朕是天子，现在要带儿子一起回到天上去！”

绛山奉御道：“何不让人将圣上骨血带走？”

完颜守绪道：“朕不该让他来到世上，朕也不愿再连累他人，只能把他带走了！”

他坐在龙椅上，红着眼睛，命令道：“绛山，听朕的最后旨意，点火吧！”

末帝完颜承麟即位庆典之时，有人来报幽兰轩已经起火。末帝知皇上已死，慌忙带众臣来到后院，见幽兰轩火光冲天，浓烟滚滚，轩内一片通红，烧得噼啪直响。内族完颜斜烈、近侍局焦春和、内侍局殿头宋圭等见此纷纷投入火中，完颜承麟与百官伏地大哭。

城内已经被蒙古军和宋军占领了，然而巷战依然进行着。子城的城堞上，这个围着一平方公里的地方，完颜仲德率一千精兵勇敢地守卫着子城。蒙古兵出现在城下，已经可以看见骑着高大蒙古马的阔出、倴盏等人的身影，可城上的箭镞已经射光，城墙下到处堆着尸体。完颜仲德手握宝剑，他的身边站着参政娄室、胡土，总帅王山儿、柏寿、乌古伦桓端，这些人眼中都闪着绝望的光。

完颜仲德紧张地部署着，他们要为大金国战到最后一刻。阔出在城下高声喊道：“完颜仲德，我认识你，还有娄室，你们已经无路可走了，赶紧投降吧！你们对大金国的忠心，本王很是钦佩，如果你们投降，将会得到重用，本殿下决不失言！”

完颜仲德眼中闪着冷漠的光芒，脸上没有一点恐惧的神色，他举起宝剑，从容地答道：“阔出，你记着，这些人没有软骨头，我们决不投降，更不会忍辱偷生。”

杀呀，城下抛石机将巨大的石块投到城堞上，飞蝗般的火箭投进子城内,又有一些士兵倒下了。子城依然很坚固,一千余战士,视死如归。一兵士跑来跪下禀报:“报参政和诸位大人,幽兰轩起火了,皇上已自焚!”

对于皇上自焚的事,完颜仲德、娄室都不感到意外,他们是不怕死的,可皇上死了,他们望着蓝色夜空,望着从幽兰轩上空蹿起的火蛇,都情不自禁地跪下。他们参加完颜承麟的即位大典,是为了这个被火焰吞没的人,这个人走了,他们还保护谁呢?完颜仲德冲着火光大哭,道:“吾君已崩,吾何以为战。吾不能死于乱兵之手,从吾君矣——”

他站起身,整了整衣冠,举起了宝剑,自刎而死,紧接着娄室、胡土、总帅王山儿、柏寿、乌古伦桓端,都以同样的方式自杀了,五百余军士也不愿被俘,从高高的城垛上坠城自杀。

站在城外,目睹这一悲惨场面,脸色发紫的阔出对倴盏道:“金国是个伟大的国家,有这么多的人为他的灭亡而死,这个民族还会复兴的!”

“是的,我也有同感,他使我们看到一个民族的希望。”

“撞开大门!”孟珙骑着马过来,他一边指挥军士,抬来大木,一边对阔出道:“这是一个胜利的日子,金国的皇帝已经自焚,大金国不复存在了,我们宋国的仇和蒙古民族的仇也报了,为了这个日子,我们等了近一百年呀!”

“嗵,嗵!”大门的门闩被撞开了。

禁城内,又开始了新一轮拼杀,反抗已没有过去激烈。

阔出、孟珙打马直奔着火的幽兰轩,只见幽兰轩火光冲天,奉御完颜绛山跪在火边一动不动,脸被火光映得通红,直呆呆地看着那冲天的火光。

阔出跃马过来,指着他道:“汝为何人,金国皇帝已死,你为何还不逃走,难道你不怕死。”

绛山道:“吾君死于此轩,为臣者当瘗其骨。”

阔出见他脸无惧色,对孟珙道:“这是个奇男子,当承他之志吧。”

孟珙与阔出平分金主骨骸。阔出从奉御绛山的眼睛中,觉得可能真的金主骨骸已经被这个忠实的奴隶葬掉了。可金国皇帝死了,收取他的骨骸并无多少实际意义。

绛山收罢金主余骨,葬于天中山下,自刎而死。

完颜承麟这个身材健壮的青年人并没有逃出子城,他没有穿龙袍,由于带人闯城,浑身是血,受重伤被俘。他被人押到阔出马前,阔出喝其跪下,完颜承麟忍痛笑道:“我乃大金国嗣皇帝,何能跪汝,你祖父铁木真乃我朝奴仆,今日落到你手,要杀便杀,一死而已。”

侍卫强按他跪下,他如一头狮子,用头撞向一个宫门边的铜狮,栽倒在地,头歪着,眼睛半睁着,血从头发、眼睛、嘴角流到地上。他健美的身子,只轻微地动了几下。这个有史以来在位最短的皇帝，即位后仅几个时辰，身上的袍子就沾满鲜血死了。

阔出佩服这个汉子的勇气，向他鞠了一躬，对身边侍卫吩咐道："挖个坑将他埋了吧。"

蔡州子城的大火直烧了三天，冷冷的月光照耀着蔡州城，到处都是死尸，四周一片死寂，只有不时惊起的夜鸟咿呀地鸣叫着。

蔡州城外，蓝天白云下飘扬着宋、蒙两国旗帜，士兵们的脸上洋溢着胜利的笑容，战鼓咚咚，号角齐鸣，温暖的太阳底下。蒙、宋两国军队，经过两个多月的并肩战斗，终于将各自凯旋了。

新筑的会盟台上，双方主帅阔出、倴盏与孟珙、江海一起在士兵们瞩目下，在太阳下饮誓酒，宣誓书，王楫在宣读蒙古誓书，长生天气力里，大蒙古汗国大汗圣旨：蒙、宋两国共灭仇敌，取蔡州，分仇敌骸骨，共遵诚信，决不违誓约。誓约一定，决不反悔，愿永为友好邻邦。从今而后，双方以陈、蔡为界，互为友邻，不逾此盟……

孟珙也宣读了皇帝赵昀下发的诏书，黄色的诏书加盖着鲜红的玉玺，双方祭过天地后，孟珙向倴盏问道："将军准备去哪里？"

倴盏道："大汗命我驻防陕西、潼关一带。"

阔出望着孟珙道："我就要回哈剌和林，不知什么时候能再与将军见面，望将军多多保重吧。"

孟珙也坦诚地对阔出道："阔出王子，共同战斗让我们消灭了共同的敌人，也让我认识了一位草原年轻有为的王子，我记住了你唱的祝酒歌。"

阔出握着孟珙的手道："孟珙将军，我尊重你的人品，本王会遵守双方的约定，你是一个勇士，我们一道灭金，这段经历虽时间不长，但愿我们两国会成为友好的邻邦！"

一南一北的军队离开了蔡州，长长的蒙古马队向北，白色的大纛在阳光下向北飘去。汝河向南流淌着，到处是荒草，南风吹过，到处是荒坟，到处是无人安葬的白骨。云霄中出现一群黑压压的乌鸦，它们大声地叫着，地平线目光所及，见不到人家。速不台躺在帐车上，他的帐车前是脱灭干公主的灵车，他伤心地对阔出道："殿下，这里几年后就成为草原了，我们走了，不知何时重来这里？"

速不台说这话时没有想到，此后，他再也没有回到这令他伤心的蔡州，也没有再次踏入中原。

阔出回眸凝视着已经掩入地平线的蔡州，叹息了一声，道："近几年内，我军不会来到这里，明年我军会西征，大汗已命刘福为河南道总管，这里一片焦土，满目疮痍，是要休养一段时间了。”

侪盏道：“殿下，奴才有些担心，宋军会不会窥视我们血战取得的河南之地，大军离开后，河南会不会成为宋国想象中的肥羊。”

“我想，像孟珙将军那样的聪明人，是不会的！”

北归的蒙古军马队如长长的雁阵，迎着风，向着西北迤逦而去，天上乌云掩住了灿烂的晚霞，初春的细雨在夜色中无声无息地飘落下来……